W9-AMO-929

La tierra maldita

15/12/2020

Feliz Cumpleaño Don Oscar

Milagros, Bernardo y Santiago

JUAN FRANCISCO FERRÁNDIZ

La tierra maldita

Grijalbo

Papel certificado por el Forest Stewardship Council®

Primera edición: marzo de 2018
Primera reimpresión: marzo de 2018

Travessera de Gràcia, 47-49. 08021 Barcelona

Printed in Spain – Impreso en España

ISBN: 978-84-253-5625-4
Depósito legal: B-242-2018

Compuesto en La Nueva Edimac, S. L.

Impreso en Unigraf
Móstoles (Madrid)

GR56254

Penguin
Random House
Grupo Editorial

Para mi hijo Marc, habitante de mil mundos.
Bebemos juntos de un mismo manantial de
imaginación y ojalá que éste nunca se agote.
Gracias por las gestas y las aventuras que siempre sugieres

Hay ciertos períodos de la historia que, a falta de fuentes de información suficientes, sólo pueden ser acometidos aceptando de antemano esta posición arriesgada y con la modestia que comporta saber que es posible que estemos equivocados, que si por un milagro pudiéramos retroceder en la vida mil años atrás y ver con nuestros ojos a los hombres de los que hablamos, y observar los hechos que comentamos, tal vez sería muy pequeña la relación entre la realidad y la imaginación que hemos recreado, tendríamos las más grandes sorpresas.

RAMON D'ABADAL,
Els primers comtes catalans
(Traducción del autor)

Prólogo

Monasterio de Santa Afra, al norte de Girona

Llegaron al humilde monasterio en una noche de tormenta y se acurrucaron tras una losa del cementerio. A lo lejos aullaban los lobos que les seguían el rastro.

En la capilla de piedra, los cinco monjes rezaban completas y oyeron el llanto. El prior Adaldus prosiguió el cántico para conjurar las amenazas de la noche, pero el *frate* Rainart, ciego desde hacía años, se puso en pie y afirmó que las almas descarnadas que vagaban por los páramos no lloraban así.

Temerosos, salieron con antorchas y rodearon la modesta iglesia. Los lobos husmeaban ya las tumbas y el más grande mostró las fauces. Los monjes agitaron las antorchas para espantarlos y descubrieron a los niños tras un sepulcro. Él tendría unos siete años y ella poco más de tres. Guardaban parecido entre sí, con el cabello rubio, sucio y apelmazado. El niño abrazaba a la pequeña con gesto protector, presa de la más profunda angustia. Al ver a los monjes gimió, suplicante. La niña alzó los ojos, de un intenso azul claro, y luego miró la oscuridad por donde los lobos se habían retirado. No lloraba, a pesar de su corta edad, y eso despertó una sensación extraña en los hombres. Aquellos dos críos quizá fueran hermanos, pero sus almas eran distintas.

—¿Os han mordido? —preguntó el prior, preocupado.

Ellos negaron. La niña tenía la túnica desgarrada y parecía que le hubieran lamido la espalda. Los desconcertados monjes fueron a buscar mantas para cubrirlos con ellas. El niño aferraba un arco de tejo que, a buen seguro, no habría podido tensar. Estaban sin fuerzas, famélicos, empapados y con los pies destrozados tras una larga caminata. Sin embargo, sus túnicas, aun hechas harapos, eran de lino y se veían de buena factura. Sus miradas escondían una trágica historia; una de tantas que se sufrían en aquel sombrío territorio.

—Parece que vienen de muy lejos. ¡Están helados y muy débiles!

—Vivirán —dijo el viejo *frate* Rainart al tiempo que, intrigado, les palpaba la cabeza—. Dios los ha protegido y guiado hasta aquí por alguna razón. ¿Quiénes sois?

Los niños no respondieron. Tras secarlos y verlos devorar varias hogazas de pan y unos trozos de queso rancio, llegó la respuesta. Era un milagro que ellos solos hubieran llegado hasta allí desde el corazón del condado de Barcelona, a varios días de camino. La pequeña comunidad benedictina los llamó «los Nacidos de la Tierra», para ocultar que eran Isembard y Rotel, hijos de Isembard de Tenes, el último caballero de la Marca, desaparecido durante la cruenta rebelión del conde Guillem de Septimania, que se había alzado en armas en el sur del reino de Francia y usurpado Barcelona tras asesinar a su legítimo conde.

Los monjes se miraban con expresión funesta mientras Isembard balbuceaba su historia. Los peores rumores se confirmaban. La casa de Tenes, elevada a la nobleza para defender la Marca Hispánica, la frontera sur del Sacro Imperio Romano frente a los sarracenos, desaparecía envuelta en una oscura leyenda. De su castillo sobre un peñasco cerca del río Tenes sólo quedaban ruinas silenciosas, y ningún hombre osaría en mucho tiempo hender la azada o talar ni un viejo roble. El lugar había quedado maldito.

Pero los pequeños hablaron también de la presencia de horribles criaturas en los bosques y de crímenes impíos en los yermos despoblados. El *frate* Rainart se encogió, consciente de que la oscuridad se extendía por la desolada Marca Hispánica y no quedaba nadie para detenerla.

LA MARCA HISPÁNICA

Año 861

En la segunda mitad del siglo IX, el Sacro Imperio Romano se había dividido entre los nietos de Carlomagno y los hijos de éstos. El sueño imperial se desvanecía entre guerras fratricidas, sed de poder y miseria, al abandonarse la reforma agrícola e institucional del viejo emperador. Las grandes casas nobles acumulaban territorios a cambio de lealtad y tropas, mientras otros peligros amenazaban los confines del agónico imperio: Germania era acosada por hordas eslavas, Italia por los sarracenos, y Francia por los normandos y el emirato de Córdoba.

Tales amenazas se contenían en las marcas fronterizas gobernadas por condes que el rey nombraba para salvaguardar el territorio. Al sur de los Pirineos, dentro de la región llamada la Gotia o Septimania en tiempo de los visigodos, los condados de Barcelona, Osona, Girona, Ampurias, Cerdaña, Urgell, Pallars y Ribagorza guardaban la difusa frontera del reino de Francia frente al emirato de Córdoba. Ni Carlomagno ni sus descendientes habían logrado dominar de manera estable nuevos territorios al sur en las cuencas de los ríos Llobregat, Cardener y Segre. Era la Marca Hispánica, y justo en el límite, entre las sombras de la desolación y el luminoso Mediterráneo, resistía Barcelona: la última ciudad del imperio.

Desde que fue arrebatada al emirato de Córdoba en el año 801, Barcelona había sufrido más de siete devastadores ataques sarracenos y razias que penetraban desde el Llobregat para arrasar aldeas, cenobios y cultivos en los territorios del condado y Osona. La soberbia muralla romana de la antigua Barcino, reforzada tras la conquista, protegía a sus poco más de mil quinientos habitantes, pero la amenaza era tan grave y constante que buena parte de las casas visigodas intramuros dieron paso a huertas y campos, ante la efímera vida de los cultivos del exterior del recinto.

Los reyes y los condes sabían que abandonar la Marca Hispánica a su suerte suponía un grave peligro para el imperio, pero las guerras entre los descendientes de Carlomagno permitieron que un velo de oscuridad y olvido envolviera esa última frontera. De allí llegaban siniestras historias que estremecían a todos los habitantes del reino. Barcelona y la Marca eran un lugar terrible.

En junio del año 860, el acuerdo de paz de Coblenza hizo que los cuatro reyes carolingios, descendientes de Carlomagno, aceptaran el nuevo reparto de los reinos del Sacro Imperio Romano. Carlos el Calvo, hijo de Luis el Piadoso y su segunda esposa, retuvo Francia, y Luis el Germánico, hijo del Piadoso y su primera esposa, la Germania, al este del río Rin. Luis II, hijo del fallecido Lotario I, reinaría en Italia manteniendo el título de emperador, y Lotario II, su hermano, el territorio de Lotaringia, una amplia franja que abarcaba desde el mar del Norte hasta los Alpes.

Pipino II, hijo de Pipino I y sobrino de Luis el Piadoso, hombre de carácter inestable y siempre hostil a su tío Carlos, fue desposeído de Aquitania y se refugió en Bretaña.

Pero el equilibrio volvió a tambalearse aquel año cuando Lotario II repudió a su esposa Teutberga, de la poderosa familia de los bosónidas y amiga de Carlos el Calvo. La nobleza franca se ofendió. De nuevo el linaje carolingio se vio enfrentado, y comenzaron los movimientos de tropas, la requisa de ganado y el abandono de los campos.

En Barcelona y la Marca Hispánica se vivía un breve período de paz, pues el conde franco Humfrid de Gotia, señor de Barcelona, Girona, Ampurias y el Rosellón, había firmado en el año 857 una tregua con el valí de Zaragoza y se dedicaba a defender las costas del sur de Francia de las incursiones normandas. Con el conflicto de Teutberga, Humfrid acudió en ayuda de Carlos el Calvo y los sarracenos aprovecharon el abandono. En el año 861 Barcelona sufrió una nueva incursión que arrasó campos y arrabales. Sólo la muralla evitó el desastre absoluto.

Postrada y abandonada por su conde, con los cultivos destruidos y la actividad comercial paralizada, el vizconde y los próceres de Barcelona rogaban al rey que al menos nombrara un obispo que ocupara la sede vacante.

La función de los obispos era gobernar la diócesis y equilibrar el poder condal. Recibían parte de los tributos y contaban con su propio sello real. Era la única esperanza de Barcelona antes de que el vacío de poder y la precariedad acabaran con la aniquilación total, como había sucedido en Egara, Ausa y la cercana ciudad de Ampurias, tocada ya de muerte tras el último ataque de los normandos.*

* Los habitantes de Egara se trasladaron a la cercana villa de Tarrasa. Ausa estuvo en la actual ciudad de Vic.

1

Ciudad de Reims, otoño

El sacerdote Frodoí, hijo de la casa noble de Rairan en Reims, pensaba que sus veinticinco años de vida sólo habían sido una antesala para lo que estaba a punto de ocurrir y, con el estómago encogido, miraba la puerta de bronce del aula episcopal. Llevaba meses esperando una audiencia con el arzobispo Hincmar, el prelado más poderoso de la Iglesia de Francia y consejero del rey Carlos el Calvo. Frodoí conocía al arzobispo de sus tiempos como estudiante en la escuela canónica de la catedral, y ya ansiaba averiguar qué alto honor le habría dispensado la Iglesia.

La casa de Rairan había prosperado en las últimas décadas gracias a los servicios prestados a la corona. Su padre había caído en combate durante la rebelión de Pipino y su hermano mayor luchaba en Aquitania junto al rey contra los normandos. Además, habían donado unas tierras a las abadías de Nôtre Dame en Compiègne y en Chelles para ganarse el favor del arzobispo. Con dos años de sacerdocio el joven tenía asegurado un brillante *cursus honorum* en la curia eclesial. Imaginaba un obispado cerca de Reims, con privilegios y diezmos, esclavos *mancipia* cultivando sus campos y parroquias que le reportarían grandes rentas. Quizá incluso podría levantar una catedral como hacía el propio Hincmar, que llevaba veinte años ampliando la de Reims.

Las puertas del aula se abrieron y Frodoí dominó sus nervios. Admiró el espacio de tres bóvedas de cañón sostenidas mediante esbeltas columnas de mármol y decoradas con profusión. Las estrechas ventanas atenuaban la luz que entraba del exterior y flotaba una fina neblina de polvo. Canónigos y obispos presidían la audiencia desde las gradas, y al fondo, sentado en un trono de plata y pedrería, aguardaba Hincmar, el poderoso arzobispo de Reims, con su mitra de hilos de oro y su báculo.

Sobrecogido, Frodoí besó ceremonioso el anillo del prelado. La regia presencia de Hincmar, que superaba los cincuenta años, impresionaba. El joven desvió la mirada hacia el Cristo crucificado que presidía el aula. Lucía una corona de oro y miraba al frente con expresión vacía, como si los presentes le incomodaran.

—Hijo —dijo Hincmar—, ¿crees que nuestro Redentor sufrió en la cruz?

Frodoí se estremeció. Había destacado en aritmética y le gustaba la historia de los grandes príncipes griegos y romanos, pero las cuestiones teológicas le resultaban tediosas. Si no respondía con precisión podía incurrir en herejía, de modo que fue cauto.

—Es la humanidad la que debe sufrir si aspira a la vida eterna.

—¿Y un ministro de Dios, como lo somos nosotros, debe padecer como cualquier hombre?

Frodoí sostuvo la mirada inquisitiva de Hincmar. En medio del tenso silencio se oyó algún carraspeó en los sitiales del clero y se inquietó; algo no iba bien.

—La Iglesia está llamada a levantar el Reino de Dios, expandir su dominio y desterrar el paganismo que aún arraiga en el orbe. —A medida que hablaba se sintió más seguro, si bien la tensión no disminuyó—. Sus pastores deben guiar a nobles y reyes hacia la fidelidad y la obediencia. Si hay que sufrir para ello, Dios lo compensará.

—Eres ambicioso y tenaz, Frodoí. Me consta que ya hacías

gala de esas cualidades en la escuela canónica. Pero me pregunto si eso es bueno en un hombre de fe... Tal vez deberías ser soldado.

—Es Dios quien me ha llamado —respondió Frodoí. No le gustaba el cariz de la conversación—. También la Iglesia necesita fortaleza para culminar su misión.

Hincmar asintió satisfecho. Frodoí, aliviado, se volvió con actitud desafiante hacia los obispos, todos serios. Había salido airoso de aquel interrogatorio, y tal vez el arzobispo lo favorecería por encima de otros aspirantes.

—Eres la persona adecuada —concluyó Hincmar.

Frodoí inclinó la cabeza para escuchar el honor que iba a asignarle.

—En nombre de nuestro rey Carlos, y bajo la autoridad de Fredoldo, arzobispo de Narbona, serás consagrado obispo de Barcelona. Allí ejercerás tu ministerio, terminarás la catedral que inició uno de tus predecesores, Joan, y llevarás a cabo esa misión sagrada de la que hablas con tanto fervor.

Al joven sacerdote se le aflojaron las piernas. El silencio que reinaba en el aula denotaba que el nombramiento no había sorprendido a ninguno de los miembros del clero presentes. Volvió a mirarlos de soslayo. Algunos parecían a punto de aplaudir. Recordarían con sorna aquel instante durante semanas.

—Mi señor arzobispo... ¿La Marca Hispánica? —musitó sin aliento.

Un velo negro descendió sobre su alma. Sabía que Barcelona agonizaba en el extremo sur del reino y que había sufrido numerosos ataques durante las últimas seis décadas. Recordaba en especial el que le explicó su padre, quien se vio implicado en él. En el año 843 el rey destituyó al conflictivo conde Bernat de Septimania tras años de abusos, pero éste se rebeló y acabó decapitado. En la Marca aplaudieron el nombramiento del nuevo conde, un godo nacido en aquella tierra llamado Sunifred, que quiso repoblar los baldíos para traer de nuevo la prosperidad, pero el hijo de Bernat, Guillem de Septimania, criado como rehén en la corte, ansiaba venganza. Fingió lealtad al rey y obtuvo títulos. En el año 848 usurpó los dominios situados al sur de los Pirineos que habían sido de su padre y allí dio muerte al conde Sunifred y a sus caballeros. Guillem resistió dos años, en los que su ira se desbocó, hasta que en el año 850, aliado con un general sarraceno, entró a sangre y fuego hasta el corazón de Barcelona. Luego siguió arrasando la Marca hacia Girona, hasta que allí fue detenido y ejecutado por el conde Alerán de Troyes.

Desde entonces se habían sucedido varios señores en el condado de Barcelona, pero seguía envuelto en la oscuridad y la desolación. La ciudad conservaba su sede episcopal y la ceca para acuñar moneda, aunque apenas tenía cuatrocientos fuegos. Nadie quería ir allí, y el conde actual, Humfrid de Gotia, solía permanecer alejado, junto al rey y su corte itinerante.

—Si aceptas serás mitrado y emprenderás el viaje sin demora —siguió Hincmar—. Tendrás los mismos privilegios que tus predecesores: rentas, tierras y siervos. Para la catedral que inició el obispo Joan contarás con un tercio de la moneda acuñada y otro tanto del *teloneo* sobre las mercaderías que lleguen tanto por tierra como por mar. Pero lo principal es erradicar el rito mozárabe en las celebraciones religiosas e imponer el misal romano. Hacen falta siervos como tú allí y no en otras partes del reino.

Frodoí se sintió como un reo condenado a muerte. El rey proponía enviarlo al lugar más peligroso y olvidado de sus dominios para pastorear a unos *fideles* hostiles que se consideraban abandonados por la corona franca.

—Esa tierra está maldita —dijo sin pensar.

El silencio se instaló de repente ante la réplica ofensiva. Hincmar miró con desprecio al resto de los miembros del clero.

—Ninguno de estos acomodados obispos sería capaz —afirmó—. Pero sé que tú sí. Dios me lo ha revelado. ¿Aceptas?

Consciente de que su familia no había cometido ninguna ofensa que le hiciera merecedor de tal castigo, Frodoí sospechó que casas nobles rivales habían conspirado para detener su promoción. Un grupo de prelados sonreía; algunos tan jóvenes como él ya gobernaban obispados como auténticos reyes. Todo era una treta, concluyó furioso. Un miembro de su alcurnia no se rebajaría a una diócesis en la tierra más tenebrosa del orbe, y todos sabían que la negativa cercenaría su ascenso hacia la cima de la Iglesia.

—¿Y bien?

Cuando Frodoí iba a manifestarse en contra, recordó aquello que pensaba al entrar. Toda la vida se había sentido llamado a algo importante, y reconoció que esa sensación persistía incluso tras la humillante oferta de Hincmar. No siempre los senderos del Altísimo eran rectos, se dijo, y Barcelona seguía en pie pese a todo.

—Acepto.

Las sonrisas displicentes se borraron de golpe. Frodoí miró hacia los sitiales con arrogancia; aquellos hombres jamás lo tildarían de pusilánime.

—Si es la voluntad del rey y de la Iglesia, seré el nuevo obispo de Barcelona.

Hincmar se inclinó. En sus ojos Frodoí vio orgullo a pesar de que el arzobispo trataba de disimularlo.

—¿Estás seguro? Aquélla es tierra de mártires.

Hincmar se refería a la siniestra lista de obispos y abates asesinados en la Gotia de las maneras más crueles. De hecho, nadie sabía qué le había ocurrido a su predecesor, el obispo Adolf, pero se hablaba de un cruento final. Él sólo pensaba en el desconcierto que había causado.

—¿Cuándo debo partir?

—Después de tu consagración irás a Narbona y te someterás a la autoridad del arzobispo Fredoldo. Luego viajarás a tu sede. El rebaño lleva tiempo descarriado y necesita un pastor con mano firme. Hemos sabido que ciertos clérigos rebeldes, de prácticas mozárabes, nos han arrebatado bienes. Debes recuperarlos.

Frodoí dudaba que ésos fueran los principales problemas. Sin embargo, no lo expresó en voz alta. Tras la vanidad llegaba la incertidumbre, pero Hincmar no había terminado.

—Te acompañará el joven *prevere* Jordi, nacido en Barcelona, que te ayudará con los difíciles godos. También irá contigo mi confesor, el benedictino Servusdei, un hombre santo, además de sabio, a quien conoces de la escuela canónica. Como experto en leyes y decretos conciliares, Servusdei te aconsejará sobre la *lex* y *consuetudine* de los godos. Será tu mejor asistente. Lo aprecio tanto que, de hecho, lamento tener que desprenderme de él.

En efecto, Frodoí había recibido lecciones magistrales de Servusdei. Lo recordaba: un anciano enjuto que rondaba los sesenta años y siempre iba ataviado con su hábito raído. Era reservado y muy religioso. Todo el clero lo consideraba el mejor maestro y confesor.

—Os lo agradezco, mi señor —dijo con sinceridad al arzobispo.

Un arcediano susurró al oído de Hincmar y éste miró al joven con pena.

—Debes saber que no hace mucho Barcelona ha sufrido un nuevo ataque de los sarracenos. No cruzaron las murallas, pero arrasaron los suburbios. Muchos habitantes han huido, y la población está diezmada. En ausencia del conde Humfrid, serás la máxima autoridad allí, con el actual vizconde Sunifred, y deberás ganarte el respeto de los godos y los *hispani*.

Frodoí asintió. Aun así, se recriminó el arrebato de soberbia que lo había impulsado a aceptar, pues podía ser el peor error de su vida. Deseaba salir del aula antes de que percibieran su miedo. De camino a la puerta, no obstante, se le ocurrió que su posición estaría más reforzada si viajaban otros con él, de modo que se atrevió a pedir a Hincmar:

—Arzobispo, solicito que el rey me autorice a llevar colonos y ofrecerles tierras de la Iglesia a cambio de censos. Si uno de los problemas es la despoblación, conviene aumentar el número de cristianos de rito romano.

—Lo estudiaremos —respondió el prelado, pensativo.

Hincmar había recibido fuertes presiones de varios nobles para hundir al joven sacerdote, pero sentía que Frodoí, con su talento, formaba parte de un plan divino que no entendía aún y que su marcha a la frontera no era el final. La rueda de la historia daba un nuevo giro, y con esa sensación habló de nuevo.

—Dios te quiere allí por algún motivo —dijo con voz temblorosa—. Que Nuestro Señor te guarde y conserve tu valor porque tienes razón, Frodoí: esa tierra está maldita.

2

Afueras de Carcasona

Elisia, de pie bajo la lluvia, se apartó los oscuros mechones de la cara con la vista fija en la tumba de su abuelo, su única familia. Tenía diecisiete años, y se había quedado sin nadie de su sangre.

La joven miraba desolada las gotas de agua caer sobre la losa sepulcral, en el pequeño cementerio junto a la ermita de Saint James. A su espalda los asistentes al entierro murmuraban apenados mientras se alejaban para permitirle despedirse del finado en soledad. Elisia lamentó no saber escribir; le habría gustado grabar su nombre en la piedra: Lambert.

Al fondo se veía la fortaleza de la ciudad envuelta en una neblina gris y debajo el intrincado suburbio que llegaba hasta la ribera del río Aude. Entre aquellas casas con muros de piedra y vigas de madera estaba su hogar, la posada de Oterio, donde había trabajado como sierva con su abuelo desde que alcanzaba a recordar. En más de una ocasión Lambert le había contado que era hija de un valeroso soldado que murió combatiendo a las órdenes del conde Berà II y, entre risas, auguraba a la pequeña un gran futuro. Sin embargo, Elisia supo al crecer que su abuelo había tejido esa fantasía sólo para ilusionar a una huérfana obligada a trabajar desde los seis años en una posada junto al puente del río.

Sus padres y sus hermanos habían muerto en un incendio

en esa posada cuando ella sólo tenía dos años. El abuelo y la nieta compartían el cobertizo con otros siervos, y de niña ayudaba en todas las tareas que su edad le permitía, desde acarrear leña hasta reparar el tejado o servir las mesas. Trabajaban sin descanso, y el viejo Oterio, el posadero, los consideraba parte de su familia. Era una vida dura, pero nada les faltaba.

Elisia, a pesar de ser *serva*, crecía feliz en su reducido mundo. Su espíritu optimista la protegía de vivir lamentando su condición. Jamás había salido de Carcasona, pero vibraba con las historias que relataban los mercaderes y los peregrinos que recalaban en la posada. Le maravillaban los avatares y las peripecias que éstos vivían en los caminos, e imaginaba qué haría ella en tales situaciones.

Criarse en una posada le había forjado un carácter resuelto. Cuando se convirtió en una esbelta muchacha de ojos dulces y almendrados que se iluminaban al sonreír, ya sabía esquivar con elegancia las manos lascivas de los clientes y respondía con gracia a los halagos. Siempre que visitaba Saint James, ante las lápidas mohosas de su familia, daba gracias a Dios por tener a su abuelo y por contar con un techo. Era mucho más de lo que otros tenían en los suburbios de la población.

El otoño había llegado ese año de modo brusco y con él la desgracia. Dos días antes el anciano Lambert, al ver el manto de nubes oscuras, subió al tejado de la posada para atar bien la paja. Elisia, advertida por los gritos de otros sirvientes, salió de la cocina y descubrió la escalera rota en el suelo y a Lambert tendido junto a ella. Sólo pudo acunarlo con un llanto desgarrado mientras sentía la horrible mordedura de la ausencia.

A Oterio le afectó perder a su siervo predilecto y costeó su sepelio como si fuera un pariente.

Elisia notó que unos dedos se entrelazaban con los suyos ante la lápida de su abuelo y dio un respingo. Galí. Lo miró con tristeza y dejó que le calentara las manos. El joven de veinticinco años, de mirada despierta y lengua ágil, vivía en la posada desde hacía casi doce meses. Era nieto de un amigo de la familia de Oterio, según explicó el propio posadero, quien lo acogió con los brazos abiertos. Galí no era apuesto pero tenía la sonrisa fácil y una labia que encandilaba a todos. Pasaba los días ocioso en la taberna de la posada y sus galanterías habían cautivado a la joven sierva. A Lambert no le hizo gracia que su nieta se encaprichara de aquel hombre sin oficio ni tierras, con cierta fama de libertino, y así se lo hizo saber a Elisia, pero la joven se sentía fascinada por su soltura.

Dos días antes del accidente del anciano, Galí había tenido la osadía de besar a Elisia en la leñera y ella se lo había permitido, por eso ahora, solos bajo la lluvia en el cementerio de Saint James, su contacto la reconfortó.

—Lambert te prometió que nunca estarías sola. Yo me encargaré de ti.

Ella sonrió con tristeza. Las palabras de Galí siempre llegaban en el momento oportuno, y se dejó abrazar aunque no fuera adecuado. Temblaba de frío.

—Lambert cumplía sus promesas.

Sabía que el pasado de Galí era oscuro y cuajado de desgracias, como el de ella. Se crió como libre en el poblado de Vernet, en el condado de Conflent, pues Gombau, su abuelo, amigo de Oterio, administraba una explotación fiscal de viñedos en nombre del conde. En el año 848 el usurpador Guillem de Septimania ejecutó al conde Sunifred en Barcelona y persiguió a sus vasallos, Gombau entre ellos. Los soldados llegaron a Vernet, arrasaron la casa de Galí, y violaron y mataron a su madre y sus hermanas. El muchacho logró escapar con su abuelo y durante años vivieron en Ampurias. Al morir Gombau, Galí, desamparado, acudió a Carcasona en busca del refugio de Oterio.

Todos en la posada advertían a Elisia acerca de Galí, pero ella no hacía caso. Galí era un hombre libre, había visto mundo y la prefería a otras sirvientas mayores. Siempre la hacía sentirse especial con sus melosas palabras.

—¿Has pensado en lo que te dije? —le preguntó Galí.

—Barcelona está en la frontera. —Sabía bien a qué se refería y se estremeció, le dolía hablar de ello en ese momento—. Es una tierra peligrosa.

—¡Pero es ahora cuando tenemos la oportunidad de marcharnos! —Le tomó la cara entre las manos como solía hacer cuando reclamaba su atención—. Unirse a la comitiva del nuevo obispo de Barcelona es la única manera de viajar por los caminos de la Marca Hispánica. Ha prometido tierras y la protección de la Iglesia a los que se unan a él.

En la posada no se hablaba de otra cosa. El nuevo obispo, Frodoí, había llegado a Narbona y en dos semanas partiría hacia Barcelona acompañado de cuantos creyeran en sus promesas. No todos aplaudían su arriesgada iniciativa; además, algunos obispos y ciertas familias nobles rivales a su casa querían impedir que tuviera éxito.

Elisia sintió vértigo. Aún no se había enfriado el cuerpo de su abuelo y Galí la atosigaba de nuevo. Llevaba varias semanas explicándole que Gombau había escondido algo en su casa de Barcelona antes de huir. Le insistía en que tenía ante sí la oportunidad para ir a recuperarlo, y quería llevarla consigo.

—Barcelona es un lugar peligroso —repitió Elisia, sombría—. Dicen que desaparecerá.

—¡Sus murallas son más altas que las de Carcasona! —exclamó Galí con entusiasmo, sin importarle que se hallaran ante la tumba del anciano Lambert.

—Aquí no nos va mal, Galí. ¿De verdad crees que es cierto lo que tu abuelo te contó?

—Estoy seguro. ¡Si aún está allí, nuestra vida cambiaría!

—Eso es lo que me da miedo. Además, soy sierva de Oterio.

Galí le acarició el pelo y sonrió con aquel descaro que tanto la turbaba.

—Yo hablaré con él. Si te permite acompañarme, ¡dejarías de ser sierva!

Elisia suspiró. Ese día no tenía ánimos para dejarse embelesar.

—Dicen que el tal Frodoí es un noble ambicioso que aspiraba a un obispado rico y que lo han castigado. Si lleva colonos es para que trabajen sus tierras y cobrarles impuestos.

—¡Sin duda será ambicioso! Lo importante, sin embargo,

es que con él podríamos viajar seguros. Confía en mí, Elisia: en Barcelona está nuestro futuro.

—¡Pero tú nunca has estado allí! Llegaste desde Vernet —objetó Elisia. Y añadió—: Me da miedo la frontera.

El rostro de Galí se oscureció. No estaba acostumbrado a tanta resistencia. No obstante, al darse cuenta se recompuso.

—Podríamos tener nuestra propia posada. ¿Te lo imaginas? Tú serías la dueña, pues todo lo compartiría contigo. ¡Tus hijos se criarían libres y sin que nada les faltara!

Apenada, Elisia acarició con suavidad la lápida de Lambert. El sensato anciano quería lo mejor para ella, y jamás habría aprobado la aventura de Galí. Ahora ya no estaba, y él insistía de nuevo. Reconoció para sí que era un bonito sueño, a pesar de todo. Acto seguido pensó que Oterio jamás la dejaría marchar ya que la consideraba demasiado valiosa para la posada, y eso la alivió.

Elisia recordó que cuando tenía doce años comenzó a interesarse por el trabajo de su abuelo, que era el cocinero de la posada. Ante los enormes fuegos, descubrió con él los condimentos, el secreto de las sopas y a identificar el punto exacto de los estofados mediante el olfato. Desarrolló una intuición especial, y Oterio supo aprovecharlo. Como ayudante de Lambert, la muchacha aprendió a ahumar pescados, salar carne y hacer embutidos. Destacó enseguida elaborando pasteles y *nougat*, así como confites de frutas que guardaban en grandes jarras.

Los huéspedes alababan la cocina de Oterio. Lambert y su nieta esperaban la esporádica llegada de especias exóticas y aprendían las recetas que los viajeros de tierras lejanas les explicaban, para preparárselas y hacer que se sintieran como en casa. La posada prosperó como nunca, y su fama se había extendido más allá del condado. Oterio la trataba como si fuera de su familia, y Elisia sabía que jamás le faltaría un cobijo.

En ese momento sólo quería llorar.

—A veces pienso que te irás de todos modos, Galí. —Apoyó la cabeza en su pecho—. Soy una sierva y éste será siempre mi lugar. —Se estremeció—. Tengo frío. Regresemos a la posada.

Mientras descendían la cuesta enfangada los ojos del joven se oscurecieron.

Habían pasado tres días desde que enterraron al anciano Lambert. El viejo Oterio estaba sentado en el sótano de la taberna con otros cinco hombres, todos en silencio y con expresión grave. El posadero sentía que el mundo se abría bajo sus pies. En el otro extremo del viejo tonel sobre el que había estado jugando y bebiendo vino, veía la montaña de dineros de plata que acababa de perder casi sin darse cuenta, cegado por la tensión de las apuestas. No había tenido una noche tan desastrosa en muchos años. Estaba furioso, y quiso arrojar lejos los tres dados de hueso amarillento que le habían causado tamaña pérdida.

Galí sonreía ante la pequeña fortuna que había ganado esa noche, y Oterio tuvo deseos de abalanzarse sobre él. Lo había acogido con los brazos abiertos cuando se presentó en la posada diciendo que era el nieto de Gombau, su mejor compañero durante las cuatro campañas militares al servicio del conde Oliba de Carcasona, hasta que se marchó a servir al conde Sunifred, primo del noble.

Oterio y Galí tenían la misma afición secreta al juego y visitaban las tabernas más sórdidas de Carcasona, si bien hasta ese momento no habían apostado entre ellos. Comenzaron a medianoche con un puñado de óbolos y pírricas victorias de Oterio, pero Galí lo incitó a ir más allá. Fue un error, y obcecado como estaba, no advirtió la intención del joven. Faltaba poco para que amaneciera y el posadero comprendió, aun embotado por el vino, que había perdido más de lo que tenía.

—Todos esos dineros son necesarios para la posada, Galí. Muchas familias y muchos siervos dependen de ella —dijo angustiado al tiempo que señalaba las monedas—. Por la amistad que me unía a tu abuelo te abrí las puertas de mi casa, y ahora...

—Así es el azar, Oterio —musitó inclemente Galí.

—¡Pero lo necesito! —insistió el posadero, desolado. El vino le trababa la lengua.

Galí mostró una sonrisa artera y empujó las monedas hacia Oterio.

—Ya sabes lo que quiero... Te hablé del asunto.

El posadero abrió mucho los ojos. De pronto lo comprendió todo. Por eso estaban allí esa noche. Tuvo deseos de golpearlo.

—Sabes que Elisia es para mí como una hija y que la posada no sería lo mismo sin ella. ¡Te has encaprichado y le acarrearás la desgracia! Si Lambert viviera...

—Deja al viejo en paz. Elisia es joven y bella, merece ser libre. Será una buena esposa y una buena madre.

Oterio frunció el ceño. Desde que llegó, Galí había vivido entre tabernas, juego y mujeres. Sabía que no amaba a Elisia, que sólo había visto sus cualidades. La quería para aprovecharse de ella. Esa certeza le retorcía el estómago, pero estaba en una encrucijada. Necesitaba recuperar lo perdido. Si Lambert siguiera entre ellos, jamás se habría atrevido a ceder ante la demanda de Galí. Incluso el accidente del anciano resultaba demasiado oportuno para los intereses del joven.

—Después de cuatro generaciones serás tú, Oterio, el que sufra la vergüenza de echar a perder la famosa posada del río Aude —señaló Galí con frialdad.

Había sido un golpe bajo, y todos se removieron en su asiento en silencio. Oterio vio los dineros de plata sobre el tonel. Al día siguiente no podría pagar la carne ni el forraje del establo. La posada se vería abocada a la ruina y los testigos, amigos de correrías de Galí, se encargarían de hundir su nombre en Carcasona. No podría soportar la humillación. Estaba atrapado.

—Ella no debe saberlo, sólo te pido eso —dijo Oterio con un suspiro de desolación.

—Me gustan las muchachas entusiasmadas y alegres. No busco una sierva. Vendrá por voluntad propia, sabrá lo que yo le diga y pensará lo que yo desee. Quiero partir cuanto antes hacia Narbona para alcanzar al séquito del nuevo obispo de Barcelona. —Mostró una mueca burlona—. Elisia me seguirá como esposa, con tu bendición.

—Está bien, Galí. Elisia es tuya —aceptó desesperado, con

los puños crispados por la ignominia—. Espero que ardas en el infierno si no la cuidas.

Dos días más tarde Elisia miraba las mesas vacías iluminadas por la claridad grisácea de otra mañana nublada. Los hospedados no tardarían en bajar y en la cocina el fuego ya ardía con viveza. Ese instante de calma era el preferido de su abuelo Lambert. A Elisia todo le recordaba a él, y lloraba al recibir las condolencias de los parroquianos y los mercaderes que llegaban a Carcasona. Todos la apreciaban, pues durante años había cantado, reído y bailado haciéndoles las noches más agradables.

Oterio no tardó en aparecer, y ambos se sentaron a una mesa apartada. La noche anterior Galí le había propuesto que se casara con él y, para su desconcierto, el posadero había autorizado la boda. Dijo que el viejo Lambert había trabajado sesenta años sin un día de descanso y que su única nieta merecía la libertad y un buen marido. Galí, recién bañado y con una túnica nueva de buen paño, estuvo hablándole durante horas de las posibilidades que le ofrecía compartir una nueva vida con él y, poco a poco, Elisia se contagió de su entusiasmo. La posada era su mundo, pero para ella, como para cualquier *servus*, la libertad suponía el anhelo más deseado. Sin su abuelo, allí no le quedaba nada y acabaría casada de todos modos con otro criado.

—¿Estás segura de quererlo, Elisia? —le preguntó sin rodeos el posadero. La miraba desolado—. Y no me refiero a eso de marcharse a Barcelona.

Ella se sorprendió. La noche anterior, ante Galí, parecía conforme. Sin embargo, ahora veía algo en la mirada de Oterio que no le gustaba. Se diría que temía por ella.

—Voy a casarme con él, tú lo aprobaste.

—No me has respondido, Elisia. Tu familia ha sido sierva de la mía durante generaciones y hasta para comprarte un vestido usado necesitabas mi permiso. Lambert sólo me pidió una cosa, que no te impusiera a nadie. ¿Quieres casarte con Galí?

—A pesar de todo, es un buen hombre —respondió nerviosa—. Eso me dijiste ayer. —Bajó el rostro. No estaba convencida, era muy joven y tenía miedo, pero Galí había prometido cuidarla y darle una buena vida—. Os echaré de menos, Oterio.

El posadero también bajó el rostro, apenado. Si Elisia se hubiera negado, él habría buscado la manera de enmendar su error, pero estaba cautivada por el díscolo Galí.

—Tienes mi bendición, hija —dijo sin fuerzas.

Elisia era una muchacha espigada de rasgos dulces y cabellos oscuros que solía llevar cubiertos para que no se le apelmazaran con la grasa de los guisos. Pero lo que seducía a todos más que nada eran sus ojos, grandes, del color de la miel y con largas pestañas, que irradiaban una calidez que conmovía. Además, era despierta y alegre. Decenas de jóvenes de Carcasona de mejor posición que Galí no dudarían en cortejarla. Pero ya era tarde.

—Todos lamentaremos tu ausencia y los clientes protestarán —añadió Oterio.

—Adovira conoce nuestras recetas y tiene buena mano.

El anciano le acarició la mejilla, paternal. La niña que se subía a las mesas para cantar ante los clientes hasta que su abuelo corría para llevársela ya era casi una mujer. No veía en sus ojos el brillo tembloroso de una muchacha enamorada. Galí obnubilaba la ingenuidad juvenil con su encanto. No obstante, bien mirado, tampoco veía amor en la mayoría de las esposas, a quienes sus padres habían impuesto con quién casarse. Él, Oterio, era su señor y ella estaba en edad casadera. Seguían el orden natural. Además era lista, forjada en el trajín de una posada bulliciosa y sabía cuidarse. Pensaba todo aquello para aplacar el sentimiento de culpa. La había vendido, la había entregado para saldar una deuda.

—Primero Lambert, ahora tú... Demasiadas pérdidas. —Se le agrió el gesto—. Me estoy haciendo viejo.

Elisia no pudo contener las lágrimas. Estaba aterrada. Habría preferido casarse y seguir en Carcasona, pero Galí tenía grandes planes para ambos en la lejana Barcelona. Se aferró a cada una de sus promesas.

—Gracias, Oterio. Si puedo enviaré noticias a través de algún mercader.

—Todos aquí te añoraremos, Elisia.

—¿Y a Galí? —Le dolía que él despertara tantos recelos.

—No eres una chica ingenua. Te pareces a tu abuelo, así que no pierdas tu agudeza y obsérvalo —le advirtió Oterio emulando a Lambert. Esperó a que el escozor que sentía en la garganta le permitiera hablar y le cogió las manos. No eran las de una doncella, estaban afeadas por marcas de quemaduras y cortes mal cicatrizados. Bajo esa expresión angelical, era una joven enfortecida por el duro trabajo—. ¡Y si has de morder, muerde!

Cuando cesaron las lluvias, Oterio concedió a su sierva Elisia la libertad para abandonar la posada acompañada del orgulloso Galí. Se casaron una fría madrugada en la pequeña ermita de Saint James antes de partir con unos buhoneros de confianza que iban a Narbona, donde Frodoí esperaba a los colonos. A la convocatoria acudían también familias de otras ciudades, con poco que perder en la incierta aventura.

La boda la celebró un sacerdote que pasaba más tiempo en la taberna que en su parroquia y que lloró al ver a Elisia tan radiante con un vestido negro de paño y un velo blanco de la esposa de Oterio. Se marchaba para no regresar, y la despedida posterior en la posada fue emotiva. Los veinte sirvientes les entregaron mantas, carne salada y hogazas de pan blanco. Oterio y su familia les dieron un puñado de óbolos de plata y dos gruesas capas para soportar los rigores del duro viaje. El otoño acababa de empezar, pero el frío se dejaba sentir ya con intensidad.

Galí se pavoneaba con su habitual sonrisa seductora. Tenía lo que quería de allí. Elisia acaparó las lágrimas y recibió los abrazos más estrechos. Se habían agotado las advertencias y los argumentos para hacerles desistir de viajar a la oscura Barcelona. Sólo quedaba rogar a Dios para que los protegiera.

Cuando la bruma del amanecer se desvaneció se unieron a los carromatos que avanzaban con dificultad por el camino enfangado. Elisia y Galí los seguían a pie, y todos los congregados a la puerta de la posada vieron con nostalgia a la joven bromeando ya con dos muchachos.

—He tomado la peor decisión de mi vida —musitó Oterio sombrío. Adovira, la cocinera desde entonces, se enjugó las lágrimas y señaló:

—A donde vaya será tan querida como aquí.

La comitiva cruzó el puente de madera del río Aude, que se balanceaba peligrosamente por la crecida tras las lluvias. Elisia los saludó con la mano.

Gogo, el mejor amigo de Lambert en la posada, se acercó a Oterio. Tampoco a él lo trataba éste como a un siervo, así que le habló con franqueza:

—Desde que Galí supo de la marcha del obispo de Barcelona quería esto. No puedo dejar de pensar en lo conveniente que ha sido para él el accidente de Lambert.

Oterio se sintió ahogado por la culpa; no quería cargar también con esa sospecha.

—Sembrar la duda en Elisia sólo la habría atormentado, Gogo. Ya ha llorado bastante.

—Ella jamás se habría apartado de su abuelo, ni siquiera por Galí.

Oterio miró al viejo Gogo y se estremeció.

—Nunca conoceremos la verdad, y confío en que ella tampoco. Sé que le irá bien, Gogo. ¡Por la memoria de Lambert, así lo espero! Y aunque es poco más que una niña, Elisia sabe cuidarse. Ruego a Dios que la proteja.

3

Los Nacidos de la Tierra lograron sobrevivir y los monjes, hombres recios y con firmes creencias, lo interpretaron como una señal de la Providencia. Nadie apareció para buscar a los dos hermanos, y el linaje de Tenes se desvaneció como tantos otros en aquel tiempo inestable.

No era infrecuente hallar a niños solos y perdidos. De los cinco *frates* tres eran ancianos, y se necesitaban brazos jóvenes en el viñedo. Así pues, los criaron como siervos al servicio del monasterio. Cuando Rotel menstruara sería entregada en matrimonio a algún joven de la aldea o, si sentía la llamada de Dios, iría a un convento femenino.

Los pequeños crecieron tan unidos como los hallaron en el cementerio, y conforme crecían y superaban en altura a sus benefactores se hicieron un hueco en el corazón de los rudos monjes. Ambos tenían los cabellos rubios, pero los de Rotel eran como los rayos de sol. Y ambos tenían los ojos azules, pero los de Rotel eran más claros y penetrantes. Se parecían mucho. Pero eran distintos. El muchacho, algo mayor que Rotel, jamás reveló el recuerdo difuso de ver a su padre entrar en el castillo con una niña recién nacida envuelta en un manto. Su madre se encerró a llorar en su aposento. Era una hija bastarda del caballero Isembard de Tenes.

Isembard jugaba con espadas de madera y afinaba su puntería con el arco en sus ratos libres, pero el único adversario allí era el sopor de los prolongados rezos a los que debían asistir. Rotel, curiosa y solitaria, a veces se internaba en los bosques y volvía al anochecer sin contar nunca dónde había estado. Poco a poco, los monjes dejaron de interrogarla. Recordaban su espalda lamida por los lobos, y el viejo *frate* Rainart sostuvo hasta el día de su muerte que era especial, más unida a la naturaleza que a los hombres.

La niña jamás perdió ninguna cabra cuando pastoreaba siendo muy pequeña. Nunca tuvo miedo, y a veces regresaba con alguna cría de liebre, que luego cuidaba con mimo. Con todo, su espíritu indómito acabó de forjarse cuando tenía trece años y estuvo tres días perdida tras una ventisca de nieve. La encontraron en una cueva, ilesa y serena. Se cubría con una capa de pieles que los monjes parecieron reconocer y quisieron quemar, pero ella los convenció de que se la dejaran. Jamás contó lo ocurrido, si bien desde entonces sonreía y miraba el paisaje como si la naturaleza le susurrara secretos.

Rotel sangró a la edad, pero el tiempo había atemperado el celo religioso de los monjes y olvidaron que debía marcharse. Estaban alejados a una jornada de camino de la aldea más próxima, y muy pocos de sus habitantes se acercaban a Santa Afra. También eran escasos los peregrinos. Aun así, levantaron para ella una cabaña de piedra apartada del monasterio, junto a los viñedos, pues el prior Adaldus prefería evitar las habladurías. La comunidad la estimaba como a una hija; además, trabajaba sin descanso, y los *frates* ya no estaban en edad de sentirse tentados. La escuálida niña iba convirtiéndose en una muchacha de una belleza sobrecogedora y distante. Sólo en el monasterio se mostraba cálida, y las risas que compartía con los monjes rompían a menudo la paz de Santa Afra, para fastidio del prior Adaldus. Pero fuera del monasterio Rotel parecía inalcanzable. Todo lo contrario que su hermano, el apuesto Isembard, por quien todas las doncellas de la aldea suspiraban.

Eran dos jóvenes llenos de energía, pero la comunidad envejecía. Las duras condiciones y la frugal alimentación minaban la salud de los monjes, por eso Isembard y Rotel se hicieron cargo de los trabajos del campo, de cuidar del pequeño cenobio y de abastecer su alacena.

Todo cambió el verano del año 860, cuando una epidemia se cebó con los habitantes del valle y la muerte convocó a los monjes. Sobrevivieron el prior Adaldus y un *frate* llamado Remigius. Para evitar que el monasterio quedara deshabitado y las tierras pasaran a manos del conde de Girona, lo ofrecieron a otra comunidad.

Los siete nuevos monjes que se establecieron en Santa Afra también seguían la regla benedictina, si bien con el novedoso rigor que Benito de Aniano había impuesto a la orden durante el reinado de Luis el Piadoso. A su llegada no vieron con buenos ojos la presencia de Rotel. Su impureza femenina contaminaba la casa de oración. Y su belleza inalcanzable les resultaba agónica.

Sixto, entre todos ellos el más acérrimo defensor del reformismo de Benito de Aniano, fue elegido prior y las cosas cambiaron. Rotel sólo podía entrar en la capilla durante las misas, y aun así debía permanecer al fondo y cubierta. No le estaba permitido dirigirse a los monjes, y Sixto decidió que seguiría allí únicamente hasta que le encontraran un convento de mujeres o una familia en la aldea. Isembard mediaba sin éxito, pero también Santa Afra dejó de ser su hogar.

Aquel otoño del año 861, Rotel tenía quince años e Isembard diecinueve. Era el día 19 de octubre, víspera de San Simón, y el nuevo prior celebraba unas vísperas solemnes sin explicar la razón. A media tarde, la pequeña campana de la ermita del monasterio tañó con insistencia y el eco llevó el sonido a las montañas. Isembard se irguió entre las cepas y acto seguido estiró la espalda con las manos apoyadas sobre los riñones. Limpiaban la viña y quedaba mucho trabajo, pero no podían faltar al oficio o el prior se molestaría una vez más.

—¡Es la hora, Rotel! —gritó.

Su hermana apareció en el otro extremo del campo.

—No debería ir —dijo sombría cuando estuvo a su lado.

—Pues nos dejarán sin comida dos días. Ahora es así.

Asistiría la habitual gente de la aldea, y también un noble tonsurado que había llegado del condado de Barcelona, un franco al que llamaban Drogo de Borr. El *frate* Remigius hablaba de él con recelo. Era muy poderoso en la Marca, donde poseía tierras y algunos castillos entre Barcelona y Urgell, pero corrían ciertas historias inquietantes sobre él, incluso que tenía un harén de mujeres muy jóvenes. Se decía que estaba en el condado de Girona para esperar al nuevo obispo de Barcelona, que iba camino de su diócesis. Aspiraba a ser conde de Barcelona y quería congraciarse con él. A todos extrañaba que se hubiera detenido en el humilde cenobio de Santa Afra.

A Sixto no le importaban las habladurías del vulgo ni de sus *frates*. Deseaba ampliar y enriquecer el monasterio y buscaba valedores. Cuando Drogo de Borr y sus hombres pasaron por Santa Afra durante una jornada de caza, lo invitó a la celebración sin detenerse a pensar en cuán insólito resultaba que se hubiera alejado tanto de la ciudad de Girona. Sin duda era un regalo del Altísimo.

Rotel se quitó el pañuelo para airear la abundante melena rubia que cubría su espalda en suaves ondas. Isembard comprendía su temor. A pesar de que era apenas una muchacha, su belleza deslumbraba y era objeto de todas las miradas. Allí sólo la conocían los monjes y los aldeanos, pero esa tarde la descubriría un noble de mala reputación y todo podía cambiar.

—El prior Sixto no nos necesita para recabar limosna —dijo al acercarse a su hermano.

—Nos ganamos el pan y cumplimos los preceptos. Así ha sido siempre, Rotel.

—En la aldea dicen que soy la concubina de los monjes —señaló dolida.

—Sí, y que tienes ojos de hechicera —bromeó él—. No hagas caso. Nos pondremos con los siervos y los pastores, al fondo de la iglesia. Nadie se fijará en nosotros.

No parecía convencida, e Isembard la abrazó con fuerza. Siempre había cuidado de ella. Aunque los hombres de Drogo portaran espadas de hierro, se juró que no permitiría que nadie le hiciera daño.

—Adelántate, hermano —dijo Rotel—. Deja que me recoja el pelo.

Mientras Isembard se alejaba la muchacha, con la mirada puesta en el viñedo que había crecido con ellos, comenzó a trenzarse el pelo, algo que hacía cuando estaba nerviosa. No quería subir al monasterio y que Sixto la expusiera como si fuera una cabeza de ganado, pues eso era lo que el prior pretendía, estaba segura. En la aldea otras jóvenes de su edad ya se habían desposado por voluntad de sus padres, y los monjes podían hacer lo mismo con ella.

Corrió hacia el bosque y luego hasta una cueva escondida. Ni siquiera Isembard sabía que allí guardaba a la Señora, una figura de terracota de un palmo con forma de dama sentada, cubierta con un tocado en punta y con un niño en los brazos. Parecía muy antigua. La había encontrado en el abrigo donde, hacía un par de años, se había refugiado de la ventisca. Nunca la mostró a los monjes. Tal vez era la Virgen María. La halló sobre una cornisa y rodeada de flores marchitas. Ahora era ella quien se las ponía. Le hacía sentirse bien.

Era su santuario secreto. Rozó con los dedos la faz gastada de la Señora y dejó escapar una lágrima. No sentía temor, sólo frío en el alma. Algo iba a ocurrir, lo presentía.

Salió enseguida y se detuvo extrañada. El bosque estaba en silencio. Algo siseó en el suelo y una víbora se irguió a sus pies. En más de una ocasión se había topado con una serpiente, y se quedó quieta. Fue inclinándose de manera imperceptible y sin apartar la mirada de los ojos de la víbora. Intuyó el ataque y, en el momento justo, la atrapó por la cabeza.

—¿Qué haces tú aquí? El invierno se acerca y deberías esconderte, como yo.

La lanzó a unos arbustos y entonces se le erizó el vello de la nuca. A unos pasos de ella, una figura envuelta en pieles la observaba inmóvil entre los árboles. No era la primera vez que la veía en las últimas semanas. Podía ser el espectro de un muerto, como contaban los monjes para asustarlos cuando ella y Isembard eran pequeños, pero algo le decía que se trataba de un peligro aún mayor. Tras un parpadeo la figura desapareció, y Rotel dejó de contener la respiración.

Sobrecogida, corrió hacia el monasterio. Su hermano estaría ya desesperado. Prefería las miradas lascivas de los hombres que la siniestra sombra vigilante del bosque.

Los Nacidos de la Tierra no pasaron desapercibidos, al contrario de lo que Isembard le había dicho a Rotel, y la muchacha soportaba el oficio lo mejor que podía al fondo de la humilde ermita, sin ornamentos ni imágenes. Hasta que se hartó.

—Quiero irme.

—¡No! —exclamó Isembard.

Pertenecían al monasterio. A pesar de que contaban con la estima del viejo Adaldus y del *frate* Remigius, el prior Sixto consideraría una irreverencia que él y su hermana abandonaran la capilla.

El forcejeo llamó la atención de Sixto, quien, molesto, detuvo la plegaria eucarística. Junto a él estaba Drogo de Borr. Aunque el noble había explicado que en su juventud fue ordenado sacerdote, no participaba en las vísperas. Tenía el físico de un guerrero y una larga melena negra que le cubría también parte del rostro, anguloso y pálido. Pasaba de los cuarenta años y miraba a los presentes como un depredador de ojos oscuros que guardaban secretos inconfesables. Sobre la cota de malla lucía una sobreveste con un dragón bordado y había dejado su hacha sobre el altar, un atrevimiento que el prior obvió para no contrariarlo. Su aspecto incomodaba a los presentes y él se complacía de ello.

Al ver a Rotel sonrió ladino y se inclinó hacia uno de sus hombres para susurrarle unas palabras. La muchacha, incapaz de soportar la horrible sensación de mal presagio que la asaltó, abandonó la capilla.

El prior Sixto prosiguió la misa. Alzó el humilde cáliz de

madera forrada de latón. Una copa sin duda indigna de la sangre de Cristo. En el concilio de Reims del año 803 se había declarado que debían ser de metal precioso. Santa Afra era un cenobio miserable; con una ermita y una pequeña casa de dos estancias que los propios monjes habían levantado piedra a piedra sobre una colina cedida en precario por el conde de Girona. Subsistían sin beneficios ni *servi* a los que cobrar el diezmo. Pero eso cambiaría, se dijo el prior, y lo primero debía ser conseguir un cáliz valioso, así como otros ornamentos. Necesitaba aprovechar la presencia de Drogo y ofrecerle algo que apreciara. De hecho, ya sospechaba que había regresado con esa intención. Tal vez había visto a Rotel en los viñedos durante su visita anterior.

Sixto nunca se había interesado por conocer el origen de los hermanos. Los cautos monjes sólo le habían contado que aparecieron una noche de tormenta y que los lobos los respetaron. Sin padres conocidos ni parientes, la bella muchacha era un regalo de Dios. Pertenecía al monasterio, como los viñedos o las cabras. Optimista, el prior prosiguió con la celebración.

Al concluir, Isembard saludó a varios conocidos de la aldea y salió a buscar a su hermana. Fue a la fuente cercana, donde solía sentarse cuando estaba preocupada, pero no la vio. Al caer la tarde los aldeanos se marcharon en comitiva. Drogo también partió con sus soldados camino de Girona. Isembard suspiró aliviado. En vista de que Rotel no aparecía, fue hasta su cabaña, por si había regresado a ella.

—¿Rotel?

Oyó su grito ahogado y, angustiado, entró sin medir el peligro. Vio a su hermana atada y amordazada en el suelo, pero antes de poder reaccionar alguien lo golpeó por detrás y la oscuridad lo engulló.

—¡Isembard! ¡Despierta!

Una voz martilleaba en su cabeza. Al abrir los ojos sintió

un dolor insoportable, pero distinguió en la penumbra al viejo Adaldus.

—¡Se la han llevado! —le dijo el monje, desolado.

—¡Rotel! —La angustia invadió al muchacho—. ¿Qué ha pasado?

—El prior la ha vendido a Drogo.

—¡Pero yo lo he visto marcharse únicamente con sus hombres!

—No quiso hacerlo delante de los aldeanos. Se la ha llevado uno de sus soldados al caer la noche, con ayuda de dos de los nuestros. —Adaldus sentía vergüenza—. Que Dios nos perdone.

Aún aturdido, Isembard se incorporó presa del pánico. No había podido protegerla.

—Hermano Adaldus, ¿creéis que Drogo venía a por ella? Nunca antes nos había visitado un noble. —La angustia iba apoderándose de él.

—Puede que la viera cuando estuvo aquí con sus hombres hace unas semanas o que algún aldeano le haya hablado de ella, poco importa. Rotel es muy bella, pero también es especial, tú mejor que nadie lo sabes. Podría ser un capricho o existir otra razón...

—Debo encontrarla —afirmó Isembard. Estaba asustado, pero no la abandonaría.

Adaldus le entregó un cuchillo y una bolsa que contenía algunos óbolos de plata. Serían sus armas frente a la espada del soldado de Drogo. Desde que salió de Tenes hacía ya doce años no había vuelto a ver armas así.

—¡Habéis robado al prior Sixto!

—Sixto cree ser un instrumento de Dios, pero yo también lo soy. —Adaldus abrazó a Isembard. Quería a aquel muchacho y a su hermana como si fueran sus hijos—. Fui el prior durante décadas y ya no reconozco Santa Afra. ¡Si logras rescatarla, no volváis!

—¿Qué será de nosotros? —dijo Isembard con voz afligida. Habían servido desde niños a unos hombres dedicados a la oración. No entendía por qué Dios los castigaba así... ¿O acaso Él tenía un plan inescrutable para ellos?

Adaldus lloraba. Se sentía culpable. Cuando Rotel sangró a los trece años por primera vez él era el prior y debió entregarla a algún payés joven y decente. La joven habría tenido una vida precaria, pero ahora estaba expuesta a los caprichos de un noble de mala fama e intenciones dudosas. Volvió a abrazar a Isembard. Lo conocía bien; tenía un espíritu noble y por sus venas corría la sangre de una leyenda, pero sólo era un siervo con las manos vacías. Aun así, sabía que se arriesgaría por Rotel, y quiso insuflarle valor.

—Recuerda que eres hijo de Isembard de Tenes. Lamento no haberte hablado más de tu familia, pero lo descubrirás por tu cuenta. Ahora debes partir.

La mención a su padre le causó un profundo dolor. El caballero prometió enseñarle a manejar la espada y jamás regresó para cumplirlo. Ahora sólo sabía ocuparse de la viña y reparar los muros del viejo monasterio. La antigua herida de su alma supuraba odio y frustración.

—¿Hacia dónde han ido? —preguntó a Adaldus.

—Toma el camino de Girona. Drogo pretende encontrarse allí con el nuevo obispo de Barcelona. El mercenario que lleva a Rotel no debe de estar lejos. Si aún no se ha reunido con Drogo, tal vez puedas sorprenderlo. Pero sé cauto.

—Despedidme del *frate* Remigius.

—Está entreteniendo a todos con una historia tediosa. Es mejor que no te vean.

Isembard cogió la capa que Adaldus le ofrecía y se alejó como una sombra por la estrecha senda. Le dolía la cabeza a causa del golpe. Varias millas más adelante vio a dos monjes de Sixto que regresaban por el camino y se escondió tras un roble. Dedujo que el pago por su hermana había sido el espléndido cáliz de plata con perlas que admiraban a la luz de la luna. Santa Afra no tenía medios para adquirir un objeto tan valioso. Furioso, tomó una gruesa piedra del suelo, pero se contuvo de lanzársela en el último momento. En el silencio de la noche la reyerta se oiría desde lejos y podría alertar al captor de Rotel. Debía sorprenderlo si quería tener una oportunidad.

Cuando los monjes se perdieron en la oscuridad siguió adelante y no muy lejos de allí vislumbró a un jinete. Rotel, cubierta con su capa de pieles, caminaba encogida, atada a la montura con una cuerda.

La joven intuyó la presencia de su hermano y volvió el rostro. Con el gesto le pidió que esperara, pero Isembard profirió un grito y lanzó la piedra, que golpeó el casco redondeado del hombre. El jinete se contrajo, aturdido por el dolor. Isembard se abalanzó sobre él a la carrera y le hundió el cuchillo en la pierna. Estaba asustado, pero logró cortar la soga y liberar las manos de Rotel. El guerrero, repuesto del primer ataque, saltó del caballo y lo derribó de un golpe. Isembard perdió el cuchillo, y una patada en el costado lo dejó en el suelo sin aire.

—¡Tened piedad, es mi hermano! —imploró Rotel.

El hombre de Drogo pateó de nuevo a Isembard y lo hizo rodar por el sendero.

—Tienes valor, muchacho —masculló. Se acercó a él cojeando y del cinto se sacó el hacha de mano—. Pero tu hermana no puede desperdiciarse en ese miserable monasterio de Santa Afra.

Isembard, dolorido, se arrastró. Era incapaz de incorporarse. Aun así, por instinto levantó el brazo para protegerse. Esperaba que Rotel aprovechara para huir hacia el bosque.

Entonces el hombre profirió un horrible gorgoteo y el hacha se le escurrió de las manos. Miraba al frente desconcertado mientras la sangre brotaba a chorros de su garganta rajada. Se desplomó, e Isembard vio a Rotel detrás. Asía el cuchillo que él había perdido y jadeaba. Cuando se abrazaron Isembard advirtió en sus ojos un brillo inquietante. La delicada muchacha de quince años no había vacilado al degollarlo por la espalda.

—¡Venían a por mí! —dijo alterada. Trataba de excusarse ante la cara descompuesta de su hermano—. ¡El prior me ha vendido!

Desde que el soldado la había atrapado en la fuente, Rotel había sentido un pánico tan intenso como desconocido. Jamás había temido la soledad de los páramos, vagar perdida o los peligros del bosque, pero esa tarde había descubierto su terror: estar indefensa a merced de alguien. Ese pavor la había hecho reaccionar de una manera instintiva y letal. Se miró las manos ensangrentadas y se estremeció.

—Drogo ha pagado un cáliz por ti, hermana. —Isembard sentía el corazón a punto de estallarle. A pesar del dolor que notaba en el costado, ambos se encontraban bien y Rotel estaba libre. Sin embargo, una duda lo ahogaba—: ¿Te han hecho daño?

—No, ese hombre sólo me llevaba con Drogo —respondió la muchacha, y trató de sonreír para tranquilizar a Isembard—. Me ha dicho que íbamos al castillo de Tenes.

—¿El de nuestro padre? —Isembard notó una punzada de escozor. Después de tantos años, el pasado regresaba en esa noche aciaga.

Rotel asintió. Iba recuperando la calma lentamente, pero ambos navegaban en un mar de dudas. Sabían que sus vidas habían cambiado para siempre.

—El castillo es el refugio de Drogo. Creo que sabe quiénes somos. —Lo observó con sus ojos claros de mirada profunda—. ¿Qué hacemos?

—No podemos volver a Santa Afra. Y en la aldea nos delatarían. —A Isembard le vinieron a la mente las palabras de Adaldus: «Recuerda que eres hijo de Isembard de Tenes». Tenían a sus pies el cuerpo sin vida de un mercenario. Ya no debía pensar como un siervo si quería protegerla—. Los hombres de Drogo nos buscarán por los alrededores del monasterio, Rotel. En Girona habita mucha gente y pasaremos desapercibidos. Drogo no esperará que vayamos allí. Tengo unos óbolos de plata. Podríamos huir con una de las caravanas de mercaderes.

Rotel lo miró con inquietud. Jamás habían salido del monasterio. Ni siquiera sabían usar las monedas y menos negociar con mercaderes.

—¿Qué será de nosotros?

Isembard la abrazó. Sentía el mismo miedo que en su huida del castillo de Tenes cuando eran niños. Dios los ponía a prueba de nuevo, y quiso mostrarse firme.

—Nacimos de la tierra y ya vencimos a la muerte una vez. Te protegeré, Rotel.

Ella conocía bien a su hermano. Era valiente, pero la situación lo superaba. Aun así, confiaba en él.

Ocultaron el cadáver del mercenario bajo la hojarasca, espantaron a su caballo y huyeron. Su existencia en Santa Afra había terminado y no volvieron la vista. Escapaban en silencio sin saber si las peores sombras quedaban atrás o los esperaban más adelante.

4

Girona

La ciudad amaneció silenciosa bajo una espesa bruma que, desde del río Oñar, ascendía hasta sobrepasar las recias murallas. Los primeros mercaderes ocuparon los mejores puestos bajo el pórtico de la iglesia. Aunque tenían orden de esperar al final de la misa, querían aprovechar antes de que los colonos del nuevo obispo Frodoí partieran hacia Barcelona. Unos vociferaban sus mantas y utillajes mientras los carpinteros revisaban las ruedas y los ejes de los carros. El invierno sería crudo. Las lluvias habían dificultado el camino desde Narbona y más adelante estaba peor. Aún podían transitarse tramos de la antigua vía romana, con sus losas torcidas y sus desniveles, pero en los trozos de tierra las ruedas podían partirse si se hundían en el barro.

En el lóbrego interior de la iglesia el humo del incienso engullía el brillo de los cirios, pero disimulaba el hedor a sudor y cuero de los viajeros. La misa había concluido y el nuevo obispo de Girona, Elías, conversaba con su vicario y varios canónigos, todos ellos ancianos, mientras miraban al joven Frodoí, que rezaba arrodillado ante la cruz.

Aunque Frodoí había aceptado el mandato, la curia y la nobleza dudaban si acudiría a su sede en Barcelona. Cuando partió de Reims muchos se alegraron; un rival menos al que sólo verían en los concilios. Viajó con el monje Servusdei hasta

Narbona, donde el arzobispo Fredoldo lo bendijo sin saber si su determinación era mero orgullo. Se les unió Jordi, un sacerdote barcelonés que amaba su tierra y veía al joven obispo como un enviado del Señor.

Ante la sorpresa de la corte, el rey Carlos autorizó que llevaran colonos a la Marca Hispánica para trabajar las tierras baldías propiedad del obispado, ya que tras el último ataque de ese verano se necesitaban brazos. El conde de Barcelona, Humfrid, que se hallaba con el monarca, también aceptó pues en su ausencia el obispo era la máxima autoridad junto al vizconde. La llamada se envió con mensajeros y palomas a las ciudades de la Gotia, desde los Pirineos hasta la cuenca del Ródano. Aunque la sola mención de la Marca Hispánica causaba espanto, la miseria estaba en todas partes y acudieron a Narbona casi un centenar de campesinos y artesanos, además de algún monje descarriado y guerreros tullidos. Algunos llegaron cadavéricos, cubiertos de harapos y sin nada; otros, con carros y esclavos. Sin embargo, todos buscaban una última oportunidad, aunque estuviera en el rincón más desolado del orbe cristiano. Frodoí mandó a sus clérigos crear una lista sin hacer preguntas. También para él era una nueva vida.

El obispo Elías se acercó al joven Frodoí y advirtió en su agraciado rostro una lágrima que se perdía en su barba negra, bien recortada a la moda de la corte franca.

—Desde que he llegado a la Gotia sólo oigo decir que Barcelona está condenada a desaparecer —musitó Frodoí con la voz quebrada—. ¿Será ésa la voluntad de Dios?

Elías sintió compasión por él. Tenía por delante una difícil tarea.

—Creo que la voluntad de Dios es que lo evitéis, pero no os será fácil.

Frodoí se volvió de nuevo hacia la cruz y, todavía arrodillado, se dispuso a seguir rezando. Poco después se puso en pie. El momento de flaqueza había remitido.

—Ya no hay vuelta atrás. Que Dios nos proteja.

La campana de la iglesia tañó con insistencia y el clero salió al pórtico. El arcediano colocó la lujosa mitra sobre Frodoí, quien recibió a continuación la bendición de Elías. Con el báculo en una mano, se dirigió a los presentes que aguardaban expectantes:

—¡Los que me acompañáis en este viaje sabed que Dios perdona vuestros pecados! —gritó con su habitual seguridad en el verbo—. No importan las faltas, la vergüenza o el deshonor que puedan teñir vuestro pasado. Dios contuvo el avance del infiel y el venerable Carlomagno trazó una línea, una Marca que jamás deben cruzar. Ahora nos pide que nos unamos a los que viven allí para cultivar sus campos abandonados, levantar los monasterios destruidos y fundar villas. No ignoramos que es una tierra empapada de sangre, pero he rezado y Dios me ha concedido una visión.

Elías lo miró espantado. Frodoí, ajeno a aquel gesto, abarcó la multitud con las manos.

—¡He visto cepas aplastadas por el peso de sus racimos, rebaños de mil cabezas, campos de trigo dorado hasta donde me alcanzaba la vista, y mesas colmadas de quesos, tocino y embutidos! No caminamos hacia la muerte. ¡Una tierra de leche y miel nos espera!

Los congregados ante el pórtico estallaron en vítores y alabanzas. Los niños de Girona pedían a sus padres que los llevaran con ellos. Elías se fijó en la sutil sonrisa de Frodoí.

—Necesitan fe —le dijo el joven prelado.

Cinco soldados con cota de malla y cuero, con el yelmo redondeado en la mano, se acercaron hasta Frodoí en actitud reverente. Eran miembros de la guardia personal del obispo de Barcelona y habían llegado la tarde anterior para escoltarlo hasta su destino. Frodoí saludó al capitán Oriol. Tenía veintisiete años y llevaba seis al servicio de la sede del obispado. Lo acompañaban sus mejores hombres, Duravit, Italo, Nicolás y Egil, todos veteranos. Eran menos de los que esperaba. No obstante, había que tener en cuenta que la razia sarracena del anterior verano había producido bajas, entre muertos y heridos que seguían convalecientes. El voto sagrado de todos ellos era proteger la vida del obispo. Frodoí miró los ojos nobles de Oriol y se sintió reconfortado; tenían por delante la peor etapa del viaje.

No lejos del obispo se hallaba Drogo de Borr con sus hombres, mercenarios, según le explicó Oriol. Frodoí había rechazado amablemente la oferta del noble de escoltarlo a Barcelona. El obispo, que intuía que era un intento de manipularlo para granjearse favores, alegó que tenía su propia guardia. No llegaría a su sede atado por compromisos y lealtades. Drogo simuló aceptarlo, pero en su tensa sonrisa se advertía el agravio.

La campana tañó de nuevo. Se guardaron la mitra y los ropajes ceremoniales en un arcón. Frodoí montó en su caballo vestido con una sencilla túnica negra y portando el báculo de plata. Acompañado de su guardia, siguió al portacruces que encabezaba la comitiva, y salieron de Girona por el portal del Oñar para tomar la vía Augusta hacia el sur. Los colonos, que iban detrás del obispo, se acercaron en tropel a la puerta mientras los habitantes los despedían con un sonoro clamor.

Entre el gentío congregado ante la iglesia estaban Isembard y Rotel. Ocultos bajo sus capas observaban la partida. Llevaban un día en la ciudad deambulando angustiados, pero entre los colonos habían pasado inadvertidos, como Isembard había pronosticado. Girona era para ellos un lugar hostil y atestado; sin embargo, nadie se había fijado en ellos hasta ese momento. Según los mercaderes, el noble Drogo de Borr había mandado soldados a Santa Afra para atrapar a dos siervos que habían matado a un hombre. Ahora los forasteros se marchaban.

Las palabras de Frodoí habían impresionado a Isembard. Los monjes eran serenos y comedidos en sus pláticas, jamás había visto a nadie con ese carisma.

—Con ellos está nuestra salvación, Rotel —aseveró Isembard. Había estado sondeando a algunos colonos antes del discurso del obispo—. Necesitan brazos para el campo, y dicen que el monje que los inscribe no hace preguntas.

—¿Y Drogo? —comentó Rotel, recelosa. Veían al noble y a sus hombres frente al pórtico de la iglesia, sin moverse—. ¿No va con ellos?

—He oído contar que el obispo ha rehusado su escolta porque tiene su propia guardia.

Rotel asintió, aunque no muy convencida. Prefería la soledad a unirse a un centenar de desconocidos, pero Drogo había pagado un valioso cáliz por ella y seguiría buscándolos. En cuanto la ciudad se vaciara, se fijarían en ella y su hermano.

La muchedumbre a su alrededor se dispersó y se quedaron solos. Llamaban demasiado la atención, e Isembard tomó a Rotel de la mano y se mezclaron con los colonos que se agolpaban ante el portal del Oñar para abandonar Girona.

—¡Que nadie salga sin ser identificado! —gritó el responsable de la guardia que vigilaba la puerta—. Hay dos siervos fugitivos que podrían estar entre los colonos.

Los muchachos se miraron sobrecogidos. Drogo había tomado precauciones. Bajo el arco del portal, un clérigo joven sostenía un pergamino e identificaba a los que salían. La guardia de la ciudad obligaba a todos a descubrirse la cabeza.

—¿Qué hacemos? —demandó Rotel, agobiada entre el gentío que los empujaba.

Trataron de retroceder, pero el grupo apiñado los arrastraba hacia la puerta entre las protestas de algunos. Llegaron a la arcada y un soldado alzó la mirada con indiferencia.

—Tú —ordenó a Rotel—, descúbrete.

Ella miró impotente a su hermano. No podía negarse. Justo cuando dejaba ver sus cabellos rubios, la tinaja que portaba un hombre que estaba tras ella cayó al suelo y se hizo añicos.

—¡Maldita sea!

Un charco de aceite se esparció sobre las losas del portal. El dueño de la vasija maldecía a la joven que le había dado un empellón mientras su compañero trataba de calmarlo. Un anciano resbaló y se formó un tumulto. La culpable del estropicio, con disimulo, hizo un gesto apremiante a Rotel.

—¡Vamos! —reaccionó Isembard al tiempo que la arrastraba de la mano.

Los soldados y el monje de la lista se vieron empujados por la muchedumbre, que esquivaba el aceite derramado, y los hermanos cruzaron cabizbajos. Se alejaron del caos con los hombros encogidos, esperando que los llamaran desde la puerta, y al llegar al río se abrazaron con alivio. El obispo y su escolta a caballo ya avanzaban a cierta distancia por el camino, seguidos de las primeras familias, y siguieron adelante como los demás colonos.

—Ha faltado poco —dijo una voz jovial a su espalda.

Dieron un respingo. Les sonrió una joven con la túnica manchada de aceite. Debía de tener la edad de Isembard, su cabello era oscuro y ostentaba una mirada luminosa. A su lado, un joven con algunos años más y el pelo rojizo la miraba con cara de espanto. Isembard le devolvió la sonrisa con gratitud, y al momento lo invadió una sensación desconocida al ver los rasgos agraciados de su salvadora bajo el manto.

—¿Por qué lo has hecho? —quiso saber Rotel, recelosa.

Elisia miró a Isembard y tardó en responder. Era el muchacho más apuesto que había visto, y notó un inesperado hormigueo en el vientre.

—Trabajaba en una posada. En mi vida me he topado con muchas personas que trataban de escabullirse, y he de decir que sois los peores. Estabais tan angustiados que no he podido evitarlo. Me llamo Elisia. Él es mi esposo, Galí, y venimos de Carcasona. No os había visto antes.

Los dos hermanos se miraron en silencio. Rotel parecía ansiosa por alejarse, pero Isembard reaccionó antes.

—Somos pastores de las montañas, venimos del norte del condado —mintió con la atención puesta en Elisia. Vacilaba, pues hasta la fecha había hablado con pocas mujeres—. Mi hermana se llama Rotel. Yo soy Isembard. Estábamos en la ciudad para vender nuestros quesos y hemos decidido unirnos a los colonos que se dirigen a Barcelona.

Elisia sentía que se perdía en la mirada azul del mentiroso joven. La emocionaba la timidez con que la observaba. Era distinto a Galí. En sus pupilas azules veía luz, y sus rasgos afilados la turbaban. Quiso disimular dado que su esposo estaba junto a ella, y señaló al prelado que marchaba por delante.

—Da igual de dónde vengáis o qué hayáis hecho. El obispo Frodoí dice que todos tendremos una oportunidad. Vosotros también, si queréis.

—¿Por qué os habéis unido vosotros? —preguntó Rotel. Había captado el desconcierto de Elisia ante Isembard. Se sentía confusa y molesta.

—¿Habéis prestado oído a los manjares que describía el obispo? ¡Pues yo los guisaré!

Galí examinaba a los hermanos. No llevaban ningún hatillo y vestían viejos hábitos remendados. No eran nadie, siervos tal vez, y los miró desdeñoso al hablarles.

—Queremos abrir una taberna. Mi joven esposa es la mejor cocinera de toda la Gotia. Para otros habrá trabajo en los campos. —Dedicó a Rotel una mirada lasciva antes de añadir—: Y muchos hijos que parir para repoblar la Marca.

Los hermanos no respondieron, y Elisia se enfureció por el desprecio de Galí. En ese momento dos jinetes salieron del portal del Oñar y comenzaron a obligar a los colonos a descubrirse. Isembard y Rotel se ajustaron la capucha.

—Os buscan —dedujo Elisia, grave—. Por eso vigilaban a los que salían.

Isembard la miró, y vio algo en sus ojos del color de la miel que lo empujó a sincerarse.

—Vendieron a mi hermana y... escapamos —explicó incauto.

Sin esperar, Galí se llevó a Elisia para hablar en privado. Los soldados no estaban lejos y él no disimulaba su sonrisa.

—Si son los que buscan, tal vez nos den una recompensa por ese par.

—¡Ella es muy joven, Galí! —exclamó horrorizada—. Su hermano la protege, pero no conocen a nadie aquí. ¡Tenemos que ayudarlos!

—¡No son más que siervos! —insistió Galí. Elisia no era la esposa sumisa y discreta que esperaba. Cada vez se sentía más molesto.

—Yo también lo era —replicó la joven.

—Pero ahora eres libre ¡y mi mujer! —espetó mordaz—. Debes hacerme caso.

Elisia se asustó ante su reacción, pero no dio su brazo a torcer.

—¿Y si al escapar de Vernet con tu abuelo Gombau, dos desconocidos os hubieran entregado?

Galí apretó los puños, airado ante la réplica. Sin embargo, había gente cerca y se contuvo.

—Podrían causarnos problemas.

—Ya los tenemos. —Elisia se tocó la túnica manchada—. Los hemos ayudado a salir de Girona.

—¿Y cómo evitarás que los detengan? —dijo Galí al comprender que era verdad.

—Los haremos desaparecer —respondió ella con una sonrisa maliciosa.

Recordaba los ardides que los mercaderes contaban en la posada para escapar de los cobradores de impuestos y otros peligros. Jamás se imaginó que llegaría a intentar alguna de aquellas tretas. Regresaron junto a los hermanos, y Galí los observó con recelo. Su joven esposa ponía demasiado interés en salvar al apuesto Isembard.

—Confiad en mí y haced lo que os diga —les dijo Elisia mientras miraba de soslayo a los soldados, cada vez más próximos.

—Se crió en una taberna entre mercaderes y truhanes —adujo con frialdad su marido.

Rotel frunció el ceño. Desconfiaba, pero Isembard se asomó a los ojos de Elisia y apretó el hombro a su hermana. Además, ya era tarde para huir; los verían.

—Isembard —dijo Elisia—, simula que eres esclavo de mi esposo. Rotel, nos intercambiaremos la capa y vendrás conmigo.

Los hermanos asintieron, no les quedaba otra opción. Elisia y Rotel se acercaron a una familia de aspecto humilde que tiraba de un carro de dos ruedas. Sentada, iba una mujer que amamantaba a una niña, con otra de unos tres años al lado. Sonrió al reconocer a Elisia y hablaron en susurros. La madre miraba a Rotel y a los guardias que se aproximaban. Al final asintió, y mostró a Rotel su hija recién nacida.

—Se llama Auria y tiene sólo unos meses —explicó Elisia—. Ella es Leda. Son buena gente y aceptan ayudarte, Rotel. No has dado nunca el pecho, ¿me equivoco?

—Pero...

—¡Vamos, sácalo ahora!

Por detrás, los jinetes jaleaban a Galí, que empujaba a Isembard con una crueldad exagerada, como si su siervo lo hubiera enfurecido. Lo tiró al fango del camino y los soldados se alejaron divertidos. Elisia zarandeó a Rotel con insistencia. La muchacha se bajó una manga y, nerviosa, se acercó a la niña al pecho.

—¡Dios mío! —gimió al sentir la mordedura de las encías.

—No has sido madre, ¿verdad? —musitó Leda—. Ven, siéntate a mi lado, hija...

Los soldados los alcanzaron y se fijaron en la joven.

—¡A ver si nos ofreces luego a nosotros también!

Rieron a carcajadas, y Rotel apretó los dientes. El dolor le resultaba insoportable, pero aguantó. La pequeña Auria estaba inquieta dado que no succionaba nada y parecía a punto de echarse a llorar. Entonces Elisia, que iba unos pasos por delante, tosió con fuerza bajo la capucha.

—Mira esa capa... Coincide con la descripción —dijo uno de los jinetes.

De un tirón, descubrieron a Elisia.

—Tú llegaste con el obispo hace dos días. ¿De dónde has sacado la capa?

—¡Señor...! —Elisia tosió antes de hablar—. Me la dio una chica rubia muy joven y bonita. ¿Qué he hecho, por Dios? ¡Tomadla si la queréis!

Los dos soldados se miraron asqueados mientras Elisia tosía hacia ellos sin parar.

—¿Adónde se dirigía?

—Huyó con un muchacho que se le parecía mucho, señor. Por la muralla, hacia el norte, eso creo... Yo no sé más. —Simuló ahogarse—. Yo... Yo...

—¡Apártate, escoria! Vámonos.

Rotel bufó aliviada y devolvió a Auria a su madre. Miró a Elisia.

—¿Todo eso se aprende en una taberna?

—Sólo en tardes lluviosas. ¡Cuando llega la noche es mucho mejor!

A la risa de Leda se sumó la de su esposo, Joan, que se había mantenido vigilante todo el tiempo para proteger a los suyos. Tendrían unos treinta y cinco años, y la piel ajada pero los ojos nobles. Se sentían orgullosos de haber engañado a dos hombres con espadas. Les presentaron a sus hijos: Sicfredo, el primogénito, tenía casi la edad de Elisia; Emma, de quince años, como Rotel; Galderic, de ocho; Ada, que iba sentada en el carro con su madre, tenía tres, y por último estaba la pequeña Auria.

Isembard y Rotel veían que la joven de Carcasona era lo contrario a ellos. Acostumbrada a tratar con desconocidos, se mostraba resuelta, rebosaba desparpajo y ya había trabado relación con muchos de los colonos; conocía incluso a Frodoí y su pequeño séquito. El buen ánimo de la muchacha resultaba muy útil al obispo en aquella incierta aventura.

Cuando perdieron de vista Girona, entre el centenar de colonos reinaba un ambiente optimista, pero ya en la vía Augusta cundió la incertidumbre. Sicfredo y Emma entonaron una canción de siega a la que se unieron otros para animarse.

Isembard se acercó a un arroyo apartado para limpiarse el fango. Estaba furioso con Galí. No era necesario humillarlo como lo había hecho; por si fuera poco, lo había puesto en mayor peligro al llamar la atención sobre él. Tal vez a propósito, se dijo. No era como su joven esposa, la de los ojos tan bonitos, pensó mientras se lavaba la cara.

—Ha faltado poco.

A su lado estaba Elisia, de pie, con un ligero rubor en el rostro. Miraba hacia la cuesta, temerosa de que apareciera alguien.

—Te buscaba para disculparme por mi esposo —musitó nerviosa. No sabía bien qué estaba haciendo allí—. Quizá se excedió... Pero es un buen hombre.

—Gracias por ayudarnos —respondió Isembard, reuniendo valor—. Eres la primera joven que conozco, aparte de Rotel, y hoy me has salvado dos veces. —Vaciló—. También se lo agradezco a tu esposo.

Elisia se conmovió. La asaltaron sensaciones encontradas. Ese muchacho despertaba en ella algo distinto a lo que sentía por Galí. La mirada de gratitud de Isembard le erizaba el vello, y por primera vez desde la muerte de Lambert notó que revivía. Quería saber quiénes eran esos hermanos que parecían fuera de lugar.

—Creo que eso merece una buena historia. —Sonrió para agradarle más—. Pero debo marcharme. En cuanto podáis, presentaos ante los monjes del obispo.

Isembard asintió. Deseaba seguir hablando con Elisia, le resultaba fácil. Sin embargo, ella subió la cuesta hacia el camino principal. Poco después la siguió, y se reunió con Rotel y los hijos de Joan y Leda. No les convenía ir apartados y, aunque el futuro para ambos fuera incierto, cada paso que los acercaba a Barcelona los alejaba de Drogo.

Al atardecer Isembard y Rotel comparecieron ante Servusdei y Jordi. Se anotaron sus nombres y el lugar de origen. El monje anciano advirtió la inseguridad en sus caras.

—Podréis trabajar con alguna de las familias. Ya no importan los viejos secretos. Sólo rezad para que éstos no regresen algún día.

Esa noche la familia de Joan, a sugerencia de Elisia, invitó a los hermanos a sentarse alrededor de su hoguera, pues no portaban víveres. Tras una frugal cena a base de tocino salado y pan, Isembard y Rotel explicaron que habían crecido como siervos en un pequeño monasterio y que huyeron cuando el prior vendió a Rotel al noble Drogo de Borr. No mencionaron al mercenario muerto. Salvo Galí, que se mostraba indiferente, los demás escuchaban sumidos en sus propios dramas; así era la funesta realidad de la tierra maldita que pisaban.

5

Vía Augusta, camino de Barcelona

Muy pocos se aventuraban por los caminos de la Marca, salvo los mensajeros, los condes y obispos con sus séquitos, o algún mercader con escolta. La desolación había dejado aldeas aisladas y entre las ciudades se transitaba por los restos de las viejas carreteras romanas. El abandono y las continuas incursiones sarracenas forjaban oscuras leyendas de viajeros desaparecidos, hordas de hombres que vivían como bestias y peligros aún más siniestros. Por eso, a medida que la comitiva de Frodoí se acercaba a Barcelona los ánimos se ensombrecieron. Muchos tramos de la vetusta vía romana estaban sepultados o tenían grietas profundas porque les faltaban losas, que se habían arrancado para realizar nuevas construcciones. Los carros se encallaban en el fango y debían dar rodeos. Varios quedaron inservibles, pero la marcha no se detuvo, pues se sentían aislados y vulnerables.

Pasaron ante villorrios y celdas monásticas arrasados por el fuego; resultado de razias o de amenazas más sombrías que nadie osaba comentar. Los cantos alegres y pícaros dieron paso al monótono rezo de salmos. Encontraron en una colina una de las mesas de piedra levantadas por los gigantes de tiempos bíblicos, dos rocas enormes que sustentaban otra lisa y ciclópea. Bajo ella había fruta y restos de sangre. Los antiguos cultos no habían desaparecido. Frodoí hizo quemar la ofrenda y asperjar con agua bendita, pero no se atrevió a pedir que la demolieran. En el fondo, incluso él temía desatar las fuerzas atávicas que podían persistir en lugares remotos como aquél. Mandó que Sicfredo, el hijo mayor de Joan y Leda, en adelante encabezara la marcha portando la cruz.

El tercer día ocurrió algo. Anochecía, y la escolta de Frodoí se había avanzado para buscar un lugar de acampada. Entonces apareció un hombre sobre un promontorio. Iba cubierto con una gruesa capa de varias pieles cosidas y se apoyaba en un cayado nudoso. Observaba la comitiva en silencio. Lo increparon, pero sólo vieron oscuridad bajo la capucha. Retrocedió y desapareció. Rotel se inquietó; era la figura que había divisado en los bosques. Sin embargo, no dijo nada. Tampoco el obispo lo mencionó en la breve oración que dirigió cuando acamparon. Pero la presencia silenciosa llenó a todos de un temor supersticioso, y al día siguiente una de las familias que disponía de bienes y esclavos emprendió el regreso a Girona.

Comenzaron a sentirse observados. A pesar de que el paisaje de extensos robledales y encinares era el mismo, el ambiente cambió. Hubo discusiones, y los más pequeños lloraban a menudo. Las arengas de Frodoí predisponían menos al optimismo.

El cuarto día de marcha fue una jornada lluviosa y desapacible. Los colonos acamparon en unos abrigos rocosos cercanos a la vía. Antes de anochecer, Isembard observó a Elisia mientras se adentraba sola en una arboleda cercana. Cada atardecer solía buscar setas, bayas o frutos del bosque para aderezar las comidas que compartían con la familia de Joan. En la linde del bosque ella advirtió que la miraba, sonrió y se internó entre los árboles.

Isembard echó un vistazo a su alrededor. Rotel hablaba con Emma. A pesar de haber vivido aislada en el monasterio, había trabado amistad con aquella muchacha que era de su misma edad y solían caminar juntas durante la marcha. Galí estaba sentado en uno de los abrigos con otros hombres, dando cuenta de un odre de vino y lanzando dados. El esposo de Elisia seleccionaba bien con qué colonos se relacionaba, y desde el primer día no había vuelto a dirigirle la palabra. Jamás acompañaba a Elisia, a pesar del peligro que suponía para su esposa adentrarse en un bosque desconocido.

Isembard había tratado de acercarse de nuevo a la joven de Carcasona desde su encuentro en el arroyo. La observaba hablar y reír con los colonos. Elisia lo descubría siempre y sonreía con dulzura, pero Galí, atento a la curiosidad que sentían el uno por el otro, la alejaba con cualquier excusa.

Aunque no debía hacerlo, Isembard fue tras ella con discreción. La encontró rebuscando en la maleza cerca del campamento. Entonces la vio llorar. Sabía que su abuelo había muerto hacía poco, pero durante las jornadas de marcha se mostraba animosa. Conmovido, dejó de espiarla y se acercó a ella.

Elisia se asustó al oír pisadas, si bien al verlo le sonrió con tristeza.

—No sé qué hago aquí, Isembard —dijo como si necesitara aliviarse—. He dejado mi vida atrás, y me pregunto si he hecho lo correcto.

—Tienes a Galí —tanteó él.

Ella asintió apenada; no quería hablar de su esposo. Ya no se mostraba tan cálido como en la posada ni la sonrojaba con halagos. Le recordaba que era libre por él. Exigía su comida, y yacían de forma brusca cada noche bajo la manta, pero el resto del tiempo prefería la compañía de ciertos colonos y su vino agriado. Sin embargo, aún confiaba en que en Barcelona todo cambiaría; regentarían una posada y tendrían hijos.

—¿A qué has venido, Isembard? —preguntó esquiva.

—El bosque es peligroso. —Se sintió ridículo. Estaban junto al campamento.

Elisia adivinó su confusión y se enjugó las lágrimas. No quería que se marchara.

—Podrías ayudarme a buscar bayas —le planteó con mejor ánimo.

Isembard aceptó, muy nervioso. Jamás había paseado a solas con una joven que no fuera Rotel. Elisia le habló de Carcasona con nostalgia y, distraídos, se adentraron en la espesura, cada vez más sombría pues ya atardecía. Él la escuchaba embelesado y admiraba sus facciones suaves, de discreta belleza, en contraste con sus manos nudosas tras años y años de trabajo. La intimidad del momento lo azoraba.

Elisia, observadora, veía con claridad lo que le ocurría a Isembard y se ruborizó. Era muy distinto a Galí y a los espabilados jóvenes que frecuentaban la posada de Oterio. Hablaba poco y sus respuestas eran comedidas. No demostraba tener mucha práctica en charlar con mujeres; con todo, era el hombre más guapo que había visto en su vida. Tenía las facciones tan delicadas como las de su hermana, pero bajo el viejo hábito que vestía se adivinaba un cuerpo fibroso y curtido por el duro trabajo. Le gustaba. Con Galí había conocido el sexo. La poseía entre jadeos, sin hablar ni regalarle excesivas caricias. Se preguntó si con cualquier hombre sería así.

Comenzó a llover con intensidad y, entre risas, corrieron hasta una oquedad rocosa que descubrieron tras una encina. Era estrecha, y sus cuerpos se rozaban. Elisia se quitó el pañuelo para escurrirlo. Se arregló la melena oscura, consciente de la atención del joven. Ofendía a su esposo con esa actitud, pero no se apartó. La tensión podía más, y comprendió que estaba naciendo entre ellos algo profundo e intenso.

El deseo prohibido despertó también en Isembard, quien aspiró el olor del pelo húmedo de Elisia. Notar su cuerpo casi pegado al suyo lo excitaba, y su mente acalló las largas arengas de los monjes de Santa Afra sobre la lujuria y el adulterio. Levantó una mano y se atrevió a rozarle el rostro. Elisia cerró los ojos y se olvidó por primera vez de Carcasona.

—Pertenezco a mi esposo —musitó cauta, incapaz de cruzar el límite.

Isembard no se atrevía a ir más allá, y ella se debatía entre la culpabilidad y el deseo. Entonces oyeron voces que provenían del bosque y se separaron aturdidos. Vieron la luz de una antorcha en la arboleda y la silueta delgada de Rotel, que seguía el rastro con facilidad. La acompañaban Joan y su hijo mayor, Sicfredo.

Elisia, con el corazón aún desbocado, forzó una sonrisa y se cubrió la cabeza, aunque había visto con alivio que Galí no iba con ellos.

—Siempre he sido sierva como tú, Isembard, pero Galí me regaló la libertad. —No era necesario dar rodeos. Había nacido algo entre ellos y ambos lo sentían, pero Elisia era más valerosa para hablar—. Pecamos con sólo pensarlo, Isembard.

Sin saber si era a causa de la frustración, el joven la besó en un impulso inesperado. Fue un beso torpe y primerizo. Aun así, Elisia cerró los ojos estremecida. Sus corazones latían acelerados cuando se separaron.

—Mi hermana y yo no nacimos siervos —confesó él, agitado.

—Sabía que guardabais una buena historia —dijo la muchacha para aliviar la tensión del momento.

Su verdad era lo único que Isembard podía ofrecer a Elisia. Antes de salir al encuentro de quienes les buscaban, le habló de la casa de Tenes y de dos niños que huyeron dejando atrás una leyenda y la tierra oscura hacia la que avanzaban.

Al final del quinto día Oriol, el capitán de la escolta de Frodoí, anunció que estaban a pocas millas de Barcelona. El obispo mandó acampar y lo envió a la ciudad con uno de sus hombres para que avisaran de su llegada a la mañana siguiente y se preparara una vistosa recepción. Como oficial del rey y en ausencia de Humfrid, lo recibiría el vizconde Sunifred con los prohombres, el clero y toda la población. Esperaba que un bosque de ramas de olivo se agitaría a su paso mientras tañían todas las campanas de la urbe.

—Este lugar no me gusta —musitó Rotel mirando el paisaje—. Nos observan.

El sacerdote Jordi, que estaba cerca, señaló las montañas boscosas hacia el este.

—La llaman la sierra de la Marina, pues detrás está el mar. En los tiempos antiguos fue un lugar sagrado, y en las cumbres hay mesas de gigantes y ruinas. La gente de la ciudad aún viene con ofrendas y realiza impíos rituales ciertas noches del año.

Frodoí, a su lado, frunció el ceño.

—Allí donde exista un viejo templo levantaremos una ermita. ¡Las piedras de esas mesas servirán como dinteles!

Los que escuchaban asintieron, si bien poco convencidos. La vía Augusta discurría entre la arboleda. El viento, frío al atardecer, silbaba entre las ramas con cadencia siniestra. Era una sensación intangible la que hizo estremecer a Rotel. Isembard la abrazó.

—Hay algo en el bosque, hermano —dijo la muchacha, nerviosa.

Tras acampar en el encinar encendieron hogueras. Alrededor de una se sentaron Isembard y su hermana, con Elisia, Galí y la familia de Leda. Su esposo, Joan, esa última noche de marcha quiso contar su historia a sus nuevos amigos:

—Éramos siervos en las tierras francas de un noble de Razès, Secario de Elna. Mi familia había vivido en la aldea a los pies del castillo durante tres generaciones, la de Leda incluso más. Yo era herrero, como mi padre y mi abuelo; forjaba herrajes y armamento para el señor. Las cosas me iban bien. Nunca supimos qué causó la riña que se entabló entre casas nobles, pero una noche antes de la vendimia llegaron jinetes, y quemaron las casas y los viñedos. Muchos murieron. —Miró a su esposa con pesar—. Mancillaron a las mujeres allí mismo. Los que llegaron al castillo encontraron asesinados a Secario, sus vasallos y toda su familia. Envenenaron los pozos con carne putrefacta y se perdieron en la bruma matutina. En una noche, el poblado desapareció.

Así eran aquellos tiempos de oscuridad. Se contaban historias parecidas en todas partes. Tras un largo silencio, Leda prosiguió entre lágrimas:

—Nadie nos socorrió ni llegó otro noble para tomar las tierras. —Miró a su esposo—. Así son los señores, ponen nombre a sus espadas y les dan de beber sangre. Enterramos a Joan, nuestro hijo mayor, y abandonamos aquel lugar muerto. Estábamos condenados a perecer de hambre o a ser esclavos, pero el obispo Frodoí, que Dios lo guarde, y su comitiva nos encontraron antes.

Rotel e Isembard se miraron. Joan y Leda los habían ayudado a la salida de Girona por desquite hacia aquellos hombres armados que tanta destrucción causaban entre la plebe.

—Nadie que tenga algo que perder decidiría acercarse tanto a la frontera —dijo Joan, pensativo.

Elisia miró a Galí. Estaba asustada y arrepentida. Las jornadas sin cruzarse con nadie y las ruinas evocaban dramas parecidos. A menudo aparecían huesos humanos sin enterrar cerca de la vía.

—Nos irá bien, Elisia —le susurró él con suficiencia—. Nosotros estaremos en mejor situación que todos éstos, te lo aseguro.

—Que Dios te oiga, pero tú tuviste que huir de esta tierra hace muchos años.

Galí miró el fuego. Nadie les prestaba oído, así que siguió hablando en voz baja.

—Mi familia sufrió un castigo por su fidelidad al conde. Nosotros sólo serviremos a quien pague, no lo olvides, esposa. Incluidos los que ves.

Elisia torció el gesto. Esas palabras sonaban a desprecio, pero se sentía acogida entre los colonos y no estaba dispuesta a darles la espalda. En los últimos días apenas había conversado con su esposo. Galí pasaba cada vez más tiempo con otros hombres y su vino. Ya se había gastado la mayoría de los óbolos de Oterio, y eso la angustiaba.

—Nunca dije que sería un camino fácil —aseveró una voz gutural a sus espaldas.

Se pusieron en pie, respetuosos, pero el obispo Frodoí los disculpó y se sentó en una piedra lisa frente a la fogata. Durante esos días se había mostrado cercano. Ignoraba cómo lo tratarían en la ciudad y le convenía tener fieles de su parte.

—Hasta el rey se pregunta por qué acepté ser obispo de Barcelona, pero sólo vosotros conoceréis la respuesta. —A pesar de su juventud, su habla cautivaba. Los gestos y la manera de recorrer con la mirada a los presentes les hacían sentirse importantes—. No sé si existe una ciudad en el orbe que haya sufrido más ataques y asedios en las últimas seis décadas y aún siga en pie. ¡Quiero saber por qué! Ése es el misterio que me movió a aceptar el cargo. ¡Por qué resiste y si Dios tiene un plan para este lugar maldito! —Abrió las manos en un gesto de acogida—. Participaré de ese plan y contaré con vosotros.

Tras un largo silencio miró a Rotel. Sus ojos, de un azul pálido, tenían algo indefinible que lo inquietaba. Los secretos de la muchacha eran distintos a los del resto de los colonos.

—Sé que entre vosotros hay quienes tienen causas pendientes con los tribunales, que son fugitivos o bien que no están aquí por su voluntad. Aun así, deseo que ahora seáis mi familia. Viviremos en una tierra con sus propias costumbres y leyes. En Barcelona incluso rezan a Dios con rituales distintos a los del resto del imperio. Algunas cosas cambiarán, pero otras nos harán cambiar a nosotros. Debemos estar dispuestos a ello y tener paciencia para que sea también nuestro hogar.

El silencio se quebró cuando Emma, la hija mayor de Joan, se puso en pie.

—¿Dónde está Ada? —preguntó asustada.

—¡Allí! Está allí —dijo Galí señalando el bosque.

La niña de tres años había aprovechado la distracción y rondaba distraída entre los árboles. Detrás reinaba la oscuridad más absoluta, y Rotel clavó las uñas en el brazo de su hermano.

—¡Ada, ven! —gritó despavorida por encima de su madre—. ¡Sal de ahí!

La pequeña levantó la manita a modo de saludo. De pronto chilló y desapareció, arrastrada por algo en la oscuridad de la arboleda. Su voz aterrada se fue alejando.

—¡Dios mío!

Corrieron en pos de la niña, y se desató el caos. El bosque se llenó de alaridos de terror y siniestros aullidos. Varias sombras surgieron de entre los árboles, pero no eran hombres. Isembard se quedó paralizado ante un horrible recuerdo de su infancia. Los demonios que asaltaron el castillo de Tenes habían regresado para llevárselos consigo al Averno. La hoguera iluminó una espantosa calavera erizada de clavos oxidados que agitaba una enorme hacha. Luego surgió otra figura con la cabeza de un lobo de fauces abiertas. El pánico dispersó al grupo por el bosque y comenzó la sangrienta caza. Isembard y Rotel vieron a una de las criaturas hundir las manos en el vientre desgarrado de una mujer que aún boqueaba un último aliento.

La bestia los descubrió y corrió hacia ellos aullando. Isembard reaccionó por instinto y le lanzó una piedra a la cara cuando descargó una recia clava sobre Rotel. El palo rozó la cabeza de la muchacha, que se alejó tambaleándose y con el rostro cubierto de sangre. Pero el agresor se desplomó. Perdió el yelmo, e Isembard le vio la cara. Era un hombre barbudo, con la piel cubierta de suciedad y costras.

—Es humano —balbuceó el muchacho tras años de pesadillas.

—Lo es, pero reducido a la condición de animal. —Frodoí había llegado hasta él y lo observaba atemorizado—. Dios sabe qué cosas terribles padeció para acabar así. ¡Vamos, hay que esconderse!

—¿Y mi hermana? No la veo en la oscuridad del bosque.

El campamento era un caos de colonos que huían.

—Búscala, Isembard. Y que Dios te ayude —murmuró el obispo. El ataque llegaba en el momento más vulnerable, tras la marcha del capitán Oriol, pensó Frodoí, consternado—. Que nos ayude a todos...

Galí y Elisia encontraron un refugio entre las raíces de un roble caído y se acurrucaron sin atreverse casi a respirar. Uno de los atacantes se detuvo y lo vieron husmear como un animal. Su rostro demoníaco era una máscara de madera pintada de rojo. Pasó una eternidad allí hasta que comenzó a alejarse.

—¿Qué son? —jadeó ella—. ¡Si logramos vivir regresaremos a Carcasona!

Galí le tapó la boca demasiado tarde. El enmascarado regresó y la sacó arrastrándola por la hojarasca. Elisia chillaba presa del pánico y miró suplicante a Galí, que permanecía acurrucado, sin reaccionar. La bestia levantó un gigantesco martillo herrumbroso, pero alguien saltó sobre su espalda y le hundió un cuchillo en el cuello. Cuando se desplomó agonizando vieron a Rotel con su túnica cubierta de fango y la cara ensangrentada. Tenía una brecha en la cabeza. Quiso decir algo, pero se desplomó inconsciente.

Entonces sonó un cuerno cerca de la vía romana. Como si obedecieran una orden, los siniestros atacantes abandonaron la caza y escaparon a lo más profundo del bosque. Los perseguían varios grupos de hombres con cotas de escamas, escudos redondos de madera y polainas de tiras de cuero, al estilo franco.

—¡No temáis, estáis bajo la protección de Drogo de Borr! —iban gritando a los colonos, aturdidos y dispersos.

Elisia lloraba mientras intentaba reanimar a Rotel. Galí se acercó, temeroso aún.

—Gracias a Dios que estás bien —musitó, obviando su cobarde reacción.

—¿Qué está pasando? ¡Hemos venido al infierno, Galí!

No muy lejos, Leda llamaba a sus hijos. La joven respiró para contener el terror.

—¡Quédate con ella, Galí! Debo ayudarlos.

Ignorando la protesta de su esposo, Elisia corrió hacia Leda, pero en el fondo buscaba a Isembard. Al toparse con un cadáver destripado temió encontrarlo así.

Galí no iba a permanecer allí expuesto y decidió dejarla, pero lo rodearon cinco guerreros con antorchas. Uno lucía una sucia sobreveste con un dragón bordado en oro. Reconoció a Drogo de Borr, el noble que había esperado al obispo en Girona.

—Mi señor, os debemos la vida —dijo con la sumisión que tanto complacía a la nobleza—. ¿Qué nos ha atacado?

—Por aquí los llaman hordas, pues van en manadas. Nunca se acercan tanto a la ciudad. —Miró a Galí con desdén—. Tal vez olieron a vuestras mujeres. —Observó el cuerpo del hombre de la máscara roja con un corte en el cuello—. ¿Quién lo ha matado, tú?

Galí se disponía a asentir, pero Drogo sonrió mordaz y lo empujó con brusquedad.

—No pareces capaz. —Miró a Rotel, inconsciente en el suelo, y sonrió ladino—. ¿Fue ella?

Galí vio una oportunidad de congraciarse con el noble. Los hermanos habían sido demasiado imprudentes al contar su historia.

—Creo que esta muchacha os pertenece, noble Drogo. Se llama Rotel y se unió a la comitiva en Girona. El obispo la ha acogido bajo su protección como a todos nosotros, pero no diré nada si os la lleváis. A cambio de una pequeña recompen...

No pudo acabar la frase. Un cuchillo presionaba su garganta.

—¿Y su hermano? ¿Está aquí? ¡Mató a uno de los míos!

—¡Debe de estar buscándola, mi señor! —gimió Galí, pávido.

Drogo advirtió su mirada cobarde. Por salvar la vida haría cualquier cosa.

—¿Cómo te llamas?

—Galí, de Carcasona —jadeó aterrado.

—Escúchame, Galí... —Apoyó la punta de la daga en uno de sus párpados—. Me la llevaré y tú no dirás nada. Tu recompensa será conservar el ojo. Tengo muchos vasallos en Barcelona. Comete un desliz, y te desollaré y curtiré tu piel.

—¡Haré todo lo que me pidáis, mi señor! —afirmó inmóvil.

Cuando Drogo lo soltó se desplomó temblando. Uno de los guerreros del noble se cargó a Rotel sobre un hombro.

—Que nadie te vea. Los demás venid conmigo. El obispo querrá darnos su bendición.

Lentamente el bosque se sumió en la calma, que tan sólo se veía rota por los lamentos de los colonos ante sus cadáveres y los que buscaban a gritos a los desaparecidos.

Elisia encontró a Galderic, uno de los hijos de Joan, con otros tres muchachos en una madriguera. Cuando ya estaba desesperada apareció Isembard, que seguía buscando a Rotel. Apenas pudieron contener el abrazo.

—¿Estáis todos bien? —demandó él aliviado al verla ilesa.

Elisia asintió llorando y le cogió la mano.

—¡Rotel me ha salvado la vida!

Entonces llegó Galí con el semblante descompuesto. Se soltaron, y él los miró con ojos turbios.

—Rotel se ha marchado al saber que Drogo de Borr está aquí. Huyó hacia allí. —Señaló el lugar por donde se hallaba el noble.

Isembard se alejó receloso. Desconfiaba de él, pero la angustia por Rotel podía más. Galí abrazó a Elisia.

—¿Qué ha ocurrido, Galí? Rotel estaba herida...

—Es mejor así —dijo esquivo—. Drogo es peligroso, y si nos ve con ellos...

Fue en ese momento cuando Elisia comprendió que no amaba a Galí y se apartó de él. Joven e ingenua, había caído rendida a los encantos de un hombre lenguaraz y cautivador. Pero ahora sentía el verdadero deseo por alguien, y no era su esposo. Se le anegaron los ojos. Galí, ajeno a la tormenta interna de su mujer, le acarició el rostro con suavidad.

—Ha sido una noche terrible. Aun así, estamos vivos, gracias a Dios. Te prometo que en Barcelona todo será distinto.

No se apartó de él, pero escudriñaba la oscuridad por donde Isembard se había alejado mientras dos lágrimas rodaban por sus mejillas. Junto a ella, Galí esperaba no ver más al siervo fugitivo que no dejaba de mirar a su esposa.

En silencio, se dirigieron hacia el grupo de colonos que se concentraba en torno a la tienda del obispo. Algún día se forjarían leyendas para niños sobre los demonios que habían surgido del bosque, pero ellos jamás podrían olvidar el miedo de esa noche.

6

El sol se había elevado sobre el horizonte cuando Frodoí cerró el ajado misal romano. Se sentía mareado y sin fuerzas. Había sido la noche más larga de su vida.

Bendijo a los colonos mientras advertía el miedo en sus semblantes. Aún estaban en el bosque, pues varias familias seguían buscando a sus desaparecidos. La pequeña Ada sólo fue la primera que se desvaneció en el ataque. Habían hallado doce cuerpos descuartizados, y varias mujeres jóvenes y dos niñas no habían regresado. Frodoí no quería inhumarlos en tierra profana, pero tampoco deseaba hacer su entrada en Barcelona con un cortejo fúnebre. Cubrirían los cadáveres con piedras, decidió, y se los llevarían unos días más tarde.

El obispo clavó la vista en Drogo; recelaba de su más que oportuna aparición. El noble se erguía orgulloso entre una docena de guerreros. Su mirada era fría e inquietante a pesar de su aspecto regio. Lucía una diadema de hierro alrededor de su melena oscura y un dragón bordado en la túnica sobreveste, pues se jactaba de haber derrotado a una de esas criaturas en una cueva del Montseny. Nadie se habría atrevido a cuestionarlo, si bien tampoco se sabía con certeza qué clase de criaturas albergaba la misteriosa montaña.

Ahora Drogo era el salvador del nuevo obispo ante todos. Sin embargo, Frodoí estaba preocupado. Quien más podía saber de él era Jordi, y decidió hablar con el joven monje y con Servusdei en un aparte.

—Mi señor, no debéis fiaros —le dijo Jordi con expresión sombría.

—Ya me lo advertiste en Girona, pero ahora quiero saber más —musitó Frodoí. En Girona había ofendido a Drogo y ahora maldecía su torpeza.

—Afirma ser descendiente legítimo de Rorgonis de Borr, de la Cerdaña, que fue vasallo del conde Bernat de Septimania, pero en Barcelona todos saben que es un bastardo al que Rorgonis encerró en un convento cuando era un muchacho y obligó a que lo ordenaran sacerdote. Dicen que los monjes, hartos de su comportamiento, lo vendieron como esclavo de galeras en Aquisgrán. —Jordi bajó aún más la voz—. También se cuenta que la nave zozobró ante las costas de África y que lo dieron por muerto, pero años más tarde regresó... y no lo hizo solo. Hay quien asegura que un espíritu demoníaco, negro como el tizón, iba con él.

—Rumores —desdeñó Servusdei.

Pero Frodoí estaba sobrecogido. África era un lugar ignoto. Nadie sabía qué siniestros secretos se ocultaban más allá de las arenas ardientes.

—Puede ser, *frate* —siguió Jordi con voz sombría—. Apareció de la nada en el castillo de Borr. Su padre había muerto, y sus hermanastros, para deshacerse de él, le entregaron armas y un caballo. Se unió al séquito de Guillem de Septimania cuando éste llegó a Barcelona para vengar a su padre, Bernat. Decían que empañó el alma débil de Guillem hasta hacerla negra como el carbón. Ya sabéis que todo acabó en un baño de sangre.

—¿No fue capturado con Guillem y el resto de los nobles que se rebelaron en el año 850?

—Cuando el usurpador fue ejecutado a las puertas de Girona, Drogo ya lo había abandonado con un grupo de veteranos y mercenarios. Así se hizo fuerte en Osona. Ha saqueado aldeas y también poblados sarracenos, lo que ha producido graves tensiones con el territorio de Zaragoza y Lleida. Es posible que su imprudencia causara el ataque contra Barcelona del pasado verano. Los condes Humfrid de Gotia y Salomó de Urgell no pueden dominarlo, y muchos creen que, además de sus mercenarios, lo sirven esas terribles hordas que nos han atacado. La gente es muy supersticiosa, obispo. Drogo abandonó en África la fe de Cristo, eso se dice.

—¿Crees que él envió a esos salvajes y luego apareció para salvarnos?

—En Girona quiso congraciarse, pero lo rechazasteis. Sin el capitán Oriol estábamos en una situación delicada, desprotegidos, y la llegada de Drogo fue providencial. De manera que sí, obispo, es posible.

—Ahora tengo una deuda de gratitud con él —dijo Frodoí, disgustado—. ¿Qué pretende? ¿Bienes, privilegios?

—Ya controla castillos y aldeas. Busca vuestra influencia para iniciar el *cursus honorum* entre la nobleza que su sangre bastarda no le permite. —Como Frodoí siempre quería la verdad, Jordi compartió las sospechas de buena parte de la población de Barcelona y su clero—. Lo que desea es ser el conde de esta tierra.

—Este joven puede tener razón, obispo —musitó Servusdei tras escuchar con atención—. Lo ocurrido debe hacernos meditar. No os inclinéis aún por nadie y no intervengáis hasta conocer mejor la marcha de los asuntos del condado.

—Tened en cuenta asimismo, obispo, que Drogo tiene vedada la entrada en la ciudad por los nobles godos debido a sus abusos —siguió Jordi—. Si aparecéis con él, os rechazarán.

—También yo soy franco —señaló Frodoí, que se hallaba sumido en un espinoso dilema—. Con él tendría más fuerza para imponer mi autoridad.

—Ése no es el camino, joven obispo —replicó el viejo Servusdei mientras se acariciaba la espesa barba gris. Aún veía a Frodoí como el alumno díscolo de Reims, más amigo de los festejos y las sirvientas que del estudio.

Frodoí se acercó finalmente a Drogo. Le causaba escalofríos ese rostro sin color, medio oculto bajo el pelo.

—¿Quiénes eran los que nos han atacado? Habéis hablado de hordas.

Drogo clavó sus ojos en él, complacido.

—Las continuas razias sarracenas dejan en la miseria a quienes no se llevan como esclavos. Si no mueren de hambre acaban bajo el yugo del más fuerte. Se unen en clanes u hordas y, sin un sacerdote que les alivie el alma, se envilecen. —Cuando Drogo de Borr hablaba se notaban sus años de formación en el oscuro monasterio donde su padre lo encerró—. Ellos y sus hijos ahora son perros rabiosos, habitan cuevas en lo más profundo de los bosques y atacan aldeas, monasterios y caravanas de mercaderes. No queráis saber de qué se alimentan cuando no encuentran comida suficiente...

El obispo se estremeció; su versión sobre los males de la Marca difería de la de Jordi, pero subyacía la sensación de que el Maligno dominaba aquella última frontera.

—El conde Humfrid de Gotia se llevó a todos los hombres libres que podían empuñar armas —continuó Drogo—, dejando una guarnición insuficiente que sólo protege la ciudad de Barcelona. El conde Salomó vive encerrado en Urgell. —Se irguió altanero—. Sólo yo vigilo la Marca, señor obispo. Os dirán otras cosas sobre mí, pero ésa es la verdad.

—Vuestra llegada fue un milagro —musitó Frodoí, atento.

—Regresaba de Girona hacia mi castillo de Tenes cuando los rastreadores me informaron de que las hordas os seguían. Aunque rechazasteis mi escolta, sigo pensando que Barcelona necesita un obispo. Por eso llegaréis vivo. Os escoltaremos hasta la ciudad, pues aún tenemos mucho de que hablar.

A Frodoí no le gustó la velada advertencia de sus palabras, pero sin apenas escolta debía ser cauto y no proceder como había hecho en Girona.

—¡Es hora de marchar! —anunció mientras Servusdei le quitaba la mitra.

Resonaron vítores menos ansiosos que los días anteriores. Elisia ayudó a Galí a colocarse el hatillo con sus pertenencias. Se hallaban junto a la familia de Joan y Leda. Todos estaban destrozados, y miraban las sombras del bosque esperando ver aparecer a la pequeña Ada. No la habían bautizado aún. Si estaba muerta, su familia no lavaría el cuerpo ni lo untaría de óleo sagrado según la costumbre, y su alma vagaría sin descanso. Tampoco sabían nada de Isembard y Rotel.

—¡No pueden haber desaparecido así como así! —negaba Elisia, desolada.

—Han huido de Drogo de Borr. Son fugitivos, y puede que ya estén cautivos o que hayan perdido la vida —repuso Galí—. Olvídalos de una vez.

Ella se encogió dolida, pero ante la frialdad de Galí comprendió que sus sentimientos la estaban delatando y que debía dominarlos. Tenía unos votos con su esposo. Musitó una silenciosa oración por los hermanos de Tenes. Si habían fallecido, seguirían buscándose por toda la eternidad en aquel desolado paraje.

El tibio sol de otoño alcanzó su cénit y las campanas de Barcelona tañeron para recibir al nuevo obispo. Drogo formó una escolta solemne con sus soldados mientras trataba de sonsacar información a Frodoí acerca del poder de la casa Rairan y de sus ambiciones personales al frente del episcopado. Siguieron por la vía Augusta, que transcurría un trecho cerca del río Besós, y coronaron un suave promontorio. La vista que se abría ante ellos los hizo detenerse. Era una vasta planicie con colinas, bosquecillos y parcelas de cultivos. De la vieja calzada romana que continuaba hacia el sur salía otra en mal estado, a la que Jordi llamó vía Francisca, que acababa ante una pequeña planicie delante de la puerta principal de Barcelona. La ciudad amurallada con forma ovoide se ubicaba sobre una colina baja frente a la costa, entre dos ramblas que morían en una zona de lagunas y marismas junto al mar. Se veían algunos poblados de casas de adobe, dispersos entre los cultivos.

—¡Parece la corona de un rey! —gritó Galderic, el hijo pequeño de Joan y Leda, toda vez que señalaba la soberbia muralla que rodeaba la urbe.

—Así es —dijo Jordi tras él, orgulloso—. Es la Ciudad Coronada.

Los ánimos regresaron, a pesar del dolor.

—¡Setenta y dos torres! —contó Sicfredo.

—Setenta y seis —lo corrigió su hermana Emma.

—Hace muchos siglos —explicó Jordi alzando la voz—, unos legionarios romanos licenciados construyeron Barcino, el germen de Barcelona. Tiene cuatro puertas, perpendiculares. La principal, que sale a la vía Francisca, la llamamos el portal Vell y en el extremo opuesto está el portal Nou. La puerta que está justo delante del mar se llama de Regomir y la que veis orientada hacia el noroeste, con dos torres redondeadas, es la Bisbal, pues está próxima a la catedral y los edificios del obispado. Fijaos en esas arcadas que salen del portal. Son restos de los acueductos romanos que traían agua fresca desde las montañas.

—Pero los arcos están llenos de maleza y agrietados —dijo Galderic.

—Llevan años inutilizados. La ciudad tenía acequias de riego y alcantarillas.

A ambos lados de la vía se veían viejas lápidas y estelas de piedra con inscripciones gastadas, pero la atención de todos se desvió hacia los campos y los poblados. Los viñedos se habían cortado y los olivos estaban quemados. Las casas no eran más que ruinas silenciosas. Dos niños, desnudos y esqueléticos, los miraron con espanto y corrieron hacia un grupo de árboles para esconderse.

En la playa vieron casitas de barro cerca de un pequeño templo de planta rectangular y con el ábside en forma de trapecio que se erigía frente al mar.

—A esa iglesia* van a rezar los pescadores para rogar protección. Es Santa María —explicó Jordi con lágrimas en los ojos—. Detrás de la ciudad, aquella montaña que se alza delante de la costa es el Mons Iovis** de los romanos. Contaba

* Esta iglesia se documenta con posterioridad como Santa María de las Arenas, que se convirtió en Santa María del Mar.

** En la actualidad Montjuïc.

con un castillo de vigilancia, de reducidas dimensiones, pero ahora la torre está abandonada. Y allí está el puerto al que arriban de vez en cuando mercaderes de Bizancio o de tierras infieles.

—Una ciudad con puerto no puede pasar hambre —indicó Frodoí.

—Del antiguo no queda más que una dársena hundida. Ahora hay simples pasarelas de madera. La ceca lleva años cerrada, y sin monedas no hay comercio.

Servusdei entonó un himno de alabanza y reemprendieron la marcha. Pero Frodoí se sintió enfermo de pronto. Las fuerzas lo abandonaban. Pensó en Moisés, que tuvo dudas y no llegó a la tierra de promisión. Llegaba el momento de la verdad y sólo era un joven noble, orgulloso e inexperto. Se mareó y se aferró a las riendas con fuerza.

—¿Estáis bien? —preguntó Servusdei, inquieto.

—No nos detengamos —musitó Frodoí sin apenas aliento—. No me dejes ahora, mi Señor.

El entusiasmo amainó y llegaron callados a la rambla del este, que discurría por el exterior de la muralla ahogada de cañaverales y juncales. Portaba muy poca agua y olía mal.

—A este torrente lo llamamos Merdanzar, ya imagináis por qué. La gente arroja aquí las heces. La otra rambla, en la parte opuesta, se llama Areny y desemboca en un pequeño lago, el Cagalell. Toda aquella zona es un marjal.

Cruzaron sobre un puente de madera, ya que el de piedra estaba derrumbado, hasta el portal Vell flanqueado por dos torres. De una colgaba un reo descarnado.

Frodoí, pálido, se volvió hacia Drogo. Veía su expresión triunfal y su pose erguida ante los silenciosos vigilantes, pues iba a acceder a la urbe vedada para él junto al máximo representante del rey en ese momento. La decisión marcaría el destino de Barcelona.

—Os agradezco la escolta, pero es el obispo el que entra en su ciudad —anunció Frodoí en voz alta para que lo oyeran bien en las torres, consciente de que Drogo no se lo perdonaría.

Drogo torció el gesto y entornó la mirada.

—Sois un noble franco como yo. Deberíais valorar vuestras opciones.

—Os recibiré en su momento, Drogo de Borr —repuso con firmeza el obispo.

—Creo que no sois consciente de lo que estáis haciendo...

—No olvidaré que nos habéis salvado, pero sólo Dios me guía, ningún hombre.

El rostro de Drogo, semioculto tras los cabellos, había adquirido un tono cerúleo, reflejo de la rabia contenida. El obispo, cada vez más enfermo, se vio en sus pupilas ensartado por una espada. Antes de cruzar el umbral de Barcelona ya tenía un peligroso enemigo.

—Tampoco yo olvidaré vuestro amable desprecio... por segunda vez.

Escupió y se alejó al galope con sus hombres por la vía Francisca, levantando una espesa polvareda.

Frodoí exhaló al perderlos de vista. Se sentía indispuesto, pero llevaba mucho tiempo preparando esa entrada y esperaba que la ciudad valorara su osadía. Se hizo cubrir con la ampulosa vestimenta sacerdotal y, sin bajar del caballo, asió el báculo. Notó una fuerte presión en el pecho; aun así, dio la orden de avanzar. Servusdei agitaba un incensario y entonaba un salmo de victoria con su voz ronca y profunda. Tras la puerta se había congregado una muchedumbre que se perdía por las calles tortuosas. Nada quedaba del trazado de las calles rectas y enlosadas de los romanos, sólo había callejuelas fangosas entre casas de una planta, hechas de adobe y piedra reaprovechada. Nadie agitaba ramas de olivo, y tampoco nadie se unió al cántico para celebrar la llegada de su pastor. Las campanas tañían, pero los habitantes los escudriñaban en silencio. El ánimo de los colonos se ensombreció.

Oriol se situó junto al obispo, ignorante de lo que había ocurrido. Frodoí se irguió para aparentar la entereza que no tenía. Levantó una mano con la intención de bendecir al pueblo, a pesar de que sólo percibía hostilidad. Miró a Jordi, pávido.

—Sois franco, Frodoí, y ellos son godos, hijos de los nobles hijos que habitaban Barcelona antes de los sarracenos. También hay muchos *hispani*. Son leales al imperio, pero se aferran a sus costumbres y os están advirtiendo.

Tal vez había sido un error despreciar a Drogo. Frodoí descabalgó, ayudado por el monje. En silencio, se hincó de rodillas y cogió un puñado de tierra. El sol le molestaba. Sacudió la cabeza y habló en la lengua de los godos, que había practicado con Jordi.

—Con la aquiescencia del rey Carlos de Francia y del arzobispo de Narbona, me presento ante vosotros como un humilde pastor en el nombre de Dios. Habéis sufrido mucho, pero he venido de muy lejos para quedarme y correr la misma suerte que vosotros. Son tiempos oscuros en los que el cielo decide si Barcelona seguirá existiendo o sucumbirá como otras ciudades. Estoy aquí para escribir su nombre en el libro de la vida.

Casi un centenar de colonos contenían el aliento detrás del obispo. Temían que después de tanto esfuerzo tuvieran que volver por donde habían venido. Tras un silencio que pareció eterno, de entre los congregados salió una niña de unos cinco años, de cabellos negros y ojos verdes, felinos. Le tendió la mano, y Frodoí miró con lágrimas su cara angelical.

—Me llamo Argencia, hija de Nantigis y Goda —dijo espontánea—. Bienvenido, obispo.

Frodoí se dejó ayudar por la pequeña. Cada vez se encontraba peor, el pánico lo dominaba. El gesto hizo reaccionar a los barceloneses con aplausos tímidos que crecieron hasta convertirse en un clamor que dio la bienvenida a los forasteros. La niña corrió hasta su madre, una mujer bella y elegante situada entre la nobleza local. Frodoí se perdió un instante en su mirada y se conmovió.

Un hombre casi anciano y con el pelo blanco, vestido al estilo godo y armado con una espada sin vaina, se acercó con varios oficiales y guardias.

—Soy Sunifred, vizconde de Barcelona. En nombre del conde Humfrid y de todos los habitantes de la ciudad, sed bienhallados.

Las campanas seguían tañendo mientras Jordi y Servusdei sostenían al obispo y el cortejo se dirigía al complejo episcopal y a la zona de los palacios situada a la derecha, entre los portales Vell y Bisbal. Con la mirada nublada, Frodoí admiró una vieja iglesia con planta de cruz griega aislada frente a un cementerio y detrás el palacio del conde, casi pegado a la muralla. A la derecha estaba el soberbio palacio episcopal: un edificio rectangular con torres adosadas. Sus ventanas eran altas y estrechas como las de una fortaleza. Había otros edificios secundarios del episcopado, así como un pequeño hospital erigido con piedra reaprovechada. Sin embargo, su atención se centró en la basílica de la Santa Cruz.

Los anteriores obispos, Joan y después Adolf, habían proyectado la ampliación de la iglesia visigoda y alrededor del humilde templo se veían las primeras filas de piedra y las bases de las columnas que sostendrían tres naves, la central más ancha. Pero los andamios de madera se habían derrumbado por el abandono y la maleza lo cubría todo. La vieja catedral de una sola nave, que fue también mezquita, parecía a punto de venirse abajo. Se alzaba en el interior de lo que iba a ser la nueva. Varios clérigos se asomaban por el pórtico agrietado.

Detrás de la basílica había un pequeño baptisterio de planta cuadrada muy antiguo, adosado al aula episcopal que era el centro de poder de la diócesis y lugar de reunión del colegio canónico. Sin embargo, el aspecto deteriorado de aquellos edificios era un reflejo de la situación de la ciudad.

Jordi le señaló la ceca, el cuartel de la guardia y varios palacios de nobles ubicados alrededor de la basílica y de su propio palacio, pero el obispo no lo escuchaba. De camino había visto casas arruinadas y solares cubiertos de maleza, hombres cadavéricos y mujeres envueltas en harapos. Los niños que corrían tras la comitiva mostraban un aspecto desnutrido. La miseria estaba por todas partes.

—La ciudad se muere, Jordi —musitó sintiéndose cada vez peor.

Cruzaron la obra para entrar en la basílica visigoda. El interior se hallaba en penumbras. Unas lámparas oxidadas bajo los arcos deformes iluminaban la única nave del templo, sin adornos, con el mortero desconchado. Frodoí se zafó de los dos monjes y avanzó solo hasta el altar de piedra del presbiterio. Un antiguo arco de herradura daba paso al ábside cuadrado con restos de pinturas de tiempos anteriores a los sarracenos. Una cruz herrumbrosa colgaba de una cadena sobre la mesa. El miedo lo venció. Desde que había visto la destrucción que rodeaba la Ciudad Coronada lo atenazaba un terror visceral a fracasar, a que su inspiración fuera sólo un engaño del Maligno y Dios no estuviera de su lado.

Sin fuerzas, se desplomó de rodillas frente al altar sobre una losa sepulcral. Sus dedos rozaron una inscripción y apartó la capa de polvo que la cubría. Angustiado, leyó el nombre escrito antes de desvanecerse:

—Frodoino.

En la plaza que había delante del palacio episcopal los recién llegados se abrazaban, seguros por fin tras las murallas. Elisia esperaba aún la llegada de Isembard y Rotel, pero era en vano; no aparecerían. En cuanto Galí se apartó de ella, la pena la venció.

—¿Por qué lloras? —dijo una voz profunda a su espalda.

Elisia se volvió sobresaltada. Era la madre de la niña que, sin permiso de nadie, los había recibido en nombre de la ciudad. Unos ojos verdes y luminosos la observaban con detenimiento. Ostentaba una belleza regia, llena de misterio, a pesar de superar la treintena, pensó Elisia. En la taberna había aprendido a calcular la edad y distinguir el origen de los huéspedes. Esa mujer de suaves rasgos era goda, se dijo. Con la blancura de la piel noble destacaba aún más su pelo azabache trenzado, y sus ropas de paño esmeralda le realzaban la figura. Admiró su aspecto, pues irradiaba un aura poderosa.

—Hemos perdido a muchos esta noche. Ha sido horrible.

—Que Dios los acoja. Pero tú pareces llorar por alguien en concreto, casi leo su nombre en tus pupilas. ¿Tu esposo tal vez? No, él es el hombre que está ahí hablando, ¿verdad?

—Sí, es Galí —respondió con tristeza Elisia—. Venimos de Carcasona.

—Un largo y peligroso viaje. Me llamo Goda. Rezaré por los muertos.

Elisia, afectada, olvidó la cautela ante la noble de Barcelona. Sin su esposo cerca, quería pronunciar el nombre de Isembard en voz alta, como una plegaria.

—Yo soy Elisia. Lloro por dos hermanos a los que apreciaba mucho y que se nos unieron en Girona... Isembard y Rotel de Tenes. Si rezáis hacedlo para que Dios los proteja... si no han fallecido.

—¿Cómo has dicho que se llamaban? —la atajó Goda, alterada.

—Isembard y Rotel —repitió, confusa ante la inesperada reacción—. Ella desapareció cuando nos atacaron y él se marchó para buscarla, pero ninguno regresó.

—¿De la casa de Tenes? —demandó la dama, con el rostro demudado.

—Eso me dijo él una vez —señaló Elisia, y se sintió de pronto arrepentida. Isembard se lo había revelado como algo íntimo—. ¿Qué ocurre? ¿Sabéis algo de ellos?

Goda parecía muy alterada, pero se limitó a asentir. Estaba ansiosa por marcharse.

—Rezaré también por ellos, joven Elisia. Que Dios os guarde.

Goda se alejó, llevando consigo a su hija Argencia casi a rastras, hasta un palacio frente a la basílica.

—¿De qué hablabais? —dijo Galí a su espalda, intrigado—. Pareces afectada.

—Esa dama se ha ofrecido a rezar por los que no han llegado —mintió Elisia. Prefería no hablar más de Isembard ante su esposo—. Al menos los habitantes de Barcelona nos aceptan.

—Aún es pronto para saberlo, Elisia.

Ella no escuchaba. Seguía intrigada por la reacción de Goda. Estaban en un lugar extraño, se dijo, y debía mostrarse más cautelosa.

7

El vizconde ofreció acomodo a algunos colonos en los cobertizos de madera situados cerca del palacio condal y la iglesia de cruz griega, donde estaban enterradas grandes tinajas con el grano de la ciudad para el invierno. Otros se alojaron en solares o en establos de casas. Los recién llegados confiaban en que, en unos días, el obispo cumpliera su promesa para partir hacia las tierras que la Iglesia iba a cederles. A media tarde se anunció que Frodoí se había restablecido tras el desvanecimiento. Las campanas llamaron al rezo de vísperas, que se haría solemne. Acudió todo el clero de Barcelona, incluidos los abates de los cercanos monasterios de Sant Pere de les Puelles y Sant Pau del Camp. El templo se llenó con las familias patricias, y la muchedumbre se quedó en la plaza.

—Es hora de buscar lo que dijo mi abuelo —susurró Galí a Elisia.

—¿Ahora?

—Antes de que terminen las vísperas. Nadie se dará cuenta.

Cruzaron entre los fieles y se alejaron de los palacios por una callejuela.

—Gombau me explicó con detalle dónde estaba la casa.

Ascendieron por una calle en cuesta en la que el viejo empedrado se conservaba parcialmente. En la parte más elevada de la ciudad se alzaban los restos de un antiguo templo pagano que el tiempo no había logrado engullir. Elisia se quedó sin habla ante el grupo de columnas ciclópeas que seguía en pie.

—¡Son más gruesas que un roble centenario! ¿Quién pudo levantar algo así?

Galí también estaba impresionado.

—Mi abuelo me dijo que lo llaman el *Miracle*, pues los clérigos afirman que las erigieron santos cristianos con el poder de Dios. La casa que buscamos está al lado.

Elisia, aún fascinada, siguió a Galí, que hacía esfuerzos por recordar. Junto a las columnas se abría una pequeña plaza rodeada de casas decrépitas, algunas ya derrumbadas. La más cercana era una casona con la fachada agrietada. Galí se mostró aliviado al verla abandonada.

—Ésta era la casa de Gombau, mi abuelo.

Se asomaron por el vano de la puerta astillada, de la que sólo quedaban fragmentos de madera podrida. El interior seguía en pie. Tenía dos plantas, más el hueco del tejado a dos aguas que servía como granero. Tras asegurarse de que no había nadie por los alrededores, entraron. Varias palomas gorjearon y salieron por los agujeros del techo.

—Esto puede hundirse en cualquier momento —dijo Elisia, inquieta.

—Mejor si a nadie le interesa.

Accedieron a un salón amplio, en uno de cuyos rincones había un hogar de piedra ennegrecida.

—Fíjate. —Galí señaló una parte del estuco con decoración geométrica estropeada por la humedad—. Es como Gombau me lo describía.

—Fuisteis una familia próspera —dijo Elisia, impresionada.

—Yo vivía con mis padres en nuestra torre de la villa de Vernet, en Conflent. Mi abuelo solía permanecer en Barcelona. Estaba al servicio del conde Sunifred, hasta que huyó cuando Guillem de Septimania atacó la ciudad. Hoy recuperaré lo que es mío.

Con cautela, exploraron el resto de la casona. Las estancias estaban impracticables. La escalera hacia la planta superior era de piedra, pero desistieron de utilizarla para subir al ver las juntas agrietadas. Llegaron a la cocina, que comunicaba con un huerto. Había escombros y trozos de mortero por todas partes. Galí sonrió.

—Debe de ser aquí. Vamos, ayúdame.

Despejaron una esquina hasta que apareció una trampilla.

—Esto era la bodega.

Elisia, que llevaba yesca y pedernal, improvisó una antorcha con ramas y paja que cogió del suelo. El sótano se hallaba lleno de toneles destrozados y herramientas inservibles de tan oxidadas como estaban.

—Reza, Elisia, reza ahora más que nunca.

Ella inspiró con fuerza. Galí contó unos pasos y comenzó a horadar el muro de tierra con su cuchillo. Era la primera vez que lo veía trabajar con las manos. Tras una eternidad, apareció una olla corroída.

—¡Oh, Señor...! —exclamó Elisia.

La sacaron juntos, y el tintineo del interior los impresionó. Galí soltó la tapa adherida por el óxido y metió una mano. La sacó llena de pequeñas monedas, dineros de plata y óbolos acuñados en la ceca de Barcelona. Dejó caer las piezas en la palma de Elisia, quien comenzó a reír con lágrimas en los ojos. Ninguno de los dos había visto nunca tanta riqueza. Eufóricos, se besaron. La vida debía continuar.

—Mi abuelo siempre confió en que uno de sus descendientes regresara. Dios lo reservaba para nosotros. ¡Podremos abrir nuestra posada, como soñábamos!

—¡Ya tengo el nombre! —dijo Elisia. Al fin veía una luz tras las brumas de aquel viaje. Una nueva vida los aguardaba—. La llamaremos posada del Miracle.

—Me parece bien.

—Mira, también hay un pergamino.

Una sombra pasó ante la mirada de Galí. Ninguno de los dos sabía leer. Las letras tenían el extraño poder de retener los pensamientos por mucho tiempo que pasara, decía Lambert, quien siempre tuvo el deseo de aprender. Mientras Elisia miraba intrigada las líneas de tinta parda, Galí le arrebató el escrito y se lo puso bajo la camisa.

—¿Por qué lo has hecho? —preguntó ella, confundida.

—Serán viejos documentos que ya no importan. —Galí revolvió las monedas para captar la atención de su mujer—. ¡Esto es lo importante, Elisia! Para eso vinimos aquí.

Ella asintió y lo abrazó con fuerza. Galí no le había mentido, y era el momento de olvidar sentimientos imposibles y besos furtivos, por puros que fueran. Era su esposo y aprendería a vivir con él, como muchas mujeres de Carcasona a las que sus padres habían casado.

No quiso ahondar más en el pergamino que Galí se había guardado y con el tesoro de Gombau entre las ropas abandonaron la casa en ruinas ya de noche, mientras hablaban animados sobre el halagüeño futuro que los aguardaba en Barcelona. Con esa fortuna les resultaría más fácil fundar un hogar.

En la sierra de la Marina, Isembard apoyó la espalda en un roble. De nuevo había caído la noche y aún buscaba a Rotel. En cuanto vio a Drogo de Borr aparecer como un héroe se temió lo peor, y no era una casualidad que su hermana se hubiera desvanecido. Se frotó la cara para despejarse. Estaba agotado. Pensó en Elisia y se entristeció aún más. La imaginó en Barcelona, segura al fin.

Siguió vagando sin rumbo hasta que divisó un resplandor en la cima de un promontorio y ascendió con sigilo. La hoguera estaba frente a una de aquellas prodigiosas mesas de gigantes, pero ésta era diferente a las demás porque la losa superior se sustentaba sobre seis piedras. Tres hombres vestidos con pieles de animal cosidas se calentaban alrededor de la fogata en silencio. Sus yelmos erizados de puntas oxidadas permanecían en el suelo. Formaban parte del grupo que los había atacado.

Reparó en que Rotel no se hallaba allí y retrocedió. Entonces se fijó en el fuego. Sobre las brasas había una pierna humana requemada y mordisqueada. Tirada entre las losas, vio una pequeña túnica gris de lana manchada de sangre. Era la ropa de la pequeña Ada. La impresión le hizo dar un traspiés y lo descubrieron. El aspecto de los tres hombres era horrible, y uno de ellos, que tenía una cicatriz rugosa desde la cuenca vacía de un ojo hasta la barbilla, rugió.

Cogieron sus clavas y lo persiguieron. Le dieron alcance tras una larga carrera, Isembard estaba exhausto. Pudo esquivar la primera embestida, pero tropezó y rodó por el suelo de hojarasca. Lo rodearon. Pensó que le romperían todos y cada uno de sus huesos. Sin embargo, de pronto una sombra encapuchada surgió de entre los árboles y los atacó por sorpresa.

El aparecido volteó la hoja con gracia y le abrió el vientre al primero. Esquivó la segunda clava y de un tajo en el cuello derribó a quien la blandía. El tercero trató varias veces de golpearle, pero el recién llegado preveía cada uno de sus toscos movimientos. Lanzó una estocada para herirle la pierna y al hincarse de rodillas una segunda le partió la nuca. Todo había ocurrido en un instante. Isembard, aturdido aún en el suelo, miraba la escena.

—Has tenido suerte, Isembard de Tenes.

—¿Quién sois? —preguntó con desconfianza—. ¿Cómo sabéis mi nombre?

—Alguien en Barcelona ha dicho que ibas con los colonos.

El guerrero se acercó y se bajó la capucha. Era un hombre de unos cincuenta años, de rasgos afilados, con barba y una espesa melena gris. Abrió mucho los ojos.

—¡Dios mío! Eres igual que tu padre.

Isembard retrocedió al tiempo que lo amenazaba con el ridículo cuchillo de la cocina del monasterio. Pretendía intimidar a aquel guerrero, pero éste le retorció la muñeca hasta que soltó el arma.

—Al menos tienes arrojo, Isembard de Tenes. Sé que buscas a tu hermana, Rotel, pero morirás si sigues deambulando por aquí solo.

—Estaban comiendo... —dijo aún espantado—. ¡Dios mío, era la pequeña Ada!

Isembard se juró no revelar nunca aquello a Joan y a Leda, si algún día volvía a verlos.

—Yo también comí carne humana durante un asedio —confesó con voz grave el hombre—. A veces, supone la diferencia entre la vida y la muerte, aunque ellos han degenerado y no distinguen entre un cordero y un niño. A esto nos ha llevado la miseria. Mi nombre es Guisand de Barcelona, y he estado buscándote desde que me dieron la noticia.

—¡Se han llevado a Rotel!

—Ellos no se llevan a nadie, sólo algunas partes. Si no la has encontrado es porque la tiene Drogo de Borr.

Isembard se derrumbó. Sus temores se confirmaban y golpeó el suelo, frustrado.

—¡Ayudadme pues! ¡Sois guerrero y conocíais a mi padre!

—Lo haré cuando llegue el momento. Esta noche ha ocurrido algo importante, algo que puede cambiarlo todo.

—¿Qué?

—Encontrarte, Isembard II de Tenes. Si quieres rescatar algún día a Rotel, ven conmigo; si quieres acabar como esa pobre niña... o peor, sigue con tu absurda búsqueda.

—¿Por qué me buscáis? —Un dolor sordo surgía de las brumas de su memoria—. Mi padre desapareció hace mucho y me he criado en un monasterio con mi hermana.

—Ahora soy un montaraz en estos bosques, pero antaño fui su vasallo.

Isembard lo observó, sorprendido. No conocía a Guisand, y fue consciente de lo mucho que ignoraba acerca de su padre. Cuando pensaba en él renacía el rencor por abandonarlos a su suerte a él y a Rotel en el castillo de Tenes. La profunda herida nunca se había cerrado del todo.

—Si lo servíais sabréis qué ocurrió —musitó con hosquedad—. Sabréis por qué no vino para defender su castillo y a su familia.

—Sígueme, Isembard, y conocerás la verdad.

Confundido y desesperado, comenzó a calmarse. Guisand lo intrigaba, y sólo a él podía acogerse esa aciaga noche. Rotel no estaba ya allí y no sería fácil encontrarla, debía asumirlo. Ya no le quedaba nada más por perder y por eso aceptó. Salieron del bosque hasta la vía Augusta. Barcelona quedó a la izquierda y siguieron hacia el sur hasta desviarse por una senda oculta entre los pinos y la maleza. En un claro sobre un roquedal, se erguía una torre circular de piedra tosca frente a un río. Varios ermitaños harapientos los recibieron. Se asombraban ante Isembard; reconocían sus rasgos.

—Ésta es la torre de Benviure* —anunció Guisand de Barcelona—. Ahí cerca estos monjes tienen sus ermitas excavadas en la tierra. Estás en el Llobregat, la última frontera. Hace una buena noche para contar historias, joven Isembard, pero esperaremos a unos viejos amigos. —Le puso una mano en el hombro y siguió hablándole con solemnidad—. Una cosa más: recuerda siempre que sigues vivo gracias a una mujer, Goda de Barcelona. De ella recibí el mensaje.

A Isembard se le erizó el vello. Entre los colonos sólo Elisia sabía de su linaje noble, y eso significaba que la joven ya había entablado relación con los habitantes de Barcelona. Sin ella saberlo, lo había salvado una vez más. Deseó poder regresar a aquel abrigo bajo la lluvia para besarla de nuevo sin dudar.

* El nombre de Benviure referido a la torre y los eremitorios de Benviure, en Sant Boi de Llobregat, aparece en documentos históricos más adelante, a partir del siglo XI. No obstante, se citan así para su identificación por parte del lector.

8

El obispo miró la losa sobre la que se había desvanecido esa mañana. No había en ella ningún nombre grabado, pues el sepulcro estaba vacío. Dios había puesto a prueba su fe. Esa noche debían acudir al banquete que el vizconde Sunifred y los próceres locales ofrecían en su honor en el palacio condal. Antes, no obstante, quería visitar con discreción la ciudad acompañado del capitán Oriol, así como de los monjes Jordi y Servusdei.

Deambularon por las calles retorcidas de la urbe hasta las cuatro puertas.

—Oriol, ¿Barcelona está bien protegida?

—Tras el ataque del pasado verano sólo tenemos tres docenas de guardias, pero las murallas y sus portales de acceso están en buen estado.

—El primer conde, Berà, elevó la muralla y la reforzó con sillares antiguos y restos de lápidas, de sarcófagos... —señaló el clérigo barcelonés, Jordi.

Se dirigieron al corazón de la ciudad por callejones sucios y silenciosos, algunos totalmente abandonados, impregnados del olor a cebolla y col hervidas que salía de los hogares. Barcelona era una urbe rural, con huertas y cultivos entre edificaciones ruinosas, pues en el exterior nada duraba demasiado. En la parte central visitaron una ermita dedicada a San Jaime, así como la vieja iglesia de los Santos Justo y Pastor. Un clérigo con el hábito harapiento les abrió el templo que había sido la sede episcopal en tiempo de los visigodos. La iglesia era pequeña, con arcos de herradura sostenidos por firmes columnas y decorada con lámparas de estilo oriental.

—Que no os engañe su aspecto decrépito —dijo Jordi—. Por el hollín sabréis que es la iglesia más concurrida, pues siguen el ritual mozárabe.

Frodoí calló. No era momento de sacar el espinoso asunto. Salieron y visitaron las ruinas de unos baños romanos y el famoso *Miracle*.

—Aquí estaba el foro y el templo de Augusto.

Resultaba difícil imaginar tal esplendor entre casas de adobe sobre viejos sillares enmohecidos. Regresaron al episcopado pensativos. Muchas ciudades habían sufrido una decadencia similar.

—¿Cuántas familias habitan Barcelona? Apenas hemos visto a nadie esta noche.

—Tras el último ataque, no llegarán a las mil quinientas almas —dijo Oriol—. Y menguarán, pues la razia destruyó parte de las cosechas de trigo y uva.

La situación era peor de lo que Frodoí imaginaba, y en su osadía había traído consigo a la ciudad un centenar de bocas más.

—No os desalentéis —dijo Servusdei, siempre atento a los gestos del obispo—. Dios sigue de vuestro lado.

Era entrada la noche cuando Frodoí se atavió con una capa bordada de seda y una cruz de oro para presentarse ante el patriciado local. El salón del palacio condal no era como los de Reims, pero de las paredes colgaban algunos tapices apolillados y el suelo estaba cubierto con alfombras árabes. Los pebeteros arrancaban brillo a las copas de plata que el vizconde Sunifred había mandado bruñir para el banquete.

El obispo, con un poder equiparable al del conde, se situó junto al trono vacío de madera remachada y el vizconde le presentó a las parejas de nobles y a los oficiales que, vestidos con sus mejores galas, se aproximaban en orden para expresarle sus respetos. Al final, Frodoí sintió que el corazón se le aceleraba. Se acercaba la madre de Argencia, la niña que le había brindado el primer gesto de acogida a su llegada a Barcelona. La mujer llevaba un vestido de seda negra y caminaba con elegancia del brazo de un anciano calvo y de tez amarilla.

—Nantigis de Coserans —le susurró al oído el vizconde—, con dominios en el condado y miembro del consejo de *boni homines* de la ciudad. Quien lo acompaña es su esposa, Goda.

Cuando recibió las palabras de bienvenida, Frodoí ya se había perdido en el brillo esmeralda de los ojos felinos de aquella mujer. Goda tenía una belleza regia. Su semblante y su porte le causaban una extraña sensación; irradiaba algo misterioso.

—Obispo —interrumpió Nantigis con gesto hosco. Le molestaba cómo escudriñaba a su bella esposa—. Mi familia provee el mejor vino al obispado y a sus parroquias.

—Espero que siga siendo así, Nantigis de Coserans —dijo Frodoí, distraído, mientras se obligaba a dejar de mirar a Goda.

—Si necesitáis préstamos para la nueva catedral, podemos negociarlo.

Goda parecía disgustada por la actitud de su achacoso marido. Se disculpó con cortesía y se lo llevó tirante hacia el fondo de la larga mesa colmada de manjares. Frodoí admiró su entallado vestido negro adornado con perlas.

—Disimulad, obispo. El mejor trofeo de la ciudad se lo llevó ese anciano franco tan influyente como celoso. No lo provoquéis.

—No sé de qué habláis, vizconde.

Sunifred sonrió.

—Tengo sesenta años y he vivido en esta ciudad desde que nací. No conozco a ningún hombre que no haya deseado a Goda, a su madre o a su abuela. Todas tenían esos ojos... Pertenece a la familia más antigua de Barcelona. Sus ancestros se remontan tal vez a los romanos o al pueblo layetano que vivió en estos parajes mucho antes. Algunos creen que guardan el alma de la ciudad y que ésta desaparecería si el linaje sucumbiera.

—¿Por qué está casada con ese hombre?

—Era la esposa de un caballero que Guillem de Septimania mandó ejecutar en el año 848 por su fidelidad al conde franco Sunifred. El viejo Nantigis ya estaba aquí desde los tiempos de Bernat de Septimania, encargado de cobrar la *teuta* a los mercaderes. Brindó protección a Goda a cambio de desposarla, y tienen una hija, Argencia.

—Es la pequeña que me ha recibido esta mañana.

—Goda es muy especial, lo iréis descubriendo. No doy credibilidad a las leyendas que se cuentan sobre su familia pero los habitantes de Barcelona sí, y todos la respetamos. No la pongáis en peligro por vuestro ardor juvenil.

Frodoí se sentó a la mesa y los esclavos les llevaron bandejas con patos asados. Era el plato principal, pero el obispo se interesó por el pescado de mar, escaso en Reims, y degustó sorprendido el bacalao ahumado y los arenques en fritura.

A su lado, el vizconde le relataba las vicisitudes del condado. En el lado opuesto, el arcediano de la catedral y varios canónigos lamentaban vehementes la falta de sacerdotes, cálices y ornamentos en la mayoría de las parroquias fuera de la ciudad. Algunos señores construían iglesias en sus dominios o poblados, nombraban a sus propios curas y hasta cobraban diezmos como si se tratara de un negocio más.

Frodoí descubrió con inquietud que la curia episcopal apenas funcionaba. Se acumulaban las vacantes y los pleitos; además, las arcas de la sede estaban exhaustas y con la ceca cerrada no se obtenía el tercio sobre la moneda para el obispado. Poseían cientos de esclavos y siervos, pero la pérdida de la cosecha traería el hambre. Eso sin contar con que ahora eran más, por la llegada de los colonos, una mala idea, en opinión de la mayoría. Lo decían mordiendo sin reparos muslos de pato o con la boca llena de nueces.

Frodoí estaba cada vez más abrumado.

—¿Y qué pensáis hacer por nuestro hogar, obispo? —lo interpeló Goda desde el otro extremo de la mesa.

Todos callaron de pronto. Ella tenía los ojos entornados. Lo estudiaba.

—¿Qué haríais vos, Goda?

No esperaba la pregunta y su rostro se contrajo. Ninguna mujer hablaba en público de cuestiones de gobierno, y menos con un alto jerarca de la Iglesia.

—¿Qué sabe una mujer? —prorrumpió Nantigis arrastrando la voz a causa del vino, y arrancó de los presentes algunas risas desdeñosas.

—Señor, permitid expresarse a vuestra esposa —insistió Frodoí.

Goda frunció el ceño. El obispo quería escucharla y eso lo hacía distinto, por esa razón habló con osadía.

—La Marca tan sólo resistirá si los condados pueden ser heredados por los descendientes de sus condes, sin someterse a la voluntad del rey.

La respuesta dejó perplejos a todos, especialmente a los francos.

—Es el rey quien dispone cada beneficio —replicó Frodoí, alarmado—. Esa idea raya en la traición.

—Carlomagno situó a su rama de los guillémidas en el trono con la idea de que sus descendientes llevaran a cabo todas sus reformas en pro de la paz y la prosperidad. Si sus nietos no lo hubieran echado a perder por codicia, la Marca no sería un lugar oscuro y abandonado, ni los reinos del Sacro Imperio sufrirían tantos conflictos.

—¿Cómo sería Barcelona si tuviera un linaje durante generaciones? —demandó el obispo en medio de un tenso silencio.

El apuesto Frodoí la ponía a prueba. Esa misma noche podía acabar en la mazmorra de su palacio, pensó Goda, pero sus ojos seguían rogándole que continuara. Conocía bien esa mirada en los hombres y no tuvo miedo.

—Sólo Dios lo sabe, obispo, pero si quisieran conservarlo lo repoblarían y protegerían con su ejército. Muchos condados de otras regiones los gobiernan casas nobles que el rey respeta y concede a sus descendientes, y así prosperan. Sin embargo, en el gobierno de Barcelona se suceden condes de casas distintas.

—¡Vamos, mujer, cállate ya! —le espetó Nantigis.

Todos comenzaron a hablar a la vez, abriendo la brecha entre los nobles godos y los francos. Frodoí y Goda se miraban, ajenos a los demás. El obispo sentía bullir algo en su interior que ascendía con fuerza hacia su pecho. Había llegado hasta allí sin un proyecto claro. La bella mujer le había desvelado la tarea imposible que el Altísimo le tenía asignada. Fue como el impacto de una visión deslumbrante: sólo así salvaría la Marca.

Goda veía el cambio operado en las facciones del obispo y sonrió misteriosa. Frodoí quiso desvelar en su mirada felina los profundos secretos que parecía ocultar. Deseaba conocerla, y en ese momento ella asintió levemente, colmándolo de dicha.

En la torre de Benviure, el joven Isembard, a pesar de que estaba exhausto y preocupado por Rotel, devoró una hogaza de pan negro con un trozo de queso que le ofrecieron los ermitaños. Horas más tarde aparecieron dos caballeros amigos de Guisand de Barcelona: Inveria de Rosellón y Nilo de Montclús. Iban camino de la vejez, pero también estaban en buena forma. Los tres eran nobles desterrados, montaraces que vivían en el bosque aferrados a un pasado que ya no regresaría.

—¿Te gustan las historias, Isembard? —dijo Guisand al tiempo que atizaba el fuego—. Esta tierra está llena de ellas, de doncellas sarracenas condenadas, de dragones y poderosos hechiceros. También de colonos que llegaron para arañar la tierra baldía con sus azadas y que no acabaron bien. ¿Es de ésas la tuya? Cuéntanos.

Isembard les habló de los Nacidos de la Tierra hasta el momento del ataque en el bosque en el que Rotel desapareció.

—Esa horda obedece a Drogo, aunque intuyo que ya lo sospechabas. Por suerte, ese joven obispo, Frodoí, no ha caído en su ardid y no lo dejó entrar en Barcelona. Parece astuto.

—Drogo controla el castillo de Tenes, el de tu padre, Isembard —intervino el viejo Inveria, sombrío—. Salvó a Frodoí y se llevó a tu hermana... Nada de eso parece casual. Cuenta con cientos de mercenarios, más esos demonios que viven en cuevas cercanas. Ahora Rotel es una de sus esclavas. Sólo podrás vengarla, hijo.

—¿Para qué me habéis traído aquí entonces? —dijo Isembard, molesto e impotente ante tan crudas palabras. Jamás abandonaría el empeño de encontrar a Rotel.

—Para revelarte nuestra historia, la de tu padre y los Caballeros de la Marca.

—En Santa Afra contaban que siete caballeros juraron ante el rey defender la Marca, pero al parecer los exterminaron junto con sus tropas. Nunca oí decir que mi padre fuera uno de ellos.

—En el año 834, tras años de terribles convulsiones, siete nobles godos hicieron voto ante el emperador Luis el Piadoso de permanecer en la Marca para defender la frontera. Aunque debían obediencia a los sucesivos condes, Luis entendía el peligro que suponía el emirato de Córdoba. Les concedió tierras fiscales para mantener tropas y castillos en la frontera. Esta torre la levantaron ellos con sus medios, y hay otras a lo largo del Llobregat, el Cardener y el Segre, si bien ahora están en ruinas. También promovieron la repoblación de baldíos de Barcelona, Osona y Urgell.

»En el año 844 se unió a la causa el conde godo Sunifred de Urgell, de la casa bellónida, que sucedió a Bernat de Septimania después de que lo decapitaran por rebelde. Durante más de una década los sarracenos no pudieron cruzar la frontera. Todos confiaban en que, tras Sunifred, el rey nombraría conde a uno de sus hijos mayores, Guifré o Miró, con el propósito de continuar el linaje y la labor protectora, pero apareció el oscuro Guillem de Septimania para vengar a su padre y lo ejecutó delante de toda Barcelona.

—Pensaba que los Caballeros de la Marca eran sólo una leyenda de héroes godos.

—Una leyenda con un triste final, Isembard. Tu padre era uno de esos siete caballeros, y desapareció cuando quiso salvar a la esposa de Sunifred, Ermesenda, y a sus siete hijos.

—¿Qué pasó? —dijo el muchacho, abriendo la puerta al dolor.

Guisand asintió apenado.

—Nadie lo sabe. Lo que sí sabemos es que cuando Guillem de Septimania entró en Barcelona y ejecutó a Sunifred, tu padre logró sacarlos de la ciudad combatiendo, pero su rastro se perdió para siempre. Tal vez murieron en los bosques. De la condesa y su prole jamás se supo nada. Durante dos años Guillem continuó su rebelión y arrasó la Marca en busca de opositores, hasta que Alerán de Troyes lo derrotó. Fue un tiempo de sangre y horror del que el condado no se ha recuperado. Luego, en el año 852, los sarracenos volvieron a atacar. Alerán cayó y dejaron la tierra devastada. Los que sobrevivimos hemos mantenido la esperanza de encontrar a los descendientes de Sunifred, el linaje bellónida godo que podría devolvernos la esperanza de un futuro para la Marca.

—Recuerdo que mi padre no regresó para defendernos cuando el castillo de Tenes fue atacado, y el miedo... —dijo Isembard en tono amargo—. Mercenarios de Guillem de Septimania tomaron el castillo en el año 849 y mataron a todos, a mi madre... —Se le quebró la voz y se le empañaron los ojos. Había luchado durante años contra tales imágenes, y ahora éstas regresaban vívidas y terribles—. Luego llegaron esas hordas, acabaron con los soldados que aún resistían y registraron la fortaleza. Sólo mi hermana y yo escapamos por el viejo túnel del pozo.

—¿No guardas recuerdos de tu padre? Siempre hablaba de ti con orgullo.

—Yo tenía siete años. —Aquello aún lo había herido más—. Pasaba el invierno con nosotros y siempre iba armado. Había combatido en mil batallas y prometió que me enseñaría a usar la espada, pero no cumplió. Él y mi madre apenas se hablaban, y ahora creo que Rotel fue la causa.

—Tu padre fue un gran guerrero, de corazón noble, no lo olvides nunca, Isembard, aunque antepuso el voto sagrado a su familia —explicó Guisand, compasivo—. Nosotros éramos vasallos. Yo lo era de tu padre, e Inveria y Nilo de otros caballeros. Tras la ejecución del conde Sunifred, otro de los siete, Darvard de Berga, nos traicionó, influido por Drogo de Borr. Durante los dos años de terror que siguieron, el resto de los caballeros y sus leales fueron capturados y ejecutados. Luego acabaron con sus familias, como le ocurrió a la tuya, y destruyeron sus castillos o los tomaron. Muchos de sus vasallos han tenido un final horrible que continúa envuelto en un halo siniestro.

—Ahora parece que el nombramiento del joven obispo franco ha hecho renacer la ambición de Drogo. —Inveria, como Guisand antes, atizó el fuego con expresión grave—. Durante estos años ha incrementado sus dominios y su ejército, pero en estas tierras hay un demonio que es el más oscuro que puedas imaginar, Isembard. Lo hemos visto vagar y creemos que está aliado con él.

—¿Qué pretende Drogo? En Santa Afra decían que, tiempo atrás, fue sacerdote.

—Poco queda de sagrado en él. Desde hace años quiere suceder al actual conde Humfrid de Gotia y a Salomó, el conde de Urgell, para convertirse en marqués.

Isembard recordó la pierna de la pequeña Ada y se le revolvió el estómago.

—Alguien que envía la muerte contra gente desprotegida no debería gobernar.

—Comienzas a entenderlo —añadió Guisand—. Ningún rey, por despiadado o despreocupado que sea, le otorgaría un condado sin tener méritos, pero Drogo es de origen franco y ha hecho desaparecer a todos sus rivales cercanos.

Nilo tomó la palabra.

—Aunque la situación de la Marca se deteriore, el rey Carlos no enviará tropas, pues eso lo debilitaría ante su hermano el Germánico y sus sobrinos, que gobiernan el resto del imperio. La Marca debe defenderse por sus medios, y Drogo es ya el único que puede hacerlo, por eso se cree con derecho a la corona condal; ésa es su estrategia. Esperaba que otro franco, el obispo Frodoí, lo ayudaría a acceder al trono de la ciudad. Ahora debe de sentirse ofendido, y maquinará su venganza para forzarlo a que se pliegue a sus deseos.

—¿Y pretendéis detenerlo?

Guisand, Inveria y Nilo se miraron.

—Nosotros somos tres montaraces desterrados, sin tierra ni casa. Mataron a los nuestros, y llevamos once años viviendo en los bosques, buscando a los bellónidas sin éxito. Nuestro tiempo ya pasó, pero esta noche hemos comprendido por qué Dios no nos ha llamado ante su presencia hasta ahora. —Guisand tenía los ojos empañados por la emoción—. Puede que el nuevo obispo no aporte nada a nuestra causa... Aun así, con él ha llegado una esperanza que creíamos perdida: tú, joven Isembard.

Inveria de Rosellón puso la mano en el hombro del muchacho.

—A pesar de que no tienes armas, ni instrucción ni tierras, eres Isembard II de Tenes, el único hijo vivo de los Caballeros de la Marca. Te pareces tanto a tu padre que los nobles godos no podrán negarlo. Sólo tú lograrás reunir de nuevo a las casas vasallas de los siete caballeros que aún sobreviven dispersas. Incluso el conde Salomó de Urgell, que era pariente de Sunifred, te reconocerá como heredero del linaje de Tenes. Estimaba mucho a tu padre. ¡Algún día encontraremos a los bellónidas y tú dirigirás su ejército como Isembard II de Tenes, al igual que tu padre nos lideró!

—Únicamente sé cultivar viñas y visto un hábito que los monjes de Santa Afra me dieron.

—Tienes lo único que nosotros no podemos darte: la sangre —siguió Guisand—. Te enseñaremos a ser un guerrero, y el resto será voluntad de Dios.

—Así nuestra vida y la muerte de tu padre no habrán sido en vano —concluyó Inveria.

Isembard se sentía sobrepasado. Unas semanas antes aquellos caballeros ni lo hubieran mirado al pasar. Había olvidado su linaje y odiaba la memoria de los Tenes. Lo único que deseaba era encontrar a Rotel. Entonces pensó en Frodoí, un joven obispo que se enfrentaba a dificultades insuperables, y en Elisia, cuyo futuro era incierto. Ambos tenían valor y un objetivo que alcanzar con la voluntad de Dios. Él sólo había estado huyendo; lo hizo de Tenes y hacía poco de Santa Afra. Debía recuperar las riendas de su vida, y tal vez allí estaba su propio camino.

—No estás aún en condiciones de valorar la situación, y lo comprendemos —terció Guisand al verlo meditabundo—. Por el momento, limítate a pensar en una razón para quedarte esta noche y aférrate a ella. El resto lo descubrirás con el tiempo.

—Quiero recuperar a mi hermana, pero para rescatarla debo saber luchar.

Guisand miró a sus compañeros.

—Cuando puedas tumbarme en un combate iremos juntos a la fortaleza de Tenes a por ella. Si va a ser una esclava del harén de Drogo estará allí mucho tiempo. Entretanto, serás un montaraz en estas tierras desoladas. Observarás y aprenderás de estos pobres viejos mientras reunimos a más soldados para buscar a los bellónidas perdidos y detener la ambición de Drogo.

—¡Entonces será demasiado tarde! —repuso Isembard, frustrado.

—No subestimes a Rotel —dijo Nilo—. Puede cuidarse sola.

Sus miradas intrigaron a Isembard y surgió en él una vieja duda.

—Sé que es bastarda. La trajo mi padre recién nacida, y mi madre no se lo perdonó. ¿Qué más he de saber?

Tras un incómodo silencio Guisand habló:

—Estos parajes desolados guardan muchos secretos. No sólo están habitados por alimañas y esas hordas, sino también por seres misteriosos; entre ellos, ciertas mujeres que se apartaron del mundo para practicar creencias ancestrales. Conocen las propiedades de las plantas y, en algunos casos, tienen poder sobre ciertos animales. Tu padre cayó herido en una razia sarracena y quedó abandonado en un bosque cerca de Berga. Al no encontrar su cuerpo, lo dimos por perdido. Sin embargo, volvió al cabo de un tiempo restablecido y con más brío que nunca. Había cambiado, como si hubiera encontrado algo más que una cura para su herida, ya me entiendes. Después de eso desaparecía durante semanas de vez en cuando, y un día lo vimos regresar con Rotel entre los brazos. Nunca nos explicó nada, pero no todas esas extrañas mujeres son viejas encorvadas.

—Otros murmuraban que se veía con una lamia, seres de los bosques que aún existen, por mucho que los sacerdotes lo nieguen —añadió Inveria, si bien con cierto temor.

Isembard calló. Aquello explicaría el vínculo especial de Rotel con la naturaleza y su espíritu indómito, en ocasiones cruel y destructivo. Fuera como fuese, eso no la salvaría de los instintos de Drogo.

—Créeme, muchacho, si tu hermana nació en los bosques no está tan desvalida como temes —aseveró Guisand.

—Y si es hija de una lamia, una *dona d'aigua*, serán otros los que la teman —afirmó Inveria con una sonrisa nerviosa.

9

El excelente vino de Nantigis que el vizconde Sunifred había ofrecido animó la velada. Ante el grupo de músicos, comenzaron las danzas por parejas.

Frodoí, libre al fin de las peticiones, conversó con los nobles para saber quién le brindaría apoyo y recursos. En su mente ya estaba erigir la nueva catedral, aunque la sede tuviera otros problemas más acuciantes. Sin embargo, no dejaba de buscar a Goda entre los presentes. Nantigis, ebrio, comenzó a vociferar, dio un traspiés y le acercaron una silla. Entonces Goda se situó junto a la puerta. Como si hubiera estado aguardando el momento, intercambió una mirada con el obispo y abandonó el salón. Frodoí dedujo que era una invitación. Acababa de llegar a Barcelona como cabeza de la Iglesia, y Goda era la esposa de un noble influyente; podía buscarse problemas, pero deseaba conocerla y se le brindaba una oportunidad. Se deshizo del arcediano y, con disimulo, salió tras ella.

Bajó la escalera y siguió su silueta en plena noche. Ignoraba hacia dónde lo llevaba la misteriosa dama. Al fin la vio entrar en la vieja iglesia visigoda con planta de cruz griega. Frodoí dudó. Pensó que podía ser una trampa de los godos. Sin embargo, se dijo, no había advertido hostilidad alguna por parte de Goda durante el banquete. Intrigado, avanzó.

Entró en el templo, pero Goda no estaba. Una única lámpara de aceite iluminaba el sagrario colgado con cadenas en el presbiterio. Se asustó y decidió volver, pero entonces vislumbró al fondo del transepto una apertura de la que emanaba un resplandor. Descendió con cautela hasta una pequeña cripta con gruesas columnas veteadas y ennegrecidos arcos de herradura. El suelo y los muros estaban cubiertos de losas sepulcrales y arquetas de piedra. Goda se hallaba allí, de espaldas.

—Mi abuela explicaba que aquí estuvo la mesa del rey Salomón, antes de que la trasladaran a Toledo. Ya nadie lo recuerda.

Un obispo y una noble casada solos en una estancia no era lo adecuado, pero ella lo atraía con fuerza.

—Dicen que tu familia es más antigua que la Barcino romana —intervino Frodoí, fascinado.

Ella abarcó la cripta con las manos y habló con solemnidad.

—Muchos de mis ancestros están aquí. Vengo cuando me siento perdida.

—¿Así te sientes esta noche, Goda? —preguntó mientras lo invadía una extraña sensación.

Al volverse, su hermosura impresionó a Frodoí, pero Goda parecía triste.

—¿A qué has venido, obispo? ¿Qué buscas tan lejos de tu hogar?

—Dios me ha mandado aquí. Ésta es mi casa.

Goda se estremeció. Quería saber si sus palabras eran ciertas o la había seguido para lo mismo que otros antes, para seducirla. Veía al franco Frodoí distinto, incluso su mirada parecía buscar en su interior algo más allá de su belleza. Deseó que fuera diferente a los otros hombres. Le agradaba su aspecto, esa cara de astucia, sus ojos oscuros y vivaces, y su pelo ensortijado.

—Otros francos han dicho eso antes, pero nunca un prelado había solicitado mi opinión —alegó Goda.

Olía a aceite de rosas, y a Frodoí se le erizó el vello al tenerla tan cerca.

—Puede que creas de verdad que sigues el dictado de Dios —prosiguió.

—¿De quién si no?

Frodoí había seducido en su juventud a muchas mujeres, pero ahora que era obispo debía estar por encima de la debilidad de la carne. Pese a todo, Goda lo cautivaba.

—Por eso te he traído a la cripta. —Lo miró a los ojos con intensidad—. Quería saber qué opinan ellos...

Frodoí se fijó en las tumbas, sobrecogido. La cripta irradiaba una energía especial, arcana. Se sentía observado. Goda caminó a su alrededor como si estudiara a su presa.

—Al escucharme hablar en el banquete algo en ti cambió. ¿Puedo saber qué?

—Acepté la cátedra sólo por despecho hacia mis rivales —confesó Frodoí—. Pensaba que si renovaba este obispado, Hincmar de Reims me cubriría de honores y sería yo quien reiría al final, pero luego, al informarme, me intrigó que Barcelona siguiera en pie tras tantos ataques y revueltas. Me pregunté acto seguido si yo podía hacer algo. Hoy he visto una ciudad que agoniza. Soy un hombre práctico, y gracias a tus palabras en el banquete he comprendido que con unos colonos, una catedral y un mismo rito católico romano para todos no basta.

—Sigue, obispo —indicó Goda, interesada. Veía el deseo de Frodoí, pero también algo más.

—Sabrás, Goda, que el reino no lo sustenta el monarca Carlos, sino una serie de casas nobles que se reparten el territorio; como los guillémidas de la corte o los bosónidas de Provenza. Controlan los caminos, los puentes y los pasos de montaña. Son los que aportan ejércitos y, aunque juran lealtad, sólo se sirven a sí mismos. Los lazos de sangre son lo que importa y toman las decisiones en conjunto, siempre en beneficio de su familia, por eso mantienen sus dominios y los aumentan.

—Aquí eso no ocurre.

—Eso es lo que me has hecho ver. —Le sonrió—. ¡La Marca debe forjar su linaje!

Goda se estremeció. Notaba su carisma, y comenzó a barruntar que tal vez Frodoí traía una posibilidad real de salvación para la ciudad.

—Ahora el candidato para sustituir al conde Humfrid es Drogo de Borr.

—Quizá crea que con la fuerza se convence al rey. La corte, no obstante, es distinta. —Esbozó una sonrisa maliciosa—. Soy un mal sacerdote y peor teólogo, pero Hincmar no me castigó para complacer a los rivales de mi casa; esta noche he comprendido que me envió aquí porque confía en mis habilidades para salvar esta tierra de su maldición.

Sin darse cuenta estaban frente a frente. Goda sentía que su ser revivía después de tantos años y advirtió que esa sensación también era física. En la mirada ardiente de Frodoí veía la fuerza de un guerrero y la astucia de un mercader bizantino.

—Te ofrezco un pacto, obispo. Hazlo posible y yo te ayudaré, Barcelona lo hará.

—Pues concédeme tiempo para ganar prestigio en la curia y la corte —respondió Frodoí sin arredrarse—. ¿Qué linajes tendrían suficientes apoyos entre la nobleza goda?

—Los bellónidas. Sin embargo, a Sunifred lo ejecutaron hace trece años y nadie sabe qué ha sido de sus hijos.

—Conozco la casa de oídas —dijo el obispo—, los descendientes de Belló de Carcasona. Pero si están muertos, habrá que buscar otros parientes, como Salomó de Urgell.

Por debajo de las palabras fluían corrientes de deseo. A ambos les estaba prohibido, pero ninguno daba un paso atrás.

—No estoy sola, Frodoí. Hay otros que piensan igual que yo. Con tu llegada ha ocurrido un milagro. ¡Contigo viajaba Isembard II de Tenes! Su padre fue uno de los Caballeros de la Marca, como mi primer esposo. —Hablaba exaltada, sin retroceder—. ¡No puede ser casual! ¡Las fuerzas del mundo miran de nuevo esta tierra olvidada!

—Te refieres a Dios —dijo Frodoí, suspicaz.

—Eres el que mis ancestros esperaban —repuso Goda en tono enigmático—. ¡Nos has traído la esperanza!

Frodoí tenía preguntas, pero el fuego en la mirada de Goda

las borró. Frente a frente, ninguno de los dos se apartaba, a pesar de tener motivos para hacerlo. Él no pudo contenerse por más tiempo e hizo amago de besarla, pero ella se volvió, confusa. Goda llevaba once años de hastío, de matrimonio con el impotente Nantigis, y de pronto Frodoí removía sensaciones que creía extintas. Aun así, apenas lo conocía y era el obispo. Dejarse llevar podía ser su perdición.

—Mi esposo habrá notado mi ausencia —dijo turbada—. Debo regresar.

Frodoí no podía creer lo que había intentado.

—Necesito verte otra vez, Goda. —Era consciente de su ansia pecaminosa, pero nunca se había sentido así. Era la fuerza que ella irradiaba, su aire hierático.

—Hemos hecho un pacto ante mis ancestros —dijo Goda, azorada—. Ellos te juzgan digno y yo también. Tú y los colonos sois bienvenidos. Nos veremos pronto.

Con una última mirada cómplice lo invitó a desistir y se marchó. Frodoí permaneció en la cripta un instante para serenarse. Había sido un encuentro extraño en el que había perdido el control. Goda lo había hechizado de alguna manera. «Por ver de nuevo el deseo en tus ojos situaría en el trono del condado a cualquiera de la hez del pueblo», pensó, y a la vez comprendió que ese sentimiento iba a ser su mayor debilidad.

10

Rotel despertó dolorida. El mundo se agitaba con violencia. Estaba en una jaula de troncos sobre un carro tirado por dos mulas. La acompañaban tres muchachas y dos niñas, todas colonas. Habían agotado las lágrimas, y cuando la joven gritó le imploraron que callara. Un hombre se acercó y le cerró la boca a bastonazos.

—¿Adónde nos llevan?

Ellas se encogieron de hombros. Cruzaban un paraje desolado por una senda pedregosa que resultaba un auténtico suplicio.

—¿Quiénes son? —siguió Rotel.

—Mencionan a Drogo de Borr como señor.

La noticia la abatió.

A media tarde llegaron a una aldea formada por cobertizos de piedra levantados en una ladera desnuda. Dos payeses de piel reseca conversaron con los guerreros. Pagaron cinco ovejas y un lechal por una de las muchachas y las dos niñas. Rotel no dijo nada; no tendría mejor suerte.

Al anochecer se detuvieron en un encinar. Horas más tarde aparecieron tres jinetes envueltos en mantas y con turbante sarraceno. Mientras las otras dos cautivas rezaban Rotel maldecía a la humanidad por su crueldad. Los captores discutieron con los recién llegados y poco después sacaron a las dos jóvenes colonas de la jaula. Rotel se quedó sola. El pago se hizo en dinares de oro sarracenos. Uno de los compradores, cubierto con un turbante negro, la miró con interés. Ella se retiró a un rincón, pero él se acercó más.

—¿Cuál es tu nombre? —le preguntó con un acento extraño.

Era un joven de unos veinte años, muy apuesto, con una cuidada barba que se diría de azabache.

—¡Ella no, Malik! —rugió uno de los captores, y lo apartó a empellones.

La última mirada que el sarraceno dedicó a Rotel mientras se alejaba se le antojó a ella una promesa que no podría cumplir. El carro reemprendió la marcha. Comenzó a llover, y Rotel, aterida de frío, se echó a llorar. En el bosque los lobos aullaron; los prefería a Drogo. Al fin cayó en un sopor inquieto, y cuando la despertaron zarandeándola se hallaban frente a una mole más oscura que la noche. Una punzada de dolor la atravesó. Reconocía el lugar, había soñado con él. Sobre la cima de un abrupto promontorio rocoso se erguía una fortaleza amurallada, con un bastión central y una torre aislada. Era el castillo de Tenes, el hogar de su familia. Su aspecto ruinoso resultaba siniestro.

—Bienvenida al nido de tu amo, Drogo.

Rotel se aferró a los barrotes de la jaula, pero la obligaron a bajar del carro. El camino hasta la cima era tortuoso y debían hacerlo a pie. Le ataron una cuerda a la cintura y la asieron para que no intentara despeñarse. Los únicos recuerdos que tenía de aquella fortaleza eran el silencio y la mirada hostil de una mujer a la que no sentía como verdadera madre.

Cruzaron el portón hasta el patio de armas. Vio angones arrojadizos con punta de arpón, hachas, escudos de madera y pilas de espadas cubiertas con mantas de lana. Grandes tinajas acumulaban grano para el invierno.

El edificio principal era una torre cuadrada sobre la roca. La planta inferior hedía a sudor y herrumbre. Los guerreros que se hacinaban en su interior la miraron como fieras hambrientas. La asaltaron retazos de otros recuerdos de aquel lóbrego castillo. Sin decir nada, subieron hacia el salón del trono.

Lámparas de hierro atestadas de cirios colgaban de las vigas. Los muros estaban decorados con pieles de oso y cornamentas de ciervos de hasta doce puntas. Sobre una alfombra rasgada había cuatro muchachas recostadas cubiertas de joyas y con unas simples gasas por todo vestido. Rotel nunca había visto tanto lujo ni olido fragancia más agradable que la de su perfume. Sobre una tarima estaba el trono, en el que destacaba un tosco dragón tallado. Drogo, sentado en él, la miraba a través de sus largos cabellos. Entre las hermosas esclavas el pálido noble parecía una sombra siniestra.

Drogo se levantó del trono y se acercó a Rotel. Tocó impúdico su cara, su pelo rubio y la suave curva de sus pechos jóvenes bajo la túnica remendada.

—Eres la muchacha más bella que he contemplado jamás. Serías la favorita en mi harén, pero te reservo otro destino. El día que cazábamos cerca de Santa Afra alguien más que venía conmigo te vio en los viñedos, y supo que eres especial, que posees un don que no puede ser desperdiciado. Tal vez un extraño juego del destino nos llevó allí persiguiendo ciervos... —siguió críptico—. La segunda vez que fuimos superaste su prueba.

Rotel se estremeció. Ese extraño juego del destino del que Drogo hablaba la había devuelto a Tenes, su primer hogar, aunque el noble parecía ignorarlo. Dios o su adversario, el Maligno, sacaban del olvido el linaje de Tenes para su inescrutable combate eterno.

Se le erizó el vello de la nuca y su pecho se agitó. Había alguien más en el salón, a su espalda. Notó un hormigueo en el cuello y las esclavas chillaron. Se quedó inmóvil, advertida por un súbito instinto. Una escolopendra de casi un palmo se movía en su hombro. El venenoso ciempiés se aferraba al cuello de la túnica. Con nuevos gritos, las jóvenes corrieron a ocultarse tras el trono. Rotel, angustiada, miró al suelo. Ante ella se erguía una serpiente enorme, oscura, de una especie que no había visto nunca.

—No es de estas tierras; es una cobra —siseó una voz rasgada a su espalda, con un acento que no reconoció—. Si haces cualquier movimiento para apartar al ciempiés, te morderá, pero no es venenosa. Si tratas de atraparla, la escolopendra te picará.

Se obligó a calmarse y se inclinó muy despacio, con los ojos fijos en la serpiente. El ciempiés se movió; Rotel podía notar en la piel sus aguijones. Casi de cuclillas, dejó que su instinto tomara el control. Las mujeres gritaron de nuevo, y en el instante en que la sierpe echaba hacia atrás la cabeza la atrapó de un manotazo rápido. Sintió una aguda punzada en el cuello y se agitó. La escolopendra cayó al suelo y se alejó por el enlosado. Colérica, le lanzó la cobra que se retorcía en su brazo.

El cuello se le hinchaba y el dolor era cada vez más intenso. Se volvió y se topó con un hombre negro de ojos brillantes y aspecto aterrador. Tenía cicatrices y tatuajes en la cara, e iba cubierto hasta la cabeza con una amplia capa de pieles que vibraba de un modo imposible. Era la sombra que vio en el bosque, la que la seguía.

—El ciempiés ya había picado antes a una rata. Te dolerá, pero casi no tenía veneno. Hiciste bien al no creerme. La cobra te habría matado.

Rotel estaba cada vez peor. La hinchazón le obstruía la garganta.

—¿Era una prueba? —jadeó aturdida—. ¿Como la víbora en el bosque?

—Te compré para él, sierva —dijo Drogo, impresionado—, por los servicios que me ha prestado durante estos años con mis adversarios.

—¿Qué clase de hechicero eres? —demandó Rotel, aterrada por la experiencia.

—Ónix es un bestiario —siguió el noble tras hacer callar a gritos a las esclavas—. Un oficio muy antiguo, anterior incluso a los romanos. Desde niños son sometidos a picaduras hasta que su cuerpo se inmuniza y aprenden a dominar cualquier alimaña venenosa. Son sicarios tan discretos como letales.

El hombre se acercó hasta ella. Rotel retrocedió, pero dejó que le aplicara un barro negro y pestilente sobre la picadura. La piel comenzó a arderle con intensidad.

—No es del todo así, niña de cabellos de oro —dijo Ónix con su extraño acento—. Cada vez es más difícil encontrar a alguien cuyo instinto le revele secretos de la naturaleza. Sin embargo, en ti está intacto. Te vi y lo supe enseguida, Rotel. Llevo años buscando un discípulo.

—Yo sólo deseo ir a Barcelona con mi hermano.

—No es cierto. Quieres a tu hermano, pero la ciudad te horroriza. No encuentras tu lugar entre los hombres, detestas pensar en casarte y encerrarte en un hogar. Eso es lo que te espera allí. Yo te ofrezco otro camino. Puedo responder a todas tus preguntas.

Rotel tenía ganas de gritar de dolor, pero la propuesta la intrigó. Lo miró con atención: tenía una edad indefinida, si bien era de complexión fuerte. Sus ojos negros la traspasaban y vio en ellos un tremendo poder. Entonces la asaltó la sensación de compartir un vínculo, como si pertenecieran a una misma estirpe, algo que se le antojó imposible.

—No entiendo tus palabras.

—Las entiendes, igual que sabías que una cobra puede ser letal. Tienes el don de anticiparte a sus reacciones e instintos. Sé que los bosques y los parajes salvajes son tu hogar, te he observado. Drogo preguntó sobre ti y el prior Sixto le contó una vieja historia de Santa Afra: ni siquiera los lobos te dañaron cuando llegaste siendo niña. Llevo años buscándote, Rotel, desde antes de que nacieras.

Ónix fue al oscuro rincón donde la cobra devoraba al ciempiés y la atrapó con facilidad. Mientras regresaba abrió su capa de pieles cosidas. Estaba llena de bolsas de cuero cuyo contenido se retorcía. Tenía la negra piel de los brazos repleta de cicatrices, mordeduras y marcas de aguijones. Rotel observó a las muchachas, meros juguetes para satisfacer la lascivia de su *domine*.

—Yo nací esclavo, Rotel —siguió Ónix al ver la desdicha en su mirada azul—. Ahora soy libre. No sólo te ofrezco la libertad, sino también el poder para defenderla.

—¿Convertirme en bestiario?

—Es la capacidad de conocer lo más hondo y oscuro de tu

ser. Si sobrevives al doloroso entrenamiento dispondrás sobre la vida y la muerte como un dios.

—Pero tú sirves a Drogo.

—Acepté hace tiempo esa alianza que me ha llevado hasta ti. La naturaleza se rige a veces por reglas incomprensibles, pero así debía ser. Bajo esos rasgos dulces hay oscuridad. Ya cargas con al menos dos muertos.

Rotel bajó el rostro. Los monjes y su hermano decían que nunca tenía miedo. No era cierto, lo tuvo cuando el hombre de Drogo la ató, luego en la populosa Girona y cuando despertó dentro de una jaula. El miedo brotaba cuando estaba a merced de otros.

—¿Seré libre? —preguntó de manera instintiva.

—Descubrirás la verdadera libertad, Rotel, la que existe cuando no te atan ni el amor ni el odio, ni tampoco el miedo a la muerte, pero antes sufrirás mucho. —Señaló las marcas de sus brazos—. La Creación exige un pago por sus secretos. Ven conmigo.

Rotel se volvió hacia Drogo. A pesar del temor, Ónix la alejaba del maldito noble. Sólo era una sierva de quince años, pero una fuerza extraña la empujó a hablar.

—Prefiero la serpiente a vivir encerrada aquí... —Vaciló un instante y siguió—: Esperando el momento oportuno para escapar por el pozo.

Drogo se envaró, intrigado.

—¿Cómo sabes que hay un pozo?

—Mi nombre es Rotel de Tenes, y soy hija de Isembard de Tenes, señor de este castillo. —Hablaba como si otro pusiera las palabras en su boca. Él les había arrebatado su humilde existencia. La turbación de Drogo la hizo ser más osada—. ¡Algún día mi hermano, Isembard, me vengará y recuperará la casa de nuestra familia!

Drogo abrió los ojos demudado. Apenas recordaba ya al extinto linaje al que había usurpado el castillo. Los creía a todos muertos. Se fijó con atención en las bellas facciones de la muchacha. ¡Ahora lo veía! Rotel había dicho la verdad sobre su linaje. Se maldijo por su ceguera. Los habría matado en Santa Afra sin dudar de haberlo sabido. Un miedo intenso lo invadió y levantó el hacha dispuesto a cortarle el cuello. El hombre negro se interpuso y su mueca demoníaca detuvo al noble.

—¡Se viene conmigo, Drogo! —siseó con un tono que causaba escalofríos—. Cada acto remueve las fuerzas ocultas del destino. Tú lo sabes bien. La llegada de un nuevo obispo, el resurgir de un linaje que se creía desaparecido... Algo está cambiando, un nuevo ciclo... Deberías estar atento para aprovecharlo.

—¡Ahora sé de dónde surge su don! ¡Lleva el estigma de su madre!

—¿Quién era? —demandó ansiosa Rotel. Siempre había sabido que era bastarda.

—Eso ya no importa —aseguró el siniestro Ónix—. Desde este momento no tendrás parientes, ni apellido ni hogar. El mundo sólo sabrá de ti cuando tú lo decidas. —Se volvió hacia el espantado Drogo y lo señaló amenazador—. Te he ayudado hasta ahora... No desates mi ira o lo lamentarás.

—¡Encontraré a tu hermano Isembard y lo desollaré vivo! —gritó Drogo, desquiciado; aun así, retrocedió hasta el viejo trono.

Rotel se encogió ante la furia febril del noble. No obstante, percibía su miedo. La advertencia de Ónix lo había afectado. Durante años Drogo se había sentido invencible, pero él mismo había provocado un desgarro en el destino y ahora un hijo de Isembard de Tenes estaba ahí fuera, en algún lugar. Su conmoción sería la de muchos caballeros godos olvidados si llegaban a descubrir su existencia.

Ónix abandonó el salón en silencio. Rotel notó que el dolor en el cuello remitía un poco. Miró a las jóvenes, casi desnudas, vulnerables. Sólo la efímera belleza las protegía, y no duraría siempre. El prior Sixto y Drogo habían destrozado su mundo y la habían separado de su querido hermano, lo único que la unía a los seres humanos. Deseaba vengarse con tal ansia que se estremeció.

Corroída por la incertidumbre fue en pos de Ónix. Los soldados se apartaban temerosos ante el bestiario. Ella iba detrás y ninguno osó siquiera sonreírle. Se sentía fuerte con él. Algún día se apartarían también ante ella.

El temor desapareció por completo. Estaba decidida a seguir al maestro y convertirse en el último bestiario.

11

Había llovido durante una semana y Barcelona era un barrizal impracticable. Frodoí sorteó con dificultad los charcos de la plaza y entró en el palacio condal. En el salón del trono aguardaban el vizconde y sus oficiales, así como algunos vicarios y exactores encargados de los impuestos, todos ellos francos. También se hallaban presentes los *boni homines* de la ciudad en calidad de consejeros. Ya habían transcurrido más de dos semanas desde la llegada del obispo y sus colonos; las arengas optimistas y las promesas habían terminado. Todos esperaban sus primeras decisiones.

Frodoí sentía un peso lóbrego en el estómago. Con Servusdei había pasado los días encerrado en el archivo del sótano de su palacio, con los canónigos y los escribas del episcopado. Habían rebuscado entre el caos que reinaba allí las escrituras de propiedades de la sede y había comprendido su error. Buena parte de las tierras de la Iglesia eran incultas o estaban arruinadas por los sarracenos. Los olivares, viñedos y frutales eran un puñado de tocones ennegrecidos, los pozos de las huertas estaban envenenados o enterrados y los molinos destruidos. De las listas de esclavos y siervos tacharon a la mayoría por estar muertos o desaparecidos. Sin la ceca ni comercio, las contribuciones de los fieles apenas bastaban para mantener la sede. No podría sufragar la construcción de la nueva catedral.

La situación del culto no era más alentadora. Muchas parroquias no contaban con sacerdote o lo elegían entre los aldeanos, a veces un hombre analfabeto, casado y con hijos. Sus misas eran una amalgama de gestos y palabras sin sentido, cuando no heréticas. Si no tenían vino consagraban leche o comulgaban con legumbres. En valles remotos habían retornado a las costumbres paganas tras décadas sin oír una sola palabra sobre Dios. Ciertos señores tenían sus propias iglesias, con algún pariente como sacerdote, y cobraban diezmos y prebendas por los sacramentos sin autorización del obispado.

Servusdei estaba horrorizado. La situación era peor de lo que les habían advertido en Narbona. Además, el invierno se les echaba encima. Si llegaban las primeras heladas, no podrían sembrar trigo en las escasas tierras cultivables.

Frodoí no tenía apenas nada que ofrecer a los colonos. Los había atraído con sus ínfulas de Moisés camino de la tierra prometida. Habían sufrido bajas y penurias por un puñado de tierra baldía e insuficiente. Se encontraba en una encrucijada, y la ciudad le exigía que decidiera si hacerlos regresar o abandonarlos a su suerte.

—¿Qué esperabais, obispo?

Sentado a un extremo de la mesa, el vizconde lo miraba con expresión condescendiente. Valoraba su tesón, pero para él Frodoí no era más que otro franco que creyó poder salvarlos.

—¡Les prometí un futuro, Sunifred!

—¡Pues reducid las parcelas y redistribuidlas! —gruñó Nantigis. Era el miembro más influyente del consejo y no parecía dispuesto a conceder apoyo al obispo hasta que éste diera muestras de proporcionarles alguna clase de privilegio.

Frodoí lo miró con desprecio y pensó en Goda, a la que no había visto esos días. Decían que su esposo apenas la dejaba abandonar su palacio, pero él sabía que estaban equivocados. Recordaba el fuego de sus ojos verdes. Nantigis no tenía más control que el que ella le permitía. Con todo, era sensata y sabía guardar las apariencias. Hizo un esfuerzo por centrarse en la importante cuestión.

—Se necesita un manso* para alimentar a una familia —indicó en tono grave—. El obispado no cuenta con suficientes para todos.

—El vulgo pasa hambre, pero siempre resiste. Aceptan su miseria.

—¡Son payeses libres, no siervos! ¿Cómo van a echar raíces sin lo mínimo?

—¿Echar raíces? —El anciano rió, despectivo—. ¡Habláis como mi esposa! No malogréis vuestro *cursus honorum* por un puñado de desarrapados. Imponed mano dura para cobrar hasta el último censo en vuestras tierras y alzad esa catedral, para eso estáis aquí.

—Tal vez Nantigis tenga razón —dijo el vizconde Sunifred. No quería ofender al obispo pero tampoco darle esperanzas—. Cuidar de las almas es vuestro verdadero cometido. El que quiera marcharse que lo haga.

Nadie deseaba perder el tiempo divagando, y dado que el obispo guardaba silencio decidieron cancelar la reunión. Los colonos no tenían cabida en Barcelona. Antes de abandonar el salón, Nantigis se acercó a Frodoí.

—Sois joven y despierto. Cumplid vuestro ministerio y no molestéis a nadie, así algún día llegaréis a arzobispo en Narbona o incluso más cerca de la corte.

A Frodoí le hirvió la sangre. Aquel hombre encorvado ganaba poder gracias a su puesto en el consejo y a la amistad con el conde Humfrid. Los payeses empeñaban sus tierras para conseguir simiente y, si incumplían por cualquier causa, las perdían. Luego, para saldar la deuda, se vendían, y eran los *boni homines*, con Nantigis al frente, quienes se encargaban de fijar el precio. Con abuso de su cargo, el viejo había acumulado tierras y una fortuna que volvía a reinvertir en nuevos préstamos.

Esperó a que estuvieran ante la puerta para lanzar la pro-

* Parcela de tierra con casa de entre una hectárea y media a dos, necesaria para alimentar a una familia según los usos carolingios.

puesta que había urdido con Servusdei durante toda la noche. No iba a rendirse ante la primera dificultad.

—¡Hay que conceder el derecho de aprisio a los colonos!

El consejo se detuvo en bloque. Frodoí, consciente del impacto, siguió:

—Conforme a la ley goda, el rey tiene la potestad de ofrecer a los payeses la tierra fiscal baldía que les sea posible cultivar. Si la roturan y cultivan durante treinta años podrán disponer de ella. Propongo que rompan yermos y se ganen sus propias tierras.

—Ese derecho no pertenece a la Iglesia, obispo —advirtió Sunifred.

Frodoí entornó los ojos, malicioso. Había pensado en eso.

—Sin el conde aquí, el vizconde está autorizado a concederlo en nombre del monarca. Los barceloneses sin tierra también podrían acogerse y marchar hacia los campos. En unos años volverán a estar llenas las tinajas de grano de la ciudad y recaudaremos más.

—¡Este muchacho ha perdido el juicio! —espetó Nantigis, incómodo.

Sunifred miraba muy sorprendido al obispo. Era más joven que todos ellos y tenía la tenacidad que habían perdido tras tantos avatares sufridos. Frodoí estaba dispuesto a hacer algo más que una catedral. El vizconde no esperaba una propuesta tan arriesgada, y meditó un instante. Quizá fuera esa la solución para los habitantes que lo habían perdido todo en la última razia.

—Debería refrendarlo el conde Humfrid.

—Lo sé, pero el invierno se nos echa encima y hay que sembrar el trigo antes de las heladas. —No iba a dejar que la proposición se diluyera en tediosas discusiones—. Humfrid está con nuestro soberano en Aquitania. ¡Lo autorizará!

—El conde ha cambiado en los últimos tiempos —indicó Sunifred. Los continuos conflictos entre el rey Carlos y sus parientes provocaban tensiones entre la nobleza. Las alianzas se creaban y destruían a un ritmo vertiginoso. Humfrid ya no estaba tan bien mirado en la corte—. Puede que lo considere una desobediencia...

—¡Soy el obispo de Barcelona! —exclamó imperioso ante todos. Desobedecer a un prelado también era peligroso—. El poder de Humfrid nace del rey; el mío, de Dios. Ya he escrito al arzobispo Hincmar de Reims, consejero del rey. Él limará cualquier aspereza.

En medio de un silencio absoluto, Sunifred asintió, pues admiraba la jactancia del joven obispo. Frodoí se atribuiría el mérito, pero tras el ataque sarraceno del anterior verano la ciudad se hundía en un légamo oscuro. El consejo mantuvo una acalorada discusión en la que aparecieron las tensiones internas. Los nobles godos lo veían como un punto de partida y los francos como algo que reduciría las propiedades fiscales del reino de Francia. El vizconde se volvió hacia el obispo para plantearle su única duda.

—¿Y quién defenderá a vuestros colonos si los atacan? ¿Vuestro capitán Oriol y su puñado de hombres?

Frodoí frunció el ceño. No tenía respuesta. Más allá de la Ciudad Coronada los payeses estarían en peligro y no podría defenderlos.

—Dios los cuidará.

—Ya os atacaron al llegar —insistió el vizconde—, y aún no conocéis la magnitud del peligro que se corre fuera de estas murallas.

El obispo quiso mostrarse firme incluso ante ese problema. Eran tiempos duros en cualquier lugar, pero necesitaban dar ese pequeño y difícil paso para cumplir el pacto con Goda.

—Preferirán correr el riesgo a ver morir de hambre a sus familias durante el próximo invierno.

Isembard acompañaba a Guisand, Nilo e Inveria por un paraje desolado siguiendo el cauce del río Llobregat. Delante tenían la montaña de Montserrat, un macizo sobrecogedor que se erguía sobre el paisaje con sus colosales pináculos.

—Dicen que estas montañas fueron levantadas por gigantes —explicó Guisand—. No parecen de este mundo, y salvo los pastores y algún ermitaño nadie vive en ellas.

—Desprenden magia —musitó Nilo con temor.

—No es cierto que nadie más viva allí. Se ocultan secretos entre sus picos imposibles... —indicó el supersticioso Inveria.

Remontaban el río por una senda camino de Urgell, donde el joven sería presentado al conde Salomó. A ellos se habían unido con poco entusiasmo dos hijos de otro vasallo de los Caballeros de la Marca cuyo padre, Gontario de Betia, demasiado anciano para sacar las armas del arcón, veía en Isembard una nueva esperanza.

Isembard iba sobre una montura que un payés le había prestado, con la promesa de devolverla o pagar su precio en cuanto lograra bienes. Tenía las piernas doloridas, pero ya conseguía mantener el equilibrio incluso al trote. Recorrían de un lugar a otro vastos páramos desolados y fortalezas arruinadas por los sarracenos o por Drogo de Borr. También recibía instrucción en las armas, y acabó por serenar su alma encendida la aceptación de la cruda verdad: Rotel no estaba a su alcance, ni siquiera con la ayuda de aquellos viejos caballeros.

Aun así, Guisand lo alentaba a imaginar su rescate cada noche, pues, en su opinión, un soldado debía mantener viva la razón para desenvainar la espada en cada combate, fuera noble o detestable. Rotel sabría cuidarse, y algún día Isembard estaría en condiciones de buscarla. Mientras tanto, Dios le permitía asomarse a lo que había sido la vida de su padre defendiendo esa tierra postrada. Algunos lo veían como su futuro sucesor, pero la mayoría sólo veía al siervo de un monasterio. Fuera como fuese, Guisand de Barcelona no perdía la fe en él.

—Pasaremos antes por la torre del viejo Adaleu de Llobregat —indicó Guisand tras el frugal almuerzo de pescado salado y pan—. Fue uno de nosotros. Guardaba el paso de un puente de madera sobre el río Llobregat y cobraba el pontaje en nombre del conde. Levantó un poblado con diez familias y un puñado de vasallos armados. Pero hace años que vive aislado y sin dar noticias.

El camino hasta la torre había desaparecido. Con un mal presentimiento siguieron, y más adelante vieron un grupo de buitres que volaban en círculos. Tampoco había ni rastro del puente cuando llegaron a la orilla del río. Se había derrumbado la torre, y de los escombros sobresalían vigas ennegrecidas. La aldea estaba demasiado silenciosa.

—Esto no me gusta —dijo Inveria—. El ataque es muy reciente.

Las casas de piedra se hallaban intactas, con aperos en los muros. En la pequeña ermita, un hedor de muerte brotaba por el pórtico. Entraron y la horrible escena los conmocionó. De las vigas colgaban una docena de cadáveres en descomposición. Oscilaban en la neblina de polvo y las sogas chasqueaban entre nubes de insectos. Los caballeros se santiguaron horrorizados. El aire resultaba irrespirable.

—¿Es obra de los sarracenos? —demandó Isembard, sobrecogido.

—No. Mirad esto —indicó Guisand—. Es su rúbrica...

En el altar habían trazado la silueta tosca de un dragón.

—¡Drogo de Borr!

El joven Isembard salió y vomitó. Los otros fueron tras él, desmoralizados.

—Es un aviso. Drogo sabe que nos hemos puesto en marcha. Puede que también sepa que hemos encontrado al heredero de Tenes, y nos desafíe.

—¿Cómo se ha enterado? —preguntó el joven. Al parecer, su secreto se extendía por la Marca.

—Tiene ojos y oídos en todas partes. Hemos recorrido varios castillos.

—¡Los hijos de Gontario no están! —advirtió Nilo.

Se habían marchado mientras ellos estaban en el interior de la ermita. Isembard constató lo que ya se temía: los tres montaraces que lo acompañaban se aferraban al pasado, sin ver la realidad. La nobleza goda no consideraba a Isembard el sucesor de su padre, el caballero de la Marca. Su linaje sólo era una leyenda.

—Debemos seguir hasta Urgell —musitó Guisand, desolado pero firme.

—No. —Isembard reclamó la atención de todos.

No sabía empuñar bien el arma, pero conocía gestas y hechos heroicos antiguos que los monjes narraban. Él tenía una perspectiva distinta; criado en un cenobio, sabía que a veces no bastaba el acero para vencer.

—Los monjes de Santa Afra decían que se cree más en las leyendas que en la realidad, porque en las leyendas intervienen fuerzas superiores y eso es lo que conmueve. Los Caballeros de la Marca desaparecieron, y nadie nos seguirá si no creamos nuestra propia leyenda. ¡Deben creer que Dios está de nuestro lado!

—¿Qué tratas de decirnos, joven?

—Hace días que no menciono a Rotel y es porque yo también he comprendido que Drogo es demasiado peligroso. Nadie va a jugarse la vida y los bienes por una vieja esperanza. Hay que empezar de nuevo, como ya hicieron mi padre y los demás.

—Sólo somos cuatro, Isembard —señaló Inveria, molesto ante la evidencia.

—Entonces busquemos únicamente a los guerreros que tampoco tengan nada que perder. —Le brillaba la mirada—. Pero no para luchar contra Drogo, sino para defender a los nuevos colonos, a cambio de víveres que puedan mantenernos. Si tenemos éxito, se sabrá en toda la Marca y surgirá la leyenda. Entonces se nos unirán más hombres.

Los tres montaraces estaban confundidos. Las palabras de Isembard resonaban en sus almas.

—Drogo no lo permitirá. Irá a por ti, muchacho; eres una amenaza para él.

—Conocéis bien estos parajes y evitaremos que nos atrape.

Tras el desconcierto, los tres caballeros creyeron despertar tras muchos años.

—Eres tan temerario como tu padre, Isembard —dijo Guisand.

—Puede que caminemos hacia la muerte, pero lo haremos con honra —concluyó Inveria.

Regresaron hacia los encinares, afectados por la escena vivida y con la convicción de que se había renovado la vieja promesa de defender esa tierra.

12

El día de la partida amaneció gris y ventoso. Los colonos y otros habitantes de Barcelona que se dirigían hacia nuevas tierras se congregaron en la vieja basílica de la Santa Cruz. El obispo aguardaba revestido en el pórtico, y dejó que admiraran el suelo desbrozado y los nuevos andamios alrededor de las bases de los muros y los pilares. Frodoí quería demostrar que con su llegada se iniciaba un nuevo período y había convocado a los maestros de obra que aún seguían en la ciudad, a fin de repasar con ellos las tablillas de cera donde estaban los modelos de la nueva sede. La mayoría de los canteros habían regresado a Narbona y a otras ciudades más seguras, pero confiaba en que acudirían otros cuando comenzaran los trabajos y se corriera la voz.

El propio obispo ofició la misa con varios canónigos y tras la bendición acompañó a la comitiva hacia el portal Vell, donde tenían preparados los carruajes con aperos, víveres y grano. El obispado había entregado un total de cincuenta sestercios de simiente* a cada cabeza de familia, además de todo lo que cada uno había obtenido por sus propios medios. Retendrían cuanta tierra pudieran cultivar de manera permanente, y eso había animado a los payeses de Barcelona que lo habían perdido todo aquel verano.

Frodoí había dado un vuelco inesperado a la situación de

* En época carolingia equivalía a veintisiete kilos aproximadamente.

incertidumbre. En cada homilía combatía el miedo de los fieles que confiaban en él. Aunque corría el rumor de que el conde Humfrid desconocía la concesión del aprisio y podía anularlo, se fiaban del prelado porque no tenían nada más a lo que aferrarse. La alternativa era morir de hambre, y se miraban entre ellos para insuflarse ánimos.

Frodoí aún no se había acostumbrado a la humedad y no quiso desprenderse de la gruesa capa ceremonial, lo que daba más solemnidad a la despedida. Con el báculo y la mitra, avanzó tras el portacruces. Lo acompañaban varios canónigos y diáconos. Un esclavo portaba el caballo del obispo, pues había decidido ir con ellos un trecho como homenaje.

Habían sido días de intenso trabajo junto a los escribas. Cada cabeza de familia presentó testigos que dieran fe de su honestidad y sus costumbres cristianas.

Estaban presentes el vizconde, el veguer y otros oficiales del conde. El capitán Oriol y sus hombres escoltarían a los colonos hasta los cinco emplazamientos cerca del Montseny, donde se establecerían junto a propiedades del obispado en Riells y Breda. Las tierras baldías eran fértiles, y si se daban prisa podrían sembrar antes de las heladas.

Sunifred parecía preocupado, pero Frodoí lo eludió. Quería despedirse de algunos colonos. Encontró a Joan y Leda con sus hijos. Al verlo, le besaron el anillo respetuosos.

—¿Tienes el documento, Joan? Aunque no sepas leer, guárdalo como el más valioso de los tesoros. Tu familia conservará esas tierras durante generaciones.

La costumbre de los godos era escriturar las ventas y concesiones. Frodoí siguió:

—Aún rezo por vuestra hija Ada, que estará con los ángeles de Dios. Acuérdate, Joan, el día de Sant Feliu entregarás dos jamones, dos capones y un costillar, o bien el valor equivalente en grano. La primicia te obliga a dar los primeros frutos del campo como tributo a la Iglesia, pues son para Dios. Parece mucho, pero esa tierra será fértil.

El vizconde no había consentido que el aprisio conllevara

exenciones; el conde no habría tolerado tal pérdida. Si la tierra era generosa, esas familias cumplirían.

—Así se hará —prometió Joan, disimulando su inquietud.

—Señor obispo, ¿es cierto que hay dragones a donde vamos?

Joan dio un cachete a Galderic por hablar sin permiso. Frodoí se inclinó y revolvió el pelo del inquieto niño. La pregunta era consecuencia de historias bien arraigadas en la Marca, y ni siquiera él sabía si eran ciertas o no. También en las tierras de Inglaterra se hablaba de dragones que arrasaban monasterios, aunque otros aseguraban que la destrucción la causaban los sanguinarios hombres del norte.

—No te creas todo lo que se cuenta, hijo. —Sacó una pequeña cruz de plata—. Tómala, Galderic. Ningún dragón se atreverá a hacerte daño si la llevas.

—Es un obsequio excesivo, mi señor —dijo Leda, agobiada. Su hijo recibía el objeto más valioso que nunca habían tenido.

Sin embargo, Frodoí los bendijo y continuó. Estaba preocupado. Desde que Carlomagno había conquistado la Marca muchas empresas como aquélla habían acabado mal.

Elisia y Galí también estaban presentes. El obispo los llamó; aún se sentía desconcertado con lo ocurrido. Galí había manifestado ser el heredero de una casa grande junto al *Miracle*. Los ancianos conocían la historia y a Gombau, vasallo del conde Sunifred, que huyó cuando Guillem de Septimania entró en la ciudad. Sabían que tenía familia en Vernet. No existían escrituras de la casona, pero nadie aportó testimonio alguno en contra y el vizconde se la entregó. Por consejo de Servusdei, que sentía afecto por Elisia, al igual que todos, se hizo constar en la escritura la décima parte a favor de ella, como la dote del marido según la ley goda. Galí no podría hacer nada sin su consentimiento. Pero lo más sorprendente era que contaban con moneda para la rehabilitación de la casa, que ya estaba en marcha. Dineros de plata acuñados en Barcelona. Sin que ellos lo supieran, Frodoí había logrado frenar la investigación del vizconde y el veguer, que pretendían conocer el origen de la fortuna. Era tiempo de mirar hacia delante.

—Mis colonos más potentados —indicó con malicia.

—Obispo —saludó Galí, altivo. Lucía una túnica corta de paño escarlata y prodigaba su amplia sonrisa entre los colonos obligados a marchar hacia los baldíos.

—¿Cuándo abriréis las puertas de la posada del Miracle?

Galí miró a Elisia, cuyos ojos, llenos de entusiasmo, brillaban como luceros.

—La taberna y la cocina estarán listas pronto, pero la planta superior aún tardará —explicó Elisia, ferviente—. Además, hay que arreglar el tejado, desbrozar el huerto, levantar un establo para los caballos y...

Frodoí pidió una tregua. Elisia era un torbellino de energía.

—Eres una bendición para esta ciudad.

La joven se sonrojó y bajó la mirada. A pesar de que sólo tenía diecisiete años era la que mejor se había adaptado. Además de jovial y resuelta, pagaba bien el trabajo; muchos maestros de obras y carpinteros encaraban el invierno con mejores ánimos. En gratitud, ella y su esposo entregaron al obispado un generoso donativo, que Frodoí había destinado ya al hospital de pobres y a la construcción de los nuevos andamios de la catedral.

Cuando Frodoí se alejó, Galí fue hasta él mientras Elisia hablaba con Leda.

—Señor, debo deciros algo.

—Ahora no, Galí. —No sentía el mismo aprecio por él. Eran de edad similar, pero su sonrisa artera y ciertos rumores entre los colonos despertaban los recelos del prelado.

—Tengo un mensaje para vos de Drogo de Borr.

Frodoí frunció el ceño. No le gustaba que uno de sus colonos tuviera relación con ese noble.

—Habla —musitó tenso.

Galí se aseguró de que nadie los escuchaba.

—Ayer vino a las obras un hombre de su parte, llamado Calort. Drogo desea saber si habéis recapacitado y le brindáis vuestro apoyo frente a los godos. Si queréis repoblar el territorio necesitáis que él lo proteja. Parecía una advertencia.

—¿Por qué te buscó a ti?

El otro apartó la mirada, y Frodoí sospechó que mentía.

—Aún es pronto para saber de quién fiarnos —siguió Frodoí, disgustado—. ¿Puedo fiarme de ti, Galí? ¿Por qué no has querido hablar delante de tu esposa?

—A ella no la metáis en esto. —Vaciló al darse cuenta de su tono inadecuado ante un obispo e inclinó la cabeza—. Os lo ruego, mi señor —añadió, y se alejó, incómodo.

Sólo la debilidad que Frodoí sentía por Elisia le impidió ordenar que llevaran a Galí a su palacio para interrogarlo. Decidió alejar aquellos pensamientos y montó en su corcel. Tras la bendición, encabezó la marcha hacia la vía Francisca. Para causar un mayor efecto en los habitantes, mandó que Servusdei entonara el salmo 113 referido a la salida de Egipto de los israelitas. Cruzaron el portal Vell con una ovación y lágrimas de despedida. La vida en el campo era muy dura. Muchas de aquellas personas jamás regresarían.

Frodoí acompañó a la caravana durante dos millas y, tras excusarse, regresó hacia Barcelona al galope. Le avergonzaba reconocer que el solemne trajín ocultaba otra intención más simple y poderosa. Cruzó la arcada del acueducto y el barranco de Merdanzar, luego pasó por la estrecha franja que separaba la ciudad de la costa, frente al portal de Regomir, y avanzó por la senda entre marjales. En el otro extremo de Barcelona estaba el lago Cagalell y, delante, el Mons Iovis. Frodoí no conocía aún esa zona al sudoeste, pues era insalubre y llena de humedales. Algunas parcelas se habían desecado y durante el estío eran huertas. Pasó ante un poblado miserable de casas de adobe. Los niños corrieron desnudos detrás del caballo mientras sus madres, con un aspecto famélico y la piel reseca, los llamaban asustadas. En una charca los hombres pisaban barro con paja que usarían para hacer bloques con los que reconstruir las viviendas arrasadas en el último ataque sarraceno. Al verlo, se hincaron de rodillas. El obispo los bendijo y siguió adelante por un camino sinuoso hacia la cima de la montaña frente al mar. En la ladera, Nantigis tenía viñedos, de lo poco que se había salvado en la razia.

En la cumbre se alzaba una austera torre de planta cuadrada, de piedra y mortero de cal, que en la ciudad llamaban el «castillo». La vista de la costa desde esa altura lo impresionó. Se respiraba un ambiente sereno. Veía a los pies del cerro el pequeño puerto, entre ruinas antiguas y pasarelas de madera; hacia el nordeste, la iglesia de los pescadores, frente a la arena de la playa, y sus casas; y mucho más allá, el poblado de Badalona.

Ató el caballo a una higuera y llegó al borde del promontorio, donde una figura contemplaba el mar. El viento agitaba su capa. La imagen estremeció al obispo.

—Has venido —dijo la mujer bajo la capucha.

Frodoí había soñado con ella durante semanas.

—Recibí tu mensaje. Sabías que vendría, Goda.

—Has dado una nueva esperanza a los colonos y a muchos barceloneses.

—Reza para que Dios los proteja.

Goda se volvió, y Frodoí vio que tenía lágrimas de alegría en los ojos. Supo que ahora creía en él, un joven franco, engreído y manipulador, pero tal vez capaz de sortear dificultades que ni condes ni obispos anteriores habían podido vencer. El obispo se le acercó más. Lo dominaba un deseo incontrolable. En ese paraje no le costaba olvidarse de sus votos. Aspiró su fragancia. Ella dirigió una mirada al mar con una expresión extraña.

—Has salvado la ciudad y a mí.

Frodoí sintió una emoción intensa al ver gratitud en sus ojos verdes. A pesar de que tenía poco más de treinta años, Goda parecía guardar en su alma un saber ancestral, el cúmulo de generaciones de mujeres que habían vivido cada instante de Barcelona.

—Creo que es el camino correcto. Debemos empezar por arañar la tierra.

Frodoí le rozó la mano y ella se volvió insinuante. Estaban solos y eran conscientes del peligro si seguían adelante con lo que había surgido en la cripta. Si Nantigis los descubría, se convertirían en sus esclavos según la ley goda o puede que el obispo apareciera ahorcado en alguna de las torres de Barcelona.

Ambos habían quebrantado antes sus votos en secreto, pero entre ellos era distinto; además del deseo prohibido, había algo firme entre los dos, una alianza de suerte incierta que querían compartir.

Perdidos en una larga mirada, las dudas se desprendieron del mundo y se besaron frente al Mediterráneo. El viejo mar era testigo de dos estrellas lejanas que se alineaban, como si estuvieran destinadas a hacerlo. Goda, más prudente, lo condujo al interior de la vieja torre de aspecto abandonado. Había dispuesto velas y esteras limpias en el suelo. Frodoí sintió el ahogo del deseo. Dejó caer sin cuidado la mitra. Goda desprendía feminidad, y permitió que la desnudara con cálidas caricias.

Nunca creyó poder sentir tanto anhelo. Al primer esposo, impuesto por sus padres, lo amó de verdad; al segundo lo detestaba, pero no tuvo más remedio que aceptarlo para seguir viva. Ahora por primera vez era ella la que escogía, y eso era lo que más la excitaba. En el joven obispo se veía a sí misma. Estaban llenos de vida, dispuestos a arriesgarlo todo por un fin y por tocarse.

Goda se dejó llevar por un fuego contenido durante mucho tiempo. Quería sentirlo dentro, fundir las poderosas energías que los movían. Mientras Frodoí le besaba el cuello, oculto bajo la melena negra, ella le acarició el pelo ensortijado y la espalda. Anhelaba cruzar el límite prohibido con él. Entre besos se desprendieron de todo, impacientes por sentir el contacto de la piel del otro. Un rayo de ansia se descargó en el momento de rozarse, pero desearon jugar con los sentidos. Frodoí admiró ese cuerpo esbelto que se encorvaba bajo sus manos y quiso recorrerlo con sus labios hasta arrancarle gemidos. Estaba cometiendo un grave pecado; sin embargo, no podía contenerse.

Goda sentía sus caricias. Le faltaba el aire, y su piel vibraba con una sensibilidad indescriptible. Cuando no pudo más, se situó sobre él y exploró su cuerpo viril perlado de sudor; a pesar del ansia masculina, se tomó su tiempo. El placer físico se unía a la sensación de sentirse mujer, señora de la vida y del instinto de generación.

Frodoí se puso sobre ella y la poseyó con un estallido de placer. Goda se dejó llevar por los firmes envites, lo incitó a que aprisionara sus pechos con jadeos de deseo. Luego se sentó a horcajadas sobre Frodoí y lo recibió de nuevo para viajar juntos hasta el éxtasis, que llegó con una intensidad inesperada, y se dejaron caer exhaustos. Ninguno había sentido algo parecido con anterioridad.

Tras recuperar el aliento, Frodoí se recostó para mirarla. Goda era misteriosa. Su desnudez le evocó a una de aquellas antiguas diosas que a veces la tierra devolvía de alguna ruina. Pero era mucho más. Se había interesado por ella esos días. Algunos canónigos referían con recelo que Goda llevaba a cabo ciertas prácticas extrañas, pero todos reconocían que era una dama influyente y que gozaba del respeto de toda la ciudad.

Estuvieron juntos la tarde entera, hablando del pasado de Barcelona, de los tesoros perdidos y de lo que podría ser algún día si se desecaban los marjales y se ampliaba el puerto. Fluía la conversación, y Frodoí comprendió que Goda tal vez sí era el alma de Barcelona. El deseo los había llevado hasta allí, pero ahora brotaban nuevos sentimientos. Además de su amante, sería su confidente. Envueltos en la capa de ella para combatir el frío, miraban cómo la temprana noche de noviembre descendía sobre el mar. Debían regresar a la ciudad antes de que cerraran las puertas. Su relación era un secreto que podía destruirlos, pero ya ninguno de los dos podía echarse atrás.

Mientras se vestían, Frodoí compartió con Goda una última inquietud.

—Drogo ha contactado conmigo. Protegerá a los colonos a cambio de mi apoyo.

—De aceptar, cometerías un error. —Goda torció el gesto—. ¿Quién te dio el mensaje?

—Un colono, Galí de Carcasona.

—El esposo de la joven Elisia —recordó ella, apoyada en su cuello—. No me gusta que ese hombre cumpla órdenes de Drogo. Elisia es muy especial, Frodoí, lo sentí en cuanto la vi llorando a vuestra llegada, y con esa posada suya también está ayudando a que la ciudad salga de su agonía. Sólo es una intuición, pero debemos protegerla; Barcelona la necesita tanto como una buena posada.

Muy lejos de allí, Rotel despertó aturdida en medio de la oscuridad más absoluta. Estaba aterida de frío, sobre un suelo de tierra y cubierta únicamente con la sucia camisa. Lo último que recordaba era el brebaje amargo que Ónix la había obligado a beber por la fuerza. Oyó unos siniestros chasquidos cerca, pero no veía nada.

Una luz la iluminó de pronto desde arriba, y Rotel retrocedió asustada. Era una antorcha. Al ver los muros pétreos a su alrededor supo que estaba atrapada en el fondo de la profunda gruta donde llevaba varios días con el silencioso Ónix. Hasta ese momento el bestiario la había ignorado por completo, incluso tuvo que buscarse su propia comida recogiendo bayas en el bosque cercano. Cada vez que pensaba en escapar, el siniestro Ónix aparecía junto a ella.

No sabía cómo la había bajado al foso ni la razón por la que lo había hecho. Entonces algo reptó por el suelo. Al fijarse profirió un alarido. Estaba rodeada de serpientes y alacranes que trataban de defenderse nerviosos. Alzó la mirada y vio a Ónix asomado a la sima. La miraba con frialdad. Le mordieron en el tobillo y encogió las piernas mientras una sierpe siseaba y otras se deslizaban hacia ella. Comenzó a llorar de pánico.

—¡Maestro!

—Trata de sobrevivir hasta el amanecer.

El rostro de ébano desapareció y Rotel notó que un par de pequeños colmillos se clavaban en su mano. Mientras se le entumecían los miembros por efecto del veneno, experimentó el mayor horror que jamás imaginó que llegaría a sentir.

13

Ya había caído la noche cuando Elisia recibió el mensaje de una esclava de Goda. A pesar de que estaba agotada por el trajín que comportaban las obras en la vieja casa de Gombau, se dijo que no debía rechazar la invitación de una noble. Además, estaba intrigada. Conocía a la dama desde su llegada, se habían saludado varias veces, pero nada más. Era tan afable como distante; pertenecía a otro mundo.

—No te fíes de los nobles, Elisia —objetó Galí—. Sólo se aprovechan de la plebe.

—No debes temer nada —dijo ella con seguridad—. Puede que ahora seamos más ricos que ella, y he conocido a muchos en la posada de Oterio, sé cómo tratarlos.

Galí la miró con rabia. Él era el que se paseaba por las decrépitas calles con túnicas de buen paño y una capa recién adquirida, era el dueño de aquella fortuna. Podía prohibirle acudir, pero él también tenía planes para esa noche, y si su esposa estaba ocupada, mejor.

Elisia descendió la calle en suave cuesta hacia los palacios y pasó ante la vieja basílica rodeada de los basamentos de la nueva. Se estaban alzando andamios y postes con poleas para subir los sillares. La llegada de Frodoí había revitalizado la ciudad, pero los barceloneses se interesaban además por la futura posada, pensó con orgullo. Muchos ancianos, sobre todo, se acercaban a la plaza del Miracle para ver las obras de la joven y próspera pareja llegada de Carcasona. Les preguntaban si tendrían hijos pronto y hacían cábalas para futuros matrimonios.

Les iría bien, Elisia se sentía optimista al respecto. «Ojalá pudieras verlo, abuelo», pensaba a menudo con nostalgia. Lo único que la preocupaba era Galí. Había cambiado desde que tenían el tesoro y no le gustaba. Su actitud altiva y las idas y venidas sin explicación alguna de su marido la inquietaban. Hacía esfuerzos por no recordar los rumores que acerca de él le habían contado en la posada de Oterio. Galí podía ser vanidoso, pero a su manera la amaba y tenían un gran proyecto; todo había salido como le había prometido.

Goda vivía con su esposo Nantigis y su única hija, Argencia, en un palacio frente a la basílica en obras. En el muro se veían lápidas reaprovechadas y hasta el busto de una enorme estatua. Dos criados la recibieron en silencio y cruzó el arco del umbral.

—La señora te espera en el huerto.

Desde el atrio, oyó los gritos de un hombre borracho que procedían de la planta superior, pero disimuló. Con discreción, la condujeron a un jardín parecido a un claustro. Las hojas de parra resecas crujieron bajo sus pies. Pasó ante árboles frutales y un huerto de plantas medicinales, con estelas de mármol, estatuas mutiladas y fragmentos de columnas gigantescas semejantes a las del *Miracle*. El pasado allí tenía un lugar de descanso.

Al fondo vio la entrada de piedra a una gruta. Surgía luz, y bajó intrigada. Era el hipogeo de un antiguo templo de enormes sillares roídos por los siglos. El ambiente estaba cargado. Goda, de espaldas, canturreaba delante de una hornacina con varias efigies femeninas de terracota cubiertas con tocados puntiagudos. Vio vasos cinerarios con vino, miel y sal. Era testigo de un ritual pagano, se dijo sobrecogida.

—Elisia de Carcasona, acércate y saluda a la Madre.

—¿Qué lugar es éste? ¿No sois cristiana?

—Lo soy, y también soy lo que eran mis ancestros. ¿Y tú?

Le dio a Elisia una crátera decorada con espirales y la llenó de aceite aromático.

—Mi familia poseía una iglesia en la ladera del Mons Iovis —siguió Goda, distraída en el ritual—. Tenía columnas de mármol verde y bonitas arcadas, cálices de oro y un enorme crucifijo de plata. El sacerdote que mi abuelo nombró nos explicaba a mis hermanos y a mí historias de la Biblia. Me sorprendía que ignoraran a los manes protectores del hogar y a la Magna Mater, dadora de fertilidad. Si Dios vivía en los cielos, ¿quién cuidaba de la tierra?

—¿Ya no la conserva vuestra familia? —preguntó Elisia, desconcertada.

—No queda nadie, Guillem de Septimania los mató a todos. —Un velo de dolor cubrió la mirada de Goda—. A los francos los invadió un temor supersticioso. También mi primer esposo murió en combate sin darme hijos. Mi madre, antes de ser ejecutada, me rogó que resistiera para que nuestra sangre no muriera, y me desposé con un hombre horrible, si es que puede llamarse «hombre» a ese flácido vejestorio ebrio al que has oído gritar. Quise morir... hasta que tuve a Argencia. En sus ojos, los veo a todos.

—¿Sois una hechicera? —demandó Elisia, inquieta, al tiempo que observaba el hipogeo.

Goda siguió su canto y efectuó la libación del altar derramando aceite sobre la efigie. Elisia era una joven pragmática que no había hecho nada más que trabajar, pero se embebió del momento. Goda irradiaba un aura majestuosa y parecía oficiar con un esmero similar al del viejo monje Servusdei. Se diría que era la sacerdotisa de alguna de esas antiguas leyendas paganas que aún se contaban. Al terminar, todo quedó en calma. El aceite se escurría hasta un cuenco del que Goda llenó una ampolla de vidrio.

—Has venido a Barcelona con buenas intenciones, Elisia. Los protectores de la ciudad lo saben y quieren bendecirte. Toma este aceite y no te separes de él.

—¡Pero esto está prohibido por la Iglesia!

—Mi familia lo ha hecho siempre así y la ciudad sigue en pie. Los romanos no la levantaron al azar. Mientras yo viva, respetaremos el poder de este lugar.

—¿No teméis la condena de Frodoí?

—El obispo es un hombre —dijo con la mirada brillante—, nada más...

Elisia estaba fascinada con la noble. Era adulta y bella, con una fuerte personalidad. Estaba en el santuario de la dama y quiso abordar una cuestión que la reconcomía:

—El día que llegamos os hablé de unos hermanos...

—Isembard y Rotel, de la casa de Tenes. Llorabas por ellos. —Goda levantó el rostro al percibir el ansia de Elisia—. Él vive y ella puede que también, pero cautiva de Drogo.

—¿Dónde está Isembard? —Elisia trataba de disimular pero Goda percibió sus sentimientos más íntimos y le puso la mano en el hombro.

—Ese joven forma parte de una vieja leyenda que se resiste a morir —explicó la dama con cierta complicidad—. Él está bien, lo acogieron unos viejos montaraces que hace años fueron vasallos de su padre y de los Caballeros de la Marca. Hombres caídos en desgracia, como yo, que se resisten a olvidar. —Su amargura era patente. La llegada de Isembard revolvía un pasado aciago para ella—. Se formará en las armas mientras persiguen el último misterio de la Marca: qué fue de los hijos del conde Sunifred, desaparecidos junto a su padre, Isembard de Tenes.

Elisia se quedó sin habla. Sin embargo, Goda mostraba poco entusiasmo.

—Sólo Dios sabe qué será de él, así que protege tu corazón.

La joven se debatía entre la alegría y el dolor, y deseó abandonar la gruta.

—¿A qué he venido, mi señora?

—Deseaba conocerte. —Los ojos de la dama brillaban de un modo extraño—. Encontrasteis monedas en la casa junto al *Miracle*, ¿no es así?

No tenía sentido negarlo. Galí se encargaba de pavonearse de su repentina fortuna.

—La casa perteneció al abuelo de mi esposo, por eso conocía de su existencia. Me casé con él el día que emprendimos el camino hacia Barcelona para iniciar una nueva vida.

—¿Cómo os conocisteis? —Le interesaba saberlo. Quería averiguar si Elisia sabía algo acerca de la relación de Galí con Drogo de Borr. Ése era el motivo de que la hubiera invitado a reunirse con ella.

Elisia, en cambio, comenzó a hablarle de su abuelo y de su vida como sierva en la posada de Oterio. Allí fue feliz, y desgranó lo vivido, con sus miedos y sus dichas. No habló mucho de Galí. La profundidad de la mirada esmeralda de Goda la conminó a abrir su alma, y le reveló el inesperado despertar que sintió al conocer a Isembard de Tenes. Goda se olvidó de su intención. Bebía de su entusiasmo pueril y del poder de los sentimientos. Sin esperarlo, nació entre ambas una amistad que estaba por encima de la diferencia de estatus.

Oyeron pasos y la magia se quebró entre ellas. Un criado descendió al hipogeo, estremecido al ver el lugar sagrado de su *domina*. Goda lo miró con disgusto. Le estaba vedado entrar allí.

—Mi señora, el obispo decía la verdad —dijo el hombre, y miró a Elisia—. Galí ha ido de nuevo a una de las tabernas del portal de Regomir, donde se reúnen los informantes de Drogo.

A Elisia casi se le escapó de entre los dedos la ampolla de aceite. Escudriñó a Goda como si ésta la hubiera traicionado.

—¿Seguís a mi esposo?

—Drogo lo ha utilizado para acercarse al obispo —explicó Goda sin ambages—. Puede que a los colonos ahora os resulte indiferente, pero la propia subsistencia de Barcelona está en juego, Elisia. Por eso quiero saber quién es amigo y quién no.

El mundo se resquebrajó bajo sus pies. En algo tenía razón Galí: los nobles los utilizaban. Sin embargo, saber que él estaba en una taberna la angustió. En eso consistían los rumores que no quiso oír antes de casarse.

Goda la observó mientras su rostro palidecía.

—Félix, llévate a otros e id con ella. Sacad a Galí de allí antes de que sea tarde.

Galí entró en la cochambrosa taberna situada junto a la puerta de Regomir y bajó la escalera de madera hasta un sótano antiguo con suelo de ladrillos dispuestos en forma de espiga. El hedor a grasa rancia y otras secreciones corporales era insoportable. Baldia, al verlo, se abrió un poco más la mugrienta camisa y se acercó, segura del negocio.

—Luego —le susurró él, y la apartó despótico.

La mujer refunfuñó con su boca amarillenta. Tenía el pelo encrespado y hedía a sudor de hombre. Era joven, más que él, pero aquella vida la había consumido. Galí la prefería porque su expresión de derrota lo hacía sentirse más fuerte. Algo muy distinto a como se sentía junto a su bonita esposa, que en ese momento estaría a la mesa de una casa noble de la ciudad. Elisia era resuelta; también en Barcelona la apreciaban más que a él, y le resultaba insoportable. No obstante, la necesitaba para la cocina de la posada. Para eso la había escogido hacía unos meses en la taberna de Oterio.

Galí sabía adónde acudir cuando quería olvidarse de ella. En cuanto llegó a Barcelona comenzó a frecuentar las tabernas más sórdidas y no tardó en toparse con Calort, un hombre malcarado que pasaba información al noble Drogo de Borr. Le habló de su encuentro en el bosque y trabaron cierta relación. Galí conocía a los de su clase y, para ganarse su confianza, aceptó llevarle el mensaje al obispo a cambio de que lo guiara por los mejores tugurios en el portal de Regomir.

Con su fortuna se sentía importante, y gozoso descubrió que en toda Barcelona no tenía rival con los dados. Así había adquirido a su bella esposa, y aumentaría su fortuna con ellos en su nueva ciudad. Con el tiempo, si la posada resultaba ser un buen negocio, se haría rico, podría repudiar a Elisia, anular su matrimonio y casarse con alguna noble del condado.

—¡Nuestro potentado de Carcasona! —exclamó alguien en la penumbra.

Ajeno a las risotadas, Galí fue hasta un hombre con un sucio sayo negro, sentado con otros. Miró ansioso el cubilete de cuero y los dados sobre la mesa.

—¿Quieres jugar? —Calort se echó a reír con desdén al advertir su ansia—. ¿Tu bella esposa te ha pedido algún capricho?

La provocación surtió el efecto que buscaba, y Galí dejó caer una pesada bolsa de dineros sobre la mesa.

—¡No la menciones!

Los otros aullaron ante la osadía.

—¿Aún no se ha pronunciado el obispo sobre la propuesta de Drogo?

—El obispo sólo es fiel a sí mismo. No creo que responda. —Galí sonrió desafiante y dio unos golpecitos a la bolsa. Era una buena noche para aumentar su fortuna—. ¿Te atreves conmigo?

Estaba enardecido, y Calort ordenó a los otros que se levantaran para que se sentara enfrente de él.

—Está bien, juguemos pues —propuso Calort—. *Iactus tres?* Con tres dados.

—Lanzados a mano. No me gustan vuestros cubiletes, ya lo sabéis.

Galí se hizo con un cuenco lleno de vino y lo apuró de un trago. Tomó los dados. Eran de hueso, gastados y mugrientos. Sentía el familiar hormigueo y la presión en el pecho previa al juego. Era una sensación tan poderosa que no podía dejar de buscarla.

Olió los dados y sopló sobre ellos. Con movimientos entrenados durante años, los situó bien en su puño y los lanzó tres veces. Todos memorizaron la puntuación más alta: catorce. Calort formó una torre con sus dineros. Torturaba a Galí con su parsimonia. Lanzó y obtuvo once puntos.

—Sigue tu suerte esta noche, Galí. Nos invitarás a un trago, ¿no?

Galí señaló el tonel al tabernero. Las partidas de tres tiradas con el hombre de Drogo siguieron. Los parroquianos rodearon la mesa, animados. Las monedas se acumulaban frente a Galí. Cuando una de su montón rodó hasta el suelo, el tintineo lo sacó de su estado. Dejó que uno de los parroquianos se la quedara.

—Creo que ya basta, amigo —señaló Calort, ya sin su eterna sonrisa.

Galí estaba eufórico, era la mejor noche que recordaba. Se había olvidado de Elisia y de la envidia que lo corroía.

—¿No quieres recuperar algo?

—He perdido suficiente por hoy.

Galí se levantó y habló con total desprecio para retarlos.

—¡Barcelona no es más que un poblado de harapientos! ¿De verdad nadie se atreve a jugar en serio? —Se volvió hacia Calort con los ojos entornados—. Sirves al noble más poderoso de la Marca, seguro que tienes una pequeña fortuna escondida por ahí.

Tras un tenso silencio, Calort estalló en una sonora carcajada.

—Tienes valor, Galí de Carcasona, para venir aquí a insultarnos.

Galí advirtió peligro en la tirantez de su mirada, pero se mantuvo firme. Calort hizo una señal y el tabernero le acercó un pesado zurrón de cuero que arrancó silbidos entre los presentes. Galí tragó saliva, y comenzó a arrepentirse de su bravuconada. Pero ya era tarde. Sólo podía sacar una cantidad similar de dinero de un sitio. Se abrió la camisa y fue dejando sobre la mesa bolsas llenas de monedas hasta formar una pequeña montaña; eran todos los dineros de plata que había encontrado en la olla de Gombau. Si ganaba sería uno de los hombres más ricos de la ciudad, no necesitaría la posada ni a su bonita esposa de manos estropeadas por el trabajo.

Los presentes los rodearon animados. Jamás habían visto tanto dinero sobre una mesa. Daban palmadas en la espalda a Galí, que miraba los dados con ansia. Baldia se situó detrás y le prometió una noche inolvidable. Él exigió silencio, tomó los dados y tras el pequeño ritual lanzó las tres tiradas seguidas. Con el corazón desbocado se quedó con la tercera: los dados sumaban diecisiete.

La taberna aulló. El resultado era muy alto y a Calort le convenía retirarse.

—Parece que sigue tu racha, Galí de Carcasona —dijo este último con preocupación—. Deberíamos celebrarlo antes de arruinarme. ¡Tabernero!

Se formó una algarabía mientras llenaban las jarras de madera. Dos hombres se enzarzaron en una discusión y uno cayó sobre Galí. Éste lo empujó y volvió la atención a la mesa, nervioso.

—¡Acabemos cuanto antes! ¿Lanzas o no?

—Está bien, está bien —se disculpó Calort con sorna—. Somos salvajes de la frontera, no nos lo tengas en cuenta.

Cuando Calort tomó los dados, Galí señaló su mano.

—¡No son los mismos!

Los dados rodaron sobre la mesa de un modo extraño y cada uno mostró un seis: dieciocho. El silencio descendió sobre la taberna. Calort inspiró.

—No necesito tirar de nuevo, ¿no crees?

Galí se levantó con los puños apretados y el corazón a punto de estallarle.

—¡Has cambiado los dados! ¡Tienen plomo en una cara! Ya lo he visto antes.

Un clamor de protestas se desató al tiempo que lo empujaban con amenazas. Cuando pudo mirar de nuevo hacia la mesa, los dados eran los de siempre. Habían sido hábiles. Calort ya tenía todos los dineros de plata en su lado.

—¿Me acusas de tramposo, Galí?

—¡Maldito seas, Calort! Lo tenías todo previsto. Los empujones...

—¿Sabes qué hacemos aquí con alimañas como tú?

Entre varios agarraron a Galí. Le ataron una soga al cuello y la pasaron por la viga principal del techo.

—¡Piedad! —rogó aterrado al ver la intención asesina en sus miradas.

Los hombres tiraron de la cuerda y Galí graznó. Al aflojarla pudo hablar.

—He perdido. ¡Discúlpame! —gimió—. Todo es tuyo.

A una señal de Calort, los hombres volvieron a tirar de la cuerda. Galí se alzó tres palmos y empezó a agitarse mientras trataba de asirla. Cuando comenzó a ahogarse y a boquear con el rostro amoratado lo soltaron. Calort le cogió la cara y lo abofeteó con fuerza.

—Nadie nos insulta y vive —siseó—. ¡Registradlo y ahorcadlo de una vez!

Los esbirros descubrieron en la camisa de Galí una pequeña bolsa de óbolos y algo más: un viejo pergamino. Calort lo cogió intrigado y se dirigió hacia un díscolo clérigo que no salía de la taberna. Ni siquiera el propio Galí sabía qué contenía. Podía ser el título de propiedad de la casa de Gombau u otra cosa. Lo había guardado a la espera de encontrar a alguien de confianza que lo leyera y se lo explicara. El *prevere* palideció y le susurró a Calort el contenido. La sonrisa del hombre hizo sospechar a Galí qué decía el escrito. El terror más intenso lo atenazó. Había sido un necio al conservarlo.

Miró temeroso a Calort esperando que revelara su secreto más inconfesable.

—Como has dicho, Galí, todo es mío, por eso me quedaré también con este interesante documento y te dejaré vivir. Seguro que a mi señor Drogo de Borr le agradará contar desde ahora con un siervo fiel. Te queremos en esa posada tuya para conocer todo lo que se diga. —Agitó el ajado pergamino—. De lo contrario, esto verá la luz.

Galí asintió. Por primera vez no era capaz de articular palabra. Toda su vanidad se hundía ante aquel viejo documento, ahora en manos del peligroso Calort.

—¡Dad una tunda a esta escoria y sacadlo de aquí!

Galí quedó tendido en un mugriento callejón ante la mirada impasible de la guardia de las torres. Le dolía el cuello y había perdido dos dientes en la paliza. Al ver unas antorchas acercarse se encogió, aterrado, creyendo que regresaban.

—¡Galí, Dios mío!

Elisia se arrodilló. Llegaba con varios siervos de Goda. Al ver su estado, lo abrazó.

—La fortuna me sonreía —susurró él, avergonzado—. Me la jugaron.

Fue como una cuchillada en el corazón de la joven, incurable tal vez. Pudo dejarlo allí, como su abuelo le habría aconsejado, pero se sentó a su lado en el suelo y lo acunó en su regazo. Era su esposo ante Dios y ante los hombres.

—¿Qué nos queda? —se limitó a preguntar.

—Nada —musitó mientras pensaba en el pergamino que debería haber quemado.

Elisia no pudo continuar hablando. Lo que habían construido juntos acababa de derrumbarse.

14

Despoblados de Osona, cerca del Montseny

Joan se llevó las manos a la espalda dolorida. El sol ya declinaba, y observó el surco cavado que casi se perdía de vista. Veía a su esposa, Leda, con la pequeña Auria sujeta a la espalda, y a sus hijos mayores, Sicfredo y Emma, con las azadas que él había forjado cuando era herrero. El pequeño Galderic cogía las piedras que podía transportar y las apilaba en un montón; servirían para levantar su casa. Pero antes tenían que labrar la mayor parcela posible. Cada palmo ganado en aprisio sería de ellos treinta años después. La tierra no estaba lista para la siembra de trigo; aun así, confiaba en segar una pequeña cosecha el verano siguiente. Era un comienzo.

A lo lejos veía a otros hendiendo la tierra. Joan y Leda se habían establecido allí con otras nueve familias. Habían decidido ayudarse para ganar cuanto terreno pudieran faenar. Los pastores que les llevaban leche y queso llamaban al lugar La Esquerda. Estaba en una estrecha lengua rocosa sobre un meandro del río Ter. En tiempos inmemoriales, había existido allí un poblado del que aún quedaban restos de muros, así como hendiduras en la roca. La tierra era fértil, con bosques de robles, arces y castaños. También habían encontrado cerezos, manzanos y nogales rodeados de zarzas que podrían recuperar. Era un buen lugar para establecerse.

La pequeña comunidad había marcado con piedras lo que

sería la única calle entre las casas y la plazuela donde, si Dios lo permitía, construirían la iglesia. En la orilla del Ter podrían establecer un molino. Sin embargo, todavía faltaba mucho para que fuera una realidad. Estaban rompiendo el yermo, y al anochecer se refugiaban en cuevas próximas.

El resto de los colonos se dividió en grupos y se asentaron en la misma zona, a las faldas de Montseny, no muy alejados, por precaución. Durante las gélidas noches, soñaban juntos en torno al fuego con la futura aldea de La Esquerda y la iglesia, que vestirían con ornamentos. Se prometieron fundir un cáliz precioso de oro en gratitud por esa oportunidad que se les había ofrecido.

Un grito infantil arrancó a Joan de sus pensamientos. Galderic corría por el páramo. Pensó con fastidio que Emma lo perseguía. En diciembre los días eran cortos y nevaría pronto; debían aprovechar para trabajar en vez de jugar. Entonces las hordas surgieron del robledal y el pánico lo atenazó. Ya había vivido eso antes, y maldijo el momento en que se animaron a seguir al obispo Frodoí. El terror cubrió el valle y corrieron a esconderse.

Bajo la luz crepuscular, las indumentarias de huesos e infamias de hierro oxidado resultaban más aterradoras. Corrían a saltos. Uno voleaba unas bolas de madera, que lanzó hacia Galderic. El niño gritó y cayó en la maleza.

Leda corrió hacia su hijo sin pensar que iba hacia la muerte. Por suerte, Sicfredo y Emma huían con Auria hacia el cortado sobre el río. Joan aferró la azada y fue tras su esposa. No concebía otra posibilidad.

Leda les lanzaba piedras gritando y enseguida los rodearon. Joan se puso ante su mujer con la azada levantada. Por el flanco, uno con un cráneo de jabalí sobre el rostro levantó una gigantesca hacha y de un tajo le cortó el brazo por el codo. Joan cayó con un alarido que se mezcló con el de Leda. Cuando ella quiso acercarse un jinete los alcanzó.

—¡Piedad! —imploró Leda.

—La culpa es de Frodoí —rugió inclemente el hombre sobre la montura.

Leda se volvió. Su visión era borrosa, pero advirtió su aspecto siniestro, con la melena sobre la cara ensombrecida.

—Drogo de Borr.

Las hordas perseguían a los colonos mientras Joan se desangraba entre gritos de dolor.

—Quiero que alguien de la aldea lleve estos presentes al obispo, para que entienda quién es el señor de estas tierras.

En su montura colgaban manos y brazos cerúleos y ensangrentados. Ensartó en un garfio el de Joan, que aún goteaba. Entonces Galderic le lanzó una piedra que dio en el casco redondeado. El noble se contrajo de dolor y se volvió con expresión colérica.

—¡Córtale las manos a ese pequeño! Al obispo le causarán mayor efecto.

—¡No, a Galderic no! —imploró su madre.

El niño gritaba a sus padres mientras le ponían las manitas sobre una piedra. Joan trató de arrastrarse hasta él, pero le pisaron el muñón y perdió el conocimiento a causa del dolor. El de la cabeza de jabalí alzó el hacha. Leda enloqueció, y su hijo Galderic cerró los ojos.

—¡Una cruz de plata! —gruñó el bestial verdugo.

Bajó el hacha para arrebatarle la cruz de Frodoí. Galderic se resistió y forcejearon, entonces un siseo los sobrevoló y el salvaje se desplomó sobre el niño. Una flecha le había atravesado el cuello de parte a parte. Enseguida dos agresores más cayeron asaetados. Un grupo de seis jinetes llegaba al galope por la senda pedregosa.

Drogo maldijo entre dientes.

—Los espectros de la Marca regresan. Isembard...

Las hordas aullaron aguerridas; eran más de veinte contra seis.

Isembard cabalgaba con torpeza detrás de Guisand, Inveria y Nilo. Con ellos iba otro vasallo de los antiguos Caballeros de la Marca, así como un ermitaño de la torre de Benviure, llamado Pau, que a pesar de que tenía casi setenta años aún empuñaba la maza con destreza. Su presencia hacía que los montaraces se sintieran parte de una misión sagrada.

El joven de Tenes todavía no dominaba su montura y saltó al suelo. Sentía un miedo visceral, pero agarró la empuñadura de la vieja espada como le habían enseñado. Uno de los salvajes con una calavera en la cara corrió hacia él. Isembard notó que un hormigueo le recorría el cuerpo. Sabía que debía lanzar el mandoble antes de tenerlo encima. Ya no era un entrenamiento; si lo hacía con precipitación, la hoja hendiría el aire; si vacilaba, el otro lo cortaría en dos con su hacha oxidada.

Se encomendó a su padre para no soltar el arma. Respiró hondo. Era de la casa de Tenes, se recordó, y esa estocada marcaría el principio o el final de su nueva historia.

Cuando casi lo tenía encima pensó que con esa espada habría podido defender a Rotel, y sintió un pulso en la cabeza, una señal nacida en lo más ancestral de su alma. A ella no podía protegerla ya, pero a los colonos sí. Lanzó un poderoso mandoble lateral que alcanzó el costado de su adversario, se hundió en su vientre y fue cortando hasta que salió por el otro lado. Cuando el agresor cayó con las vísceras desparramadas ya agonizaba. Era el primer hombre al que Isembard mataba.

Tenía una sensación extraña y le zumbaban los oídos, pero llegó otro salvaje con una clava de madera. Lo esquivó y se enfrentó a él. Reparó en que aquel hombre con el yelmo erizado de pinchos siempre efectuaba el mismo movimiento, de arriba abajo; parecía tan asustado como él, y nadie le había explicado cómo combatir de verdad. Las palabras que Guisand le había dicho cobraron sentido para el muchacho en ese momento. El adversario era el que revelaba cómo ser derrotado. Cuando tuvo la oportunidad, Isembard le hundió la hoja en el pecho.

El sonido del combate amainó. Los caballeros habían hecho una matanza y la horda huía diezmada. A lo lejos vieron a Drogo de Borr. Lo retaron, pero se alejó con los suyos. Era demasiado arriesgado y, maldiciendo, se adentró en la foresta sobre su montura.

Cuando se reunieron, sólo Inveria tenía un corte en la pierna. Pau, el ermitaño, se acercó hasta el pobre Joan.

—Debemos cauterizarle esa herida o perderá la poca sangre que le queda.

—Hay fuego encendido en las cuevas —indicó Leda, junto a su esposo.

Mientras los colonos lo llevaban en volandas Leda reconoció al más joven de sus salvadores.

—¡Isembard! ¿Eres tú?

—Leda, lo siento mucho —dijo apenado. Pensó en cómo acabó su hija, Ada, pero calló, como se había prometido; demasiado dolor para la mujer—. Nos enteramos de que estaban atacando a los colonos. En dos de los nuevos poblados no queda nadie, pero aquí al menos...

No sabía qué más decir, y Leda lo abrazó con fuerza, sin poder contener el torrente de lágrimas. El mundo se ensañaba con ellos y Dios parecía ausente. Pero aún halló un motivo para dar las gracias a los montaraces que se acercaban cansados.

—Mis hijos viven gracias a vosotros.

El refugio era un abrigo natural sobre el río Ter. En la roca se apreciaban pinturas toscas que representaban escenas de caza. La habían escogido porque otros hombres ya habían estado allí y eso podía darles suerte. El clérigo aplicó la hoja de su hacha al rojo vivo sobre el codo mutilado de Joan y un último grito recorrió el valle. Poco a poco todos los colonos regresaron aterrados, mirando el campo sembrado de cadáveres monstruosos.

—Si sobrevive será un milagro —dijo Pau cuando untaba la quemadura con una pasta que olía a hinojo.

—Ega podría curarlo —sugirió Guisand.

—Es cierto, sí; esa mujer sabe más que nadie de heridas —gruñó Inveria, que se cosía él mismo el tajo de la pierna con hilo de tripa.

Pau lanzó una fugaz mirada a Isembard, quien permanecía ensimismado en el rostro cetrino de Joan. Frunció el ceño y se fijó de nuevo en el feo aspecto del muñón.

—No me gustan las hechicerías de esas mujeres de los bosques, pero es cierto, Ega podría curarlo. —Se volvió hacia Leda, y añadió con gravedad—: Procura que aguante con vida hasta mi regreso.

Cuando toda la comunidad estuvo reunida, aún aterrados, Guisand les habló:

—¡Oídme! Contad lo que ha ocurrido a los pastores, y a cualquier monje, buhonero o arriero que se acerque a la aldea. Decid a todos que Isembard II de Tenes y los montaraces os salvaron de los demonios de la Marca.

Leda se acercó a Isembard y besó sus manos. Ese acto no sólo impresionó al joven, sino también al resto de los presentes. El muchacho volvió a pensar en Rotel. Ambos habían crecido entre los viñedos de un monasterio y habrían podido estar allí, en La Esquerda, indefensos ante las hordas. Sin embargo, Dios les había reservado un extraño destino que era incapaz de interpretar todavía. Se miró las manos ensangrentadas, y comprendió que ése era su camino y que algún día encontraría a su hermana.

—¿Sabes algo de Elisia de Carcasona? —se atrevió a preguntar a Leda con discreción.

La mujer asintió afectada.

—La dejamos en Barcelona, donde ella y Galí están reformando la que será una buena posada. Se halla a salvo, Isembard. Lloró mucho por vosotros. —Mientras Isembard se retiraba pensativo, Leda se volvió hacia Guisand—. Drogo dijo que erais espectros.

—Es cierto —aseveró el viejo montaraz—. Somos espectros de los Caballeros de la Marca. Cercenaremos las cabezas a esos animales de las hordas y las colocaremos en cada cruce de caminos; así todos sabrán que hemos regresado de entre los muertos para que la Marca viva.

15

Galí lo había perdido todo, y él y Elisia dejaron muchas deudas por saldar. La noticia no tardó en saberse, para vergüenza de la pareja. Gracias al afecto que la joven despertaba y a la protección del obispo, se aplazaron las reclamaciones ante el tribunal del conde hasta el *dies Sanctorum Innocentium*, el 28 de diciembre. Si no lograban pagar parte de lo que debían ese día y negociar el resto, se convertirían en esclavos de sus acreedores conforme a la ley goda. A Elisia se le agotaron pronto las lágrimas. Anhelaba regresar a Carcasona, pero si en el futuro quería marcharse tenía que evitar convertirse en una mujer *ancilla*.

Estaba dispuesta a abrir la taberna; debían muchos sueldos a carpinteros y maestros de obras. Sin hablarse con Galí, comenzó a limpiar el salón para acondicionarlo. Su esposo era ya una sombra del hombre que la encandiló con arrullos y sonrisas, sin el carisma y la personalidad que había mostrado siempre. Al final, de mala gana, Galí se sumó a la dura tarea y sus manos se cubrieron de ampollas. La planta alta quedó como estaba, pero la de abajo ya podía usarse. Cubrieron las ventanas con esparto y retiraron los escombros. Colocaron una puerta que recuperaron de una casa en ruinas, y con maderos abandonados hicieron toscas mesas y banquetas que no invitaban a sentarse, pero no podían contratar a un artesano que les hiciera unas mejores.

En vísperas de la festividad de Santa Lucía, Elisia contempló el resultado y suspiró desolada. Era una taberna decrépita en la que jamás habría entrado, pero no podían hacer más. Callada, se cubrió con la capa que aún olía a la taberna de Oterio. Su esposo la miró ceñudo.

—¿Qué vas a hacer, Elisia? ¿De verdad crees que alguien entrará aquí? —Tras un largo silencio, incapaz de soportar más la mirada de decepción de la joven, le espetó—: ¿No piensas hablarme? ¡Soy tu esposo!

—Creía que me amabas, Galí. Ahora... no sé quién eres.

—¡Te amo! Cometí un error, pero estoy aquí. —Le mostró las manos heridas. La necesitaba más que nunca, para sobrevivir.

El enfado de Elisia derivó en un profundo vacío. Galí le había robado la alegría, había descubierto sus sombras y dudaba si sería un buen padre. Aun así, sólo se tenían el uno al otro y esa casa. Añoraba sus días sin descanso en la cocina de Oterio.

—Necesito a alguien a mi lado en el que pueda confiar —dijo con los ojos humedecidos.

Galí se acercó. Esa vez Elisia no se apartó, se sentía demasiado desvalida.

—Podríamos huir —sugirió el hombre.

—Nos cogerían antes de llegar a la vía Augusta y nos ajusticiarían. Esto es una taberna cochambrosa, pero es nuestra última oportunidad. ¡Tenemos de plazo hasta la octava de Navidad para pagar parte de la deuda y faltan cuatro semanas! —Se le quebró la voz por la angustia.

—Está bien. Te dejo hacer lo que creas conveniente.

Elisia obvió la insolencia. Aún tenía la ampolla de aceite que Goda le dio para protegerla. Había estado a punto de tirarla, pues de poco le había servido. Derramó unas gotas en las esquinas del salón y en la cocina. Tal vez podría cambiar por algo el frasco de vidrio vacío. Luego se dirigió a la puerta. Era un día frío y húmedo.

—¿Adónde vas?

Elisia mostró un puñado de óbolos que había conservado.

—Los guardaba para hoy. Reza todo lo que puedas.

El 13 de diciembre la humilde taberna del Miracle abrió las puertas en el corazón de Barcelona. Por suerte, antes de arruinarse Elisia había curado quesos grasos, otros los había aderezado con hierbas y los toneles estaban repletos de cerveza fermentada al gusto de Lambert. Con las últimas monedas compró mantequilla fresca, carne salada, cebollas y otras hortalizas. Habían trabajado sin descanso para tenerlo todo listo, y la pareja se esforzó por unirse en la adversidad.

Nadie cruzó el umbral agrietado del Miracle.

Elisia vio caer la noche entre lágrimas, sentada junto a la puerta. Había desperdiciado leña caldeando el decrépito local para nada. El estofado con manteca se echaría a perder. Galí deambulaba entre las banquetas, silencioso. Se maldecía a sí mismo por la situación. Valoraba la posibilidad de escapar sin Elisia. No soportaba la vergüenza ni las miradas de desprecio que los vecinos le lanzaban, pero Drogo lo tenía en sus manos; además, sin dinero no llegaría lejos. No se atrevía a volver a las tabernas.

Aquella noche se acostaron sin hablarse y el siguiente día transcurrió igual. Al cuarto día, al final de la mañana, cuando a Elisia se le habían agotado las lágrimas y todas las preguntas sin respuesta, apareció el capitán Oriol, de la guardia de Frodoí. Parecía estar allí para ver a la joven más que por otra cosa. Se sentó en un rincón y ella le sirvió la mejor receta de estofado que sabía preparar. El hombre comió en silencio. Ella lo espiaba desde la cocina, ansiosa. Algo en su rostro no le gustó. Con la cerveza torció el gesto y dejó la jarra a la mitad. Al terminar fue cortés, pagó con un óbolo y salió.

Elisia se dejó caer sobre un tocón, desolada. En la posada de Oterio no había día que no se pavoneara entre los clientes mientras recibía sus halagos como si fueran suaves caricias. El estofado y la cerveza eran dignos de la mesa del rey.

Después de rondar nerviosa, se cubrió con el manto.

—¿Te marchas? —le dijo Galí mientras vaciaba la existencia de cerveza antes de que se la llevaran los acreedores.

—¿Por qué no vienen? —estalló ella, frustrada.

—Son malos tiempos.

—«A una taberna se acude a celebrar o a llorar», decía siempre Oterio. Y eso ocurre en todas partes.

—La de Oterio lleva abierta desde que los cristianos tomaron Carcasona hace un siglo.

—Aquí también ofrecemos la mejor comida. ¿Qué hay diferente aquí?

Galí apuró la jarra sin responder. Elisia se quedó paladeando la pregunta. Con una sensación extraña salió de la taberna y cruzó la plaza. Era un día soleado pero frío. El viento se llevaba el hedor del barro de las calles y se olía la ciudad.

«¿Qué hay diferente aquí?», volvió a preguntarse.

Cerró los ojos y se concentró en el olfato. Poco a poco comenzó a echar en falta olores que flotaban a mediodía en el suburbio de Carcasona. Faltaba el hedor del queso mantecoso y el aroma de la mantequilla puesta al fuego. Comenzó a recorrer las calles. Se asomó a las cochambrosas tabernas y huyó ante el pestilente olor de la bazofia servida en el bullicio de docenas de parroquianos. Llegó hasta el complejo episcopal. El aire olía a lentejas y a garbanzos con laurel. En la calle dos niños mordisqueaban una hogaza de pan de centeno que goteaba. Se acercó con curiosidad y observó el pan.

—¿Aceite de oliva? ¿No preferís la mantequilla?

Ambos se encogieron de hombros sin saber a qué se refería. Uno llevaba un cuerno con bebida. Era vino caliente, no cerveza como le daban a ella de niña. Entonces lo comprendió.

—¡Sí! —exclamó vibrante.

Corrió agitada hasta el palacio de Goda. Los siervos avisaron sorprendidos a su señora, que apareció tan radiante como siempre.

—¡Ya era hora de que vinieras a pedirme ayuda, franca orgullosa! ¿Qué necesitas?

—¡Cinco dineros de plata y cuencos de madera o loza! Lo lamento, me sentía demasiado avergonzada —se excusó con la verdad—. Te los devolveré.

—Sé que lo harás. Lo sé con sólo mirar tus ojos de miel. Mis criados llevarán toda la vajilla que puedan a tu taberna.

Nerviosa, Elisia fue hasta el portal Vell. Sólo quedaban unos pocos mercaderes, que en ese momento recogían sus puestos. Pasó ante cestos de legumbres, ajos y cebollas. De las cuerdas colgaban hierbas y hojas aromáticas secas. Entre la carne buscó ristras de embutidos negros y los olfateó. No eran como los que conocía. En Barcelona no se comía como en Carcasona.

Se llevó todo lo que pudo comprar y un esclavo tuvo que acompañarla.

—¡Quiero fuego en el huerto, Galí! —gritó al entrar en la taberna.

El hombre levantó la cabeza de la mesa, amodorrado por la cerveza.

—¿Para qué quieres tanta legumbre? ¿Y ese embutido? ¿No te basta con el que has hecho?

—¡Mira esta jarra, es aceite de oliva! ¡Tengo laurel, tomillo y ajos, muchos ajos! —Abrazó a su marido y lo besó en los labios por primera vez en semanas—. ¡Hoy daremos de cenar a la ciudad! ¡Cocinaré al aire libre para que todas las barrigas rujan! Tú encárgate de conseguir vino. ¿No lo entiendes? ¡Esto es el Mediterráneo!

Al caer la noche se esparció en el ambiente un aroma familiar para el gusto de sus habitantes, pero digno de las cocinas de la nobleza. Galí había ido al palacio del obispo y, con la promesa de pagar en unos días, logró de sus bodegas un tonel de *vinum novum*, joven y saludable, y otro de *vinum veterem*. También obtuvo a cuenta dos barricas de vino ácido, fermentado con el excedente de la vendimia, mucho más barato. Todas las mesas tenían cestos con pan y cuencos con aceite dorado. Los primeros curiosos no tardaron en aparecer y pronto acudieron más. Se corrió la voz; el precio era ridículo para aquellos manjares. La guardia cambió el turno y llegó dejando sus armas en un rincón. La noche y el vino arrancaron a los clientes viejas canciones y chascarrillos.

A Elisia le dolía la espalda. Servía el estofado y lavaba los platos de Goda que Galí apilaba en altas columnas en la cocina; era eso o morir de hambre en una ciudad hostil. No pararon hasta que la enorme olla estuvo vacía. Ni siquiera para ellos quedó guiso. Los guardias reclamaron la presencia de Elisia para ovacionarla. La joven se sintió como en casa por primera vez, y una lágrima se le escapó en medio de todos.

Pasada la media noche apagaron el fuego en el huerto. La taberna estaba vacía y Galí, agotado como ella, le entregó la caja con todo lo ganado.

—Guárdalo tú, esposa —le dijo para recuperar su confianza, pensando que tal vez aún tuvieran una oportunidad.

A Elisia se le encogió el estómago. Galí abrió los brazos, conciliador.

—Quiero ser el hombre que esperas. El cabeza de familia al frente de nuestra taberna —añadió con aquel tono de seguridad que lo había arrastrado hasta Barcelona.

Ella vaciló. Quizá Galí era capaz de redimirse. Tenía carácter para estar al frente, y su cariño lo haría abandonar los viejos hábitos. A esa idea se aferró con esperanza y al final se abrazó a él entre risas y unas lágrimas que liberaron la tensión de días.

Barrieron mientras comentaban nuevas recetas. Cuando Galí cubría una de las ventanas una figura lo saludó en la oscuridad desde el otro extremo de la plaza. Calort sonreía con aspecto siniestro. La tapó de golpe y se esforzó por borrar las sombras de su rostro. Al volverse, Elisia lo esperaba sentada sobre una mesa con una sonrisa sugerente.

—No ha quedado estofado para nosotros, pero lo celebraremos igualmente. —Quería sellar el perdón de una manera especial. Dejar todo atrás, incluso el recuerdo de Isembard y sus labios cálidos—. ¿No te parece, querido?

Rotel despertó cubierta de sudor. Tenía la cara hinchada, los labios cubiertos de costras y no podía abrir uno de los ojos.

Aún tenía fiebre, pero había regresado de un infierno de delirios donde huía sin descanso por grutas sin fin de las alimañas gigantescas que la atacaban. Le dolía todo el cuerpo. Levantó un brazo. Su piel tersa de quinceañera estaba inflamada, con señales de aguijones y colmillos que jamás desaparecerían. Pero estaba viva, cuando la mayoría habría muerto por el veneno o de puro pánico. Se sentía distinta, sin miedo ni emociones.

—El que regresa del otro lado ha dejado parte de su alma allí. Bienvenida.

Ónix estaba junto a una hoguera a su lado. Seguían en la caverna.

—Maldito seas.

—Ésa es nuestra esencia, Rotel, la maldición. No somos de la tierra. Has cruzado el umbral hacia la oscuridad. Lo veo en el hielo de tus ojos. Estás preparada para comenzar el adiestramiento. El mundo se estremecerá con el último bestiario.

EL TRONO VACÍO

Año 864

En el otoño del año 861, mientras Barcelona aún se reponía de la razia sarracena y Frodoí organizaba la diócesis, el rey de Francia, Carlos el Calvo, enfrentado a su sobrino Lotario II por perseverar en divorciarse de la noble Teutberga de la casa bosónida, decidió atacar los territorios de Carlos de Provenza, hermano de Lotario II, cuya precaria salud auguraba un final cercano. Lo hizo para perjudicar a este último, quien aspiraba tanto a la herencia como a ampliar, por ende, sus dominios.

El rey francés acudió a Provenza alegando la excusa de prestar ayuda en la defensa contra los normandos por ambos lados del Ródano. El duque Girard del Rosellón, hombre fuerte de Carlos de Provenza, sospechó del plan y con sus tropas obligó al ejército del Calvo a retirarse, pero la codicia del monarca ya había inflamado la indignación de las provincias del sur de la Galia, bastante castigada por los normandos. Humfrid de Gotia, conde de Barcelona, Girona, Ampurias, el Rosellón, Narbona y otros condados, fue uno de los que se rebelaron contra el rey.

En el año 862 el rey Carlos, colérico, y tras sufrir la revuelta de sus propios hijos aliados con su sobrino Pipino II, desposeyó a Humfrid de todos sus títulos. Aun así, la rebelión continuó en la Septimania. Humfrid perdió Ampurias a manos de los hermanos Sunyer II y Delà, y Girona a las de Otger, pero el resto de los condados, incluido el de Barcelona, siguió bajo su dominio.

De nuevo la estabilidad de la Marca se tambaleaba y Salomó de Urgell renegoció la tregua con los sarracenos para impedir que Humfrid se aliara con ellos, como Guillem de Septimania hizo en el pasado. Pero el conde rebelde no desistió y en el año 863 conquistó Tolosa, Pallars y Ribagorza. Por el norte la revuelta de los nobles la proseguía el conde Esteve, consejero de Aquitania, que usurpó el condado de Auvernia.

Pero Humfrid no sólo se enfrentaba al rey, también los normandos atacaban sus dominios por el Mediterráneo. Resistió hasta que en el año 864, derrotado y sin aliados, se refugió en Tolosa.

En Barcelona se acusó el vacío de poder. Humfrid llevaba mucho tiempo destituido de manera oficial, pero ese año había perdido el control del condado y sus oficiales se dispersaron. Los juegos de poder y las viejas aspiraciones cobraron nuevos bríos. Era un momento clave y todos lo percibían.

16

Tolosa, diciembre

El conde Humfrid de Gotia se revolvió inquieto. La cama temblaba como si la tierra se estremeciera. Abrió los párpados. A su lado la esclava desnuda tenía los ojos en blanco y la espalda arqueada. Humfrid, presa del pánico, se dejó caer del lecho arrastrando tras él la manta de pieles. A la luz de la vela vio el cuerpo de la joven contraerse entre espasmos. Tenía un hilo de sangre en el muslo. Su cara era una mueca de dolor, y con la boca abierta gorgoteaba algo ininteligible.

Una serpiente se deslizó por la cama hasta el suelo. Humfrid estuvo a punto de gritar de la impresión. Buscó la espada entre las ropas esparcidas a su alrededor, sin éxito. La alimaña se arrastró hacia él y, aterrado, la pisó, pero notó la mordedura en el tobillo. Siguió pisándola hasta que la cabeza del animal fue un amasijo viscoso mientras la cola seguía agitándose.

—La segunda mordedura nunca mata, conde —dijo una voz.

Un escalofrío recorrió la espalda desnuda de Humfrid. Una figura encapuchada permanecía en la sombra. Su presencia inmóvil le causó mayor espanto que la serpiente. Se mostró, y Humfrid recordó las leyendas de viejos eremitas a los que el diablo tentaba en forma de mujer. Era la joven más bella que jamás había visto, si bien sus ojos, claros y azules, eran de hielo. La atacó, pero ella lo esquivó con facilidad. De la mordedura del tobillo sintió que le ascendía un fuego que se propagó por el interior de su cuerpo al tiempo que la pierna se le entumecía.

—¿Quién eres?

—Puedo ser lo que queráis. Un demonio, la sombra de vuestros crímenes, la muerte…

La encapuchada le golpeó la rodilla y lo derribó. Se sentó a horcajadas sobre él. Humfrid, a pesar de que tenía alrededor de cuarenta años, gozaba de un cuerpo vigoroso tras una vida en los campos de batalla. Ella se retiró la capucha y una larga melena rubia se desparramó por su gruesa capa de pieles cosidas. Se contoneó sobre él sonriendo de un modo extraño. El miedo de Humfrid se mezcló con la excitación y no pudo reaccionar. Notaba el calor de su sexo sobre el miembro. Rogaba que sólo fuera una tórrida pesadilla, pero el dolor de la picadura era intenso. Su corazón latía con rapidez y extendía el veneno. Sentía frío y sudaba.

—Dadme vuestras manos para que pueda atarlas —musitó la mujer sin dejar de agitarse. El rubor apareció en sus mejillas.

—¿Qué clase de criatura demoníaca eres? ¿Te envía el rey?

Ella se detuvo, y el conde gritó al ver un escorpión amarillo sobre su pecho.

—Vuestro organismo no resistirá más veneno. Extended las manos lentamente.

Humfrid se dejó atar sin moverse. Estaba mareado y a merced de una joven que jadeaba mientras se frotaba sobre él. Se sentía humillado y también aterrado. La mujer atrapó al alacrán por la cola y se lo guardó bajo la capa con un movimiento que se diría instintivo. Siguió sobre él hasta que tembló con los ojos cerrados y se quedó inmóvil. Su piel brillaba.

—No me habían informado de lo apuesto que sois, conde.

A Humfrid le costaba pensar con claridad y cerró los ojos.

—Vengo a daros un mensaje. Vuestro tiempo en la historia ha concluido. Se acerca un nuevo orden. Os invito a renunciar a cualquier aspiración y huir a Italia.

—¿Quién desea mis condados?

—Podría mataros, pero no me han pedido tanto. Vuestra esposa, Berta, está a salvo en un convento y no tenéis hijos por los que luchar. Tomad a unos cuantos hombres y cruzad los Alpes para que el mundo os olvide.

La mujer se apartó de él y se encaminó hacia la puerta del aposento. Antes de salir, lanzó sobre la cama una pequeña ampolla de arcilla. La esclava seguía rígida y empapada en sudor.

—Es un purgante. A vos os aliviará la fiebre, a ella la salvará. Elegid.

El conde corrió hasta el lecho y apuró el líquido sin pensar en la esclava moribunda.

—¡Mis soldados no te dejarán marchar!

Cuando la joven abrió la puerta se oyeron gritos y lamentos desde distintas partes de la pequeña fortaleza donde Humfrid estaba refugiado.

—Antes de partir, mandad que quemen la fortaleza... Está llena de horrores.

—¡Espera! ¿Quién eres? ¿Quién te manda?

—Mi nombre es Rotel de Tenes. Si nuestros caminos vuelven a cruzarse, ya no será tan placentero para vos.

Se reunió en el patio de armas con Ónix, su maestro. Sostenía una cerbatana y varios soldados se convulsionaban en el suelo. El alba inminente teñía la oscuridad de una tenue claridad añil, y los dos encapuchados envueltos de sombras observaron el contorno del pequeño fuerte defensivo construido con troncos y piedra basta, en un extremo de la ciudad.

—¿Lo has matado?

—No, maestro. Lo he derrotado. Abandonará a su esposa y no volverá.

—¿Le has sugerido Italia?

La joven asintió. Un terrible alarido rasgó el silencio. Ónix caminó sin miedo hacia la puerta entreabierta. Rotel miró de nuevo a los soldados. Si morían sería a causa de la debilidad y el frío, pero si lograban vivir recordarían esa noche como la más horrible de su vida. En esos años había descubierto que el terror que su maestro despertaba resultaba peor que un bosque de lanzas. Su muerte era silenciosa e implacable.

No sentía pena por ellos. Su interior únicamente albergaba un yermo frío y oscuro. Sus recuerdos anteriores eran como un sueño difuso. Había olvidado el rostro de su padre y apenas podía recordar el de los buenos monjes de Santa Afra. Sólo el de Isembard seguía vívido en su memoria. En cuanto lograra borrarlo sería por fin el último bestiario.

Con gesto impenetrable salió en pos de su maestro. Sentía el movimiento de sus armas venenosas retorciéndose en las bolsas de cuero que ocultaba en la capa. Bajo ésta vestía como un soldado, con piezas de pieles curtidas negras muy ceñidas. Se apreciaban sus curvas sinuosas de dieciocho años, pero ya no era una doncella. Con Ónix lo había perdido todo, y había recuperado una cosa: la ausencia de miedo.

17

Torre de Benviure, Barcelona,
12 de febrero del año 865, día natalis *de santa Eulalia*

El obispo Frodoí entró en el torreón con el corazón encogido. Las antorchas iluminaban más de un centenar de cráneos humanos dispuestos entre las piedras. Un templo de muerte alzado por una antigua venganza. Cada uno susurraba su historia de padecimientos, crueldad y muerte. Sintió un escalofrío y se persignó, inquieto.

—Sólo eran pobres desgraciados —musitó impresionado—. Reducidos a la condición de bestias por la miseria.

—Eran hordas. Vivían para arrasar aldeas y matar —opuso Guisand a su espalda—. Si La Esquerda y otros poblados recién fundados existen es gracias a esto.

—¿Queréis que os felicite? —replicó con acritud—. Reconozco que ha sido una gesta heroica, que ha dado un respiro en algunos valles de Osona. Ya se habla de Isembard II de Tenes como el nuevo defensor, pero sois un puñado de montaraces que se empeñan en cumplir un voto caduco. En realidad, nada ha cambiado. Drogo resiste.

—Recibe víveres de poblados y monasterios de la zona de Berga y tiene a sus mercenarios, claro que eso ya lo sabéis. ¿Para qué habéis venido, Frodoí?

Habían tenido varios encuentros secretos a través de Goda en el monasterio de Santa Maria del Pi, a las afueras de Barcelona. Era un momento clave para el futuro del condado y el resto de la Marca Hispánica, pero a los montaraces les faltaba la perspectiva que el obispo tenía gracias a los mensajes que le llegaban de la corte y otros obispados. Durante los últimos tres años había ejercido su poder eclesiástico cada vez más consciente del desamparo que reinaba en la frontera. Había aprendido a lidiar entre facciones enfrentadas de godos y francos, pero aunque la ciudad medraba y los muros de la nueva catedral, alrededor de la vieja, se elevaban a la par que su habilidad negociadora, todos seguían en peligro.

—¿Jamás os habéis preguntado por qué no os ha aplastado en estos años?

—Todos los días, obispo —señaló Guisand.

Frodoí se volvió hacia el caballero, a quien acompañaban Inveria, Nilo y el joven Isembard. El hijo de la casa de Tenes, que ya tenía veintidós años, había adoptado porte de guerrero. Los caballeros lo habían adiestrado bien.

En el exterior del monasterio acampaban cincuenta hombres armados, treinta con caballo. Todos eran antiguos vasallos de los Caballeros de la Marca, miembros de la pequeña nobleza o propietarios que se habían armado ante la posibilidad de quitarse el yugo de Drogo.

Juntos habían reducido la amenaza de las hordas con emboscadas e incursiones furtivas, pero Frodoí veía más allá de la montaña de cráneos. Cuando el rebelde conde Humfrid fue destituido en el año 862, se nombró otro conde, Sunyer II, pero la rebelión en toda la Gotia impidió que pudiera tomar posesión. Jamás llegó a Barcelona, y el trono condal seguía vacante. Entonces Drogo cambió de estrategia y abandonó a las hordas a su suerte.

Frodoí había cabalgado hasta Benviure tras recibir el último mensaje desde Narbona. El momento que el obispo tanto temía había llegado.

—La rebelión ha terminado. Humfrid ha huido hacia Italia después de que lo atacara un demonio con la forma de una joven de cabellos rubios, según relató. —Miró a Isembard, pálido—. En Tolosa creen que fue un delirio por las fiebres que le ocasionó la picadura de una serpiente hallada en su alcoba. Aquí, sin embargo, sabemos que hay algo más.

—¿De verdad creéis que es mi hermana, Rotel? —demandó Isembard, incómodo.

—La han visto con un bestiario negro que acompaña a Drogo.

—¿Un bestiario?

—No son leyendas. Servusdei asegura que en las crónicas antiguas aparecen esos oscuros sicarios. Algunos nobles francos que podían rivalizar con Drogo a este lado de los Pirineos han muerto de horribles maneras. El alma de Rotel está perdida, y créeme que lo lamento, Isembard.

El joven bajó el rostro; las palabras del obispo le dolían. A través de un infiltrado en la fortaleza de Tenes, supo que Drogo la había entregado a un siniestro africano. Confiaba en rescatarla de un harén o de un infecto prostíbulo, pero Rotel había emprendido otra senda y no necesitaba de su ayuda. Ahora su hermana servía a Drogo, y sus lealtades estaban enfrentadas. Temía encontrarla y que no quedara nada del profundo vínculo que los unía.

—¿Por qué Drogo de Borr querría deshacerse del conde Humfrid? —preguntó para desviar la atención del espinoso asunto—. El rey ya lo había desposeído de sus títulos.

—Seguía en la Gotia con esperanzas de obtener el perdón. El orden en el reino es volátil. Drogo ha comprendido que jamás será conde matando a payeses indefensos y enfrentándose a montaraces que muerden y se retiran. Creo que desterrar a Humfrid mediante discretos sicarios es parte de su plan para optar a la corona condal.

—¿Qué pensáis que hará? —demandó Nilo, sombrío.

La situación se había estancado y, como todos, respetaba al joven obispo por su astucia.

—Apoderarse de Barcelona. Los oficiales leales a Humfrid que aún quedaban aquí se han ido al enterarse de su huida a Italia, y nada se sabe del vizconde Sunifred. Ninguno de sus hombres se explica dónde está. El rey nombrará al nuevo conde en la asamblea de primavera, pues ya se ha descartado a Sunyer II a causa de su fracaso para aplacar la rebelión. El actual vacío de poder es la oportunidad de Drogo. La escasa guardia de la ciudad ahora sólo responde ante mi capitán Oriol y el veguer. Si Drogo llegara a gobernar Barcelona de forma interina hasta la asamblea, el rey Carlos el Calvo lo ratificará en gratitud por salvaguardar el orden durante estos meses. Hay precedentes en otras partes del reino; primero se toma el trono y luego se negocia la confirmación real.

—Y supongo que pensáis impedirlo —siguió Guisand; estaba impresionado.

Drogo aún se sentía ofendido, y si tomaba Barcelona aprovecharía para vengarse de los nobles godos y de él, Frodoí. Había sido despiadado con los colonos y desataría el caos en la ciudad. Pero el obispo no estaba allí para mostrar su temor, sino para pedir ayuda a los montaraces.

—Barcelona es un avispero de mercenarios encubiertos de Drogo. Oriol podría organizar la defensa si cuenta con vuestra ayuda y vuestras armas. El problema es llevarlas a la ciudad sin que los espías de Drogo lo adviertan. Al menor indicio tomará la delantera.

—Debemos hacerlo o todo lo que hemos logrado se perderá —dijo Isembard tras un largo silencio. El enfrentamiento en las tierras despobladas avanzaba hacia Barcelona.

Los veteranos se miraron. Era cierto. A pesar de la rebelión del conde Humfrid, la ciudad prosperaba con nuevas tierras roturadas. Alrededor del lago Cagalell los payeses habían replantado viñas, olivos y árboles frutales, si bien aún tardarían años en producir. La tímida paz atraía a mercaderes y barcazas al viejo puerto. El obispo había abierto la ceca, y se acuñaban dineros y óbolos cuando llegaba plata desde Narbona. Con el tercio de la moneda y los tributos había reanudado las obras de esa catedral que iba a ser el orgullo de la Marca. Pero todo se tambalearía muy pronto.

—Hay alguien en Barcelona que podrá ayudarnos —dijo

Frodoí—. Vino con los colonos. Hablo de Elisia de Carcasona.

A Isembard el corazón le dio un vuelco. No la había olvidado en todos esos años, y aunque no había entrado en la ciudad, atestada de gente de Drogo, a cualquier ermitaño o payés que regresaba le preguntaba por ella. Elisia era una tabernera próspera.

—¿Vais a ponerla en peligro, obispo? —preguntó con voz grave.

—Es nuestra mejor baza. Una noble, Goda de Barcelona, se encargará de convencerla. Cruza a diario las murallas para abastecer la posada. Los guardias de las puertas la conocen y nunca revisan su carga.

Isembard se disgustó. Recordaba cuando Rotel fue vendida y la trágica historia de Joan y Leda. Nobles y jerarcas usaban a la plebe para sus intereses. También él se sentía en parte títere de Guisand y sus viejos anhelos.

—Permitidme hablar con ella —pidió de pronto, casi sin pensar.

Los demás lo miraron sorprendidos.

—Si te descubren los hombres de Drogo, no saldrás vivo, Isembard.

—¡Elisia tiene derecho a saber por qué debe arriesgar todo lo que ha conseguido con sus manos! —replicó con acritud. Su osadía fue más allá al añadir—: Ella y yo fuimos siervos, pero ya no lo somos. Nuestras almas también valen ante Dios.

Frodoí lo escudriñó como si lo viera por vez primera. Ni siquiera había pensado que Elisia podía valorar la gravedad de lo que estaba ocurriendo. A pesar de todo, asintió.

—Es cierto, joven Isembard de Tenes. —Frunció el ceño. Era cada vez mejor observador—. Detecto que sientes un afecto especial por Elisia. En Barcelona somos muchos los que apreciamos a esa tabernera del Miracle, así que debes ser cauto. Si Drogo se entera de que está implicada se lo hará pagar muy caro.

Isembard se alejó de ellos con el corazón desbocado. Sus

palabras ocultaban otro deseo más simple: verla de nuevo, conocer a Elisia de Carcasona con veinte años.

Frodoí dejó que saliera de la torre y miró a Guisand con respeto. En las terribles condiciones en las que vivían, Isembard se había convertido en un hábil guerrero bajo su tutela y ya afloraba en él una personalidad muy distinta a la del siervo que recogieron en Girona. Se había ganado el respeto de los viejos caballeros y le permitían participar en las decisiones. La leyenda del regreso del linaje de Tenes a la Marca adquiría fuerza en los valles, pero había llegado el momento de la verdad.

Elisia se enjugó el sudor del rostro con el brazo y se inclinó sobre la olla. Con la mano agitó el vapor y aspiró. Sonrió satisfecha y miró al muchacho.

—Galderic, coge ese trapo y ayúdame a apartarla del fuego. Con cuidado...

Dejaron el pesado recipiente en el suelo. Galderic observaba ansioso el espeso caldo de color pardo y los trozos de carne. Ella le sonrió mientras retiraba las ramas de romero.

—Quedará algo para nosotros, pero debes tener paciencia.

Galí entró en la cocina y olió el estofado. No había probado bocado en todo el día y estaba contrariado. Habían transcurrido tres años, y la taberna del Miracle seguía abierta. Lo habían conseguido con muchísimo esfuerzo, dejándose la piel. No habían cerrado ni un solo día hasta saldar las deudas y lograr que los respetaran de nuevo, a él pero sobre todo a su tenaz esposa, quien ya no se mostraba tan ingenua. Había sido muy duro.

—La gente espera —dijo Galí con sequedad.

Elisia asintió y Galderic acercó la pila de cuencos de madera.

—¿Ves la muesca? —dijo ella—. No pases de ahí. El que quiera más debe pagarlo.

Galderic comenzó a servir con gesto concentrado. El hijo de Joan y Leda era obediente y se esforzaba por ganarse el pan cada día. Llevaba dos años con ellos en la taberna y aún tenía pesadillas de la tarde en la que las hordas le cortaron el brazo a su padre. Conservaba la cruz de plata de Frodoí como un amuleto. El antiguo herrero había sobrevivido y, tullido como estaba, trabajaba la tierra con su esposa y sus hijos mayores, Sicfredo y Emma. Sin embargo, el campo aún no producía lo suficiente. Por eso sus padres lo habían enviado a la posada. Ahora Galderic tenía once años; era una gran ayuda en la taberna y aprendía con rapidez.

Elisia añoraba su vida en Carcasona, los paseos por la ribera del Aude y la estampa de la soberbia ciudadela con sus torreones y palacios de piedra. Había adaptado sus recetas al gusto de los barceloneses, y el Miracle tenía una clientela nutrida, pero la casa seguía en mal estado. Si todo marchaba igual, en unos años podrían acondicionarla para hospedar a viajeros y tener a más sirvientes. Mientras tanto, rezaba para que el viejo tejado no se hundiera sobre sus cabezas.

Fiel a la costumbre de Oterio, mantenía la taberna limpia y aireada. Por las noches alentaba a los parroquianos a contar historias o a cantar frente al fuego. No consintió el juego ni la presencia de prostitutas, a pesar de que Galí trataba de convencerla hablándole de las suculentas comisiones que podrían ganar. Él la culpaba por la lentitud con la que prosperaba el negocio, y la grieta que se había abierto entre ambos tras perder el tesoro no llegó a cerrarse, pero se toleraban. Galí se cansó pronto de ayudarla y, con el pretexto de ser el heredero de Gombau y el dueño de la casa, se dedicaba a negociar algunas compras o a pasearse entre las mesas y dormitar con una jarra en las manos. Elisia asumió que había caído en su red por ingenua; sin embargo, era su esposo ante Dios. Su relación era un letargo sereno y vacío. A menudo Galí salía furtivamente de la casa durante la noche, pero ella guardaba a buen recaudo el beneficio de la taberna. Le dolía; aun así, había adormecido su corazón y sólo esperaba de él que pudiera darle un hijo en alguna de las pocas veces que se le acercaba en el lecho.

Galderic se quedó de pie junto a la puerta de la cocina, con los cuencos en la mano.

—¿Qué haces? ¡El estofado se enfriará!

—Ha venido... —dijo el niño, impresionado—. Está aquí, Elisia.

Se acercó intrigada. Sentado a la mesa más próxima a la puerta un hombre arrancaba pellizcos a un trozo de pan. A pesar de que tenía el rostro cubierto, Elisia sintió un hormigueo en el vientre.

—Yo le llevaré la comida, Galderic. Sigue sirviendo.

La joven cruzó el local sonriente mientras los clientes alababan el guiso. Su fama se había extendido por varios condados y nadie visitaba Barcelona sin pasar por la taberna del Miracle. Al reconocerlo, vaciló. Sabía que si daba un paso más resbalaría por un abismo incierto. Dejó el cuenco en la mesa con el corazón acelerado.

—Elisia —dijo el hombre.

Vio una espada apoyada en la pared. Ya no era el muchacho vestido con un viejo hábito de monje y mirada insegura. Una intensa emoción la recorrió.

—Isembard...

—Me alegro de verte. Los años han pasado.

Elisia notó que el tiempo se detenía. Se fijó en su aspecto fornido y se ahogó en el azul intenso de sus ojos. Tenía los rasgos más marcados, varoniles, y una fina barba cubría su mentón, pero la misma mirada noble. Lucía imponente.

Todos sabían que el hijo de Tenes estaba vivo. Ante el hogar de la taberna se narraban sus escaramuzas junto a caballeros montaraces para defender a los colonos. A pesar de que Elisia había imaginado en infinidad de ocasiones ese reencuentro, no había previsto la tempestad que se desataba en su interior ni la atracción física que aún compartían. Ella tampoco era ya una niña.

—Por aquí se habla mucho del joven noble Isembard II de Tenes —dijo tratando de ocultar la impresión—. Me alegré al saber que no habías muerto... Creía que no volvería a verte.

Isembard se sintió de nuevo aquel muchacho tímido que se atrevió a besarla. No encontraba las palabras y se perdió en sus rasgos dulces, algo pálidos. Se había convertido en una mujer. Sonrió emocionado.

—Estás muy bella, Elisia. Mil veces he deseado volver a verte, pero...

—Dios tenía otros planes. Para mí tampoco ha sido fácil.

Se miraban y sentían lo mismo, a pesar de lo que sus vidas habían cambiado.

—¡Galderic no se cansa de contar cómo los salvasteis de aquellas bestias! —dijo de pronto, ruborizada, y señaló la gastada espada—. ¿Has tenido noticias de tu hermana en este tiempo?

Un velo de dolor cubrió el rostro de Isembard.

—Rotel vive, pero no como podrías pensar. Seguro que has oído los rumores de dos demonios en los bosques. Se habla de una joven de cabellos muy rubios...

Elisia se tapó la boca con la mano, espantada. Todo se sabía en el Miracle, lo cierto y lo fantástico. A veces era imposible discernir. Isembard la miró con el corazón en un puño. Querían continuar charlando, pero ya estaban llamando la atención. Vio a Galí en el otro extremo de la taberna; bebía con dos hombres. Los tres se volvieron hacia ellos con curiosidad.

—Hay mucho que contar, Elisia —dijo Isembard, tenso—. Espero que podamos hacerlo pronto. Sin embargo, hoy he venido para advertirte.

Elisia habría preferido seguir escuchando halagos, pero la gravedad de la mirada de Isembard la intrigó y comenzó a angustiarse. Una advertencia conllevaba peligro.

—Éste es mi mundo ahora, Isembard.

Él le atrapó la mano, un gesto osado que hablaba de otros cambios más profundos. Destilaba determinación. Acarició las cicatrices y quemaduras de su piel y ella se estremeció.

—Galí se dará cuenta —dijo al retirarla enseguida—. ¿Qué quieres de mí?

—Sabes que el vizconde ha desaparecido.

—En la ciudad no se habla de otra cosa, y se nota su ausencia. Anteayer un barco que venía de Bizancio no desembarcó la carga que transportaba. Me estoy quedando sin las mejores especias. Si no tuviéramos al obispo Frodoí, todo sería un caos.

Hablaba así para aferrarse a su mundo. Le inquietaba el fuego que advertía en la mirada de Isembard. Él bajó la voz. Otros trataban de escuchar qué se decían.

—Elisia, llevo años luchando por la vida de los colonos que nos acogieron a mi hermana y a mí. Muchos han muerto, pero varios poblados sobreviven. —La miró con gravedad—. Drogo quiere tomar la ciudad.

La joven se espantó y abrió mucho los ojos. La mayoría de su clientela era goda y a menudo refería la crueldad de Drogo y contaba sus sangrientas razias. El miedo la invadía; aun así, no se arredró.

—Tú eres su enemigo, no yo.

—¿Y si se lo preguntas al pequeño Galderic?

Elisia retrocedió como si hubiera recibido una bofetada.

—¡No importa quién gobierne, yo tendré que trabajar igualmente de sol a sol!

Isembard le cogió de nuevo la mano, y ella se volvió para que no pudieran verlos.

—Escúchame, Elisia. He sabido por el obispo Frodoí que una noble llamada Goda de Barcelona te propondrá que nos ayudes en una tarea muy peligrosa. —La miró con pesar—. No esperan que te niegues. Sin embargo, he venido a decirte que no tienes por qué aceptar. —Vaciló un instante antes de seguir. Estaba actuando a espaldas de Guisand y el obispo, pero debía hacerlo, se lo debía a Elisia—. Durante estos años saber que estabas bien en la ciudad me ha ayudado a soportar las penurias. Soy consciente de que entre nosotros lo único que queda es un recuerdo. Aun así, no quiero que te ocurra nada malo. Tienes mucho que perder; por eso, si no deseas ayudarnos no lo hagas. Ya encontraremos otra solución, y yo hablaré por ti ante ellos.

A Elisia se le humedecieron los ojos. Se había acostumbrado a vivir sin sentirse protegida. Siempre era ella la que iba delante, hasta Galí vivía de su trabajo y ya tenía claro por qué la había elegido como esposa. Retiró la mano con suavidad.

Anhelaba decirle que no era cierto que entre ellos no había más que un recuerdo. Lo que sentía en ese momento era puro amor por Isembard, un amor inalcanzable.

—Goda me aprecia mucho. Somos amigas desde hace años y confío en ella. ¿Qué ocurrirá si Drogo llega?

—Ese hombre mandaba hordas contra los payeses. —Recorrió con la mirada la taberna llena—. Ansía vengarse de los que lo han alejado del poder durante años, y convertirse en conde.

Las mesas se hallaban ocupadas por miembros de la pequeña nobleza con tierras, artesanos y algún mercader; godos que durante años echaron pestes de Drogo. Ya estaba involucrada, pensó Elisia con pesar. Tras el terrible comienzo y años de trabajo hasta la extenuación, su taberna quedaría vacía. La invadió una intensa rabia, y decidió que no permitiría que nadie hundiera el Miracle. Se sentía aterrada, pero habló con determinación.

—No esperaré a Goda. ¿Qué necesitas, Isembard?

Él se estremeció. Los ojos de Elisia brillaban fríos y llenos de valor.

—Al salir del portal Nou hay una iglesia, Santa Maria del Pi. Viven tres monjes allí.

—Los conozco. Me sirven huevos de su corral y hierbas.

La taberna del Miracle ya sostenía a algunas familias y al pequeño monasterio.

—Deberás traer algo que te darán y esconderlo. El capitán Oriol vendrá a buscarlo.

—¿Oriol? ¡Es uno de mis mejores clientes!

El jefe de la escolta del obispo tenía treinta años y seguía soltero. Elisia había notado que sentía por ella algo especial, aunque no la importunaba. Le agradaban sus miradas, la hacían sentirse mujer bajo el grasiento delantal, pero no esperaba más.

Nadie los escuchaba, pero Elisia reparó en que Galí se había levantado, ceñudo.

—¡Márchate, Isembard! —le rogó la joven, y tuvo el impulso de rozarle la mano—. Sabrás de mí.

Luego se volvió y comenzó a bromear a gritos con los clientes de las mesas del centro. Obligó a dos ancianos a bailar con ella, algo que hacía a menudo si se sentía con ánimos, y bloquearon el paso. Isembard se escabulló con discreción.

Galí miró furioso a Elisia, que reía con esos dos viejos desdentados de manos largas. Estaba seguro de que el desconocido era Isembard, y le había parecido que él y su esposa se cogían un instante de las manos. Aunque su mujer seguía alborotando, veía la tensión en su cara. También él conocía las historias que se contaban. Si el cachorro de los montaraces había aparecido después de tanto tiempo era por algo. No obstante, había cometido un error: su presencia en Barcelona interesaría a Drogo. Sonrió ladino y volvió a sentarse. Era mejor ser discreto y descubrir qué tramaban, tal vez así lograría recuperar el documento que Calort le arrebató y ser de nuevo libre para salir de esa infecta ciudad.

Ese día, al caer la tarde, Barcelona realizó una romería en honor a santa Eulalia. La muchacha mártir de los tiempos romanos era venerada entre los barceloneses pues una vieja tradición la situaba en la ciudad, aunque Servusdei aseguraba que también se decía lo mismo en la lejana Mérida.

La celebración con todo el colegio de canónigos, el clero y el coro se prolongó durante toda la tarde en la vieja basílica de la Santa Cruz. El nuevo templo que la envolvía acogería a un número mayor de *fideles*. Los muros ya estaban en pie y se estaban colocando los capiteles para sostener los arcos de dovelas de mármol que soportarían las bóvedas y el ábside semicircular. Frodoí contaba con los mejores maestros de obras venidos de Toledo y Pamplona. Sería una catedral prodigiosa, si Drogo no interfería.

Al acabar la solemne misa en honor de la mártir, comenzó una antigua procesión hasta la pequeña capilla del llamado Campo de Santa Eulalia, no lejos de la iglesia de Santa Maria, frente a la playa. Como en los años anteriores, Servusdei se quejaba del rastro de paganismo de aquella romería. La mártir era la santa más venerada en toda la cristiandad, junto con san Vicente, pero estaba convencido de que los godos veían en ella algo más. La paloma blanca que, según el himno de Prudencio, salió de su boca en el momento de morir, como en el caso de otros mártires, tenía un significado telúrico y oculto. Era el pájaro sagrado de Venus, «el regalo de los amantes». Sabía que los barceloneses rogaban en secreto fecundidad para los campos, los animales y las mujeres.

Frodoí no tenía intención de interferir en esas costumbres. El orbe entero era un misterio y, como la mayoría, temía que el poder de los dioses antiguos y otras criaturas ancestrales no se hubiera extinguido bajo la luz de Dios. Además, poco a poco se ganaba la confianza de los godos. Su batalla más retrasada era contra el culto mozárabe en todo el condado.

La procesión con velas salió por el portal Vell al caer la noche. Frodoí había impuesto que delante fuera la cruz y cuatro diáconos con incensarios. Tras el clero seguían los *fideles*, que portaban cirios. Goda y otras mujeres patricias iban cubiertas con velos blancos sobre el rostro. Era una imagen sobrecogedora. Sus labios se movían, pero no cantaban el himno a la santa ni oraciones cristianas. En los ojos verdes de su amante veía una fe más profunda y antigua que la suya.

La dama había convencido al obispo para que ese día, al igual que el 29 de mayo, la procesión diera tres vueltas a toda la ciudad incluyendo los arrabales y la pequeña iglesia de los pescadores. Por intercesión de santa Eulalia, se levantaría una barrera invisible que protegería la ciudad de los enemigos y de las fuerzas malignas que causaban las enfermedades. En secreto, ambos habían decidido que el vulgo rezara para proteger a Barcelona de Drogo y sus sanguinarias intenciones.

Lo que más disgustaba a Servusdei de esa antiquísima Lustratio eran los pastores que al final de la comitiva conducían a un buey, un cerdo y un cordero. Frodoí había advertido contra la práctica pagana del sacrificio, pero en cuanto se retirara a su palacio episcopal se encenderían las hogueras en lugares apartados. Los animales cumplirían el viejo ritual de sangre, y se celebrarían banquetes y danzas.

Delante de la ermita de Santa Eulalia soltaron una paloma blanca que se perdió en la noche entre vítores y ruegos. La mirada de Frodoí se cruzó con la de Goda, que en ese momento hablaba con Elisia. Entre ellas había nacido una insólita amistad que sobrepasaba la diferencia de clases. Bajo el velo, Elisia miró con el semblante pálido al obispo y regresó a Barcelona. Frodoí imaginaba cuál había sido la conversación de las dos mujeres.

Sonrió a Goda con disimulo. Entre ellos, la alianza para forjar el futuro de Barcelona había echado unas raíces más profundas de lo esperado. El deseo carnal que los empujó al principio había derivado en algo más. Se amaban, algo que ninguno había previsto. En público mantenían las formas, pero sus encuentros secretos en la torre del Mons Iovis eran apasionados. Tan sólo el capitán Oriol y algunas esclavas de la dama conocían el arriesgado juego y se encargaban de que no trascendiera.

A veces Frodoí le proponía anular su matrimonio, celoso del decrépito Nantigis, pero Goda se negaba en redondo. Ella sabía manejar al viejo borracho para vivir sin estrechuras y él debía proteger su posición en la cúspide de la Iglesia condal, imprescindible para Barcelona. Aunque eran amantes, no debían exponerse a que los acusaran de adúlteros, pues tenían una misión que culminar, una guiada por Dios.

Gracias a ella, Frodoí contaba con el apoyo de la mayoría de las familias godas de la ciudad y recibía información de lo que ocurría en los dominios de su sede. Así había logrado cierta prosperidad para los barceloneses y comenzar su mayor proyecto: la nueva catedral.

Goda inclinó el rostro comedidamente bajo el velo. El plan había comenzado y confiaban en Elisia. Drogo no tomaría Barcelona.

18

Elisia esperó tres días antes de tomar su carretilla y dirigirse al pequeño monasterio de Santa Maria del Pi, que se hallaba muy cerca de las murallas saliendo por el portal Nou. Saludó jovial a los tres guardias y ocultó su nerviosismo tarareando una de las viejas canciones de su abuelo Lambert. La iglesia, rodeada de cipreses, tenía los muros agrietados y la techumbre combada, pero se mantenía en pie desde tiempos muy antiguos.

No quiso variar la costumbre y entró por el estrecho portal de grandes dovelas para rezar en el oscuro templo ante la Virgen coronada como reina. Tenía tanto miedo a ser descubierta como a introducir armas que acabarían derramando sangre en la ciudad, pues ésa era la misión que Goda le había encomendado. Preguntó a la imagen por qué todo era tan efímero en la Marca, por qué derrumbaban las casas de los suburbios antes de que sus ladrillos de adobe se secaran y por qué muchos campos ardían sin llegar a ofrecer sus primeros frutos.

En los pocos años que llevaba en Barcelona habían muerto decenas de niños y de jóvenes parturientas. Se habían producido accidentes en la obra de la catedral y una epidemia había dejado vacías varias viviendas cerca del portal Bisbal. Familias enteras se habían suicidado en los arrabales para no morir de hambre. Dios parecía mostrarse colérico con ellos; por demás, no le bastaba con enviarles la enfermedad y la miseria, e insuflaba ambición en los corazones de los nobles, quienes, tras matar y violar, ofrecían bienes a la Iglesia en pro de sus almas.

Al igual que Goda, Elisia veía las posibilidades que ofrecían la tierra, el puerto y su gente, pero sin paz sólo se les permitía malvivir y rezar para que algún día todo cambiara.

Habló con los risueños monjes del monasterio, y cargó la carreta con huevos y un cajón de madera con tres conejos. A cambio, les entregó un pellejo de vino y un queso blanco que había elaborado el día anterior. Nada parecía distinto y, confundida, se volvió hacia el camino. Entonces uno de los *frates* le indicó con un gesto que lo siguiera hasta un cobertizo situado detrás de una celda. Dejó fuera la carretilla y lo acompañó hasta el interior oscuro.

Había alguien en las sombras. Tras una montaña de leña, Isembard afilaba su espada con una piedra de agua, apoyado en el muro.

—Tienes valor, posadera —dijo cálido—. Aunque eso lo sé desde Girona.

—Aún recuerdo vuestras caras. —Elisia se echó a reír—. ¡Casi gritabais que os detuvieran!

Trataba de dominar su inquietud. Iba a tomar parte en una conspiración peligrosa. Sin embargo, demostró estar convencida al meter la carretilla en el sombrío cobertizo.

Isembard sacó del fondo un fardo con varias espadas y dagas bien sujetas para que no tintinearan y, juntos, las colocaron con cuidado debajo de la carga. No dejaba de mirarla. Por volver a verla, había propuesto encargarse él de la entrega.

—Hay otros tres fardos para que los recojas dentro de unos días. Uno de los monjes te ayudará.

—¿Tú no estarás aquí ya?

Isembard bajó el rostro.

—Mientras Oriol aborta el intento de tomar la ciudad, yo iré con mis maestros de armas y otros hombres para conquistar la fortaleza de Tenes, la guarida de Drogo.

—Es el castillo de tu padre. Si lo logras, ¿serás el nuevo señor de Tenes?

Se encogió de hombros entre orgulloso e inquieto. Aún no había adquirido plena conciencia de su linaje.

—Mis maestros creen que sería un símbolo para unir a otros caballeros y así contener a Drogo. Recuperaría mi prestigio y de sus tierras podría pagarme caballos y armas, pero sólo el rey tiene potestad para armar caballeros y restaurar la casa de mi padre.

—Lo conseguirás —dijo Elisia, animosa, si bien con cierta tristeza. Sabía lo que eso implicaba—. ¡Seré amiga del noble Isembard II de Tenes! ¿Sabes?, conocí a muchos en Carcasona... ¡Tenían las manos muy largas!

Cuando él hablaba con la solemnidad de los viejos caballeros, Elisia le devolvía chanzas de taberna. Rieron, y ella incluso imitó el baile de una estirada dama de la corte. Lejos de miradas ajenas se mostraban cálidos, rozándose las manos y acercándose sin pudor. Anhelaban sentirse de nuevo libres, como en aquel abrigo bajo la lluvia.

—¿Aún te acuerdas de la pequeña Ada? —preguntó Elisia al evocar su periplo.

—Cada noche. Fue una mártir, Elisia —dijo sin revelarle cuanto sabía del trágico final de la pequeña.

—Van a morir muchos más. —A Elisia la sonrisa se le borró del rostro.

Isembard se aproximó más a ella. Le acarició un mechón del oscuro cabello. La joven cerró los ojos.

—Te conseguiré una Barcelona en paz... algún día, te lo prometo.

Elisia no se apartó. Isembard iba a marcharse de nuevo, y sintió un doloroso vacío.

—¡Me equivoqué con Galí! —Deseaba abrirle su corazón, como él había hecho cuando le reveló su origen—. No sé si lo he amado alguna vez... Y, aunque así fuera, no es el hombre que pensaba. Ni siquiera nos tenemos afecto, pero la taberna es la casa de su abuelo. —Le tocó la cara—. No quiero que vuelvas a aparecer por la taberna si él está, no me fío. Creo que desde el principio se dio cuenta de que nos sentimos... atraídos.

—¿Te dijo algo después de que me marchara? —Isembard le cogió las manos.

—No, y eso me escama. Sé que te vio, y ahora está muy pendiente de cuanto hago. —Miró la puerta de madera con pesar—. Por eso no puedo retrasarme, o sospechará.

Isembard la abrazó con fuerza y, sin demorarse más, comenzaron a darse besos suaves. Elisia notó que eran distintos a aquel primero. Isembard había estado con otras mujeres, tal vez de las aldeas o los mansos aislados. La sangre joven hirvió y se besaron con ansia desbordada. Ambos habían fantaseado durante años con aquello y se dejaron llevar. Oyeron los pasos de los monjes; no era el lugar más indicado. Sin embargo, no podían apartarse el uno del otro.

Entre besos y caricias, hablaron de lo vivido en la nueva tierra. No había sido de leche y miel, como Frodoí prometió. El prelado tenía el don de la palabra y la usaba a menudo como un mercader ambulante. Eso les hizo reír, hasta que sus miradas se encontraron y ninguno de los dos quiso romper aquel instante.

—Saber que pudiste abrir tu taberna compensó en parte el dolor por Rotel —afirmó al fin Isembard.

—Fue muy amargo, pero ya pasó —dijo ella con orgullo—. Ahora lo que me gustaría es ser madre —apostilló—. Espero que algún día recuperes a tu hermana.

Isembard apartó un oscuro pensamiento: si seguían cercando a Drogo, se toparía con Rotel. Tras un beso largo y apasionado, que les dejó un hormigueo en los labios, él sonrió de un modo extraño.

—¿Por qué me miras así? —demandó Elisia con curiosidad.

—Mis maestros dicen que escoja a un patrón; a Cristo, san Jordi u otro santo al que encomendarme antes de la batalla. Y también que elija a una dama; una mujer a la que recordar cuando sienta miedo o si el dolor de las heridas me resulta insoportable. Serás tú, Elisia.

—¿Eso es bueno o malo para mí? —exclamó la joven sin dejarse impresionar.

Isembard se echó a reír.

—Es malo... para mí, pues me obliga a defenderte con mi vida.

Elisia se recreaba en sus rasgos y en su físico, que acariciaba sobre la túnica. Un cuerpo ejercitado tras años de entrenamiento. Entre sus brazos se sentía excitada como nunca lo había estado con Galí.

—Sé cuidarme. Me conformo con no tener que esperar otros tres años para saber de ti.

Un monje carraspeó fuera del cobertizo; no podían demorarse más. Elisia cerró los ojos y dejó que el joven la invadiera con un último beso ardiente, lleno de deseos incumplidos. Retuvo en la memoria ese instante apasionado. Aunque Isembard la amara, su destino era recuperar su linaje legendario y el de ella seguir en la taberna. Aun así, en aquel cobertizo tan sólo eran un hombre y una mujer libres. Cuando Galí abandonara el lecho conyugal en mitad de la noche, ella recordaría los labios de Isembard y sus manos recorriéndole el cuerpo sobre la túnica. Tenía veintiún años y no estaba muerta.

El monje golpeó la puerta. Elisia se apartó de Isembard con todo su ser clamando a gritos que no lo hiciera, y tomó la carretilla.

—Dejaré las armas en la planta superior de la casa. Allí no sube nadie, y menos Galí pues hay demasiado trabajo que hacer —dijo cínica—. Que Dios te proteja, Isembard II de Tenes, que nos proteja a todos.

La luz del sol bañó su cara y sonrió, aún azorada por el encuentro. Temía por él, pero se sentía renovada.

Galí la observaba desde un sombrío callejón lateral cuando entró por el portal Nou. La estaba esperando. Su esposa había tardado más de lo habitual y parecía arrastrar más peso del que, en apariencia, llevaba en la carretilla. Quizá estaba introduciendo algo en secreto, pensó. Con todo, le intrigó más su sonrisa y sus mejillas enrojecidas. Había visto esa expresión en incontables mujeres. Una rabia incontenible lo devoró. Su mujer le ocultaba algo, pero la necesitaba para vivir con holgura.

Lo descubriría, y le daría una lección para que no olvidara cuál era su lugar.

Drogo se hallaba en el suelo del salón de la fortaleza de Tenes, encogido en medio de un círculo de cirios, desnudo y con la piel cubierta de arcilla blanca mezclada con un oloroso ungüento. Más allá, la estancia estaba en tinieblas. El hormigueo que sentía por todo el cuerpo era el primer efecto de aquella untura, y rezó en una lengua que nunca pronunciaba en voz alta, un idioma usado en un valle perdido de la selva africana, mucho tiempo atrás, donde sufrió espeluznantes experiencias y conoció secretos que no podían contarse sin perder el juicio.

Había llegado el momento de tomar lo que le correspondía. Quería poder y que su padre, Rorgonis de Borr, se sintiera maldecido en el infierno por su desprecio.

Oyó un grito de dolor infantil a su espalda y percibió el suspiro de un alma no corrompida recorriendo la estancia en busca de la liberación. Se arrodilló con los brazos extendidos, insistiendo en la horrible invocación. De la oscuridad surgió un hombre envuelto en pieles que sostenía un cráneo convertido en vasija. Ónix canturreó mientras introducía un dedo en la sangre aún caliente que el recipiente contenía y acto seguido trazaba líneas en la frente y las mejillas de Drogo. La sangre formó regueros sobre la arcilla. Luego siguió con el resto del cuerpo.

Drogo, con los sentidos alterados, veía sombras fluctuar más allá del círculo de fuego, sedientas de su hálito vital. Ónix le acercó una máscara de madera de aspecto horrendo, con conchas y semillas incrustadas. De su reverso goteaba un líquido verduzco cuyo aroma se expandió, despertando en él un terror incontenible.

—Recibe la visión.

—¡No! ¡No! ¡No! —gritó Drogo, aterrado.

Ónix lo sostuvo con fuerza para que el pánico no rompiera el antiguo ritual. La oscuridad se removía ansiosa por engullirlos si quebraban el pacto.

—Recibe la visión y muestra a los viejos dioses lo que buscas.

Con un movimiento violento le colocó la máscara en la cara. Drogo profirió un alarido que quedó ahogado cuando su boca y sus fosas nasales se colmaron de la sustancia. Se revolvió en una horrible agonía hasta que se quedó rígido, con la espalda arqueada y los ojos en blanco bajo la máscara.

Se alejó del círculo por el aire y vio a sus soldados murmurar inquietos en la planta inferior de la fortaleza. Sobrevoló valles y montañas, y pasó por aldeas donde los niños lloraban y las ancianas se encogían con un repentino escalofrío. En la Ciudad Coronada recorrió el barrizal infecto de las calles, agitó la llama del sagrario de la basílica, dejó a los monjes persignándose. Llegó al trono vacío del palacio condal. Giró a su alrededor, y vio cada detalle de la madera y los clavos oxidados. La vieja silla susurraba un nombre. Un esclavo que estaba allí oyó un chasquido en el silencio y salió del salón despavorido.

Horas después, Drogo temblaba en el enlosado de la fortaleza de Tenes, solo en las tinieblas. Había estado en Barcelona, ante el trono del palacio tal como lo recordaba de su estancia en tiempos de Guillem de Septimania, si bien con una nitidez que los recuerdos ordinarios eran incapaces de evocar. Aquel noble joven al que servía entonces resultó ser demasiado imprudente y la oscuridad lo condenó al fracaso.

Ahora sería diferente. El trono lo aguardaba a él. Tenía muy clara la situación que se vivía en Barcelona y los planes de sus enemigos. Sus zarcillos llegaban más lejos de lo que el obispo y sus aliados podían imaginar. Era el momento de aplastar la osadía de los viejos montaraces y su joven rapaz. Los antiguos dioses le permitían ese honor; ya les pagó con su alma años atrás.

—Es la hora —musitó con la boca seca hacia la lobreguez—. Todos deben morir.

19

El grupo de jinetes avanzaba en silencio por el bosque. La lluvia descargaba con intensidad y los cascos se hundían en el fango de la senda. Se dirigían por la espesa arboleda hacia el agreste promontorio en el que se alzaba la fortaleza de Tenes.

Guisand cabalgaba junto a Isembard. Iban a la cabeza de treinta jinetes, los mejores guerreros que habían reunido. El resto de sus escasas fuerzas había entrado en secreto en Barcelona bajo el mando de Armanni de Ampurias, otro de los antiguos vasallos unidos tiempo atrás. Los espías decían que la toma de Barcelona por Drogo era inminente, pero el capitán Oriol les entregaría las armas ocultas en la taberna del Miracle y junto a los guardias fieles defenderían la ciudad de los mercenarios del noble franco. Sin embargo, podía evitarse aquel baño de sangre si antes tomaban Tenes y atrapaban a Drogo por sorpresa; sus soldados se rendirían en Barcelona sin plantar batalla.

—Me temo que esta noche las estrellas callan nuestro destino —musitó Inveria.

—Siguen ahí, brillando sobre el firmamento. Las veremos cuando esto acabe.

—Dios te oiga, Nilo, viejo amigo.

Habían repasado la manera de entrar decenas de veces y explorado el acceso. Los informantes confirmaron que aún estaba abierto el pozo con el pasadizo por donde Isembard y Rotel escaparon quince años atrás. Los soldados de Drogo los superaban en una proporción de uno a tres y el castillo encaramado sobre la roca resultaba inexpugnable sin más fuerzas. La única opción era sorprenderlos. El joven de Tenes les describió la disposición de la fortaleza. Los soldados estarían en el edificio principal; lo difícil sería subir al salón noble, donde Drogo se apostaría con sus mejores hombres. En la otra torre del extremo se creía que estaba su harén. Muchos de los caballeros se relamían ante la idea de encontrar un paraíso en aquel oscuro castillo.

Isembard estaba inquieto. No eran hordas rabiosas sino mercenarios los que defendían Tenes y, según se rumoreaba, Rotel podía estar allí con ese demonio. Después de tres años de duro entrenamiento y difíciles pruebas, sus maestros lo consideraban preparado, pero tenía una sensación funesta; muchos no verían el amanecer. Aún no había escogido a su patrón, y evocó a Elisia y sus labios suaves. Su amor imposible.

Los exploradores le informaron de que el camino se hallaba despejado. Cuando llegaron a la linde del bosque enmudecieron. La fortaleza de Tenes era un nido de águilas siniestro y arruinado. Isembard se estremeció. Aunque brillaban antorchas en las almenas, lo envolvía un halo tenebroso y hostil, como si estuviera guardado por algo más que soldados.

—Aquí ha actuado un nigromante —musitó Inveria, siempre supersticioso.

—Hemos comulgado en Benviure —lo atajó Guisand. No convenía sembrar el temor en los demás—. Dios está con nosotros.

—Es extraño que no hayan aparecido hordas por el bosque.

—Nadie sabe que estamos aquí.

Dejaron los caballos en un claro, con una docena de siervos armados. Diez entrarían por el túnel y abrirían las puertas a los que subirían con sigilo, protegidos con sus escudos redondos. Isembard y sus maestros bajaron a una torrentera cubierta de zarzales y, tras desbrozar la entrada, se internaron por una galería angosta excavada en la roca viva y anegada de agua. Tuvieron que despejar algún tramo hundido y trepar por el interior de la montaña. Las enormes grietas señalaban que el pasadizo quedaría cegado para siempre en poco tiempo.

Isembard escaló el túnel casi vertical de rocas sueltas y afiladas aristas mientras se preguntaba cómo pudieron descenderlo él y Rotel de niños. Sumido en recuerdos angustiosos, salió el primero del pozo, agotado por el esfuerzo y el peso de la cota de malla. Estaba oscuro salvo por una hoguera en la que se asaban dos liebres. De pronto se abalanzó sobre él un guerrero barbudo con un hacha de doble hoja. Paró el envite con su espada y lo atravesó antes de recibir el siguiente golpe. El atacante era casi un anciano y profirió un grito al desplomarse. Cinco mercenarios salieron de la torre principal, pero Guisand y otros tres caballeros ya estaban con él. Se enzarzaron en un combate igualado, aunque a medida que otros surgían del pozo fueron retrocediendo hasta la puerta arqueada. Nilo e Inveria abrieron el acceso al castillo y el resto entró en tropel con aullidos triunfales. Los defensores se encerraron en el edificio principal, si bien no consiguieron atrancar la puerta. Se oían gritos que procedían del interior, así como el tintineo de espadas. Se estaban reorganizando.

—¡Están todos ahí con Drogo! —gritó Guisand—. ¡Es nuestra oportunidad!

Isembard vio una figura encapuchada en el otro extremo del patio. No reconoció su rostro, pues estaba en sombras, pero intuyó quién era y sintió un escalofrío.

—¿Rotel?

La figura desapareció.

—¿Adónde vas, Isembard? —clamó Guisand bajo la entrada de la torre.

—Enseguida me reuniré con vosotros. Creo que he visto a mi hermana.

Mientras el grupo de caballeros accedía a la torre principal Isembard atravesó el patio. Sin embargo, no había rastro de Rotel. Llegó al torreón del extremo donde se decía que estaban todas las esclavas. Cuando controlaran la fortaleza sus compañeros las tomarían como cualquier otro bien de Drogo. Él sólo tendría derecho al castillo, eso lo habían dejado claro. Pensó en la situación si su hermana hubiera estado allí encerrada y sintió rabia. Si pudiera liberarlas y que se ocultaran fuera del edificio, no sería una noche de abusos. Ya los compensaría de otro modo. Sin reflexionar, clavó la punta de la espada en el quicio de la puerta y la vieja cerradura saltó. El interior estaba en tinieblas y cogió un tizón encendido de la hoguera.

En tiempos de su padre la torre era un pequeño monasterio y tenía una capilla subterránea. Vio muebles y alfombras, y sintió el frío reinante. Sus polainas dejaron huellas en el polvo acumulado. Llevaba tiempo deshabitada. Hasta él llegó el hedor nauseabundo de la carne descompuesta. Intrigado, bajó la escalinata para ir al subterráneo. Nada quedaba de la antigua capilla, pero vio un cadáver recostado contra el muro de roca. Acercó el tizón que estaba a punto de extinguirse y retrocedió aterrado. Aquel hombre tenía la piel morada y picaduras purulentas en una mejilla y el cuello; aun así, por sus ropajes nobles y sus rasgos francos dedujo de quién se trataba.

—¡Sunifred!

Allí estaba el vizconde de Barcelona nombrado por el rey a petición de Humfrid de entre la nobleza goda, al que todos creían huido. Las sospechas de Frodoí se veían refrendadas.

La torre estaba cerrada. Pero su hermana no lo siguió. Sólo se había mostrado para separarlo de los demás. Un terror profundo lo envolvió. Si era una trampa no estaba allí sino en el edificio principal.

Guisand y los demás subieron sin apenas resistencia al salón donde Drogo tenía el trono del dragón tallado. Lo hallaron vacío. Los mercenarios habían accedido a la terraza almenada por una escalera de mano y los retaban desde la trampilla.

—Sólo podemos ir de uno en uno —indicó Nilo—, o quemar la torre.

—Esto no me gusta —dijo Inveria, que desde el principio desconfiaba—. Son pocos, ancianos muchos de ellos, e incluso los hay tullidos. ¿Y dónde está Drogo?

—Los informantes dicen que no ha salido del castillo —señaló Guisand.

—Podría ser una treta. Ha sido demasiado fácil llegar hasta aquí...

Era cierto. Los tres veteranos comenzaban a recelar del éxito de la incursión. Apenas se habían enfrentado con media docena de guerreros que habían huido como si tuvieran orden de atraerlos hasta allí. De pronto los hombres de Drogo cerraron la trampilla superior y el salón quedó en silencio. El terror los invadió ante la evidencia.

—¡Hay que salir de aquí! —gritó Guisand, pero los soldados recorrían el salón para saquear cuanto en él había de valor.

Una sombra apareció en la puerta por la que habían accedido. Era el demonio de piel negra que poblaba los relatos en las noches de invierno de la torre de Benviure. Estaba allí, era un hombre como ellos, si bien siniestro, y su sonrisa asesina auguraba la desgracia.

—Cabalgad hacia el infierno, montaraces —siseó con su singular acento.

Junto a la entrada colgaba una fina cuerda que les había pasado inadvertida. La sombra tiró de ella y la puerta se cerró de golpe, dejándolos atrapados. De las lámparas de hierro cayeron decenas de ampollas que, al impactar en el suelo, levantaron un polvo blanco, fino como la harina. Enseguida comenzaron a toser. Un picor terrible les impedía respirar, y a cada bocanada la ponzoña penetraba más y más. Las estrechas ventanas y las aspilleras permanecían selladas con tablones. Guisand, tras años en el bosque, identificó el olor nauseabundo como cicuta y polen de baladre. Le ardía la garganta y supo que iban a morir en medio de la neblina letal.

El pánico cundió y las carreras levantaban más polvo. Guisand, con la mirada borrosa, comenzó a golpear la puerta con la espada para sacarlos de allí, pero estaba atrancada por fuera. Tuvo un nefasto pensamiento mientras se sentía cada vez peor: con ellos atrapados en ese salón, la partida se decidía en otro lugar. Drogo no se encontraba en Tenes.

—¡Barcelona! —exclamó antes de sucumbir a un nuevo acceso de tos.

20

Elisia tenía las mejillas enrojecidas, pero aguantaba el dolor de los golpes. Era avanzada la noche cuando Drogo apareció de manera inesperada en la taberna con una veintena de hombres y algunos guardias de la ciudad que habían aceptado su soborno. Sonrió con frialdad bajo los mechones grasientos que le cubrían el rostro y la abofeteó hasta tirarla al suelo mientras los aterrados parroquianos se escabullían.

Galí, que estaba en un rincón, imploró que no hicieran daño a su esposa; sin embargo, de un empujón lo estamparon contra la pared. Había registrado a conciencia él mismo la casa hasta encontrar las armas. Cuando se lo contó a Calort, éste le aseguró que no les causarían daño. Aun así, Galí comenzó a dudar, aterrado, y maldijo a Elisia entre dientes.

Drogo arrastró del pelo a Elisia hasta una mesa y de la cocina sacaron a Galderic. El niño lloraba y se retorcía al ver al noble despiadado que tiempo atrás había querido cortarle las manos. Llevaba la misma sobreveste con el dragón, más sucia y manchada. Resultaba aterrador. Drogo sacó un cuchillo y lo colocó en la garganta de Galderic.

—Contesta a una pregunta muy sencilla, tabernera. Dinos dónde están las armas que ese Isembard te ha obligado a esconder. Porque no fue tu voluntad, ¿no es cierto?

El pánico impidió a Elisia responder y Galí asintió por ella.

—¡La amenazaron, mi señor! —chilló—. ¡Tened piedad!

—Bien, así lo creeré. Empecemos de nuevo: o me dices dónde las escondes o degollaré a este muchacho... —Palmeó el hombro de Galderic—. Y luego mis hombres te violarán uno a uno. No hace falta que mires hacia la puerta... Tus salvadores hoy no vendrán. Están muertos en el castillo de Tenes, ironías de Dios.

Elisia se sintió desfallecer. Por demás, su vida también corría peligro; Isembard se lo había advertido. Sin embargo, ella quiso ayudar y olvidó que era una simple tabernera, sin espadas ni torres donde protegerse. Había sido un error fatal tomar partido en esos lances de poder.

—Están arriba, mi señor —confesó Galí. Hasta entonces había callado el detalle, pero acabó por revelarlo porque, se dijo, acabarían todos muertos si Drogo se enfurecía más.

Elisia sintió una rabia visceral. Él lo había descubierto de algún modo y la había delatado. A pesar de todo, en ese crítico momento estaban solos. Su comportamiento sería la diferencia entre la vida o la muerte.

Subieron por la vieja escalera hasta la planta superior. Entre paredes agrietadas y escombros escarbó en una montaña de almendras y descubrió los fardos.

—¿A quién debías entregarlas? —quiso saber Drogo.

—No me lo dijeron.

Volvió a abofetearla con fuerza, disfrutaba con ello.

—¡Es cierto, mi señor! —exclamó Galí, encogido por el miedo—. La obligaron... Ahora son vuestras, hemos servido bien. Tened piedad.

Drogo lo miró con desprecio.

—¿Qué clase de hombre eres si dejas que tu mujer actúe a tu espalda, necio? —Sonrió artero—. Creo que debes darle una lección como esposo.

De un tirón brusco le rasgó la túnica a Elisia. Avergonzada, trató de cubrirse ante las risas y los silbidos de los mercenarios. Tenía un cuerpo esbelto, fruto del trabajo sin descanso, y no pasaba hambre. Sus curvas y los pechos colmados atrajeron las manos de algunos de los hombres de Drogo. No obstante, éste los detuvo poco después con malos modos.

—Muéstranos qué clase de hombre eres, Galí —insistió, y sus esbirros lo empujaron hasta ella.

Drogo advirtió a Galí que no se opusiera a aquel perverso juego. Elisia comenzó a llorar mientras él se bajaba las calzas.

—¡Vamos! —gritó Calort detrás de su señor—. ¡Ni Baldia ni las otras furcias tienen quejas de ti! Pero si no puedes, lo haré yo. ¡Seguro que le gusta más!

Al fin, sobre el lecho de almendras Galí la poseyó con movimientos bruscos mientras los demás reían y lo palmeaban. Otros apretaban los pechos de la joven hasta hacerla gritar. Elisia, impotente, sintió que se le desgarraba el cuerpo y el alma.

—¡Destrozad esta taberna! —rugió Drogo—. No hay lugar para traidores en mi ciudad.

Mientras Elisia era violada por su esposo oía cómo rompían mesas y destrozaban las paredes con sus hachas entre carcajadas. Lloraba y gemía al tiempo que intentaba apartar a Galí, que siguió embistiéndola con excesiva fuerza, más excitado que nunca. No estaba obedeciendo tan sólo para salvar la vida; su cara mostraba el placer de la humillación. Su mujer había actuado a su espalda. No la amaba, pero era suya y aprovechaba para demostrarle quién mandaba. Con una mueca repugnante se derramó en su interior y se retiró sin susurrar una disculpa. El estruendo en la planta inferior era infernal y la casa temblaba. Desconsolada, Elisia se cubrió con la túnica rasgada y comenzó a llorar hecha un ovillo.

Galí trató de hablar con Drogo, pero el noble tenía prisa por marcharse.

—¡Sois ratas, como todo el vulgo! Sin embargo, os perdonaré la vida por haberme entregado las armas de esos montaraces. —Cogió a Elisia por el cuello y la obligó a levantarse—. ¡No vuelvas a provocarme o me haré una capa con esta piel tan suave!

Elisia cayó y tosió ahogada. Drogo no mentía, lo había visto en su turbia mirada.

Galí se acercó a ella en cuanto se marcharon, pero Elisia lo rechazó con brusquedad.

—Maldito seas.

—Después de lo que has hecho deberías darme las gracias —dijo con acritud—. Te recuerdo que todo esto es mío. Drogo será conde y me estará agradecido. Si vuelves a actuar a mis espaldas, te aseguro que será peor. Ahora llora por tu amigo Isembard.

Elisia se recostó sobre las almendras y se abandonó al llanto. Jamás se había sentido peor. Además de dolorida y humillada, sus ilusiones se habían desvanecido. En Tenes había ocurrido una tragedia y ya nada quedaba de su taberna. Aunque se había levantado más de una vez del fango, se sentía sin fuerzas, incapaz de continuar. Deseó estar con su abuelo, Lambert, en algún lugar de descanso y paz.

Drogo pasó ante el *Miracle* y bajó la cuesta convertida en un peligroso barrizal a causa de la lluvia hacia los palacios. Se sentía invencible. Los espías infiltrados le habían revelado las intenciones de los montaraces de atacar Tenes y Galí les había contado lo de las armas, por eso no había esperado más. La guardia de Barcelona, superada por la presencia de cincuenta mercenarios, había claudicado. Los hombres de Armanni, sin las armas, se habían ocultado en sótanos y huertas para salir de la ciudad en cuanto abrieran las puertas al amanecer. Había dominado la urbe sin contratiempos y ya les daría caza. Antes debía solucionar el asunto de ciertos nobles godos que lo habían despreciado durante años por haber sido vasallo de Guillem de Septimania.

La plaza estaba iluminada por un gran círculo de antorchas que chisporroteaban bajo la lluvia. Sus hombres habían sacado de sus casas a los godos señalados. Eran nueve cabezas de familia influyentes y los tenían arrodillados en el barro.

No tardó en aparecer el obispo Frodoí, desconcertado ante el giro de los acontecimientos. Gritaba a los impasibles mercenarios. Drogo se complació al ver su agitación. Lo protegían su capitán, Oriol, con sus soldados Duravit, Italo, Nicolás y Egil. Drogo sospechaba que Frodoí estaba tras la conjura para impedirle que tomara Barcelona, pero si alzaba la mano contra él la Iglesia lo excomulgaría. El rey y los poderosos obispos de Francia no descansarían hasta ver su cabeza pútrida en un arca.

No cometería el mismo error que Guillem de Septimania, por eso había respetado la vida de Elisia de Carcasona, aunque le había infligido un duro castigo por su osadía. Ahora convenía deshacerse de los prohombres godos más recalcitrantes. En la futura asamblea lo justificaría ante el rey acusándolos de ser partidarios del traidor Humfrid de Gotia. Llevaba mucho tiempo planificando esa acción.

Drogo caminó entre los nobles arrodillados en fila y se detuvo ante Nantigis, el único franco entre los detenidos. De pie a su lado estaba la bella Goda, pálida ante lo que veía. Le hizo una reverencia desdeñosa y ella escupió en el suelo.

—¡Yo, Drogo de Borr, leal vasallo del rey Carlos el Calvo, vengo a proteger el condado de Barcelona hasta que se nombre un nuevo conde! Nada debe temer la ciudad si me es leal hasta ese momento. No obstante, será imposible mantener la paz si hay traidores que conspiran contra mí. Asumo la condición de vizconde hasta la asamblea de primavera. Quien se oponga traiciona al rey.

Frodoí se adelantó.

—¡Soy yo el único con autoridad real aquí y no puedes proclamarte nada sin la aprobación del monarca, Drogo! Regresa a tu castillo y no informaré de esto.

—Os aseguro que desde hoy ya nadie protege la frontera, obispo. Si me marcho, no tardarán en aparecer los ejércitos del valí de Zaragoza y del de Lleida. Los Banu Qasi no tendrán una oportunidad mejor de recuperar este territorio para la media luna.

El obispo calló. La posible razia era una amenaza más que una advertencia. Se trataba de un dilema inasumible para alguien con su responsabilidad. En la voz triunfal de Drogo intuía una terrible desgracia en Tenes. Frodoí estaba avergonzado. Su adversario tenía buenos informadores y había tomado la ciudad con astucia, sin derramar una sola gota de sangre. Era momento de guardar las armas y negociar.

Nantigis aprovechó para intervenir:

—Ignoro qué te han contado, pero yo no tengo nada que ver, ¡soy franco como tú!

—Todo en Barcelona tiene que ver contigo, viejo —le espetó Drogo.

—No sé si te conviene tratarme así. Mi plata podría serte útil en el futuro.

—Eso es bien cierto, me servirá para ganarme al necesitado rey.

En la mano de Drogo apareció una daga y, sin vacilar, rajó la garganta del viejo. Goda gritó aterrada con el resto de los nobles capturados. Nantigis boqueó mientras la sangre manchaba las calzas de su verdugo.

—Te lo agradeceré en persona cuando nos encontremos en el infierno.

A una señal suya los mercenarios degollaron a los otros ocho nobles. El barro se mezcló con la sangre de aquellos hombres que, durante generaciones, habían mantenido en pie la ciudad. Goda perdió las fuerzas y cayó sobre el fango. Los conocía a todos desde niña. Habían compartido durante décadas glorias y miserias. Eran un clan de nobles godos que resistía a las costumbres francas, cada vez más débiles pero fieles a su pasado. Con ellos, ella también moría.

Drogo se acercó a Goda, y Frodoí se puso delante.

—¡No! ¡No la mates, te lo pido!

—Veo que se os ha borrado ese gesto de suficiencia, obispo. —Se echó a reír—. Os arriesgáis a mi cólera por una simple mujer... ¿Hay algún pecado que debáis confesar?

Frodoí podía perder su mitra y caer en desgracia ante el resto de los obispos de Francia, pero no soportaría ver a Goda muerta en el fango. Su única opción era claudicar.

—Sabes que jamás serás conde sin mi apoyo —dijo con firmeza—. Tengo el sello real. Mi cátedra se iguala al trono del conde, si bien ante Dios es superior.

De cerca podía ver los ojos brillantes de Drogo tras el pelo. Veía al demonio en su interior sediento de poder. Le vendería su alma por amor a Goda.

—Desiste de matar a nadie más y no me opondré a tu regencia. Iremos juntos a la asamblea ante el rey, y que él decida conforme a las leyes carolingias.

Drogo se quedó pensativo. Esas palabras parecían halagüeñas... Claro que con el artero Frodoí nunca se sabía.

El obispo quiso dar solemnidad a su propuesta:

—¡Ante la Santa Cruz que preside la catedral lo juro! Puesto que el vizconde legítimo, Sunifred, ha desaparecido, mañana recibirás mi bendición ante todo el clero y la ciudad, hasta que el rey tome una decisión.

—Y acceso a la ceca —añadió Drogo con una tensa sonrisa.

Goda miró al obispo colmada de tristeza. Aunque comprendía el sacrificio que éste hacía para salvarla, el golpe que la ciudad recibía era demasiado terrible.

—Está bien, pero conforme a la ley un tercio de la moneda es para el obispado.

—Me complace oíros, obispo —siguió Drogo, triunfal—. Sin embargo, dicen que Goda es el alma de la ciudad, si bien yo sólo veo a una bella mujer que no descansará hasta que el trono condal sea arrebatado a los francos...

—He dicho «ninguna muerte» —insistió Frodoí, y aferró su crucifijo—. Me contaron que hace años te consagraron clérigo... ¿Y tu piedad cristiana, Drogo?

—No morirá nadie más —concedió el otro—. Sólo quiero que ante los presentes Goda de Barcelona me haga donación de todos sus bienes, incluida la décima de la dote de Nantigis, y que abandone Barcelona para siempre.

—¡Eres el Maligno! —chilló ella. Lloraba desolada en el suelo junto al cadáver de su esposo.

—Para evitar que tu ira te traicione, tu hija, Argencia, la

heredera de Nantigis, se quedará conmigo como rehén conforme a la costumbre entre nobles. Yo la criaré y no le faltará de nada... mientras no tenga que preocuparme de ti. Si abrigo la menor sospecha, verás su cuerpecito mancillado y colgado de una torre.

Goda se revolvió contra él, pero Frodoí la detuvo. La mujer golpeó el pecho y la cara del obispo hasta que se apartó llorando con amargura.

—Confía en mí —le susurró Frodoí.

—Eres tan sólo un hombre, no ese Dios que nos abandona —le espetó ella.

—¡Abrid el portal Vell y que salga ahora! —ordenó Drogo.

Incluso sus guerreros murmuraron. Era una noche fría y lluviosa; mil peligros acechaban para una mujer sola más allá de los muros. Una sierva de Goda se acercó con un velo, mantas y una capa. Drogo la alcanzó y de una bofetada la tiró al fango.

—He dicho todos sus bienes...

—¡Quédatelos y púdrete! —le gritó la dama, y lo desafió al recoger el velo negro que la sirvienta le había llevado—. Ahora soy viuda, ¿no tengo derecho a llorar por mi esposo?

En silencio, cerró los ojos de Nantigis. Había muerto con una expresión de horror. Lo detestaba, y no encontraría una lágrima para él. En cualquier caso, no merecía morir así. El viejo era franco y se habría unido a Drogo de buen grado para obtener favores. Lo había matado por ella, para socavar su poder y dejarla en la ruina. Desde las ventanas de los palacios otros nobles observaban aterrados la espantosa escena. Goda de Barcelona era desterrada y condenada a la miseria, tal vez a morir de hambre en poco tiempo, pero se irguió altiva, cubierto el rostro con el velo.

Miró una última vez a Frodoí, desolada, y se alejó en silencio con el vestido negro de paño manchado de barro. Tiritaba de frío. La imagen de la enlutada en la oscuridad sobrecogió a los presentes y a todo aquel que se atrevió a asomarse. Dos guardias fueron a abrir las puertas. Oriol, Italo y Duravit los siguieron para evitar una última traición. Y Goda se perdió en la oscuridad más allá del torrente Merdanzar.

Esa noche aciaga Barcelona perdió su alma.

Isembard intentó salir de la torre pequeña del castillo de Tenes y fue recibido con una lluvia de flechas que llegó desde las almenas del edificio principal. Del interior brotaban alaridos y estertores que anunciaban lo ocurrido. Luego se oyó un estruendo de madera quebrada y salieron tosiendo algunos caballeros. Cegados, palpaban las paredes. Vio a Inveria caer de rodillas y vomitar en cuanto llegó al exterior. Luego se desplomó. Detrás salió Nilo, tropezó con él y rodó por el suelo.

La lluvia de saetas acabó con su agonía, e Isembard sintió que se le detenía el corazón. Los dos maestros habían muerto ante él, en un instante. A pesar de la dura disciplina y las lecciones implacables a que lo habían sometido para adiestrarlo, ambos habían sido para él el padre que jamás cumplió su promesa. Vio sus postreros espasmos y gritó para que en el último aliento supieran que seguía vivo. Nunca averiguaría si lo habían oído. Los arqueros cargaban de nuevo, y entonces Guisand salió y consiguió llegar a la entrada del muro defensivo. Vomitó, pero logró abandonar la fortaleza mientras la matanza seguía.

Isembard provocó a los arqueros y cuando cesó la ráfaga escapó también. Como Guisand, se refugió bajo el arco de la puerta y huyó por un sendero tortuoso. Guisand iba por delante, casi no se tenía en pie. Resbalaba y se levantaba, hasta que una flecha lo alcanzó.

—Isembard... —graznó con la voz rota, tirado entre las rocas.

—¡Hay que salir de aquí!

Se pasó uno de sus brazos por un hombro y siguieron adelante. La oscuridad en el último tramo los protegió y llegaron al bosque. Guisand se ahogaba.

—Necesito descansar.

—¡Debemos continuar! Saldrán a perseguirnos.

—Por favor... Déjame morir sentado bajo un árbol. No quiero hacerlo huyendo.

Isembard lloraba de rabia y dolor. Lo había perdido todo en un instante. Recostó a Guisand contra un roble. La flecha del costado sólo aceleraría la ponzoña que había aspirado. Tenía los ojos inyectados en sangre y temblaba. Comenzó a agonizar.

—¡Escucha! No todo está perdido... Recuerda lo que te explicamos. Tu padre tal vez pudo ocultar en algún lugar de la Marca a la esposa del conde Sunifred de Urgell, Ermesenda, y a sus hijos. Encuéntralos... y nuestra muerte habrá tenido sentido.

—Habéis estado más de una década buscando sin éxito.

—Es cierto, pero ahora hay una diferencia: Delà y Sunyer II gobiernan Ampurias tras la rebelión de Humfrid. —Inspiró; le costaba seguir—. También son bellónidas y el rey aún no los ha depuesto. Eso significa que el monarca respeta la casa. ¡Es ahora cuando hay que encontrar la rama de Sunifred, la que gobernó Barcelona!

—No soy más que un montaraz, sin linaje ni dominios.

—Eres Isembard II de Tenes. —Guisand esputó sangre. Agonizaba, pero su fe en él seguía intacta y el joven se conmovió—. Te hemos enseñado todo y eres un gran guerrero, hijo. Encuéntralos y adiéstralos en las armas. Sé que Dios reserva una página de la historia para Guifré y sus hermanos.

Isembard oyó unos pasos a su espalda y se volvió.

—Ya no es ése tu camino, Isembard II de Tenes —dijo un hombre envuelto en una capa de pieles—. Drogo pidió que nadie escapara del castillo.

Sintió un escalofrío. Veía la capa moverse como si tuviera vida propia. Era el diablo oscuro del que se hablaba por toda la Marca. El que tenía cautiva a Rotel.

—Tú tienes a mi hermana... ¡La he visto en el castillo!

—Hablaba mucho de ti en el pasado, ahora ya no...

Guisand de Barcelona quiso proferir una maldición, pero exhaló su último aliento. El joven sintió que una parte de su ser moría con el viejo montaraz. Desenvainó su espada; sin embargo, antes de poder atacar sintió un pinchazo en el hombro. Tenía una pequeña astilla clavada y el brazo comenzó a entumecérsele. Se dio la vuelta y vio a su hermana con una cerbatana en la mano. Vestía la vieja capa de pieles con la que huyó con él de Santa Afra, pero vibraba como la del hombre de piel negra. A pesar de la oscuridad que la envolvía, apreció los mechones dorados de Rotel bajo la capucha. Al descubrirse la vio más bella y fría que nunca.

—¡Rotel! ¿Qué me has hecho?

La espada se le escurrió de los dedos adormecidos. Ónix habló:

—Ésta es la última prueba para dejar atrás el pasado, Rotel. ¡Cumple y te convertirás en bestiario!

—¡Hermana! —gritó Isembard, angustiado.

La veía dudar. Una terrible lucha se desencadenaba en su interior.

—No regresaste aquella noche —dijo ella sin reflejar sentimiento alguno en la voz.

—¡No te encontré! —respondió Isembard, colmado de dolor. El brazo le colgaba inerte—. ¡Rotel! ¡Ven conmigo!

—¡Tus amigos han muerto por la ponzoña que yo misma molí! ¿Podrás perdonarme por ello?

—Estás bajo el dominio de ese hombre.

—Hace mucho que decidí seguir a Ónix, mi maestro. Soy mujer y libre. ¿Qué me ofreces tú? ¿Volver a un monasterio para deslomarnos por un trozo de pan? ¿Entregarme en matrimonio para forjar una alianza? Tu hermana murió aquella noche.

—Ella es mi creación —dijo Ónix con orgullo—. Hace mucho que la liberé de su condición de hija, hermana y madre. Puede matar de mil maneras o escabullirse como una de sus serpientes, pero sobre todo sabe ser libre, libre de miedos, de afecto y de remordimientos. Ésa es la naturaleza del bestiario.

Rotel irradiaba una fuerza y belleza sin par, pero causaba escalofríos. No era la niña que se crió con él, pensó Isembard. No obstante, algo de entonces permanecía: su alma indómita.

—¡No sois más que herramientas de Drogo!

—Puede... o puede que sea él la nuestra —musitó gélida su hermana.

—Hazlo, Rotel, y culminarás el aprendizaje —insistió Ónix.

—Sí, maestro —afirmó impasible antes de apuntar con la cerbatana.

—Un segundo dardo te matará —indicó Ónix sin emoción.

Isembard se volvió hacia ella con un pesar insoportable. La existencia que habían compartido pasó fugaz ante sus ojos. Fueron felices en el monasterio, cuando era el único universo que conocían. Estuvieron unidos por algo más fuerte que la sangre, eran los Nacidos de la Tierra. Al cabo, mostró una sonrisa desvaída.

—Al menos ya sé que estás bien, hermana. Descansaré con mis maestros y compareceremos ante Dios juntos y orgullosos como en vida.

—¡Vamos! —exigió Ónix—. ¡Hazlo!

Rotel desvió la caña y el dardo se clavó en el cuello de su maestro.

—¿Qué has hecho, maldita?

—Vete, hermano —dijo ella, y lanzó un segundo dardo al bestiario.

—¡Ven conmigo!

Isembard se acercó, pero Rotel retrocedió. Pudo ver sus brazos llenos de mordiscos y punciones. Pensó en los horrores, el dolor y el asco que habría padecido todos esos años. Ónix se arrodilló en el fango y Rotel se acercó hasta él con gesto pesaroso.

—Debo quedarme con mi maestro —dijo con voz lóbrega.

Por el camino descendían una docena de soldados de Drogo. En el último momento Rotel mostró a Isembard una tímida sonrisa, dulce como las de antaño. Antes de alejarse, con el brazo útil tomó la espada de Guisand de Barcelona. Ella le gritó cuando la oscuridad del bosque lo engulló:

—¡Sólo quiero que sigas vivo, Isembard! Al final, lo he sacrificado todo por eso.

21

Rotel señaló una dirección al azar y los soldados de Drogo enfilaron hacia allí. Se sentía tan vacía que lamentaba haber perdido la capacidad de llorar. Ónix se dejó ayudar y recorrieron un sendero de ganado. Ambos sabían cuál era la potencia de aquel veneno, un ungüento de beleño y ponzoña animal. Cualquier otro habría muerto en unos instantes bajo un dolor agónico, pero Ónix tardaría horas, días tal vez.

—No siento culpa, maestro —musitó Rotel.

—Es parte de tu entrenamiento —dijo Ónix, sin el menor rastro de ira o rencor en la voz. En ese momento Rotel se sorprendió—. No recuerdo ninguna historia que hable de la muerte de un bestiario en su ancianidad. Era mi destino, y será el tuyo.

—A la muerte no le gusta que jueguen tanto con ella.

Ónix hizo una mueca que bien podía ser su particular forma de reír. Solía decir esa frase cuando en la cueva sacaba su peor arma, aquella cobra más larga que un muchacho.

Los afinados instintos de Rotel le indicaron que no estaban solos.

—Ayudadme con el maestro —dijo en voz alta hacia la oscuridad del bosque.

Un grupo de hombres de aspecto horrible, con yelmos erizados de clavos y huesos colgados, surgió de la espesura y cogieron a Ónix. La joven de cabellos dorados y belleza de hielo iba delante como la reina de los salvajes. Eran hordas, los pocos que quedaban tras las muchas incursiones letales que durante años los montaraces y su hermano, Isembard, habían llevado a cabo contra ellos. Tullidos por las heridas, sucios y ataviados para causar espanto, la miraban con reverencia y temor. Apareció siendo una muchacha delicada y habían oído sus alaridos en la caverna cercana donde Ónix la preparaba para su oscuro sino.

Ella había convivido con la otra cara de las hordas. Los había visto forzar a las mujeres que capturaban y había comido con ellos miembros de niños si la caza escaseaba. El bestiario dejó que presenciara todo aquello, que lo juzgara y sintiera la repulsa más visceral. Luego la llevó un tiempo a Perpiñán, y allí Rotel vivió la miseria de los suburbios donde nadie superaba los treinta años. La urbe hedía a hambre y enfermedad sin que los nobles y el clero mostraran la menor piedad. El llanto de las criaturas cadavéricas era igual en todas partes. Los gritos de una muchacha violada tenían la misma cadencia angustiada en el bosque que bajo la ventana de un aposento noble forrado de tapices. Esos desarrapados no tenían el alma más podrida que otros, sólo desesperación.

Ónix la obligaba a contemplar tales horrores, pues su transformación en bestiario no consistía en manejar peligrosas alimañas, era mucho más profunda.

—Esto es el mundo, Rotel —decía tras el rastro de la muerte—. Ésta es la verdad.

La joven y los hombres que sostenían a Ónix se internaron por una estrecha garganta hasta el campamento. Un endeble andamio de madera permitía el acceso a los abrigos de un muro rocoso. Allí vivía el grupo. El líder, Anuso, un antiguo carpintero de Besalú condenado por ladrón, se acercó ceñudo. Era recio, de pelo rojizo encrespado, e iba cubierto con una raída piel de oso y llevaba un cinturón del que colgaban sus antiguas herramientas.

—Anuso, el bestiario se muere —anunció Rotel.

El aludido no dijo nada. Se debatía entre el miedo y el alivio. Desde el andamio descendieron otros. Casi sesenta miembros del clan habitaban encaramados a aquella cornisa, hombres, mujeres y niños. Allí no portaban yelmos deformes ni huesos humanos. También se amaban y lloraban a sus muertos.

Llevaron a Ónix a su caverna, separada del resto. En la parte más profunda había una sima cubierta de huesos donde Rotel había superado la iniciación. Aún se estremecía al acercarse a ella. Pasaba horas de silencio y angustia en la oscuridad hasta que le parecía ver las luces de los muertos olvidados allí. No recordaba las veces que se sintió morir; sólo se acordaba del fuego del veneno, las fiebres y las visiones. Los monjes de Santa Afra estaban equivocados: podía sentir miedo, más del que cualquiera era capaz de resistir.

Rotel examinó las punciones del cuello y el hombro de Ónix. Chupó con fuerza y escupió la sangre negruzca. Él se dejaba hacer y la miraba con sus ojos terribles.

—Yo también maté a mi maestro.

—Jamás me has hablado de tu pasado.

—No existe, lo sabes.

—Conoces historias de viejos bestiarios. Quiero contar la tuya a otros. No me hables de la verdad, sólo de la leyenda que debe perdurar.

Ónix asintió con algo parecido al afecto. No le había pedido permiso para convertirla en una peligrosa asesina, en alguien despreciado y con una habilidad repugnante. Tampoco a él le preguntaron antes de someterlo a las infinitas penalidades. No era cierto que el pasado no existía. Recordaba cada una de las picaduras a las que lo sometieron desde niño, cada infección y los gritos cuando le cortaban los dedos necrosados.

—¿Cuántos dedos has perdido, Rotel?

—Dos del pie izquierdo. —Alzó la mano—. Y un meñique y medio anular.

—Son pocos para ser maestra, pero has superado la prueba.

—No pude matar a mi hermano, a Isembard.

—Lo sé. El desafío era liberarte de mi influjo. Nací siendo un esclavo zanj bajo el cruel dominio de los abasidas de Bagdad. Mi madre pudo ser una de las cientos de mujeres que parían de pie y se cortaban el cordón a mordiscos mientras picaban en las minas de sal cerca de Basora, una tierra ardiente y estéril. Cualquier pecho con leche nos amamantaba, podía ser de una hermana, otra madre, una abuela... A nadie le importaba y ni siquiera tenía nombre. El recuerdo más vivo que guardo es la sed bajo el sol del desierto y los látigos que nos abrían llagas mientras limpiábamos de sal la tierra para cultivar. Los guardias eran soldados del califa de Bagdad que ahogaban con brutalidad la frustración de estar en el mismo infierno. Nos pegaban y violaban. Éramos miles y ellos unas decenas, pero ignorábamos que existiera algo más allá del horizonte. Sólo sabíamos decir unas palabras e íbamos desnudos. Dejábamos caer nuestras heces mientras continuábamos cavando; lo único que debíamos hacer era trabajar y evitar el dolor del látigo.

Los ojos de Ónix estaban secos, pero su alma negra lloraba.

—¿Cómo te convertiste en bestiario?

—Tenía siete años cuando atrapé una cobra antes de que mordiera el pie de uno de los guardias. Aún me arrepiento. Aquel hombre merecía agonizar en la arena reseca, pero yo tenía sed y él un odre. La serpiente salió de entre las piedras, me encontraba cerca. Noté un pálpito y la atrapé por debajo de la cabeza. El guardia, espantado, me fustigó hasta que conseguí apartarme a rastras y se alejó con el odre. Busqué sin suerte a la cobra para que me picara; quería dejar de sufrir.

—La acción no pasó desapercibida.

A Ónix le costaba respirar. Bebió un poco de leche agria y siguió hablando.

—Días después uno de los guardias me obligó a atrapar otra de escamas negras que me lanzó un anciano de aspecto repulsivo. Volví a hacerlo y el viejo me compró. Morían decenas de zanj cada día y los echaban en una alejada fosa. Nadie hacía preguntas en aquel inmundo lugar. Las niñas solían desaparecer en mayor número. Así conocí a mi maestro y este extraño mundo donde los dioses nos han abandonado, más grande de lo que nadie imagina. Por el color de mi piel me llamó Ónix. He sido musulmán y también cristiano, pero he adorado y he hecho sacrificios ante dioses cuyo nombre nadie recuerda. He visto tumbas más grandes que montañas en Egipto, también ciudades engullidas por la jungla, y he amado a muchas mujeres, desde la India hasta la fría isla de Britania.

—Y has matado.

—A más de los que puedo recordar. Maté a mi maestro por una mujer que pertenecía a un clan que debíamos aniquilar. Aun así, no pude salvarla. Tú me has matado por tu hermano. —Miró a la joven con una extraña expresión—. Has hecho bien en dispararme el segundo dardo pues te habría matado yo a ti, pero ahora ya sabes cómo morirás. El amor y el odio son los peores enemigos para los sicarios.

—Conociste a Drogo en África.

—Llegó como esclavo a un lugar prohibido en medio de la selva. —Le temblaron los párpados—. Ciertos sacerdotes de los que ni yo me atrevo a hablar lo compraron, y presenció ritos que ningún hombre está preparado para ver sin la protección de los dioses. —Tenía la lengua hinchada y apenas se le entendía—. Logró ser liberado y me marché con él hasta la costa. Lo único que lo mantenía cuerdo era el deseo de regresar a su casa para vengarse de su padre. Vine con él a Europa. No tuve ninguna razón para ello, un bestiario no las tiene, rige su destino. Tal vez debía encontrarte, Rotel, para que pusieras fin a esta vida mía.

No quiso responder a más preguntas. La fiebre aumentó. Ónix murmuraba frases incomprensibles y luchaba con horrores que sólo él podía ver. El veneno vencía.

La ponzoña que mataba en horas tardó tres días en socavar la fortaleza del bestiario. Rotel, vacía, preparó una pira de leña con sus propias manos. Los demás la observaban en la distancia sin intervenir. Ónix tenía la piel negra, ella era blanca y de cabellos rubios, alta y majestuosa, pero igual de siniestra y letal.

Isembard llegó a la torre de Benviure tres días después de la tragedia de Tenes. Se arrastraba con las manos y las piernas desgarradas. Estaba muy enfermo. Los ermitaños consideraron un milagro que continuara con vida. Ni los criados habían regresado del bosque.

En una de las ermitas excavadas en la arcilla compacta, el joven se debatió con la muerte durante días, pero los purgantes de los monjes hicieron efecto lentamente y pudo explicar lo sucedido. Los monjes, pávidos, lo pusieron al corriente de cuanto había ocurrido. Drogo gobernaba Barcelona y, aunque había prometido inmunidad a sus enemigos, los persiguió fuera de la ciudad. Los que lograron sobrevivir se habían aislado en sus torres y castillos, preparados para lo peor. Maldecían el momento en que decidieron seguir a Isembard II de Tenes y a sus maestros de armas.

—¿Armanni de Ampurias?

Pau, el monje anciano que los acompañó años atrás para defender La Esquerda, se encogió de hombros. La vejez lo había obligado a dejar las armas, pero aún velaba por sus almas y los ayudaba con discreción. Se compadecía de Isembard; el joven parecía no tener lugar en el mundo.

—Puede que Armanni viva, pero tal vez no lo sepamos nunca. La Marca es un buen lugar para esconderse. Ahora debes pensar en cómo salvar la cabeza, pues Drogo ya estará al tanto de que escapaste e irá a por ti. No dejará al heredero de Tenes vivo. Si tomas los hábitos y te quedas en nuestras ermitas estarás en sagrado. La otra opción es vivir en los bosques.

—¿Por qué Armanni y Oriol no pudieron impedirlo? —insistió. Pau solía visitar a los monjes de Santa Maria del Pi y estaba bien informado.

—Drogo había entrado en secreto en Barcelona y descubrió las armas que introdujisteis. Alguien delató a la tabernera y, según dicen, Drogo la castigó con crueldad. —Al ver que el rostro de Isembard se contraía, el anciano sintió lástima—. Le perdonó la vida, pero destrozó la taberna. Para esa muchacha también el sueño ha terminado, hijo.

Días más tarde dos ermitaños llegaron con unas parihuelas en las que transportaban el cuerpo de Guisand, ya en mal estado. En Tenes les habían permitido llevárselo del bosque a fin de darle sepultura cristiana. Al caer la noche una procesión de antorchas recorrió el paraje mientras entonaban un himno fúnebre mozárabe.

La mayor de las ermitas excavadas tenía un acceso estrecho hasta el pequeño santuario absidal presidido por una cruz, una lámpara de aceite y un armario con objetos para el culto. Lo colocaron en una tumba antropomorfa excavada en el suelo.

Isembard quiso dejar la espada del montaraz junto al cuerpo, pero Pau le pidió que la conservara. Para el noble godo, el joven había sido el símbolo de un tiempo nuevo y, a pesar del fracaso, no habría deseado que su espada se oxidara en una tumba sin nombre.

Celebraron una misa por el alma del caballero y colocaron una losa sobre su sepultura. Esa misma noche Isembard subió a lo alto de la torre de Benviure y miró hacia el norte. Pensó en Rotel; tal vez su maestro habría muerto también.

Los hermanos, a millas de distancia, vivían la misma incertidumbre, cada uno a su lado del muro sombrío que la intrincada voluntad de Dios había erigido entre ellos.

22

El hedor de la muerte no dejaba a Frodoí pensar con claridad. Estaba sobre una de las torres semicirculares de la puerta Bisbal. Tanto en la entrada central, para los carruajes, como en las dos laterales, Drogo de Borr había colgado las cabezas de los prohombres godos asesinados como advertencia, con el propósito de disuadir cualquier insurrección en la ciudad. La escena resultaba espeluznante.

Barcelona contenía el aliento ante la brutalidad del que se hacía llamar vizconde y se sentaba en el viejo trono del palacio condal. Ni el veguer, ni el *saig* ni el consejo de *boni homines* elevaron queja alguna cuando los saqueos comenzaron en las casas más pudientes y se desató el caos. Los que tenían armas las entregaron a sus siervos y, como en otras ocasiones, los escarceos iniciales dieron paso a violentas reyertas. Drogo era implacable y despótico; saldaba una vieja deuda de honor y recordaba el tiempo en el que se le negó la entrada. Incumplió su promesa, y Barcelona se tiñó de sangre, pero se escudaba en que aquellas personas eran rebeldes a su autoridad.

A Frodoí se le contraía el corazón cada vez que recibía noticias de nuevos abusos. Sin embargo, actuaba con cautela. Era el obispo de Barcelona, el único poder legítimo. Trataba de mediar, pero la ciudad estaba tomada por los mercenarios de Drogo. Con la intención de aplacarlo, había tolerado que éste desvalijara la ceca y que se instalara en el palacio condal, donde retenía a la pequeña Argencia. Temía por la hija de Goda y mandaba a su escolta a menudo allí para asegurarse de que la tenía en condiciones dignas. Supo que dos jóvenes esclavas la atendían en los sótanos, si bien también le informaron de que la niña aún no había dejado de llorar y todos lamentaban su suerte.

Para limpiar su alma y dar mejor imagen en medio de la tensión creciente, el usurpador había donado una libra de plata para las obras de la catedral. Era la medida para acuñar moneda en la ceca y de ella salían doscientos cuarenta dineros. El bullicio de la construcción animaba la plaza. Los arrieros transportaban piedra proveniente de edificios en ruinas y ladrillos desde el lago Cagalell, donde se cocían. Sobre estructuras curvadas de madera se componían los arcos de medio punto que sustentarían las bóvedas. Ya era visible la forma de las tres naves, la central el doble de ancha. El prodigioso trabajo tenía a la ciudad entretenida.

Sin embargo, el tribunal había detenido su actividad y el mercado casi había desaparecido. Llegó la mordedura del hambre, y Drogo tuvo que requisar el grano reservado en la tinajas junto al palacio condal para alimentar a aquel pueblo que estaba a punto de alzarse. Varias familias godas se habían marchado a Urgell y Girona dejando sus campos y siervos abandonados. Ante el consejo, Drogo se excusaba en la actitud de los godos y aseguraba que cuando el rey lo nombrara conde las cosas cambiarían. Pero Barcelona hedía a miseria y pesimismo.

Aquel día, 3 de marzo, festividad de Sant Celoni, Frodoí, ataviado con un sencillo hábito de Servusdei, salió sin su escolta. Quería respirar aire sano y serenarse, pero también saber de Goda. Aunque estaba al tanto de que lo vigilaban, ya no podía contener las ansias de verla de nuevo; había pasado mucho tiempo desde la última vez. Algunas mujeres de la ciudad y Elisia le llevaban comida y ropa, pero cuando Frodoí les preguntaba por ella fruncían el ceño y negaban con la cabeza.

Su ánimo se atemperó en cuanto dejó atrás las murallas. Se acercaba la primavera y los almendros florecían. Los esclavos limpiaban las acequias para irrigar las huertas próximas a los marjales de la costa y el lago Cagalell. Visitó al abad de Sant Pere de les Puelles y, cuando se cercioró de que nadie lo seguía, cubierto con una cogulla de monje fue a pie hasta la ladera del Mons Iovis. El viejo puerto estaba desierto salvo por las barcas de algunos míseros pescadores, cuyos hijos se acercaron a él desnudos y famélicos. Ese día el clérigo encapuchado no tenía nada que darles.

Ascendió el tortuoso sendero con inquietud. Temía lo que podía encontrarse en la pequeña torre. Al entrar en ella se estremeció. Goda aún llevaba el vestido de paño negro con el que había salido de la ciudad, mugriento ahora, y se cubría la cara con el velo. Aun así, apreció su rostro pálido y ojeroso. El destierro y la preocupación por su hija, Argencia, la devoraban. Estaba muy delgada y había comida intacta en el suelo. Tampoco hacía caso de las mantas y la ropa limpia que le habían llevado.

—¿A qué has venido, obispo? —demandó sin rastro de orgullo—. Estoy bien, si es lo que te preocupa. No necesito mi palacio, ni siervos ni joyas.

Dejó que la abrazara cabizbaja. Su piel macilenta no olía a rosas, sino al hedor de los suburbios. Frodoí se conmovió ante su profunda melancolía.

—Barcelona está a punto de desmoronarse —se sinceró, agotado—. Ahora entiendo por qué el vizconde Sunifred y las familias godas impedíais la entrada de Drogo... De algún modo arreglaré esto y recuperarás a tu hija.

—¿Cómo está? Las mujeres dicen que está bien atendida, pero no me tiene a mí.

—Drogo no se atrevería a hacerle daño, y ni la ciudad ni yo se lo perdonaríamos.

Goda apretó los labios y contuvo las lágrimas. Se apartó de Frodoí.

—Nada salió como esperábamos —siguió el obispo, afectado.

—Alguien nos traicionó, y no me refiero al cobarde de Galí.

—¡No sé quién pudo ser! Mi escolta es fiel.

Ante su silencio, Frodoí no supo qué más decir. Goda languidecía sola. Trató de abrazarla, pero ella se escabulló hacia el exterior para contemplar el mar brillante.

—¿Por qué no vas a Ampurias? —dijo él a su espalda—. Sé que el conde Sunyer II y su hermano Delà son viejos amigos. El capitán Oriol puede escoltarte.

Goda miraba ensimismada la costa y a los pescadores desnudos en las barcas.

—¿Piensas que me alejaré de mi ciudad y de mi hija?

—Te han desterrado. Estás sola y en peligro. Cuando llegue el invierno...

Inspiró melancólica. Allí era donde se habían amado con pasión y habían trazado juntos un futuro alentador. Habían pecado y engañado, pero fueron felices y se sintieron vivos. Ahora ella había quedado apartada y maldecida. Él debería seguir adelante solo, pero precisaba de su aliento. Era cuanto Goda podía darle, y lo miró con la fuerza de antes.

—No te rindas, Frodoí. Barcelona te necesita. Además, me lo prometiste.

Frodoí asintió con pesar. La mujer orgullosa aún se mantenía en el interior de Goda.

—En lo único que pienso es en ti —le dijo al tiempo que le tomaba las manos—. En cómo puedo redimirte y que regreses.

Goda, tras un largo silencio, señaló a los pescadores.

—El destierro me ha hecho ver las cosas de un modo distinto. Jamás tuve en cuenta al vulgo, siempre creí que Dios los había puesto aquí para nuestro servicio. Ahora los veo luchar por los suyos día a día, sin rendirse. Es posible que no basten nuestras conjuras de poder para salvar Barcelona...

—¿En qué piensas?

Ella negó con la cabeza. Sólo era un sentimiento, pero la estaba cambiando.

—¿Es cierto que Guisand y los suyos han muerto? —quiso saber.

—El abad de Sant Pere habló con Pau, un ermitaño de Benviure. Nadie regresó, aunque lo mismo diría si hubiera sobrevivido alguien para protegerlo.

—¿Isembard también? —exclamó una voz femenina tras ellos.

Elisia avanzó con lágrimas de dolor. Los había sorprendido con las manos entrelazadas y, aunque Goda ya le había insinuado que existía algo especial entre ambos, ver al prelado con ella la desconcertó. Sin saber cómo actuar, se acercó y besó el anillo al obispo. Frodoí la miró compasivo. Elisia aún esperaba su respuesta.

—Isembard vive, pero sabe que Drogo desea su cabeza. Si es sensato se marchará lejos de la Marca para comenzar una nueva vida. Reza por él, Elisia.

Frodoí recordó que el joven montaraz se ofreció a hablar con ella. El pesar de Elisia delataba algo más que una vieja amistad entre colonos. No era quién para juzgarlos, y sintió lástima por ella.

Desde que Drogo destruyó el Miracle, Elisia era apenas una sombra, desorientada, sin brillo en sus dulces ojos ni sonrisas francas. Galí, en cambio, se prodigaba con los hombres de Drogo y juntos esquilmaban la bodega de la taberna; los toneles fue lo único que respetaron. El fin de la posada costó la miseria a las familias que la proveían, e incluso los monasterios de Barcelona se resintieron.

—Recemos por él, Elisia, es lo único que podemos hacer ahora.

—Frodoí —lo atajó Goda sin reparos. Había pensado en eso durante semanas y era importante—. Sí queda una esperanza, pero depende de ti: convence al rey para que aparte a Drogo del trono.

—Eso será muy difícil —repuso él, alarmado—. Han partido docenas de correos que ensalzan su acción al frente de la ciudad. Yo mismo he redactado algunos para Hincmar de Reims y el arzobispo de Narbona.

—Eres el obispo, Frodoí. Te conozco y sé que puedes lograrlo —dijo Goda con repentina calidez. Estaba segura de que la propuesta germinaría en su mente—. Tu astucia es nuestra única esperanza.

Frodoí la miró con anhelo. Quiso dedicarle una palabra afectuosa, pero calló ante Elisia y se marchó. A pesar de su privilegiada posición se sentía tan abandonado como ella.

—Lo siento, Goda —dijo la tabernera, incómoda—. No debí venir.

La dama la cogió del codo y deambularon por la planicie alrededor de la torre.

—¡Todo va de mal en peor! —se lamentó Elisia.

Durante semanas estuvo furiosa con Goda, a la que culpaba de su desgracia, pero había accedido a introducir las armas voluntariamente y ambas habían pagado con creces su osadía. La desgracia las había unido más.

—¿Qué ocurre? ¿Otra vez Galí?

Elisia rompió a llorar.

—¡No he sangrado y tengo náuseas! —dijo desconsolada—. Creo que fue esa maldita noche...

Goda, estremecida, abrazó con fuerza a su amiga. Sabía lo ocurrido en la posada cuando Drogo y sus hombres irrumpieron en ella, y los maldecía.

—¿Estás segura? —Ante el silencio de Elisia, Goda asintió comprensiva—. Hay una partera judía que puede confirmártelo. Su casa está cerca del portal Bisbal.

—¿Qué voy a hacer? ¡No tengo nada, vivimos de la comida que aún queda en la taberna! ¿Qué será de nosotros? ¿Y de Galderic? Y si el niño nace, ¿cómo podré alimentarlo?

Agobiada ante tantas preguntas, Elisia se encogió llorando y Goda la rodeó con sus brazos en silencio. Mucho después habló.

—¡Nunca cedas, Elisia, tú no! —dijo con una energía que ya no creía tener. También lloraba—. Te levantaste cuando Galí perdió los dineros y lo harás de nuevo. Te vales por ti misma, no como yo; tú tienes esa fuerza.

—Desearía tanto marcharme... —Suspiró—. Si pudiera verlo una vez más...

Goda la abrazó. Era la única que sabía del encuentro con Isembard en un cobertizo de Santa Maria del Pi. En sus lágrimas de desesperación veía las de su ciudad, las de Argencia, incluso las de Frodoí. Entonces algo estalló en su interior y tuvo la extraña sensación de despertar, como si mil voces la imprecaran desde algún lugar remoto. Era Goda de Barcelona, orgullosa portadora de la sangre más antigua de aquella tierra; no iba a abandonarse a la melancolía sin hacer algo.

—Sentémonos, Elisia —dijo guiándose por un impulso—. Una noche en el templo de mi jardín me hablaste de tu vida en Carcasona. Cuéntamelo de nuevo.

—No he hecho nada más que trabajar desde que puedo recordar. Antes que yo, lo hicieron mis padres y mis abuelos. Así es nuestra vida. Dios puso al vulgo en el mundo para eso. —Sonrió mordaz—. ¿No es lo que predican los clérigos?

Goda asintió pensativa y la dejó hablar, pero esa vez atendió con gran interés. Aunque su amiga estaba triste, era fuerte como un roble. Ella, en cambio, se sentía morir lentamente porque su orgullo la consumía. Tenía la sangre noble pero era débil. Quería saber de dónde brotaba la fuerza de la plebe para resistir tantas miserias y tantos abusos. Tal vez encontrara un nuevo camino en su destierro y dejara de marchitarse. Su ciudad seguía en pie por adaptarse a los cambios; ella también debía hacerlo.

23

Para el 20 de marzo, día de Sant Benet, se habían preparado solemnes vísperas en la basílica de la Santa Cruz, pero en la iglesia de los Santos Justo y Pastor también se celebraba. Poco después del mediodía entró en la ciudad el *hispano* Tirs con su carruaje. Era un viejo sacerdote oriundo de Córdoba, el más reputado clérigo del rito mozárabe en Barcelona y una pesadilla para Frodoí. Era buen amigo de Guisand, de modo que, tras recibir un mensaje, había ido hasta las ermitas de Benviure. A pesar de la oposición de los ermitaños, aceptó esconder bajo las mantas de viaje a Isembard. Todos los barceloneses, incluidos los guardias, respetaban a Tirs y, como siempre, no revisaron su carga. El muchacho de Tenes se ocultó en el templo de los Santos Justo y Pastor hasta la noche.

Isembard echaba de menos a sus maestros de armas y se sentía desorientado. Después de cuatro años, todo aquello por lo que había luchado se había desvanecido. Volvía a ser el joven siervo que huyó sin nada de Santa Afra en pos de su hermana.

La sensación de fracaso lo corroía mientras veía que la ciudad se sumía en el fango del odio. Guisand de Barcelona le había pedido que buscara a los bellónidas, pero llevaban desaparecidos dieciséis años. Probablemente estaban muertos. Perseguido por Drogo e incapaz de cumplir el ruego del montaraz, había decidido marcharse de la Marca y, en su angustia, acarició la idea de que Elisia se fugara con él. Sólo le quedaba su amor, por eso se había arriesgado a entrar en la ciudad.

El silencio y la penumbra de la iglesia lo serenaron. Desde un rincón, oculto entre las sombras, observó a Tirs. El *hispano*, que tenía casi sesenta años, aún conservaba la vitalidad, así como una gran influencia en cuestiones religiosas. Viajaba por el condado para alentar a los sacerdotes y explicarles el sentido de la liturgia de sus ancestros. Esa actividad pastoral enfurecía a Frodoí, que llegó a encerrarlo en la mazmorra del palacio, aunque lo liberó al cabo de unas horas ante la indignación de la ciudad. La mayoría de los *fideles* respetaban al obispo franco, pero se aferraban a los viejos rituales.

Isembard vivía ajeno a ese conflicto enquistado desde hacía décadas. Los monjes de Santa Afra eran francos y él conoció la liturgia hispana con los ermitaños de Benviure.

Guisand, pragmático, afirmaba que la acusación de que el ritual mozárabe de las misas contenía herejía adopcionista era una maniobra de la Iglesia franca para congraciarse con el Papa. Los condados de la Marca Hispánica y otros reinos cristianos de la península seguían la tradición del obispado de Toledo, en tierras del islam.

La iglesia de los Santos Justo y Pastor, apenas iluminada, se llenó de fieles a la hora de vísperas. Un coro de nueve clérigos se situó junto al presbiterio, y Tirs entró revestido junto a sus diáconos y otros religiosos. Isembard se dejó seducir por un ritual vivo que, al contrario del romano, mantenía la atención de toda la congregación con cánticos de candencias arabescas y continuos responsos. La celebración era un diálogo activo con la divinidad mediante respuestas sencillas con las que cada oración concluía. Variaba el orden y celebraban el rito de la paz antes del ofertorio. Tirs partió el pan consagrado en nueve partes que representaban los misterios de Cristo mientras que el prior de Santa Afra lo hacía en dos. Sobre el altar lucían dos gruesos misales de tapas de madera con pedrería, pues las antífonas variaban cada día y según el tiempo litúrgico anual. Estaban en Cuaresma, y leyeron varios pasajes del Pentateuco. Solamente al final de la liturgia Tirs se dirigió a los fieles y los exhortó a resistir los abusos del vizconde Drogo, quien con la connivencia de otro franco, el obispo Frodoí, desangraba la ciudad, apostilló. Dios quería que Barcelona resistiera otros ochocientos años, pero dependería de sus habitantes, de su alma.

Cuando cayó la noche Isembard abandonó la pequeña iglesia más sereno, tras unas horas de paz y recogimiento en la penumbra. Las palabras del clérigo lo habían conmovido. Sabía que iban dirigidas a él, pero se sentía perdido y no veía otra salida que marcharse. Saltó la tapia del huerto de la posada del Miracle, donde crecían frutales y una huerta. Al fondo vio el corral destrozado y una porqueriza vacía.

El silencio que reinaba en la casa resultaba desolador. Se ocultó tras el pozo cuando vio salir a alguien de la cocina. Era Galderic. Estaba triste y recogía con desgana leña esparcida. Le pareció que había crecido, madurado, y le habría gustado abrazarlo. Distraído con el chico, no se dio cuenta de que Galí oteaba la oscuridad. Lo había visto y cuando el muchacho entró fue hasta él.

—Estaba seguro de que vendrías. Drogo sabe que no has muerto —dijo con rabia contenida—. ¿Qué quieres ahora de ella, Isembard? ¿No has causado ya bastante daño?

—Eres tú el que informa a Drogo —replicó Isembard sin abandonar aún la sombra del pozo.

—Podría correr para avisar a sus hombres…

—Estarías muerto antes de dar un paso. De hecho, es lo que voy a hacer.

Galí contuvo la respiración. La voz de Isembard estaba colmada de odio y no mentía. Una debilidad que él podía aprovechar.

—Deseas a mi esposa, lo veo en tu mirada, pero éste es su lugar. ¿Qué puedes ofrecerle? ¿Una vida de fugitivo? ¡El enemigo del que será conde de Barcelona y la adúltera! —exclamó con desprecio—. Elisia se crió en una taberna, no conoce el hambre ni la vida sin un techo. Sabe sobrevivir, y hallaremos el modo de salir de ésta.

Isembard sintió que su determinación flaqueaba. Galí siguió:

—Déjala y le regalarás una buena vida; parirá hijos que tendrán su sonrisa, no irán descalzos ni padecerán privaciones. No tendrán que avergonzarse de su padre y el mundo será más brillante. Tú le traerías oscuridad únicamente.

Isembard deseaba que Galí se tragara sus palabras, pero cuando se escabulló hacia el interior de la casa no lo persiguió. Era verdad. No tenía nada que ofrecer a Elisia, sólo incertidumbre y miseria. Ningún amor podía resistir aquello por siempre. Él y su hermana habían sufrido por los actos de su padre; él no haría lo mismo. Abatido, se dirigió a la tapia. Una rabia desbocada comenzó a pulsar en su interior.

Elisia vio entrar a Galí del huerto, pálido.

—¿Qué te pasa?

—Nada. Creí oír algo, pero era el viento.

La joven lo miró recelosa. Galí estaba afectado y abandonó la taberna. Ella, intrigada, salió al huerto y oteó la oscuridad. Le pareció que una sombra desaparecía tras el muro y fue hasta el pozo. Entonces un pálpito le aceleró el corazón. Su olfato era ahora más sensible. Recordaba aquel olor a cuero tachonado y metal de Isembard cuando la abrazó en el cobertizo del monasterio. Lo recordaba bien, y el pecho le brincó.

—Isembard...

Se acercó al muro, pero allí no había nadie. Tal vez sólo había sido una ilusión. A pesar de todo, sentía que él había estado allí y estaba vivo, y le bastó para recobrar la vitalidad tras largos días de agonía. Casi podía imaginar la conversación que su esposo y el fugitivo habían mantenido. Isembard debía huir porque lo perseguían. Ya no iba a emprender el camino hacia la nobleza. Era como ella, y quizá por eso había regresado, a por ella. Tuvo un impulso repentino: quería marcharse con él, dejarlo todo atrás y olvidar a Galí. Salió corriendo de la posada arrasada y oteó la plaza, pero no vio más que negrura y silencio. Entonces aparecieron mercenarios de Drogo seguidos por Galí y, tras mirarla con desprecio, se separaron para buscarlo por las calles oscuras. Su esposo lo había delatado. Debía alejarse para salvar la vida, pensó desolada.

—Sé que regresarás algún día, amor —susurró al viento.

Había sido un sueño efímero, pero él estaba allí fuera, en algún lugar. Aunque temía que lo atraparan, se recordó que era un gran guerrero, adiestrado en los bosques; por eso decidió confiar y al entrar en la casa lo hizo sonriendo. Abrazó a Galderic, más animada, y rezó por su amado.

Isembard sabía que Galí habría avisado a los hombres de Drogo y abandonó rápidamente la plaza sin ver el vestido gris ni los ojos anhelantes que lo buscaban en la negrura. Todo habría podido ser distinto, pero sus almas se rozaron sin encontrarse y la rueda del tiempo giró de nuevo hacia destinos insondables.

Pasó ante las portentosas columnas del *Miracle*. Impresionaban. Hablaban de una ciudad de grandeza inconcebible. Corrió cuesta abajo hacia el complejo episcopal y los palacios, con la mente cegada por el dolor y la rabia. Estaba cansado de esconderse, de vivir oculto en los bosques. Sus maestros habían caído derrotados y él acabaría igual en cuanto se diera la voz de alarma y los mercenarios de Drogo registraran Barcelona para darle caza. No temía a la muerte. Antes de caer escupiría el rostro a quien había destrozado su mundo: Drogo de Borr.

Con los dientes apretados llegó a la plaza frente el palacio condal. Estaba cerrado a cal y canto. Bajo el pórtico, comenzó a lanzar piedras a las ventanas.

—Drogo de Borr... ¡Yo te acuso de traidor! —gritó fuera de sí, rompiendo el silencio de la noche—. ¡Sal y cuenta la verdad de lo que escondes en Tenes! ¡Confiesa tu crimen ante la ciudad!

De pronto aparecieron tras él cuatro hombres embozados en sus capas y, antes de que pudiera desenvainar, lo derribaron con una maza de madera. Mientras perdía la conciencia, Isembard notó un inesperado alivio.

Cuando despertó estaba en una celda oscura, bien anclado al muro por una argolla en el cuello. Lo habían capturado.

Después de luchar y gritar por liberarse, Isembard se dejó caer rendido. Una sombra se asomó por el portillo de la puerta, pero no era Drogo.

—Me alegra que ya te hayas calmado, Isembard. Estás aquí para que no mueras. Los hombres de Drogo revisan cada palmo de la ciudad para encontrarte. Fue una suerte que estuvieras tan cerca del palacio episcopal y Oriol te oyera gritar.

—¡No sois distinto a Drogo, obispo! —rugió. Así lo había sugerido también el clérigo Tirs—. Sé que ahora lo apoyáis.

La portilla se abrió. Frodoí ignoró el insulto.

—Te respeto, heredero de Tenes. Tienes valor, pero aún no comprendes la delicada situación. Una revuelta desgarraría Barcelona y la dejaría postrada a los pies de los sarracenos.

Detrás entró Servusdei, con el semblante serio, y le ofreció vino de un odre.

—Juntos urdimos el plan para evitar esto, pero fracasamos, Isembard —prosiguió el obispo con gravedad—. Los montaraces y muchos próceres godos han muerto, Goda de Barcelona ha sido desterrada y su hija está cautiva. Todo parece perdido. Lo lamento tanto como tú. Sin embargo, si queremos evitar que tanta desgracia haya sido en vano, nos corresponde a nosotros hallar una nueva senda. He visto las tinieblas en la mirada de Drogo y sé que Dios está de nuestro lado, pero debes comprender que esta vez no son las espadas las que detendrán esta locura.

—No sentí Su presencia en Tenes —replicó con acritud el joven.

—¡No blasfemes, Isembard! —Debía abrirse paso en su desolación—. Estás desesperado, pero aquel día en la torre de Benviure vi un espíritu fuerte, y estoy seguro de que sigue intacto en ti. Tienes que reponerte y continuar de nuestro lado.

Isembard levantó el rostro. Esa fe ardiente le recordó a Guisand.

—¿Qué queréis de mí? —dijo más sereno.

—Ante el palacio condal has acusado a Drogo por algo que viste en la fortaleza de Tenes. Necesito saberlo.

—Un cadáver... Me temo que el cuerpo del vizconde Sunifred.

Ante el espanto de Frodoí y Servusdei, Isembard explicó lo acaecido aquella terrible noche.

—¡Ése es el camino, Servusdei! —exclamó el obispo, como si hubiera tenido por fin la ansiada revelación que aguardaba—. Debemos llevar a Drogo a juicio ante el rey y ganarlo.

—Si recordáis vuestra estancia en la escuela canónica de Reims sabréis que son los jueces los que dictan la sentencia, no el acusador —replicó el monje, mordaz—. Se necesitan testimonios, pruebas...

—No os he pedido que preparéis buenos argumentos, lo que quiero es ganar ese juicio incluso antes de salir de Barcelona —opuso Frodoí, ajeno a la acre respuesta del anciano—. Sois el mayor experto en cánones y capitulares de la Iglesia de todo el reino, me atrevería a decir que del orbe entero. Ochocientos años de Iglesia dan para mucho. ¡Encontraréis la manera de volver las tornas!

Servusdei lo miró ceñudo. De no ser por el anillo lo habría abofeteado como en la escuela canónica, pero Frodoí había encontrado un rastro y no cejaría en su empeño.

—Entonces vamos al archivo episcopal —zanjó el monje—. Hay mucho que estudiar. Por cierto, este joven montaraz nos hará falta llegado el momento.

El obispo sonrió ladino.

—Ponte cómodo, Isembard de Tenes, y recupera el juicio. Pronto emprenderás un largo viaje.

24

Cuando Rotel quemó el cuerpo de Ónix descubrió que la vigilaban. Los reconoció por el olor a cuero sudado y a metal: eran mercenarios de Drogo. En el campamento cercano también estaban inquietos. Drogo había tomado Barcelona; a fin de hacerse respetable, quería limpiar su nombre y su oscuro pasado eliminando a incómodos aliados.

Decidió quedarse en la cueva, prepararse y esperar. Esa noche se despertó al notar que una mano le cubría la boca. Se removió, pero la sujetaron con fuerza por los brazos y las piernas. Una antorcha iluminaba la caverna y contó cuatro hombres. Sabía que antes de matarla la violarían. Eso le daría el tiempo que necesitaba. Se retorció tratando de soltarse mientras la manoseaban y la despojaban del cuero que la cubría.

Los veía ansiosos. Cerró los ojos, como Ónix le había enseñado, y se concentró en las sensaciones de sus miembros apresados. La desnudaron y aullaron al ver su cuerpo deseable. Rotel notó que la presión en sus brazos disminuía; se iban confiando al creerla vulnerable. Uno se le echó encima, y su hedor le produjo una arcada. Entonces giró repentinamente una muñeca y clavó las uñas en los ojos del agresor. Se las había afilado y untado con una potente ponzoña de cicuta, beleño y grasa de batracios.

El hombre, cegado, gritó.

—¡Arde! ¡Arde!

Rotel arañó el brazo del que tenía a un lado y éste se apartó de manera instintiva. De una grieta sacó un estilete y se lo hincó al tercero en la garganta. Todo había ocurrido en un suspiro. El cuarto, apostado en la entrada, retrocedió espantado.

—¡Demonio!

Desnuda y manchada de sangre, Rotel se irguió entre los dos hombres que gemían, uno cubriéndose la cara y el otro sudando con el brazo entumecido. El pánico les impedía reaccionar contra la esbelta mujer de mirada de hielo. Ónix le había enseñado bien. Tenía a mano una bolsa de cuero; retiró la cinta que la cerraba y atrapó la cabeza de la víbora dispuesta a atacar. Lo había practicado cientos de veces, aunque no siempre con éxito.

—¿Por qué? —les preguntó.

—Drogo pronto irá a la asamblea general del reino. Será nombrado conde y las hordas enturbiarían su nombre ante la nobleza franca —le espetó el único hombre ileso—. Tú también debes convertirte en una leyenda incierta de la Marca.

—¡Sois vosotros los que vais a desaparecer, malditos!

Lanzó la serpiente contra el cabecilla cegado y la víbora lo mordió en el muslo. Ese nuevo veneno en el cuerpo lo había condenado. Los otros lo arrastraron y se alejaron de la caverna y su letal moradora. El relato que éstos hicieran de lo sucedido degeneraría en la leyenda de una nueva criatura demoníaca que habitaba en cuevas. Rotel metió la serpiente en la bolsa de cuero mientras oía lejanos gritos y alaridos de agonía. No la habían atacado sólo a ella. Se vistió pesarosa y recogió la capa con sus armas y la pavorosa cobra de su maestro, desconocida en esa parte del orbe. Ya se había acostumbrado a los movimientos, crujidos y siseos de las alimañas, si bien debía tener especial cuidado con algunas.

El barranco estaba cubierto de humo que olía a carne quemada. Fue hasta el campamento y contempló el desastre. Habían prendido fuego a los abrigos y al andamio. Mujeres, niños y ancianos se lanzaban al vacío huyendo de las llamas y, si alguno sobrevivía a la caída, los mercenarios los abatían sin piedad. La mayoría de los hombres en edad de combatir estaban muertos sobre la hierba.

La dominó la cólera. Tenía poco trato con ellos, pero había visto a los niños jugar como su hermano y ella lo hacían antaño. Se acercó sigilosa a uno de los mercenarios atareado cortando cabezas y lo degolló. Deambulaba como una sombra mortal entre la maleza. Era silenciosa y rápida. Los soldados no pudieron saber de dónde llegaba el ataque mortal. Rotel inoculó con la cerbatana la peor ponzoña que guardaba en una bolsita, y ante la muerte sombría optaron por marcharse. Ya habían cumplido la misión que se les había encomendado, sólo estaban divirtiéndose con aquellos desarrapados que durante años les habían disputado el botín de los saqueos. Un puñado de supervivientes vagaban aturdidos entre las decenas de cadáveres. Al ver a Rotel, huyeron sin saber si también estaba atacándolos a ellos. La muchacha se quedó allí, entre los muertos.

El amanecer, gris y lluvioso, mostró la devastación. Contó más de cuarenta cadáveres, aparte de los que habrían muerto abrasados en los abrigos. El cabecilla de las hordas, Anuso, también había caído. Sólo una docena había sobrevivido y al fin se atrevieron a dejarse ver. Eran tres hombres, unas pocas mujeres con sus hijos y un anciano.

—Debéis marcharos.

Incumplió una máxima de Ónix: un bestiario era un espíritu libre que no debía preocuparse por nadie. Sin embargo, no pudo evitar advertirles antes de alejarse en silencio.

A media tarde notó que la seguían. Pudo despistarlos, pero no lo hizo. Maldiciendo su debilidad, asumió aquella carga inesperada. No sabía adónde conducirlos. Finalmente se dijo que en el condado de Girona, que gobernaba el conde Otger, al menos podrían ocultarse seguros. Los conduciría hasta allí, decidió, y luego los abandonaría.

No se acercaron a Rotel, sólo iban tras ella y la vigilaban cuando ponía las trampas para cazar roedores con los que alimentar a sus armas. La presencia de esa gente desvalida la estaba afectando más de lo que deseaba reconocer. Algo no iba bien en su interior. No sentía su alma como un páramo yermo de emociones. Quería, necesitaba que ese puñado de personas estuviera a salvo, aunque ignoraba la razón. Ónix la maldecía desde lo más profundo de su mente, pero se sentía incapaz de abandonarlos a su suerte. Isembard y ella habrían podido acabar así tiempo atrás. Para buena parte del vulgo la vida no concedía alternativas.

Los llevó hasta el monasterio de Santa Afra. Durante años le habría gustado castigar al prior Sixto, pero había comprendido que el monje sólo obedecía a fuerzas inconcebibles que actuaban para que ella se encontrara con su maestro. Vio que habían ampliado el edificio con nuevas celdas y cobertizos de piedra. Junto a su cabaña se alzaban otras similares. Recordó a los *frates* Adaldus y Remigius y sintió cierta nostalgia. Tal vez podía tratar de convencer a los monjes y lograr que el pequeño grupo se quedara allí, pero tenía la sensación de que su camino no había concluido.

Necesitaba reflexionar, y en el momento de mayor desolación la asaltó un lejano recuerdo. En lugar de acercarse al monasterio se dirigió hacia donde para ella se había iniciado un destino diferente al de otras mujeres: las cuevas de Seriñá. Llegó casi de noche; el grupo la seguía a unos cientos de pasos. Al ver las entradas de las cuevas entre la maleza, una intensa emoción la traspasó como un rayo. En una se veía un resplandor.

Viajó a otro tiempo, cuando tenía trece años y lloraba en medio de una terrible ventisca de nieve.

Había perdido la voz de tanto llamar a su hermano y a los monjes. Tiritaba de frío y llegó hasta unas cuevas en las que alguna vez había visto luz. Esa noche estaban en tinieblas pero agotada y asustada se acurrucó en el fondo de la más cercana. Fuera aullaban los lobos.

Cuando estaba a punto de dormirse advirtió una silueta en la entrada. Era una mujer envuelta en un manto de gruesas pieles. La miraba en silencio. No tuvo miedo pues le pareció la criatura más bella que había visto. La mujer la cubrió con su manto y le ofreció avellanas, nueces y unas hierbas de sabor amargo. También le dio a beber un poco de vino espeso y dulce de un pellejo. Sin hablar, fue a buscar algunas ramas y encendió una fogata con ellas.

—¿Quién eres? —se atrevió a decir la niña, una vez reconfortada—. ¿Un ángel?

—Alguien que se perdió hace tiempo como tú. ¿De dónde vienes?

—Vivo en el monasterio de Santa Afra, con mi hermano, Isembard. Me llamo Rotel.

Los ojos de la dama refulgieron un instante. Acercó su mano hasta la mejilla de la niña con gesto de pena infinita, pero en el último momento la retiró.

—Estás lejos de tu hogar —dijo la mujer, conmovida.

—Venía de la aldea y con la ventisca me desorienté. ¿Vives en esta cueva?

La dama señaló una cornisa cercana sobre la que descansaba una figura de arcilla con un tocado puntiagudo y un niño en brazos.

—Sólo vengo a realizar ofrendas a la Madre. Has tenido suerte, niña.

—¿Es la Virgen?

—Es la Madre —contestó orgullosa—. Si tu Virgen es la Madre, pues lo será también.

—Entonces, ¿esto es una ermita?

—Algo así... pero más antigua. Aquí han rezado hombres y mujeres desde siempre. En todas estas cuevas hay mucha gente enterrada, protegida por la Madre.

—Yo no tengo madre —indicó Rotel con voz triste—, pero sí un hermano, como te he dicho.

La mujer pareció estremecerse y la miró con una pena insondable.

—Sí la tienes, está ahí. Cuando te sientas perdida háblale. Ella cuida de su Creación. Pero debes entregar algo a cambio: unas flores trenzadas por ti, algo de grano, miel...

—¡Eres una hechicera! —exclamó Rotel, y se apartó de

ella—. Los monjes dicen que aún hay gente que cree en esas cosas. Me condenaré si te escucho.

La mujer esbozó una sonrisa desdeñosa.

—Recuerda que ha sido la Madre la que acaba de salvarte. Deberías darle las gracias. Quédate la capa, te protegerá esta noche y muchas otras. Mañana podrás llevarte la imagen, pero no hables de mí ni dejes que los monjes la vean.

La mujer la hizo recostarse en su regazo y la acarició hasta que Rotel se durmió profundamente. Había amanecido cuando se despertó al oír la voz angustiada de su hermano, que la llamaba desde el bosque nevado. Seguía cubierta con la capa, pero su dueña ya no estaba. Antes de responder a Isembard, escondió en la cueva la imagen de terracota. En primavera regresaría a por ella.

Sobrecogida por el recuerdo, Rotel se arrebujó en la misma capa, de la que ahora colgaban las bolsas con sus letales acompañantes, sus armas, y se acercó a la entrada de la caverna con luz. Al fondo vio a una mujer casi anciana sola frente a una pequeña hoguera. Llevaba el suficiente tiempo en los bosques para saber que en ellos no sólo habitaban animales.

—Dicen cosas horribles sobre ti, Rotel… Pero has vuelto. Acércate.

Se le erizó el vello al reconocer la voz. La recordaba radiante en aquella noche de ventisca; ahora tenía el pelo casi blanco y la espalda encorvada.

—¿Quién eres? —preguntó Rotel, perdida en su mirada profunda.

—Unos dicen que un hada o una *dona d'aigua*; los más supersticiosos, que un espíritu condenado; los monjes te dirán que soy una seguidora de la diosa Diana, una *striga*. —Se encogió de hombros, divertida—. Otras que ya murieron me enseñaron que los ríos hablan con las montañas, las fuentes con los árboles, los pájaros con el viento… Si quieres que tenga un nombre, llámame Ega. Ven, siéntate.

Ónix también hablaba de la naturaleza como algo vivo.

Aunque partían del mismo principio, el bestiario irradiaba tinieblas y Ega, luz. Aquello la intrigaba.

—No soy la niña que encontraste aquella noche.

—Eres Rotel de Tenes, y sé que tu hermano ha luchado contra esos que te siguen para que la Marca dejara de ser un lugar oscuro. ¿A qué has venido?

—Eran muchos más, pero Drogo de Borr, su propio señor, mandó matarlos —dijo sombría—. No sé por qué he dejado que me siguieran.

—No quieres verlos morir —dedujo Ega. Sus ojos azules y profundos brillaban intensamente—. Eres distinta a tu maestro, aún queda luz en ti. ¿Qué deseas para ellos? ¿Por qué los has traído aquí?

—Sólo los he alejado de aquella tierra maldita —expuso impasible—. Quizá en ésta tengan una oportunidad.

—¿Crees que los payeses de aquí los aceptarán? Lo que esos que te siguen hicieron durante décadas se sabe en toda la Marca, y pasarán generaciones hasta que todo se olvide.

—Entonces morirán —repuso colérica. No quería que la piedad la invadiese.

—Tienen el alma corrompida... Sin embargo, tú podrías guiarlos —dijo la mujer con cautela—. Podrías unir a los que quedan para que abandonen esa senda de destrucción.

—No me conoces. —Rotel levantó la bolsa en la que guardaba la cobra y ésta se movió en su interior.

—El bestiario era un extranjero hijo del dolor y el miedo. Tú sabes lo que es el amor por tu hermano. Has vuelto aquí, a tus orígenes, porque estabas perdida. La Madre quiere que los guíes de vuelta a sus orígenes pacíficos.

—Se comportan como bestias y han olvidado vivir de otro modo.

—Aun así, en su interior no desean eso para sus hijos —replicó Ega, asomada a la fría mirada de la joven; veía algo en ella—. Algunos no aceptarán pero muchos sí. A ti te conocen y te temen porque eres la discípula de Ónix, quizá el último bestiario de todo el orbe y la única capaz de forjar una alianza de clanes dispersos y enfrentados. Hay tierras incultas donde podrían establecerse.

Rotel comenzó a sentirse extraña. Las palabras de Ega penetraban en ella como la ponzoña; su efecto se sentía lentamente, y no era inmune a él.

—¿Me pides a mí lo que no han conseguido nobles y obispos?

—Eres la única persona que puede entrar en sus bosques sin que la claven en un árbol y aterrarlos lo suficiente para que se detengan a escuchar. —Ega meditó un instante—. A cambio, te mostraré cuanto sé sobre lo visible y lo invisible. Tuviste un maestro de la muerte, ahora tendrás una maestra de la vida.

Rotel sintió que le faltaba el aire y salió rauda de la cueva. Ega suspiró. Habría deseado contarle la vieja historia de una joven que huyó a los bosques por culpa de un marido cruel. También que años después sanó a un apuesto caballero de cabellos rubios que encontró malherido, al que entregó pasado un tiempo el fruto del amor de ambos, una niña, para que la protegiera en su castillo. No obstante, decidió que de nada servía remover el pasado. Tampoco fue capaz de decírselo aquella noche de ventisca, tras años de búsqueda, cuando Rotel la encontró a ella al refugiarse en la cueva de la Madre. Fue entonces cuando supo que aquella muchacha había heredado la esencia de su estirpe.

Rotel se detuvo en la oscuridad, aturdida. Algo en Ega la cautivaba. Existía un vínculo que no podía ignorar. Era una de esas mujeres solitarias que vivían en los bosques, unidas a la naturaleza y con creencias anteriores al cristianismo. Quería avanzar en los misterios del mundo, y era eso lo que la anciana le ofrecía a cambio de intentar convencer a los líderes de las hordas que había conocido con Ónix.

Azorada, buscó refugio en otra caverna situada un poco más arriba. Penetró hasta lo más profundo palpando las rocas en total oscuridad. Buscó un lugar seco y se sentó en silencio. Retazos de la conversación que acababa de mantener con Ega revoloteaban en su mente. Era un sicario, no un caudillo para liderar a gentes desarrapadas que se mataban entre sí.

Cuando perdió la noción del tiempo su mente se vació. La soledad y el silencio eran absolutos. Mucho tiempo después el ambiente cambió y creyó ver luces en las tinieblas. Siguió inmóvil, con los ojos abiertos. Percibió una presencia a su espalda. Casi podía notar el aliento frío del bestiario, y se le erizó el vello de la nuca.

—Maestro, estás aquí —dijo Rotel con la garganta seca.

—Sí, en el lugar más lóbrego me encontrarás siempre.

—Has escuchado a la mujer.

—Sí.

—¿Por qué me causa tanta angustia?

—No es angustia, es miedo.

—No tengo miedo. No siento nada.

—El día que eso sea cierto estarás en el infierno conmigo.

—No me interesa nada de Ega. ¿Por qué me lo pide a mí?

—Aunque ella es poderosa, no sería capaz porque sólo conoce la luz, y no basta.

—Soy una asesina.

—Lo eres. Conoces bien la oscuridad, pero ¿puedes conocer la luz?

La sensación de compañía desapareció. Hacía mucho frío y, entumecida, Rotel salió de la tenebrosa gruta. Necesitaba dormir; la aguardaba una tarea imposible que cumplir.

25

Servais, al norte de Francia,
24 de abril del año 865

Carlos el Calvo, rey de Francia, convocaba todas las primaveras una asamblea general a la que acudían los oficiales, condes, duques y marqueses del reino, así como también los obispos y los abates importantes. La inestabilidad interna y los ataques normandos obligaban al soberano a estar en constante movimiento por sus dominios; por eso la reunión se celebraba cada año en una ciudad distinta. En esas asambleas forjaba nuevas alianzas con la nobleza para aportar soldadas al ejército real, repartir señoríos y firmar acuerdos con la Iglesia.

Servais se encontraba cerca de la frontera con el reino de Lotaringia, próximo a Reims. Era un lugar boscoso, de un verdor exuberante en plena primavera. Tenía buena caza y hasta el más torpe de los nobles regresaba de sus batidas con alguna pieza. Eso les subía el ánimo y los hacía proclives a negociar. Un vasto campamento de tiendas de campaña rodeaba la población amurallada y se habían levantado gradas para los torneos en un campo despejado. Además de dirimir sobre las cuestiones del reino, había tiempo para la diversión, los banquetes y la forja de compromisos de toda clase.

Desaparecido Humfrid de Gotia, parte de los condados del sur, desde el Ródano hasta la Marca Hispánica, necesitaban nuevos condes. El territorio estaba sumido en una profunda crisis, con los cultivos yermos por falta de brazos y las poblaciones aisladas, presas del hambre y las epidemias.

Varios nobles se disputaban el honor, entre ellos uno poco conocido en la corte, Drogo de Borr, del que contaban grandes hazañas en la toma de Tolosa. Se decía que el bastardo de Rorgonis de Borr había logrado que el traidor Humfrid huyera hacia Italia presa de oscuros delirios, si bien la mayoría no daba crédito a tales afirmaciones y él lo negaba con rotundidad. Drogo sacaba a relucir su antigua condición de clérigo tonsurado, aunque ya no usara hábitos, para dar muestra de que era un buen cristiano. Pretendía Barcelona y el Rosellón. El rey parecía conforme, a pesar de su sangre ilegítima, siempre y cuando pagara los tributos que el anterior conde había dejado pendientes de saldar y de que hiciera una leva para reunir un ejército.

La asamblea, que como siempre duraría varios días, se celebraba en la pequeña iglesia de Servais. A ambos lados de la nave central, los próceres habían ocupado su sitio según la antigüedad y el poder de su linaje y, frente a ellos, habían tomado asiento los obispos y abates. En el presbiterio estaba el rey Carlos, su camarlengo Teodorico y el arzobispo Hincmar de Reims. Una cruz sobre el altar y la luz del sagrario recordaban que se hallaban bajo la mirada severa de Dios. El ambiente era lóbrego y cargado a causa de la multitud congregada.

Los escribas garrapateaban con rapidez los pergaminos que contenían las decisiones adoptadas. Todo debía quedar registrado: concesiones de tierras, exenciones y privilegios que ataban al monarca a sus vasallos a cambio de ejércitos y fidelidad. El imperio se desangraba al perder sus tierras fiscales a favor de la nobleza, pero sólo así Carlos podía seguir ciñendo la corona de oro que brillaba bajo las lámparas.

Drogo sonreía en la última bancada, ajeno al desprecio de las antiguas familias. El rey tenía que recurrir a los pequeños señores cuando las casas más poderosas habían consumido sus fortunas y sus soldadas en campañas anteriores. De poco valía un linaje legendario si nada más se podía aportar a la historia.

El documento por el que se concedía el condado de Barcelona y el Rosellón a Drogo de Borr estaba redactado. Las noticias de la Marca siempre eran confusas, y Carlos conocía bien la lista de condes que se rebelaron en el pasado. La lejanía y el escaso interés de la corte habían dejado aquel territorio aislado, pero el bastardo de Rorgonis de Borr había controlado el desgobierno tras la huida del vizconde Sunifred y, para ganarse el favor del soberano, había entregado cuatro libras de plata y objetos suntuarios ofrecidos por la ciudad. Aunque suscitara dudas, Drogo sería legitimado por sus méritos y lealtad a la corona.

Cuando el escriba entregó el documento para leer el nombramiento las puertas de la iglesia se abrieron y apareció un obispo con su mitra y el báculo. Su túnica oscura estaba sucia debido al largo viaje. Al llegar a los pies del presbiterio los lampadarios iluminaron su barba de varias semanas.

—¡Frodoí, obispo de Barcelona! —clamó al instante Hincmar de Reims, ceñudo.

Sabía que el prelado estaba cerca de Servais desde hacía días, pero no se había presentado aún en la asamblea. La entrada buscaba causar un efecto en el monarca y los prohombres del reino. Hincmar sonrió ante la audacia de su pupilo.

Los presentes lo miraban atónitos mientras presentaba sus respetos.

—Llegáis tarde —dijo el rey, molesto—. Me habría gustado contar con vuestro consejo, obispo, pues el nombramiento de Barcelona os concierne.

—Disculpad a este pobre clérigo. No me ha resultado fácil cruzar el territorio hasta Servais. Pero lo he hecho por una única razón.

Todos los presentes escuchaban atentos. Frodoí había enviado antes a Jordi con discreción y sabía muy bien en qué momento de la asamblea estaban. Se volvió con gesto exagerado y señaló a Drogo.

—Aunque mandé cartas en las que os comunicaba que aceptaba que Drogo ocupara el cargo de vizconde Barcelona durante unos meses, cierta información obtenida con posterioridad demuestra sin lugar a dudas que el bastardo de Rorgonis de Borr no puede ser conde de la Ciudad Coronada, pues usurpó con sangre el gobierno que el vizconde Sunifred custodiaba de manera interina.

—¡Eso es falso! —tronó el aludido, ya en pie—. ¡Sólo murieron traidores al rey!

—¿Seríais capaz de jurarlo ante Dios? —lo retó Frodoí vehemente.

Se desataron los comentarios. Ya no se hablaría de otra cosa en el campamento.

—¡Silencio! —ordenó el monarca—. Esperad vuestro turno, Drogo de Borr.

—Graves son las acusaciones, obispo Frodoí —intervino Hincmar, interesado. Lo conocía bien y sabía que tramaba algo—. ¿Tenéis con qué sustentarlas?

—Sí. Mi acusación es formal —afirmó el aludido con un talante impropio de su edad.

Era uno de los prelados más jóvenes y su osadía dejó a todos desconcertados. Si no era capaz de fundamentar la acusación, sería su fin en la curia del reino.

—¡Esto es una infamia! —gritó Drogo al tiempo que salía al pasillo central del templo—. Si entré en Barcelona fue para contener la revuelta del godo Guisand, que había introducido armas en la ciudad. ¡Las encontré ocultas en una taberna!

La asamblea murmuraba; la Marca hedía a podredumbre y traición.

—¡Soy el obispo de Barcelona y por el poder de Dios digo que eso no es cierto!

Drogo sonrió desdeñoso.

—¡Habla un prelado culpable de adulterio con una noble casada llamada Goda!

Frodoí palideció. Alguien había revelado su mayor secreto a Drogo, lo que significaba que sus espías estaban más cerca de él de lo que había imaginado. Los obispos prorrumpieron en chillidos de escándalo al oír hablar de adulterio, aunque en sus tiendas los aguardaban esclavas y concubinas. Desde el pórtico, Servusdei miró a Jordi con el semblante pávido, pero Frodoí se repuso y simuló no sentirse afectado. Hincmar lo contemplaba con extrema gravedad.

—¿Es eso cierto, Frodoí?

—Soy un hombre de la Iglesia fiel a sus votos, arzobispo. ¡Que lo demuestre! —Miró a Drogo con expresión desafiante—. Por desgracia, el esposo de Goda, Nantigis de Coserans, no podrá testificar pues este hombre lo asesinó con sus propias manos.

Drogo buscó su espada de manera inconsciente, pero todos estaban desarmados. Hincmar señaló a Frodoí con un dedo autoritario.

—Dos hombres temerosos de Dios deben dilucidar tan graves acusaciones y pecados en un juicio.

—Probaré las mías ante la autoridad de un tribunal eclesiástico —dijo Frodoí.

Los obispos y consejeros reales hablaron en el presbiterio. El prelado de Barcelona había provocado esa situación con la intención de que no tuvieran demasiado tiempo para meditar. El acuerdo fue unánime: Frodoí era obispo y Drogo fue ordenado sacerdote tiempo atrás, de modo que competía a la Iglesia juzgar la cuestión.

—Drogo de Borr —pidió inquisitivo el arzobispo Hincmar—, ¿qué decís?

El hombre miraba su nombramiento sin firmar y temblaba de ira.

—Acepto, pero mis clérigos estarán presentes en la elección de los jueces.

—Así sea —indicó el arzobispo y consejero real con la venia del monarca—. Que se posponga pues el nombramiento del conde de Barcelona hasta que un tribunal de siete jueces de la Iglesia dirima la cuestión. Será dentro de dos días.

El rey se levantó disgustado. Esa inesperada cuestión alteraba sus planes, pero quería una Marca pacificada. Los señaló ceñudo.

—Uno de los dos saldrá de aquí desposeído de honores y humillado.

Frodoí efectuó una reverencia y Drogo abandonó la iglesia maldiciendo.

Mientras Frodoí intervenía en la asamblea los hombres del capitán Oriol habían levantado una pequeña tienda para el obispo en un extremo del campamento. El prelado se deshizo de algunos nobles curiosos que querían saber más del asunto y entró con el capitán y sus dos clérigos. Servusdei estaba pálido.

—Dos días —dijo Frodoí nervioso. Allí no debía simular una firmeza que no tenía—. ¿Lograrás que no se sepa nuestro plan, Oriol?

Estaban próximos a los dominios de la casa Rairan, el linaje de Frodoí.

—Vuestra madre los ha alojado en su torre de Autreville, muy cerca. Pero temo por vos, obispo. Drogo está furioso y puede que no espere al juicio para haceros callar.

—¿Cómo ha descubierto lo de Goda? ¡Abre los ojos, Oriol, hay un traidor entre nosotros! —le espetó disgustado. No había esperado aquel revés, pero ya era tarde—. En cualquier caso, eso no es lo que debe preocuparnos ahora, ¿no es cierto, Servusdei?

—De ese asunto responderéis ante Dios —aseveró el anciano. A pesar de que conocía los actos de su obispo y los reprobaba, se debía a su voto de obediencia.

Frodoí inspiró varias veces para recuperar el aplomo. Su hogar no estaba lejos, y deseaba abrazar a su familia. Sin embargo, no lo haría antes de intentar dar un giro a la situación. Lo había urdido todo con Servusdei tras encerrar a Isembard y escuchar su relato. De momento había logrado que se convocara el juicio eclesiástico.

—¡No deben ser vistos! —Puso las manos sobre los hombros de Oriol—. Que nadie se emborrache ni vaya a los prostíbulos de Servais. Un error, y fracasaremos. No pierdas de vista a Jordi y a Servusdei. —Los miró adusto—. Id juntos siempre y con escolta.

—¡Sólo somos cuatro soldados contra los treinta que tiene acampados Drogo cerca de aquí! —se lamentó Oriol—. ¿Cómo protegeros también a vos?

—Tu misión es cuidar de los demás. Dios me protege. Marchad, debo hacer algo.

Oriol puso los ojos en blanco y calló. Los clérigos se miraron. Nunca habían conocido a nadie así; Frodoí había perdido el juicio. Estaría allí solo, a merced de Drogo.

Al caer la tarde comenzó a llover y Frodoí abandonó la tienda con un pequeño fardo en la mano. A su alrededor veía esclavos y siervos que preparaban la cena de sus señores. El humo de las fogatas le llevó aromas de carne asada y se le contrajo el estómago. Necesitaba descansar, pero tenía que ver a alguien: su garantía de vida.

Carlos el Calvo se había alojado en un torreón a la entrada de la ciudad. Lo vigilaba su *scola* compuesta por una cincuentena de hombres con sus distintivas capas blancas, la guardia personal del monarca, así como una unidad de la *scara*, los caballeros de élite del reino.

—No podéis hablar con el rey hasta después del juicio —indicó un capitán al reconocer al obispo.

—En realidad, vengo a visitar a la reina Ermentrudis. Le traigo un presente.

Uno de los soldados entró en la torre y regresó al momento. Acto seguido acompañó a Frodoí por una estrecha escalera hasta una cámara. El obispo de Barcelona se creyó en el paraíso. La estancia estaba cubierta de alfombras y pieles. Al fondo ardía un fuego y olía a canela, una rara especia que no habría encontrado en el pobre mercado de su ciudad. La reina rezaba arrodillada ante un crucifijo policromado con un Cristo de gesto iracundo.

Ermentrudis de Orleans tenía dos debilidades, según sabía Frodoí por su madre: la religión y los bordados. Le presentó sus respetos y le mostró el mejor mantel de altar bordado de su sede episcopal. La reina se deshizo en halagos. Frodoí sugirió que quedaría digno en el que ella tenía para rezar y lo colocaron juntos. El encuentro había comenzado bien.

La hija del conde Eude de Orleans tenía cuarenta años y llevaba algo más de veinte casada con Carlos, al que había dado nueve hijos. Era una noble educada para forjar alianzas entre grandes familias y conocía el papel que debía desempeñar, madre de reyes e impulsora de varias abadías. La familia de Frodoí había contribuido en la ampliación de la abadía de Nôtre Dame en Chelles, donde Ermentrudis se alojaba cuando su esposo estaba en las campañas militares, de modo que la reina tenía un buen concepto de la casa Rairan.

—Mis damas no hablan más que de vos, Frodoí. Nadie se explica cómo habéis cruzado Francia sin que nadie trajera la noticia.

—Disculpad mi aspecto. Ha sido un viaje penoso. Nos conducían pastores de la zona por viejas sendas, entre riscos y espesos bosques. La fuerza de Dios me guía para decir la verdad ante el rey.

—Como obispo, sólo deberían preocuparos los asuntos de Dios —le advirtió ella, cauta. Estaba cansada de aduladores y pedigüeños.

—Es Él quien me ha mostrado una Barcelona erizada de campanarios y grandes palacios, donde sus habitantes serán nobles, mercaderes y artesanos que comerciarán en un puerto lleno de galeras y naves de todos los confines. Una ciudad destinada a vivir mil años más, bendecida por Cristo.

—Hermosa visión, sin duda provocada por ángeles.

—Así lo creo. Aunque a menudo se oscurece; veo su muralla derruida y en su interior sólo huesos resecos. Por eso estoy aquí.

Frodoí hablaba bien, pero la reina no se impresionaba con facilidad.

—Dios hablará por boca de los jueces, no por la mía, obispo.

—Lo sé, mi señora.

—Entonces, ¿qué deseáis?

—Únicamente presentaros mis respetos, sobre todo por mi

madre, a la que llevo años sin ver. Os tiene en gran estima y reza siempre por vos.

Eran pocos los que se acercaban a ella sin pedirle que mediara en sus asuntos ante el soberano, y Ermentrudis se alegró.

—Ahora podéis aprovechar el viaje para visitarla.

—No creo que salga vivo de aquí después de ofender como lo he hecho a Drogo, ni siquiera aunque Dios me dé la razón. Sólo os pido que recéis por mi sede y que el rey no olvide la Marca. —Frodoí se inclinó reverente y se dispuso a salir—. Habéis fundado abadías y sido generosa con la Iglesia, por eso tendréis un sitio de honor en el cielo.

Ya en la puerta, Ermentrudis lo llamó. Frodoí, de espaldas, cerró los ojos.

—Obispo, no influiré en el juicio. Aun así, os garantizo que escucharéis la sentencia y luego asumiréis el honor o la desdicha que os depare. Hasta entonces tendréis protección.

—Me limito a cumplir la voluntad de Dios. Confío en Él.

—Os presto mi escolta, pero no tentéis a la suerte.

Frodoí abandonó la torre y, al momento, una docena de soldados de la *scara* lo flanqueó en silencio. Ya en su tienda sonrió: dos días, sólo necesitaba eso.

Isembard miraba el salón donde se hacinaba el grupo de casi cincuenta hombres que Frodoí había logrado llevar a Servais con discreción por caminos secundarios. Había payeses de la nueva aldea de La Esquerda, algunos godos de la pequeña nobleza local y artesanos de Barcelona. Pensativo, se dedicaba a pincharse cuidadosamente las ampollas de los pies con hebras de lino para vaciarlas. El viaje había sido un calvario. Frodoí lo había costeado con dinero destinado a la construcción de la nueva catedral y, si bien no les habían faltado comida ni mantas, a pocas horas de llegar los había encerrado en una vieja torre de su familia. Sabían que se dirigían a Servais, en el otro extremo del reino, pero el obispo se guardaba el motivo.

Como a los demás, a Isembard le sorprendía la tenacidad

del prelado. Iba a enfrentarse a Drogo con alguna argucia. Él, por su parte, tenía sus propios planes. Acabaría con el noble en cuanto tuviera la oportunidad, para vengar a sus maestros, por eso había aceptado, sumiso, ir a Servais. Una vez allí, sólo debía apoderarse de una espada y llegar al campamento. El rey no lo perdonaría, pero no le importaba, sólo era el antiguo siervo de un monasterio.

Oriol entró y se hizo el silencio.

—Ha llegado el momento. Jordi y Servusdei os explicarán por qué el obispo os ha traído. Tenemos dos días para que todo salga como él espera.

—¡Salvo en las misas, apenas ha hablado! —gritó un payés, enojado.

—¡Obediencia, amigo! Has sido compensado con generosidad.

—No confío en que pueda detener a Drogo con palabras de clérigo —dijo Isembard al capitán—. Yo mismo acabaré con él en cuanto salga de aquí.

Oriol se acuclilló ante el joven.

—Guisand te hizo un guerrero y aseguraba que tienes el ánimo de tu padre, un gran líder, pero esto no son los páramos despoblados del condado de Barcelona, sino un lugar más peligroso. Frodoí te ha traído para mostrarte los verdaderos combates de la nobleza. Aquí comenzará tu *cursus honorum* si eres capaz de comprenderlo.

Le gustaba Isembard, tenía arrojo, pero aún le quedaba mucho que aprender.

—No recuperé Tenes, así que de poco servirá el testimonio de un siervo fugitivo —se lamentó Isembard—. Sólo el hierro puede enderezar este camino.

—Además de saber manejar las armas, debes aprender a discernir. Estás bajo la custodia de Frodoí, y si intentas algo la ira del rey caerá sobre él pues no se permiten reyertas durante la asamblea. ¿Cómo crees que podrán todos éstos regresar a su casa sin el obispo? —Al verlo dudar sonrió afable—. Tengo algo que mostrarte.

Oriol regresó con la espada de Guisand de Barcelona envuelta en un paño de lino.

—Dentro de dos días, cuando termine el juicio, yo mismo te la devolveré. Hasta entonces obedecerás al obispo. Límpiate y recórtate esa fétida barba. Conociste bien a Guisand. Sólo se precipitó una vez, cuando quiso tomar Tenes con un puñado de caballeros y halló la muerte. Confía en Frodoí, es un guerrero como nosotros aunque sus armas sean la lengua y esa mente retorcida suya.

26

El inesperado juicio levantó gran expectación entre los asistentes a la Asamblea de Servais. El tribunal, compuesto por siete jueces y presidido por Hincmar, había sido seleccionado con minuciosidad, en presencia de Servusdei por parte de Frodoí y de Berengario, un benedictino que Drogo escogió a cambio de una generosa donación.

Hincmar celebró la misa en el ambiente lóbrego del templo, y habló con pasión sobre la cólera de Dios y los castigos reservados a los calumniadores y traidores. Al finalizar, el tribunal rezó ante la cruz y ocupó sus sitiales. El rey y la reina tenían reservado el lado del Evangelio, muy pendientes de lo que ocurría. Sobre un cojín, a sus pies, estaban las *iura regalia*: el cetro, la corona y la espada, símbolos de la monarquía carolingia. Drogo vestía el hábito clerical tras años de renuncia y Frodoí, una sencilla túnica negra, sin los ornamentos de su cargo. Ambos juraron acatar el fallo de la sentencia ante la gruesa Biblia de Carlos el Calvo, con cubierta de madera y joyas.

Un canónigo leyó las formalidades y las alegaciones de las partes. Frodoí acusaba a Drogo de usurpar el condado de Barcelona sin la venia del rey franco, y Drogo lo señalaba como adúltero, lo que implicaba ser depuesto de su cargo eclesial y excomulgado.

Frodoí no se inmutó ante el alegato de Berengario cuando éste detalló el inestimable papel que Drogo había desempeñado contra la rebelión de Humfrid de Gotia, ni cuando el benedictino dio escabrosos detalles de su vergonzosa relación con Goda de Barcelona, viuda de Nantigis de Coserans. Hincmar tuvo que imponer su autoridad y amenazó con vaciar el templo si no se mantenía el silencio. Al terminar, Frodoí, que se esforzaba por mostrarse sereno, hizo una señal a Servusdei para que iniciara su intervención.

—Miembros del tribunal eclesiástico —comenzó el anciano monje—, no existiendo prueba plena de las acusaciones contra el obispo Frodoí, con toda humildad y ante Dios misericordioso, invoco lo que la Santa Madre Iglesia acordó en el concilio celebrado en tiempos del papa Silvestre, del siglo IV. —El monje entregó al tribunal una copia del concilio.

De nuevo el templo bulló mientras los clérigos expertos en derecho canónico discutían para intentar determinar a qué concilio se refería. Los rostros mudaron al desconcierto. Berengario miró a Servusdei intrigado.

—Este concilio es muy antiguo. ¿Aún sigue vigente?

—Con él se condenó al pontífice Marcelino, según aparece en el Concilio de Sinuesa. Consultadlo, si lo deseáis, en las compilaciones de derecho, *frate* Berengario. Si alguno de los jueces duda de su validez podrá aportar el concilio que declara nulas las prescripciones; en otro caso, ésta es la voluntad de la Iglesia desde hace siglos.

Hincmar se irguió, pálido.

—Según el concilio de Silvestre, no puede condenarse a un obispo sin la prueba de setenta y dos testigos, ni a un presbítero sin la de cuarenta y cuatro.

Servusdei asintió con una sonrisa. Aún recordaba la cara exultante de Frodoí cuando le mostró los viejos concilios rescatados del archivo episcopal.

—Éstos son los testigos que el obispo Frodoí aporta contra el clérigo Drogo.

Las puertas se abrieron y, ante el estupor de la muchedumbre, cruzaron el pasillo central cuarenta y tres hombres libres de Barcelona y los valles del condado. Fue el rey quien tuvo que vociferar para llamar a la calma. La reina miraba atónita al obispo, al que había protegido. Sabía por sus soldados que habían intentado asaltar la tienda de Frodoí al menos tres veces, pero se había cuidado de decirlo.

Servusdei entregó a los escribas y los jueces una relación de los títulos de propiedad, alodios y casas que poseían.

—¡Falta uno! —gritó un escriba.

Servusdei engoló la voz para que el vistoso plan que Frodoí había urdido operara todo su efecto:

—Isembard II, hijo legítimo de Isembard de Tenes, quien fue vasallo del conde Sunifred de Urgell y la Cerdaña, así como Caballero de la Marca por juramento ante el emperador Luis el Piadoso, defendió a los colonos llevados para repoblar el condado de Barcelona y, con su sangre, ha protegido a vuestros súbditos, rey Carlos, como hizo su honorable padre.

Así fue como aquel joven obispo al que enviaron a Barcelona para condenarlo al olvido regresaba con fuerza a la *res publica* del reino de Francia. Ante el estupor general, un joven ataviado como un soldado recorrió el pasillo central. Isembard estaba sobrecogido ante la solemnidad del momento. Pronto comenzaron las exclamaciones en las gradas; su aspecto y la melena rubia eran inconfundibles para los nobles más veteranos, incluso para el soberano, que conoció a su padre. No necesitaron ningún documento para reconocer en el apuesto Isembard el linaje de Tenes, que se creía extinto. Una leyenda regresaba de las brumas del pasado.

—¡Silencio! —exigió Hincmar puesto en pie—. Drogo de Borr, ¿podéis aportar setenta y dos testigos que depongan contra el obispo?

El aludido sabía que el tribunal jamás admitiría como tales a sus mercenarios. Además, los próceres de la asamblea lo veían como el siniestro bastardo de Rorgonis de Borr.

Berengario hizo un gesto de impotencia. Drogo estaba atrapado en la traicionera trampa de Frodoí.

—¡Necesito tiempo para reunirlos! —exclamó.

—La asamblea no puede demorarse —rehusó el rey.

Frustrado, Drogo se abalanzó sobre Frodoí, pero los guardias del monarca lo redujeron.

—¡Maldito seas, obispo!

Las horas siguientes pasaron escuchando las consignas que Jordi y Servusdei pusieron en boca de los testigos. Sin fisuras, éstos tejieron una versión ampulosa de los crímenes de Drogo en el lejano condado, y hablaron de una ciudad sometida al saqueo y a los abusos de sus mercenarios. No obstante, la clave fue Isembard. Juró sobre los Evangelios haber hallado el cadáver de Sunifred, el vizconde de Barcelona, en la fortaleza de Drogo de Borr, y añadió que este último lo había asesinado para apoderarse de una urbe sin gobierno legítimo. Isembard era el hijo de un respetado caballero del pasado y nadie dudó de su testimonio.

Drogo, sin permiso, habló a voz en grito de un siervo huido de un monasterio, pero nadie le prestó atención. Aquel joven era la viva imagen de su padre, y varios nobles amenazaron de muerte a Drogo si profería una nueva ofensa contra el descendiente de Tenes. Frodoí sonreía vanidoso. Esperaba esa reacción. El escándalo que se formó apenas permitía oír al testigo, pero los jueces se miraban ansiosos por terminar. El veredicto no admitía discusión. Drogo no podía ser el representante del rey en ningún condado.

—Esto no ha terminado, Frodoí —siseó Drogo rodeado de miembros de la *scola*. Se volvió hacia Isembard—. No pienso caer solo. ¡Maldito seas!

El destino del traidor quedó pendiente. El rey quería zanjar los nombramientos y las contraprestaciones a la corona, por eso reanudó la asamblea esa misma tarde. Frodoí y su gente aguardaban expectantes en la plaza hasta que las campanas comenzaron a tañer. El primero en salir fue un apuesto muchacho algo más joven que Frodoí, con una armadura elegante, seguido por un séquito de clérigos y hombres armados. Levantó el título y un paje a su lado vociferó con orgullo:

—Bernat, hijo de Bernat de Poitiers, conde de Auvernia y descendiente de la noble casa de Rorgon de Maine por linaje materno, desde hoy marqués de la Gotia y conde de Narbona, Béziers, Magalona, Agde, Nimes, Rosellón y Barcelona. ¡Larga vida a Bernat de Gotia!

La plaza estalló en vítores. Frodoí miró con los ojos entornados al nuevo señor, miembro del poderoso linaje franco de los rorgonidos. Sin hacer méritos y por intereses del rey, el joven concentraba en sus manos un vastísimo territorio al sur de Francia, desde el Ródano hasta la Marca Hispánica. Había conseguido apartar a Drogo, pero el reciente conde era una incógnita que debía desvelar sin demora.

—¿Éste era vuestro plan desde el principio?

El obispo se volvió hacia Isembard. Vio que pendía de su cinto la espada de Guisand. A su lado, Oriol los miraba confiado y se relajó.

—Las espadas era inútiles —explicó Frodoí—. Drogo era tan poderoso que nada más cabía derrotarlo en un juicio ante el rey, Isembard. La clave eras tú, no sólo por haber visto el cadáver del vizconde Sunifred, sino porque eres Isembard II de Tenes. Cuando has entrado todos estos nobles han creído ver un fantasma, si bien honrado como un héroe. Pero no te he traído únicamente por eso. Tus maestros Guisand, Inveria y Nilo te enseñaron todo lo que pudieron del arte de las armas, pero eran montaraces caídos en desgracia. Tú debes ir más allá, así lo deseaban ellos y sé que nos bendicen desde el cielo. —Le puso las manos en los hombros. Era momento de forjar nuevas alianzas—. Si me eres fiel desde ahora, en esta asamblea lograré que el rey te nombre caballero. Yo costearé tu caballo y las armas. Serás un noble sin tierra, pero gozarás del respeto del soberano si le juras fidelidad por la memoria y el honor de tu padre.

Isembard sintió que en su interior se escurría la viscosidad oscura que envolvía su alma. Estaba sorprendido; Frodoí le ofrecía recuperar la dignidad de la casa de Tenes. Asintió con la cabeza, convencido de lo que deseaba, pero antes de que comenzara a hablar apareció el poderoso Hincmar de Reims a su espalda.

—Ahora sé por qué te escogí, joven obispo —dijo mirando a Frodoí.

Iba con su séquito. Frodoí besó su anillo y se dejó tomar del codo cuando Hincmar lo apartó del bullicio en plena celebración y lo condujo al cementerio situado tras la iglesia de Servais. Entonces el arzobispo le habló con libertad:

—Has sido hábil al invocar el falso concilio de Silvestre. ¿Ha sido idea tuya o de Servusdei?

—Mi señor... —Ante Hincmar no valían argucias fútiles.

—Sé que es falso, como lo es también que se condenara a un papa por el testimonio de setenta y dos testigos, aunque el Concilio de Sinuesa sí fue real. Las compilaciones están llenas de concilios y decretos ficticios.

—¿Por qué no lo habéis denunciado? Me habrían excomulgado.

—No sé si Drogo es un usurpador o exageraste, pero tiene el alma negra y ya hay demasiada oscuridad en la Marca. Ahora deberás controlar a Bernat. Ese joven no es como su padre, es temperamental y muy ambicioso.

—¿Cómo ha logrado tantos territorios?

—Su familia ha prometido doblar los tributos y las tropas para el rey. Es una incógnita cómo gobernará, pero este año termina la tregua que el conde de Urgell firmó con el emirato de Córdoba, tras la rebelión de Humfrid. Bernat debe negociar la prórroga, y su necedad podría provocar, en cambio, una guerra. La ambición y la lujuria son sus debilidades. Aunque de eso último hay más en Barcelona.

—Arzobispo, yo... —Frodoí no halló palabras que lo excusaran.

—También fui joven, no necesito setenta y dos testigos para ver lo que delatan tus ojos. —Lo miró adusto—. Has vencido a Drogo, pero se ha revelado tu debilidad. Has de velar por tu rebaño, Frodoí. Olvida a esa mujer o tendrás problemas para mantenerte en la cátedra del obispado.

Frodoí bajó la mirada mientras su alma se desgarraba.

—Muchos prelados tienen amantes —replicó osado.

—¿Vas a cuestionarme? —Los ojos de Hincmar destellaron coléricos—. ¡Escoge entre siervas o esclavas si la oración no aplaca tu ardor juvenil, pero nunca una noble!

Frodoí se sintió frustrado. Podía sortear cualquier obstáculo menos al poderoso Hincmar de Reims.

—La amo, arzobispo. No tengo control sobre ese sentimiento.

—¡Maldita sea, Frodoí! Eres tan inteligente como necio. ¡Ya no eres un joven obispo olvidado por todos! Hoy hemos visto un triunfo de la Iglesia, ¡tu triunfo!, y Barcelona recibe otra oportunidad. ¡Si no renuncias, tus adversarios te hundirán sin piedad!

—Lo hice por la ciudad y también por ella, para salvar a su hija de Drogo.

—Pues lo has logrado y has ganado prestigio en la curia, algo que también deseas, ¿no es cierto? Sin embargo, hay un precio que pagar. Tienes obligaciones más importantes al frente de la Iglesia en Barcelona y un conde díscolo al que controlar. —Al ver la resistencia en la mirada de Frodoí su gesto se agrió—. ¡Aparta de ti a esa dama o yo mismo me encargaré de que te excomulguen!

El desaliento invadió a Frodoí. Hincmar no hablaba nunca en balde. Era el consejero más próximo al rey y confiaba en él, pero le exigía un duro sacrificio.

El arzobispo vio su dolor y le apretó el hombro.

—Sólo quiero que mantengas fría la cabeza ahora que tu sede más lo necesitará. Los rorgonidos son codiciosos, y te aseguro que se avecinan nubes negras.

27

Frodoí adquirió varias ovejas y esa noche ofreció un banquete a los hombres que había llevado consigo a Servais para testimoniar en su favor. El día siguiente se celebraría una solemne eucaristía oficiada por más de treinta obispos y se armarían caballeros a los hijos de varios nobles. Entre ellos estaría Isembard. Dos días más tarde, tras el tradicional torneo, la asamblea quedaría clausurada y regresarían a Barcelona con las huestes del nuevo conde, Bernat de Gotia. Había imaginado durante semanas los ojos de Goda llenos de gratitud cuando le devolviera a su hija; ahora la idea le resultaba agónica.

Por su condición, el obispo tuvo que asistir al festejo del rey y llevó con él a Isembard II de Tenes, a quien todos querían conocer. El soberano había accedido a los efusivos elogios de Frodoí para armarlo caballero.

Estaban bajo un entoldado que cubría toda la plaza ante la iglesia. Frodoí se acercó a la reina a fin de agradecerle su protección. Ermentrudis aún no salía de su asombro, pero Frodoí eludía el tema del juicio pues no convenía que nadie escarbara demasiado. Saludó a sus parientes de la casa Rairan y durante horas se sintió de nuevo en su hogar.

Poco antes de terminar la velada se reunió con Bernat de Gotia, quien había pasado la noche flirteando sin disimulo con las hijas de varios nobles, algunas de ellas casadas, mientras los hombres contenían su ira para que el banquete no acabara en tragedia.

El papel del rorgonido en la lucha contra Humfrid era objeto de acalorados debates, pero tenía un ejército numeroso y el rey necesitaba soldados. El nombramiento había sido una jugada estratégica de Carlos el Calvo y nadie en su sano juicio se atrevería a cuestionarla en público. Esa noche Bernat de Gotia era el joven casadero más codiciado del reino. Estaba comprometido desde la infancia, si bien todo podía arreglarse con un buen acuerdo y varias familias querían aprovechar esa posibilidad, aunque alguna doncella de buena cuna perdería esa noche la virtud a cambio de promesas fútiles.

El joven Bernat miró a Frodoí con curiosidad y apuró su copa de vino.

—Me habéis sumado dos condados más, os lo agradezco.

—El reino no puede sustentarse en mentiras, conde. Ha sido la voluntad divina.

Bernat de Gotia se echó a reír y le palmeó el hombro. En realidad miraba a dos muchachas que aguardaban su turno unos pasos más allá. Frodoí ansiaba regresar con los suyos, pero el conde aún le aferraba el hombro, sin duda para no trastabillar.

—El rey ha puesto la vida de Drogo en mis manos. He tenido una interesante conversación con él. —Sonrió al añadir—: De franco a franco. ¿Cuántas torres tiene la muralla?

—Setenta y seis, mi señor —respondió Frodoí, intrigado.

—¿Serán bastantes para colgar a todos los desleales a Francia?

El obispo se estremeció.

—¿No os habéis preguntado por qué el rey Carlos ha nombrado para la Gotia a un rorgonido? —siguió vanidoso—. Drogo ha cometido un crimen execrable, pero el gran problema de aquella tierra son los godos y su hostilidad hacia quien los gobierna. Ahí está el origen del caos que yo me encargaré de erradicar.

—Los habitantes de Barcelona tratan de sobrevivir en la oscura frontera —replicó el obispo con firmeza. Él era el equilibrio de poder frente al conde.

—Lleváis años allí y estáis muy unido a esa gente —dijo

Bernat con desdén—. Olvidáis los graves peligros del reino, los normandos y las conjuras de los parientes del monarca en los reinos vecinos. La Gotia está revuelta desde hace demasiado tiempo por la traición de Humfrid, y ya es hora de que soporten el peso de la corona... o caigan aplastados.

—Mi señor, todavía desconocéis los peligros de la Marca Hispánica.

Bernat no escuchaba.

—Drogo me ha implorado clemencia ante el rey a cambio de fidelidad, castillos, rentas y soldados. —Bajó la voz—. ¿Serán los godos tan sumisos y generosos?

Frodoí se enfureció; el nuevo conde de Barcelona era unos años más joven que él, hijo de un linaje ascendente, que aún no conocía la humillación ni la derrota. Siseó entre dientes:

—A Drogo lo ha condenado la Iglesia. ¿No albergáis temor de Dios?

—Será castigado como todos los que durante años han desafiado el poder de los francos. El propio Drogo me ha dado varios nombres. —El vino le aflojaba la lengua y se reía de Frodoí—. Con lo requisado saldaré la deuda con el rey por obtener la Gotia y armaré un ejército mayor para la casa rorgonida.

Frodoí se sintió fracasado. Ése era el único interés de Bernat, esquilmar a sus vasallos para engrandecer su casa. En verdad la Marca Hispánica era una tierra maldita y olvidada. De nuevo el soberano se desentendía entregando el poder a cambio de monedas y soldados. Sin duda Drogo le habría hablado de Goda y de algunos miembros del consejo.

—¿No estáis conforme con la voluntad de vuestro nuevo conde, Frodoí?

—Mi misión es cuidar de las almas. —Veía a Bernat ebrio y hostil. Ya lo detestaba. No obstante, fue cauto—. Barcelona es sólo una pequeña ciudad de campesinos rodeada de grandes yermos despoblados. Lo que necesita son brazos fuertes y esperanza, no arcas vacías y muertos colgados en las torres.

El joven Bernat encajó el comentario con una sonrisa gélida.

—¡Sé cuál es mi cometido, obispo! —Lo abrazó ante los

presentes y le susurró al oído—: Decidme, obispo, ¿es cierto vuestro devaneo con esa noble, Goda de Barcelona? —Estalló en una carcajada al ver que Frodoí se agitaba—. Ya me encargaré de averiguarlo... —Su sonrisa desapareció y se inclinó de nuevo para musitarle una advertencia envenenada—: Haréis bien si en adelante os ceñís a las almas. Si faltan torres y os interponéis en mi camino, levantaré una más para vos, vuestra amante adúltera y su hija.

Bernat se apartó de Frodoí y se fue hacia las doncellas. Al momento, todas rieron cantarinas. El obispo se pasó las manos por el rostro, tratando de que otros no vieran su tribulación. El avezado Hincmar tenía razón al afirmar que ahora nobles y obispos conocían su punto débil: Goda. Bernat no dudaría en doblegarlo usándola. Estaba furioso. Amenazar así a un prelado de la Iglesia evidenciaba lo necio que era el nuevo conde de Barcelona. El rey se había equivocado al escogerlo y se arrepentiría, pero los que realmente estaban en peligro eran su amada, su hija y otros fieles. Debía protegerlos del poderoso Bernat de Gotia.

Aturdido ante la situación, vio a Isembard reunido con Carlos el Calvo. Hacia allí acudieron miembros de la familia bosónida de Provenza y Borgoña, uno de los linajes francos más antiguos, parientes de la controvertida reina Teutberga de la que el rey Lotario II quería divorciarse. El joven de Tenes era valiente y noble, pero se había criado en un monasterio y entrenado con viejos montaraces. No estaba preparado para enfrentarse a los lobos de la corte y se acercaban los más peligrosos. Aun así, decidió aguardar un poco para no parecer que iba en su rescate y humillarlo.

Isembard se había separado de Frodoí tras presentar de nuevo sus respetos al rey. Carlos quiso escuchar su historia tras la muerte de su padre. Durante años se había especulado sobre lo ocurrido, pues del tiempo de Guillem de Septimania sólo circulaban oscuras leyendas. Hasta ellos se acercó Bivín de Vienne, conde de las Ardenas, con sus hijos Bosón y Riquilda.

Isembard se inclinó cortés ante el noble. Al acercarse a Riquilda se sintió cohibido por la hermosura de la joven. Nunca había visto a una mujer tan elegante. Tenía veinte años, y por su condición de soltera lucía una melena hasta la cintura, de color rojizo, con trenzas y flores. El brial rojo de seda bizantina que vestía resaltaba su figura. El rey Carlos tampoco apartaba los ojos de ella. Su piel parecía no haber visto jamás el sol y desprendía un agradable y sutil aroma que los embargó.

—Es ámbar, mi señor —dijo recatada, consciente del efecto que causaba.

—¡Riquilda es la mujer que mejor huele del reino, Isembard! —exclamó el rey con descaro por efecto del vino.

Todos rieron el comentario excepto la reina Ermentrudis, que permanecía unos pasos alejada, con sus damas. Su oscuro vestido, aunque ampuloso, no podía ocultar los nueve embarazos que había tenido, como también eran patentes sus ojeras debidas a los sinsabores padecidos a causa de su esposo.

—El sentido del olfato es el menos engañoso, en opinión de los sabios —musitó Riquilda, que desprendía sensualidad—. El olor insinúa lo que una dama se reserva.

Carlos se ahogaba en el deseo, pero ella, con falso pudor, fue a saludar a la reina. A pesar del gesto tímido irradiaba suficiencia. A Riquilda le gustaba dominar a los hombres con su implacable seducción. Mientras hablaba con las acompañantes de Ermentrudis, el rey dejó de relamerse y se volvió hacia Bivín.

—No entiendo cómo aún no la habéis casado...

—Es el unicornio blanco, mi señor —intervino con orgullo el hermano de la joven, Bosón—. Será para el héroe que la merezca.

El soberano no encajó el petulante comentario y señaló a Isembard.

—¿Os complacería el unicornio de Francia con el godo de rubios cabellos?

Isembard se puso nervioso. No tenía experiencia en asuntos de corte, pero notaba la irritación del monarca. Aquellas palabras escondían el pulso que mantenían la corona y la nobleza.

—Una dama así merece todos los honores —se arriesgó a decir.

Riquilda seguía con disimulo los comentarios. Se acercó con una sugerente sonrisa de dientes blancos y estudió a Isembard atentamente. No parecía disgustada.

—Mi rey —comenzó Bivín con cautela—, disculpad al fanfarrón de mi hijo. Está orgulloso de su hermana, eso es todo. Los compromisos que mi hija Riquilda ha tenido han fracasado por un motivo u otro. Aun así, creo sinceramente que este joven que ni siquiera es caballero debería aspirar a otra esposa acorde con su condición.

—Acepto las disculpas, conde, pero sigo pensando que emparentar con los bosónidas sería para este muchacho un pago justo por los servicios que su padre prestó al imperio, además serviría para hacer que su linaje renaciera. Se le restituirá el castillo de Tenes y sus tierras. —Miró a Isembard, complacido—. Debéis tener caballo para combatir y vasallos que aportar al ejército. Así iniciaréis el *cursus honorum* en la corte.

Todos callaron. El rey disfrutaba con la contención de los nobles, pero Riquilda parecía divertida. Carlos la deseaba desde que ella cumplió los catorce años. Celoso al pensar que acabaría en el lecho de algún noble, cuando se emborrachaba se empeñaba en unirla al menos digno que tuviera cerca para sentirse superior. Esa noche era Isembard de Tenes, sin caballo y con la espada de un caballero muerto.

Sin embargo, a Riquilda le llamó la atención Isembard. Se fijó en su rostro varonil, en sus manos y en sus anchos hombros; era el joven más atractivo de cuantos le habían ofrecido. Aun así, saber que había trabajado en los viñedos de un monasterio le resultó humillante.

A Bosón no le gustaba el gesto admirado de su hermana.

—Isembard II de Tenes ha sido presentado de manera muy pomposa, pero está por ver si es tan buen guerrero como su padre.

—No lo soy, mi rey —reconoció Isembard, que ya se temía la encerrona.

—Bueno, se dice que tu padre era tan humilde como letal con el hierro —siguió Bosón—. Podrías demostrar si esos montaraces te han enseñado algo digno. ¡Batámonos en el torneo dentro de dos días! Bríndale el combate a mi hermana Riquilda.

Varios nobles que rondaban con el oído aguzado se acercaron interesados. Era famosa la destreza de Bosón en los torneos. La conversación, aunque se desarrollaba entre sonrisas, era tensa.

—Mi señor, no he venido aquí a luchar —afirmó Isembard.

Riquilda se sorprendió. Nadie se había negado a combatir por exhibirse ante ella, y Bosón los derrotaba a todos sin piedad. Resultaba divertido y enaltecía el nombre de la casa bosónida.

—¿No lo haríais por mí, Isembard? —demandó ella con fuego en la mirada grisácea.

—Intuyo que ya tenéis bastantes paladines.

—Me temo que queda poco del arrojo de la casa de Tenes en él —continuó el hermano para provocarlo—. Me han dicho que vuestra hermana vive en los bosques, que es una especie de nigromante o algo...

—Os ruego que os contengáis —lo atajó Isembard sin perder el control. Deseaba salir de allí.

—¡Por fin vemos algo de sangre en vuestras venas! Sólo es un rumor que han extendido los hombres de Drogo, sin duda infundado. —Bosón sonreía desdeñoso—. Un poco de valor acallaría las calumnias.

La mención a Rotel le había provocado un profundo desgarro. Entonces vio con alivio que Frodoí se acercaba, pálido.

—¡El héroe del día nos honra con su presencia! —señaló Bosón con ironía.

—Únicamente se ha mostrado la voluntad de Dios, Bosón —dijo Frodoí, impasible. Había tratado desde niño con gente como el joven noble—. Lamento mucho tener que llevarme a Isembard, pero necesito que me escolte hasta mi campamento.

—Esperemos que no os topéis con ningún peligro. Ni por la belleza de mi hermana Riquilda es capaz de desenvainar esa vieja espada.

—Isembard no ha combatido jamás en un torneo, pero ha luchado contra más enemigos en tres años que vos en toda la vida.

Bosón se ofendió. El obispo tenía la lengua mejor afilada. Riquilda miraba a Isembard impresionada; había algo distinto en él.

—Regresemos, obispo —indicó Isembard—. Mi rey...

A dos pasos se oyó la voz de Bosón:

—Mi señor Carlos, no creo de debáis armar caballero a ese godo. Él y el monstruo de su hermana ofenden la digna memoria de su padre.

Fue Frodoí el que se detuvo y se volvió colérico.

—Majestad, nombrad a Isembard caballero al amanecer y combatirá en el torneo con Bosón.

Isembard miró a Frodoí con expresión sorprendida, pero enseguida entendió por qué éste había tomado la decisión por él. Así era el juego en la corte. Un combate en una plácida campiña podía granjear más honores y respaldos que una vida defendiendo el reino en condiciones penosas. Bosón iba a condenarlo a ser un solitario montaraz en la Marca. Tenía que decidir, y lo hizo.

—Mi señora Riquilda, será un honor luchar por vos —dijo con firmeza.

El rey asintió con la aprobación de los nobles. Bosón levantó la copa. Todos sonreían, excepto Riquilda. Isembard había mentido; no iba a luchar para impresionarla, sólo por su honor y el de su hermana. Saber que no había capturado en su tela de araña al apuesto muchacho la obsesionó. Nunca había llevado bien la derrota.

Frodoí no habló durante todo el trayecto. Debía proteger a Isembard, pero no hallaba el modo de hacer frente a Bernat, el joven noble que había obtenido la amplia Gotia en un nefasto juego de poder.

28

El día amaneció envuelto en una densa bruma. Rotel iba a pie pues ninguna montura podía soportar la cercanía de las alimañas que ocultaba bajo la capa. Ega iba detrás sobre una mula nerviosa con el pequeño grupo que había aceptado acompañarlas, temeroso ante la idea de acercarse a otros clanes.

—Es aquí —dijo Rotel en la linde de un espeso bosque tan vasto que se perdía de vista.

—Lo sé. Nadie entra ahí. Pero una vez me trajeron a un hombre herido... Tenía un aspecto horrible, con la cara destrozada. Era su líder. Hice lo que pude por él, y se marcharon.

—Era Walber. —Rotel la miró con intensidad—. Dicen que hay otras como tú, Ega.

—En Montserrat, el Montseny, el Canigó... Si te quedas conmigo las conocerás y serás una de nosotras. Esta tierra oculta muchos secretos aún.

Dejaron a la mula atada y se adentraron en la arboleda cuyo sombrío aspecto resultaba tenebroso. Era un lugar anciano, de robles retorcidos y suelo cubierto de musgo. El silencio las envolvía. Ega estaba inquieta; era una mujer respetada y en cierto modo temida porque los payeses le atribuían poderes ancestrales, pero jamás había estado en ese bosque al sur de Berga.

—Aquí empieza su territorio —musitó Rotel.

Un cadáver atado con cuerdas a uno de los árboles les advirtió de que no debían adentrarse más. Estaba mutilado por la columna vertebral, con las costillas abiertas a modo de horribles alas de hueso y carne putrefacta. Quizá fuera un mercenario de Drogo.

—Es un águila de sangre. Walber se jacta de sus ancestros nórdicos y mantiene esta terrible tortura. La víctima estaba viva cuando le quebraron las costillas.

Los niños comenzaron a llorar y Rotel los fulminó con la mirada. El rostro descarnado aún conservaba una espantosa mueca de dolor. Ega palideció; tenía una sensibilidad especial y era capaz de oír en su mente los alaridos que aquel hombre profirió al morir.

—Puede que no salgamos vivas de aquí —susurró la joven con voz grave.

Avanzaron entre los árboles un buen trecho sin encontrar una senda. El terreno era accidentado, con barrancos y muros de roca que debían sortear. Por el camino vieron cadáveres comidos por las alimañas y armas. Restos de un ataque.

—¿Te encuentras bien? —preguntó Rotel al ver el aspecto macilento de la anciana. Ega había perdido todo su vigor, como si el bosque la consumiera.

—Es el dolor que impregna este bosque. Los muertos no descansan y vienen...

—No sólo los muertos.

Sobre un promontorio aparecieron siniestras sombras. La niebla únicamente dejaba ver formas puntiagudas, cuernos y cabezas de lobo. Rotel se inclinó como una fiera a punto de atacar. Cogió la cerbatana que llevaba a la espalda e introdujo en ella una astilla ennegrecida. Un angón con punta de arpón se clavó a los pies de Ega y la joven se ocultó en la maleza.

—¡Llevadnos ante Walber y no moriréis! —vociferó Rotel desde su escondrijo.

Uno de los salvajes gritó al notar que una astilla negra se le clavaba en la pierna.

—¿A qué esperáis? ¡Malditos!

Un segundo dardo hirió a otro, y cundió el miedo entre los

recién aparecidos al sospechar quién los atacaba de esa manera. Ataviados del modo más aterrador, se acercaron hasta el grupo. Rotel apareció detrás y Ega se estremeció al darse cuenta de que luchaba contra el ansia de seguir atacando. Las hordas podrían acabar con ellos, pero reconocieron a la agresiva discípula de Ónix.

—Vivirás si nos lleváis hasta el líder —insistió Rotel con la respiración agitada.

En silencio los acompañaron hacia el impenetrable corazón del bosque.

—¿Crees que nos conducirán hasta él? —demandó Ega.

—Sí, por una razón: Walber es infinitamente más peligroso.

Caminaron por sendas tortuosas entre árboles que desconocían el hacha. El poblado se erigía sobre un promontorio despejado. Quizá más de cien salvajes hubieran vivido allí, pero muchas cabañas eran en ese momento montañas de troncos ennegrecidos. También habían llegado hasta ese lugar los hombres de Drogo. En la cima se alzaba una portentosa mesa de gigantes formada por seis piedras en la base y una losa enorme sobre ellas. Debajo los esperaba Walber. Un gigante de pelo gris, brazos poderosos y el rostro surcado de cicatrices que causaban repulsión.

—La discípula de Ónix desea morir —dijo malévolo—. ¿Te manda Drogo?

—¿Así recibes a quien te salvó una vez la vida? —intervino Ega.

—Eres la hechicera que me sanó cuando me hicieron esto. —Al reconocerla se señaló la cara mutilada—. Puedes marcharte, pero ellos no.

—Los que me acompañan son del clan de Anuso. Drogo los ha exterminado.

—Pero tú vives, Rotel de Tenes.

—No consiguieron acabar con ella —musitó el anciano del grupo.

—A nosotros nos atacaron hace dos meses, de noche —dijo Walber—. Eran más de cincuenta mercenarios. Fue una cacería de la que sólo tres docenas logramos escapar.

—Queremos reunir a todos los supervivientes y buscar la manera de no perecer —explicó Rotel—. Si somos muchos negociaremos la paz a cambio de tierras.

—¿Y lo harás tú? ¿La hermana de nuestro peor enemigo, Isembard? —exclamó con acritud.

A su alrededor se concentró lo que quedaba del violento clan de Walber: un puñado de hombres y mujeres con niños. Walber los miró agresivo. Estaban asustados e imploraban un cambio, pero temían su crueldad. Los había mantenido sumisos durante años. Había gozado de todas las mujeres y sus hijas, la mejor comida que saqueaban era para él, tenía riquezas escondidas y no pensaba cambiar todo aquello por una azada.

—¡Aquí soy yo quien dice cómo vivir!

Se sacó el hacha del cinto y avanzó con determinación hacia Rotel. Ella lo había estado observando, había leído cada uno de sus pensamientos y sus manos habían manipulado sus armas bajo la capa. Retrocedió para esquivar el hacha y soltó en el suelo dos víboras. Walber se acercó para aplastarlas a pisotones. Acabó con una, pero la otra le mordió un tobillo. Era lo que Rotel esperaba. Se puso detrás y dejó caer una de sus bolsas de cuero. La cobra salió de ella y, ante los bruscos movimientos de Walber, se irguió y se lanzó sobre uno de sus muslos. El hombre se miró con horror los hilos de sangre y las mordeduras, que comenzaban a hincharse. El veneno de los ofidios empezó a surtir efecto.

Todos se horrorizaron ante la pavorosa cobra, que Rotel atrapó. Walber retrocedió cojeando.

—Nunca los habrías dejado marchar, Walber. Por esa razón, tu tiempo ha acabado.

Un hombre tensó el arco. Rotel lo miró con total frialdad. A aquella distancia la flecha le atravesaría el corazón. Pero entonces el atacante reparó en los suyos, desvalidos, vaciló y bajó el arma sin hacer caso a los gritos del líder. La muerte de Walber abría una nueva esperanza para ellos.

—Venid con nosotros —les dijo Ega, conciliadora.

Rotel no habló y en silencio se alejó hacia el bosque. Les

había dado la oportunidad de decidir y no haría nada más. Walber, de rodillas, sentía que el cuerpo se le agarrotaba. Imploró ayuda, pero nadie se acercó a dársela. Demasiados castigos y abusos.

Rotel se estremeció al ser consciente de que casi cuarenta personas iban tras ella. Podía despistarlas... Sin embargo, no lo hizo. Cada nuevo acto de piedad debilitaba su firmeza.

29

El día amaneció soleado en Servais tras una semana de lluvias. Los siervos del rey habían trabajado toda la noche anterior limpiando un campo a las afueras de la ciudad y ultimando la construcción de las gradas donde los prohombres presenciarían los combates. Tras la misa solemne, prelados y nobles con sus séquitos ocuparon las bancadas para asistir al esperado torneo. Las damas lucían sus mejores galas, unos vestidos que ahora sus sirvientas mantenían en alto para evitar que se mancharan de barro. Era el momento de que los grandes linajes hicieran ostentación de su poderío. El aspecto y la indumentaria se comentaban con igual o mayor interés que las contiendas.

Carlos el Calvo nombró a nueve caballeros como jueces de liza pues no deseaba que se produjeran accidentes ni demasiada violencia, por eso las espadas eran romas y las lanzas carecían de punta afilada. Necesitaba a todos sus vasallos para luchar contra los normandos.

Los barceloneses no quisieron faltar para jalear a su campeón Isembard, que había sido armado caballero en una sencilla ceremonia al término de la misa, detrás de hijos de reconocidas casas de la nobleza. Se ubicaron en un extremo del campo con los habitantes de Servais, los clérigos sin rango y los siervos.

Oriol acompañaba a Frodoí hasta su lugar entre los miembros del clero.

—¿Qué vais a hacer con la amenaza de Bernat? Mucha gente está en peligro.

El obispo frunció el ceño. Tenía que adelantarse a la llegada del nuevo conde de Barcelona.

—Al acabar el torneo enviaré por delante a dos de tus hombres.

Oriol dejó al prelado en su sitio y se marchó disgustado. Detestaba los juegos de aquellos nobles con sus espadas de juguete y su pomposidad. Aquello sólo serviría para humillar a Isembard y que los francos siguieran regodeándose en su superioridad.

Entre los caballeros del torneo, el joven de Tenes volteaba el arma que uno de los jueces le había entregado. Conocía las reglas. Sólo les estaba permitido desarmar y derribar al contrincante o bien rendirse. No podían propinarse golpes con las manos, tampoco estrangular o quebrar huesos, pues el rey había decretado que el causante sufriría el mismo daño.

Los jueces reunieron en el centro del campo a todos los participantes en la liza y, con una fanfarria, comenzó el torneo. Isembard lucharía a media mañana con Bosón a pie. Mientras llegaba ese momento, admiró el esplendor de los caballeros de la justa, con cotas de escamas doradas, yelmos bruñidos y guardas de hierro troqueladas. Se luchó a caballo en primer lugar, demostrando la destreza a la hora de saltar de la montura, atacar y volver a montar; se trataba de una táctica clásica de la caballería franca en batalla. Otros lances fueron un baile más que un combate; aun así, varios caballeros tuvieron que ser sacados en volandas por sus siervos. Isembard reconoció algunas técnicas de Guisand y otras más refinadas, las cuales trató de memorizar.

Uno de los jueces se le acercó.

—Es vuestro turno.

Bosón ya estaba en el campo y, con los brazos levantados, recibía las aclamaciones del graderío. Isembard salió comedido, pero los de Barcelona estallaron en vítores. Después de saludar al rey comenzaron a rondarse.

Bosón era ágil y fintó los tanteos de Isembard. Ambos medían la habilidad del contrincante. El conde acompañaba sus estocadas con jadeos que sumaban dramatismo al lance, y cuando lograba golpear al joven arrancaba exclamaciones a sus partidarios. Pero su sonrisa desapareció al ver que no lograba desarmar a Isembard, quien había combatido durante años por su vida y daba muestras de su habilidad. Bosón decidió detener el combate para cambiar de arma.

El capitán Oriol se acercó a Isembard. Estaba nervioso.

—Tú no eres como él —musitó—. Déjate vencer y marchémonos de aquí cuanto antes.

—¿Qué ocurre? —preguntó intrigado el joven de Tenes.

—El obispo está muy inquieto. El nuevo conde de Barcelona pretende dar un escarmiento a los godos, aunque lo más probable es que se proponga requisar sus bienes para compensar al rey por su nombramiento. Tras el saqueo de Drogo, la ciudad no soportará que se la esquilme otra vez; supondría su ruina definitiva. Barcelona vuelve a estar al borde de la muerte. Enviaré a dos de mis hombres, pero eso dejará a Frodoí desprotegido, Isembard. Quiero que vayas con otro. Has jurado fidelidad al obispo que te ha auspiciado caballero; es el momento de cumplir.

—Lo haré. —Isembard sintió el mismo desprecio que cuando Drogo se interesó por Rotel en Santa Afra. Los nobles seguían su propio camino.

Oriol vaciló, pero al cabo añadió:

—Hay alguien que preocupa en especial a Frodoí. Me refiero a la noble Goda de Barcelona.

—¿Era cierta la acusación de Drogo?

—Necesitamos al obispo fuerte, Isembard. Procura que ella y su hija, Argencia, estén a salvo.

Isembard no dijo nada y regresó al torneo con el corazón latiéndole desbocado. Bosón había cogido un escudo redondo. Hacía girar una espada más grande que la anterior y tiraba estocadas al aire con gracia, arrancando gritos entusiastas entre las muchachas.

—¡Ya creía que te habías retirado, Isembard de Tenes! —exclamó burlón—. ¿Preparado para combatir de verdad?

—Terminemos con esto, Bosón. En otra ocasión nos divertiremos, ahora me urge partir.

El conde se preparó sonriente. Isembard imaginó que tenía delante a Drogo de Borr la noche que sus maestros murieron en Tenes. Profirió un grito agresivo que sorprendió a todos los presentes y se abalanzó sobre su contrincante con una furia inesperada, poco elegante en un torneo. Tras varios golpes brutales el pequeño escudo de Bosón saltó en mil astillas. El bosónida retrocedió con cara de espanto, pero Isembard no le concedió tregua ni le permitió ningún mandoble con gracia. Lo habían adiestrado para dejar un campo de muertos antes de caer, mientras Bosón disfrutaba de banquetes y correrías de alcoba. Las aclamaciones se acallaron. Bosón perdió el arma y recibió un golpe en la cara que le hizo sangrar la nariz. Aturdido, cayó al suelo. Isembard levantó la espada para descargarla con brutalidad sobre su cabeza, pero la clavó profunda en la hierba. Efectuó una leve reverencia al anonadado rey y se marchó en medio de un espeso silencio.

Bosón aún no se había quitado las manos de la cara cuando Isembard llegó hasta el impresionado Oriol.

—No hay tiempo que perder —se limitó a decir.

Frodoí llegó casi corriendo, pálido.

—¡Ésas no son maneras de luchar en un torneo!

—Ya lo sabe, obispo —explicó Oriol—. Irá por delante.

—Yo lo acompañaré, si me lo permitís —se ofreció Egil, uno de los escoltas del obispo bajo el mando de Oriol.

El capitán aceptó. Egil era el más veterano de sus soldados y muy conocido entre los nobles godos. Frodoí lo pensó un instante y le entregó una bolsa.

—Con estos óbolos, Isembard y tú podréis cambiar de monturas y ganar unos días de ventaja. Que los godos se preparen y escondan lo que puedan. Los que abandonen Barcelona que vayan a Aragón o pidan asilo al valí de Lleida. Mandaré cartas en secreto.

El graderío se había recompuesto y comenzaba a jalear a Isembard. Sobre todo los adversarios de los bosónidas pedían que regresara al campo, pero el joven, acompañado de Egil, se alejó hacia el campamento para recoger los caballos y las armas. Por el camino les salió al paso la bella hermana de Bosón, Riquilda. Su pequeña escolta se apartó con discreción. Isembard la había visto entre las damas, destacaba con su traje de paño verde y el cinturón de plata. El rubor en sus mejillas por el esfuerzo de alcanzarlo resaltaba su belleza. Isembard pidió a Egil que se adelantara.

—Estoy impresionada —dijo ella, y parecía sincera—. Me gustaría conoceros más, Isembard de Tenes.

—Disculpad mis modos con vuestro hermano, pero debía partir sin demora.

Riquilda ignoró su frialdad y se acercó. Se mostraba embelesada con él.

—Creo que la otra noche os di una imagen equivocada. Mi hermano se comporta así con cualquier posible pretendiente mío. Os pido disculpas. Considero ahora que sois distinto a los caballeros que se ven en la corte, y no sólo por ser el primero que lo vence en un torneo. ¿No vais a recibir vuestra ovación?

—Otros asuntos me requieren.

Riquilda advirtió la premura en la mirada azul de Isembard y sonrió interesada.

—¿Una dama en peligro tal vez?

Isembard no respondió. Riquilda sintió una sensación desconocida: celos. Seductora, le ofreció un pañuelo perfumado y, al entregárselo, le rozó los dedos.

—Os hará más dulce el viaje. Nos veremos de nuevo, Isembard de Tenes.

El joven la observó mientras se dirigía con paso gracioso hacia la grada. Riquilda era embriagadora. Conocía bien a los hombres a pesar de su juventud.

—¡Debemos partir! —le gritó Egil desde el campamento.

El hechizo se rompió.

—Que Dios nos ayude a llegar a Barcelona.

—Todo saldrá como está previsto —musitó el soldado—. Ya lo verás.

Cayó la noche al tiempo que en la vieja torre del Mons Iovis Goda deambulaba nerviosa. La inactividad le hacía pensar en Argencia y se desesperaba. No iba a rendirse, no se marcharía a Ampurias ni a ningún otro sitio. Necesitaba recuperar a su hija. Se miró el vestido negro, sucio y rasgado, y maldijo a Drogo. No tardaría en regresar investido como conde y ya no se conformaría con el destierro que le había impuesto. Debía buscar la manera de recobrar su honor y recuperar a Argencia. Y para ello necesitaba riquezas.

Vencería a los hombres por su codicia, decidió, si bien todavía no sabía cómo. No tenía espada ni siervos, pero se recordó que la llamaban el alma de Barcelona, que la tierra que pisaba era ella misma y esperaba una respuesta, por eso cada noche efectuaba libaciones a la Madre. Aún tenía que educar a Argencia como una más de su estirpe, hablarle de toda la memoria de Barcelona que habían conservado, de linajes, hechos y secretos que no debían caer en el olvido.

El tiempo corría en su contra. Con el invierno, vivir en la ruinosa torre sería insoportable. Se obligó a comer y mordisqueó una de las dos costillas de cordero que Elisia le había llevado.

—Le falta sal. Estos francos... —musitó disgustada.

La arrojó a un cesto y salió al exterior. Ahogada por la soledad, bajó la montaña hacia el humilde poblado de pescadores junto al puerto. También hacían de estibadores cuando a veces llegaban barcazas o las drómonas de Bizancio.

Las familias en torno al fuego la recibieron poniéndose en pie y guardando un silencio respetuoso. Era la noble enlutada que vivía en la torre. Los niños le tenían miedo, creían que era una hechicera que bebía sangre. Los mayores solían saludarla, pero temían estrechar lazos con la desterrada y que eso les causara problemas con los oficiales del condado.

—Buenas noches —dijo—. Sólo quería un poco de sal.

—Sí, señora. —Una anciana le ofreció un paño—. La usamos para salar pescado. A veces no es posible pescar por los temporales durante el invierno.

Los había visto poner agua de mar en platos de cerámica y dejarlos frente a las casas para que el líquido se evaporara y quedara la sal.

—Deberíais venderla en la ciudad. Es valiosa, se paga bien.

—Sólo la obtenemos para nosotros —alegó un hombre, intimidado.

—Si construyerais balsas más grandes recogeríais más.

El pequeño grupo guardó silencio de nuevo.

—Dios está ofendido, señora, y nos castiga cada poco tiempo —afirmó otra anciana mirándola a los ojos. Parecía haber aguardado años para decir lo que pensaba a un noble sin que la colgaran—. No tenemos más ropas que estos harapos y nuestras barcas hacen aguas. El día que se hundan moriremos. Conseguir la sal del mar es costoso, y los señores nos la arrebatarían si consideraran que nuestra producción vale algo.

La anciana acusaba con la mirada a Goda, y ésta se alejó sin darle la réplica. Estaba allí por causas políticas y por su orgullo; sin embargo, para ellos aquél era su mundo, un lugar terrible y peligroso en el que las aventuras acababan mal. Desanimada, habría deseado refugiarse en la cripta de la antigua iglesia de planta cruciforme, envolverse del recuerdo de sus ancestros y hacerles un reproche. Comenzaba a entender que en realidad nunca habían tratado de salvar a la verdadera Barcelona, sólo una imagen ideal de las grandes familias godas.

Un niño desnudo entró en la torre. Era un poco más mayor que Argencia, pensó Goda, y parecía asustado.

—Mi abuela María os ofrece esta sardina a modo de disculpa.

—¿Cómo te llamas?

—Ermemir, señora.

—Esto es para ti, Ermemir.

Goda le dio las dos chuletas de cordero. El crío abrió los ojos, dejó el maloliente pescado y salió con su trofeo. La mujer torció el gesto ante el hedor que se extendía por la torre. En su palacete de Barcelona, esa sardina habría ido directamente a la mesa de los esclavos. La examinó con disgusto. Se había estropeado por no estar bien salada.

Entonces un recuerdo pasó por su mente y se puso en pie con una profunda comezón. Avivó el fuego para tener un poco más de luz. Sobre la tierra del suelo trazó con el dedo la línea de la costa y situó Barcelona. Luego señaló el río Llobregat, al sur, que se internaba tierra adentro, y su afluente, el Cardener. Hacía memoria de un viejo plano que su familia conservaba en una vitela casi ilegible que se perdió junto a otros tesoros familiares tras el ataque de Guillem de Septimania. El corazón le brincó en el pecho y, rauda, bajó de nuevo al poblado de los pescadores.

—¿Disponéis de una carreta? —les preguntó sin andarse con rodeos.

—Una, la que usamos para llevar el pescado a la ciudad.

—Mañana antes del alba los que estén dispuestos a seguirme vendrán conmigo —anunció, y en medio del silencio vio las miradas curiosas.

—¿Adónde deseáis ir, señora? —demandó con algo de sorna un hombre.

—A un lugar desolado, cerca de la frontera, tal vez peligroso.

—¿Por qué deberíamos acompañaros?

—Porque si logramos regresar, ni vosotros, ni vuestros hijos ni vuestros nietos pasarán hambre jamás.

La anciana María, la abuela de Ermemir, tocó el brazo a su hijo para que atendiera. Había visto algo en los ojos de la noble denostada. Un secreto. Goda irradiaba convicción. Decían que era el alma de Barcelona y, en vez de a sus amigos nobles, les ofrecía a ellos una oportunidad. No podían desperdiciarla por muy arriesgada que fuera. Peor era siempre la muerte por inanición.

30

Goda no está en su torre —dijo Galderic al entrar en la cocina destrozada de la taberna del Miracle. Regresaba con el hatillo de comida intacto.

Elisia se irguió y se enjugó con una manga el sudor de la frente. Maldijo entre dientes. Había tratado de quitar una abolladura de la mejor de sus ollas, pero advirtió que también ésta estaba agrietada. Suspiró y se volvió hacia el muchacho. Galderic estaba llevando al hospital las compotas y los quesos que tenían en las alacenas para que no se estropearan, aunque siempre reservaba para Goda unos trozos.

—Estará en la iglesia de la playa. Va a hacer ofrendas. ¿No has esperado?

—Una anciana me ha dicho que se ha marchado con algunos pescadores y que no sabía si regresaría. Me ha parecido que la mujer no quería hablar demasiado.

Aquello intrigó a Elisia. Sin decir nada salió a la plaza por el salón de la taberna. Seguía como lo dejaron los hombres de Drogo. Caminó cabizbaja entre las astillas, pues contemplar tanto esfuerzo maltrecho le causaba una angustia insoportable. Lo poco que había quedado intacto del destrozo, algunos cántaros y platos de loza, lo había vendido junto con la leña. Escondía los óbolos bajo la tierra de la cocina y a ellos sumaba las comidas que podía cocinar en casas nobles y de otros parroquianos que la apreciaban, todo con la esperanza de reunir lo suficiente y regresar a Carcasona con algún mercader. Estaba dispuesta a renunciar a la libertad si Oterio la aceptaba de nuevo en su posada.

No había vuelto a saber nada de Isembard aunque el capitán Oriol le había dado a entender que estaba a salvo de Drogo, pero no cedió a sus preguntas. Su esposo vagaba por las tabernas de Regomir y jugaba a los dados con los mercenarios de Drogo para sobrevivir. Seguía siendo su marido, pero lo detestaba. Cuando aparecía por el Miracle le recordaba que aquélla aún era su propiedad. Elisia ansiaba marcharse y dejarlo atrás, si bien sentía que jamás lo lograría.

Salió de la ciudad por la puerta de Regomir con una sensación extraña. Había más actividad de la que era habitual. Algunas familias de propietarios abandonaban Barcelona con pesados carruajes, seguidos de sus siervos. Varios se despidieron de ella como si no esperaran volver a verla, aunque ninguno le reveló la causa. Con todo, advirtió inquietud en sus ojos.

Llegó jadeando a la torre del Mons Iovis pues, aunque el embarazo todavía no se le notaba, ya se sentía cansada si realizaba esfuerzos. Se fijó en que el fuego estaba bien apagado. La brisa que entraba por la puerta había esparcido la ceniza. Bajó al puerto, y no halló a la anciana que Galderic había mencionado. Era extraño, pensó: Goda no se habría marchado sin antes despedirse de ella.

Regresó turbada a la taberna y en la puerta encontró al *saig* de los tribunales, que conversaba con los soldados. El oficial de justicia se acercó a Elisia con semblante grave.

—¿Sabes dónde está Goda de Barcelona?

—¿Tampoco la habéis visto? —Elisia se inquietó—. ¿Qué ocurre?

El *saig* la apreciaba, como todos, y lamentaba lo ocurrido en el Miracle, por eso se dignó hablar con ella.

—No debería decírtelo, pero si la ves hazle saber que ha llegado una paloma mensajera de Servais: el obispo Frodoí le ruega que se marche a Ampurias sin demora. Ha mandado a dos hombres, que ya están de camino. —El *saig* frunció el ceño—. Al parecer, el nuevo conde tiene una idea deformada de los godos y quiere recordarles por la fuerza quién gobierna. Me temo que otros te acompañarán en la ruina.

—¿Por qué...? ¿Qué ha ocurrido en la asamblea? —demandó con el pecho acelerado.

—Hay cambios. Drogo fue declarado traidor y el rey nombró a un franco del norte como marqués de la Gotia. Me temo que quieren hacernos pagar la revuelta de Humfrid. Pero no todo es malo para los godos. A Isembard II de Tenes lo armaron caballero. Era el joven que acompañaba a Guisand de Barcelona.

—Lo conozco —musitó Elisia sintiéndose revivir—. ¿Estaba en la asamblea?

—Es de suponer, pero habrá que esperar a su regreso.

Se le humedecieron los ojos. Estaba aturdida por la noticia. Por fin sabía algo de Isembard, aunque ahora era un noble y un abismo los separaba. Su oportunidad, si alguna vez la hubo, se había desvanecido. Fuera como fuese, una cuestión la intrigaba.

—Si han declarado traidor a Drogo de Borr, ¿quién es el nuevo conde de Barcelona?

—Bernat de Gotia, el conde de Auvernia, hijo de Bernat de Poitiers.

Los ojos de Elisia refulgieron.

—¿De Poitiers?

—Su padre es conde de aquel territorio —dijo el *saig*, sorprendido por el interés de la tabernera.

Una sonrisa iluminó el rostro de Elisia por primera vez en muchas semanas. Era un destello de esperanza.

—¿Cuánto tardarán en llegar?

—Unos veinte días más o menos.

Dejó al oficial de justicia con la palabra en la boca y corrió hasta la taberna. Ante el desconcierto de Galderic, apartó unos maderos, sacó una bolsita de cuero con un puñado de óbolos y, con los ojos brillantes, se la tendió al muchacho.

—¡Leche! Galderic, ¡quiero la leche de cabra más fresca que encuentres! Si me la consigues, puede que no tengas que regresar a La Esquerda.

El viaje de regreso a Barcelona estaba resultando una gesta que Isembard jamás olvidaría. La imagen de Elisia, verla de nuevo a su llegada, le había permitido resistir las interminables jornadas de marcha al galope. Viajaban con seis caballos, y en dos semanas Egil y él habían llegado a la Cerdaña, que gobernaba el conde Salomó de Urgell. Fueron interceptados por sus soldados en Estana y El Querforadat. Egil mostró la petición de paso con el sello del obispo Frodoí. Se dirigían a comunicar el nombramiento del marqués de la Gotia a Barcelona, explicaron, y les cambiaron dos de los caballos por unas recias monturas habituadas a la altura. Sin descanso, llegaron a los pies de la vasta mole de la sierra del Cadí. La nieve caída durante el invierno se había acumulado en sus laderas y el frío resultaba cortante, a pesar de lo avanzado de la primavera. Aquél era el tramo más agreste.

Un pastor los guió por el Cortal del Roig hasta Boscalt y, tras dos jornadas de penosa marcha por un viejo camino que serpenteaba entre bosques y collados para evitar las profundas hondonadas, alcanzaron el valle del río Lavansa. La lluvia había arreciado todo el día y esa noche esperaban alcanzar la pequeña aldea de Fórnols y dormir bajo techo, aunque hubieran de dejar en pago allí alguno de los caballos. Entonces se cruzaron con unos monjes que transportaban un carruaje lleno de cadáveres purulentos. En la aldea se había desatado una epidemia. Recogían a las víctimas y las enterraban en una apartada colina.

Decidieron rodear Fórnols y acampar en un abrigo cerca de la orilla. Estaban agotados, pero su destino se hallaba a pocos días de marcha.

Mientras los caballos abrevaban, Isembard se lavó en el río. El aroma de ámbar del pañuelo de Riquilda le hizo pensar en la dama. Amaba a Elisia con toda su alma, pero el rico paño lo hacía consciente de su nuevo honor. Ahora podía recuperar el prestigio de su linaje. Con Drogo caído y el apoyo de Frodoí recobraría el castillo de Tenes, y no lo haría por la fuerza, sino por derecho hereditario para iniciar su *cursus honorum*. En ese instante se prometió no renunciar a Elisia, aunque su deber fuera desposarse con una noble y la posadera estuviera casada. La ley goda era muy clara: la pena por adulterio condenaría a ambos a ser esclavos del esposo. De alguna manera hallarían el modo de que estuvieran juntos. Tal vez, se dijo, el poderoso Frodoí pudiera desatar lo que quedó atado en el cielo. La herida por la pérdida de Rotel cicatrizaría, pero esa nueva ilusión lo colmaba de dicha tras haber pasado mucho tiempo envuelto en sombras.

Ensimismado, no vio en la superficie del agua otro reflejo que surgía a su espalda. Antes de poder reaccionar, Isembard notó que lo apuñalaban en un costado. El dolor agudo le impidió reaccionar. Egil le clavó de nuevo la daga en el omóplato y lo empujó sobre la hierba, que se iba empapando de sangre.

—Lo siento, muchacho. Ni tú ni yo vamos a Barcelona —dijo mientras le arrebataba la espada de Guisand—. Drogo exige su venganza antes de morir.

—¿Por qué? —siseó Isembard, mareado por el fuerte dolor—. Siempre has sido fiel a Oriol.

—Informo a Drogo desde hace mucho; así supo cuándo intentaríais tomar Tenes y también que el obispo mantenía una relación adúltera con Goda de Barcelona. —Hablaba sin orgullo y se mostraba impasible. Agitó una pesada bolsa de monedas para justificarse—. Paga bien, más de lo que Frodoí cree. Suficiente para una nueva vida en otro lugar más dichoso. Que Dios te acoja.

Isembard notaba el frío interno mientras se desangraba. Con la sangre se iban el calor y la vida. Vio alejarse la silueta borrosa de Egil con los caballos. Se introdujo el pañuelo de Riquilda en la herida del costado para contener la hemorragia y gritó de dolor. Sin fuerzas, se recostó boca arriba y contempló el cielo añil. Estaba a punto de anochecer. Pensó en Elisia y movió los labios. Había sido un ingenuo al considerar que Dios permitiría sus pecaminosas intenciones. Entonces le pareció que se inclinaba sobre él un caballero con yelmo y capa carmesí. Era Guisand de Barcelona, que lo acusaba con la mirada; no había cumplido lo que le prometió antes de morir. Con una inmensa pena, dejó que lo invadiera la oscuridad.

Rotel se encogió al notar que el frío y la debilidad la recorrían, y se apoyó en un árbol. Viajaba junto a Ega y el grupo de hordas por una senda apenas visible hacia un campamento cercano al castillo de Taradell, al norte del Montseny. Recordaba una gruta bajo la fortificación abandonada que daba cobijo a un clan de al menos cincuenta almas.

—¿Qué te ocurre? —preguntó Ega, alarmada.

Tras un instante sin aliento, Rotel pudo hablar.

—Es mi hermano, Isembard. Le ha ocurrido algo.

El grupo se detuvo extrañado. Ega le tomó las manos. Rotel miró más allá de la espesura, como si esperara una señal para partir en su busca. Se le escapó una lágrima, tan rara como un diamante. A pesar de todo, la hermana seguía dentro de ella y sufría.

—La muerte es nuestra compañera, hija.

—No es la muerte lo que me angustia. Sé que Isembard la acepta como yo. Es el fracaso. Su alma llora por algo que no ha logrado culminar.

—Entonces puede que algún día encuentres su espíritu vagando por algún páramo desolado —dijo la anciana, sombría—. Los muertos no siempre hallan su camino si siguen aferrados a la tierra. Ésta está llena de ellos.

Un grupo de hordas de aspecto fiero los emboscaron. Rotel, sumida en la desazón, no reaccionó. Un hombre con un yelmo con cornamenta y el pecho lleno de calaveras se acercó hasta ellas.

—Los rumores eran ciertos —dijo bajo una máscara demoníaca—. La discípula de Ónix y una hechicera han reunido a los supervivientes de Anuso y Walber. Debéis saber que nosotros logramos rechazar a los hombres de Drogo.

Sacó un hacha de doble hoja y, ante el espanto de los recién llegados, la volteó sobre las cabezas de las mujeres y la arrojó contra un árbol. El arma se clavó en el tronco.

—Alguien tan audaz o temerario no debe morir —rugió con los brazos abiertos—. El clan de Cosla os recibe amistoso. Venid al campamento y descansad. Tendremos tiempo de conocer por qué habéis salvado a esta gente.

Todos suspiraron de alivio. Unidos a Cosla y los suyos, formaban un pequeño ejército y podrían negociar la paz con el conde. Aun así, Rotel seguía sumida en su angustia.

—¿Dónde estás, Isembard? —musitó hacia unos nubarrones. Se avecinaba tormenta—. ¿Dónde puedo encontrarte?

Egil cabalgaba hacia poniente bajo el temporal por una sombría garganta. Los truenos parecían rugir su crimen y se estremecía aterrado, pero ya estaba hecho. Lo aguardaba un largo camino por Urgell, Pallars y Ribagorza hasta salir del dominio franco de la Marca, donde los zarcillos de Frodoí no pudieran atraparlo.

Había servido al obispado, como su padre y sus hermanos, sólo para verlos morir en sucesivas incursiones sarracenas. No se sentía un traidor, sino un hombre que quería que la vida le devolviera todo lo perdido. Frodoí llegó con ímpetu juvenil, repartió tierras y decenas de familias vivían de las obras de la nueva catedral, pero Barcelona seguía siendo el reducto olvidado del reino.

La Marca se desangraba para proteger un imperio indiferente y ya habían pasado más de seis décadas sin que nada cambiara. La única lucha que valía la pena era la personal, por eso aceptó la propuesta de Drogo. Apreciaba a Isembard, pero el joven estaba cegado por las vanas esperanzas de Guisand, Oriol y Goda de Barcelona. Ese año concluía la tregua firmada con los sarracenos. Cuatro años de paz que sólo habían servido para que el enemigo se rearmara mientras ellos eran menos que nunca. El rey y sus nobles tenían la mirada puesta en otros intereses.

Si caía la frontera del Llobregat alcanzarían los Pirineos.

Carlomagno se revolvería en su tumba, pero Egil ya estaría muy lejos de allí para verlo. Con la pequeña fortuna que colgaba de su cinto se pondría al servicio de algún noble aragonés. Nadie rechazaba una buena espada.

De pronto una flecha negra cruzó la noche y se le clavó en el pecho. El caballo se encabritó al punto, y Egil perdió las riendas y cayó en el barro. La sangre le manaba a borbotones y la visión se le oscurecía. Vio la bolsa en el suelo y las monedas esparcidas.

Varias sombras saltaron por los peñascos del risco y se acercaron. Egil quiso ponerse de pie. El miedo aceleró su corazón. No era la primera vez que lo herían, pero cuando tosió sangre supo que la flecha lo había alcanzado en mal lugar en esa ocasión.

—No es inteligente viajar con una tormenta que oculta a los que te siguen —dijo un hombre embozado que se agachó para recoger las monedas—. Llevas cuatro buenos caballos que nos hacen falta y un pequeño tesoro.

Eran sarracenos, un grupo no muy numeroso de asaltadores que solía rondar la zona. Egil logró desenvainar la espada. Lanzó varios mandobles que sólo hendieron el aire. Sin resuello, se hincó de rodillas. Notó la punta de un sable curvo sobre la nuca y dejó de resistirse. Seguía perdiendo demasiada sangre. El cabecilla del grupo habló impasible:

—Eres un veterano y sabes cuándo ha llegado el final. Ignoro si has tenido una vida honrosa o eres un miserable, pero lo único que puedes hacer es rezar a tu Dios para que perdone tus pecados y que envíe a alguien para darte sepultura.

—Hazlo —dijo Egil con el peso de la espada en la nuca. Cualquier soldado prefería una muerte rápida.

Resultaba irónico irse de este mundo como Isembard. Así era la Marca, un lugar donde las historias se interrumpían sin más. La hoja se hundió en la base de su cráneo. Todo el rencor y los sueños desaparecieron para siempre. Su cuerpo lo dispersarían las alimañas por los viejos páramos de la Cerdaña y quedaría olvidado para siempre.

Poco antes de anochecer los monjes de Fórnols llegaron hasta la orilla del río donde dos pastores habían encontrado el cuerpo de un joven guerrero de cabellos rubios. No se molestaron en comprobar si su corazón aún latía. Llovía y querían regresar. Un *frate* señaló la capa oscura.

—¿No cra uno dc los caballeros que pasaron por la aldea a mediodía?

—Me temo que sólo el otro ha proseguido el viaje. Que Dios castigue su crimen.

En silencio, lo cargaron en la carreta junto a los cadáveres de piel grisácea de una mujer y tres niños, y bajo la tormenta remontaron con esfuerzo el camino convertido en un lodazal. Rezaban entre murmullos para protegerse del mal que emanaba de los cuerpos.

—Las ruedas se hunden en el barro a causa del peso. Deberíamos dejarlo aquí. Ya vendremos mañana a por él.

—Caridad, hermano, caridad.

Tras muchas dificultades alcanzaron la base de la colina rocosa sobre la que se alzaba la pequeña celda monástica. La tierra negra estaba desbrozada y llena de montículos con piedras. Otros cuatro monjes que cavaban fosas y se cubrían la nariz con paños sucios miraron con fastidio la nueva carga.

—El prior no quiere que queden sin enterrar durante la noche. Las bestias los despedazarían y llevarían la carne infectada a otros valles —dijo uno de ellos.

—Está bien —rezongó uno más joven, harto de oír lo mismo todo el día.

La lluvia arreciaba y el cielo negro se iluminaba con los rayos. Dios estaba colérico. Descargaron el carro sin cuidado sobre un montón de cadáveres mugrientos. No acabarían de sepultarlos hasta la hora de completas.

—¡Mirad el pañuelo de ése! —exclamó un monje.

El cuerpo recogido en la orilla del río había quedado torcido sobre los demás. Estaba cubierto de fango, pero del costado le asomaba un pañuelo de una tela fina con unos bordados primorosos. Estaba prácticamente cubierto de sangre.

—¿Será seda? —preguntó un monje anciano con curiosidad.

El más joven se inclinó para inspeccionar la tela.

—Ese extremo que no está manchado huele a ángeles.

—¿Tú sabes cómo huelen los ángeles, *frate* Carpio?

—No, pero espero que sea así.

Al sacarlo comenzó a manar sangre y el cuerpo se agitó.

—¡Dios mío! Pónselo otra vez. ¡Este hombre vive!

El joven monje miró el pañuelo. El otro le gritó de nuevo y lo presionó contra la herida. Carpio acercó el oído al pecho de Isembard.

—¡Rápido, venid todos, debemos llevarlo al interior!

Lo transportaron en su propia capa hasta el pequeño monasterio de Fórnols, una humilde ermita de piedra y una casa anexa con dos dependencias. Un monje anciano salió al verlos llegar, extrañado. Se acercó y tocó la frente helada del muchacho herido, luego su cuello.

—Creemos que está vivo, *frate* Bonifacio.

—Lucha por vivir —matizó; sentía el acecho de la muerte—. Tiene cuentas pendientes.

31

Tres hermanos pescadores, Albaric, Leotar y Donadeo, con sus respectivos hijos, seguían a Goda entre los juncos del margen del río Cardener. No tenían aún treinta años, y sus hijos eran muchachos de entre doce y quince años. Portaban garrotes y una azada; aun así, el miedo los dominaba. Nunca habían estado tan lejos del mar. Sólo conocían los parajes solitarios del interior por oscuras leyendas plagadas de demonios, dragones y sarracenos sangrientos. Podían espantar a las bestias, pero si se topaban con hombres armados jamás se sabría de ellos.

Si bien la anciana María, la madre de los tres hombres, los había convencido para acompañar a Goda, ellos recelaban aún de la dama pues, a su juicio, los nobles sólo se preocupaban por sí mismos y forjaban alianzas o las rompían para aferrarse al poder. No entendían qué había visto la anciana en esa señora, pero los últimos años habían sido terribles para ellos y el futuro no se presentaba halagüeño. Los sarracenos les habían quemado casi todas las barcas y las mejores redes heredadas de sus abuelos. Pescaban poco y de la ciudad llegaban hombres que recogían los mejillones de las rocas quitándoles los escasos frutos del mar; incluso uno de los pescadores acabó ahogado.

Con demasiadas bocas que alimentar, se habían dejado llevar por la esperanza de María, pero los ánimos se habían ensombrecido al encontrar huesos ennegrecidos en un viejo molino del río Llobregat. La última noche, Martí, otro pescador que se había unido a ellos a última hora, decidió regresar a Barcelona.

Goda iba delante conversando con Ermemir, el hijo más pequeño de Leotar, de doce años, que parecía fascinado con ella desde que le había llevado la sardina, de parte de su abuela María, a la torre del Mons Iovis.

Albaric, el mayor de los hermanos, torció el gesto.

—¡Esto es absurdo! Esa mujer conseguirá que nos maten a todos.

—O algo peor —musitó Donadeo.

—Dijo que tardaríamos varios días —alegó Leotar con la mirada puesta en su hijo Ermemir, que caminaba confiado junto a Goda.

—Debimos marcharnos como hizo Martí. Ya nos hemos alejado demasiado.

—Si andamos de noche, en cuatro días llegaremos al puerto —insistió Albaric.

—¿Y qué hacemos con ella? —demandó Leotar.

—Igual que ha venido sabrá regresar. ¿Qué nos importa?

—Esa mujer no es una noble más —afirmó Donadeo, cauteloso—. Tiene amigos poderosos, y he oído decir que practica la antigua religión. Podría vengarse.

—¿No has visto las ampollas de sus pies? ¡Es como cualquier otra!

Goda hablaba con el pequeño Ermemir pero intuía lo que murmuraban a su espalda. También ella estaba inquieta. Aunque había visto el plano siendo una niña y recordaba alguna historia, quizá estuviera equivocada. Lo que buscaba podía estar allí y no verlo, o hallarse mucho más lejos. Se mostraba distante para ocultar su inseguridad y que aguantaran un poco más.

—¿Cuándo llegaremos? —preguntó Ermemir de nuevo.

—Lo sabremos porque allí no crece nada —respondió Goda, paciente.

—¿Como si fuera una tierra maldita?

—Al contrario; es un regalo de Dios para los hombres y los

animales, por eso prohibió a las plantas que crecieran allí. Así lo contaba mi abuela.

—La mía dice que habláis con vuestros muertos bajo una iglesia.

Goda sonrió con tristeza. Río arriba vio un frondoso sauce cuyas ramas tocaban las aguas del Cardener. Era el árbol de la muerte pues señalaba el inframundo.

—Los muertos me hablaban cuando estaban vivos, Ermemir, lo único que hago es esforzarme para no olvidar lo que decían.

—En el poblado cuentan que sois una hechicera... Pero yo confío en vos.

—¿Por qué?

El muchacho se encogió de hombros.

—El mar me da miedo, y creo que nos lleváis hasta un tesoro de los moros.

Goda esbozó otra sonrisa. El pequeño había soportado el penoso trayecto sin quejarse y la miraba como a una criatura celestial. Esperaba de corazón poder devolvérselo sano y salvo a su madre.

—Un tesoro, sí, pero más antiguo, Ermemir. —Le frotó el pelo apelmazado—. Por haber confiado te lo daré a ti, siempre que lo compartas con los tuyos.

El muchacho asintió con determinación y aceleró el paso con fuerzas renovadas. Tras ellos los pescadores la escudriñaban recelosos mientras los hijos mayores, unos pasos por detrás, tiraban de la vieja carreta que hedía a pescado.

—Entonces, ¿qué vamos a hacer, Albaric? ¿Dejarla aquí? Si regresa...

—No lo hará.

—Piénsalo, por favor —opuso Leotar, temeroso.

Albaric se adelantó. No quería discutir más. Esa aventura era tan absurda como los miedos de sus hermanos. Él fue el primero de los tres que se atrevió a subir a una barca después de que su padre muriera ahogado muchos años atrás. Tuvo suerte, y su madre y sus hermanos comieron algo aquella noche. Desde entonces la barca era su mundo y él se había convertido para los suyos en el cabeza de familia. Pensó en los huesos hallados en el molino; prefería morir en el mar.

Cuando la luz menguó, Goda se detuvo en un recodo resguardado del río. Estaba pálida y ojerosa. Según sus cálculos, debían haber llegado ya. Sin embargo, no se atrevió a reconocerlo. Algo en los ojos de Albaric la inquietaba.

—En todo el día no hemos visto a nadie. Podríamos encender fuego.

Tenían las ropas empapadas y les haría bien un poco de calor. Los muchachos se alejaron animados en busca de ramas. Los tres hermanos pescadores se miraron. Albaric asintió en silencio y tomó un canto del río, grande como su mano.

Goda se hallaba distraída golpeando un fragmento de pedernal sobre un puñado de yesca para prenderla. Albaric se le acercó en silencio por detrás, con la piedra bajada. El rumor del río ocultaba sus pasos. Estaba ya alzando la mano cuando oyeron un grito.

—¡Lo he encontrado! —chilló Ermemir a lo lejos.

Sus hermanos lo seguían de cerca para evitar que cayera al agua.

—¡Señora! —insistió exultante—. ¡Está ahí! ¡La he visto!

Goda se volvió justo cuando Albaric escondía la piedra. Su mirada refulgió al descubrir al hombre tras ella, pero Ermemir llegó jadeando y nervioso.

—¿Qué has visto?

—¡Donde no crece nada! ¡Es una montaña!

Ella, emocionada, se agachó para mirar a los ojos al muchacho.

—¿Cómo es?

—Alta y llena de surcos, de color grisáceo. Hay bosques... pero ¡en la montaña no hay ni una brizna de hierba!

—Es cierto, señora —indicó uno de los chicos mayores—. No está lejos del río. Es muy agreste, con varios picos, de más de una milla de larga y sin vegetación.

Goda se irguió. Albaric dejó caer la piedra con disimulo.

Por primera vez la veían sonreír, y les pareció que no existía una mujer más bella.

—¡Hemos llegado! —anunció para sorpresa de todos.

A poco menos de media milla del Cardener abandonaron la vereda y cruzaron un espeso encinar. La base de la montaña estaba envuelta en sombras. Parecía un lugar de otro mundo y el miedo supersticioso embargó a los pescadores. Goda escarbó la tierra y arrancó un fragmento. Ante el estupor de los demás lamió la piedra.

—¡Es sal! ¡Es una montaña de sal!

Los jóvenes la imitaron y estallaron en júbilo. Ni mil carretas podrían transportar el tesoro encontrado. Goda trepó un trecho. Allí estaban las heridas de las antiguas extracciones. De niña, su abuela le había hablado de la montaña y de los difíciles caminos que los arrieros usaban para distribuir la sal por los condados de la Marca y más allá de los Pirineos. Fue un próspero comercio, pero la montaña estaba justo en la difusa frontera, tal vez en territorio sarraceno, y quedó abandonada. Había señales de pastores que recogían piedras para el ganado, pues mejoraba el sabor de la leche y la carne. Estaban entre Al Ándalus y el vórtice de tres condados de la Marca: Urgell, el *pagus* de Berga, que pertenecía a la Cerdaña, y el antiguo condado de Osona unido *de facto* a Barcelona.

—¿A quién pertenece? —preguntó Albaric desde abajo.

—Éstas son tierras fiscales —dijo Goda con la mirada perdida en el horizonte—. Pertenecen al rey, pero no os debe preocupar quién es el señor de la sal, ya que siempre habrá uno u otro, lo importante es que durante los últimos años nadie la explota. Haremos que nazca un derecho aunque haya que pagar tributos y entregar parte al conde.

—Nunca habéis pensado en una sola carreta de sal —dijo Donadeo, admirado.

—No he arriesgado mi vida y las vuestras para salar un poco de pescado. —Miró al entusiasmado Ermemir—. Esta montaña traerá grandeza a quien arañe su tesoro y lo conserve. Con menos se han forjado poderosos linajes.

—¿Y vos qué haréis, señora? —preguntó ingenuamente Ermemir—. Ya sois noble.

Tras días en silencio, Goda parecía una reina ante sus súbditos.

—Comprar a mi hija Argencia y recuperarla —dijo con firmeza—. Regresaremos a Barcelona con la carreta llena. Hay que esconder la sal en las cabañas y hacer nuevos viajes en secreto. Si alguien lo advierte, diréis que un barco sarraceno que la transportaba encalló y que sacasteis la carga antes de que la embarcación se hundiera. Con el beneficio construiremos carretas y compraremos bueyes y mulas para regresar. Hay que evitar a toda costa que nos lo arrebaten, al menos durante un tiempo.

—Vuestras palabras son alentadoras, señora, pero estamos muy lejos de cualquier parte. Aunque viniera todo nuestro poblado, un puñado de guerreros nos expulsaría de aquí.

—No si les pagamos bien. Si ponemos en marcha el comercio de esta sal todo puede cambiar. En esa colina, ahí delante, está el castillo de Cardona de los tiempos de Luis el Piadoso, ahora abandonado. A cambio de defender esta parte de la frontera, varias familias podrían establecerse aquí. Mi abuela me contó que hay caminos hacia Barcelona y Girona, otros a Urgell, Aragón y Pamplona, pero el más importante cruza el Cadí y llega más allá de los Pirineos, hasta Tolosa y Narbona. Los arreglaremos.

—Hará falta mucha gente.

—Esto no es para vosotros, es para vuestros hijos y nietos.

Goda se había dejado guiar por un impulso. Aunque sabía bien que unos cuantos pescadores no conseguirían retener aquel tesoro sin contar con hombres armados, calló sus dudas.

—De momento debemos poner todo nuestro empeño en llevar la primera carreta de sal a Barcelona.

Besó la cabeza de Ermemir pensando en su hija Argencia. Con el fruto de ese negocio recuperaría su honor y a la pequeña. Nada resistía el poder del dinero. Esperanzada, se alejó en la oscuridad para trenzar una corona de flores a la Madre y otra a los genios que guardaban la montaña. También a ellos debía pedirles permiso, pero sin escandalizar a los supersticiosos pescadores o el rumor que ya circulaba acerca de sus pactos con los antiguos dioses se extendería demasiado.

32

Durante dos días los pescadores inspeccionaron la montaña de sal, grisácea y estéril, conscientes de su tamaño. Goda observó las terrazas horadadas para sacar los depósitos más puros. Encontraron restos corroídos de andamios y poleas inservibles. De allí sacaron grandes piedras. Exploraron el pequeño castillo de Cardona, situado sobre un promontorio desde el que se veía la vasta planicie. Apenas se mantenían en pie los muros, pero seguía siendo un lugar estratégico en la frontera. A cualquier conde le interesaría un poblado estable que explotara la montaña y defendiera el territorio con las armas. Ése podría ser el argumento que permitiría a Goda negociar la repoblación del lugar.

La dama y los pescadores partieron hacia Barcelona con ánimos renovados, si bien conscientes de la dificultad de avanzar por el margen del río Cardener con el carro cargado. Los viejos caminos habían desaparecido y en algunos tramos debían vaciar la carreta, transportarla en volandas y volver a cargarla más adelante, pero estaban acostumbrados al trabajo duro. Compartían el optimismo de Goda y no dejaban de elucubrar sobre el futuro.

Albaric era reacio a abandonar la barca por aquella quimera, pero Leotar y Donadeo tenían fe en que sus vidas miserables podían cambiar. Goda callaba. Imaginaba una carta de poblamiento firmada por el conde, un castillo sobre la pequeña torre en ruinas y un próspero linaje que perduraría durante siglos. Sin embargo, debían llegar primero a Barcelona con aquellas pocas piedras de sal. Le habría gustado tener al lado a Frodoí, nadie como él habría entendido el alcance de lo que se traían entre manos.

Se oyó un fuerte silbido y la ensoñación de Goda se esfumó. Por delante se levantó una polvareda y vieron aparecer a siete jinetes de aspecto fiero. Algunos de los muchachos trataron de esconderse, pero el silbido de las flechas los detuvo. Los recién llegados vestían prendas de cuero remachado e iban cubiertos con turbantes negros. Goda dedujo que eran sarracenos en una de sus incursiones. Se cubrió la cabeza con el manto y se unió a los asustados hombres junto a la carreta.

—El pastor que los vio tenía razón. Huelen a pescado podrido —musitó en árabe uno de los sarracenos.

El cabecilla acercó su caballo de guerra peligrosamente hacia los pescadores para asustarlos. Goda lo observó. Era apuesto, con una mirada oscura y penetrante. El sarraceno inspeccionó la carga y sonrió con malicia.

—Cristianos, ¿tenéis salvoconducto del valí de Lleida para comerciar con sal?

Los pescadores no respondieron. Entonces el jinete desenvainó el sable.

—Vuestro silencio es la respuesta.

Parecía dispuesto a abatir a Donadeo, y Goda se adelantó.

—Éstas no son tierras del emirato, señor —improvisó. No creía que un saqueador conociera los tratados ni las treguas—. Pertenecen al rey Carlos el Calvo.

—¿Una mujer tiene el valor de responder? —demandó divertido.

Con la punta del sable apartó el manto y contempló a Goda con sorpresa. El resto de los jinetes sonrió al apreciar la belleza de la cristiana.

—Tu piel no está reseca ni tostada como la de éstos. ¿Eres su prisionera?

—No.

—¿Cómo te llamas?

—Goda de Barcelona.

El sarraceno frunció el ceño, el nombre le resultaba familiar.

—Seguro que alguien de la ciudad pagará tu rescate con generosidad.

—Me desterraron —repuso altiva, aunque estaba muy asustada—. En otras circunstancias os estaríais batiendo con mi escolta.

Los sarracenos se echaron a reír.

—Lo cierto es que el hedor que desprendéis ha estado a punto de hacernos huir. Sea como sea, supongo que sabréis que la tregua con el rey Carlos ha expirado este año. El conde de Urgell aún no ha mostrado interés en renovarla, y no la rompemos si os llevamos con nosotros.

—Dejad a los muchachos, señor —imploró Donadeo con voz atiplada.

—¡Es lo que mejor pagan los esclavistas! —Le puso el filo en el cuello—. A ti, en cambio, no vale la pena mantenerte con vida.

Goda se estremeció. A su lado Ermemir lloraba y el resto era presa del pánico. Era un viaje peligroso y había acabado mal.

—Estoy muy unida a Frodoí, el obispo de Barcelona —dijo a toda prisa tratando de evitar el desastre—. ¡Respetad nuestra vida y él pagará un buen rescate!

—¿Y dónde está ese pastor de infieles?

—Llegará pronto con el nuevo conde de Barcelona, y cuando sepa lo ocurrido acudirá al valí de Lleida. —Miró a los ojos al apuesto sarraceno—. Si me ocurre algo, se encargará de que los poderosos regentes Banu Qasi de Lleida y Zaragoza os den caza.

El otro volvió a reír, aunque la amenaza le había afectado más de lo que quería reconocer. Eran frecuentes los tratos y los negocios entre los nobles cristianos y los sarracenos poderosos, e incluso forjaban alianzas mediante matrimonios.

—¿Tanto te estima el obispo para enfrentarse al sobrino del valí de Lleida? —Observó complacido la reacción de la mujer. Debía valorar su petición, pues los jerarcas cristianos eran poderosos—. Mi nombre es Abd al-Malik y, de momento, os llevaremos con nosotros. —Guardó el sable y mostró una sonrisa seductora a Goda—. Hasta que lleguemos al mercado de esclavos de Tarragona espero que me entretengas explicándome qué hace una bella noble acarreando sal por estos parajes desolados. Allí ya decidiré si os vendo o envío un mensaje a vuestro obispo.

En el pequeño cenobio de Fórnols, el anciano *frate* Bonifacio rezaba por el joven caballero malherido que habían tendido sobre la mesa del refectorio. Lo habían confundido con un cadáver y a punto estuvieron de enterrarlo. El monje le había limpiado las heridas con vino, las había cosido con tripa y cubierto de fango amasado con zumo de cardo, incienso molido y cizaña. La cuchillada en la espalda era superficial gracias a la cota, aunque la del costado era profunda. El joven se había salvado al taponarse la herida con el valioso pañuelo, pero había perdido mucha sangre. Estaba en las manos de Dios.

—Veo que os habéis tomado muchas molestias, *frate* Bonifacio —indicó el prior al tiempo que se situaba junto a él.

El anciano se quejó de las rodillas al levantarse y rozó los cabellos dorados del joven tendido.

—Este color no es muy habitual aquí, pero recuerdo quién lucía una melena así, hace mucho tiempo. Isembard de Tenes. ¿Os acordáis de Guisand de Barcelona? Dijeron que el hijo del caballero se había unido a él tras criarse en el monasterio de Santa Afra y que junto a Guisand y otros protegía las tierras de los colonos del obispo de Barcelona. Parecía una historia a la que no dar mucho crédito, pero ¿y si fuera él?

—Guisand murió con sus hombres en la fortaleza de Tenes. Si el hijo legítimo de Isembard estaba con él, debió de correr la misma suerte.

—Tal vez sobrevivió. Los caminos del Señor son insondables.

El prior se acercó. Ninguno de los monjes del cenobio tenía conocimientos para sanar más allá de lo que aprendieron de sus madres. Los galenos judíos estaban lejos, en Girona, y tampoco tenían medios para pagarles. Bonifacio ya le había dispensado el viático. Cuando el prior tocó al joven éste se agitó aunque no abrió los ojos.

—Elisia... —musitó en un susurro.

—¿Qué ha dicho? —demandó Bonifacio, sorprendido.

—No lo sé. Parecía un nombre de mujer.

Vieron el movimiento errático de sus pupilas bajo los párpados.

—Guisand... No pude buscar a la condesa... a Guifré. No...

Los monjes se miraron.

—¿Ha dicho Guifré?

—Me temo que sí. —El prior echó un vistazo a su alrededor para asegurarse de que estaban solos en el refectorio—. Podría ser una casualidad, hay muchos con ese nombre.

—Sí, pero sólo un joven de melena rubia podría juntar en un mismo delirio a un Guisand, una condesa y un Guifré. ¿Sabrá algo?

—Si es realmente Isembard II de Tenes, ¡esto podría ser una señal de Dios!

El monje anciano miró el altar. Habían enlucido el ábside trapezoidal y estaban pintando en él una tosca escena: la resurrección de Lázaro. No tenían a nadie con conocimientos de pintura, pero los *frates* eran iletrados y debían aleccionar con imágenes a los nuevos que abrazaran aquella vida. Durante años Bonifacio había rezado para que el pequeño monasterio resistiera, pues habían sufrido sangrientos saqueos. Sólo una paz duradera les permitiría extender la luz del Evangelio por los valles.

Se volvió hacia el convaleciente y lo embargó la sensación de participar en algo que excedía a un humilde monje; por eso debía salvarlo, ahora lo comprendía. Tras años de silencio, ese desconocido había pronunciado un nombre que para ellos tenía un significado: la esperanza perdida.

33

Goda encabezaba la marcha de los cautivos, atados y unidos entre sí con una larga soga. Para su sorpresa Malik, el líder sarraceno, era un hombre cultivado y conocía bien la lengua vulgar de la Marca. Sobrino del valí de Lleida, leía árabe y algo de latín, e incluso explicó a la dama que tenía varios amigos clérigos en Lleida y Zaragoza que participaron en la búsqueda de las reliquias de san Vicente en Valencia en el año 858. Malik se había visto envuelto en una conspiración, de la que casi no contó detalles, y decidió abandonar Lleida. Él y sus hombres, relató, sobrevivían del saqueo en la Marca y también en los territorios de Zaragoza.

—Desterrado como yo —dijo Goda con ironía.

Los demás la miraban asustados por el tono altivo con el que se dirigía a su captor, pero él parecía más admirado que ofendido.

—Estoy recordando lo que me contó un mercader sobre ti, Goda.

—¿Qué dicen los infieles de tu cautiva? —demandó altanera.

—Que eres de una antigua familia y conoces toda la historia de Barcelona.

—Una ciudad de casi mil años esconde muchos secretos para conocerlos todos.

—Y dime, ¿cómo se recuerda tu ciudad bajo el dominio musulmán?

Goda pensó bien la respuesta. Su abuela le había hablado

de aquel tiempo con una sensación ambigua. Los nuevos señores venidos del sur encontraron una ciudad de recias murallas, pero todo su esplendor había desaparecido.

—Tus ancestros eran conscientes del imperio que se gestaba en el norte tras la desaparición de los reyes merovingios.

—¡Esos reyes holgazanes!

—Barcelona era un territorio cercano a la frontera y podía perderse con facilidad, por eso en los ochenta años de dominación musulmana trajeron muy pocos pobladores sarracenos, la mayoría de ellos oficiales y funcionarios del valí, además de soldados. Construyeron la pequeña mezquita en la catedral y reformaron algunos palacios visigodos. No dio tiempo para erigir obras con el esplendor de otras ciudades del sur.

—No has respondido.

—Se respetó a los habitantes y sus creencias. Los cristianos acudían a la iglesia de los Santos Justo y Pastor. En aquel tiempo había paz, pero los barceloneses sentían, como ahora, que su tierra y sus vidas estaban en otras manos. Tus gobernantes fueron benévolos, pero no era su hogar, como tampoco lo es de los francos.

—O sea, que lo que pretendéis es levantar vuestro reino.

—Sólo pretendemos repoblar y cultivar la tierra en paz; construir molinos, forjas, comerciar por tierra y mar...

—También con sal.

—Con todo lo que podamos ofrecer. Queremos alzarnos del fango sin estar al arbitrio de los intereses de nobles o reyes que se encuentran a miles de millas.

El sarraceno profirió una carcajada y palmeó a su caballo en el cuello. Uno de sus jinetes exploradores regresó al galope.

—Malik, se acerca un grupo armado.

—¡Hay que salir del camino!

Fue una emboscada. Casi ochenta hombres de aspecto horrible aparecieron en todas direcciones. Los pescadores gritaron aterrados; las historias sobre aquellas criaturas que poblaban el interior no exageraban. En medio de un espeso silencio, Malik desenvainó el sable.

—¡Hordas! —escupió—. ¿Cómo se han reunido tantos?

Vieron ante ellos a un hombre con el yelmo astado sobre su montura a poca distancia.

—Deponed las armas —les exigió—. ¿Los que lleváis son cristianos?

—¿Prefieres su carne? —gritó Malik, desdeñoso. Conocía las horribles prácticas de aquellos hombres.

—Un pastor nos advirtió de que había alimañas sarracenas por aquí. ¡Bajad de los caballos y soltad las armas!

Tras los matorrales se alzaron una docena de muchachos con hondas.

—Está bien, hablemos —dijo Malik. Acto seguido bajó la voz para dirigirse a sus hombres—. Estad atentos. Hay que escapar.

—¡Te reconozco! —dijo una voz femenina.

Malik se volvió intrigado. Una joven se había retirado la capucha de su capa. Al ver la trenza rubia retrocedió unos años atrás, cuando se quedó absorto mirando ese rostro a través de los barrotes de una jaula. Era la esclava para Drogo. Estaba cambiada, más bella y resuelta, pero sus ojos claros seguían siendo de hielo. Las pieles que la cubrían le recordaron a un siniestro personaje del que se hablaba en esas tierras.

Rotel se acercó y lo observó con atención. Era el apuesto sarraceno que compró a las mujeres que iban con ella en la carreta después de que la capturaran. Sintió algo extraño a lo que no logró poner nombre.

—Te interesaste por mí —dijo fríamente. Su interior se removía y maldijo esa debilidad—. Ahora podría hacerte mi esclavo.

Malik no conseguía dejar de mirarla. Decidió que su belleza resultaba tan delicada como peligrosa. Era una criatura única que lo desconcertaba y lo atraía al mismo tiempo.

—Entonces no tendría una *domina* más bella —se atrevió a retarla—. Mi nombre es Malik.

Rotel recordó el nombre pronunciado por uno de sus captores. En el fondo de su alma de hielo podía oír el rechinar de dientes de Ónix, colérico ante el calor que comenzaba a invadirla. Se enfureció consigo misma, pero cuando quiso alejarse algo captó su atención. Señaló la espada que colgaba de la alforja de uno de los sarracenos.

—¿De dónde la habéis sacado?

Goda, que había permanecido silenciosa, sobrecogida ante la bella muchacha a la que las terribles hordas respetaban, también se fijó en el arma y se agitó.

—¡Es la espada de Guisand de Barcelona! —exclamó.

—¡No! —replicó la muchacha—. Es de mi hermano, Isembard.

—¿Eres Rotel de Tenes? —preguntó la noble, sorprendida.

—¡Responde! —espetó Rotel a Malik con hostilidad.

La furia de su semblante auguraba problemas, y el sarraceno prefirió decir la verdad.

—Encontramos a un hombre, a casi dos días de marcha, hacia el norte.

—¡Mírame, Malik! ¡Mira mi cara y mi pelo! —siguió Rotel. Su mano bajo la capa de pieles manipuló algo y el otro se estremeció—. ¿Te recuerdan a él?

—No, él tendría unos cincuenta años y tenía el pelo cano —dijo desconcertado.

Goda no pudo contenerse y se acercó.

—¿Y tú quién eres? —gruñó Rotel, furiosa ante la distracción.

—Sin duda es Goda de Barcelona —dijo Ega mientras se acercaba apoyada en su cayado—. Sus rasgos muestran la vieja sangre de su estirpe. —Se encaró a la noble, amistosa—. Mi nombre es Ega y conocí a tu madre, aunque de eso hace mucho tiempo.

—¡Dios mío, Ega! Me habló de ti hace años, de lo que ocurrió para que abandonaras Barcelona cuando eras muy joven. —Goda estaba impresionada ante aquella vieja leyenda viva. Ega era una mujer de los bosques, solitaria y unida a la tierra mediante vínculos que para el resto resultaban incomprensibles. Veneraba a la Madre, como ella, y era sanadora, una faceta distinta de una misma lucha para salvar la Marca—. ¿Qué haces con estos demonios?

—Es una larga historia, pero bajo esos yelmos oxidados hay campesinos, herreros, carpinteros y soldados que huyeron a los bosques para sobrevivir. Ahora se han unido para defenderse de Drogo de Borr y buscan una nueva oportunidad.

—Rotel —siguió Malik, que por fin sabía el nombre de la joven—, el hombre al que arrebatamos la espada parecía huir. Lo sorprendimos cerca de Fórnols con tres caballos de refresco, demasiados para un hombre solo. Lamento que ya no puedas preguntarle.

—¡Debo saber qué le ocurrió a Isembard! —exclamó Rotel mirando a Ega.

—¿Qué te dice el corazón? —preguntó la mujer, sombría.

—¡No lo sé! Hay algo... Siento mucha debilidad, pero creo que no está muerto.

—¡Yo podría guiarte a cambio de la libertad de mis hombres! —propuso Malik ante el estupor de los suyos. Aún estaba perdido en los ojos de Rotel; quería saber más de la enigmática y arrebatadora mujer rubia, aunque eso lo pusiera en peligro—. Llegaríamos al amanecer, y tienes mi palabra de que no te haré daño.

Rotel lo miró con suficiencia y Malik la admiró todavía más. No era capaz de concebir a una mujer sin debilidad, pero allí estaba.

—¿Este moro te ha respetado? —preguntó Rotel a Goda de manera inesperada.

Goda se estremeció. Después de tantos rumores siniestros no la había imaginado así. No era la esclava de un diablo, sino una joven libre, libre de verdad, sin miedos.

—Creo que es un hombre de honor, Rotel. —Percibía el interés mutuo entre ellos, a pesar de la tensión. Quizá el amor la redimiera. Luego señaló a los pescadores—. Permitidnos regresar a Barcelona. Hay muchas familias que dependen de esta sal.

—¡Has ido a la montaña de sal! —exclamó Ega con asombro al ver el cargamento.

Miró a los desarrapados pescadores y dedujo que si se habían arriesgado tanto era para hallar un nuevo medio de subsistencia.

Goda, atenta a la otra mujer, tuvo un pensamiento que lo cambió todo.

—Dices que las hordas buscan una nueva oportunidad. ¡Que nos escolten hasta el puerto de Barcelona! Protección a cambio de bienes y enseres. Como antaño.

Hasta ese momento Ega no sabía cómo contendrían el ansia violenta de los clanes, pero la propuesta de Goda podía dar un giro a la desesperada situación. Se volvió hacia Cosla, que seguía atento el encuentro barruntando cómo sacar beneficio.

—Escoltadlos hasta Barcelona, a cambio de la mitad del cargamento.

—Un tercio de la sal y un barril de pescado en salmuera a la vuelta —opuso Goda. El corazón le latía con rapidez—. Haremos muchos más viajes. Ése será el pago cada vez, si estáis dispuestos a proteger el camino.

—¡Mejor si nos llevamos toda la sal! —exigió Cosla, que no estaba acostumbrado a pactar, y menos con una mujer. No quería parecer débil.

—Está bien —aceptó Goda. Tener a Ega cerca le hizo ser osada—. ¡Llevaos la sal y matadnos! —Señaló a los muchachos famélicos de las hondas—. En vez de comer pescado que laman las piedras de sal. ¿Así cuidas de ellos?

—Somos pescadores, señor —se atrevió a decir por fin Leotar—. Podemos pescar para vosotros a cambio de protección. Y os daríamos quesos, legumbres, grano...

Cosla se alejó con Ega y algunos ancianos de miradas esperanzadas. Tras discutir, el líder de las hordas acabó asintiendo, si bien ceñudo. Goda tuvo deseos de llorar. Aceptaban. El reencuentro con su hija, Argencia, podía ser real y próximo. Había hallado la manera de llevar a cabo su plan. Después de décadas Barcelona iniciaría un tímido comercio. Era el principio. Frodoí estaría orgulloso.

Rotel no soportó más la espera. Malik la subió a su caballo, que se encabritó por culpa de la capa de la muchacha, y Ega montó con otro sarraceno; si Isembard estaba herido, la necesitaba. Rotel fulminó a todos con la mirada, y los acompañantes de Malik se alejaron al galope sin oposición. Abrazada al sarraceno, notó que el corazón se le desbocaba. Sin embargo, no habló para no delatar su extraño mal.

34

Por el valle de la Vansa se había corrido la voz del hallazgo de un soldado al que habían estado a punto de enterrar. Historias como ésa se contaban a menudo. Rotel, con Malik, Ega y otro sarraceno, encontró el convento con facilidad.

Los monjes sintieron pavor al ver a las extrañas mujeres ante la puerta del monasterio. La más joven dijo ser hermana del moribundo, y sus rasgos delataban el parentesco. Colgó la capa en una rama baja de un roble, y las dejaron pasar obligados por el frío de los ojos azules de Rotel. Malik se dispuso a regresar con sus hombres hacia Lleida, pero existía ya un vínculo de gratitud entre él y Rotel, de manera que se aventuró a proponerle que se reencontraran en el futuro. Ella calló, sin negarse.

Ega examinó ceñuda al malherido, y a la cura con incienso y cardo añadió un emplasto de clara de huevo e hinojo antes de vendarlo con fuerza. El proceso se repetiría varios días.

—Vivirá —dijo el *frate* Bonifacio, esperanzado. Luchaba contra el recelo supersticioso hacia la mujer de los bosques. Podía aprender mucho de ella.

Rotel enjugó la frente a Isembard y le besó los labios. Ardían. Lo había afeitado, y contempló su rostro largamente. Eran los Nacidos de la Tierra, a los que los lobos no dañaron. Estaban juntos de nuevo, con la piel y el alma llena de cicatrices.

Isembard parecía beber de la fuerza vital de su bella hermana y a los siete días despertó con apetito, pero su recuperación tenía mucho que ver con los abrazos de Rotel. Cada lágrima de la joven purificaba las tinieblas que la dominaban, e Isembard supo que regresaba. Aquel crítico trance había sido la manera de atraerla a la luz. Las muertes de Guisand, de Inveria y de Nilo eran una honda herida, pero eran hermanos y ese vínculo entre ellos, aunque soterrado, seguía firme. Isembard les explicó nervioso lo ocurrido en la asamblea y les habló del peligro que los godos y en especial Goda corrían en Barcelona.

El prior estaba al tanto de las noticias.

—Sabemos que el marqués Bernat de Gotia ha cruzado los Pirineos. A estas alturas habrá llegado a Girona. Incluso puede que ya esté en la ciudad.

Isembard quiso levantarse, pero seguía débil. Rotel lo ayudó con firmeza a recostarse. Se sintió sobrecogido; su hermana era capaz de demostrar amor y piedad, pero también ser despiadada.

—Yo iré a Barcelona, hermano. No me importan tu obispo, ni Goda ni los nobles de la ciudad. Lo que me importa es que haya una tierra en paz para que las hordas puedan vivir en ella.

Él asintió impresionado. Rotel no le pedía permiso, sólo exponía sus pretensiones en voz alta.

—Encuentra a Elisia. Necesito saber que está bien. Drogo le destrozó la taberna. Era su vida y puede que esté pasando penurias.

—¿Te acuerdas de cómo nos salvó en Girona, hermano? No deberías subestimarla. Sabe cuidarse. Aun así, la visitaré... si tú me prometes descansar.

Rotel se marchó sola del monasterio ese mismo día. El prior y el *frate* Bonifacio no esperaron más para interrogar a Isembard.

—En sueños mencionaste a una condesa, a Guisand y a otro hombre: Guifré...

El joven no tenía nada que esconder. Además, esos monjes le habían salvado la vida. Así pues, respondió.

—Guisand de Barcelona fue el caballero que me instruyó en las armas. Fue vasallo de mi padre en tiempos de los Caballeros de la Marca. Antes de morir me hizo prometer que buscaría a la esposa y los hijos del conde Sunifred de Urgell. Mi padre los ayudó a escapar durante el ataque de Guillem de Septimania y desde entonces nadie sabe nada de ellos. Debía instruirlos para que regresaran como miembros de la casa bellónida, con aspiraciones legítimas a los tronos de los condados de la Marca.

Los monjes se miraron con un extraño brillo en los ojos.

—Entonces era cierto —musitó Bonifacio, conmovido—. Creí que nunca lo vería.

—Isembard —comenzó el prior, grave—, pensamos que Dios te ha traído hasta Fórnols para terminar algo que se gestó hace mucho tiempo. Has regresado de la muerte para cumplir esa promesa. —Le tembló la voz—. Y nosotros podemos ayudarte.

Cuando Goda, con los pescadores, vio la Ciudad Coronada abrazó a Ermemir y lloró de alivio mientras los demás bendecían a Dios. Habían entregado a Cosla algo más de un tercio de la sal, pero estaban vivos y habían pactado protección para nuevos transportes a cambio de pescado salado, grano, legumbres secas, mantas y tela de lino para confeccionar túnicas y camisas, todo en proporción a la carga acarreada.

Cubrieron el carro con sus mantos y esperaron a que fuera de noche para ir al puerto, donde las mujeres, que ya se temían lo peor, recibieron a sus maridos e hijos con lágrimas. Todos miraban a Goda entre la admiración y el recelo. La reverenciaban, y la aventura animaría largas veladas durante mucho tiempo.

Goda entró en la torre y se encogió, como si toda la tensión acumulada le hubiera arrebatado las fuerzas. Deseó poder ir a la ciudad, abrazar a Argencia y ofrendar a la Madre por haberles regalado un fruto de sus entrañas, la valiosa sal. Aquello le hizo recordar lo que su madre contaba de Ega. Decía que ésta había huido de Barcelona tiempo atrás, después de una terrible paliza que le había propinado su esposo. Pero no murió como todos esperaban, sino que se convirtió en una de esas misteriosas mujeres que habían renunciado al mundo y seguían en los bosques, en contacto con la naturaleza y sus misterios; eran tan temidas como respetadas.

Goda nunca se había adentrado tanto en los páramos desolados como en ese viaje hacia la montaña, y había sentido el pálpito de aquella tierra viva. La Madre era generosa si la respetaban. La sal era una oportunidad para todos, incluso para las hordas si lograba que se autorizara su comercio a cambio de la *teuta*.

Agotada, se dejó caer sobre la polvorienta estera. Al día siguiente mandaría a Ermemir a averiguar si su hija estaba bien en el palacio condal.

Al amanecer los pescadores la convocaron a una discreta reunión en una de las cabañas. La sal estaba a buen recaudo. Para poder cumplir con sus siniestros protectores, que aguardaban ocultos en los marjales próximos al mar, debían tejer más redes y reparar las barcas, incluso construir otra.

—No podemos esperar tanto tiempo —dijo Goda, aún agotada—. Debemos ofrecer la sal a pescadores y carniceros de confianza a cambio de sus productos.

Reservaron la suficiente y en sólo tres días cambiaron el resto. Era una sal compacta y de buena calidad también para curar carne. Goda reclamó la mitad de lo obtenido, tres dineros de plata, que guardó a buen recaudo entre las piedras de la torre. Estaba más cerca de abrazar a Argencia.

Con la nueva luna, diez hombres y una docena de jóvenes partirían con cuatro carretas, alforjas y mantas para acarrear toda la sal posible. Esta vez ella no los acompañaría y Goda aceptó aliviada. Tras una vida entre comodidades y rodeada de sirvientes, el esfuerzo le había pasado factura, por eso las mujeres se ofrecieron a atenderla. Preferían que la bella noble no viajara con sus esposos e hijos; además, era más hábil que ellos negociando en la ciudad con los posibles compradores.

Un día después Goda llevó a las mujeres a la vieja iglesia de Santa María, frente al mar. Como hacían sus antecesoras, ofrecía libaciones a la Madre en secreto y oraba en público como una cristiana. Con el rumor del mar de fondo asistieron a la misa, y dejó una corona de flores y plantas aromáticas en el enlosado frente a la parte del Evangelio, como hacía su abuela, siempre en el mismo lugar. Cuando se quedaron solas rezando ante la antigua imagen de la Virgen, les habló con autoridad.

—No será fácil, pero si todo marcha como es debido, en unos años podremos ampliar el puerto. Hay que transportar la sal a Ampurias, el Rosellón y Narbona, incluso a los moros si el nuevo conde pacta renovar la tregua. Pero lo importante, lo que quiero que hagáis por vuestros hijos, es evitar riñas y conflictos. Cada vez será necesaria más gente; debemos formar una comunidad y ampararnos a la Virgen protectora.

Todas las mujeres asintieron, aunque no comprendían la envergadura de esa empresa. Si seguían extrayendo sal de la montaña de manera pacífica obtendrían un derecho sobre la explotación abandonada que, con los años, se reconocería en los tribunales frente a los codiciosos condes de la Marca. Entre ellos podía estar el futuro señor de la montaña de sal, el pequeño castillo de Cardona y sus alrededores. Pensaba en su propia hija, desposada con el hombre que estuviera al frente. Ése sería su objetivo.

De pronto se oyeron las campanas de la ciudad. El viejo sacerdote entró alterado y se extrañó al encontrar aún al grupo de mujeres con Goda, la desterrada.

—¡Llega el nuevo conde y señor de la Marca, Bernat de Gotia!

—¿Y Drogo de Borr? —demandó Goda, sorprendida.

—Se llevó a cabo un juicio en el que se le declaró culpable de asesinar al vizconde.

—¡Frodoí! ¡Dios mío! —exclamó anonadada.

El clérigo torció el gesto. Se conocían desde siempre y estaba asustado.

—Dicen que Bernat no viene sólo a tomar posesión de la corona. Ha asegurado en público que va a pacificar la ciudad tras el caos que trajo Drogo, pero hay quien afirma que quiere aplastar a los godos y requisar sus riquezas. Ya hemos vivido eso antes, Goda. El obispo ha mandado un mensajero, y éste asegura que Drogo sigue acusándote ante el nuevo señor de ser rebelde a la corona. Otros están huyendo. Haz lo mismo, eres el alma de Barcelona, Goda.

A pesar del terror, dejó a las mujeres y, llorando, retomó el camino al Mons Iovis. Su sueño se escurría como la fina arena de la playa que pisaba. Sin embargo, no se marcharía. Confiaba en Frodoí y en su poder frente al conde; él velaría por ella hasta el final.

35

Las campanas clamaban la llegada del nuevo conde a Barcelona. Bernat de Gotia y el obispo Frodoí aguardaron en la explanada frente al portal Vell con el séquito de soldados, oficiales y siervos hasta que las puertas se abrieron con un seco chirrido. Sobre las torres ondeaban pendones y de las almenas colgaban lienzos rojos y dorados.

Bernat dio orden a los tamborileros y entró erguido sobre su montura de guerra, jaleado por los suyos como un héroe. Barcelona, concentrada desde la puerta hasta el palacio condal, se unió al clamor entre la curiosidad y la incertidumbre.

El marqués no disimuló su disgusto ante el aspecto decrépito de la urbe. Por orden del veguer se habían retirado los desechos de las calles y la maleza, se había dado caza al mayor número de ratas posible y se quemaba esparto para ahuyentar a los insectos. Con todo, era evidente el aspecto de abandono, con numerosas casas en ruinas o derrumbadas y las vías embarradas.

Frodoí entró detrás de Bernat de Gotia en un caballo blanco y revestido con su capa de seda. Ya sabía que Isembard y Egil no habían llegado a la ciudad, pero esperaba que sus mensajes hubieran servido de advertencia. Detestaba al nuevo conde de Barcelona, con el que había mantenido agrias discusiones durante todo el camino. El codicioso joven no tardaría en buscar el modo de llenar sus arcas con la excusa de instaurar la paz del rey. Además, su enemistad aún ponía en mayor riesgo a Goda y confiaba en que, tras conocer su mensaje, ya estuviera lejos. Sentía un profundo pesar al pensar en ella. En cuanto terminara la solemne recepción debía buscar la manera de que Argencia quedara bajo su custodia y no bajo la del caprichoso conde.

Elisia, cubierta con su viejo manto, estaba entre el gentío con un paño abultado entre las manos. Observó al marqués. No aparentaba tener muchos más años que ella y era apuesto, sin las marcas del duro trabajo, y si bien vio en él un gesto de repulsión al mirar al vulgo harapiento, deseó que hubiera un poco de caridad en él. Tenía el corazón acelerado y el vientre revuelto por la tensión. Aún no se le notaba el embarazo.

—¿Qué llevas ahí, Elisia? —demandó una voz a su espalda.

—Galí —musitó disgustada. Hacía varios días que no había aparecido por el Miracle y ahora una nube negra descendía sobre su ánimo—. Nada.

—Te conozco, y sé que tramas algo. Dímelo y te revelaré algo que me han contado de ti...

Quiso arrebatarle el fardo que sostenía, pero Elisia se resistió enfurecida.

—¡Mírate! ¿De cuántas furcias llevas el sudor encima? ¡Das asco!

Galí levantó la mano contra ella, pero varios hombres lo miraron hostiles. Elisia era apreciada por todos, y su esposo se contuvo para no meterse en más problemas.

—Es nuestra última esperanza de salir de esta miseria a la que nos llevaste —añadió—, incluso para ti, esposo.

Junto a ellos la muchedumbre se movió. La comitiva había llegado a su altura. Elisia inspiró muy hondo. Lo ocurrido había aumentado su ansiedad y casi estuvo a punto de echar a correr para salir de allí. Al ver al altanero Bernat sonriendo con cierto desdén se armó de valor, dio un paso adelante y se situó ante su poderosa montura. Ya no había vuelta atrás.

Un miembro de la escolta del noble la fustigó con una vara con saña. Ella aguantó en silencio, encogida y humillada mientras ofrecía su presente al conde. Bernat, más porque era una mujer joven que por curiosidad, detuvo al soldado. Tomó el fuste y retiró el manto de la cabeza de Elisia. Su aspecto le gustó y apareció en su rostro una sonrisa lasciva.

—¿Qué me ofreces, mujer?

—Sed bienvenido a Barcelona, mi señor —dijo ella sin atreverse a mirarlo. Estaba aterrada. Abrió el fardo y mostró un queso cilíndrico de corteza blanquecida. Un aroma suave llegó al conde mientras la calle y la plaza quedaban en silencio. Detrás, Frodoí miraba espantado a la joven Elisia cometer aquella locura.

Bernat ordenó a uno de sus lacayos que probara el queso. No se fiaba de esos godos.

—¿Cómo te llamas?

—Elisia de Carcasona, conde.

—¡Dios mío, mi señor! —exclamó al momento el lacayo con ojos desorbitados—. ¡Es auténtico queso chabichou! ¡El mejor que he probado!

Bernat se sorprendió y su siervo aún se llevó a la boca un pedazo más antes de dárselo. El noble lo paladeó con los ojos cerrados, y Barcelona contuvo el aliento sin entender qué ocurría. La sonrisa del conde se ensanchó de júbilo y Elisia soltó el aire que retenía, con las piernas flojas. Por primera vez miró al conde a la cara.

—Lleva curándose justo el límite, diecinueve días, desde que supe que alguien de Poitiers nos visitaba. —Al ver el interés de Bernat se atrevió a seguir—. Mi abuelo fue cocinero en una posada de Carcasona y aprendió la receta de este queso de Poitou de un mercader de ese condado. Me explicó que lo elaboraban los musulmanes que permanecieron allí tras la batalla de Poitiers hace mucho tiempo. Lo he hecho con la mejor leche de cabra que he encontrado, sin prensar ni poner al fuego, para que os sintierais como en vuestra tierra.

—¿Lo aprendiste en Carcasona? He estado allí. ¿En qué posada trabajaba ese abuelo tuyo?

—En la de Oterio. También yo servía en ella; allí lo aprendí todo, mi señor.

—¡Ahora lo entiendo! ¡Jamás imaginé encontrar un manjar así en este lugar!

—Esta mujer regentaba una taberna en Barcelona —dijo Frodoí acercándose. Comenzaba a entender la arriesgada intención de Elisia y se conmovió. Debía ayudarla—. Por desgracia, Drogo la destruyó en su furia vengativa contra la ciudad.

Bernat casi había acabado con el chabichou e, impasible, se limpió en su propia capa y se acercó a Drogo, maniatado entre sus guardias. Sin cruzar palabra le rasgó la túnica del dragón y le arrancó una pesada cadena de oro. Luego le sacó los anillos que aún lucía en sus dedos a la espera de su suerte. Todo lo dejó caer en las manos temblorosas de Elisia.

—Abre esa taberna de nuevo, bella joven de ojos dulces —dijo, experto en lances amorosos—. Si Dios te dio este don para la cocina que nadie impida que sigas empleándolo. También cocinarás para mí y mis hombres durante nuestra estancia. —Con esas palabras, quedaba claro ante todos que la mujer se hallaba bajo su protección—. ¡Que tengas prosperidad, Elisia de Carcasona!

El séquito siguió hacia la catedral. Elisia se hizo a un lado y se arrodilló en el suelo con aquel tesoro en su regazo. Comenzó a llorar por los nervios y la dicha. Varias mujeres la imitaron. Muchas familias habían sobrevivido proveyendo la taberna o trabajando en ella. La joven había sido valiente y lo ocurrido se recordaría durante años. La arroparon para darle ánimos mientras sus maridos miraban a Galí. Lo conocían, y con gestos le advertían que ese oro tenía un único destino.

—Esto no acaba aquí, esposa —siseó para sí mientras se alejaba frustrado—. No, ahora que sé lo que me escondes.

Después de la solemne misa que se celebró en el interior de la vieja basílica, ante el conde y su séquito, la nobleza y el clero, el arcediano abrió un arcón cerrado con cadenas y extrajo tres documentos. El primer pergamino, amarillento por el paso del tiempo, lo había expedido el emperador Carlomagno a Barcelona; los otros, de los reyes Luis el Piadoso y Carlos el Calvo, confirmaban las concesiones a los ciudadanos y matizaban algunos aspectos. La curia y los nobles respiraron aliviados al saber que el actual soberano, Carlos, no había redactado uno nuevo.

Servusdei fue el encargado de leer los documentos, escritos en latín. En ellos, los monarcas recordaban a la ciudad que, huyendo del cruel yugo de los sarracenos, buscaron refugio en manos de los francos y que habían entregado Barcelona de manera voluntaria, lo que obligaba al rey a ayudarlos en sus necesidades. Estaban sometidos a los francos y debían mantener su fidelidad a cambio de protección. Se invocaba la unidad de la fe, y Frodoí lanzó una mirada torva a Tirs, el sacerdote cordobés, situado entre el clero regular.

Los barceloneses participarían en el ejército a las órdenes del conde y estaban obligados a acoger a los *missi dominici* o a cualquier otro enviado del rey. Los gastos ocasionados les serían compensados conforme a la ley franca. Todos miraron al nuevo conde cuando Servusdei repasó las concesiones jurídicas. Bernat había estado de buen humor durante la celebración, pero en ese momento miraba con desprecio. Sin embargo, ésa era la voluntad de los reyes carolingios y, como el resto de las casas nobles, la respetaba en público. Los godos se regirían por sus leyes propias excepto en los casos de homicidio, rapto o incendio premeditado, el mayor terror en una ciudad cuyas viviendas tenían en su mayoría tejados de madera y paja. Las demás cuestiones se someterían a la ley gótica que se pactó en el Concilio de Toledo del año 653 y a la *lex consuetudine*. Bernat juró respetar las decisiones de los jueces electos y del consejo de *boni homines* de la ciudad.

Se acogió con entusiasmo que se mantuviera la exención de no pagar las *paschualia* (también denominadas los *pascuario*), un tributo por los pastos, ni las *thelonea* (o los *teloneo*), el impuesto sobre el mercado, así como tampoco otras obligaciones que aplastaban a otros territorios. Los reyes querían compensar de este modo la precariedad de esa ciudad que se hallaba en el extremo de la frontera.

Servusdei leyó la concesión de usar las aguas de los ríos, los pastos y recoger leña en los dominios fiscales, pero el aprisio para roturar nuevas tierras debería pagar el servicio real. Los que trajeran hombres para cultivar sus campos logrados en aprisio podrían juzgarlos y obtener parte de lo que produjeran; de este modo, iba conformándose la pequeña nobleza local. Al final del documento se recordaba a todos los habitantes de Barcelona que podían encomendarse al conde como vasallos a cambio de beneficios, cesiones de tierra o cargos oficiales.

Frodoí se acercó a Bernat de Gotia, le impuso las manos y, con solemnidad, le colocó la diadema de plata en la frente en medio de una humareda de incienso y los cánticos del coro. Barcelona tenía un nuevo conde y, tras una larga ovación, se formó una fila de prohombres que le presentarían sus respetos.

Al salir de la catedral, a Frodoí no le gustó lo que ocurría. Los soldados de Bernat conversaban con mercenarios de Drogo como si fueran compañeros. Como sugirió en Servais, el marqués no tenía intención de castigar al usurpador más allá de arrebatarle la mayor parte de su riqueza y de sus tierras con el único propósito de que dejara de ser una amenaza para él. Era una alianza peligrosa, forjada a sus espaldas. Se encontraba perdido en esa delicada cuestión, pero lo primero era llevarse a Argencia a la basílica para que estuviera en sagrado. Tras el juramento oficial, Bernat tenía el *imperium* en la ciudad y podía aplicar justicia. Sabía que era el momento para comenzar a llenar sus arcas.

Antes de que llegara al palacio condal lo rodearon hombres del marqués. Oriol y los suyos lo seguían de cerca y desenvainaron, pero el capitán de Bernat aplacó la tensión.

—Señor obispo, el conde desea que aguardéis en vuestro palacio hasta la noche. Desea mostraros algo muy delicado.

Frodoí apretó los dientes, furioso. Llevaba la mitra y no quería ceder, pero numerosos habitantes los observaban inquietos y optó por regresar a su palacio. Nunca se había sentido tan frustrado. No sabía si Goda seguía en Barcelona. Impotente, lanzó el báculo al suelo con furia. Había visto las sombras de Bernat durante las semanas de viaje, y barruntó que esa recepción secreta no auguraba nada bueno.

Mandó a su escolta y a todos sus criados a averiguar qué ocurría fuera de palacio. Jordi llegó pálido al caer la tarde.

—Obispo, he oído la conversación que mantenían unos soldados en el fondo de la basílica. El nuevo conde va a detener a Goda por alentar a los godos. Al parecer, la dama continúa aquí. Está en la torre del Mons Iovis.

—Bernat de Gotia busca vuestra humillación, obispo —dedujo Servusdei con el semblante macilento—. Si la defendéis confirmaréis la acusación de adulterio de Drogo. Os excomulgarán.

36

Al caer la noche un grupo de doce hombres con las espadas desenvainadas coronaron la cima del Mons Iovis. La orden del marqués era sencilla: debían encerrar a la mujer goda desterrada en la celda más sórdida del palacio condal. Un gesto expeditivo, y Bernat tendría al obispo y a la ciudad a su merced.

La silueta de la mujer enlutada se recortaba frente a una gigantesca hoguera cuyo resplandor habían visto desde lejos. Entre los francos cundió un temor supersticioso, lejos en las escasas horas que llevaban en Barcelona ya habían oído rumores sobre los viejos cultos que los habitantes más antiguos aún practicaban. El fuego que veían sobre la cima de aquella montaña que se alzaba frente al mar evocaba un execrable rito pagano.

El capitán quiso dar ejemplo de entereza y se acercó a Goda. Bernat deseaba una víctima propiciatoria esa misma noche, y el hombre sabía bien lo que ocurría cuando no se cumplía la voluntad de su señor.

Ella no se movió, y el capitán se extrañó ante su figura delgada y menuda. Le habían dicho que Goda tenía más de treinta años. Al tocarla algo le mordió la mano y la retiró instintivamente. Horrorizado, vio dos pinchazos en la base del pulgar que supuraban sangre. Alzó la mirada y vio la serpiente en la manga de la mujer.

Bajo el velo entrevió un rostro juvenil de una belleza angelical, si bien con una mueca siniestra.

—Mi hermana tiene más hambre —siseó Rotel, y le azuzó la serpiente.

El hombre gritó de terror y cayó de espaldas con la mano entumecida. Los soldados que lo acompañaban, consternados, se vieron sorprendidos por demonios que surgieron de la oscuridad con sus clavas y yelmos oxidados. Rotel sonrió. Ónix decía que ellos no eran héroes para luchar hasta la muerte. Debían atacar la cabeza y que el terror actuara como un arma.

Había llegado a Barcelona y encontrado a Goda mientras el conde era coronado. Por la tarde subieron varios habitantes amigos para avisarla y le dijeron también que Bernat había mandado que el obispo quedara retenido en su palacio. Eso significaba que la relación entre ambos poderes era pésima.

Goda fue consciente de la delicada situación. Sin Frodoí estaba sola e indefensa. Entonces tomó la decisión más arriesgada de su vida y, para sorpresa de los que habían acudido, decidió no huir. Sólo podía hacer una cosa: hablar ante Bernat, negociar cara a cara por Argencia y pedir paz. Tenía algo valioso que ofrecer: sal.

Al caer la noche, Rotel la observó mientras la dama se aseaba y se ceñía otro vestido de buen paño teñido de añil. Admiraba el valor y la libertad para decidir que Goda demostraba y se avino a ayudarla junto con las hordas que aguardaban para acompañar a los pescadores. No sabía cómo acabaría la noche, pero aseguró a la dama que nadie se la llevaría presa de allí; si era lo que quería podría hablar con el marqués como Goda de Barcelona, no como una cautiva encadenada y humillada por un grupo de soldados siempre ávidos de mujeres. Era una decisión arriesgada y más allá todo resultaba incierto.

—¡No los matéis! —exclamó una voz femenina desde el umbral de la torre.

El capitán, en plena agonía, intuyó que ésa sí era la dama que debía apresar.

—Llegarán otros si no regresamos, señora —le advirtió entre muecas de dolor.

—Me presentaré ante el conde Bernat, pero sin ataduras.

Sus ojos irradiaban convicción, a pesar de saber que lo que se proponía llevar a cabo era muy peligroso y podía salir mal. Aun así, después de todo lo que había oído, no tenía otra manera de salvarse y recuperar a Argencia si no era negociando con el codicioso marqués de la Gotia.

—No os resistáis y al alba os permitirán regresar a la ciudad —dijo a los soldados, y en silencio comenzó a alejarse hacia el camino.

Rotel se acercó al capitán y le dedicó una mirada inclemente.

—Puede que vivas o puede que no. Te recomiendo que no te muevas. Si sigues mi consejo, tal vez el veneno no toque tu corazón.

—¡Sois demonios!

—Todos no. —Rotel señaló a las hordas mientras ataban a los soldados—. Ellos no son más que hombres.

Luego se escabulló en pos de Goda.

Cuando dos guardias de Bernat fueron a buscar a Frodoí en plena noche una funesta sensación torturaba al obispo. Se temía lo peor, pero su sorpresa fue encontrar a Goda frente al palacio condal. Le habían franqueado las puertas de la ciudad y estaba allí, erguida ante su destino como una orgullosa noble.

La plaza permanecía en silencio, vigilada por soldados con antorchas. Bernat salió con una simple túnica parda, ebrio, y al instante se quedó atónito ante la visión de aquella mujer suplicante a la que esperaba ver en la mazmorra. Se volvió hacia el obispo para ver su reacción y acusarlo. Frodoí era demasiado carismático y convenía destruirlo, pero sin soliviantar a los poderosos jerarcas de la Iglesia.

Goda pidió ayuda a Frodoí con la mirada. Eso lo desalentó. Tenía grabada a fuego la amenaza de Hincmar de Reims.

—Así que sois el alma de la ciudad... —comenzó a decir Bernat, rodeado de soldados.

—Bienvenido a mi tierra, marqués Bernat de Gotia.

—También se dice que vuestro pueblo es enemigo de los francos.

—Si llegáis a conocer a los habitantes de Barcelona comprobaréis que muchos llegaron del norte, y otros del sur o a través del mar. Aquí hay francos, godos, *hispani*, mudéjares y judíos. Todos tienen una oportunidad. Pero una cosa es cierta: no somos esclavos de ningún reino.

Bernat se apoderó de una antorcha y avanzó hasta ella.

—No os imaginaba así —musitó impresionado.

Goda miró al apuesto conde con cautela. Tras los recios muros del palacio estaba su hija. Se hincó de rodillas y sacó una pequeña bolsa de cuero con dineros de plata. Los suyos y los que le habían entregado los pescadores para ayudarla. Eran pocas monedas, pero sólo quería que el nuevo conde la escuchara.

—Mi cabeza se pudrirá si la cortáis, mi señor, la plata no. Si es lo que ansiáis, esta tierra es más rica de lo que parece. Hay una montaña de sal a varios días de camino que podría cubriros de riqueza con tributos; también hay incontables millas de tierra para viñedos y olivos, hay pastos, ríos y un mar por el que llegan barcos bizantinos. Drogo tiene el alma pútrida de odio por viejos asuntos, pero vos sois joven y poderoso. Respetad Barcelona y ella os colmará, os lo aseguro.

Bernat se acercó más y aspiró su olor a limpio. La miraba impúdico bajo el efecto del alcohol. Goda tenía una belleza misteriosa y atrayente. Estaba más delgada y ojerosa, pero su deseable figura se adivinaba bajo el ceñido vestido. La rodeó como un depredador ansioso. Sus ojos acuosos delataban el deseo. Frodoí hizo rechinar los dientes.

—Supongo que todo a cambio de vuestra hija, Argencia. Se parece a vos. Se hará una mujer esplendorosa, el sueño de cualquier hombre. Imagino su alegría cuando os vea entrar en su pequeño aposento, en el sótano del palacio.

Goda perdió su aplomo. La desgarraba pensar en el largo cautiverio que Argencia había padecido. Se encogió ante Bernat y le tomó la mano antes de despojarse de su orgullo.

—Os lo suplico, mi señor. Es todo lo que queda de mi estirpe.

Bernat se relamió al ver a la bella mujer a sus pies, sumisa. Acarició su mano suave con descaro. Entonces miró a Frodoí y mostró una sonrisa cruel. Era el momento.

—Tal vez deberíais acompañarme al interior del palacio, donde cerraremos los términos de nuestro pacto, querida Goda. Estoy dispuesto a recapacitar en todo, pero puede que a ambos nos convenga conocernos más esta noche. ¿No estáis de acuerdo, obispo? Vos que sin duda la conocéis bien, decidme: ¿será un encuentro agradable?

Goda se volvió suplicante hacia Frodoí. El precio que Bernat exigía era tan evidente como el dilema que éste planteaba al prelado. El conde tenía a Frodoí acorralado entre la razón y el sentimiento. Varios oficiales escuchaban, testigos para confirmar el adulterio que había formulado Drogo. El obispo casi no podía respirar por la tensión. En el borde del abismo estaba su puesto en la Iglesia, su poder en Barcelona y su alma si lo excomulgaban. Abrió la boca para intervenir, pero las palabras murieron antes de brotar. Era demasiado. No pudo hacerlo.

—Los acuerdos son buenos, conde —dijo al fin con un hilo de voz—. Haréis bien en confiar en su palabra.

La mirada de Goda se enfrió ante el letal golpe que su corazón acababa de recibir. Torció el gesto cuando Bernat la levantó del suelo, asqueada por su aliento a vino. Las manos del conde le acariciaban la cintura con descaro para provocar a su supuesto amante. Goda, ahogada, pensó en Argencia, en abrazarla. Lo lograría como fuera.

—Vamos adentro, querida —dijo ansioso sin soltarla. Se volvió triunfal hacia el apocado obispo—. Seguro que nos entenderemos y que será una velada inolvidable.

La mujer aún imploró con la mirada de nuevo a Frodoí mientras Bernat la arrastraba al interior del palacio condal. Él calló, con los puños apretados. Goda lo miró una última vez para mostrarle que su alianza y su amor quedarían arrasados por su cobardía.

Frodoí se sintió incapaz de regresar a su palacio y se encaminó hacia la vieja catedral. Pasó de largo frente a las nuevas arcadas bajo los andamios y, una vez dentro, expulsó a gritos a los dos clérigos que custodiaban los cálices y los demás objetos valiosos. Lleno de rabia, golpeó la pesada cruz de hierro que pendía con cadenas sobre el altar y ésta se bamboleó. Con su silencio Goda recuperaría a Argencia y tal vez lograría serenar la animosidad del conde contra los godos a cambio de mayores tributos, pero se sentía un cobarde.

Bernat dejó abiertas las ventanas orientadas hacia el complejo obispal. En medio del silencio, Frodoí oía los gritos de Goda mientras golpeaba con los puños las losas de piedra del suelo. No sabía si eran de dolor o de placer; en cualquier caso, para él significaban la pérdida de lo que más amaba. Las piedras se tiñeron de sangre y lágrimas.

Elisia dormía en la cocina, cerca de Galderic, cuando oyó un crujido en el salón. Al levantarse alarmada notó un pinchazo en el vientre. Sentía la vida dentro de sí y, a pesar del amargo recuerdo de su concepción, ver la carita de aquel pequeño que crecía en ella era lo que más ansiaba.

Cuando entró en el comedor destrozado se asustó. Una figura oscura estaba de pie frente al hogar apagado. A la tenue luz de la luna que se colaba por las ventanas descubiertas la reconoció.

—¡Dios mío! ¡Eres Rotel! —No podía salir de su asombro. Se acercó cautelosa y admiró a la joven, cuya belleza se había acrecentado en esos años. Al ver su gesto grave se detuvo—. No creí que volvería a verte. Dicen de ti cosas que...

—La verdad te resultaría mucho más siniestra, Elisia.

Su voz no sonó hostil y, sin embargo, Elisia sintió un escalofrío.

—¿Qué haces aquí? —preguntó cautelosa—. ¿Sabes algo de tu hermano?

—Él es quien me envía. Estuvo a punto de morir, pero aún no era su hora.

Elisia notó que las fuerzas le fallaban, y se sentó en uno de los viejos tocones que usaban como taburetes. Le costaba creer que la muchacha a la que tiempo atrás había ayudado al salir de Girona fuera la misma que tenía delante.

—Has cambiado mucho, Rotel.

La joven desgranó lo ocurrido en el monasterio de Fórnols y todo lo que Isembard le había explicado. La luz de la luna hizo destellar las lágrimas en el rostro de la tabernera, y Rotel tuvo un sentimiento de piedad que contuvo.

—Sólo quería saber que estabas bien. He escuchado conversaciones por las ventanas. Dicen que el nuevo conde te ha dado oro para reabrir la taberna. —Se encogió de hombros y tomó una decisión—: Pero puedo llevarte con mi hermano si lo deseas.

Hablaba como si tuviera cien hombres armados al otro lado de la puerta para protegerla. No era el caso, y sin embargo Elisia tuvo la sensación de que ciertamente con ella estaría igual de segura. El corazón comenzó a latirle con fuerza y una oleada de ansia la recorrió.

—Estoy preñada de Galí —se sinceró con pesar.

—Ése es un pobre mérito, Elisia —repuso Rotel sin inmutarse—. Ser un buen padre es lo que da honra. —Se acercó a la mujer y le tocó el vientre. Aún no se advertía—. En este momento ese buen padre puede ser cualquiera. Mi hermano te ama, lo vi en sus ojos con tanta claridad como veo tu amor por él en los tuyos.

A pesar de que Rotel se mostraba insensible al hablar, sus palabras calaron en Elisia. Tenía oro para levantar de nuevo la taberna, pero descubrió que quería ir tras ella en pos de su amado, olvidar a Galí y comenzar en otro lugar. Una alegría que creía ya inconcebible la embargó y sintió deseos de abrazar a la joven, pero Rotel ya estaba en la puerta.

—Voy a enterarme de qué más está ocurriendo para contárselo a mi hermano. Si el conde te aprecia, debemos ser cautas. Espera al alba y sal de la ciudad como si fueras a comprar algo. Te aguardaré en la vía Francisca y allí dejarás de existir.

Antes de que Elisia atinara a decir nada, la joven saltó con agilidad por una ventana y se perdió en la noche; no le gustaba estar entre paredes ni que pudieran verla. Elisia sentía extrañas fuerzas recorriendo su interior. Tenía miedo; era consciente de que muchas bocas dependían de ella y sabía que el conde se enfurecería. Aun así, deseaba hacerlo, estaba segura; quería ser libre como Rotel y junto a Isembard criar a su hijo y a todos los que fuera capaz de darle. Ansiaba sentirse amada por alguien y tenerlo al lado, aunque eso la condenara ante Dios y los hombres.

Canturreando, comenzó a hacer un pequeño hatillo con sus ropas. Dejaría el tesoro a Galderic para que se lo devolviera al conde; no quería ser también una ladrona.

—¿Acaso piensas marcharte?

La voz la congeló y se volvió ocultando el fardo.

—Galí... —Apenas le salía la voz—. ¿A qué has venido? Sólo estoy ordenando...

—¡Pretendes irte! —El hombre sonreía con malicia. Estaba borracho—. ¿Vas a robarme a mi hijo?

—¿Cómo lo sabes? —demandó espantada.

—Fuiste a la partera judía, la misma a la que acuden algunas conocidas mías. Eres demasiado popular, y en esta pequeña ciudad los secretos no duran mucho. —Se echó a reír—. ¿De verdad creías que no me enteraría? ¡No vas a irte! ¡Ahora que el conde está de nuestro lado, esta casa atraerá la riqueza del condado!

—¿De nuestro lado? —replicó iracunda. El cinismo de Galí era inacabable—. ¿Acaso alguna vez has estado a mi lado? ¡Sólo para aprovecharte!

Él se le acercó.

—Eso cambiará, Elisia. —Trató de abrazarla, pero ella se escabulló asqueada—. Parirás a mi hijo y seremos dos prósperos posaderos. Seguro que podemos sacar más a Bernat de Gotia. Haz más queso de Poitiers...

—¡No te tienes en pie! ¡Maldigo el día en que acepté casarme contigo!

Galí la abofeteó varias veces hasta que Elisia acabó en el suelo. Luego la arrastró del pelo hasta una pequeña alacena bajo la escalera, donde la encerró. Galderic, alarmado por los gritos de Elisia, entró en el comedor, y Galí lo agarró por el cuello. El muchacho jadeó implorante.

—¡Si no te callas, Elisia, te juro que lo mataré y lo echaré al pozo! Estarás encerrada ahí hasta que recapacites. Imagino con quién pretendías reunirte. ¡Olvídalo! Éste es tu mundo, para eso te gané a los dados al viejo Oterio.

Elisia se cansó de golpear la puerta de la alacena y, llorando, se acuclilló en la oscuridad. Cada palabra de Galí había sido una daga ponzoñosa, y se preguntó por qué Dios le mostraba la felicidad para arrebatársela enseguida. Nada en su vida era auténtico. Rotel se marcharía al amanecer y diría a Isembard que su amada había preferido quedarse. El sutil hilo de esperanza que los unía se quebró. El caballero Isembard de Tenes olvidaría a la plebeya, como solía ocurrir entre personas que no eran de la misma clase social. Era el orden natural. Había pecado al intentar burlarlo.

Se sentía herida de muerte, y se recostó con el deseo de no levantarse nunca más.

37

El día de San Juan, cuando el sol brillaba con fuerza sobre un cielo azul intenso, Isembard vio con asombro cuatro jinetes acercarse al monasterio de Fórnols. Trató de recobrar el ánimo para recibirlos hospitalario.

Rotel se había marchado con Ega hacía dos días dejándolo con una herida sangrante en el pecho. Su hermana le había dicho que Elisia iría a su encuentro, pero no había acudido al lugar convenido. Tendría un hijo legítimo con Galí, y al parecer el nuevo conde la apreciaba como cocinera. Un futuro demasiado alentador, pensaba Isembard, para arriesgarlo por alguien sin tierras ni caballo y que Bernat de Gotia detestaba, sin duda, por ser fiel a Frodoí. Rotel había sabido en la ciudad de la animadversión mutua entre el conde y el obispo, y se lo había contado.

Aunque lo habían bendecido y armado en la asamblea, sólo era un montaraz con una promesa que cumplir, se recordó Isembard.

Tres de los jinetes portaban capas de lana e iban pertrechados con escudo redondo y yelmo. El joven de Tenes reconoció algunos rostros y se alegró mientras explicaba a los inquietos monjes quiénes eran:

—Es el capitán Oriol de la guardia del obispo Frodoí de Barcelona. Los otros son Armanni de Ampurias, Garleu de Conflent y Maior de Tarrasa. Eran compañeros de Guisand que pudieron escapar de Barcelona cuando Drogo tomó la ciudad. —Notó que su alma se aliviaba—. ¡Gracias a Dios!

—¡Te dábamos por muerto, muchacho! —exclamó Oriol.

—¿Cómo me habéis encontrado?

—¡Por aquí muchos hablan del milagro del caballero revivido! Además, he sabido que Rotel se encontró con Elisia.

—¿Ella está bien?

—Ha comenzado la reforma de la taberna, pero no es la de antes —dijo Oriol, algo pesaroso. Había intentado sonsacar a Elisia acerca de lo ocurrido, pero la joven prefirió no revelárselo.

Los demás jinetes descabalgaron y uno a uno abrazaron a Isembard efusivos. La herida se había cerrado, pero aún estaba débil.

Sería un día radiante y los *frates* se preparaban para celebrar la festividad de San Juan acumulando leña tras el muro de la ermita y recogiendo plantas aromáticas florecidas entonces, pues creían que su poder curativo era mayor. Aunque habían visto hogueras encendidas en cumbres alejadas tres jornadas antes, ellos harían una esa noche para ayudar al sol cuando los días comenzaban a acortar.

Sentados en el pequeño refectorio, el capitán y los tres caballeros agradecieron el queso con pasas y las hogazas de pan que los monjes les sirvieron antes de retirarse. Oriol puso al corriente a Isembard de lo acaecido en Barcelona. Él asentía y lloraba por dentro. Por lo que le contaron, todo parecía sonreír a Elisia. Supo también que el conde había perdonado a Goda y que ésta había regresado a su palacio con Argencia. Se rumoreaba que había seducido a Bernat de Gotia sin mostrar el menor respeto a la memoria de su esposo.

Isembard habría confiado sin dudar su vida a esos guerreros y, tras un largo silencio, les reveló el mayor secreto de la Marca.

—Estos monjes saben dónde se ocultan los descendientes del conde Sunifred. Lo han callado durante todo este tiempo.

Los cuatro se levantaron de un salto, pávidos ante la inesperada noticia.

—¿Es eso cierto, joven Isembard? —demandó Armanni, alterado.

—Estos *frates* me contaron que hace unos años llegó un siervo en busca de medicinas para sanar a una niña. Al final les reveló de quién se trataba: era una de las hijas de la condesa Ermesenda. Se esconden a dos jornadas de aquí a caballo, en una pequeña celda monástica que la Iglesia no reconoce. Allí, un puñado de monjes benedictinos rinde culto a una Virgen, Nuestra Señora de Ripoll. Con ellos viven los bellónidas y algunos hombres de la antigua escolta de Sunifred.

—¡No están muertos! —musitó el caballero Garleu, y se dejó caer sobre la banqueta con lágrimas en los ojos—. Pero para la corte están olvidados.

—Puede que no —añadió Oriol, que se paseaba nervioso por el refectorio—. En la Asamblea de Servais, Carlos el Calvo confirmó en el trono de Ampurias a Delà y a Sunyer II, que son bellónidas, en vez de concedérselo también a Bernat de Gotia.

—El rey teme que la casa de Poitiers acumule tanto poder en el sur del reino —dedujo Maior.

—Guisand debe de estar revolviéndose en la tumba a la espera de que los encontremos —afirmó Oriol tras un largo silencio—. No obstante, debemos ser discretos. Si Bernat de Gotia se entera no dudará en hacerlos desaparecer definitivamente.

El prior entró en el refectorio y no disimuló que había estado escuchándolos.

—Rezaremos por vosotros, pero sed cautos. Esa zona es la más desolada de la Marca. A un día de camino de la humilde celda monástica está la ciudad abandonada de Ausa, que fue sede episcopal para los visigodos e incluso con los sarracenos. En el año 826, durante la revuelta del godo Aisón y sus aliados árabes contra el rey Luis el Piadoso, las tropas francas la arrasaron. Todo ese territorio enclavado en el corazón de Osona es un vasto despoblado salpicado de ruinas descarnadas y espectros que vagan en pena.

Los caballeros se acercaron a la vieja imagen del Cristo

crucificado que presidía la pequeña capilla del monasterio para implorar su protección. Los descendientes de Belló de Carcasona podían suponer un cambio en el futuro incierto de la Marca.

Mientras los monjes preparaban la hoguera que brillaría la noche de San Juan sobre el valle, Isembard tomó sus ropajes de guerrero. La esperanza de cumplir el último ruego de Guisand de Barcelona le insuflaba fuerzas y le ofrecía un objetivo en el que volcar todo su ánimo y dejar atrás el vacío. No quiso esperar ni un instante para partir hacia Ripoll.

Durante la marcha junto a la vertiente sur del macizo nevado del Cadí sólo vieron a unos pocos pastores que silbaban a su puñado de ovejas y los eludían por algún barranco. Los caminos habían desaparecido y el avance les resultaba penoso; únicamente las cumbres de las montañas y algunas quebradas les servían de puntos de referencia tras las explicaciones de los monjes de Fórnols. El humor de los caballeros se ensombreció cuando alcanzaron los llanos. Las encinas cortadas rebrotaban de cepa, amputadas y en parte ocultas por algunas malas hierbas.

Durante el trayecto hasta Ripoll inspeccionaron las ruinas de una almazara. Las muelas estaban en buen estado bajo los escombros. Aún se apreciaban las cuentas rascadas en el estuco y hallaron ánforas intactas. Parte de un cráneo asomaba bajo un zarzal. La Marca era un enorme cementerio de cuerpos insepultos, cubiertos de maleza y tierra.

Supieron que estaban cerca al ver un camino con hendiduras de carruajes. En medio de un campo de hierba con algunos viejos robles, se levantaba una pequeña iglesia junto a una torre fortificada que amenazaba con derrumbarse. Alrededor se había construido un muro de la altura de dos hombres hecho de piedra basta. La puerta, de madera remachada, estaba cerrada.

—Nos observan —dijo Oriol, que oteaba la tensa calma.

Una flecha alcanzó el hombro de Maior y se ocultaron tras los árboles. De pronto un grupo de hombres con hábitos aparecieron por detrás y cargaron contra ellos gritando. Incluso Maior, con la flecha en el hombro, desenvainó para hacerles frente.

Isembard notaba punzadas en la herida, pero comprendió que los monjes, si es que lo eran los atacantes, no eran rivales para ellos. Sabían luchar, pero no tendrían menos de sesenta años. Al verse frente a los cinco guerreros, tres de ellos veteranos, algunos mudaron el rostro y, desconcertados, corrieron hacia la puerta del monasterio, que se había abierto para ofrecerles refugio.

—¿Habéis visto? —dijo Garleu, asombrado—. ¡Nos han reconocido! Uno era Acbert, miembro de la escolta de Sunifred. ¡Dios mío, están ahí!

Isembard corrió hacia la puerta y bloqueó la gruesa madera antes de que la atrancaran de nuevo.

—Que nadie muera —ordenó a los caballeros cuando entraron.

En el patio frente a la torre se enfrentaron por segunda vez a los ancianos, que protegían a dos jóvenes de unos veinte años con expresión colérica armados con viejos sables sarracenos. Nadie prestó atención al ruego de Isembard para detener la lucha. Los guardianes eran demasiado conscientes de su debilidad y recelaban. Sólo hirieron a uno de aquellos falsos monjes antes de arrinconarlos contra el muro de la ermita.

—¡Basta! —gritó una voz de mujer desde la torre—. Basta, hijos.

Los dos muchachos, jadeando por el esfuerzo, escupieron al soltar los sables. Los falsos monjes los rodearon para protegerlos. Se les veía agotados.

—No lo habéis hecho mal —dijo el capitán Oriol a los jóvenes al tiempo que apartaba las armas con un pie—. Pero os falta experiencia.

Los monjes también se desarmaron, y uno se desplomó exhausto.

—Mi señora, os hemos fallado —musitó avergonzado.

—Ya me gustaría combatir así a vuestra edad, viejo Acbert —dijo Armanni, mostrando una piedad que sorprendió a los monjes. El aludido abrió mucho los ojos, atónito.

Desde la puerta de la torre fortificada, situada en alto, una mujer con un vestido negro de paño gastado por el uso contemplaba la escena. Tenía más de cincuenta años, el pelo gris y la cara ajada por el sufrimiento. Aun así, se erguía altiva, con una diadema de plata en la frente. Armanni, Garleu y Maior, conmocionados hincaron la rodilla.

—¡Era cierto! Sois Ermesenda, esposa de Sunifred de Urgell, condesa de Barcelona.

—Hace muchos años que nadie me llama así —dijo recelosa.

—Vosotros debéis de ser sus hijos Miró y Guifré... —Armanni, emocionado, se inclinó ante los dos muchachos—. Mis respetos.

—¿Quiénes sois? —demandó Ermesenda, agitada. Reparó en Isembard y abrió los ojos desmesuradamente como si viera a un fantasma del pasado—. ¡Dios mío!

—Soy Isembard II de Tenes.

El joven notaba el corazón acelerado, como si ese encuentro estuviera escrito por el Altísimo desde el principio. Oriol se adelantó con el yelmo apoyado en el brazo.

—Mi nombre es Oriol de Barcelona, capitán de la guardia del obispo Frodoí.

—¿Qué hacéis aquí, Isembard? —preguntó Ermesenda, que continuaba turbada.

—El caballero Guisand de Barcelona pasó años buscándoos, mi señora. Antes de morir me encomendó seguir con la misión. Hoy he cumplido la promesa que le hice.

—Somos una pequeña comunidad religiosa en medio de la nada —dijo la dama, que había comenzado a llorar y no apartaba la mirada de Isembard.

—No, mi señora, sois fugitivos —adujo Armanni—. Estos que visten de monjes fueron vuestra escolta. Ha llegado el tiempo de que los bellónidas recuperen la Marca.

—Eso es una quimera. El rey sigue nombrando marqueses francos para controlar esta tierra desolada.

—En la pasada asamblea del reino se confirmó en el trono

de Ampurias a vuestros sobrinos Delà y Sunyer II —intervino Oriol, impresionado—. Es el momento de regresar, mi señora, y reclamar el honor que corresponde a vuestros hijos como nietos del héroe Belló de Carcasona.

Ermesenda se estremeció. Uno de los monjes apareció con una escalera de mano y la ayudó a bajar.

—¡Han pasado casi dos décadas! Mis hijos eran pequeños cuando nos escondimos aquí.

Isembard se inclinó reverente mientras pensaba qué debía decirle. Al cabo, habló.

—La sangre no olvida, mi señora. Por la memoria de mi padre la casa de Tenes os es fiel, como también os son leales otras muchas de Urgell, Girona y Barcelona que esperan que se obre el milagro de vuestro retorno.

Ermesenda trató de sonreír, pero sólo logró esbozar una desvaída mueca.

—Ven, joven Isembard —dijo.

Condujo a los recién llegados a la pequeña iglesia, envuelta en la penumbra. Se respiraba un ambiente sereno y olía a tomillo. La condesa señaló una losa en el lado del Evangelio y con las manos apartó el polvo para que viera la inscripción: ISEMBARDUS DE TENES.

—Tu padre descansa en suelo sagrado. Resultó herido cuando nos sacó de la ciudad, pero vivió lo suficiente para traernos hasta aquí y diseñar la fortificación de la celda. Lloré por él en nombre de vuestra madre y luego tuve noticia de la tragedia del castillo de Tenes. —Las lágrimas rodaban por su cara. Ya no disimulaba el amor que había sentido por aquel caballero—. Sacrificó a su propia familia por la mía.

Isembard notaba el abismo de su alma, lleno de rencor. Pensó en su madre abandonada, en dos niños indefensos que hubieron de huir por el bosque sin contar con la ayuda de nadie. El único modo de redimir a su padre y poder perdonarlo era dar un sentido a tanto sufrimiento.

—Condesa, no debéis seguir escondidos o todo habrá sido en vano —fue capaz de decir, si bien con la voz quebrada.

—En este tiempo hemos vivido en Carcasona y en Ceret, en Vallespir, pero solemos pasar temporadas en esta celda desconocida de Santa María de Ripoll, donde vivimos los años más terribles. —Al oírla, Isembard pensó que la tumba de su padre podía tener algo que ver en ello—. Mis hijos han sido instruidos en la lectura y en las costumbres de palacio con mis parientes de Carcasona. Conocen la historia de su linaje y las gestas de la Marca, pero su destreza con las armas es rudimentaria.

Armanni se acercó respetuoso.

—Dejadnos completar su formación como caballeros. Es necesario para recuperar el favor del rey.

—¡Así lo deseamos, madre! —dijo Guifré, el hijo mayor, que escuchaba atento.

Era apuesto como Ermesenda y tenía una recia barba oscura que le ocultaba casi las mejillas. El segundo, Miró, aún recelaba, pero asintió.

—Supongo que os han hablado de esta celda los monjes de Fórnols —siguió la condesa—. Mi hija Sesenanda enfermó y envié al monasterio a uno de los míos a por un remedio contra las fiebres. —Señaló otra tumba—. Así es como supieron de nosotros.

—Teníais siete hijos —indicó Garleu—. ¿Dónde están los otros?

—Hirviendo aceite en la torre. Os habrían dado un desagradable recibimiento si hubierais tratado de entrar.

Durante toda la tarde la condesa Ermesenda estuvo reunida con sus hijos. Salvo la joven Ermesinda, de dieciséis años, nacida tras la muerte del conde y con un sospechoso parecido a Isembard, los demás eran adultos, conscientes de su linaje y de la oportunidad con la que habían soñado durante tanto tiempo. Eran godos, conocían la situación de la Marca, el abandono por parte del reino y la desidia de los sucesivos condes francos.

Al anochecer, la familia bellónida recibió a los caballeros en la torre. El parlamento fue breve, y con el último rayo de sol Isembard de Tenes y los veteranos Armanni de Ampurias, Garleu de Conflent y Maior de Tarrasa hincaron la rodilla con las espadas desenvainadas. La humilde celda de Santa María de Ripoll contaba con tres monjes tonsurados, y ante ellos y el capitán Oriol como testigos juraron proteger a los hijos de Sunifred, los futuros condes de la Marca si era el plan de Dios.

Isembard salió al patio. Conocer por fin la suerte que su padre había corrido le había afectado. Observó las sombras que se extendían ante ellos y pensó en Guisand, Inveria y Nilo. Ellos tuvieron fe en él hasta el último de sus días. Derramó lágrimas. Los Caballeros de la Marca y sus vasallos descansarían en paz. El Nacido de la Tierra, refugiado y olvidado en un humilde monasterio de Girona, lo había conseguido.

Sin Elisia cerca y con Rotel ante una nueva vida alejada de la oscuridad, allí estaba su cometido. Frodoí, al que le debía fidelidad, así lo habría querido, como también Guisand y Goda de Barcelona. Ése sería su hogar durante mucho tiempo, la desconocida celda de Ripoll, alejada del mundo y sus miserias, todo para dar a esa tierra una esperanza real, un gobernante que se convirtiera en leyenda al ofrecer un futuro a sus habitantes.

Tenían por delante una larga instrucción para forjar a un líder y lo harían en secreto, hasta que el momento oportuno llegara.

38

La actividad en las obras de la catedral se había reiniciado tras el regreso del obispo de la asamblea anual. Esa mañana Frodoí se hallaba en la cabaña de los maestros, a los pies del nuevo pórtico, pero no reparaba en éste ni en las explicaciones que le daban ni se asomaba para ver a los grupos de hombres tirar de las sogas con las que elevaban capazos con ladrillos hasta los andamios. Con expresión ausente, miraba a Servusdei, que discutía con los hombres dónde debían situarse las estrechas ventanas en la parte alta de las naves; una mínima luz cenital para llamar al recogimiento. Los fieles debían temer a Dios y ocultarse en la oscuridad para acercarse a Su hierática presencia.

Frodoí quería que la nave central fuera mucho más alta, con bóveda de ladrillos en vez de armazón de madera para soportar el tejado. También quería que las dovelas de los arcos de las ventanas y el pórtico alternaran mármol blanco y negro, como en las mejores catedrales del reino y la capilla Palatina de Aquisgrán, pero ese día no insistió como solía hacer.

Reconcomido, salió a la plaza y miró la casa señorial de Goda. Ella estaba allí, no había salido desde la noche que pasó con Bernat de Gotia en el palacio condal. No podía olvidarlo. Estuvo en vela hasta que la vio abandonarlo, y corrió hacia ella. Goda tenía la llave de su residencia en la mano y a Argencia en sus brazos. Rehuyó en silencio al obispo y se encerró en su palacio, donde aún vivían unos pocos siervos que no tenían otro sitio adonde ir. Frodoí tuvo que desistir de verla cuando varios soldados se asomaron al oír los golpes en el portón de Goda.

Días más tarde los monjes del hospital de la sede atendieron a una muchacha de catorce años a quien el conde había golpeado en pleno frenesí sexual y violado. Dos soldados se encargaron de que el asunto no trascendiera. Entonces Frodoí comprendió lo que pudo haberle pasado a su amada y deseó morir.

Pero Goda había regresado con Argencia a su casa y los pescadores pudieron partir hacia la montaña de sal. Era una mujer fuerte, y tras varios días salió a la calle como una noble redimida, con gesto orgulloso. Frodoí se alegró por ello, a pesar de ser consciente de que todo había acabado entre ellos. Se esforzaba en pensar que era mejor así. Era el obispo de Barcelona y estaba por encima del amor carnal. Pero le costaba olvidar a Goda y los sueños que habían compartido.

Hizo ademán de ir a llamar a su puerta de nuevo, pero una mano lo detuvo.

—No —dijo Servusdei con voz grave, y señaló la plaza.

Los hombres de Bernat la custodiaban, y el conde no dudaría en acusarlo ante Hincmar. Eran rivales y se vigilaban mutuamente. El obispo regresó a su palacio, y al alzar la vista hacia el palacio de Goda la vio en una ventana. Se quedaron mirándose, y ella movió los labios. En ocasiones lo hacía durante las celebraciones para turbarlo, divertida. La entendió.

«Cumple tu promesa, obispo», le había dicho Goda sin voz, y sin una sonrisa.

Frodoí vio hielo en su mirada. Tal vez no recuperara su afecto, pero la alianza que habían forjado en aquella vieja cripta llena de barceloneses muertos era un vínculo que aún los unía. De algún modo, reconocerlo le bastó para recobrar las fuerzas. Menos pesaroso, entró en su palacio dispuesto a cumplir con la promesa que había hecho a Goda, aunque empeñara su vida en ello, pero sabía que no sería fácil ni rápido.

Algunos canteros arreglaban el interior del Miracle, enlucían los muros y emprendían la reforma de la escalera. El oro de Drogo estaba convirtiendo la humilde taberna en una espaciosa posada parecida a la de Oterio en Carcasona. Elisia, ojerosa y seria, se encargaba de supervisar hasta el último ladrillo que se colocaba, mientras en el huerto se serraban mesas y banquetas de roble.

Al caer el sol se acercaba a las cocinas del palacio condal y servía las mejores recetas francesas que recordaba, soportando pellizcos y palmadas de los hombres de Bernat. Una de esas noche apareció Drogo. Bernat había decidido indultarlo por interés, y mandó tres libras de plata al rey y una al arzobispado de Reims, que bastaron para olvidar pasadas sentencias. El noble que había intentado usurpar Barcelona se quedaba con un puñado de hombres y la fortaleza de Tenes, dado que Isembard no se había presentado ante el conde para prestar vasallaje y reclamar el castillo. Drogo aceptó de buen grado y juró fidelidad a Bernat. No tendría Barcelona, pero formaba parte del círculo del marqués de toda la Gotia, mucho más de lo que su maldito padre habría esperado de su bastardo.

En esas animadas cenas, antes de partir hacia otros condados, los nobles y los oficiales de Bernat deseaban ver a la bella Elisia danzar desnuda como las esclavas que solían traer, pero el marqués de la Gotia se negaba pues sentía predilección por ella. Era una mujer casada, embarazada y muy querida en Barcelona. Por demás, y por encima de todo, se negaba a que la vergüenza perjudicara el don que tenía para la cocina. La ciudad decía que era lo único bueno que el nuevo conde había hecho desde su llegada.

Una noche el conde invitó a Galí a sentarse a su mesa por ser el esposo de la fabulosa cocinera. Allí Drogo de Borr le recordó un viejo documento que su esbirro Calort guardaba y la lealtad que les debía. Quería que le explicara cuanto se dijera en la taberna sobre Bernat o estar informado sobre él. No se sabía nada de Isembard de Tenes ni de otros caballeros, le dijo Drogo, pero estaban ahí fuera y algún día podían causar problemas al marqués, alegó. Galí, más seguro y altanero que nunca hasta ese momento, palideció y asintió en silencio.

Los días pasaban y Barcelona comprendía que el nuevo conde no iba a acometer ninguna reforma, ni a desecar marjales para ampliar la huerta, ni a repoblar los baldíos con colonos ni a arreglar los molinos y los caminos. Gozaba de sus mujeres de un modo sádico, disfrutaba del vino local y recaudaba tributos para emprender nuevas campañas o alianzas útiles a la casa rorgonida más allá de los Pirineos.

La Marca y su última ciudad continuaban envueltas en la oscuridad y la incertidumbre, mientras ojos sarracenos y nobles codiciosos seguían con avidez el devenir de los acontecimientos para abalanzarse como halcones sobre aquella tierra olvidada de Dios.

LINAJE DE SANGRE

Año 869

Con el paso del tiempo la ambición del rey Carlos el Calvo se acrecentaba. Infatigable en la lucha contra los normandos y harto de sofocar revueltas en sus territorios, tenía la mirada puesta en los de sus sobrinos.

Ni siquiera la muerte accidental de su hijo Carlos el Infante en el año 866 ni la reclusión voluntaria en un monasterio de su esposa, Ermentrudis, destrozada por la pérdida, sosegaron su espíritu aguerrido.

El 8 de agosto del año 869 murió de fiebres su sobrino Lotario II, rey de Lotaringia, la parte de la Francia Media que, en el año 855, con el Tratado de Prüm, había recibido tras fallecer su padre, Lotario I, y de nuevo la historia vio variado su curso. Con la desaparición de Lotario II terminaba el complejo conflicto que se había suscitado entre los carolingios a causa del intento de divorcio de aquél con Teutberga, de la casa bosónida. Sin embargo, germinó la semilla de un conflicto mucho mayor.

Lotario II no tenía descendencia y el heredero de sus dominios era su hermano el emperador Luis II de Italia, llamado el Joven, que se encontraba luchando contra los musulmanes que amenazaban las costas italianas. El rey Carlos el Calvo, a traición, aprovechó para conquistar Lotaringia con la férrea oposición de su hermano Luis el Germánico, sus sobrinos y buena parte de los obispos.

Se avecinaba una terrible guerra que iba más allá de tomar

Lotaringia. El monarca que acumulara más poder en los despojos del Imperio carolingio podría aspirar a arrebatar la diadema imperial a Luis de Italia. No era más que un título simbólico, pero revestía su imperium de un carácter sagrado.

Barcelona y los condados de Bernat de Gotia quedaron en manos de vizcondes y oficiales francos mientras el marqués acompañaba al rey Carlos en su delirio de grandeza y en la contención de los normandos. A Bernat sólo le preocupaba recibir los tributos de sus condados de la frontera. La Marca seguía abandonada a su suerte. A la corte llegaban denuncias de abusos y noticias nefastas, que se ignoraban debido a la compleja situación del momento y a las ambiciones personales de los nobles y el soberano.

En el avispero que era la corte de Carlos el Calvo nadie tenía tiempo para preocuparse por lo que ocurría en el último extremo del reino.

39

Fortaleza de Gordes, Provenza,
finales de agosto

Los jinetes cruzaron la aldea y ascendieron por un sinuoso camino junto al acantilado sobre el que se erigía la fortaleza. La construcción de recios muros y torres que dominaba sobre el risco era imponente. En lo alto lucían los pendones de la casa bosónida, bandas azules sobre un fondo dorado. Eran señores de un vasto territorio en el oriente francés. La comitiva entró en el patio de armas embarrado, donde decenas de soldados iban atareados entre siervos y aldeanos. La neblina olía a carbón y se oía el martillo del herrero en la forja.

Un senescal con hábito se asomó por la galería de madera del edificio principal y les hizo señas. Los hombres descabalgaron y los *servi* se llevaron los caballos.

—Os esperan, Bernat de Gotia —dijo el hombre del castillo.

—La tormenta nos ha retrasado —repuso el marqués con hosquedad.

Bernat dejó que una criada de apenas trece años le limpiara el fango de las polainas. Era bonita, con rizos rojizos y ojos azules. Tras largos días de marcha necesitaba otros cuidados y le atrapó la mano.

—Esta noche te querré en mis aposentos.

La muchacha se alejó asustada a las cocinas. Pasaría el resto del día llorándole a su madre mientras ésta le hacía entender que así sería su vida hasta que las caderas se le ensancharan demasiado y sus pechos fueran flácidos.

Bernat entró en el salón principal presidido por un trono de hierro oxidado. A pesar de que las estrechas ventanas mantenían la estancia en penumbra, pudo admirar los muros de sillares y las cornamentas, algunas de dieciocho puntas, junto a pieles de oso y otras de animales que no reconoció traídas de África. Sentados a la mesa aguardaban una docena de nobles, de ancianos a jóvenes, ataviados con ricos ropajes en los que predominaba el color azul.

Bernat, hijo de Bernat de Poitiers y nieto de Rorgon de Maine por vía materna, se mostró altivo ante los principales miembros de la familia bosónida, un linaje de oscuro origen que había logrado medrar en tiempos de Carlomagno gracias a astutas alianzas. Tras la muerte de Hucberto, hijo mayor de Bosón el Viejo y abad de San Mauricio de Valais, presidía el clan el timorato Bivín de Vienne, pero quien de verdad regía los destinos era Teutberga, la esposa del recientemente fallecido Lotario II y hermana tanto del abad como de Bivín.

Teutberga rondaba los cincuenta años, pero parecía mayor por el sufrimiento y la vergüenza que había padecido desde su boda en el año 855. Bernat conocía la historia: la nulidad matrimonial había sido una cuestión política que afectó a los cuatro reyes del Sacro Imperio Romano. Aunque Lotario II logró que un concilio de obispos, tras no pocas concesiones, la aprobara para que el soberano pudiera casarse con su amante Waldrada, el Papa revocó la decisión. Lotario atacó Roma, y Teutberga, humillada, se refugió en la corte de Francia. Cuando amenazaron a Lotario de excomunión, los reyes Luis el Germánico y Carlos el Calvo, sus tíos, lo convencieron de que acogiera de nuevo a su esposa legítima y entonces Teutberga lo rechazó por desquite. El imperio se tambaleó, y se compusieron extensos poemas sobre el fallido enlace, con acusaciones de incesto entre la reina y su hermano, el abad Hucberto, incluidas.

Tras muchas oraciones y una sospechosa fiebre repentina,

Lotario II había muerto a principios de agosto de ese año en Piacenza. La mirada de la reciente viuda brillaba con intensidad; se había liberado de aquel calvario y había construido una firme amistad con el rey galo Carlos y sus consejeros. Era momento de que los bosónidas sacaran rédito para situarse en la cumbre del ruinoso imperio.

También estaban los hijos de Bivín de Vienne, Ricardo, Bosón y la bella Riquilda, además de otros parientes, propietarios de villas y castillos en la Provenza y Borgoña, unidos por la fidelidad a la casa y a la sangre. Los bosónidas tenían el pelo cobrizo y rasgos agraciados. Como la mayoría de los linajes francos, compartían el destino de su casa, que decidían conjuntamente.

Bernat mostró sus respetos y tomó asiento al final de la mesa. Un siervo le ofreció vino en una copa de plata y el marqués de la Gotia los felicitó por la calidad del caldo. Sin embargo, sólo tenía ojos para Riquilda, que lucía un vestido azul claro de seda con los bordes de armiño sobre el que se derramaba su larga melena. A sus veinticuatro años estaba más bella que nunca, y desde que Bernat había recibido la convocatoria a esa reunión secreta de los bosónidas había confiado en que Bivín se la ofreciera como esposa para así unir las familias de Provenza y Poitiers.

Bosón, hermano de Riquilda, vio claro ese anhelo febril en el marqués.

—Contened vuestras ansias, Bernat. Mi hermana no está reservada para vos.

Bernat se ofendió, pero Riquilda le regaló una deslumbrante sonrisa.

—¿Aún esperáis a ese tal Isembard de Tenes? —dijo el marqués, mordaz—. Ha desaparecido, como su padre.

—No os ofendáis, joven Bernat —lo atajó Teutberga—. Estáis aquí por algo mucho más importante que un compromiso.

—¿A qué he venido pues?

Ante el silencio apocado de Bivín, volvió a hablar su hermana Teutberga.

—No necesito deciros que esta reunión es confidencial. Cualquier filtración… y caería sobre vos toda la ira de nuestra casa. Aunque, conociéndoos como os conozco, creo que no rechazaréis nuestra propuesta.

Habían coincidido en numerosas asambleas y en varios festejos de la corte itinerante del rey Carlos. Tenían informadores, y conocían sus ambiciones y secretos. El codicioso Bernat, ansioso por aumentar el poder de los rorgonidos, podía ser un útil aliado.

—Lo que os ofrecemos es el camino para dejar de ser un marqués vasallo de Carlos el Calvo y convertiros en rey de la Gotia como primero de un linaje...

Bernat se irguió. Estaba atónito. El anhelo de reinar lo compartían las casas más poderosas del extinto Sacro Imperio, pero los carolingios castigaban como traición cualquier negativa a rendir vasallaje, y ninguna alianza de nobles lo había logrado. Lo embargó la emoción; jamás ningún rorgonido había aspirado a tanto, y ansiaba escucharlos.

—Tenéis mi palabra de honor. Ante Dios juro mantener el secreto, mi señora.

Teutberga, consciente de la impresión que sus palabras habían causado a Bernat, señaló el mapa de piel de ternera extendido en la mesa. Estaban trazados en tintes de diferentes colores los territorios del imperio, desde la Marca Hispánica hasta Germania. Pequeñas figuras de madera se repartían sobre el mapa.

Los bosónidas rieron, y Bernat se preguntó si todo sería una broma.

—Ese destino aún está lejos, nieto de Rorgon, pero ha llegado la hora de dar los primeros pasos y necesitamos vuestro apoyo para llegar al consejo privado del rey Carlos. Desde allí nuestro poder se extenderá a Borgoña, Aquitania, Neustria...

—Los carolingios jamás cederán sus coronas —tanteó el marqués, intrigado.

—Llegará el día en que todo el orbe sea un mapa salpicado de pequeños reinos y señoríos independientes —aseguró Teutberga con frialdad—. Las casas que acumulen ahora el poder serán las que aparecerán en las crónicas, por eso debemos acercarnos al rey como perros fieles para luego despedazarlo lentamente.

—Tenía entendido que erais amigos, mi señora.

—Él y yo seremos huesos blanqueados dentro de un tiempo, y esto está por encima de nosotros. Carlos pertenece a los guillémidas carolingios y defiende su linaje sobre todo lo demás. No dudaría en aplastarme, aunque después llorara sobre mi tumba —dijo con la solemnidad de una matriarca—. Debes aprender de nosotros, joven Bernat de la casa Poitiers, si quieres fundar tu propio linaje en la Gotia.

Teutberga encendió su ambición y Bernat se veía ya superior a sus ancestros.

—¡Dispongo de miles de hombres libres en edad de combatir!

Tras un momento de silencio los bosónidas estallaron de nuevo en una burlona carcajada. Bernat los miró irritado.

—Serenaos, marqués —dijo Ricardo con desdén—. Reservad las espadas para cuando llegue el día, antes se requiere de pasos comedidos pero certeros.

—A mi juicio deberíamos meditarlo con calma —intervino Bivín, siempre más cauto que su hijo—. Dios nos observa con severidad.

—Dejad a Dios para los clérigos, padre —le espetó Bosón sin mostrar respeto.

Tras un incómodo silencio, Teutberga volvió a hacer uso de la palabra:

—De momento necesitamos de vos, Bernat, un servicio discreto. Sabemos que fue uno de vuestros vasallos el que acabó con las aspiraciones del conde Humfrid.

—Drogo de Borr. Lo condenaron por asesinar al vizconde de Barcelona, pero pagó al rey Carlos, y a mí, por su vida y me es fiel como fuerza armada en la Marca, además de vigilar que los godos no escamoteen los tributos.

—Conocemos lo ocurrido —siguió Teutberga sin interés—. Lo que ahora queremos saber es si es cierto lo que se cuenta acerca de él... Se dice que para desterrar a Humfrid sin resistencia envió a unos oscuros esbirros que no dejaron rastro alguno.

Bernat se estremeció. Drogo se lo había explicado cuatro años atrás.

—Eran bestiarios —reveló—. El maestro murió y la discípula vaga con una hechicera ahora, según he oído. Nunca la vi, ya no sirve a mi vasallo Drogo de Borr.

Tras un largo silencio Bosón habló con gesto helado.

—Habéis hecho un largo viaje y por eso puede que no seáis aún consciente de la trascendencia de lo que os ofrecemos. No estáis aquí para mostrar vuestra impotencia, Bernat, sino para caminar hacia la cúspide. Ese Drogo os debe lealtad y obediencia. ¡Ejerced vuestro poder y que traiga a ese esbirro o castigadle!

En aquel juego de poder los bosónidas no iban a permitir la debilidad. Bernat se había mostrado como un pusilánime, pero aún recelaba y reaccionó enérgico.

—¡Antes exijo saber por qué acudir al esbirro de un pequeño noble de la Marca!

—Necesitamos a alguien que no pueda relacionarse con nuestras casas de ninguna manera, una sombra discreta, que no levante sospechas ni se vaya de la lengua en las tabernas. Hay demasiadas casas pendientes de todos los actos de los bosónidas.

Bernat se crispó. No podía dejar pasar esa oportunidad. Aún resonaban en su cabeza las palabras de Teutberga al nombrarle rey de la Gotia. Golpeó la mesa.

—¿Es esto una prueba de fidelidad a vuestro linaje? ¡No sirvo a los bosónidas!

—Es una prueba de fidelidad, sí, pero a una alianza entre casas —indicó al punto Bosón—. A nosotros se ha unido también Bernat Plantapilosa, marqués de Tolosa, conde de Autun y Auvernia.

—El hermano de Guillem de Septimania que tantos estragos causó en la Marca hace veinte años —recordó el marqués, al tiempo que valoraba el enorme poder y los vastos territorios que acumulaba la alianza. Debía estar a la altura de esa empresa—. ¡Tendréis a ese bestiario! Pero formaré parte de todas las decisiones.

Los bosónidas sonrieron ante lo fácil que era fomentar las ambiciones de los nobles más jóvenes y necios.

—Lo siguiente que debes hacer como marqués es aprovechar tu posición estratégica en el reino y sacar más partido —le aconsejó Teutberga, consciente de su inexperiencia en esos lances de poder—. Habrás de apoderarte del resto de los condados de la Marca Hispánica. Así tendrás la llave hacia el emirato de Córdoba, una llave que puede usarse para expandir el reino o para contraerlo. Con toda la frontera en tu mano, el rey Carlos dependerá de ti y podrás negociar nuevos honores.

—Es Carlos el Calvo quien concede los condados. Si le arrebato los territorios de Urgell y la Cerdaña al conde Salomó o Girona al conde Otger caeré en desgracia.

—No hablamos de guerrear entre condes —dijo Teutberga con una condescendencia que avergonzó a Bernat ante los sonrientes bosónidas—. Carlos premia los méritos en la defensa del reino cuando está en peligro. Debe parecer que no los usurpas. ¡Sé más astuto que el resto o jamás lucirás una corona real!

Riquilda reforzaba las sugerencias de su tía con miradas insinuantes, calibrando la hombría de Bernat. Así se alcanzaba el verdadero poder, pensó él. Lentamente, la ambición bosónida emponzoñaba su alma.

—Con nuestras casas aliadas, los méritos serán compartidos y nos auparán hasta el rey —siguió Bosón, henchido—. Luego daremos el siguiente paso: la rebelión.

El marqués se reclinó en el respaldo con la copa en la mano. Miró a Riquilda y le hizo un gesto. Era su turno. La casa rorgonida también sabía jugar fuerte, pensaba.

—Así lo haré, pero hasta el momento sólo la casa rorgonida se ha comprometido con esta causa. Exijo un gesto de la vuestra. —Sonrió adusto—. Uno como la mano de Riquilda.

Un matrimonio lo encumbraría a mayores honores que los

que le prometían los señores de Provenza. Bosón, el hermano de la joven, torció el gesto, disgustado.

—Mucho pedís, marqués. Aún no habéis demostrado si seréis capaz de cumplir. De momento conseguid a ese bestiario, es vital para seguir adelante.

—¡Ésa es mi condición! —dijo imperioso. Quería parecer implacable.

Bosón iba a replicar, pero la propia Riquilda lo detuvo. Alzó su copa hacia él.

—Por la alianza de nuestras casas. Meditaremos vuestra propuesta, mi señor.

Bernat se relajó ante lo que consideraba ya una victoria y bebió ahogado en mil sensualidades que ansiaba culminar.

Esa noche la puerta del aposento de Bernat de Gotia se abrió y, en silencio, entró Riquilda. El marqués apartó a la hija de la cocinera con violencia y la contempló absorto. Creyó estar bajo el efecto de alguna hechicería. La noble bosónida se le acercó con una túnica tan fina que casi transparentaba su cuerpo desnudo, más deseable de lo que había imaginado. Sus pechos colmados se mecían al caminar y el suave olor a ámbar que desprendía incitaba a tocar su piel, tersa y limpia.

Riquilda no se dignó mirar a la muchacha que lloraba desnuda en un rincón, con profundas marcas de dientes en los senos y sangre entre los muslos. Al ver a la señora, la joven se escabulló hacia el corredor y huyó.

La noble gateó con movimientos sensuales sobre la cama hasta Bernat, que sentía el corazón a punto de estallarle.

—¡Pégame! —lo provocó ella.

—¿Cómo decís, mi señora?

—¿Acaso sólo te atreves con pobres niñas? —Se estiró ante él. Conocía los rumores sobre las sádicas aficiones del marqués—. ¿Eres un hombre de verdad?

Bernat no pudo soportarlo y le dio una bofetada. Aquello lo excitó de un modo casi incontenible. Trató de hacerlo de nuevo, pero Riquilda atrapó su mano y se la puso en un pecho. Cuando el pezón se le erizó, aferró por encima de la manta el miembro erguido del marqués. Bernat gimió y ella apretó con más fuerza para causarle dolor.

—Consígueme un reino y obtendrás lo que deseas —le susurró insinuante.

Antes de que Bernat pudiera reaccionar, Riquilda saltó de la cama y abandonó la cámara. Bernat apenas podía respirar. No había sido un sueño, la mano le olía al ámbar que perfumaba aquel pecho. No haría otra cosa que seguir a los bosónidas hasta poseerla.

La alianza estaba sellada, aunque nadie había hablado de matrimonio.

40

Frodoí estaba sentado en el sitial de mármol del aula episcopal, la amplia estancia con arcadas erigida junto al baptisterio visigodo y reformada por fin en esos años de calma por los mismos maestros que seguían levantando su nueva catedral.

Hastiado por el interminable informe del arcediano, se distrajo admirando las coloridas imitaciones marmóreas de las paredes que dos artistas de Roma habían restaurado. Aún podía olerse el aroma de los tintes. Los colores vivos lucían bajo las lámparas de vidrio verde que pendían entre los arcos fajones sostenidos en dos hileras de columnas de mármol que soportaban el techo de madera. Era un lugar delicado, de formas suaves y bien iluminado gracias a la luz que entraba por las altas y estrechas ventanas. Un lugar digno para el obispo de la Iglesia. Un lugar para un hombre con el corazón convertido en un desierto, aferrado ya sólo a su báculo de plata, pensaba a menudo con tristeza.

—¡La mitad de los clérigos de la ciudad niegan el ritual romano y siguen a Tirs! —explicaba el arcediano con aspavientos. Sólo Servusdei escuchaba atento, el resto del colegio canónico estaba tan aburrido como Frodoí—. ¡Cobran diezmos y administran los sacramentos sin el consentimiento del obispado!

—Haré que entre en razón —dijo el obispo—. No quiero volver a encerrarlo.

—Tendréis que hacer algo más que eso. Un clérigo llamado Baió, más fiel a Toledo que a esta sede, pretende refundar el obispado visigodo de Tarrasa sin permiso del arzobispado de Narbona. Administra por su cuenta villas y parroquias.

—¡Debéis elevar una queja al rey, Frodoí! —insistió Servusdei.

—Nos hará el mismo caso que el que nos demostró con las quejas de los ciudadanos —respondió él con desgana—. En la próxima asamblea presentaré el agravio en persona.

El capitán Oriol llegó con un pergamino. Llevaba el sello de una alondra: era de Goda. Frodoí quería leer el escrito con urgencia. Se excusó y dejó que los canónigos siguieran con sus quejas sobre el culto ante Servusdei, quien tenía mejor juicio para eso.

Cruzó pensativo el corredor que comunicaba el aula episcopal con su palacio y por un patio porticado, con bellas columnas helicoidales, llegó a la nueva basílica. Con el tercio de los beneficios de la ceca y de las *teutas* ya había completado las arcadas que sostenían las naves y estaba cerrando las bóvedas sobre armazones de madera, pero las obras se interrumpían a menudo por falta de plata, por accidentes o porque los fondos se destinaban a otros fines bajo la observancia estricta de Servusdei. Para el monje, la Iglesia no eran sólo sillares y era el único que contenía la obsesión del obispo por su nueva catedral.

Aún faltaba el ábside redondeado del presbiterio cuyo acceso sería mediante un arco de herradura y la ornamentación interior, al estilo de la catedral de Reims. También faltaba demoler parte de la pequeña basílica que había quedado encerrada y que seguía en uso, pero Frodoí confiaba en culminar la obra en pocos años, y ya había mandado fundir un cáliz de oro para la solemne consagración.

En los últimos tiempos había levantado parroquias, ordenado el colegio sacerdotal y ejercía como juez en el tribunal eclesiástico. Había atemperado su dolor y vergüenza ejerciendo su ministerio con firmeza y ahínco. A sus treinta y tres años había ganado carisma y capacidad para discernir, como Servusdei solía afirmar en los escasos halagos que le dedicaba.

Con la ausencia del conde Bernat de Gotia, que prefería sus territorios de más allá de los Pirineos, la influencia de Frodoí era mayor y controlaba incluso al nuevo vizconde Astorius, un codicioso franco a la sombra del marqués cuyo celo por cobrar los impuestos lastraba el crecimiento de la ciudad.

En parte gracias al obispo, Barcelona gozaba de paz desde hacía casi una década, y se apreciaba en los amplios cultivos y en el mayor número de casas. Más allá de las murallas, sin embargo, el territorio seguía despoblado y la frontera desprotegida por el desinterés del conde. Se vivía en calma, pero con la sensación de que en cualquier momento todo podría volver a venirse abajo, como había ocurrido tantas veces en los últimos setenta años.

Oriol esperaba a Frodoí con el caballo enjaezado. Escoltado por Duravit, Italo y Nicolás, salió de la ciudad por el portal de Regomir y bordearon la costa hasta el puerto. Al paso del obispo, los payeses y los siervos hincaban la rodilla. Velaba por su diócesis, y lo sabían.

El pecho de Frodoí se aceleró al ver a Goda sobre una pasarela del puerto reconstruido, entre hileras de cestos que contenían piedras de sal. Discutía con dos mercaderes. Sintió admiración y nostalgia; ya no era la dama altiva que vivía resignada con el viejo Nantigis, sino que se comportaba como un avezado mercader de Bizancio o de Córdoba.

Los estibadores cargaban una galera que había traído telas y especias. El comercio de la sal había auspiciado un tímido mercado y familias enteras en la ciudad habían guardado las azadas para recuperar los oficios artesanos de sus padres o abuelos.

Goda de Barcelona logró aquella aciaga noche con Bernat volver a ser parte de la nobleza local, y amasaba una fortuna en tinajas de grano, aceite y monedas de plata, pero seguía viuda e ignoraba las proposiciones de las familias más influyentes. Vivía para impulsar su ciudad con la sal y para su hija Argencia, que ya tenía casi catorce años y la misma belleza misteriosa de su madre.

Debido a la posición que tanto Goda como Frodoí ocupaban en Barcelona, ambos se encontraban a menudo en celebraciones religiosas, banquetes y festejos. Se trataban con formalidad, pero ella se mantenía esquiva. Sólo una vez se vieron solos en la vieja cripta, a petición de ella. Fue poco después de la llegada del capitán Oriol desde una remota celda monástica llamada Santa María de Ripoll. Frodoí quiso compartir con ella el hallazgo de los bellónidas.

Goda fue cáustica: puesto que él había antepuesto sus aspiraciones a su amor, debía jurar ante las antiguas tumbas que su distanciamiento no alteraría sus planes de coronar un conde godo para Barcelona y otros condados de la Marca. No hubo sonrisas cálidas ni caricias, sólo rostros graves y miradas colmadas de dolor. Luego el tiempo borró los reproches y el rencor. Únicamente quedó nostalgia y un sueño común que mantenían en secreto para protegerlo. Todo había terminado entre ellos.

Aunque en la ciudad se rumoreó que fue una noche apasionada con el conde lo que la redimió, Goda jamás dijo nada. Sólo a Elisia le contó, sin una lágrima, que sus antiguos siervos tuvieron que desvestirla y curarle las marcas y las heridas. Bernat, ebrio y enloquecido de deseo, la había poseído con brutalidad incluso por la parte innoble. La había mordido y golpeado en pleno éxtasis, y la última vez tuvo que tragar su semilla como muestra de sumisión total antes de que él le entregara las llaves de su palacio y a su hija.

Frodoí no se atrevió a preguntarle. No necesitaba saber lo ocurrido para odiar a Bernat casi tanto como se odiaba a sí mismo. Su posición privilegiada no compensaba el vacío que sentía ni podía derrumbar el muro de hielo entre Goda y él.

Pero, como lo habían pactado, su alianza por Barcelona se mantuvo, y Frodoí negoció el pago del *teloneo* de la sal con los oficiales de los condados de Barcelona y Urgell, que limitaban con la montaña de la que la extraían. Gracias a la influencia del obispo y a ciertas concesiones a cambio de cruzar tierras de señorío, los nobles respetaron la explotación de la montaña de Cardona por parte de Goda y varias familias del puerto. El mineral se distribuía por los viejos caminos salarios, algunos de tiempos romanos, hasta más allá de los Pirineos y por el Cardener y el Llobregat hasta el puerto para embarcarlo a tierras más lejanas.

La explotación estaba a cargo de Albaric, sus hermanos y otras familias que ya vivían allí. La viuda instruía a Ermemir, el muchacho que encontró la montaña en el primer viaje, convertido en un gallardo y avispado joven de dieciséis años; ya no andaba desnudo, sino con camisa y sayo de buen paño.

Todo se había logrado gracias a los infatigables pescadores y a los clanes que Ega y Rotel habían reunido. Goda pensaba en las generaciones futuras, por eso pronto dejó de pagar en pescado salado y envió simiente, aperos y herramientas. Mientras unos reparaban y protegían las vías salarias, otros rompieron yermos. El tiempo de bestialidad y desesperación, de devorar carne humana, quedaría como un oscuro secreto. Ninguna aldea quiso acoger a las hordas, pero gracias al influyente Frodoí se les permitió refundar el poblado abandonado junto a la ermita de Santa María de Sorba, cerca de la montaña de sal. El siguiente paso era reconstruir la fortificación estratégica de Cardona y, con los años, obtener una carta de poblamiento.

La dama volvió el rostro e intercambió una mirada con el obispo. Rondaba los cuarenta años y los llevaba con esplendor, aunque el sol le había dorado la piel y mostraba las arrugas propias de su edad. Terminó la discusión y se acercó a Frodoí. Su pelo oscuro ya lucía algunas hebras plateadas. Se miraron una eternidad, en silencio. Aquellos momentos eran los peores. Frodoí se sentía agonizar, pero tenía su orgullo.

—¿Es cierto lo que indicabas en tu escrito, Goda? —le preguntó cauto.

—Me temo que sí, obispo. —Hacía mucho tiempo que ya no pronunciaba su nombre—. Mi gente ha visto las huellas de una tropa muy numerosa en la ruta salaria. Casi un centenar de mercenarios han cruzado los Pirineos y todo indica que se dirigen al castillo de Tenes.

—¡Drogo otra vez! —rezongó el obispo—. ¿Por qué ahora?

—Ya no es más que una sombra. Lo que se esté gestando es cosa del marqués.

Cada vez que Goda lo nombraba Frodoí sentía que la sangre le ardía, y casi podía oír los gemidos de ella rasgando la noche.

—Temo que hayan descubierto nuestro secreto.

Ambos se miraron sombríos. Habían pasado cuatro años desde que Oriol les explicó que Isembard, los caballeros Armanni, Garleu y Maior y él se habían encontrado con la condesa Ermesenda y sus hijos. Mantenerlo oculto había sido un reto complejo pero crucial, pues Bernat de Gotia no permitiría que reverdeciera la casa bellónida, por la que los godos de la Marca Hispánica sentían predilección. Frodoí, tras el comportamiento abusivo y el abandono del marqués, también estaba convencido de que debía colocar a los descendientes de Sunifred en el poder como fuera.

Él y Goda, con discreción, habían enviado a través de Oriol lo necesario para prepararlos: armas, cotas y yelmos, además de husos, misales y sermonarios. Como era costumbre, se concebía el futuro de la casa en conjunto: los hijos mayores, es decir, Guifré, Miró y Radulf, recibían instrucción militar con Isembard de Tenes, mientras que los otros dos varones, Sunifred y Riculf, se encaminaban hacia la religión bajo la tutela del clérigo Jordi, pues les convenía ganar posición en la Iglesia. Las hijas Ermesinda y la más joven Sesenanda, aprendían a bordar con su madre y se desposarían con miembros de otras casas nobles que reforzaran la posición de los bellónidas en la Marca Hispánica.

Los hijos mayores del difunto conde Sunifred se presentarían en la corte cuando llegara el momento, aún por decidir, pero Frodoí y Goda ya barruntaban que se acercaba la hora.

—Tal vez sea otra cosa. Tras la muerte de Lotario II el panorama ha cambiado —explicó él. En cada asamblea general se encontraba con Bernat y lo veía más crecido y ansioso, además de bien relacionado con casas importantes como los bosónidas—. Bernat ya no parece conformado con los dominios que le concedieron en Servais hace cuatro años; desea más poder. Tal vez alguien más influyente y experto lo guíe en sus ambiciones.

—Hay que descubrir qué trama —dijo Goda, y rehuyó su mirada.

—Que tu gente esté atenta, Goda. Escribiré a Hincmar de Reims para conocer las nuevas alianzas que están gestándose tras la muerte de Lotario II. Se avecinan cambios, y tal vez sea la oportunidad que esperábamos para los bellónidas.

Goda se alejó por el puerto y Frodoí la siguió con la mirada. Sólo cuando no lo observaban mostraba su pesar. El tiempo no había mermado el amor que sentía por ella. Tomó una pequeña piedra de sal y se encaminó hacia donde lo aguardaba su escolta.

41

El 14 de septiembre, fiesta de San Cebrián, Rotel de Tenes ya tenía veintitrés años y amamantaba a su hija, Sansa, en la casa de Joan y Leda, en La Esquerda. Recordaba cuando su hermano y ella escaparon de Girona gracias a la inteligente argucia de Elisia y, distraída, tarareó una vieja canción que surgió de sus recuerdos. A su lado, Ega y Leda miraban a la pequeña embelesadas.

Las cosas habían cambiado mucho en los últimos cuatro años. Rotel seguía los pasos de Ega. Era una mujer de los bosques, sin dueño. Había aprendido las propiedades de las plantas, a filtrar y a componer ungüentos curativos. Pero la anciana Ega no era sólo una sanadora; su vínculo con la tierra era más profundo, y la inició en el antiguo culto de la diosa Diana. Ciertas noches acudían a las antiguas mesas de piedra de los gigantes o se desplazaban a Montserrat para reunirse con otras mujeres como ellas, aisladas en cuevas o pequeñas cabañas y envueltas en las leyendas que los clérigos eremitas alimentaban. En sus ofrendas pedían fertilidad para los campos y las reses, pero también maldecían a sus enemigos y clamaban por la perdición de aquellos que suponían un peligro.

Ega representaba para Rotel el reverso de Ónix, cuyas visiones habían dejado de atormentarla, en parte gracias a Malik. Tras curar a su hermano volvieron a encontrarse. El sarraceno ya estaba atrapado en su red y no tardó en ir a buscarla al refugio de Cosla y sus hordas. La gratitud que Rotel sentía hacia él por haberla llevado con Isembard fue la brecha por la que entró la luz, y la joven necesitaba luz en ese momento de su vida; por eso, esa misma noche se metió bajo la manta de un sorprendido Malik, sin reparos ni pudor.

Aleccionada para vivir al borde de la muerte, Rotel lo arrasaba con una pasión nacida de su fuerza vital generadora, el reverso de años de sombras y destrucción. Lo amaba siempre como si fuera la última vez, y Malik quedó atrapado en su fuego. Prados y lagunas transparentes fueron testigos de un romance puro, vital y colmado de placer. Al fin, entre gemidos libres y estremecimientos se coló el amor. Malik comprendió que Rotel vivía sin ataduras; era su naturaleza, y no debía tratar de cambiarla o la perdería. Renunció a las costumbres de su pueblo. Ella seguía en los bosques y él acudía a su encuentro para amarla sin ponerle límites ni hacerle reproches.

Pasó el tiempo, un tiempo duro, como lo era vivir en la Marca, pero dichoso. Las raíces de su relación se fortalecieron, y Rotel decidió por fin quebrantar la última ley de un bestiario. Quería tener un hijo con Malik y tiró los bebedizos de Ega. El pasado quedó atrás y en febrero Rotel dio a luz a Sansa, una niña con sus ojos azules y el cabello oscuro del sarraceno, aunque sus rasgos le recordaban a su hermano, Isembard, a quien veía a menudo.

Rotel y Ega eran nómadas y visitaban con frecuencia Santa María de Sorba, cerca de la montaña de sal. Las temibles hordas defendían las vías salarias mientras otros trabajaban sus parcelas y fundos comunales para pagar el tributo por la tierra o cuidaban de los rebaños. Nacieron niños a los que no abandonaban en el bosque o devoraban. Podían alimentarlos. Había un futuro para ellos.

Ese otoño Rotel y su maestra estaban en La Esquerda, donde el grupo de colonos de Frodoí les cambiaba comida por emplastos y hierbas recogidas en los bosques. La joven madre había aprendido a estar en compañía y se quedaba con la familia de Joan y Leda en su casa de piedra con techo de paja. La hija mayor, Emma, se había marchado a Barcelona para trabajar en la taberna de Elisia, como Galderic, y se había casado. Los demás seguían allí. El poblado estaba constituido por un puñado de cabañas dispersas y una veintena de casas de piedra que formaban una calle de tierra y roca hasta un descampado. Allí se erguían los muros de la nueva iglesia y la convertirían en una plaza, decían en La Esquerda llenos de ilusión.

Rotel dejó de cantar cuando un rayo de sol incidió en una piedra concreta del muro. Leda y Ega se miraron maliciosas. Ambas echaban de menos su juventud.

—Nos quedaremos con la pequeña, vete. ¡Se te nota demasiado!

Al salir Rotel saludó a los hombres del poblado, incapaces de dejar de admirar su belleza, que parecía aumentar cada día que pasaba. Joan estaba allí, con su hijo Sicfredo, golpeando con la maza una viga para encajarla. Iban a colocar el techo de la ermita de San Miguel, advocación que les protegería del mal. Esperaban que el obispado enviara a un sacerdote para sustituir al pastor con esposa y nueve hijos que había sido monje lego en su juventud y decía las misas de memoria.

Rotel bajó al remanso del río Ter que rodeaba La Esquerda. En un meandro recogido se quitó la túnica y se introdujo desnuda en el agua helada. Si la veía algún pastor contaría que en ese río existían fabulosas *dones d'aigua*, pero no le importaba, ya era protagonista de varios relatos que se contaban en la noche frente al fuego, la mayoría de su siniestro pasado que todos evitaban comentar.

Oyó un chapoteo y se volvió. El agua formaba ondas que se acercaban. Unas manos la rodearon por la cintura y la hundieron. Emergió abrazada a Malik.

—Mi amado.

—Mi amada... ¿Cómo está mi hija de ojos de cielo?

—Ven después a la aldea y la verás. Leda quiere invitarte a comer cordero.

Malik causaba recelos entre los colonos, pero desde que su hija nació se comportaba de manera amistosa y había dejado de ser una amenaza para ellos.

Los dos amantes llegaron a la orilla. Tras varias semanas sin verse, se ocultaron desnudos entre los juncos para fundirse en uno entre caricias y palabras ardientes. Ninguno de los dos tenía planes más allá de esa cálida tarde de septiembre. Cuando ya ardían como antorchas Malik la poseyó con movimientos profundos y enérgicos. Rotel lo aferró con deseo, y se perdieron entre besos, miradas y jadeos. En sus encuentros renacía la pasión que guiaba sus agitadas vidas, sin importarles nada más. Se conocían bien, y ninguno de los dos se quedó atrás en el camino al éxtasis. El hombre, con las manos en sus pechos, levantó la cabeza en el momento más intenso.

Rotel tenía los ojos cerrados al borde de la intensidad que él siempre le regalaba; lo sentía dentro, agitándose y a punto de derramarse. Sin contenerse, gimió de placer. Pero sintió un estremecimiento súbito y extraño que rompió el clímax. Las manos que reposaban en sus pechos perdieron fuerza, y supo que cuando abriera los ojos sólo vería oscuridad. Notó algo cálido deslizarse por su piel, y al mirar vio a Malik con un gesto retorcido de dolor. Una flecha le atravesaba el cuello, y su amado gorgoteaba mientras su sangre se derramaba sobre ella. Con un grito lo abrazó y lo tumbó.

—¡Malik!

El hombre agonizaba, con los ojos llenos de desconcierto. La miró suplicante y levantó un brazo. Rozó su mejilla y se quedó inmóvil, mirando el cielo añil con ojos vidriosos. Rotel oteó a su alrededor angustiada. No veía al arquero asesino. Corrió hasta su túnica. Temblaba, y le costó vestirse mientras las lágrimas rodaban por sus mejillas. Miraba a Malik sin aceptar que todo hubiera acabado así. Entonces vio una columna de humo por encima de las rocas del meandro. Era La Esquerda, y su corazón sufrió un nuevo desgarro.

—¡Sansa!

Trepó por el sendero incapaz de pensar con claridad y sin tomar ninguna precaución. La aldea estaba en llamas y los colonos huían hacia el encinar. Joan llevaba en brazos a su esposa, Leda, que sollozaba con la cara ensangrentada.

—¡Nos han atacado! Al menos treinta. Todo ha ocurrido en un instante.

—¡Sansa! —gritó Rotel al tiempo que apartaba a Joan con fuerza.

La cabaña humeaba, pero entró. Ega y la pequeña no estaban. Corrió por la aldea incendiada llamando a su maestra. Entonces vio un cuerpo tendido en el camino que salía del poblado. Con el alma rota llegó hasta allí. Ega estaba cubierta de sangre, aplastada por los cascos de los caballos. Aún tenía entre las manos la mantita de la pequeña. Rotel se arrodilló gimiendo, pero Sansa no estaba. Mordió la tela presa del dolor más intenso que jamás había sentido.

Tres jinetes la rodearon. Rotel alzó el rostro cubierto de lágrimas y una oleada de ira la cegó. Iban embozados, ocultaban su identidad a los aldeanos, pero reconoció aquellos ojos grises llenos de la oscuridad que parecía dominarlo.

—¡Drogo! ¡Maldito seas! —Agarró una piedra, furiosa.

—Si la lanzas jamás volverás a ver a tu hija.

—¡Qué has hecho! —rugió con una ira ya olvidada.

—¿No recuerdas quién es tu amo?

—¡Ónix te servía, no yo!

—No —replicó Drogo complacido al verla doblegada—. Él sí era libre; de lo contrario, me habría matado sin dudarlo. A ti, en cambio, te compré por un cáliz, ¿te acuerdas? Necesito de tus servicios si quieres que te devuelva a la pequeña.

—¿Dónde la tienes? —demandó contenida. La vida de su hija estaba en juego.

—Una nodriza la cuidará. Si te niegas, mataré a todos los aldeanos y luego desollaré a tu cachorro con mis propias manos.

—¿Por qué has matado a Malik? ¡No tenía nada que ver con esto! —Aún no podía creerlo, pero al ver la mirada inclemente de Drogo ató cabos—. Tú sabías quién era... ¡Un pariente de los Banu Qasi! ¿Eres consciente de lo que puede suceder ahora?

—Para mí sólo eres una esclava, un *instrumentum vocalis*. No entiendes nada, y nada debes pensar, ¡limítate a obedecer!

—Señaló el maltrecho cuerpo de Ega—. No tuvo por qué pasar, pero quiso escapar con la niña. Entiérrala sin revelar a nadie quién os ha atacado o tu hija lo pagará. Te espero en el castillo de Tenes y trae tus... armas.

Rotel los vio alejarse entre lágrimas y con los puños apretados. Sólo por Sansa no se arrojaba al río. La Esquerda había quedado destrozada tras nueve años de esfuerzo diario y el desánimo se abatió sobre sus habitantes. Sólo Ega y Malik habían muerto, pero había numerosos heridos y quemados. Algunos propusieron abandonar el poblado, aunque fuera un buen lugar y tuvieran sus cultivos ganados en aprisio.

—Así es siempre en la Marca —musitó uno de los barceloneses que vivían allí—. Hasta que no quede nadie vivo.

Mientras apagaban los incendios, Rotel, aturdida, ayudó a atender a los heridos con las unturas de Ega. Fue una noche de lamentos y quejidos. Abatidos, dieron sepultura a la anciana sin saber quién los curaría en el futuro. Rotel la lloró como una hija, pero sentía el fuego de la ira prender en su interior.

Cuando le preguntaron sobre la conversación que tuvo con uno de los atacantes calló, lo que despertó los recelos de los colonos. Los hombres de Malik, acampados cerca, recogieron su cuerpo sin atender a explicaciones. Su líder había muerto y la cristiana que lo había hechizado seguía ilesa. El puente tendido entre ambos grupos estaba destruido. Para Rotel el crimen tenía una intención más perversa. Malik era sobrino del valí de Lleida; su asesinato era un agravio. Con una sola flecha se había desestabilizado toda la Marca, y la actitud de Drogo denotaba que era algo premeditado.

Deseó poder advertir a Isembard, pero no sabía dónde encontrarlo. Solían verse en La Esquerda durante la Navidad, y la visitaba con más frecuencia desde que dio a luz a Sansa. Lo veía lleno de fuerza y optimismo pese a haber renunciado a exigir el castillo de Tenes, fortaleza que seguía en manos de Drogo. Ella sospechaba que su hermano cumplía una misión secreta, tal vez ordenada por el obispo de Barcelona. De ser así, sería importante para aquella tierra. Fuera como fuese, Isembard le había rogado que respetara su silencio y ella no insistió. En ese momento se arrepentía.

Incapaz de permanecer un instante más en La Esquerda, se marchó antes del alba. Cuanto antes reaccionara, antes podría abrazar a su hija o arrancarle el corazón a Drogo si la traicionaba. Se internó en el bosque. Caminó durante un buen trecho hasta un barranco, apartó unos matorrales y, con yesca y pedernal, encendió una antorcha para penetrar en una espaciosa caverna. Pensó en Malik y en Ega. Todo había quedado atrás, sólo Sansa la mantenía unida a la luz. En el interior estaban su capa de pieles y sus ropas de cuero. Los bolsillos llevaban años vacíos. Siguió adelante hasta una barrera de tablones. Lanzó la antorcha y pasó por encima. No tardó en encontrarla. La cobra surgió de entre las rocas y se irguió ante ella.

—Vieja amiga, te necesito.

La alimentaba con liebres y ratas cada pocas semanas. Era la única arma a la que no había liberado, pues Ónix la había traído de los ardientes desiertos africanos. La serpiente movió la testuz al compás de la mujer.

En medio del silencio, la joven notó una presencia a su espalda. Ónix nunca se había marchado de su mente, era demasiado poderoso, sólo aguardaba.

—¡No quiero ser como tú! —estalló Rotel dejando fluir las lágrimas.

—Por eso sufres. Por un hombre muerto y una hija desaparecida. Eres más débil que nunca y seguirás sufriendo como toda la humanidad, hasta el día de tu muerte...

—Son sentimientos puros —opuso ya con menos fuerza. Se debilitaba.

—Ega quiso convertirte en lo que no eres. Ésta es tu naturaleza. Quedan muchas sombras que recorrer y tú llegarás más lejos que yo.

—¡Mientes! —gritó, y su eco se extendió raudo por la lóbrega caverna.

Ante su aspaviento la serpiente atacó. Rotel la atrapó con un movimiento instintivo. Era el último bestiario. Lentamente se acercó la cabeza de la sierpe a la cara. El animal abrió las fauces. Una mordedura allí sería letal, y deseaba hacerlo pues si regresaba a la oscuridad nunca más saldría de ella.

Lanzó un grito largo y profundo de frustración que se esparció en el silencio de la noche y la sensible serpiente se retorció entre sus manos, furiosa. Fue en busca de la capa y la encerró en una de las bolsas. Llenaría el resto con alacranes, arañas y víboras. Destilaría venenos y untaría sus astillas. Todo seguía en su mente. Apagó la antorcha y se quedó inmóvil en la boca de la cueva. Estaba condenada. Siempre lo había sabido, pero Ega la sedujo con su optimismo ingenuo. Luego llegó Malik, y se amaron, y de verdad se creyó redimida por fin al dar a luz a Sansa.

No volvería a caer en el embrujo de aquellas mujeres que veneraban a la Madre o cabalgaban con Diana, las «buenas damas» que en su día Ega le presentó en la misteriosa montaña del Montseny. Se liberó de la culpa por haber sido amante, madre y amiga de otros. Aun así, sabía que escapar de las tinieblas que había abrazado con Ónix no iba a resultarle fácil.

Había despertado, pero sólo veía un páramo brumoso y yermo.

La inocente Sansa no merecía una madre así. Si el amor maternal no la atraía de nuevo a la vida cuando la recuperara, la entregaría a Leda. Una a una se quitó las cadenas que la unían al mundo de los hombres, a sus sentimientos y emociones, a la fragilidad.

Cuando la noche cayó la luna reflejó dos puntos brillantes en la oscuridad de una caverna sin nombre. Dos luminarias de puro hielo, sin rastro alguno de emoción.

42

Elisia bajó del regazo a su hijo de casi cuatro años y lo envió al huerto. Se llamaba Gombau como el abuelo de Galí, quien fue dueño de la casa que albergaba la alabada posada del Miracle. Ella le enseñaría todo lo que sabía y algún día sería suya. Los años habían pasado como un suspiro. A su alrededor, decenas de sirvientes trajinaban de un lado a otro y la casa estaba atestada como siempre. Tras la reforma, la humilde taberna del Miracle en la que empezó sola se había convertido en una posada elegante y limpia, de dos plantas, cuya fama se había extendido más allá de los Pirineos. De ella dependían nueve familias, además de decenas de proveedores de vino y toda clase de alimentos en Barcelona y las aldeas cercanas.

A pesar del fracaso de su matrimonio, Elisia recuperó la alegría al ver la cara de su primer hijo, que nació sano y fuerte. Nadie estaba de acuerdo, pero para ella era igual que su abuelo Lambert, y se disgustaba si le hablaban del parecido entre el pequeño y Galí.

Tras la terrible agonía que vivió en la oscura alacena donde Galí la encerró cuatro años atrás, no creyó posible levantar la cabeza ni volver a sonreír. Sin embargo, lo hizo por su hijo y por esa casa que habría sido el orgullo de su abuelo Lambert. Ahora, con veinticinco años, Elisia volvía a tener una mirada dulce y una palabra cálida para cada cliente, pero ya no era la joven ingenua incapaz de ver maldad. Había crecido en fortaleza y su naturaleza optimista había cicatrizado su corazón, pero no quería sufrir más. Era una matriarca que gobernaba en solitario la próspera posada con buenos aposentos, caballerizas y excelente comida en el último rincón del imperio. Se sentía fuerte, tenía un hijo que criar y un negocio que absorbía su tiempo. Ambas cosas las hacía lo mejor que sabía, por eso Barcelona la estimaba. Había dejado de ser forastera hacía ya mucho tiempo.

Elisia echaba de menos a Isembard, pero vivía con el corazón sellado. Además, el ajetreo diario apenas le daba un respiro. Esperaba explicarle algún día por qué no se fue con Rotel. A veces se entristecía al pensar que podía estar con otra mujer. Goda le confesó que seguía en la Marca. Quiso transmitirle un mensaje a través de ella, pero sospechaba que Goda no se lo hizo llegar. Jamás obtuvo respuesta. Al parecer, ni Goda ni el obispo querían que Isembard se distrajera de su misterioso cometido.

Sonrió al ver a su hijo corretear hacia la puerta del huerto y cruzó el local hasta el hogar encendido. Como en la casa de Oterio, acostumbraba salir de las cocinas de noche para charlar un rato con los clientes. Suspiró nostálgica y se acercó a un grupo de parroquianos para participar en su conversación trivial mientras partía almendras. El otoño estaba próximo y quería preparar *nougat*. En Barcelona muchas mujeres conocían un dulce similar y lo llamaban turrón. Cuando tuviera el cesto lleno de almendras las tostaría con cuidado y las herviría con miel y un poco de agua. La masa se conservaba durante meses, pero en pocos días acabaría en las mesas de los palacios de la ciudad, que lo pagaban a precio de oro.

Esa noche perdía el hilo de la conversación. Estaba preocupada por Emma, la hermana de Galderic. Estaba casada con Aio, otro de los sirvientes. Al enlace habían asistido Joan y Leda con el resto de sus hijos. Fue un encuentro lleno de afecto; todos habían pasado muchas penalidades. Ahora Emma había desaparecido, dejando a su criatura de unos meses. Aio llevaba dos días buscándola por los alrededores de la ciudad y del niño tuvo que encargarse una nodriza. Nadie se explicaba lo ocurrido. Elisia sospechaba de Galí, que la noche anterior a la desaparición se había ausentado para regresar más tarde con el hedor de las prostitutas de Regomir y una bolsa de óbolos. Como siempre, dijo no saber nada. Elisia esperaba que fuera cierto o se lo haría pagar.

—Deberías probar hacerlo con avellanas —aventuró el capitán Oriol. Era uno de los mejores soldados de la ciudad, pero con Elisia se mostraba como un tímido joven—. Así lo hacía mi madre.

El capitán había perdido mucho pelo. Tenía treinta y cinco años y se mantenía en excelente forma. Dedicado por entero a su obispo, seguía soltero, y aprovechaba cualquier momento libre para ir a la taberna. Apenas bebía, se pasaba el tiempo mirando a la posadera, aunque era demasiado tímido para flirtear con ella. A Elisia le gustaba su compañía.

—Lo he pensado, pero necesitaría que fueran buenas —dijo al mirarlo.

—Mi primo tiene las mejores del condado —apostilló el capitán, animado.

—¿Harías eso por mí? —A veces le gustaba provocarlo, pues se ponía nervioso.

Oriol movía los dedos. Los mismos que asían la espada con destreza implacable.

—Haría eso y mucho más por ti, lo sabes. Sólo tienes que pedírmelo.

Elisia lo veía tierno y comprensivo. Echaba de menos a alguien que la abrazara en las gélidas noches de invierno y le susurrara que todo iría bien. Oriol despertaba en ella ternura y afecto. Y con eso le bastaba; no esperaba más.

Galí entró en el comedor con el malcarado Calort y dos hombres más. La mirada de la posadera se ensombreció.

—Lo lamento mucho, Elisia —dijo Oriol al verla así.

—Yo también —musitó pensativa.

Durante el primer año Galí se propuso ser un buen posadero, amable y correcto incluso con ella, pero no tardó en volver a frecuentar las malas compañías y quiso montar apuestas nocturnas de dados en el Miracle. Elisia se enfrentó a él con tal furia que Galí tuvo que desistir. Ahora eran dos extraños bajo aquel techo. Elisia no había consentido que la tocara desde que la poseyó ante Drogo. Lo detestaba, pero era el padre de Gombau y el dueño de la casa; además, tenía muy buena relación con los oficiales de Bernat de Gotia. Dormían en aposentos separados y hablaban lo justo. Elisia era la que controlaba hasta el último óbolo del negocio y sólo le daba una asignación por los derechos de la casa. Galí vivía de nuevo sin trabajar y la dejaba en paz.

—Aunque sea tu esposo no consentiré que te haga daño —se atrevió a decir el capitán, asqueado. No comprendía que Galí no amara a Elisia.

Ella lo miró llena de gratitud y entonces oyeron la campana de la catedral tañer con insistencia. Todas las conversaciones enmudecieron. Oriol, preocupado, cogió su espada, que estaba apoyada en la pared, y se dirigió a la plaza. Elisia lo siguió intrigada.

Familias enteras salieron a las calles. Temían un ataque después de ocho años de calma, pero el toque no anunciaba eso. En la explanada ante el portal Vell aguardaba un grupo de soldados con antorchas junto al vizconde Astorius. Lo acompañaban el veguer y el obispo Frodoí. A un gesto del vizconde sus guardias abrieron las puertas.

La muchedumbre contuvo el aliento. De la oscuridad surgió un grupo de hombres, mujeres y niños con aspecto agotado y manchados de sangre. La Esquerda había sido atacada.

—¡Madre! —gritó Galderic al reconocer a Leda.

Se había convertido en un muchacho espigado, y abrazó a sus padres y hermanos con lágrimas. Elisia corrió tras él con el alma rota. Debía explicar a Joan y Leda que su hija Emma había desaparecido.

El vizconde y Frodoí se llevaron a los hombres al palacio del conde para interrogarlos mientras Elisia acogía a los que podía en la posada para darles comida y mantas. Varias familias abrieron las puertas de sus casas también para alojarlos. Barcelona se volcó con ellos mientras se sabía lo ocurrido.

En el salón del trono del palacio condal el consejo y los oficiales escucharon la versión más detallada del ataque, si bien nadie fue capaz de identificar a los responsables. Sólo Rotel de Tenes podía saber quiénes eran, pero se había marchado después de que los atacantes le arrebataran a su hija. La noticia de la muerte del sarraceno Malik, de la poderosa familia de gobernantes Banu Qasi, dejó a todos con una sensación funesta de peligro.

Más tarde Frodoí visitó a Goda en su palacio para informarla del terrible suceso. Confiaba en su criterio, como siempre. Ella lo recibió en el vestíbulo. Lloró al saber que Ega había muerto, pero se repuso. Lo ocurrido era un misterio.

—¿Para qué se habrán llevado a la niña de Rotel de Tenes? —se preguntó Goda—. Hace unos días desapareció una sirvienta de la posada del Miracle, otra madre que parió hace poco. ¿Crees que guardan alguna relación?

Frodoí reflexionaba, nervioso. De pronto se agitó.

—Rotel no es una joven más. Fue esbirro de Drogo... ¡Dios mío! ¡Esa sirvienta podría amamantar a la hija de Rotel durante un tiempo! ¿Y si ha sido él, Drogo, el que ha atacado La Esquerda para obligarla a ser de nuevo su esbirro?

Ambos se miraron en silencio con una turbia sensación.

—La quiere para deshacerse de alguien con discreción, como ocurrió con el vizconde Sunifred —siguió—. ¡Una vida a cambio de la de su hija!

—¿Y Malik? —demandó Goda, pálida. Había sido testigo del primer encuentro entre el apuesto joven y Rotel, y sabía que eran amantes—. No es un sarraceno más.

—El linaje Banu Qasi rige buena parte del norte del emirato de Córdoba y se ha enfrentado varias veces con el emir. Son poderosos e implacables, como bien saben otros reinos cristianos vecinos. Malik no era uno de los cabecillas del clan, pero su muerte se verá como una provocación.

—¡Hay un plan detrás, obispo, estoy segura! —explotó ella

aterrada. Ya había experimentado antes esa sensación—. ¡Bernat quiere provocar una guerra! Pero ¿para qué?

Frodoí había vivido su juventud en Reims y nunca había sufrido el horror de una guerra, pero Goda sí y tenía los ojos arrasados en lágrimas de puro miedo. Al obispo se le escapaban las razones que Bernat de Gotia podría tener, pero no eran religiosas y debía evitar la confrontación.

—Escribiré al valí de Lleida para serenar los ánimos —le dijo para calmarla.

—¡Si se cruzan las espadas se perderá mucho, siempre ocurre así incluso para los vencedores! ¡Las tropas consumen el grano almacenado, se vacían los establos y los muertos dejan sus campos yermos!

Frodoí nunca la había visto tan hundida. Ni siquiera cuando la desterraron. Goda iba a añadir algo, pero al final se volvió hacia la escalera, temblando. La guerra le provocaba recuerdos de pánico y pérdida.

—¡Dios mío...! —exclamó, y se le quebró la voz—. ¿Por qué lo permites ahora?

43

A finales de septiembre los informadores del condado confirmaron las peores noticias. El valí de Lleida, Ismail ibn Mussa, miembro del poderoso linaje Banu Qasi, estaba reuniendo en la que llamaban «tierra de nadie», cerca del Llobregat, a unos mil soldados de a pie y una caballería de doscientos jinetes. Habría batalla antes del invierno, antes de que la campaña militar concluyera y los soldados regresaran a sus tierras para la siembra. Aunque Mussa detestara a su sobrino Malik por haber conspirado contra él en el pasado, sus propios hombres lo despreciarían si no respondía a los cristianos y el emir de Córdoba, Muhammad, hijo del poderoso Abderramán II, lo sustituiría por otro que demostrara más firmeza.

La paz se había roto. Una flecha en el cuello de un hombre recordaba que la historia de unos reinos enfrentados por la fe y el ansia de expansión aún no había concluido.

Frodoí fundió cálices de plata y desbastó casullas de antiguos obispos para extraer perlas y piedras preciosas, pero la respuesta de Mussa fue rasgar las peticiones de paz. Amenazaba con arrasar la Marca Hispánica desde Urgell hasta Barcelona. Sólo habían pasado ocho años desde la última razia, la del año 861, y el terror resintió la vida en la ciudad y el resto de los poblados. Los mercaderes despejaron la vía Augusta, e incluso Goda había dejado de transportar carretas de sal hasta la ciudad. El puerto y los suburbios quedaron desiertos.

La diplomacia cesó cuando Bernat de Gotia entró en Barcelona el día de San Miguel como un soberano triunfante, acompañado de quinientos soldados y cien jinetes.

Desde una ventana del palacio condal se dirigió a los habitantes de la Ciudad Coronada henchido de orgullo. Acusó a los sarracenos de arrasar La Esquerda y anunció que un poderoso ejército se disponía a atacar Barcelona. Como marqués, defendería sus dominios con la ayuda de Dios y los otros condes de la Marca; para ello exigía la obediencia y la ayuda de Girona y Urgell. Los barceloneses se unieron en un clamor unánime. Se sumarían a su ejército, conscientes de que no era una razia más. Esta vez Barcelona podía ser destruida para siempre.

El marqués acogió la ovación como si ya hubiera vencido. No tenía el menor interés en mantener la tregua con los sarracenos ni negociar la paz. Sus tropas se instalaron en la ciudad, y para alimentarlas se requisaron los corrales de las casas y se vaciaron las grandes tinajas de trigo enterradas cerca del palacio condal. Eran el granero reservado para el invierno y, aunque vencieran, la población padecería una hambruna.

Cinco días antes de la festividad de San Dionís l'Areopagita se levantó un viento húmedo y Bernat de Gotia mandó encender fuego en la chimenea del salón del trono condal. Escuchaba aburrido la táctica de sus consejeros. Frodoí no pudo contenerse.

—El valí Mussa es un Banu Qasi. Son grandes estrategas que han mantenido la frontera durante décadas.

—Obispo, no veáis fantasmas. No son los grandes caudillos de antaño —le respondió Bernat hastiado—. Sabéis mejor que yo que desde la muerte del padre, Mussa el Grande, el emir de Córdoba quiere desbancarlos. Los Banu Qasi acumulan demasiado poder y son rebeldes. La nobleza de Lleida no se atreve a tomar partido y no obtendrá su ayuda. Lo mueve la cólera, siempre mala consejera.

El obispo ya sospechaba que la muerte del sarraceno Malik era el pretexto de aquella confrontación. Provocarla entraba en los planes de Bernat de Gotia, se dijo Frodoí, si bien el prelado aún no sabía por qué.

—Puede que vuestros informes no sean fiables y que su ejército sea mayor.

—¡Basta! Sois un hombre de Dios, dejad la guerra a los soldados. He ordenado a los condes Salomó de Urgell y Otger de Girona que se unan a mis tropas. El primero aportará ochenta jinetes y doscientos hombres armados; el segundo, unos cincuenta caballos y otros doscientos soldados de a pie. ¡Los aplastaremos!

—Otger de Girona es demasiado anciano para combatir.

Aquello contrarió a Bernat, pero no respondió al obispo sino que se volvió hacia la mesa.

—Astorius, ¿cómo va la leva convocada en Barcelona?

—De los campos han llegado cien varones, más doscientos de Barcelona —dijo el vizconde—. Esta ciudad ha vivido demasiados conflictos, y no hay tantos hombres en edad de combatir como pensábamos.

—En cualquier caso, contamos con una infantería de mil doscientos guerreros que supera en número a la del valí y algo más de doscientos jinetes que igualan su caballería. En breve llegarán otros cien caballeros de Narbona y otros condados de la Gotia bajo mi dominio. —Acto seguido Bernat se dirigió a sus capitanes, harto de sus complejas tácticas—: Cargaremos contra ellos por el centro para dividirlos en dos grupos y la infantería atacará por los flancos. Ya lo hemos hecho antes.

—Supongo que así se hace en Aquitania o Normandía contra los normandos —volvió a intervenir Frodoí cada vez más exacerbado—, pero los sarracenos no son hordas de saqueadores. Su ejército está adiestrado y bien equipado. No subestiméis a la media luna. Si Carlomagno no pudo mover la Marca por algo fue. Enviad más espías y pagadles bien; debemos saber cómo combatirán.

Bernat lo ignoró; vencería y se haría con el control de toda la Marca. Así ganaría méritos ante los bosónidas y ante Riquilda, a la que no podía quitarse de la cabeza.

—Habéis convocado la leva según la ley franca —siguió el obispo—. Un soldado por cada cuatro mansos, pero los que acuden son payeses asustados y jóvenes imberbes, todos sin armas ni protección. ¡Será una matanza! No habrá siembra ni recogida de la aceituna. Molinos y prensas están parados.

—¡Silencio! ¿No confiáis en el Altísimo? Las mujeres cuidarán los campos.

—Destinad los tributos a la forja de armas. Que nuestros capitanes los entrenen.

—¡Basta! Eso es todo, obispo. Regresad a vuestros quehaceres sagrados y rezad por vuestra diócesis. ¡Se compondrán poemas de esta gesta!

El obispo temblaba de ira al abandonar el palacio. Entró en la vieja catedral y se acercó a la losa sobre la que, años atrás, se desplomó tras su fría entrada en Barcelona. Escribió su nombre en el polvo. Mantenía una buena relación con el valí de Lleida, y juntos habían logrado conservar la paz durante años, pero los Banu Qasi no permitirían que su casa quedara humillada pues el emir de Córdoba no habría de perdonarlos. Eran astutos, y estaba seguro de que los exploradores y los espías de Bernat habían informado solamente de lo que el valí quería que supiesen.

No era una guerra de conquista, por eso una victoria sólo traería honor al marqués y ridículas compensaciones del valí por los rehenes, que se repartirían entre los nobles. Pero si Bernat de Gotia era derrotado y las huestes moras llegaban a la ciudad les aguardaba la aniquilación total o nuevos años de miseria. Se levantó y miró la cruz colgada con cadenas sobre el altar. Esta vez no la golpeó. Necesitaba a Cristo de su lado. Como pastor de la Iglesia debía proteger a su grey; lo había jurado ante Dios en Reims.

Al caer el sol, tras el rezo de completas con el clero catedralicio, se reunió en secreto con Oriol y sus hombres. Estaba presente también un inquieto Servusdei, que había llevado un zurrón con pergaminos y plumas como le había pedido el obispo, pero no le dijo adónde iban. Mientras los guardias ensillaban los caballos, Frodoí miró hacia una ventana iluminada del palacio de Goda. Estaba allí, observando el grupo que partía discreto en plena noche.

Recordó el día que la vio después de la fatídica noche que ella pasó con Bernat y sintió una punzada de dolor en el pecho, pero efectuó una leve reverencia. Quería que supiera que estaba cumpliendo la promesa. Ambos velaban por Barcelona; era cuanto quedaba de su amor. Entristecido, encabezó el grupo hacia el portal Bisbal antes de que el marqués pudiera enterarse. Un gélido viento barría el llano de Barcelona cuando ordenó que le abrieran las puertas.

Frodoí, Servusdei y su escolta cabalgaron sin apenas descanso hasta Ripoll. Llegaron al atardecer del día siguiente, en medio de una densa bruma, húmeda y fría. Los vigilantes que Isembard había apostado en el bosque tensaron sus arcos, pero al reconocer al capitán y al obispo de Barcelona se unieron a la comitiva. Isembard los recibió intrigado en la puerta de la celda fortificada. En el patio trajinaban dos docenas de siervos y varios caballeros con cotas.

—Me alegro de verte —lo saludó Frodoí—. La Marca os necesita.

Isembard asintió en silencio, a pesar de que el corazón le latía con fuerza. Sentía la presencia del obispo como el culmen de años de sacrificio. Todo iba a cambiar a partir de entonces. Había puesto su vida al servicio de los hijos del antiguo conde Sunifred como hizo su padre. Día a día se había empleado en cuerpo y alma en instruir a quienes podrían variar el curso de la historia de Barcelona y otros condados. Apenas había salido de Santa María de Ripoll y sus bosques para visitar a su hermana, no había conocido a mujeres o alternado en una taberna como cualquier joven, pero el día que Guifré y su hermano Miró empuñaran las armas en un combate real lucharían con bravura, la cualidad que más respetaban los guerreros.

Añoraba a Elisia. Sólo sabía que su posada era la mejor de aquella vasta tierra y que tenía un hijo fuerte y sano. A menudo se preguntaba si se acordaría de él ahora que todo parecía sonreírle o si por fin Galí se había convertido en el esposo que ella necesitaba. Recordaba cómo besaba, y le dolía no poder amarla ni saber de ella un poco más. Oriol había detectado su interés por las insistentes preguntas cuando los visitaba, pero siempre se mostraba parco en ese tema. Tal vez con la llegada del obispo también eso podía cambiar.

Intrigado, acompañó a Frodoí hasta el austero salón circular de la torre e hizo llamar a la condesa Ermesenda, a sus hijos y varios hombres de armas. En silencio, todos escucharon las nefastas noticias.

Con los años, los caballeros Armanni de Ampurias, Garleu de Conflent y Maior de Tarrasa fueron convocando en secreto a otros vasallos de los desaparecidos Caballeros de la Marca. Ahora era distinto. Compartían la dicha que con tanto ahínco persiguió Guisand de Barcelona y juraron en secreto lealtad a la condesa y su linaje bellónida.

—Nos son fieles cincuenta caballeros —explicó Isembard. Tenía ya veintisiete años, y todos lo veían como el digno sucesor de su padre—. Tal vez se unirían otros cincuenta que fueron leales al conde Sunifred, pero son ancianos.

—Insuficiente —dijo Frodoí con la mirada puesta en Ermesenda.

La condesa permanecía en silencio, con el gesto agriado. Revivía los peores recuerdos de su vida, cuando Guillem de Septimania tomó Barcelona.

—Los Banu Qasi son difíciles de vencer —dijo—. Mi esposo admiraba a Mussa el Grande como un formidable estratega. Su hijo conocerá las tácticas.

Tras un espeso silencio Frodoí se levantó y miró a los presentes con determinación.

—Mi señora, en realidad no he venido a por un puñado de buenos caballeros; me habría bastado con enviaros un mensaje. —La fuerza de sus palabras captó la atención de todos—. He venido a por un ejército.

—¿Acaso lo veis aquí, en este lugar perdido? —replicó la condesa con acritud.

—¡No! Pero vos sois la nuera del legendario Belló de Carcasona. Vuestros hijos son bellónidas, emparentados con la casa guillémida del propio rey. ¡Sois tía de los condes de Ampurias, de Oliba II de Carcasona, con parientes entre la nobleza destacada de la Gotia! ¡Ha llegado el momento de que vos y vuestros hijos recuperéis vuestro lugar en la historia!

—¿Qué proponéis, obispo? —demandó el hijo mayor de Ermesenda, Guifré, embravecido por las palabras del obispo. De todos los hermanos, era el más aguerrido y con mayores dotes de mando.

—Mandad mensajeros a Ampurias, Carcasona, Vallespir y Razès. A todos los castillos con parentela. Vos también sois noble, Ermesenda, habéis estado con vuestros hijos largas temporadas ocultos allí. Acudid a los vuestros y formad un ejército que nos salve.

—¿Que salve a Bernat de Gotia y sus juegos de poder, decís? —exclamó ella sombría.

—Os imploro que salvéis esta parte del reino franco, como juró Sunifred de Urgell, vuestro esposo.

La condesa, aterrada, hizo que todos se marcharan para hablar con sus hijos. Era reacia a ceder a la demanda del obispo, pero comprendía la delicada situación. Había llegado el momento de que en el reino se supiera de ellos. Era de noche cuando hizo llamar a Frodoí y a los caballeros.

—Está bien —dijo con firmeza—. Haré valer mi linaje... Pero han pasado muchos años. Encontraremos puertas cerradas.

—Confiad en Dios, mi señora. —Frodoí se levantó para revelar el segundo motivo de su visita—. Hay una cosa más. Vuestros hijos deben combatir. Es un riesgo, lo sé, pero el reino debe saber que la casa bellónida tiene herederos por la rama de Sunifred dignos de asumir las responsabilidades de las coronas condales.

Ermesenda abrió la boca, horrorizada. Isembard reaccionó oponiéndose. Sin embargo, enseguida comprendió que Frodoí estaba en lo cierto.

—Tiene razón, mi señora —secundó el caballero de Tenes—.

Vuestros hijos son el orgullo de todos nosotros. Saben combatir en el suelo y a caballo. Llevan años entrenándose, pero poco honor se obtiene con espadas sin filo y quintanas de madera. Deben darse a conocer en un campo de batalla. —Golpeó la mesa para que los hermanos reaccionaran—. ¡Venceremos y ganaréis el honor necesario ante el rey y la corte!

—Debemos hacerlo, madre —dijo Guifré al tiempo que miraba a Isembard con agradecimiento. Su hermano Miró asintió también.

Frodoí observó sorprendido a Isembard. Si aquello terminaba bien lo traería a su guardia personal y ocuparía el lugar de Oriol cuando éste se licenciara. Necesitaban capitanes como él en la Marca.

La condesa se recostó en la silla, agotada. No había peor terror para una madre que la muerte de sus hijos. Contempló a Guifré, con su característica barba poblada, y a Miró, Radulf, Sunifred y Riculf. Todos eran mayores. Los había protegido cegada por el miedo, para evitarles la muerte que su padre había sufrido; a pesar de su dolor, no podía hacerlo para siempre. Ninguno de sus caballeros se había atrevido hasta ese momento a mostrarle la realidad, pero Frodoí no era su vasallo. El argumento resultaba impecable. Ella era noble y sabía cómo se ganaba el respeto una casa noble. Incluso lo habría exigido así años atrás, cuando era una joven ambiciosa y altiva. El tiempo jugaba en su contra si quería que la corte carolingia reconociera a sus hijos como dignos sucesores de Belló de Carcasona.

—Habrá que mandar muchos mensajes —admitió al final tras un suspiro.

Frodoí sintió una intensa emoción.

—Servusdei, dispón tu pluma para la condesa —ordenó—. Debemos darnos prisa.

Luego se llevó a Isembard para explicarle lo ocurrido en La Esquerda y comunicarle que Rotel había desaparecido. Algo terrible estaba a punto de ocurrir.

44

La reina Ermentrudis de Orleans rezaba en la oscura capilla de San Jorge, en la abadía de Nôtre Dame en Chelles, próxima a París. Era la *domina* del cenobio por donación de su esposo, el rey Carlos el Calvo, años atrás, por eso no se regía bajo la estricta regla de las religiosas. Había perdido la noción del tiempo. A veces permanecía arrodillada hasta el amanecer y, entumecida por el frío, las monjas debían ayudarla a levantarse. Nueve hijos y una vida de constante tensión junto a su marido habían resentido su salud, pero no le importaba; sólo la oración calmaba la angustia que los recuerdos le provocaban.

Hija de Eude, conde de los vastos territorios de Orleans, Autun y Nevers, había vivido una infancia convulsa debido a los conflictos armados y las conspiraciones de su padre. Se había casado muy joven con Carlos el Calvo en el año 842, y desde entonces las guerras y las rebeliones se habían sucedido y no recordaba un instante de serenidad más allá de los muros de aquella abadía levantada en tiempos de los merovingios. Pero era una noble de Orleans y nunca había olvidado el papel que debía desempeñar en la familia. Su matrimonio emparentó a sus descendientes con la rama real de los guillémidas y el linaje ascendió en el entramado de la nobleza franca.

Ahora, en cambio, la atormentaba la sensación de que todo en su vida había sido en vano, a excepción de sus amados hijos. Había soportado la difícil relación del rey con sus hermanos, peligros y conjuras, infidelidades, las penurias de la corte itinerante y nueve partos. Pero el año 866 fue el peor. Su amado hijo Carlos el Infante, rey de Aquitania, tras numerosos conflictos con su padre, moría con diecinueve años a causa de una herida de arma que los galenos no supieron curar. Poco después su esposo mandó decapitar a su hermano Guillermo de Orleans por traición. Desgarrada, decidió separarse de él y apartarse de la corte. Desde entonces no había salido del convento, pero era la reina de Francia y el peso de tantos desvelos volvía a acongojarla en cuanto apartaba la mirada del Cristo.

Habían llegado noticias de que la Marca estaba en peligro, pero el rey tenía otras prioridades. Cerca del altar, una losa señalaba el sepulcro de Gisela, hermana de Carlomagno. Tras la muerte del viejo emperador y su hijo Luis el Piadoso, padre de Carlos el Calvo, a nadie importaba la suerte de aquel oscuro lugar. Sin embargo, Dios estaba en todas partes, se dijo Ermentrudis. Se acordaba del astuto obispo de Barcelona al que conoció en Servais y rezó para que algún día se liberaran de las garras del águila imperial como había hecho ella refugiándose en Chelles.

Oyó que la puerta crujía y torció el gesto. A veces la abadesa la obligaba a acostarse.

—Aún no he terminado.

Nadie respondió, y se volvió intrigada. En la penumbra de la iglesia vio una sombra inmóvil. Llevaba un hábito de monja, pero su actitud la inquietó.

—¿Hermana?

A veces los muertos no descansaban y se aparecían a media noche por los mismos lugares que recorrían en vida.

—¿Quién eres? —dijo con voz trémula.

Trató de levantarse, pero las rodillas le dolían. La sombra comenzó a avanzar y la reina cayó al suelo cuando intentó apartarse. Se arrastró hasta la base del altar, aterrada. La sombra se acercó a la luz del sagrario. Un mechón rubio se le escapaba de la toca del hábito con el que se había vestido para deambular por el convento. Ninguna hermana tenía el pelo largo, pensó la reina. Cuando la sombra se descubrió, Ermentrudis vio a una joven de gran belleza, pero sus ojos fríos le helaron el alma. Quiso gritar, y la recién llegada se abalanzó sobre ella.

—Me temo que sí que habéis terminado, mi señora. Ahora podréis descansar.

Rodeó su cuello con un pañuelo y tiró con fuerza. Ermentrudis de Orleans se resistió, sin éxito. Mientras se asfixiaba, su asesina permitió que se volviera hacia el altar. La reina de Francia murió en su abadía la noche del 6 de octubre del año 869.

Rotel dejó de apretar en cuanto vio que todo había acabado. No sentía nada, ni significaba nada para ella que la mujer a la que había dado muerte fuera la reina de Francia. Le cerró los ojos para evitar que el espíritu descarnado de su víctima la persiguiera. Luego salió de la capilla con sigilo, se quitó el hábito y saltó el muro de piedra viva que había escalado con facilidad.

Había hecho un larguísimo viaje desde La Esquerda en el que se extinguieron los últimos rescoldos de la joven que fue durante unos años. Ese crimen la había devuelto a una senda de oscuridad de la que ya no podría salir. Deseaba volver a ver a la pequeña Sansa, pero había pagado con sangre por ella y estaba maldita. A eso se refería Ónix cuando le hablaba de ser libre. Nunca debió abrir su corazón, ni a Malik ni a su propia hija, pensó. Sin embargo, decidió que no se quitaría la vida ni permitiría que otro lo hiciera hasta conocer el límite del abismo de su alma. Cuando llegara el momento, Drogo y aquel a quien sirviera también sufrirían la mordedura letal de sus tinieblas.

Se acercaba una tormenta con relámpagos. Sacó su capa del tronco hueco de un árbol y se cubrió con la capucha. El viento traía gotas de lluvia en esa noche desapacible. Sin mirar atrás se alejó de la abadía de Chelles. Cuando el grito de la primera monja rasgara el sereno ambiente ella estaría lejos.

Carlos el Calvo ya era viudo. La rueda de la historia volvía a girar con un espantoso chirrido.

45

Siguiendo antiguos códigos de honor, los emisarios del valí de Lleida y los del marqués de la Gotia habían fijado el día de la batalla: tendría lugar el 23 de noviembre.

La víspera Bernat había celebrado la victoria por anticipado emborrachándose con sus hombres más leales en el campamento y de madrugada resonaron los chillidos de una pobre esclava a la que nadie volvió a ver. Los nobles que no lo conocían estaban ofendidos, pero Bernat era el representante del rey en la Marca. Su euforia tampoco era compartida por la soldada, y hubo deserciones que el marqués zanjó con ejecuciones sumarias.

Frodoí pasó la noche tiritando de frío en su tienda sin dejar de rezar. Estaba aterrado pues jamás había participado en una batalla, pero su presencia era vital para la moral del ejército. Dios se hallaba con ellos. Al miedo se sumaba la preocupación. Los exploradores no habían regresado para desvelar la estrategia del valí y tampoco tenía noticias de Isembard ni de la esperada ayuda de Ermesenda.

Llegó el amanecer, día de San Clemente Mártir, y Frodoí se amparó a él en la misa que ofició al alba junto al campo de batalla. Otros buscaron vaticinios de victoria en el aletear de los pájaros sobre las frías rachas de viento; nadie sabía si verían el atardecer.

El ambiente gélido anticipaba la llegada del invierno. Una temprana nevada había dejado un manto blanco sobre la planicie cerca de la ribera del Llobregat, en el corazón de Osona, que en pocas horas se convertiría en un barrizal sanguinolento.

Los dos ejércitos, que habían formado en los extremos del páramo, permanecían inmóviles entre la bruma. Bernat de Gotia y sus oficiales observaban desde un promontorio la línea negra de sus huestes sobre la nieve. Los pendones ondeaban en medio del silencio.

Una bandera señalaba la posición de Salomó. El conde de Urgell, que recelaba del marqués, combatiría por el flanco con sus hombres y con las fuerzas de Girona, por expreso deseo de su conde, Otger. La otra ala la formaba la soldada venida desde Narbona. Tan sólo setenta caballeros con lanzas y doscientos infantes con gálea, como llamaban al sencillo casco redondo, y la brunia, que era la túnica corta de cuero con láminas de metal. Portaban escudos redondos de madera remachada. Eran menos de lo esperado, pues la mayor parte de los hombres estaban con el rey en Metz y las regiones del oeste del Rin, donde Carlos se había proclamado soberano tras la muerte de Lotario II y aplastaba los conatos de rebelión que su actitud usurpadora causaba.

Los payeses de la leva del condado de Barcelona más los que Bernat había llevado consigo sumaban casi novecientos. Eran la falange central. Algunos tenían escudos y angones, pero la mayoría no contaba con protecciones e iban armados sólo con horcas y azadas. Los pastores portaban ondas y arcos.

En conjunto superaban al enemigo, pero estaban peor armados. No se encontraban preparados para la batalla.

—Mi señor, un jinete —anunció un muchacho con vista de lince al que los capitanes habían nombrado vigía.

El caballo galopaba en solitario por el páramo brumoso hacia los sarracenos.

—Los arqueros aún lo alcanzarían —indicó Astorius.

—Mi señor —siguió el muchacho—, lleva mitra y báculo.

—¡Maldita sea, es Frodoí! —El conde Bernat sintió el deseo

de dar la orden de abatirlo, pero era el obispo de Barcelona—. ¡A los caballos!

Frodoí cabalgaba aterrado. Aunque recibió instrucción siendo infante y portaba espada, no era un hombre de armas. El sonido opaco de los cascos sobre la nieve se sumaba a los latidos de su corazón. El valí Mussa llevaba semanas en la zona y urdía una estratagema, estaba seguro, pero Bernat se negaba a oír sus consejos. Los refuerzos no llegaban, tal vez retrasados por la nieve o por las reticencias de los parientes de Ermesenda, y lo asediaba un mal presagio, uno cargado de muerte.

Había ordenado a su fiel Oriol que no lo siguiera. Actuaba por impulso y, aunque a buen seguro lo acusarían de traición, iba a pedir clemencia al valí de Lleida. Se humillaría por todos.

Los arqueros musulmanes tensaron sus arcos y apuntaron al cielo. Una lluvia de flechas caería sobre él en cuanto se diera la orden. Jaleó a la montura y alzó el báculo como su estandarte. Era un hombre de Dios para ambas religiones. Tres jinetes salieron de la columna enemiga y se encontraron en el centro.

—La jornada seguirá igual de gris y gélida, honorable valí Mussa —dijo Frodoí en cuanto detuvo la montura—. Todos ansiamos regresar a casa.

El líder sarraceno, con peto de cuero y casco con turbante, lo miró respetuoso.

—Tenéis valor, obispo, al poneros a tiro de mis arcos.

—Os imploro que detengáis esta batalla, mi señor. Que ambos ejércitos se retiren. A cambio, os ofrezco una generosa compensación y mi rescate.

—¿Habláis en nombre del Papa, del rey o del marqués de la Gotia?

—Hablo sólo en mi nombre. También a mí me eligió Carlos el Calvo. El monarca sin duda aprobará mi prudencia. Os prometo el pago o mi cabeza ensartada en una lanza.

—Siempre os he respetado, obispo Frodoí, lo sabéis. Hemos vivido años de prosperidad en nuestras ciudades hermanas, habitadas por las mismas gentes. Quién sabe si algún día se unirán bajo una misma fe. Yo también veo absurdo atacarnos como lobos, pero el incidente de Malik ha removido un viejo conflicto entre los Banu Qasi y el emir. Aun así, estaría dispuesto a escucharos en mi tienda, junto a un brasero y algo caliente para beber... —Alzó la mirada—. Pero me temo que habrá que esperar a saber qué piensa vuestro conde, que viene hacia aquí.

Frodoí se volvió, tenso. Cuatro jinetes se acercaban al galope. Al menos había tenido tiempo de abrir una vía para el diálogo.

Bernat miró con odio al obispo.

—¡Nadie os ha dado permiso para hablar con el enemigo!

—Marqués...

—¡Callaos! —gritó el noble.

El valí entornó la mirada.

—Vuestro clérigo es sensato, conde de Barcelona. Esto puede arreglarse de otro modo. Combatamos vos y yo por nuestros ejércitos, como hacían los antiguos.

Bernat de Gotia sonrió y olisqueó el aire.

—¿Ese hedor es vuestra mierda, sarraceno? Los cobardes huelen igual en todas partes. ¿Veis, Frodoí? Sabe que sus huestes no podrán vencernos.

—Conteneos —rugió el valí mientras sus escoltas asían las espadas.

—Huiréis como corderos y os perseguiremos hasta las puertas de Lleida. —El caballo de Bernat se movía nervioso y su baile acentuaba el efecto de la burla—. Ayer hice traer a una esclava sarracena a mi tienda. Su vendedor dijo que era de Lleida. He disfrutado con su miedo... —Se relamió mirando al valí a los ojos—. Pero lo que más me excitaba era pensar que fuera una de vuestras hijas.

—¡Sois un hijo de perra!

El sarraceno desenvainó el sable, pero Bernat ya se había situado fuera de su alcance. Frodoí se lamentó; los llevaría a todos al desastre si no llegaba Isembard.

—Queríais provocarme y lo habéis logrado, marqués. Yo os diré lo que se verá esta noche en este páramo: una montaña de cabezas cortadas sobre las que el muecín llamará a la oración. Tened por seguro que mis rastreadores os encontrarán cuando huyáis, pues es lo que haréis cuando se os tuerza la batalla. ¡Vuestra cabeza adornará la puerta de mi ciudad durante meses y mi ira seguirá hasta destruir Barcelona!

Las comitivas regresaron a sus filas tras el fracaso. Frodoí iba cabizbajo.

—Responderéis por traidor, obispo.

—A todos nos juzgará hoy el Altísimo antes de que caiga la noche.

Goda cruzó la plaza desierta y entró en la catedral cubierta con el velo negro. La basílica de Frodoí sin consagrar aún, entre andamios y materiales, estaba abarrotada de madres, esposas e hijas que seguían los cantos de Servusdei con lágrimas en los ojos. Rezaban por los suyos, conscientes de que muchos de sus hombres no regresarían de la batalla. Todas las iglesias de Barcelona, los monasterios dispersos y las ermitas oraban por la victoria.

Avanzó entre la gente que la dejaba pasar hasta la parte delantera, donde rezaban de rodillas las mujeres de los nobles y los caballeros de la ciudad. Godas y francas apartaban sus diferencias para elevar sus súplicas. En un rincón vio a Elisia junto a Joan, el manco, y Leda. Lloraban rogando por la vida de sus hijos Sicfredo y Galderic, afectados por la leva. Un joven campesino y un criado de taberna de sólo diecisiete años se las verían con afilados sables sarracenos. Elisia les había comprado cascos, petos de cuero y dos viejas espadas, pero no los protegerían si no sabían combatir.

La noble Goda se arrodilló en su lugar privilegiado y unió su rezo al del resto de Barcelona en aquel día frío y gris en el que el tiempo se había detenido. El pánico atenazaba su corazón. Ya lo había sufrido antes. La espera sería terrible, y temía por todos los que podían morir, pero especialmente por uno.

—Permite que regrese, Señor —musitó entre lágrimas.

46

El ejército cristiano no pudo tomar la delantera como pretendían los estrategas de Bernat de Gotia. La pequeña caballería sarracena formó una cuña erizada de lanzas y cargó por el centro. Los soldados de Bernat se parapetaron tras los escudos redondos. A su espalda, los payeses se miraban aterrados y los capitanes tuvieron que emplear el látigo para que no huyeran cuando la tierra tembló.

—¡Arqueros! —gritó Astorius.

El cuerno resonó y una nube de flechas se elevó hasta perderse en la bruma. Al momento se derramaba como una lluvia letal sobre los jinetes. Docenas cayeron y se oyó una orden de retirada del lado contrario. Los caballos viraron antes de alcanzar la fila cristiana y retrocedieron al galope mientras los pastores los apedreaban.

—¿Veis? —gritó Bernat exultante—. Ésos son vuestros sarracenos, obispo. ¡Caballería e infantería, adelante!

—Esperad.

—No sé de qué lado estáis, Frodoí. Si volvéis a hablar, os cortaré la lengua.

La caballería cristiana de trescientos jinetes fue por la misma senda de nieve sucia que había dejado el enemigo. La esperada lluvia de flechas no llegó, y muchos aullaron cuando los jinetes sarracenos se apartaron y vieron a las falanges de infantería mora a una corta galopada.

De pronto los primeros animales se hundieron en el suelo.

Los sarracenos habían cavado profundas zanjas que disimularon con hojas y la nieve terminó de ocultar. Los caballos saltaron unos sobre otros para de todos modos caer en los siguientes fosos, y se formó un tumulto entre relinchos y alaridos de dolor. De pronto el cielo plomizo se oscureció aún más con una continua lluvia de saetas que acalló el caos.

El rostro de Bernat perdió todo rastro de color. La caballería cristiana había sido aniquilada. Frodoí se preguntó cuánto tiempo llevaría su lujosa espada sin desenvainar.

El marqués ordenó a sus capitanes que jalearan a la infantería de casi mil quinientos hombres para insuflarles valor. Se elevó un griterío furioso y cargaron a la carrera.

—Aún somos más —dijo el marqués a sus oficiales con los puños apretados. Luego susurró algo al muchacho vigía y éste partió hacia el combate.

El obispo veía la gruesa línea de hombres correr en masa hacia el enemigo. Los superaban en número. Algo que también sabía el valí. Al llegar al centro del campo resonó un cuerno sarraceno. El obispo sintió un escalofrío. La nota ronca y profunda surgía de más allá del páramo escogido para la batalla, de las extensiones de encinares y bosques cercanos. Entonces la tierra comenzó a temblar de nuevo.

—¿Qué es eso? —dijo Bernat inquieto.

—El martillo de los Bani Qasi, mi señor —anunció Frodoí, que ya lo imaginaba—. Que Dios nos ampare.

De entre los árboles surgieron centenares de jinetes con lanzas de carga. Eran más de doscientos por cada flanco y formaron una pinza sobre la infantería cristiana atrapada en el centro. El estruendo del choque los conmocionó. La infantería de Mussa atacó de frente sorteando las zanjas llenas de cadáveres de cristianos y sus monturas. La caballería sarracena estrechaba la pinza por los flancos y la retaguardia causando una matanza. Frodoí miró a sus hombres impotente. Oriol lloraba de rabia.

—Ha sido un honor servir al obispado, pero no podría vivir con esta visión.

Frodoí asintió. La angustia le impedía hablar. Lo vio alejarse con sus hombres hacia la batalla que poco a poco cambiaba de signo. Frustrado, se volvió para escupir su ineptitud a Bernat de Gotia, pero el marqués no estaba allí. Como máximos representantes del rey en la Marca debían asumir juntos la derrota y las consecuencias. Bajó la colina para increparlo y lo descubrió cuando recogía del muchacho vigía un arco y varias flechas sarracenas. Frodoí, intrigado, lo siguió rumbo al campo de batalla. No entendía qué se proponía hacer el conde, pero estaba convencido de que no tenía intención de luchar con honor.

Estaba distraído siguiendo a Bernat a distancia cuando sufrió un terrible golpe en la espalda. Cayó sobre la nieve y, sin resuello, se dio la vuelta. Drogo, con el pelo sobre el rostro y una cota de escamas de hierro, lo miraba con desprecio. Era uno de los capitanes que Bernat había elegido, pero en el campamento se habían evitado. Estaba cubierto de fango y nieve manchada de sangre.

—Vais a pagar lo que me hicisteis en Servais, obispo —masculló, al tiempo que levantaba el hacha.

Frodoí desenvainó su espada y paró el primer golpe, pero la mano se le quedó entumecida. Se arrastró para alejarse sin saber cómo podría defenderse.

A tan sólo unos pasos, la batalla estaba prácticamente perdida para los cristianos. Sin caballería para romper las líneas, el ejército de a pie se reducía, atrapado por tres flancos, en medio de un lodazal de sangre y cuerpos. El tintineo de las armas quedaba ahogado por los lamentos de los incontables heridos y moribundos.

El obispo pronto se sumaría a ellos. Resistió varios golpes mientras retrocedía hacia el campo de batalla, pensando que si alguien lo veía tal vez acudiría a ayudarlo. Pero todos luchaban por su vida. Drogo descargaba el hacha con tal furia que la espada del obispo se partió. Aterrado, Frodoí corrió hasta un escudo redondo abandonado y pudo detener el hachazo dirigido a su cuello. Al ver que el filo atravesaba la madera supo que no tenía salvación. Drogo gritó exultante mientras destrozaba el escudo y el obispo quedaba en el suelo, magullado y con cortes sangrantes.

—¿Por qué, Drogo? Dímelo antes de morir.

—Esto sólo es una parte del plan que vuestra astucia ya no podrá impedir —dijo despectivo—. Moriréis con la intriga. Llevo años esperando este momento, obispo.

—¿Qué has hecho con Rotel? —demandó intentando hasta el último momento comprender qué ocurría.

Drogo deseaba matarlo, pero no podía resistirse ante aquella cara de angustia.

—Ella ha cambiado el curso de la historia a nuestro favor.

Cuando levantó el hacha, la tierra tembló una vez más y se detuvo inquieto. Frodoí aprovechó para retroceder y ponerse fuera de su alcance. Una nueva carga se aproximaba desde el encinar justo donde estaban ellos. Los cristianos que luchaban cerca huyeron por donde podían. Cientos de caballos avanzaban a galope tendido hacia ellos. Frodoí miró hacia la colina y vio a Bernat, que huía para no presenciar el final. Ya no llevaba ni el arco ni las flechas sarracenas. Drogo, consciente de que los caballos iban a aplastarlos, se olvidó del obispo y corrió en pos del marqués.

Frodoí se levantó aterrado ante la visión pavorosa de cientos de caballeros que galopaban directos hacia él. La nieve temblaba bajo sus pies, y ni siquiera se molestó en buscar refugio. Ya era tarde. Sin embargo, a su espalda los sarracenos no gritaban jubilosos. Se fijó en los jinetes y abrió mucho los ojos, incapaz de dar crédito a lo que veía: no llevaban turbantes ni sables curvos.

Isembard encabezaba una caballería de al menos trescientos hombres, todos con brunia y guardas metálicas para los brazos y las piernas. Tras él cabalgaban los hijos varones de Ermesenda. Los jinetes lo vieron y pasaron a su alrededor casi rozándolo. En medio del temblor, Frodoí tuvo deseos de llorar. El caballero de Tenes alzó la espada de Guisand de Barcelona y al momento la caballería se dividió formando un arco parecido al que había efectuado la caballería sarracena, ahora descompuesta en medio del fragor. Con un terrible estruendo chocaron con las fuerzas enemigas por la retaguardia.

Los jinetes del valí, mezclados con la infantería, apenas podían maniobrar y las lanzas largas de sus contrincantes causaban estragos. Frodoí reconoció a Guifré y a Miró; luchaban con destreza junto a Isembard. No parecía que disputaran su primer combate real; estaban preparados para asumir su honor. A pesar de todo, esa matanza debía detenerse.

Recogió una espada abandonada y, a la carrera, rodeó el campo hacia los estandartes de los Banu Qasi. Un hombre apareció tras él. Se volvió, inquieto, y tardó en reconocerlo. Era Oriol, cubierto de fango y de sangre sarracena.

—¡Conmigo!

—Nicolás ha muerto, mi señor.

—Que Dios lo acoja. —El obispo lamentó la muerte de su fiel escolta—. Fue un gran soldado... Pero no han de morir más. Quien quiso esta batalla ha huido. Todas las vidas que se pierdan serán en vano.

Se les unieron Duravit e Italo, y se acercaron en medio del caos hasta el estandarte sarraceno donde el valí y su escolta luchaban contra Isembard y los hijos de la condesa. Con horror, vio que Mussa hería a Guifré. El bellónida cayó al suelo y el valí levantó la espada para hundírsela en el pecho. Mientras Oriol abría paso, Frodoí llegó hasta ellos y se situó en medio gritando. Isembard lo vio. Sabía que el valí, en pleno fragor y cegado por la sangre, no lo reconocía, de modo que corrió hacia ellos y detuvo a tiempo la estocada.

—¡Basta, Mussa, basta! —tronó el obispo.

Isembard se unió a su ruego bloqueando el sable de Ismail ibn Mussa.

—Soy el capitán de la caballería cristiana. Detengamos esto, valí.

Mussa parpadeó como si despertara de una pesadilla y miró el campo de batalla. Las fuerzas igualadas se masacraban. Cuerpos de hombres y caballos se amontonaban como en el peor de los infiernos.

—Pactemos una tregua, mi señor —insistió Frodoí.

Resonaron los cuernos y los combatientes dejaron de luchar, si bien se observaban con fiereza, marcados para siempre. Isembard jadeaba mientras miraba al descompuesto obispo. No les había resultado fácil reunir aquella caballería bajo la llamada de la condesa y los días habían transcurrido tensos, pero habían logrado llegar a tiempo. Para sus pupilos, los bellónidas, ese desenlace sería una victoria ante el rey de Francia... si Bernat no se apropiaba del triunfo.

Un caballero de Urgell se acercó cojeando y cubierto de sangre. Miró receloso al caudillo sarraceno, pero Frodoí lo invitó a hablar.

—Obispo, el conde Salomó de Urgell y la Cerdaña ha caído. Una flecha enemiga le ha atravesado el corazón hace un momento.

A Frodoí lo recorrió un escalofrío.

—Hace mucho que los arqueros no disparan.

El caballero se encogió de hombros, abatido. Frodoí miró con expresión funesta la colina por la que Bernat de Gotia y su escolta se habían marchado. Recordaba al marqués tomando un arco y un puñado de flechas sarracenos. Con esa cruenta e inútil batalla, los condados de Urgell y la Cerdaña habían quedado sin conde. Estremecido, se preguntó si aquello formaba parte del plan que Drogo había sugerido cuando estuvo a punto de matarlo.

Bernat fue informado muy pronto de que no habían sido derrotados. Las huestes sarracenas no marcharían hacia Barcelona y su prestigio no saldría menoscabado, pero no era prudente seguir allí después de lo ocurrido. Sin preocuparse por su ejército maltrecho, ordenó cabalgar hacia Narbona. No se detendrían en ninguna ciudad. Él sería el primero en llegar a la corte para explicar lo sucedido en la frontera. Creerían que el marqués de la Gotia había protegido la Marca y merecía los condados de Urgell y la Cerdaña. Por su parte, los hijos de la condesa acompañados de Isembard partieron a la pequeña ciudad de Urgell con el cuerpo del conde Salomó, amigo de los bellónidas, para enterrarlo con honores. Los escasos habitantes celebrarían el regreso de los descendientes de Sunifred de Urgell entre lágrimas por el viejo conde caído en batalla.

Una larga fila de hombres, sucios y agotados, enfiló hacia Barcelona. Por el camino quedaron malheridos que nadie podía transportar y moribundos. No les quedaban más fuerzas. En Barcelona no hubo entrada triunfal, ni ovaciones ni alfombras de flores. Ante el portal Vell los habitantes aguardaban con el alma encogida, esperando reconocer a los suyos entre los grupos dispersos que llegaban aturdidos y agotados.

Hubo gritos, carreras y abrazos sentidos. Otros proferían lamentos al saber que aguardaban en vano. Allí quedaron huérfanos y familias que ya se veían a las puertas de la miseria. Los que jalearon a Bernat bajo la ventana del palacio lo maldecían ahora entre dientes.

Bajo el toque triste de las campanas, Frodoí llegó, con su escolta, sobre un caballo cubierto de barro en medio de un espeso silencio. Los supervivientes propagaron lo sucedido y cómo su obispo había tratado de evitar la batalla a riesgo de su vida. Llevaba la mitra arrugada en la mano y la capa de seda sucia y desgarrada. Se empeñó en celebrar una misa en la catedral, a la que acudió una multitud, incluidos fieles al ritual mozárabe. Se mareó varias veces, y Servusdei tuvo que acabar la celebración. Tampoco pudo platicar al final; no encontraba palabras tras el horror vivido, y los dejó marchar.

Frodoí quería estar solo. Ordenó que vaciaran la vieja catedral y se quedó postrado sobre la losa, encogido, mirando sus manos temblorosas en la penumbra. Creía que jamás dejarían de temblar.

Salió cuando era noche cerrada. Arrastraba los pies hacia su palacio cuando la puerta de la casa de Goda se abrió. El vestíbulo estaba oscuro. No la había visto en la misa e, intrigado, se acercó y entró. Un simple candil de arcilla de dos bocas iluminaba la estancia. Al fondo, una figura enlutada aguardaba de pie. En silencio.

—Goda... —Quería compartir las sospechas sobre la muerte del conde de Urgell, pero su mente no lograba formar las palabras. No podía más.

Entonces la mujer corrió hacia él, le atrapó la cara entre las manos y comenzó a besarle la frente, los párpados, la nariz, la boca. Frodoí estalló en un llanto nacido de las entrañas, y Goda besó también aquellas lágrimas que se mezclaban con las suyas.

Las guerras siempre arrasaban con todo, creaban una herida tan profunda que cauterizaba viejos rencores y sentimientos. La dama había sentido un miedo visceral; temía no volver a verlo. Le habían contado su comportamiento en la batalla, y le acariciaba el pelo apelmazado sin dejar de besarlo con ternura mientras lo miraba entre el dolor y el orgullo.

—Quiero que sepas algo, Frodoí. —Pronunció su nombre por primera vez en mucho tiempo mientras le enjugaba con los dedos cada una de sus lágrimas—. Yo habría tomado la misma decisión en tu lugar aquella noche ante Bernat... —Se le quebró la voz, pero logró seguir—. Me pegó y humilló, y te he culpado durante años. Pero si me hubieras defendido probablemente estaríamos muertos tú, Argencia y yo. Todo lo que hemos logrado, incluso no haber sucumbido en esta batalla, fue por aquello... Tu silencio cobarde y las marcas que han quedado en mi piel ahora tienen sentido.

El obispo perdió las fuerzas y cayó de rodillas rodeado por aquel abrazo cálido que creía perdido para siempre. Se debatía entre la sensación agónica de que jamás superaría lo vivido y el torrente de amor que se vertía con el perdón.

—Ven, Frodoí —dijo Goda, y lo ayudó a levantarse.

En silencio, lo condujo hasta una pequeña cámara junto al huerto. En el centro había una bañera de mármol muy antigua.

—La desenterró mi bisabuelo de las viejas termas romanas.

Frodoí veía el agua humear mientras un agradable aroma a rosas lo envolvía. Goda lo miraba con ojos húmedos cuando lo desnudó y lo metió en el agua caliente. Mientras lo limpiaba con delicadeza, en silencio, el obispo sintió que con la sangre y el barro se desprendía el lóbrego peso que había atenazado su alma durante años. Y halló paz.

Al amanecer uno de los guardias del palacio condal corrió a avisar al vizconde Astorius. Éste se asomó presto a una ventana y vio a Frodoí saliendo discretamente del palacio de Goda de Barcelona. Eso confirmaba los viejos rumores sobre su relación prohibida que Bernat no había podido demostrar. Sonrió artero. Por fin el marqués tendría la oportunidad de deshacerse de su rival en esa tierra y él sería recompensado con generosidad.

47

Frodoí cruzó las calles oscuras de Barcelona con una túnica y una capa de lana. Ni siquiera portaba el anillo de obispo. Era la víspera de Navidad y había dejado a Servusdei a cargo de los preparativos de la vigilia y la misa del gallo que comenzaría en unas horas. Rehusó también la invitación de Goda al banquete que ofrecía en su palacio, donde había reunido a la condesa Ermesenda y a sus hijos con la nobleza goda de la ciudad. Los bellónidas habían llegado esa misma tarde, acompañados de Isembard y otros caballeros, considerados héroes por la población.

Para el obispo esa noche era especial y quería compartirla con los que creyeron en él desde que llegó de Narbona siendo un joven prelado inexperto y lleno de ínfulas.

Pesaban sobre él los seiscientos hombres muertos en el campo de batalla contra el valí de Lleida, muchos tras días de agonía. Los tullidos representaban una carga más para sus familias. De nuevo había casas vacías y cultivos descuidados. Las reservas de grano y los ganados fueron mermados para mantener al ejército durante más de dos meses. Cientos de fuegos se habían apagado en Barcelona y los poblados de la Marca.

Por suerte, el cruce de emisarios que Servusdei y Jordi dirigieron evitaron que el valí de Zaragoza o el propio emir de Córdoba se inmiscuyeran, y las hostilidades quedaron en suspenso. Aunque en el futuro el enfrentamiento sería inevitable, estaban en la Marca.

Desde ese día la mente del obispo trabajaba sin descanso tratando de comprender los movimientos de Bernat de Gotia, pero se le escapaban. Poco después de la batalla llegaba la noticia de la muerte de la reina Ermentrudis el 6 de octubre, en la abadía de Chelles. Triste, ofició por su alma; había perdido a una poderosa aliada en la corte.

Frodoí pasó ante las columnas del *Miracle* y suspiró. Por una noche quería darse una tregua y hacer a un lado los problemas.

Hacía frío y las ventanas de madera de la posada estaban cerradas, pero se colaba luz por las juntas. Al entrar se hizo el silencio y los que estaban sentados a la larga mesa se levantaron sorprendidos.

—Por favor… —les dijo sintiendo una emoción que le escocía la garganta. Alzó las manos para que las vieran sin el anillo—. Dejadme ser uno de vosotros esta noche.

—Con mitra o sin ella ésta es vuestra casa —dijo Elisia a la cabecera de la mesa, con Gombau en brazos, dormido.

Enseguida Galderic le dispuso la mejor silla junto a la dueña de la taberna. El obispo miró las viandas: venado, hortalizas asadas, embutidos, compotas de frutas y aves rellenas. Ni en su palacio le habrían ofrecido un banquete semejante. Para Elisia también era una noche especial; tenían mucho que celebrar y llorar, e Isembard estaba con ellos, casi no podía creerlo y vibraba de dicha. Los cuatro años de ausencia se desvanecieron y se sintió vivificada.

Galí se había ausentado convenientemente sin excusarse, pero ella sabía que era por temor a Isembard. Su esposo había ayudado a Drogo, el hombre a quien el caballero de Tenes más odiaba. Para ella, su ausencia esa noche resultaba un alivio.

Junto a Elisia se sentaban Joan y Leda con sus hijos. Galderic había salido ileso de la batalla gracias a la protección de su hermano mayor, Sicfredo, al que hirieron en una pierna; había sanado, aunque arrastraría una cojera para el resto de sus días. La Esquerda había quedado abandonada, pero tenían sus tierras ganadas en aprisio y habían decidido regresar al cabo de unos días pues de no hacerlo las perderían. Frodoí les prometió exenciones.

También celebraban el regreso de Emma y su esposo, Aio. La sirvienta contó que, tras atraparla fuera de las murallas, la retuvieron en una cueva, donde estuvo amamantando a una niña de pocos meses, morena y con los ojos azules muy claros, durante varias semanas. Un día, explicó Emma, aparecieron unos pastores y les pidió auxilio. Los dos mercenarios que la custodiaban le arrebataron a la niña, que cayó al suelo durante el forcejeo. La pequeña dejó de llorar. Los soldados comenzaron a pegar a Emma, pero los pastores la defendieron con sus hondas y logró huir. Ellos mismos la acompañaron a la ciudad. Aún seguía afectada por lo ocurrido. La criatura podía estar muerta. Frodoí ató cabos: la niña debía de ser Sansa, la hija de Rotel y Malik. Ofrecieron una misa por la pequeña. Isembard, al saberlo, lloró por su sobrina como si estuviera muerta. Cuando Rotel se enterara la ira y el dolor la perderían para siempre.

También compartían la mesa el capitán Oriol, el soldado Duravit con su joven esposa, Beatriu, y otras familias que iniciaron el viaje desde Narbona y servían en la posada. Frodoí los saludó a todos y les dio las gracias hasta detenerse en Isembard.

El joven de Tenes era estimado por los bellónidas y había ganado prestigio ante la nobleza de los condados de la Marca, pero sin tierras ni castillo su brillo no tardaría en extinguirse. Si quería refundar su linaje necesitaba emparentar con una casa noble e influyente en el reino que le proporcionara bienes para mantener su estatus de caballero.

Isembard no pensaba en nada de eso y miraba con disimulo a Elisia. Con el ajetreo de la cena apenas habían hablado, pero no se marcharía de Barcelona sin saber si en su corazón aún quedaba una chispa de amor. La ausencia de Galí le resultaba conveniente pues no sabía cómo habría reaccionado de tenerlo delante. Ya no era el mismo que cuatro años atrás.

Fue una cena entrañable. Su vínculo estaba plagado de muertes y desdichas, pero también de éxitos. Habían hecho de Barcelona su hogar y vivían para contarlo. Eso era lo que Frodoí quería celebrar con ellos en Navidad.

Elisia se encargó de que nadie cediera a la melancolía, sobre todo Leda, que tanto había sufrido por su esposo y sus hijos. Todos tenían mil cosas que contar y el tiempo pasó con rapidez. Al final de la velada la posadera acostó a Gombau y regresó sonriente.

Sentados frente al hogar de la taberna donde ardía el tronco de Navidad, la anfitriona sacó un fuerte licor que destilaba con las pepitas de las uvas.

—Lo único que lamento es que no se conocerá la verdad de lo que pasó en la batalla —dijo Sicfredo mirando al obispo—. Los sarracenos nos tendieron una trampa y estamos vivos por Isembard y su caballería. ¡El marqués nos abandonó!

—Así juega la nobleza —alegó Elisia.

—¡Incumplió sus votos!

—¡No hables así ante el obispo, hijo! —dijo Leda asustada.

—Sicfredo tiene razón. La historia está llena de falacias —reconoció el prelado.

—¡Pero es injusto! —exclamó Galderic.

—Los bellónidas han regresado, eso es lo que importa ahora —los atajó Isembard.

—Hay una convulsión en el condado —explicó el obispo—. La división entre nobles godos y francos se ha acentuado al aparecer los herederos del conde Sunifred.

—Después de la cobardía que Bernat demostró en la batalla los bellónidas podrían aspirar a sus títulos en la Marca —aventuró Joan.

—Eso no ocurrirá —afirmó Isembard—. El marqués habrá explicado en la corte una versión muy distinta de lo ocurrido.

Elisia parecía distraída en la barra frente a la cocina. Rellenaba con cuidado un pequeño tonel con el fuerte licor. Habló como si fuera lo más trivial:

—En eso os equivocáis todos. La historia real es la que se cuenta más veces...

El obispo se quedó pensativo y sonrió ladino.

—Explícate, Elisia.

—¿Qué se recuerda de Carlomagno?

—Alto y fuerte como un roble. El más bravo en la batalla, tocado por Dios.

—¿Y si fue un hombrecillo astuto que intrigó con el Papa para erigirse emperador? ¿Y qué se dice del legendario moro Mussa el Grande, que murió hace poco? —planteó ahora Elisia.

—Que era un godo convertido al islam, un muladí —respondió Isembard, que se la comía con los ojos—. Nadie combatía como él y lo llamaban el tercer rey de Hispania.

La posadera sonrió; también le costaba apartar la mirada del caballero, para tristeza de Oriol.

—Lo que se recuerda no es la crónica de los monjes, ésa se apolilla en sus oscuros monasterios. —Elisia llevó el tonel y rellenó los cuencos de madera, en exceso. Sonreía maliciosa—. Lo real es lo que los juglares y bardos narran. Sus cantares de gesta se expanden y repiten durante años. Es lo que perdura, aunque no sea cierto.

—¿Qué estás pensando, Elisia? Todos conocemos ese gesto —demandó Frodoí.

—Para un noble, peor que la muerte es la vergüenza. —Drogo destruyó la taberna y la humilló ante los suyos. Bernat se apiadó de ella, pero fue sádico con su amiga Goda. Eran cuentas pendientes. Apuró su cuenco y tosió—. Sé cómo herir su orgullo.

—A veces das miedo, querida —dijo Leda, boquiabierta.

—Aquí se hospedan juglares, actores y bardos que recorren el orbe actuando en palacios y plazas. Se copian entre ellos y engrandecen las historias para impresionar. Siempre van en busca de nuevos hechos: combates, torneos, asuntos de alcoba... Pero lo que más éxito tiene siempre es airear las miserias de los nobles.

Frodoí la miró espantado. Una sátira ante toda clase de público acabaría influyendo más que la versión que Bernat o él explicaran en Narbona y Reims. La propuesta de la tabernera era tan sencilla como retorcida.

—Deberíamos entregarte las llaves del condado, bella Elisia —le dijo divertido.

Ella movió la cabeza altanera y bebió de nuevo. Tenía las mejillas sonrosadas y miró a Isembard con intensidad.

—¡Ya me contarás lo que deberá saberse desde Compostela hasta Roma, Isembard!

Se marcharon animados a la misa del gallo de la catedral, que ofició el obispo de mala gana. De madrugada Isembard entró en el silencioso establo de la posada como Elisia le había insinuado con discreción al terminar la vigilia. Tenía el corazón acelerado. Varios crisoles encendidos mantenían iluminado el pajar. La joven lo esperaba sonriente con la camisa desanudada. Isembard notó una oleada de calor.

—¿Querías que te contara mi propia versión de lo ocurrido? —dijo él.

Elisia se acercó. Gombau dormía en la casa y varios criados podrían atenderlo. Galí no había vuelto y nadie sabía que estaban allí.

—Yo elaboraré la historia, Isembard. —Le regaló una sonrisa sugerente—. Me devolviste a los que ahora son mi familia y con eso me basta.

Cuatro años era demasiado tiempo. Quedaban explicaciones pendientes, pero no podían esperar más. Si algo habían aprendido en ese tiempo era lo efímero que resultaba todo en la Marca. Se unieron con un beso largo y se deshicieron de la ropa con ansia. Sonrientes y brillantes de sudor, se amaron desnudos sobre una manta de lana en el pajar. Elisia se liberó del persistente recuerdo de Galí forzándola ante los hombres de Drogo. Excitada hasta el límite, se estremeció con los ojos cerrados mientras Isembard la recorría a besos. Cuando la penetró sintió un estallido de gozo que había tardado demasiado. Jamás Galí había hecho que se sintiera así. Se amaron sin importarles nada más que vibrar juntos. Y la noche transcurrió serena más allá del establo.

Exhaustos, se envolvieron en la manta. Elisia pasaba sus dedos por la poderosa musculatura del guerrero y besó las cicatrices de heridas olvidadas. Pronto amanecería y los sirvientes comenzarían sus tareas. No debía verlos nadie, pero habrían seguido abrazados el resto de sus vidas.

—Quiero que te cases, Isembard —dijo ella tras inspirar hondo para coger ánimos—. Quiero que recuperes todo lo que te arrebataron y cuando acudas a la llamada del conde te pases por la posada del brazo de una joven bella y noble, rodeado de hijos y siervos.

—Te amo a ti.

Elisia lloraba por dentro, pero sonreía con mirada dulce y nostálgica.

—Pero es lo que debes hacer.

—¿Para eso me has traído aquí?

Se besaron. Su melena oscura se derramaba sobre el pecho del joven.

—Sabes que el amor no es lo que rige este mundo. Yo siempre te amaré y tal vez tú también a mí, pero mi alma es de hierro y la tuya de plata. Debes ocupar tu lugar... Y yo me sentiré orgullosa.

Isembard la abrazó con fuerza. El futuro le producía vértigo. Aunque lo consideraban un gran guerrero no había vivido nunca como un noble. En el fondo, aún se sentía como el siervo que trabajaba los campos de Santa Afra.

—Quiero tener muchas noches como ésta, Elisia.

—Cuando el capitán Oriol regresó de Servais hablaba de una belleza llamada Riquilda, de la casa bosónida. —Apenas podía disimular los celos y la pena—. Dijo que se interesaba por ti. Si la hicieras tu esposa llegarías a lo más alto.

Isembard sonrió y la puso sobre él. Elisia comenzó a respirar agitada mientras las manos de su amado la acariciaban desde el cuello hasta el ombligo.

—Aún queda un rato hasta el alba. Que sea nuestro y que Dios disponga el resto.

48

Attigny, junio del año 870

Ese año el rey Carlos convocó la tradicional asamblea de nobles del reino en la pequeña ciudad. El obispo Frodoí salió de Barcelona y su comitiva se unió a la del arzobispo Fredoldo de Narbona. Lo acompañaban Ermesenda y sus hijos Guifré y Miró. Decían que el monarca ansiaba reencontrarse con la vieja condesa y conocer a los vástagos del godo Sunifred que habían defendido con fidelidad el reino contra el valí de Lleida.

De camino a Attigny se les unió el conde Otger de Girona con su séquito. El viejo Otger, delicado de salud, emprendió el viaje para saber qué ocurriría con los condados de Urgell y la Cerdaña, pues juntos compartían la suerte de la Marca.

Desde Béziers viajaba el marqués Bernat de Gotia con numerosos vasallos, entre los que estaba Drogo de Borr.

En medio de un paisaje de suaves colinas verdes y frondosos bosques de robles, Attigny se levantaba junto a una antigua vía romana. Carlos el Calvo visitaba a menudo su castillo de muros oscurecidos por el tiempo. El campamento se levantó en los prados cercanos; cientos de tiendas con los pendones de sus ilustres propietarios y barracones para las escoltas y el servicio. Como era costumbre, en un campo desbrozado se construyó una grada de madera desde donde los prohombres presenciarían los torneos.

Cuando se corrió la noticia de que Isembard II de Tenes viajaba con el obispo de Barcelona se avivó la expectación. Aún se recordaba su pasmosa victoria contra Bosón II de Provenza y querían verlo combatir de nuevo.

En el salón de la fortaleza, bajo el pendón del águila de Carlomagno, se sucedieron los encuentros de la nobleza con el rey Carlos. Se discutieron los tributos fiscales, se firmaron acuerdos y se reclamaron deudas a las casas morosas, incluso se celebró algún juicio por combate. El monarca no parecía afectado por su viudedad; antes bien, estaba deseoso de tomar nueva esposa y engendrar más hijos. Cuando bebía más de la cuenta hablaba de la diadema imperial y la esperanza de ceñirla algún día si contaba con apoyos suficientes.

Frodoí había preparado a conciencia las cuestiones que debía plantear, y el perdón de Goda lo llenaba de energía y determinación. Presentó una queja formal sobre Tirs, el sacerdote de Córdoba fiel al ritual mozárabe en Barcelona, apoyado por parte del pueblo godo y los *hispani*. Cobraba diezmos y dispensaba los sacramentos sin autorización episcopal. En otra parte del condado otro clérigo, Baió, había usurpado tierras de la Iglesia y pretendía refundar el obispado visigodo de Tarrasa. Frodoí resultaba convincente, y la curia asentía admirada. Lo consagraron a Barcelona para olvidarlo, pero era cada vez más fuerte y se hallaba mejor situado ante el poderoso Hincmar de Reims y el propio monarca. La ciudad fronteriza estaba creciendo. La sal de Cardona, el vino y el aceite llegaban a distintas partes del reino, y se había abierto de nuevo el puerto.

La guerra contra el valí de Lleida había lastrado aquel impulso y había sido un invierno muy duro, pero si se mantenía la paz la Ciudad Coronada saldría adelante.

Bernat de Gotia estuvo presente y no discutió ninguna de las propuestas. La prosperidad proporcionaba mayores tributos y más habitantes bajo la ley de la leva. Lo que le interesaba eran los nombramientos para los condados vacantes de Urgell y la Cerdaña. Miraba a Frodoí y sonreía siniestro; también tenía planes para él.

Cuando salieron del castillo Servusdei se acercó a Frodoí, pálido.

—Obispo, ya ha empezado la función de los juglares. Que Dios nos asista.

—Todo saldrá bien, confía en mí.

Los nobles que abandonaban la asamblea tras tanto discurso se arremolinaron curiosos en la plaza donde se oían risas y aplausos animados. Unos actores sobre un entarimado representaban una jocosa función que a la mayoría le resultó familiar.

—¡Ya llegan, mi señor conde! —tronó un joven actor manco.

—¡Oh Dios mío, los moros! —clamó otro con un sayo ridículo y la cara pintada de rojo, haciendo aspavientos de terror.

Junto al escenario un niño pisó una vejiga con embudo y resonó algo parecido a una flatulencia que desató la hilaridad. Frodoí rió. Sin pronunciar nombres, todos los presentes sabían que ese grotesco conde representaba a Bernat de Gotia. La sátira había recorrido ciudades y palacios por toda Francia. Como Elisia prometió que sucedería, lo ocurrido en la Marca el noviembre pasado ya era lo que los juglares representaban.

Salieron otros actores con turbantes y caballos de madera. Persiguieron al conde y le rasgaron las calzas. Al ver el trasero desnudo con una sospechosa mancha parda, la plaza estalló en carcajadas. El que hacía de Drogo de Borr era un hombretón mal vestido con una piel de oso que se bamboleaba torpe por el escenario sin cazar a ningún enemigo. Lo acribillaron a golpes con hojas de lechuga y cebollas podridas que todos lanzaban.

Frodoí se acercó con disimulo hasta el rey, que reía divertido. A su lado, Bernat de Gotia, furioso, le rogaba que detuviera aquel esperpento.

—¡Vamos, Bernat! —dijo el monarca—. Sólo ofende el que puede. Son simples juglares. Ya sabéis que tienen inmunidad para hacer sus obras mientras dure la asamblea. Un poco de chanza es saludable, marqués.

Drogo miró al obispo con ojos asesinos. Frodoí pensó en Elisia y le entraron ganas de reír de nuevo. Era el ingenio y la perfidia de una mujer criada en una posada.

De pronto aparecieron en escena tres apuestos jóvenes para vencer a los aullantes sarracenos con una lucha bien simulada. En un extremo, el falso Drogo limpiaba el trasero al conde con las hojas de lechuga lanzadas, haciendo gestos exagerados acerca de la pestilencia.

Bernat de Gotia veía el brillo despectivo en las miradas de muchos nobles, incluso la bella Riquilda reía divertida junto a su padre y su hermano. Se alejó avergonzado. Mientras el público aplaudía con fuerza al final de la representación, Bernat destrozaba el mobiliario de su tienda, rompiéndole de paso la nariz al esclavo que le llevaba una copa de vino.

—¡Los colgaremos a todos! —exclamó Drogo iracundo.

El marqués apuró la jarra de vino mientras el esclavo se arrastraba hacia la salida.

—¡Eres un necio! ¡Por eso Frodoí te quitó Barcelona! —Caminó sobre el destrozo—. El obispo se ha encargado de que la función se representara aquí. ¡Quiere ensalzar a los bellónidas, mostrarlos como héroes! ¡Esto debe terminar, Drogo! —Torció el gesto—. ¿Cuándo va a suceder lo que te ordené?

—Antes de la salida del sol estará todo cumplido. —Drogo sonrió siniestro.

—Eso espero. Luego deshazte del... problema. Todo debe quedar enterrado.

—Así lo haré. En cuanto a nombrarme vizconde de Barcelona...

—Primero escucharemos el toque fúnebre de las campanas y luego hablaremos.

El día siguiente Frodoí se levantó antes del amanecer y salió a caminar solo aprovechando la calma. Reflexionaba sobre las intenciones de Bernat de Gotia. No tenía sentido asesinar a un conde para conseguir un nuevo dominio. Urgell, en la frontera, era un territorio miserable y despoblado cuyos habitantes se habían refugiado en las agrestes montañas pirenaicas desde hacía décadas. No tenía ninguna prueba para acusar al marqués, pero los hechos demostraban que había algo mucho más turbio detrás.

Por otro lado, el rey cada vez tenía menos poder real. Los nobles controlaban las tierras, los caminos, los puentes y los mercados de un extremo a otro del reino. Lo mismo ocurría en Germania e Italia. Debía comprender qué se estaba gestando en las sombras.

Se adentró en un bosquecillo justo cuando amanecía. Buscaba silencio, pero oyó ladridos y silbidos en la lejanía. Mientras los jóvenes seguían con sus fiestas y banquetes hasta el alba, los mayores preferían madrugar y salir de caza con otros nobles o parientes. Se acercó a una fuente y vio un pequeño ídolo de madera con flores alrededor. Era un lugar tranquilo. Embebido por el gorjeo del agua y la luz añil del amanecer, pensó en sus ancestros. El vulgo aún creía que en las fuentes moraban genios.

De pronto un escalofrío le recorrió la espalda. Era una sensación extraña, de alerta. No vio a nadie cuando se volvió, pero los pájaros ya no trinaban. Comenzó a mirar los viejos robles con inquietud; había sido una imprudencia alejarse tanto sin escolta.

Vio una sombra detrás de un árbol y se asustó.

—¿Rotel?

Recordaba a la hermana de Isembard, una joven delicada, de belleza nórdica. Ahora era una hermosa mujer de cabellos dorados, pero de sus ojos claros emanaba una fuerza aterradora y fría. Frodoí retrocedió al verla manipular bajo la capa de pieles con la que se cubría.

—¿Qué vas a hacer?

Vio la respuesta en su expresión.

—Lo lamento, obispo, pero quiero recuperar a mi hija Sansa.

—Desapareciste hace meses. ¿Qué has hecho?

—Cambiar la historia, comenzando por la corona...

Frodoí se estremeció. En el azul de hielo de sus ojos vio la verdad.

—¡Dios mío, tú acabaste con la reina! —Una intensa ira lo asaltó—. ¿Para qué, Rotel? ¿Quién dirige esta locura?

—Podéis intuir quién me envía. Tenéis poderosos enemigos, obispo.

Frodoí oyó un siseo que salía de debajo de la capa de Rotel. Perdió pie y cayó al suelo. A pesar del miedo, ató cabos. No sólo la reina Ermentrudis, sino también otros nobles de casas secundarias habían fallecido durante los últimos meses.

—¿Quién más debe morir, Rotel? —Pensó en los posibles adversarios de Bernat y enseguida apareció un linaje—. ¿Los bellónidas? Ellos podrían entorpecer los planes del marqués de la Gotia.

El silencio grave de Rotel confirmó sus palabras. Tenía atrapada en su mano una gran cobra de escamas negras y brillantes que se retorcía con fuerza. Frodoí apenas podía respirar; si morían los hijos del conde Sunifred, podían pasar décadas antes de que alguien de la Marca fuera coronado conde. Fuera como fuese, ahora temía por su vida.

—Estás en un error, Rotel. Nadie te devolverá a tu hija Sansa. La última en morir serás tú. Cuando acabes este reguero de muertes todo habrá terminado.

Rotel sostenía a la serpiente por la cabeza. Abrió las fauces junto a su cuello.

—¿Eso creéis? —estalló Rotel. La mención a su hija arañó la costra de indiferencia. La mano que sujetaba la cobra temblaba debido a la tempestad interna.

—Fue Drogo, ¿verdad? ¡Él te obligó! —Los ojos de Rotel refulgieron, pero Frodoí siguió hablando. Necesitaba abrir una brecha en su tribulación—. ¿Has visto a tu hija Sansa durante estos últimos meses? ¿Sabes si vive?

—¡No tratéis de manipularme, obispo!

—¿Sabes dónde está, Rotel?

—Con una nodriza. Si ella vive, ellos viven. ¡Si muere, morirán!

—No te lo han contado, ¿verdad? —gimió el obispo—. ¡Te han engañado!

Ella apretó los dientes, pero la súplica que entrevió en los ojos de Frodoí la detuvo.

—Secuestraron a Emma, la hija mayor de Joan y Leda, para hacer de nodriza. Tenían a Sansa en una cueva a una jornada de Barcelona. Unos pastores quisieron rescatarla, pero se produjo un accidente y... —Aunque temía explicarle la verdad, era el único modo. Así pues, añadió—: Puede que tu hija esté muerta, Rotel, aunque no lo sabemos. Isembard te lo contará, él la lloró por ti el día que se enteró. ¡Pregúntales a Drogo y a Bernat de Gotia! ¡Ellos son los culpables!

La cara de Rotel se descompuso y Frodoí creyó estar ante el mismo Satán.

—¡Mentís, maldito obispo!

—Lo lamento, hija. Puede que ya no tengas una razón para seguir obedeciendo.

El prelado soportó angustiado su mirada intensa, con la serpiente ansiosa por morder casi rozando su cara. Rotel advirtió el terror en los ojos de Frodoí, y lo poco que quedaba intacto de su alma se desgarró. Saltó hacia atrás con la letal criatura.

—Sabes que digo la verdad —siguió Frodoí temblando—. ¡Te lo ruego, detén esta pesadilla!

Rotel retrocedió de espaldas. Le titilaban las pupilas como si presenciara la más horrible de las visiones.

—¿Adónde vas? —demandó el obispo mientras recuperaba el aliento. A pesar de sus crímenes, lamentaba su fatídico destino—. ¡Reúnete con tu hermano!

Rotel no escuchaba. Después de acabar con la reina, había recorrido Francia a la caza de un puñado de almas perdidas que despejaban el camino a ciertos nobles. Drogo de Borr le proponía nombres y ella se mostraba implacable. En Attigny iba a dejar un rastro de muerte, y seguiría con los bellónidas como había intuido el obispo, pero Frodoí tenía razón: sabía demasiado y Drogo la mataría a traición. La idea de que Sansa estuviera muerta era más de lo que podía soportar.

Ante el espantado Frodoí, alcanzó la arboleda.

—Obispo, decid a Isembard que lo quería, que... —Iba a decir que lo sentía, pero no era cierto. No sentía nada de lo que había hecho. Sin embargo, estaba desgarrada.

—Si desapareces así, ellos habrán ganado.

—¿Alguien gana en este mundo miserable?

—Una vez te redimiste y lo harás de nuevo. —Frodoí comenzaba a recuperar su aplomo—. ¿Y si tu pequeña aún vive? ¡No lo sabemos, pero Drogo sí! ¡Isembard te ayudaría a encontrarla!

—Sólo me queda una cosa que hacer aquí. —Rotel se quedó pensativa—. Ahora id al campamento, obispo, ha ocurrido una desgracia.

Se desvaneció por la sombría arboleda. Frodoí se levantó con una sensación de fatalidad. Rotel había perdido su alma y ya no habría redención para ella.

La brisa trajo el sonido de un cuerno y luego de campanas. Al llegar al campamento, Oriol le salió al paso. Estaba aliviado, pero tenía malas noticias.

—Otger de Girona ha muerto en la cacería. Se alejó persiguiendo un venado y pisó un nido de víboras. Su salud no resistió las mordeduras.

Frodoí dio un traspiés y su capitán lo sostuvo.

—¿Estáis bien?

—Primero Urgell, la Cerdaña, ahora Girona... —Jadeó mirando el horizonte. Rotel estaba en algún lugar, se dijo, y se estremeció—. ¡Si Bernat se convierte en conde de toda la Marca Hispánica tendrá un poder sin precedentes en la Gotia!

—Lo que poseerá es un reino.

—¡Necesito a Servusdei!

—Ya está en vuestra tienda, obispo.

Frodoí se alejó pensativo. El monje era experto en leyes y él la única voz capaz de hacerse oír en la asamblea para evitar lo que podría ser el fin de su sueño. A lo lejos, Bernat vio al prelado con sus hombres y escupió en el suelo con el gesto descompuesto.

—¡Astorius, hazlo de una vez! ¡Ahora! —le gritó despavorido al vizconde—. El bestiario ha fallado con el maldito obispo, pero nos encargaremos de él nosotros.

49

La asamblea se suspendió durante tres días por la muerte del conde Otger de Girona, un leal vasallo de Carlos el Calvo, aunque a la mayoría de las casas francas les resultaba indiferente la suerte del viejo godo y su pequeño dominio en la frontera. En el velatorio, el rey invitó a Ermesenda a sentarse junto a él y el arzobispo Hincmar de Reims. Se conocían, y conversaron de los viejos tiempos y barruntaron con qué damas casaderas podían emparentar sus hijos. La condesa quería recuperar lo que les correspondía como nietos de Belló de Carcasona. No se olvidó de Isembard, y recordó al soberano la fidelidad del joven de Tenes al defender la frontera del valí Mussa. Merecía la mejor esposa, de un gran linaje. Carlos escuchó y prometió meditar sobre ello.

Isembard solía estar en compañía de Oriol. Conoció a numerosos nobles que le propusieron participar en el torneo de clausura, si bien albergaba dudas. Mientras la asamblea regresaba al castillo para asistir a la última reunión, una doncella le susurró un mensaje al oído: Riquilda, la hija de Bivín de Vienne, quería que fuera su campeón y lo esperaba al anochecer en su tienda. La propuesta lo desconcertó. Aunque todos sabían que se había interesado por él en Servais y aún no había tomado esposo, los rumores señalaban ahora al poderoso Bernat de Gotia como el candidato para la bella bosónida.

Se preguntó si debía aceptar. Elisia lo habría empujado a

aquella tienda disimulando su dolor. Cualquier hombre en su lugar acabaría rendido ante Riquilda, pero Isembard estaba convencido de que no tenía ninguna posibilidad ante el marqués. Ella sólo quería convencerlo para verlo combatir de nuevo, se dijo.

Se encontró a Frodoí cuando se dirigía a la asamblea. El obispo estaba circunspecto. Apenas había salido de su lujosa tienda, donde revisaba con Servusdei legajos de crónicas y compendios de leyes góticas y francas. Sus ojos brillaban con determinación cuando lo saludó.

—¿Vais a intervenir, obispo?

—Espero tener la oportunidad de hablar hoy también.

—Dicen que ya no tratarán cuestiones de la Iglesia —señaló Isembard.

—Hoy serán cuestiones terrenales.

—Las que más os placen.

Frodoí rió con los ojos entornados.

—Reza por mí, Isembard de Tenes, y por la Marca.

Cuando el chambelán tocó la campana las conversaciones enmudecieron y ocuparon sus asientos. Tras orar por el alma de Otger de Girona se abordaron las últimas cuestiones sobre la defensa contra los normandos. Nadie quería hacerse cargo de aquella sangría de hombres y recursos, por eso el rey Carlos el Calvo claudicó y, a cambio de tropas, se desprendió de tierra fiscal de la parte conquistada de Lotaringia a favor de la ávida nobleza.

Bernat de Gotia, en un lugar preeminente como marqués, aguardaba nervioso. Cuando lo nombraran señor de los condados vacantes de la Marca brindaría a Riquilda el reino que le había pedido. Todo se había desarrollado según el plan, y estaba acordado con los consejeros del rey y el camarlengo, Teodorico. Sólo quedaba leer el documento y plasmar el sello real. Bernat pensaba en la sonrisa humillante de la joven bosónida durante la función de los juglares; él la cambiaría por una cara de súplica cuando la tuviera en su poder. Se excitó con ese último pensamiento, pero no era el momento de abstraerse.

—En cuanto a los condados de Urgell, la Cerdaña y ahora, desgraciadamente, Girona, dada la inestabilidad de la zona, conviene un brazo fuerte y leal a la corona...

El rey Carlos escuchó el solemne parlamento del vicario portavoz del marqués de Gotia y consultó con su consejo. Cuando los vio asentir, Frodoí se levantó de la tarima en la que se sentaban los obispos y los abades.

—Solicito permiso para dirigirme a la asamblea y a su soberano, que Dios guarde por muchos años.

Los nobles se removieron en sus asientos, divertidos; las inesperadas intervenciones del obispo de Barcelona comenzaban a ser una costumbre. Carlos quiso negarse, pero Hincmar percibía el ansia de Frodoí y sugirió que le diera la palabra. El obispo se adelantó hasta el trono.

—Desde que nuestro santo Guillem de Tolosa y el noble Berà arrebataron la provincia visigoda de Septimania a los sarracenos han sucedido muchos hechos, dramáticos la mayoría de ellos, pero al repasar la crónica advertimos dos cosas fundamentales: la primera es que todo aquel vasto territorio nunca ha tenido una sola corona. Nuestro sabio emperador Carlomagno entendía que toda vida es frágil. Una cabeza se corta con facilidad, varias no. —Dejó que el eco de su voz muriera en la bóveda de la sala.

—El condado de Ampurias y el de Pallars tienen sus condes —replicó Hincmar.

—Así es, y me pregunto cuánto tardarán sus regentes en caer en esta desgraciada cadena de infortunios que parece una maldición...

Aquello incomodó a los componentes de la asamblea, entre ellos al propio conde del Pallars, Bernardo II de Tolosa, llamado el Ternero. Frodoí prosiguió:

—La otra cuestión es repasar la vida de los que han gobernado la Marca Hispánica. No enumeraré dinastías ni relataré hechos de armas. Mi fiel Servusdei ha escrito una completa crónica, que depositará en Reims. De ella se desprende que los nobles godos han sido siempre leales al monarca; en cambio, fueron siempre francos los que se rebelaron contra vuestro padre, rey Carlos, y contra vos. Estoy seguro de que lo recordáis.

Comenzaron las imprecaciones. Drogo, al fondo de la asamblea, maldijo no haber partido la cabeza a Frodoí con el hacha cuando pudo hacerlo. También maldijo a Rotel, que aún no había aparecido en su tienda. Había incumplido la orden de acabar con el obispo. Bernat de Gotia quiso llamar la atención de Hincmar para exigirle que hiciera callar al prelado, pero el arzobispo de Reims estaba concentrado en la discusión.

—Yo soy franco —siguió Frodoí—, pero gobierno una diócesis compuesta por godos y otras gentes. Sus habitantes la aman y la protegen sin olvidar quién les permite hacerlo: ¡el rey de Francia!

—Erráis, Frodoí —lo interrumpió Hincmar para poner a prueba al audaz obispo—. Al primer conde de Barcelona, Berà, que era godo, lo desterraron por traidor hace cincuenta años.

Frodoí sonrió. Servusdei lo había aleccionado bien.

—Así es, arzobispo. Por entonces habían transcurrido dos décadas desde la conquista entre cortos períodos de calma y muchas guerras. Barcelona estaba exhausta y su conde, Berà, quería mantener la paz en contra de ciertos nobles ansiosos de más tierras. A sus espaldas negoció treguas y lo acusaron de ser amigo de los moros. En el año 820 se celebró un duelo judicial en el palacio real de Aquisgrán para dirimir la cuestión. Berà, entrado en años, perdió contra el joven Sanila, el paladín de los acusadores, y aceptó el destierro. En realidad, quien llevó a cabo la sangrienta rebelión fue su hijo Aisón, ofendido por la injusticia cometida contra su padre, pero él nunca fue conde.

Los presentes fueron calmándose y el obispo siguió:

—Pensad, en cambio, en los francos Bernat de Septimania y su hijo Guillem, que abrió las puertas de Barcelona a los sarracenos, o en el conde Humfrid. ¡Todos se rebelaron contra vos! —Señaló al rey con determinación—. ¡Escupieron sobre las *iura regalia* del imperio! Lo que propongo es intitular condes a los hijos del último conde godo que murió fiel a la corona franca. Afirmo por mi sagrado ministerio y ante Dios que Guifré y Miró, hijos de Sunifred de Urgell y Ermesenda, están preparados para gobernar en tiempos de paz y de guerra. Conocen la tierra y os jurarán fidelidad sin reservas, como hicieron su padre y su abuelo Belló de Carcasona con vuestros predecesores, rey Carlos.

La sala del castillo estalló en infinidad de gritos y comentarios. Todos recordaban la sátira de los juglares. Los bellónidas habían vencido al valí de Lleida, y guardado la Marca y por tanto el reino. El monarca, aturdido, procedió a discutir con su consejo. Nadie ignoraba en aquella sala que se enfrentaba a un delicado dilema. Frodoí soltó el aire que retenía y unió las manos para que no notaran que le temblaban. Ermesenda lloraba de emoción junto a sus hijos, pálidos. Con el gesto les pidió contención. Su futuro pendía de un hilo. Bernat lanzó una furibunda mirada a Frodoí y negó con la cabeza. Jamás se lo perdonaría.

El rey hizo llamar al conde de Carcasona, Oliba II, por quien sentía predilección; «*Olibam dilectum nostrum comitem*», lo había llamado. Era primo de Guifré y Miró, así como de Sunyer II, conde de Ampurias. Todos ellos eran nietos de Belló de Carcasona. Restaurar esa rama bellónida desaparecida complacía en sumo grado a sus parientes. Algo que había previsto Frodoí.

Casi una hora más tarde, el rey se sentó de nuevo en el trono e impuso silencio con actitud grave. No quería que los nobles concentraran tanto poder que pudiera perjudicar a la corona, pero no podía menospreciar al marqués de la Gotia que él en persona había nombrado.

—Atendidas todas las cuestiones y amparados por el Espíritu Santo, intitulamos a Bernat de Gotia conde de Girona. —Tras una serie de vítores prosiguió—: Nombramos a Guifré conde de Urgell y la Cerdaña y a Miró conde del territorio de Conflent.

La decisión causó un profundo efecto. La rama bellónida de Sunifred regresaba al mapa del agónico Sacro Imperio Romano con unos condados pobres y maltratados, pero era un comienzo. Entre aclamaciones y silbidos, Hincmar de Reims se acercó a Frodoí.

—De nuevo habéis cambiado la historia, obispo.

El aludido no supo si era un halago o un reproche, pero por dentro saltaba de júbilo.

Cuando terminó la agitada asamblea, Bernat salió en silencio. Tras él, Drogo y sus vasallos no se atrevían a hablar. En la plaza se detuvo y sonrió ladino.

—Frodoí ha sido astuto, pero sólo me ha arrebatado dos condados de gente famélica y yo he ganado Girona. Esos bellónidas no son nadie. —Se volvió hacia su letrado—. Manda un mensaje al padre de Riquilda, quiero el compromiso de matrimonio esta misma noche. He cumplido con todo lo que la alianza me ha pedido y es hora de que los bosónidas compensen mi esfuerzo.

Uno de sus hombres había visto a la doncella de Riquilda hablar con Isembard, pero no lo mencionó. Una humillación más y todo acabaría en un baño de sangre.

—¿Y el obispo? —indicó Drogo, que aún maldecía a Rotel—. Ni Ónix ni su discípula fallaron jamás. Algo ha tenido que ocurrir.

—De un modo u otro nos quitaremos a Frodoí de encima —dijo Bernat artero.

Esa misma tarde Frodoí aceptó la invitación de Hincmar de Reims y cabalgaron tranquilos por la bucólica campiña de Attigny. El obispo de Barcelona le explicó en confesión lo ocurrido en la batalla de Osona, sus sospechas sobre la muerte del conde Salomó de Urgell y la certeza de que tanto la reina Ermentrudis como el conde Otger de Girona habían muerto asesinados a manos de un esbirro letal a las órdenes de Drogo. No tenía pruebas, empero, añadió. Aun así, el arzobispo, que lo había escuchado atento, no parecía sorprendido, sólo preocupado.

—Nunca habéis estado en la Marca, Hincmar. Podríais viajar durante días sin cruzaros con nadie. En Urgell los habitantes viven apartados en las montañas con un puñado de cabras mientras los fértiles llanos siguen yermos desde hace cincuenta años. La frontera debe repoblarse, es fundamental para estabilizar el dominio cristiano y ampliarlo en el futuro. A Bernat de Gotia no le importa la situación de sus plebeyos.

—Y has tomado la decisión por tu cuenta —repuso cínico.

—La Iglesia necesita paz para crecer, adquirir tierras y expandirse.

—Te confieso, Frodoí, que estuve a punto de sugerir tu nombre como conde de Urgell. Hay numerosos obispos y abates al frente de condados en el reino.

—Prefiero ser pastor de almas.

—Lo que prefieres es tejer los destinos de otros en la sombra.

—No os oculto que me preocupan las cuestiones terrenales. El obispado de Barcelona prospera si lo hace el condado. Deberíais ver el aula episcopal, es grandiosa, como la de Reims, y la ampliación de la catedral pronto estará concluida. Hay decenas de párrocos que leen latín. He logrado que muchas iglesias y muchos monasterios de los nobles queden bajo nuestro control y que sus sacerdotes reciban formación religiosa en el colegio episcopal. Servusdei es muy estricto en eso para evitar que se consagre hasta con nueces y leche. Ésa es la Iglesia que queremos, y cuando resuelva el problema del ritual mozárabe habré cumplido con creces.

Tras un largo trecho en silencio llegaron a un claro sobre una colina. Se dominaba una gran extensión de prados y Frodoí inspiró hondo. Echaba de menos ese paisaje verde en el que se había criado.

—Fuiste a Barcelona a sugerencia de ciertos enemigos de tu padre.

—Y vos no hicisteis nada por evitarlo.

—Fue una intuición, Frodoí. Querían alejar a un posible

rival, pero al verte aquel día en el aula, al ver esa firmeza de tu mirada, intuí que Dios tenía otros planes, más elevados y grandiosos. No me equivoqué. Ahora estás preparado.

—¿Preparado para qué? —preguntó Frodoí, y al momento pensó en un ascenso en la jerarquía eclesial.

—Tengo algo para ti, obispo. —Hincmar le tendió un rollo sellado.

Aquello complacía su orgullo, pero había hecho de Barcelona una gesta personal. Se acordó de Goda. Si abandonaba la ciudad la perdería pues ella nunca se marcharía.

—Vamos, léelo.

El obispo quebró el sello. Buscó en el texto el nombramiento, pero se le retiró el color de las mejillas.

—Es una cédula de excomunión —musitó sofocado.

—Así es, por el pecado de concubinato en un obispo. Durante el velatorio del conde Otger tuve una interesante conversación con el vizconde Astorius. Te vio salir del palacio de esa mujer, Goda de Barcelona. ¡Te advertí que renunciaras a ella! —Hincmar tenía la mirada fija en el horizonte—. Sólo falta mi firma para enviarla al Papa.

La angustia le impidió justificarse, la cédula temblaba en sus manos. Había cruzado el umbral de esa casa tras la peor experiencia de su vida, y los besos de Goda lo devolvieron a la vida. No dijo nada. No quería soportar más vergüenza ni la mirada vacía de su amada. Esa vez aceptaría su destino y su pecado.

Hincmar aguardó en silencio, grave, sin reprenderlo ni exigirle nada, hasta que de la arboleda llegó la condesa Ermesenda con una escolta del arzobispo.

—¿Qué significa esto? —demandó Frodoí demudado.

—Antes te he anunciado que ahora estás preparado —dijo Hincmar al fin—, preparado para conocer el mayor secreto y el más peligroso del reino. Te ofrezco apartarte ahora, Frodoí. Eres hijo de la casa Rairan y nada te faltará, pero si decides escucharnos y destruyo esta cédula de excomunión, contraerás un voto de fidelidad hasta la muerte con nosotros, pues la petición de tu perdón parte de la condesa Ermesenda.

—Soy un hombre débil y pecador, lo confieso, pero me debo a la Iglesia.

—Ahora es fácil, pero cuando estés solo entre lobos este juramento podría suponerte un vergonzoso final, y tal vez ya no esté yo para sostenerte.

Frodoí se repuso. Lo había dado todo por aquella causa y no se echaría atrás.

—Tenéis mi juramento ante Dios. Hablad, arzobispo —dijo con firmeza.

Ermesenda miró a Hincmar y asintió.

—Sospechamos que existe una conspiración encabezada por los bosónidas y otros nobles como los marqueses Bernat de Gotia y Bernat Plantapilosa.

Frodoí cerró los ojos y se estremeció: ahí tenía la respuesta a sus desvelos. Recordó las palabras de Drogo en la batalla de Osona. Tan sólo había visto retazos de un plan mucho mayor. Las dificultades no habían hecho más que empezar.

—Quieren atraer al poderoso abad Hug de Welf, marqués de Neustria.

Frodoí se hizo cargo de la gravedad de la situación.

—Juntos dominan una parte importante del reino. ¿Pretenden derrocar a Carlos?

—No. Los confesores que me informan aseguran que sus miras van mucho más allá —siguió el poderoso arzobispo de Reims—. Pretenden cambiar el tapiz del orbe, convertir el Sacro Imperio Romano en un mosaico de señoríos independientes donde cada uno gobernará como rey ungido.

—Los carolingios no lo permitirán.

—Lo que se gesta ya no es una simple revuelta disidente. Es un plan meditado y discreto. Bosón se aproximará al rey y se ganará su confianza para acumular más poder; los demás tratan de ampliar sus dominios, como ha logrado Bernat de Gotia, pero aún pasarán años hasta que culminen su propósito. Cuando ocurra, Francia y después el resto del imperio volverán a ser una maraña de reinos aislados y enfrentados.

—El caos anterior a Carlomagno, incluso a los merovingios

—musitó Ermesenda—. Guerras eternas entre casas, hambre, epidemias y oscuridad. Pero lo que esos nobles no ven, cegados por la ambición, es que ahora los normandos, los sarracenos y los eslavos asedian el orbe cristiano. Sería el fin.

Se contaban horribles historias de los siglos posteriores a la caída del Imperio romano, sin nadie fuerte que contuviera los desmanes de reyes y caudillos.

—Ahora comprendo todo lo ocurrido: el marqués Bernat pretende reinar en la Gotia entera, hasta el Ródano, incluidos todos los condados de la Marca Hispánica —dedujo Frodoí—. Pero ¿por qué me lo habéis confiado? ¿Qué puede hacer un simple obispo de la frontera ante esa poderosa alianza?

—Queremos contar con tu astucia, Frodoí. Presiento que los bosónidas y sus aliados tendrán éxito, y hasta los más fieles perderán la fe. Entonces haré valer tu promesa de hoy para que empeñes hasta el último aliento en evitarlo. Ermesenda confía en ti y yo también. Esperemos que otros nobles y obispos se unan a nosotros.

—¿Habéis transmitido vuestras sospechas al rey?

—Se siente intocable. Aún cree que los juramentos de fidelidad a la corona tienen algún valor, aunque él sea el primero en incumplirlos.

Frodoí le devolvió la cédula de excomunión.

—Quemadla, arzobispo. Mientras sea obispo de Barcelona mi sede será leal a la corona y a los valores del Sacro Imperio Romano. Frustraremos la conspiración.

Hincmar la rasgó en su presencia.

—Dios tiene un propósito para ti en todo esto, Frodoí. Espero que puedas comprender Su voluntad. Quizá algún día todo dependa de tu aislada Barcelona.

El prelado de Reims, agotado, volvió grupas a su montura y se alejó. Frodoí y Ermesenda se miraron sombríos. La mujer le susurró:

—Recordad siempre que logré vuestro perdón ante el estricto Hincmar de Reims. Pase lo que pase, velad por los derechos de mis hijos. Cuando los condados de la Marca lleguen a ser independientes que sea mi linaje el que gobierne. Vos seguiréis al frente de la sede para convertirla en arzobispado e independizaros de Narbona.

La condesa dejó a Frodoí consternado; Ermesenda veía el desmembramiento del imperio como inevitable y ya pensaba en el reino propio de los bellónidas. La conjura del linaje Bosón y sus aliados sólo era la cara visible del sentimiento de la mayoría de los señores. La situación era peor de lo que Hincmar de Reims admitía, pero Frodoí había hecho un juramento y lo cumpliría. Para eso había nacido.

Al atardecer un jinete encapuchado salió discretamente del campamento de la asamblea y galopó varias millas al norte de Attigny hasta un solitario monasterio en ruinas. Descabalgó cuando la noche teñía de sombras los viejos muros. Era un lugar lóbrego invadido por el silencio y la desolación que a nadie importaba ya.

Se retiró la capucha. Riquilda contempló las ruinas con ojos ardientes. Era el emplazamiento que le habían indicado. Había llegado el momento.

La joven avanzó con cautela entre tumbas cubiertas de verdín hasta los restos de la iglesia. Dos antorchas clavadas en el suelo señalaban que era el sitio. El templo estaba profanado y el viejo altar agrietado se hallaba rodeado de velas de sebo. Se sentía observada desde las sombras tras los muros derruidos.

Mientras caminaba por la hierba alta hasta el ara se despojó de la capa y la túnica. Desnuda, se recostó sobre el altar. Sobre ella los ojos malignos del Cristo mutilado escrutaban su cuerpo terso y esbelto, el más deseado en todo el reino.

Varias sombras surgieron de la oscuridad y caminaron en silencio hacia ella. Las miró de reojo y se estremeció. Eran tan repulsivas como había imaginado: siete ancianas vestidas con harapos negros y velo sobre el rostro. La escena era pavorosa e impía, pero Riquilda dominó su temor. Era cierto, el antiguo culto existía. Esas siniestras hechiceras casi se habían extinguido, pero un clérigo de oscuro origen le había hablado de una comunidad en la Galia a la que llamaban las Siete Viudas, y aseguraba que tenían poderes. Las había convocado a cambio de una promesa de protección frente a los tribunales de la Iglesia que perseguían con saña las prácticas paganas. Nadie de su familia lo sabía, pero necesitaba de toda la ayuda posible para el momento más trascendental de su vida, aunque pusiera en riesgo su ambiciosa alma.

—¿Qué deseáis, Riquilda?

—Todo.

—Poseéis la más excelsa belleza y sangre noble.

—¡Pero me falta poder!

—Los antiguos dioses de nuestro pueblo son inclementes, no morirían en la cruz por ningún mortal como ese Cristo. Si pides algo debes ofrecer algo más valioso.

Riquilda quiso gritar que realizaran el ritual de una vez, pero se contuvo y recitó lo que el enigmático clérigo le había enseñado:

—De ellos seré por toda la eternidad. Esta noche debo hacer algo importante y necesito su poder.

—Por eso nos convocaste.

Las ancianas se acercaron al altar. Una portaba a rastras un macho cabrío negro, sin mácula. El animal berreaba aterrado.

Riquilda bebió una mixtura amarga que casi la hizo vomitar y volvió a tenderse. Entre cánticos, las Siete Viudas degollaron al animal. La sangre quedó recogida en un cráneo humano y la mezclaron con una pasta grasienta. Comenzaron a extender el oscuro fluido sobre el cuerpo de la joven noble tocándola con impudicia. Esas manos sarmentosas de uñas negras la horrorizaban, pero estaba mareada por el bebedizo y la realidad se diluyó con el hormigueo que notaba en la piel. Creyó verlas transformadas en bellos efebos y doncellas en pleno juego sensual, y se abandonó a sus dedos lujuriosos para ofrecerse en cuerpo y alma. Cuando gimió al borde del éxtasis derramaron sobre ella el resto de la sangre del sacrificio.

—Que la vida del Dios Cornudo tome a la hembra y obtenga sus poderes.

Riquilda gritó en el paroxismo y las ancianas lo hicieron con ella; un grito obsceno que salió de las ruinas profanadas y se perdió en la noche. Lejos de allí los campesinos se santiguaron aterrados. La luz blanca de Cristo aún no llegaba a muchos rincones.

Cuando el ritual terminó Riquilda tardó en incorporarse. Su mente estaba ofuscada, pero se sentía eufórica, segura de alcanzar la grandeza.

—Ahora debéis pagar, mi señora —musitó una de las viejas con voz siseante.

Riquilda evitaba mirarla; temía quedar atrapada por su influjo tenebroso.

—Os prometí protección contra los perseguidores. ¿Qué más, anciana?

—Hay una joven de cabello rubio y alma oscura que ronda el campamento. Viene de lejos, pero irradia una fuerza incomparable. Es como nosotras...

La noble pensó en el sicario de Drogo. Les había servido bien.

—Su nombre es Rotel de Tenes, es un bestiario.

—Su dolor estremece el universo. Planea una venganza y esta noche morirá.

Riquilda, sobrecogida, no se atrevió a hablar. Era mejor así.

—Vais a impedirlo, señora —siguió la anciana—. Queremos iniciarla en nuestro antiguo saber y nuestra tradición. Ella conservará nuestra memoria frente al Dios que se deja matar en un madero y sus codiciosos hombres de Iglesia.

—Nadie sabe dónde está.

—Que vuestros hombres vigilen el campamento. Ella estará allí pues algo va a ocurrir. Apresadla cuando sea el momento y nos veréis de nuevo. Puede que también os sirva si la protegéis. Hoy habéis pagado por el primer peldaño, pero vuestra codicia querrá más y más, hasta consumir vuestra alma, tan negra y podrida como la nuestra.

Riquilda las miró con desprecio, ofendida. No quería vaticinios de hechiceras. Ya tenía lo que deseaba. Se vistió en silencio; quedaba poco tiempo.

—Hasta que eso ocurra pasarán muchos años, vieja. Tú no lo verás...

Calló. Estaba sola. No las había oído alejarse y se asustó. Debía tener cuidado con esas siniestras alianzas que forjaba a espaldas de su familia, pero lo hacía para mayor gloria del linaje bosónida.

50

Cuando la noche cayó en Attigny se celebró el fin de la asamblea con los acostumbrados banquetes y bailes. Nuevas alianzas y bastardos nacerían de esa animada velada. La comidilla era la futura boda entre Bernat de Gotia y Riquilda, que se negociaría entre los bosónidas y los rorgonidos esa noche, para disgusto de decenas de doncellas casaderas. Sin embargo, Isembard se decidió a aceptar la invitación y visitar la tienda de Riquilda. No se inmiscuiría en los asuntos del marqués, sólo la felicitaría y le diría que no se había inscrito para el torneo.

La suntuosa tienda era de tela amarilla con bandas azules, los colores de la casa Bosón. Se hallaba muy próxima a la del rey por ser un linaje de los *primores*, los que podían aportar más de cien caballeros para una batalla.

El interior estaba cubierto de pieles y amueblado con arcones, banquetas y divanes. Tras una fina gasa vio un tálamo de grandes dimensiones. Riquilda lo esperaba de pie ante él con una túnica de seda azul y bordados de oro. Su melena rojiza se derramaba por el pecho y su belleza felina lo turbó. Lucía más radiante que nunca; esa noche desprendía un atractivo irresistible, casi antinatural.

La dama le sonrió sensual y le ofreció una copa de vidrio con vino.

—Mi señor, estáis aquí.

El tono insinuaba un viaje al mundo de las sensualidades

que turbó a Isembard. Ningún hombre en pleno vigor podía sustraerse al encanto de aquella joven, pero era peligroso estando Bernat de Gotia cerca, a punto de pedir su mano. Tal vez por eso lo había invitado, supuso Isembard; era una cálida despedida. Ella leía cada uno de sus pensamientos y los avivaba con sonrisas dulces y provocadoras.

—Mi señora, me temo que marcharemos al amanecer y no podré combatir.

—Lo lamento. Me habría gustado veros en acción. —Se acercó hasta él mirándolo y adivinando su recia musculatura bajo las mangas.

—Me alegra veros de nuevo, Riquilda.

—Deseaba este encuentro, Isembard. En Servais apenas nos conocimos.

—También debo agradeceros algo, mi señora —dijo él, nervioso, mientras lo embargaba el aroma de ámbar—. Vuestro pañuelo me salvó la vida, pero lo perdí.

Riquilda abrió mucho los ojos y su cara se iluminó haciéndola aún más irresistible.

—Entonces estáis en deuda conmigo —señaló divertida, cada vez más cerca—. Habré de pensar el modo de satisfacerla... Sé que no os habéis casado aún. Decidme, Isembard, ¿no encontráis a la mujer adecuada?

Sus palabras, llenas de insinuación, se acompañaban de miradas bien estudiadas para seducirlo. Era tan bella y encantadora que desató el deseo de Isembard. Los bellónidas, la condesa e incluso Elisia le habían sugerido que para su *cursus honorum* necesitaba una esposa de linaje noble. No podía creer que Riquilda se le ofreciera a él, el más humilde de los caballeros de la asamblea y sin nada que aportar.

La dama lo sacó de sus pensamientos y él miró la curva de sus pechos en el escote. Aspiraba el maravilloso perfume y su cuerpo despertó. Tenía el corazón lejos, pero era un hombre y quería tocarla; ella lo tentaba con su mirada. Apuró el vino.

—De momento no aparece, mi señora. Tal vez sea ella la que me encuentre a mí.

Frente a frente se miraban con los labios entreabiertos, gritando un beso.

—Quizá esté cerca, caballero de Tenes...

—Puede... —Perdió toda prudencia—. Aunque ella se reserve para un marqués.

Riquilda sonrió y le pasó los dedos por los labios con anhelo.

—¿De verdad creéis que me conformo con un marqués?

Lo besó sin esperar e Isembard sintió una oleada de deseo que ofuscó su mente. Riquilda no quería demorarse en conversaciones y silencios calculados. Su lengua entraba en la boca de Isembard con ansia mientras le acariciaba el cuello. Él le apretó los pechos sobre la suave túnica. Algo en su interior lloraba, pero lo poseía el celo que Riquilda había invocado. Ella jadeó y palpó su excitación en la entrepierna. Se apartó complacida con las mejillas sonrosadas.

—¡Un hombre de verdad! Lo deseo tanto como tú, pero no será hoy.

Se desgarró la túnica. Isembard contempló sin aliento su cuerpo perfecto, de piel suave y limpia. Riquilda retrocedió fingiéndose aterrada y gritó.

En ese momento se abrió la tela de la entrada y apareció la esclava de Riquilda que le había dado el mensaje esa mañana. Tras ella asomaron Carlos el Calvo y cuatro miembros de la *scola*.

—Majestad, ¿veis? —Señaló con espanto—. Ese vil caballero pretendía abusar de mi señora. ¡Dios mío...! Ya me entendéis... ¡No sabía a quién acudir!

Isembard se estremeció. Riquilda retrocedía con gesto aterrado, pero sus ojos brillaban con deleite. Aún con la túnica abierta corrió hacia el monarca.

—¡Gracias, mi señor! —musitó con falsa devoción—. ¡Qué fortuna que hayáis aparecido a tiempo!

Carlos no podía dar crédito. La esclava de Riquilda había irrumpido en su tienda llorando, y ahora tenía entre los brazos a la joven más deseable. No podía apartar los ojos de sus pechos temblorosos pegados a su túnica. El aroma a ámbar de aquella piel lo embriagó. Esa noche irradiaba sensualidad, estaba más irresistible que nunca.

Para Isembard lo ocurrido cobró un retorcido sentido y la maldijo entre dientes. La bosónida lo había utilizado para despertar algo más que deseo en el rey.

—¡Detenedlo! —rugió el monarca, hechizado por ella—. Vais a perder la cabeza por esto, Isembard de Tenes.

—Mi señor, perdonadle la vida —susurró Riquilda suplicante—. Sólo es un caballero que me engañó para aprovecharse de mí, pero es un valiente guerrero. Únicamente debe aprender a estar en su lugar. —Miró a Isembard con una sonrisa que era mezcla de deseo y desdén—. Sería un gran *scola* de vuestra guardia. Si vos lo ordenáis, me respetará.

Carlos estaba desconcertado. Riquilda se apretó más a él y le sonrió con dulzura. El monarca se atrevió a rodearle la fina cintura mientras su deseo se desbocaba.

—No me dejéis ahora —rogó Riquilda consciente del estado de Carlos—. Mi familia se encuentra en el festejo y estoy asustada. No quiero quedarme sola.

El monarca viudo se estremeció de gozo. La deseaba desde que era una niña. Él tenía cuarenta y siete años y Riquilda veinticinco. Dios le enviaba un precioso regalo que no podía despreciar. Bendijo a la esclava por acudir a su tienda pidiendo auxilio.

—Acompañadme, mi dama. Tengo el mejor vino para serenar vuestra agitación. —Se volvió hacia sus hombres—. ¡A éste lleváoslo! Ya veré qué hago con él.

Bernat de Gotia observaba el baile con ojos vidriosos. Despreciaba las miradas insinuantes de las jóvenes que deseaban bailar con él en el centro. La respuesta de Bivín de Vienne y de su hija Riquilda no llegaba, y había abusado del buen vino de Borgoña. Estaba furioso con Hincmar de Reims por no amonestar a Frodoí. Astorius lo había denunciado, pero parecía que el obispo estaba bajo la protección del arzobispo y consejero del rey. A pesar de que la rabia lo corroía, debía ser cauto para no caer en desgracia ante Carlos ya que el prelado gozaba de gran influencia.

Dejaría a Frodoí regresar a la decrépita Barcelona. Cuando se casara con Riquilda, junto con los poderosos bosónidas su importancia y su poder aumentarían, y en su momento el obispo y los bellónidas pagarían su afrenta. Un reino lo aguardaba en el sur de Francia.

Sumido en brumosos pensamientos, oyó unos gritos de mujer que procedían de una de las tiendas más importantes y se dirigió prestó hacia allí.

—¡Riquilda!

Cuando llegó a la entrada vio a su deseada bosónida abrazada al monarca. Riquilda se cerraba con falso pudor la túnica rasgada, pero asomaban bajo ella sus piernas desnudas, incluso le entrevió parte del vello púbico rojizo. Un paraíso que ya se le antojaba inaccesible.

—Ése era el plan desde el principio, marqués.

Tras él, Bosón de Vienne, el hermano de Riquilda, sonreía triunfante.

—¿Qué ha ocurrido ahí dentro? —siseó con ganas de golpearlo.

—Riquilda merecía un reino y es lo que Carlos le dará.

—¡Malditos seáis los bosónidas!

—¡Serenaos! —Los ojos de Bosón brillaban—. Cumplisteis con el asunto de la reina y nuestra alianza comienza a cobrar sentido ahora. Cuando sea el cuñado del rey contaré con vos. ¡Nos espera la grandeza, Bernat!

El otro seguía mirando hacia el interior de la tienda. Una risa cantarina auguraba cómo terminaría la noche para el monarca viudo. La primera de muchas.

—¿Se convertirá en la nueva esposa de Carlos?

—Riquilda siempre estuvo fuera de vuestro alcance, marqués. Me extraña que no os dierais cuenta antes. Su ambición supera con creces la nuestra. Ya encontraréis a otra mujer que os satisfaga. Venid conmigo. Nos emborracharemos y hablaremos del futuro. Unidos escribiremos una gesta mejor que la de aquellos juglares.

Poco antes del amanecer Drogo oyó un ruido metálico en su tienda. Le palpitaban las sienes a causa del vino. Sintió frío y palpó el lecho de pieles donde esperaba encontrar a una de las prostitutas de Attigny. Recordaba su rabia al saber que Bosón de Vienne invitaba a Bernat a beber y él quedaba excluido. Pero sólo era un vasallo del marqués de la Gotia, se recordó.

Sentía que las fuerzas que le llegaron con Ónix desde la remota jungla lo habían abandonado. Con todo, al menos seguía vivo y cerca del poder. Había hecho el trabajo sucio mientras aquellos buitres picoteaban los restos putrefactos del imperio. Él obtendría el honor de ser vizconde de Barcelona y sólo sería el principio si la conspiración prosperaba.

Vislumbró la imagen borrosa de una mujer junto al brasero. Sería la meretriz.

—Ven aquí —le exigió con la voz ronca—. Hace frío.

La figura no se movió. Llevaba el sayo de sarga de la muchacha, pero apreció en ella algo distinto. Era más esbelta, y sobre su pecho se derramaba una cabellera rubia. A pesar de que había bebido en exceso, en su mente abotargada brotó una voz de alarma.

—¿No me has oído, zorra?

Apenas recordaba el resto de la noche, pero las muchachas de Attigny eran solícitas. Comenzó a enfurecerse y cuando trató de moverse no pudo. Tenía las manos y los pies atados. Parpadeó alarmado y se le aclaró la vista.

De la prostituta no había ni rastro. Era Rotel.

—A la muchacha le he pagado dos libras, cincuenta óbolos de plata y siete copas de oro —dijo ella impasible—. Todo lo que tenías. Podrá levantarse un palacio con eso.

—¿Qué? ¡Maldita seas!

Antes de proferir nada más Rotel saltó sobre él y lo amordazó con un paño manchado de excrementos. Drogo sufrió una arcada y tuvo que tragarse el vómito para no ahogarse. Tenía los ojos llorosos y la garganta irritada; aun así gritó, pero sólo se oyó una especie de mugido teñido de rabia y miedo.

—Tus hombres bebieron más que tú, Drogo. Déjalos que duerman, esto es entre nosotros... ¿Dónde está mi hija Sansa? No me mientas o lo sabré.

Dos alacranes dorados corrieron por el pecho desnudo de Drogo con la cola levantada. Aterrado, comenzó a sudar con los ojos muy abiertos. Negaba insistentemente, y Rotel lo liberó de la repugnante mordaza.

—Hubo un accidente y se le cayó a la nodriza —alegó. Sin embargo, al ver que Rotel dejaba un nuevo escorpión junto a los otros, rectificó—: ¡Fue a uno de mis hombres! No estaba previsto, pero puedo compensarte. Te daré otra niña de esa edad... o un varón, lo que quieras.

—¿Dónde recibió el golpe? ¿Lo sabes?

El hombre calló altivo y Rotel le palmeó el pecho. Uno de los alacranes le clavó el aguijón. El dolor se extendió por el cuerpo de Drogo y fue presa del pánico.

—¡Me dijeron que se dio con la sien contra las rocas! Lo lamento...

—¿En qué lado? —demandó ella inclemente. Temblaba de rabia.

Drogo sintió un calor en la entrepierna; se había orinado sobre el lecho. Rotel le señaló la sien derecha y asintió. Ignoraba el sentido de aquel perverso interrogatorio.

—Eso es lo que quería saber —masculló, y tras atrapar a los alacranes por la cola los guardó.

Drogo creyó que iba a salir y suspiró aliviado. En cuanto se liberara, sus mejores hombres irían a la caza de aquella endemoniada. Rotel se detuvo en la entrada.

—Mi amado Malik, mi hija Sansa, mi maestra Ega... Si tuviera la certeza de que al morir me reuniría con ellos yo misma te daría la daga para que me la hundieras. —Se volvió hacia Drogo con una sonrisa tan perversa que le heló la sangre. Había perdido el juicio—. ¡Pero por tu culpa mi alma se pudrirá en el último infierno y no podré verlos jamás! ¡Así que prefiero verte morir a ti, Drogo de Borr!

Rotel no había terminado. Sólo lo había sometido a un sádico juego. El hombre se estremeció de pánico al ver que se le acercaba con paso decidido. La joven lo arrastró del pelo y, sin contemplaciones, le aplastó un lado de la cara sobre las ascuas ardientes del brasero. El mismo lado en el que Sansa se había golpeado. Entre alaridos, la piel se abrasó y el hedor a carne quemada se expandió en el aire. Presionó hasta que la oreja se convirtió en una masa informe y ennegrecida.

Habría permanecido así una eternidad, paladeando cada alarido, aspirando la fetidez, pero oyó los gritos de los mercenarios que ya se dirigían hacia la tienda.

Al entrar vieron el horror. Drogo se hallaba inconsciente en el suelo, con un lado de la cara convertido en un amasijo en carne viva que humeaba. La tela del fondo estaba rasgada.

Mientras se desataba la alarma en el campamento, una hermosa prostituta lo abandonaba y se dirigía hacia el bosque. Rotel temblaba con una sensación de euforia que la sorprendía; no había podido culminar la venganza, pero si Drogo sobrevivía su agonía sería peor que la muerte. Lo buscaría para acabar con él y luego caería el marqués de la Gotia. Ónix reía a carcajadas en su mente. El viejo bestiario tenía razón: su oscuridad iba mucho más allá.

La rodearon seis hombres embozados que parecían esperarla. Ella siseó como una serpiente. No tenía su capa y sus espadas estaban demasiado cerca.

—Ven con nosotros si no quieres que te entreguemos —dijo uno.

—¿Por qué? —espetó furiosa—. ¿A quién servís?

—A alguien con suficiente poder para hacer que tus crímenes queden olvidados y puedas volver a empezar. —Los soldados comenzaron a inquietarse. La delicada joven tenía algo siniestro—. Si quieres salvar la vida, es tu última oportunidad.

Rotel sabía que estaba atrapada. Cientos de soldados registraban el campamento y los alrededores. El rey no permitiría que un crimen quedara sin castigo en su asamblea. Maldijo en silencio y alzó los brazos. No podía morir en el cadalso; su venganza no había concluido.

LOS CABALLEROS DE LA MARCA

Año 875

La fortuna sonreía al rey de Francia, Carlos el Calvo. Tras la asamblea de junio del año 870 en Attigny, el 8 de agosto se reunió con su hermanastro Luis el Germánico cerca de Maastricht y firmaron el Tratado de Mersen para repartirse Lotaringia, el reino del fallecido Lotario II, sobrino de ambos. Carlos obtenía el poniente del Rin, incluidos los vastos condados de la cuenca del Ródano. En otoño se casaba con Riquilda y sometía la región, que entregaría a su cuñado, Bosón, a quien también nombró poco después duque de Lyon y Borgoña, además de conde de Bourgues y Vienne.

El emperador Luis de Italia, hermano y heredero legítimo de Lotario II, no pudo defender su herencia ante sus codiciosos tíos. En el año 871 mientras sofocaba una revuelta en Benevento fue capturado y dado por muerto. La noticia resultó ser falsa, pero por primera vez Carlos comenzó a considerar factible sucederlo en la diadema imperial, pues su sobrino no tenía herederos varones.

También Luis el Germánico acariciaba la idea. La emperatriz Engelberga, hábil diplomática, supo ganar tiempo para su esposo, Luis de Italia, y recuperó parte de los territorios conseguidos por Luis el Germánico a cambio de nombrar como heredero del imperio al hijo de este último, Carlomán de Baviera.

Sin embargo, en el año 872, Carlos el Calvo recibió una carta del papa Adriano II con un velado mensaje: «Te confia-

mos bajo sigilo que si tu nobleza sobrevive al emperador [...] no acogeremos nunca en este reino y en el Imperio romano a nadie que no seas tú mismo». Desde ese momento ser emperador fue la mayor ambición del rey de Francia.

Carlos encomendó la región de Aquitania a su hijo Luis el Tartamudo, pero no confiaba en él puesto que ya se rebeló contra su padre en el año 862, por eso nombró a Bosón su camarlengo, con Bernat de Gotia como lugarteniente real de Aquitania y Bernat de Septimania en su consejo.

El 12 de agosto del año 875 la rueda de la historia giró de nuevo. Moría el emperador Luis de Italia en Brescia. Su última voluntad fue nombrar heredero de Italia y del imperio a Carlomán como su esposa había pactado, pero el rey Carlos contaba con la venia del papa Juan VIII, el nuevo pontífice, y no iba a ceder. De nuevo los carolingios afilaban sus armas por el poder.

En la Marca Hispánica, los nuevos condes Guifré y Miró iniciaron la repoblación de Urgell y la Cerdaña trasladando payeses desde el Pirineo, pero Barcelona y Girona eran ignoradas por Bernat de Gotia, que necesitaba sus tropas en otros dominios. Abandonados y casi indefensos, ambos condados esperaban que en cualquier momento llegara su final.

51

Fortaleza de Ponthion, Loira,
24 de agosto, día de Santa Tecla

El capitán Isembard II de Tenes estaba al mando de un *cuneus*, una unidad de cien jinetes de la caballería de élite, los temidos *scara*. Desde su posición al frente de la formación observó sobrecogido el numeroso ejército que estaba acampado a las afueras de Ponthion. Cientos de tiendas rodeaban la ciudad amurallada. Detrás del campamento vio a los *carnaticus* con sus rebaños para alimentar a las tropas y los *hostilenses* con centenares de carros tirados por bueyes.

La actividad era frenética, lo que significaba que el rey se disponía a marchar de nuevo. Ordenó formar a sus caballeros, y la muchedumbre congregada frente a la muralla los vitoreó. Varios niños corrieron por delante de la comitiva y comenzaron a lanzar flores sobre el suelo polvoriento y reseco de finales de agosto hasta las puertas de la fortaleza.

Había pasado un mes desde que partiera hacia la desembocadura del río Loira, pero una vez más habían detenido el terror normando. Treinta drakares habían remontado el cauce guiados por un capitán del líder nórdico Hastein, que por su cuenta pretendía aumentar su prestigio y enriquecerse. Isembard y su unidad acudieron a Angers para detener el saqueo de aldeas y monasterios. La elección para dirigir las misiones más arriesgadas siempre partía de Bosón de Vienne, hermano de la nueva reina, Riquilda, asistido por sus aliados Bernat de Gotia y Bernat Plantapilosa.

Desde la boda de Riquilda con el rey Carlos, la alianza de los bosónidas y los rorgonidos estaba dando sus frutos.

El molesto caballero Isembard pudo dejar de ser un problema, pero el obispo Frodoí, la condesa Ermesenda y sus hijos imploraron por su vida alegando sus valerosas gestas. Riquilda también lo protegió y Carlos el Calvo, bajo el influjo de su joven esposa, lo perdonó. Gracias a su destreza con las armas y su prestigio tras la batalla de Osona quedó incorporado al ejército de élite, la *scara*.

—¿No os habéis enterado? —preguntó a Isembard uno de los vigilantes cuando cruzaron el puente de la fortaleza—. El rey ha convocado una asamblea urgente. Ha muerto el emperador Luis II de Italia y nuestro monarca ha ordenado marchar hacia Roma para ser ungido y coronado por el papa Juan VIII.

—¡No es posible, el emperador nombró heredero a su primo Carlomán de Baviera!

—Lleváis cinco años en la corte, capitán. ¿Hay algo que no desee nuestro soberano?

Aturdido por la noticia, Isembard bajó del caballo. Por eso Carlos había convocado a sus huestes. Su ambición y la de su bella reina no tenían límites. Se proponían usurpar la corona del imperio, lo que provocaría una nueva guerra con Luis el Germánico y sus hijos.

Perdido en lóbregos pensamientos, se sobresaltó cuando lo rodearon unos brazos delicados. Sonrió y besó a Bertha de Orleans, su esposa.

—¡Gracias a Dios que has vuelto!

Él la levantó en volandas y la volteó hasta arrancarle una risa cantarina. Bertha era una dama del séquito de la reina Riquilda. La reina lo quería cerca, y le ofreció la mano de la joven a cambio de ser nombrado capitán de una unidad de la *scara*. Isembard trató de retrasar el compromiso pues en su corazón seguía estando Elisia de Carcasona, pero para aspirar a la capitanía debía dejar de ser un caballero sin tierra. Necesitaba bienes para costearse la montura y las armas, y sólo podía obtenerlos emparentando con una casa noble. Así pues, tuvo que renunciar a Elisia. La tabernera había comprendido mucho antes que él que pertenecían a mundos distintos y ella seguía casada con Galí; además, él deseaba ser capitán del ejército y sus soldados lo respetaban. Con la dolorosa renuncia, el joven siervo de Santa Afra quedó atrás para siempre. Sería Isembard II de Tenes y Orleans, hijo de un legendario Caballero de la Marca.

Se había pactado el enlace el año anterior, cuando Bertha cumplió diecisiete años. Era la hija de Otber de Orleans, linaje que formaba parte de los *vassi dominici*, una clase de vasallos que prestaban homenaje y fidelidad directamente al rey a cambio de concesiones. Otber tenía un pequeño castillo y tierras cerca de la ciudad de Orleans, un lugar tranquilo y poco poblado donde elaboraban un vino excelente. Era un noble de los considerados *mediocres*, es decir, que aportaba cincuenta hombres a las tropas del monarca, y ahora costeaba parte de los gastos de Isembard como capitán de la *scara*. No había podido negarse a la voluntad de la reina Riquilda.

Bertha era una mujer de aspecto frágil, pálida y de rasgos delicados. La habían educado para forjar alianzas que mejoraran el *cursus honorum* del modesto linaje de Otber. Habría aceptado cualquier pretendiente que su familia le impusiera, pero se enamoró de Isembard nada más verlo y se consideraba afortunada por el hecho de que la reina la hubiera elegido para casarla con él. Su padre tuvo que conformarse con aquel joven godo, si bien confiaba en que hiciera méritos en el ejército para que sus futuros nietos dieran gloria a su linaje.

Fue una boda discreta, que celebró en Reims el arzobispo Hincmar. Isembard trataba a Bertha con cariño y respeto, al tiempo que cada día luchaba consigo por olvidar a Elisia. Tampoco podía olvidar quién había planeado aquel enlace. La codiciosa Riquilda, que hacía cuanto fuera por su familia, lo había utilizado en su tienda para atraer al rey, pero era caprichosa y su mirada ardiente lo turbaba, por eso Isembard la evitaba siempre que podía, sin llegar jamás a ofenderla.

El rostro de Bertha se oscureció.

—Lo siento mucho, esposo mío, sangré también después de tu marcha.

—Ten paciencia. Dios proveerá.

—Deseaba darte la alegría. No me repudies...

Isembard la abrazó y le enjugó las lágrimas. No le gustaba verla así.

—Llegará, querida, nuestro hijo llegará.

Ella sonrió aliviada. Sus ojos verdes lo miraban con devoción. Aún la sorprendía que su marido fuera tan comprensivo. No era como los demás, por lo que le habían explicado.

—¿Es verdad que el rey se marcha a Italia, Bertha?

—Quiere partir cuanto antes. —Su mirada destelló con disgusto—. Riquilda me manda a la casa de los tejedores para adquirir unas mantas. Me habría gustado recibirte como corresponde a una esposa.

Isembard le acarició el rostro y Bertha le regaló una mirada dulce.

—Nos veremos esta noche, querido —dijo con un beso furtivo.

Isembard se dirigió a los aposentos de la fortaleza donde se había instalado con su mujer y los siervos de Otber. Debía presentarse ante el monarca con aspecto decente, y le habían dispuesto la tina de bronce y varias jarras con agua tibia. Se desnudó mientras meditaba las implicaciones de la decisión del rey sin darse cuenta de que ya no se oían las conversaciones de los siervos tras la puerta.

Unas manos suaves recorrieron su espalda y cerró los ojos. Bertha había decidido posponer el encargo. Reaccionó ante el tacto en su piel. Cuando esas manos buscaron su miembro abrió los ojos. Su joven esposa era comedida y cuidadosa. Esos dedos se movían ansiosos, dirigidos por un fuego abrasador.

—¡Riquilda!

Isembard retrocedió ante la reina. Le sonreía, y miraba complacida su desnudez y la excitación que había obrado en él. Lo deseaba, e Isembard lo sabía. Lo había visto mil veces en su rostro durante las recepciones, pero él, que procuraba mantenerse lejos de ella, había rehusado siempre las invitaciones que Riquilda le mandaba a través de sus esclavas. Estaba intrigado; la reina jamás se había comportado así. Vestía la sugerente túnica azul que usó en Attigny para su treta. En esos años había dado a luz tres hijos, aunque sólo vivía la primogénita, Rotilde. En su rostro asomaban las arrugas del dolor, pero seguía siendo una mujer irresistible y apasionada.

—Saluda a tu emperatriz, Isembard de Tenes. La dama más poderosa del orbe.

Estaba eufórica y su mirada sensual brillaba de júbilo.

—Dejaréis de serlo si Carlos se entera. ¿Qué hacéis aquí?

Riquilda disfrutaba de la confusión de aquel hombre que parecía haber olvidado cubrirse.

—Partimos hacia Roma para coronar a Carlos emperador y rey de Italia. Tal vez fijemos allí la corte, junto al Papa. —No cabía en sí de gozo—. Puede que no nos veamos, y tú y yo sabemos que tenemos algo pendiente. Llevo días esperándote.

Isembard se enfureció. A Riquilda le traían sin cuidado los golpes, la sed y la vergüenza que él padeció durante las semanas que el rey lo tuvo cautivo tras la asamblea. Ya no era el ingenuo caballero que había acudido a su tienda. Desde entonces, su esquiva actitud había desatado aún más el deseo de la joven reina; aun así, ella nunca se había atrevido a tanto hasta ese momento.

—¡Marchaos con vuestro rey, mi señora! —Isembard salió de la tina, pero no tuvo prisa por cubrirse. También él sabía jugar—. Bertha me da lo suficiente.

Riquilda torció el gesto y quiso abofetearlo. Isembard le detuvo la mano y miró su piel sonrosada por la ira. Uno frente a otro sintieron la tensión, y tuvo que combatir el impulso de ceder a su excitación y tomarla allí mismo.

—Podéis celebrar vuestra dicha con otro —añadió malintencionado—, alguien cercano a vos...

La corte era un hervidero de rumores sobre la nueva reina.

Algunos la hacían sospechosa de brujería, pero otros referían ciertas visitas intempestivas a una alcoba por parte de Riquilda y su hermano Bosón cuando éste estaba presente. Existían dudas sobre la paternidad de sus hijos, si bien Riquilda se encargaba de acallar las malas lenguas. Una de sus esclavas ya había perdido la suya a manos de los verdugos.

—¿No sabes que puedo hundirte en el fango, maldito viñador?

—Podéis susurrarle mil mentiras a vuestro esposo, pero él sabe que su reino se sostiene con la fuerza de nuestras espadas. Tocar a un capitán es exponerse a un motín, y no le conviene pues habrá guerra por la corona de emperador —señaló con disgusto—. Ni Carlomán ni su padre aceptarán que el rey de Francia usurpe la diadema, y cuentan con el apoyo de los obispos y los nobles italianos.

—¡Cállate! —rugió ella—. Carlos tiene tanto derecho como los otros descendientes de Luis el Piadoso. Además, el papa Juan VIII lo apoya.

—Y sus capitanes de la *scara* también, siempre y cuando nadie nos ofenda.

Riquilda se burló con amargura, pero era verdad. Aquel ejército de élite debía ser respetado; sus cabezas coronadas dependían de ellos. Hasta sus caprichos tenían un límite, y eso que no estaba acostumbrada a la humillación.

—En estos años te has hecho muy soberbio, Isembard. Yo podría colmarte de privilegios. —Se acercó a él, con dulzura en esa ocasión, para rozar su poderoso pecho—. ¡Sé que lo deseas como yo!

—¿Por qué ahora, Riquilda? —dijo al detener sus manos—. Decidme la verdad.

A través del velo de orgullo se coló un destello de amargura.

—¡Deseo un hijo, Isembard! Uno que no se me muera en los brazos, uno sano y fuerte como el mejor capitán *scara* del reino, para que sea el heredero de un imperio.

—El heredero es Luis el Tartamudo, hijo de Carlos con su primera esposa.

—¡Eso cambiará! —gritó ella—. ¡Los bosónidas sustituiremos al linaje carolingio! Pero necesito concebir lo antes posible... ¡No sé qué ocurrirá en Italia!

Isembard veía el brillo febril en los ojos felinos de Riquilda. El primer intento de la casa Bosón por emparentar con un linaje real fue el matrimonio de su tía Teutberga con Lotario II, pero fracasó. Riquilda se sentía llamada a lo más alto desde que tenía uso de razón y había empeñado hasta su alma para conseguirlo. Era reina, pero quería ser emperatriz del imperio y madre de reyes.

Isembard la apartó con dulzura pero firmemente. No iba a participar en sus intrigas.

—¿Hay alguien al que no veáis como un mero instrumento para vuestra ambición, mi señora? —Comenzó a vestirse mientras la reina enrojecía de frustración—. Debo reunirme sin demora con vuestro esposo. Me aguarda en el trono.

Riquilda se dirigió hacia la puerta. La rabia podía más que lo que sentía por el caballero en lo más hondo de su corazón. Un lugar al que no se permitía acceder.

—Mi hermano Bosón está a punto de llegar. Te arrepentirás, Isembard de Tenes. Por cierto, ha venido un monje de Barcelona en nombre del obispo, ese Frodoí.

—¿Servusdei?

—No lo sé. Será otro que viene a denunciar más abusos de Bernat de Gotia. Los godos no entienden que ser súbditos es un privilegio.

Isembard salió al pasillo que las esclavas de la reina mantenían despejado. Tenía la sensación de que algo se removía tras un prolongado letargo. Apenas llegaban noticias de la Marca. Barcelona tenía problemas, pero Frodoí seguía en su empeño de llevarle prosperidad, fundaba parroquias y poblados. Sabía que la posada del Miracle prosperaba y que Goda había hecho fortuna con el comercio de la sal.

Quien se había desvanecido era Rotel. Sufrió por ella, y ahora sentía un dolor sordo ante su ausencia. No sabía nada de su hermana. Aun así, estaba seguro de que seguía viva. Drogo había sobrevivido al ataque, pero no habría perdón para él. Rotel aparecería para culminar su venganza, más letal que nunca.

Entró en la austera sala donde lo aguardaba Carlos el Calvo. Las paredes eran grises con blasones de un rojo desvaído. La luz cenital se colaba por dos ventanas estrechas, y el único mobiliario era una tarima con el trono de madera dorada. El rey lucía una larga capa de paño carmesí y piel de foca. No tenía ningún consejero cerca, sólo dos miembros de la *scola* con capa blanca, inmóviles como estatuas. A los pies de la tarima aguardaba un monje tonsurado con el raído hábito negro de los benedictinos.

—¡Isembard II de Tenes! ¡Ya pensaba que te recibiría coronado emperador!

—Asuntos de mujeres, ya me entendéis. La dama no quería esperar.

Carlos sonrió con malicia. Su posición lo mantenía alejado de la realidad.

—Bertha te tiene sometido, capitán. Cuídala, es la muchacha más dulce y discreta de toda la corte. Mi hija Rotilde siente devoción por ella. Será una gran madre.

—Estoy convencido, mi señor.

—Luego me contarás los detalles de la misión. Tienes visita de tu patria.

Isembard abrazó al anciano Servusdei. Lo encontró macilento y ojeroso.

—Traigo varios mensajes de Barcelona. El primero de Elisia de Carcasona —dijo con cierta sospecha—. Te felicita por la boda con Bertha de Orleans.

—¿Ella está bien?—le susurró con el corazón encogido.

—Su prosperidad es la de Barcelona, tanto como el comercio de Goda. Dos mujeres valiosas y fuertes, aunque esta última poco temerosa de Dios.

—Tiempo tendréis para recordar viejos tiempos —los interrumpió el rey—. Isembard, sabes que mi sobrino el emperador ha muerto. La corona sagrada me corresponde por linaje y méritos. Partiremos hacia Roma dentro de unos días y en los

Alpes se reunirá buena parte de mi ejército disperso. Contaré con casi diez mil hombres y Carlomán no se atreverá a impedirlo. —Se perdió en un imaginario bosque de mitras, cánticos e incienso en la basílica de San Pedro de Roma.

—¿Puedo hablaros con sinceridad, rey Carlos? —demandó Servusdei sacándolo de la ensoñación—. Llevo varios días aguardando.

—Habla con franqueza, Servusdei —dijo el rey con semblante hastiado.

—Como ya os informé, el conde Guifré de Urgell y la Cerdaña y su hermano Miró, en Conflent, han reorganizado la administración y promueven el derecho de aprisio en los valles y llanos. Familias y clanes traídos de los Pirineos roturan nuevos campos en la tierra de nadie, bajo su protección. Sin embargo, la expansión no ha pasado desapercibida a los sarracenos. Guifré ya se las ha visto con varias razias. El año pasado se enfrentó de nuevo al caudillo Ismail ibn Mussa de los Banu Qasi. Lo rechazó, pero a un alto coste.

—Eso ya lo explicaste al llegar a Ponthion.

—Sin embargo, no hay tropas en la frontera y la situación cada vez es más delicada. Bernat de Gotia encomendó la defensa a su vasallo Drogo de Borr, pero sus mercenarios se dedican al pillaje. ¡Estamos indefensos!

Carlos torció el gesto. Bernat de Gotia estaba entre sus más estrechos consejeros, junto con Bosón, el hermano de su esposa, Riquilda.

—Esos pillajes provocan que la tierra se abandone y llega el hambre. El año pasado una plaga de langosta arruinó parte de la cosecha y no se rebajó el pago al fisco.

—El reino tiene más problemas que la Marca Hispánica, díselo así a Frodoí.

El obispo había mandado con urgencia a Servusdei apenas supo de la muerte del emperador, antes de que el rey Carlos se alejara a Italia.

—En vuestra ausencia los sarracenos podrían ver el momento de atacar.

A Isembard le ardía la sangre. Detestaba al soberano. Era un hombre cultivado, pero lo cegaba la ambición. De nuevo la Marca no entraba en sus planes. Él conocía mejor que nadie cómo era la vida en la frontera y las dificultades para defenderla.

El rey, incómodo, quería concluir la audiencia cuanto antes.

—Os he permitido hablar con honestidad y nada debéis temer de mí, pero Bernat de Gotia es el conde de Barcelona y Girona, y no puedo inmiscuirme en su gobierno.

—Si el Papa os corona emperador seréis el guardián del orbe cristiano. ¡Cada palmo que se pierda será una herida infligida a Cristo!

—Con todos los respetos, mi señor... —intervino Isembard—. Mantener la Marca es esencial para salvaguardar el reino.

—¡Y supongo que el sagaz obispo Frodoí ha pensado cómo hacerlo!

Servusdei miró a Isembard con anhelo.

—El obispo solicita que el capitán Isembard II de Tenes acuda con su unidad de caballeros a inspeccionar la frontera con el fin de realizar un informe realista de la situación. Pasó años allí y conoce el territorio. Los condes Guifré y Miró están de acuerdo.

El capitán *scara* no esperaba esa petición. Casi oía los gritos de júbilo de Guisand y todos los que habían muerto con ese anhelo. No dudó un instante.

—Mi padre hizo un voto ante el vuestro: los Caballeros de la Marca —dijo al monarca—. Un rey debe saber en qué estado están los límites de sus dominios.

—Te necesito a mi lado, Isembard. Es posible que nos enfrentemos a mi hermanastro Luis el Germánico y a sus hijos.

Servusdei insistió:

—Si penetran los sarracenos, deberéis dividir las fuerzas y eso os debilitará.

—Una parte de mis tropas se quedará para combatir el peligro normando —señaló el rey, ceñudo—. No puedo prescindir de ningún contingente *scara* pues con un ejército débil no llegaría a Roma. —Se levantó, dispuesto a abandonar la sala del trono—. No obstante, lo hablaré con Bernat de Gotia. En esto no he de eludirlo, así es la ley.

Frodoí y Servusdei habían previsto aquel obstáculo.

—Podéis inmiscuiros en un condado si enviáis a uno de vuestros *missi dominici*.

El soberano, que ya estaba ante la puerta, se detuvo. Desde el tiempo de los merovingios la corona enviaba delegados a controlar o inspeccionar los condados y los obispados. Siempre debían ser un laico y un clérigo, ambos de linaje noble, para sostener entre iguales los conflictos de intereses que pudieran desatarse.

—Isembard es un caballero ínfimo, es decir, sin vasallos. No es suficiente.

—Pero soy *vassus dominicus*, mi rey. —Lo dominaba una intensa emoción al pensar en regresar a la Marca—. Sólo dependo de vos por mi unión con la casa de Otber de Orleans. Ordenadme *missus dominicus*. Partiré con mis jinetes para valorar lo que ocurre en la frontera y la amenaza sarracena. Os informaré cuando ya ostentéis la corona de emperador.

Carlos el Calvo miró con sorna al benedictino.

—Y supongo que Frodoí también ha pensado en el segundo de los *missi dominici*... ¿Me equivoco?

—Propone al obispo Vollfadus de Bourgues.

—Me lo temía, un anciano hastiado de la vida que dejará hacer sin inmiscuirse demasiado. —Se paseó por la estancia—. ¿Tan grave es la situación, Servusdei?

—Lo será con el tiempo. Sin un ejército organizado en el río Llobregat puede perderse lo que tanto le costó a vuestro abuelo Carlomagno. En los condados de montaña Guifré mantiene la vigilancia, pero en los marítimos...

Mentar a su abuelo afectaba a Carlos, y más en esos días. Aspiraba a ser como él, pero de nada iba a servirle la diadema imperial si no sabía proteger las fronteras de su reino.

—Aún debo hablar con mi consejo. Aguardaréis mi decisión.

Carlos cada vez actuaba menos por su cuenta. Isembard miró a Servusdei. Había algo en su inesperada propuesta que no encajaba, pero ya conocía a Frodoí y calló. El estricto monje tampoco hablaría más hasta que llegara el momento.

52

La marcha hacia Italia se fijó para el 1 de septiembre. El día anterior llegó a Ponthion el séquito del hijo del rey Carlos, Luis de Aquitania, llamado el Tartamudo. Era el único heredero tras la muerte de su hermano Carlos el Infante en el año 866. Riquilda aún no le había dado al rey un varón que sobreviviera. Con Luis llegaron el influyente duque Bosón, el lugarteniente de Aquitania Bernat de Gotia y el consejero Bernat Plantapilosa. Los tres habían obtenido nuevos condados y estaban muy próximos al rey.

Tras adular a Carlos como futuro emperador pasaron el día revisando cuestiones del reino y la probable guerra con los Germánicos. Carlos aguardó hasta el final para plantear la propuesta que el obispo de Barcelona le había hecho a través de Servusdei: Frodoí reclamaba al capitán Isembard como *missus dominicus* y pretendía reorganizar la defensa de la Marca.

Isembard entró en el salón y se mantuvo impasible ante las muestras de desprecio de Bernat y Bosón. El primero lo odiaba desde la batalla contra el valí de Lleida. Los juglares todavía contaban la verdad de lo sucedido por todo el reino. Bosón siempre lo había ignorado, pero ese día lo miraba con hostilidad. Isembard sospechó que había hablado con su hermana, Riquilda. A buen seguro la reina seguía furiosa y avergonzada por su desprecio.

—¡El peligro surge de la provocación del conde Guifré al ocupar la tierra de nadie que se discute a los sarracenos! —exclamó con vehemencia Bernat de Gotia—. ¡Son godos, sólo piensan en su patria y no en el reino franco! Nombrarlos fue un error.

—Pero ¿existe un riesgo real de que se produzca una razia? —demandó el rey.

El rostro del marqués enrojeció. Llevaba meses sin atender a los mensajeros que llegaban de la Marca. Todo su interés estaba en los nuevos honores que iba recibiendo gracias a la alianza secreta. Nunca un rorgonido había acumulado tanto poder. Carlos captó su desidia; no quería ofender al marqués de la Gotia, pero tampoco ignorar el problema.

—El capitán Isembard, con un contingente de soldados, y el viejo obispo Vollfadus viajarán como *missi dominici* para averiguar cuál es la situación real. Obedece al juramento que hizo su padre con los Caballeros de la Marca y cumplirá con fidelidad.

El rostro de Bernat de Gotia se encendió de ira.

—¡No tiene linaje ni autoridad para inmiscuirse en mis condados!

—En cambio yo no puedo estar más de acuerdo con nuestro rey —terció Bosón con su parsimonia inquietante.

El marqués se revolvió furioso y solicitó hablar en privado con su aliado.

—Serénate, Bernat. ¿No te das cuenta de que esto es providencial? Si por un absurdo juramento Isembard se marcha al rincón más oscuro del orbe, ¡que lo haga! —Bosón sonrió ladino—. Haz que no regrese. Los bardos cantarán sus gestas sobre una tumba.

—¿A qué viene ese interés? —le espetó Bernat, a quien le molestó ser cuestionado.

—Ofendió a mi hermana. Nadie ofende a un bosónida y vive mucho más.

—¿Acaso visitó su alcoba, Bosón? —aventuró Bernat, taimado.

Los rumores sobre los hermanos eran vergonzosos, pero la ira de Bosón nacía de los celos. Tras el deformado relato de

Riquilda sobre lo ocurrido con Isembard, sospechó sus intenciones de concebir. Quería muerto al caballero, pero sabía que el rey lo apreciaba. Su marcha debía ser como un destierro, para que muriese lejos de su hermana.

—¡Vigila esa lengua, Bernat! —siseó entre dientes—. El plan aún no ha culminado. Si los rorgonidos queréis formar parte, no olvides a quién has de respetar.

Regresaron a la tarima del trono y Carlos dejó hablar a su cuñado.

—Isembard, aún os vanagloriáis de usar el linaje de Tenes sin poseer tal castillo —dijo Bosón—. Eso demuestra que honráis a vuestro padre y, por tanto, el voto de Caballero de la Marca.

—Así es, mi señor —reconoció Isembard, ajeno al desprecio que rezumaba el discurso—. Marcharé con mis caballeros de la *scara*...

—No tan deprisa, capitán —lo interrumpió—. En primer lugar, no conocemos el alcance de la amenaza sarracena en la Marca. —Se volvió hacia su cuñado el rey—. En segundo lugar, no olvidéis que la corona de emperador abre nuevos frentes contra vos, y si hay guerra en Italia lamentaréis cada jinete *scara* ausente de vuestro ejército.

—¿Y qué proponéis, cuñado?

—Isembard tiene autoridad como *missus dominicus* para viajar solo e inspeccionar la frontera. —Sonrió condescendiente—. Si necesita hombres dispone de los vasallos de Bernat de Gotia: Drogo de Borr y otros caballeros *minores*.

Los consejeros rodearon al rey para convencerlo. Bosón, por encima del hombro del monarca, dedicó una mirada siniestra a Isembard. Sin ejército, lo enviaban a la muerte. De eso se encargaría Drogo. El capitán, desafiante, entrechocó sus polainas con un golpe seco.

—¡Acepto, mi señor! —dijo con voz firme a Carlos el Calvo, y se volvió hacia Bernat con desprecio—. Así por fin sabréis lo que ocurre en realidad en la Marca.

Concluida la audiencia, y sin ganas de formalidades, el rey

mandó llamar a su mayordomo real, Teodorico, y a dos jueces para redactar el nombramiento de *missus dominicus*. Isembard abandonó la sala del trono con una lóbrega sensación; se enfrentaba al reto más difícil de su vida.

Esa noche el soberano se hizo a un lado en la cama ahogado y sudoroso, sin atreverse a mirar a la reina a la cara.

—Lo lamento, Riquilda... Tengo demasiadas preocupaciones.

—No os inquietéis, mi señor. Aun en vuestra debilidad, me colmáis de placer —adujo mordaz. Nunca había esperado nada de Carlos en el lecho, pero en esa visita a su cámara su esposo ni siquiera había podido penetrarla.

El rey se maldijo. No le resultaba fácil acceder al tálamo de la caprichosa Riquilda, pues ésta solía hacer largas abstinencias con la excusa de rezar para que Dios les diera una prole sana. Él lo aceptaba, dado que sus dos últimos hijos habían muerto al poco tiempo de nacer. Excepto la primera noche en Attigny, Riquilda lo recibía recatada, con una camisa que ocultaba lo que él, como hombre, tanto ansiaba.

—Decidme, mi rey —preguntó rozándole el pelo ralo de la nuca—. ¿Qué os aflige? Tal vez pueda ayudaros.

—Sois mujer, mi señora. Estas cosas no las entendéis.

—¡Soy una bosónida! —dijo ella, ofendida.

—Perdonadme. Los legados del Papa han recibido nuevas desde Pavía. Los próceres y obispos del norte de Italia están divididos. Muchos prefieren a Carlomán como emperador.

La mirada de Riquilda refulgió.

—¿Quién os quita el sueño, mi señor?

—Mi hermanastro Luis está reuniendo un destacamento al sur de los Alpes que capitanea su hijo Carlos el Gordo, el hermano de Carlomán, para impedirnos el paso.

—¿No podéis aplastarlo?

—Con todas mis fuerzas sí, pero el Papa advierte de que si me demoro para acumular tropas mis opositores en Italia tendrán tiempo de organizarse.

—¡Salgamos sin demora!

—Con las fuerzas de las que disponemos ahora mi sobrino podría detenernos y nos quedaríamos atrapados en las montañas. ¡Si nos sorprende el invierno allí, podemos perderlo todo! Grandes ejércitos han caído en los Alpes desde los tiempos de Roma.

—¿Cómo es Carlos el Gordo?

—¿Mi sobrino? Un pusilánime. Su padre se obstina en que esté a la altura de sus hermanos Carlomán y Luis III, pero no tiene carácter ni es un buen militar.

Riquilda asintió. Observó su pene flácido. Carlos le repugnaba pero debía darle un vástago para competir con la sucesión destinada a Luis II el Tartamudo.

Unos golpes resonaron en la puerta del aposento. Un siervo se asomó tímidamente.

—Mi señora, vuestro hermano Bosón de Vienne os espera para la vigilia.

Riquilda se estremeció. No obstante, disimuló ante el rey con una sonrisa.

—Rezaremos esta noche para que Dios aparte de vuestro camino a Carlos el Gordo, esposo, y para que podamos tener un hijo sano y fuerte.

Carlos torció el gesto, pero no quería interferir en los designios divinos. Ignoraba las habladurías, pues tales vigilias eran costumbre en la piadosa casa Bosón.

—Hacéis que me sienta un elegido, como decía mi madre, Judith de Baviera —susurró el rey con nostalgia.

—Una gran señora.

—Sois mi talismán, Riquilda.

En parte era cierto. Cuando algún noble trataba de perjudicarlos, o bien claudicaba o bien era castigado con alguna oportuna desgracia, incluso con la muerte. De esas coincidencias nacía la oscura fama de la reina de tener tratos con hechiceras peligrosas.

—El poder de la oración es grande, esposo mío —dijo Riquilda tras cubrirse con una gruesa capa para abandonar el aposento—. Los bosónidas pediremos a Dios para que os sitúe donde merecéis.

—Como deseéis, mi señora —zanjó Carlos, conformado, y la dejó marchar.

Bosón la esperaba tras la puerta del aposento situado en un torreón sin vigilancia. Riquilda entró y le sostuvo la mirada con expresión desafiante. Él le soltó el broche de la capa y le bajó la camisa. La reina, desnuda, cerró los ojos al notar sus manos y pensó en Isembard.

—No quiero que ningún sin tierra conciba al futuro emperador, hermana —le susurró Bosón al oído, cegado por los celos—. Nacerá de sangre bosónida y el orbe se postrará a sus pies.

Riquilda ansiaba tanto concebir un vástago que había tomado la decisión sin consultar y su hermano se lo reprochaba. Deseó replicarle que ni él ni el rey tenían el vigor de Isembard; sus hijos varones habían muerto y de nada servía la nobleza de sangre si la criatura nacía débil. Pero calló. Todo por la casa y su mayor gloria.

—Lo lograremos, hermano —dijo al fin, y se abandonó a los besos que recibía en el cuello. Bosón tenía razón: Isembard era indigno de ellos. Cerró aún más su corazón—. ¡Seremos el linaje más grande de la historia!

Así lo esperaban. Carlos aplicaría viejas leyes como la *Capitulare de Villis*, en la que Carlomagno organizó la administración y los oficios del imperio, además de instituir a la reina supervisora del palacio y representante de su esposo en su ausencia. Jueces, ministros y senescales debían acatar siempre su voluntad, y quedaba a cargo del tesoro real, asistida por el mayordomo real. Los bosónidas serían intocables.

Poco antes del amanecer, Riquilda, cubierta de sudor y con restos de semen aún en la entrepierna, abrió la ventana del aposento. Se encogió ante el aire fresco que acarició su piel desnuda y dejó una lámpara sobre el alféizar. Miró hacia el bosque en brumas. Era la señal convenida. Unos ojos azules y gélidos verían la llamada. Nadie impediría su camino hacia Roma.

53

Ya está la salmuera. ¿Echo ahora los capones, Elisia?

—Si los has limpiado bien, sí, Galderic. Mañana la carne estará tierna y con un punto salado. Entonces será el momento de rellenarlos con higos, cebolla troceada y romero, pero sin pasarte.

—¿Y trocitos de canela?

—Mejoraría el sabor, pero nos queda poca y deberíamos guardarla. Si quieres añade almendras. Mañana los asarás tú... ¿Los quemarás?

Galderic no respondió, ofendido en su orgullo. Ya tenía veintidós años y se había pasado más de la mitad de su vida en esa cocina. Podía hacerlo tan bien como ella. Elisia sonrió con nostalgia. A sus treinta y un años parecía su abuelo Lambert, siempre desconfiado con la pericia de los demás. Galderic tenía buen olfato y era preciso con sus instrucciones. Era un gran cocinero, y había rechazado servir en las cocinas de casas nobles por seguir con ella en el Miracle. Elisia, por su parte, lo había tenido cerca casi desde el principio y lo quería como a un hermano menor.

Miró a su alrededor. Otros siete sirvientes, dirigidos por Galderic, trajinaban en la cocina. Cuatro fuegos hervían sopas y estofados, dos más en el huerto asaban carne. Por primera vez en muchos años, Elisia comenzaba a tener respiros. Echaba la vista atrás y veía todo su esfuerzo y sacrificio. La vida en Barcelona había pasado como un suspiro. El Miracle estaba a rebosar y era una mujer respetada, pero su corazón había quedado árido por culpa de Galí.

El hombre, tras años de excesos, cayó enfermo, y Elisia, a pesar de que sentía hielo en el alma al verlo, pagó a un galeno judío. Galí sanó, pero era una sombra escuálida y macilenta. Su cara cadavérica y la boca negra y desdentada causaban repulsión. La culpaba a ella por no haber sido la mujer sumisa que buscaba. Elisia mil veces ardió en deseos de pedir al capitán Oriol que lo echara de la ciudad a patadas, pero era su esposo ante la ley de Dios y el padre de Gombau, su primer hijo.

Emma entró pálida a las cocinas de la taberna y llamó la atención de todos.

—¡Han llegado! ¡Están en la puerta!

—Pero ¿no era mañana? —preguntó Elisia con el corazón en un puño.

—Llegaron después de maitines. Han estado en el palacio y vienen hacia aquí.

A la posadera del Miracle la asaltó una extraña debilidad. Desde que supo que Isembard llegaba a la ciudad se repetía que debía ser fuerte. Todo era como debía ser. Se apoyó en la bancada y al tocarse la frente se le quedó blanca de harina. Ansiaba verlo de nuevo más de lo que quería reconocer y al mismo tiempo deseaba huir lo más lejos posible. Se quitó el delantal de lino, de un color indefinido, y miró su reflejo borroso en la cazuela de bronce. Debía asearse y ponerse algo más adecuado, pero no quedaba tiempo.

Los forasteros admiraban el amplio salón de la taberna. Señalaban el techo. Elisia, Emma y su esposo, Aio, habían pintado las vigas con motivos geométricos, frutas y animales como los que cocinaban. A muchos huéspedes les servía para elegir el menú y daba al comedor cierto aspecto palaciego. Galderic proponía pintar un gran mural en la pared junto a la chimenea, pero Elisia no se decidía. Debían encalarlas a menudo para eliminar la grasa. No quería que su posada hediera como las tabernas de Regomir.

Cuando vio entrar a Bertha de Orleans un rayo helado le tocó el corazón y deseó encerrarse en la cocina. No esperaba que fuera tan joven y bonita. Ella misma le había descrito ese momento a Isembard la última noche que compartieron, en el pajar. Lo había imaginado mil veces, pero jamás creyó que sería tan doloroso.

Bertha tenía unos grandes ojos verdes, de mirada cálida y tierna. Su piel era pálida y suave. Por debajo del pañuelo asomaba una frondosa melena negra y bajo la capa de viaje lucía una sencilla túnica de paño verde que resaltaba su talle delgado. Elisia se fijó en las manos de la dama, finas, adiestradas para bordar, y miró las suyas, nervudas y ásperas tras una vida de duro trabajo. El tacto de Bertha le resultaría más agradable a Isembard, pensó sin aliento, y se maldijo por no controlar los celos y la envidia. Ella pudo retenerlo a su lado, pero lo incitó a recuperar su linaje... Y ahora no podía soportarlo.

Con una sonrisa forzada fue a saludar a la joven noble. Entonces entró Isembard. El mundo desapareció. Cinco años no habían sido nada, pensó desalentada. Su corazón latió con fuerza y el vacío aún fue mayor.

—Bienvenidos a la taberna del Miracle.

—¡Dios mío! ¡Es la mejor posada que he visto! —exclamó Bertha, entusiasmada—. Mi esposo asegura que es cosa tuya, Elisia de Carcasona, que eres una mujer fuerte y admirable.

—Elisia, me alegra verte de nuevo —dijo Isembard cohibido. Se sentía agonizar ante la situación, pero el Miracle era el único lugar digno para alojar a una joven de cuna noble.

Elisia escarbó en su mirada y encontró lo que buscaba. Aún la amaba a ella, con una intensidad superior a la que podían controlar. La situación era desgarradora.

—Isembard de Tenes —musitó Elisia, y apartó la mirada que ya llevaba demasiado tiempo en su rostro—. Me complace veros en Barcelona. Tenéis buen aspecto. Dicen que sois capitán del mejor ejército del rey.

—¡La *scara*! —siguió Bertha. Contempló a su esposo con devoción. Sin embargo, captó la tensión entre ellos y su entusiasmo languideció—. Pero no deja de hablar de esta tierra. Lo que he visto me gusta, sobre todo la luz. Aquí los días son más alegres que en Orleans.

—He oído que estáis aquí en calidad de *missus dominicus.* —Elisia procuró que no le temblara la voz—. ¿Habéis venido solo?

—Sí, con unos pocos siervos para atender a Bertha. Debo inspeccionar la frontera. Mi esposa y los criados se hospedarán aquí, si a ti te place...

Elisia sentía deseos de echar a Bertha. Le resultaba insoportable imaginarlos amándose en un aposento próximo al de ella. Con ojos trémulos, bajó el rostro. Ella no era así.

—En ningún sitio estarán mejor atendidos, mi señor.

—¿Y tu esposo, Elisia? —quiso saber Bertha, incómoda. Quería saber más de la atractiva posadera que no apartaba la mirada de Isembard.

—Partió ayer para comprar corderos. Los de carne más apetitosa se crían en las montañas.

—Espero poder conocerlo y felicitarlo también.

En ese momento apareció Gombau, que ya tenía diez años, y detrás otro niño más pequeño y con los cabellos rubios.

—¿Y estas criaturas tan guapas?

—Son mis hijos, señora. Gombau y Lambert.

Isembard miró confundido a Elisia. Ningún mensaje le había dado noticia del pequeño Lambert. Le calculó unos cinco años, el tiempo que él llevaba fuera de Barcelona. Al alzar la vista vio los ojos de Elisia clavados en él y se estremeció. Bertha observaba atenta la reacción de ambos, y algo se desgarró en su alma.

Gombau reclamaba toda la atención e hizo llorar a su hermano. Bertha se acercó al niño y le acarició el pelo dorado hasta que dejó de sollozar. Se fijó en sus facciones y no tuvo dudas.

—Anímate, Lambert —susurró—. Eres hermoso y valiente como tu padre.

Elisia e Isembard se sintieron ahogados. La joven de Orleans había sido educada para contener sus emociones, y miraba al niño con una sonrisa triste, conformada. Su propio padre tenía varios bastardos, como muchos nobles. Lambert ya había nacido antes de que conociera a su esposo. La tabernera sintió una oleada de pena; como ella, Bertha también aceptaba su destino.

—Os mostraremos los aposentos de arriba —anunció rompiendo la tensión—. Escoged el que os guste. Y si está ocupado, cambiaremos al huésped.

—Sois muy gentil, Elisia —dijo comedida. Podía sentir celos y rabia, pero su gesto seguía siendo afable—. Hasta en Orleans han llegado mercaderes que elogian el Miracle y afirman que sois la mejor cocinera del reino.

—En todas las ciudades hay muchas posadas —adujo Elisia con modestia.

—¡Pero ninguna regida por una mujer! —Bertha la alabó con sinceridad—. Ésa es la diferencia.

—Mi esposa tiene ideas muy particulares —apostilló Isembard.

Los criados de la posada guiaron a la joven noble y sus siervos por la amplia escalera de madera hacia la planta superior. Bertha recuperó su aplomo y se deshacía en halagos. Hablaba a todos con dulzura, sin hacer distinciones. Elisia se quedó atrás con Isembard.

—Ni yo te la habría elegido mejor —dijo, aunque el corazón le sangraba.

—Te amo, Elisia —reconoció él, angustiado—. Jamás creí que volvería a repetirlo. Tuve que hacerlo, lo sabes. El rey estuvo a punto de ejecutarme, pero me perdonó a cambio de fidelidad. Luego me ofreció ser capitán y...

—Es tu camino, Isembard. —Estaba desolada. Aun así, se esforzó por regalarle una mirada cálida—. Pero ¡obsérvate ahora! ¡Estáis imponente, mi caballero!

Era cierto, veía a Isembard más recio y apuesto que nunca, pero, sobre todo, tenía un brillo distinto en las pupilas.

—¿Y tu hijo Lambert? —Deseaba saber la verdad.

—¡Es hijo de mi esposo, Isembard! —lo atajó con sequedad—. Y por su bien así debe ser.

Él, aún aturdido, le rozó la mano y ella lo miró con anhelo.

—Ya no somos aquellos muchachos de espíritu noble llenos de sueños. Tengo treinta y un años; tú, treinta y tres. Vivimos con nuestros pecados a cuestas, Isembard, las cosas son como son. Dios nunca quiso vernos juntos.

—¿Dónde está Galí? Dime la verdad.

—No lo reconocerías. —Elisia torció el gesto—. Vive aquí, esta casa sigue siendo suya. Ignora a los pequeños, y creo que tiene otra mujer en los suburbios. Pero me he cansado de odiarlo. —Tenía el semblante contraído. Había arrastrado aquel error toda su vida—. Al saber que venías ha desaparecido. De todos modos, lo hace a menudo. A veces deseo que no regrese o que me traigan su cuerpo en unas parihuelas.

—¿Aún trata con los hombres de Drogo?

—No lo sé. Sea como sea, ten mucho cuidado, Isembard. El noble se ha hecho fuerte de nuevo. Frodoí protege la ciudad, pero los caminos y la frontera son suyos, por eso cada vez vienen menos mercaderes. Barcelona está estrangulada.

—Bertha ignora lo que ocurre, cree que es un honor que el rey me haya enviado a inspeccionar las tropas de la frontera.

—No hay tropas, sólo un puñado de bandidos. —En ese momento Elisia cayó en la cuenta—. ¿Por qué aceptaste? ¡Eres un capitán del ejército, el monarca te respeta!

—Tenía muchos motivos para regresar... Pero el responsable ha sido Frodoí —dijo mirándola como antaño—. No sé cuánto tiempo nos quedaremos.

Elisia adivinó sus dudas y al cabo suspiró.

—Me resulta muy duro verte aquí con tu esposa, pero podéis quedaros —insistió haciendo un esfuerzo—. Bertha estará bien cuidada cuando te marches a la frontera. En cuanto a ti, prométeme que regresarás. Ya hay demasiadas viudas en Barcelona.

Isembard asintió y por un instante quedaron en suspenso aquellos años llenos de sacrificios y esfuerzo para seguir con sus vidas. Con sigilo, entraron en la pequeña alacena donde Galí la encerró y se abrazaron con fuerza. Su historia era demasiado larga para reencontrarse sólo con miradas. Elisia dejó que sus lágrimas corrieran libres por fin.

—¿Cómo estuvimos tan ciegos, Isembard?

Él sólo quería estrecharla más y le rozó los labios. El corazón le latía desbocado. Se besaron con suavidad hasta que ella lo apartó de sí.

—Elisia, yo...

—No digas nada. —Lloraba entre la alegría de ver a su amado y el dolor de no poder tenerlo—. Hazla feliz como me habrías hecho a mí, Isembard.

Le acarició la barba del color del oro viejo y salió hacia las cocinas. Aquel día el joven Galderic tuvo que hacerse cargo de todo el servicio.

Isembard se despidió de su esposa y se marchó al aula episcopal, mientras contenía el torrente de emociones. Llevaba años sin pisar Barcelona. La ciudad parecía más animada, y tenía nuevas casas entre las huertas aunque el mercado era escaso y poco abastecido. De camino había visto las vías y las sendas descuidadas. El condado volvía a fragmentarse en aldeas, monasterios y villas incomunicadas, lo que mermaba el comercio e impedía que un ejército pudiera acudir con rapidez a defenderlas; una grave debilidad para el reino. En la plaza lo aguardaba otro soldado, casi diez años mayor.

—¡Capitán Isembard de Tenes! —exclamó Oriol con alegría. Se fundieron en un fuerte abrazo—. ¡Dios mío! ¡Qué orgulloso se sentiría Guisand!

Oriol había perdido pelo, pero seguía en buena forma.

—¿Cómo están las cosas? —preguntó Isembard mientras se dirigían a la catedral.

—El obispo te informará. La frontera es un nido de guerreros que viven del saqueo, y Drogo tiene el control. Lo que Rotel le hizo lo ha desquiciado.

Isembard calló. Le dolía hablar de su hermana. Además, habían puesto precio a su cabeza.

—Vamos, te esperan.

La nueva catedral era el edificio más prominente de Barcelona. A la sobriedad de la fachada acabada en punta se sumaba la elegancia del pórtico con el arco de dovelas blancas y negras. En un extremo se alzaba la pequeña torre con cuatro huecos para las campanas, aún por fundir. Oriol lo invitó a entrar. Se había demolido piedra a piedra la antigua basílica visigoda y se habían reaprovechado para erigir la nueva los sillares romanos de sus templos paganos. El espacio interior ya tenía el aspecto definitivo. Impresionaba la amplitud de las tres bóvedas de cañón, la central más ancha y elevada, que se sustentaban mediante arcos fajones y bellas arcadas de medio punto. El suelo era de grandes losas, muchas de la propia vía Augusta. Era el orgullo de sus habitantes, sobre todo de su obispo, Frodoí.

Seguía cubierta de andamios y había escombros por los suelos. Numerosos maestros de obra y aprendices se dedicaban a lucir el mortero. No hablaban a gritos ni cantaban picantes canciones. La catedral inacabada ya desprendía una atmósfera sacra. Donde se concentraban las labores más importantes era en el ábside. Quedaba un hueco por cerrar y de allí bajaba un torrente de luz hasta el altar.

Aunque al principio la ciudad se mostró reacia al esfuerzo que su obispo proponía, la nueva basílica de la Santa Cruz simbolizaba el futuro. Cuando la ceca dejaba de acuñar moneda los andamios quedaban tan vacíos como el mercado. En cada ladrillo y sillar latía el pulso de Barcelona, y sus muros cobijaban a todos en momentos críticos como la batalla de Osona. Tras catorce años aún no estaba consagrada, pero ya era el centro espiritual de los barceloneses, aunque el culto mozárabe seguía firme.

Después entraron en el aula episcopal, iluminada por una suave luz cenital desde las estrechas ventanas. Deambulaban por ella canónigos y diáconos que conversaban en voz baja. Frodoí, sin embargo, permanecía pensativo en la cátedra de mármol que un murete separaba del resto del espacio. Tenía treinta y nueve años, y a Isembard le pareció un monarca aplastado por el peso de las dificultades. Lo flanqueaban los leales Jordi y el anciano Servusdei, que ya era un septuagenario y estaba exhausto tras el largo viaje desde Ponthion.

Su regreso a Barcelona le hizo ser consciente del tiempo transcurrido. Elisia lo había dicho: envejecían. Aún persistían rescoldos de la esperanza que los guió hasta la Ciudad Coronada, pero por el camino había quedado la ingenuidad.

Frodoí se animó al ver al capitán de la *scara*. El pelo ensortijado del obispo se había veteado de gris y su mirada se había oscurecido, más profunda y sabia ahora. Había visto a Isembard un año antes en otra asamblea celebrada en Attigny, donde denunció de nuevo las injerencias de Tirs y sobre todo de Baió, quien se había autoproclamado obispo en Tarrasa, ordenaba sacerdotes y había usurpado tierras del obispado. Frodoí se salió entonces con la suya. Obtuvo una condena y permiso para emplear la fuerza, pero sin apoyo del conde el problema seguía estancado.

Ver de nuevo a Isembard en Barcelona le hizo ser consciente de los años transcurridos. El caballero besó su anillo, pero Frodoí se levantó para abrazarlo.

—Vengo sin mis soldados. Bosón y Bernat de Gotia han sido más hábiles.

Los ojos del prelado refulgieron.

—Pero estás aquí como *missus dominicus*. No dependes del marqués.

—Supongo que era lo que queríais, Frodoí. Aquí falta el obispo de Bourgues.

—El viejo Vollfadus no dejará su palacio. —Rió artero—. Alega mala salud. No esperaba otra cosa.

—El rey podría ofenderse —adujo Servusdei circunspecto. No le hacía gracia.

—Para cuando se entere ya dará lo mismo. Sólo le importa la corona imperial.

Goda surgió del fondo del aula, una figura siempre de negro. Avanzaba hacia la cincuentena y lucía una trenza gris bajo el velo. No ocultaba el paso del tiempo como las damas de la corte. Dejaba atrás su lozanía, pero aún poseía un aura enigmática. La viuda de Nantigis, desterrada por Drogo, había renacido y era la matriarca más poderosa de Barcelona, venerada por decenas de familias a las que había sacado de la miseria.

—Mi señora —saludó cortés Isembard. Elisia le había contado algo al final de su encuentro que lo intrigaba—. Dicen que vuestra hija, Argencia, se ha comprometido...

—Con Ermemir, el hijo de un pescador. Lo que has oído es cierto.

Se hizo un silencio embarazoso. Nadie en Barcelona podía concebir que la noble Goda aceptara un enlace tan vergonzoso e inadecuado para su hija. Isembard miró a Frodoí, pero éste frunció el ceño. La dama le ocultaba incluso a él el motivo.

—Aunque sé que no lo entiendes, Isembard, tengo mis razones —zanjó ella.

Frodoí mandó vaciar el aula para que nadie los escuchara. Se volvió hacia el capitán de la *scara* y habló sin rodeos, ya tendrían tiempo de ponerse al día.

—No te hemos hecho venir para que inspecciones la frontera, la conoces bien.

—Me lo temía —señaló el caballero, y miró al silencioso Servusdei.

—Estás aquí para crear un ejército —siguió el obispo con firmeza.

Isembard se estremeció. Frodoí siempre intrigaba más allá de su función.

—Eso le corresponde a Bernat de Gotia, obispo.

—¡Pero es necesario para la vida de nuestros condados! Ahora que algunos baldíos se están repoblando hay que crear una línea defensiva por el Llobregat y el Segre. Espero contar con los condes Guifré de Urgell, Miró y Ramón II, conde de Pallars y Ribagorza, pero necesitamos a alguien que pueda organizarlo. Ése eres tú, el único godo capitán de la *scara*. El momento es ahora que el rey y sus nobles se alejan.

—El problema es la falta de soldados —explicó Oriol—. Cada primavera las levas del marqués enrolan a los hombres para combatir en Aquitania por el hijo del rey. Salvo los mercenarios de Drogo, sólo quedan jóvenes inexpertos o ancianos.

Isembard sabía que era un escenario desalentador y peligroso, pero ya no era el atribulado muchacho que seguía a unos viejos montaraces. En las elitistas tropas de la *scara* había aprendido estrategia y, sobre todo, disciplina.

—Primero quiero recorrer la línea del Llobregat. No desobedeceré al soberano ni ofenderé al marqués Bernat sin justa causa. Las consecuencias serían peores.

Frodoí torció el gesto. No estaba acostumbrado a que lo contradijeran. Isembard era un enviado oficial del rey y no estaba sometido a él. Debía aceptarlo.

—Está bien, pero sé cauto. —Frodoí cedió la palabra al tímido Jordi.

—Hace unos días llegó un muchacho. Su familia pastorea cerca de la torre de Benviure. Dijo que hace un año mataron a sus padres. Lo tenemos en el hospital y creemos que vivirá, pero sus siete hermanos se mueren de hambre. Como ellos habrá muchos más dispersos por aquellas tierras desoladas.

—¡Recorre los valles y las montañas, Isembard, e informa al rey! —exclamó Goda con los ojos húmedos. En los últimos años había comprendido que hacía falta algo más que libaciones a la Madre para proteger la ciudad—. Los arrieros de la sal han sufrido agresiones de Drogo y de bandidos sarracenos. La inestabilidad es su fuente de riqueza y nuestra ruina. ¡No podemos esperar nada del conde Bernat!

Isembard asintió. Dios le hacía transitar el mismo camino que antaño recorriera su padre.

54

Frodoí se levantó de la losa donde había estado rezando, que en la nueva catedral ocupaba aún un lugar central a los pies del altar tras la desaparición de la antigua basílica visigoda. Por la nave central se acercaba Servusdei, que se apoyaba en el muchacho pastor, de unos doce años, al que los monjes del hospital habían salvado. Al verlos, el obispo sonrió afable. El anciano monje, achacoso y débil tras el largo viaje a Ponthion, agradecía la ayuda del joven y no dejaba de hablarle del templo y de su significado espiritual, como si él pudiera entenderle.

Cientos de personas se habían congregado y permanecían de pie en las tres naves para no perderse ese instante histórico. El obispo, con la mitra y el báculo, dio orden de concluir el presbiterio.

—Ahora ves luz, hijo —explicaba Servusdei al muchacho—. Sólo queda poner unos ladrillos y el ábside se cerrará para siempre. —Señaló el hueco y la columna de luz que incidía en el altar—. El templo se sumirá en penumbras, necesarias para el recogimiento. Desde las sombras iremos en busca de la luz del Padre, que nos ve y nos juzga severo.

Contemplaron a los maestros sobre los frágiles andamios del ábside central mientras sus aprendices preparaban el mortero y lo subían con poleas. En medio de un silencio respetuoso, la nueva basílica de la Santa Cruz de Barcelona se cerró sobre sus fieles ladrillo a ladrillo. El último se colocó cuando Frodoí dio la señal. La penumbra invadió la basílica y los fieles oyeron la nueva reverberación del interior con exclamaciones de asombro. Un rumor de bendiciones se alzó hacia las bóvedas y Frodoí se conmovió. Lo había logrado. Aún quedaba mucha labor para darle el esplendor que requería como casa de Dios, pero el sol había dejado de entrar en el espacio sagrado y su nombre quedaría escrito en la historia de Barcelona.

Se volvió y buscó a Goda con la mirada. La dama no estaba allí. Se veían en secreto. Él se vestía de humilde monje en Santa Maria del Pi y, con la cogulla echada, subía al castillo del Mons Iovis, que ella había arreglado. El tiempo había pasado y la pasión no era la de antaño, pero sí la complicidad y el amor que los colmaba, a pesar de su pecado. No renunciarían a amarse por nada; sin embargo, eran más cautos. Habían sufrido demasiado.

Frodoí se fijó en el muchacho que acompañaba a Servusdei. Tenía un extraño magnetismo en la mirada que le recordaba a Rotel de Tenes, pero aún era un joven inocente.

—Con nosotros estás a salvo —le dijo afable revolviéndole el pelo—. Pronto un buen amigo traerá a tus hermanos. Nada debéis temer, Dios os cuidará aquí.

De pronto el muchacho estalló en un amargo llanto. No estaba acostumbrado a tantos cuidados, ni siquiera en vida de sus padres. Comenzó a temblar.

—Mi señor obispo —dijo apocado y con dificultad—, ¿ese amigo es un caballero llamado Isembard?

Frodoí sintió hielo en su corazón. El muchacho no tenía forma de saberlo.

—Así es. —Al verlo encogido le levantó la barbilla—. Habla, hijo. Sin miedo.

—El hombre de la cara quemada dijo su nombre... —Comenzó a llorar, esperando el castigo—. No volverá, van a matarlo.

—¡Una trampa! —exclamó Frodoí, y el eco se extendió por el templo. Muchos lo miraron intrigado—. ¡Oriol, conmigo!

Isembard, con la sobreveste del águila carolingia, iba acompañado de tres siervos de su suegro y cinco guardias de la ciudad que el vizconde Astorius, obligado a acatar la orden real, le había asignado. Durante los primeros días recorrieron los poblados próximos al Llobregat donde era bien recibido. Isembard escuchaba las quejas y advertía el miedo en sus miradas. El nombre de Drogo de Borr se pronunciaba en voz baja.

Inspeccionó el puesto de vigilancia de la vía Augusta y remontaron la ribera del río hacia un bosque de encinas centenarias. Recordaba con detalle las veredas desoladas y llegaron a las ermitas rupestres de Benviure, donde estaba la tumba de Guisand. Se emocionó ante la losa del viejo montaraz, pero la torre circular de piedra estaba casi derruida y las capillas, abandonadas. Ni Pau ni los demás eremitas se encontraban allí.

—Este lugar es estratégico. Si los sarracenos cruzan el Llobregat por esta parte, no existe ningún obstáculo ni castillo hasta llegar a Barcelona.

Entre la coscoja algo se movió y desenvainaron sus armas. Un niño desnudo de apenas siete años salió de la maleza y huyó. Había estado escarbando la tierra.

—Buscaba algo para comer —comentó uno de los siervos al inspeccionar el lugar.

—Estamos cerca de donde el muchacho del hospital dijo que atacaron a su familia —indicó Isembard con el ceño fruncido—. Sigamos el olor del miedo, para eso hemos venido.

Le resultó sencillo, pues con Guisand había aprendido a rastrear. El niño huía de ellos sin poner cuidado en ocultar su rastro, y poco más tarde, mientras atardecía, llegaron a una torrentera donde se alzaba una cabaña de piedra con techumbre de paja reseca. En la parte trasera había tres cabras con aspecto famélico encerradas en una cerca. Cuando Isembard y sus hombres bajaron de las monturas, cinco niños sin ropa salieron de la cabaña y se adentraron en la arboleda cercana.

—¡Que no escapen!

En cuanto los caballeros los increparon a gritos los críos se echaron al suelo entre sollozos. Uno se orinó. Eran niños y niñas de entre tres y ocho años, flacos, cubiertos de mugre y marcas de heridas. Desde el agujero de la puerta una muchacha de trece años, desnuda como los demás, los miraba con ojos aterrados y un garrote en la mano. Las lágrimas dejaban surcos blancos en sus mejillas sucias. Estaba esquelética como el resto.

Isembard levantó las manos.

—No vamos a hacerte daño. ¿Son tus hermanos?

La joven asintió en silencio. En cuanto Isembard dio un paso hacia ella cruzó las piernas y se tapó el pubis en actitud defensiva. Temblaba de miedo.

—No temas. —Se quitó la capa y se la lanzó—. Cúbrete.

La muchacha no se atrevió a tocar la tela a sus pies.

—Las cabras están enfermas —habló por fin—. No tenemos nada más.

—¿Vivís solos? —Isembard había notado que la muchacha hablaba con dificultad. Se acercó lentamente para no asustarla más—. Vengo en nombre del rey. ¿Y tus padres?

Le costó responder. Se oyeron más lloros, procedentes del oscuro interior de la cabaña.

—Vivíamos en cuevas, pero llegó una anciana llamada Ega y una joven muy bella… —La muchacha miró a Isembard sorprendida—. Se parecía a vos —añadió—. Nos llevaron a un lugar para construir un poblado.

—Santa María de Sorba.

—Luego mi padre luchó en la batalla de Osona contra los moros y el obispo le ofreció pastorear aquí. Hace un año llegaron soldados. Se lo llevaron todo. A mi padre lo degollaron y a mi madre… —Se le quebró la voz—. Mi madre también murió.

—¿Esos soldados han vuelto?

La muchacha bajó el rostro. Isembard imaginó para qué regresaban. Se avergonzó de sí mismo. En esos años de vanagloria y búsqueda de honores había olvidado que la Marca estaba aún maldita.

—¿Te han hecho daño? —Al ver que la joven no contestaba le hizo otra pregunta—. ¿Cuántos sois?

—Éramos nueve hermanos. En invierno murieron dos, y

ahora mi hermana está muy enferma, le pegaron algo... Tiene seis años. Otro huyó hace unas semanas a Barcelona.

—¿Cuál es tu nombre, muchacha?

—Agnès.

—Cúbrete, Agnès, por favor.

Temblorosa, recogió la capa del suelo y se envolvió con ella. Uno de los guardias llamó a Isembard, y rodearon la cabaña. Entre las piedras vieron huesos humanos con marcas de dientes.

—Así han sobrevivido. ¡Dios mío...!

—Está ocurriendo de nuevo —se lamentó el capitán—. ¿En qué se convertirán estos niños si logran vivir? Si no conocen la piedad jamás la tendrán con otros.

Afectados por la terrible situación que se repetía en muchos otros lugares entregaron provisiones a Agnès y sus hermanos. No tenían nada, y los muros de piedra suelta de la mísera cabaña amenazaban con derrumbarse. Vivían de raíces y sabían colocar trampas. La niña enferma no tenía salvación. La envolvieron con mantas y encendieron fuego en la choza. Los demás críos entraron hambrientos. El más pequeño tocó la mano de Isembard con gratitud y el capitán lo abrazó con fuerza, emocionado.

—Dentro de unos días regresaremos y os llevaremos a una aldea llamada La Esquerda, donde tendréis comida y gente para cuidaros.

—¡Márchate, hombre del rey! —dijo Agnès de pronto. Tenía el rostro cubierto de lágrimas—. No sois como ellos... Marchaos antes de que lleguen.

Isembard se puso de pie.

—¡Es una trampa!

El siervo que lo acompañaba abrió la puerta y tres flechas se le clavaron en el pecho. Cayó muerto en medio del espanto de los pequeños, que se arrinconaron gritando. Los siete hombres que aguardaban fuera también estaban muertos. Isembard no tenía escapatoria.

—¡Enviaron a mi hermano a Barcelona... para atraeros!

—gimió Agnès encogida—. Lo hicimos para que nos dieran un poco de comida...

Presa del pánico ante el castigo que esperaba, salió corriendo de la cabaña.

—¡No! —exclamó el capitán.

Agnès comenzó a chillar cuando la atrapó un guerrero con un dragón en el pecho. Un trozo de cuero le cubría medio lado del rostro, pero aun en la oscuridad eran visibles los estragos de las quemaduras en el rostro de Drogo de Borr. Una veintena de hombres iban con él. Situó una ancha daga en el cuello de la muchacha.

—Sabíamos que llegarías aquí, *missus dominicus*. Entrégate, Isembard. Morirás de todos modos, pero si no te resistes respetaré la vida de estos niños.

Estaba atrapado en un lugar sin nombre. El mejor sitio para hacer desaparecer al inspector del rey. Una flecha incendiaria bastaría para arrasar la cabaña. Se culpó por su torpeza. Esperaba una emboscada de Drogo, pero no que empleara a unos pobres críos. En silencio, dejó caer su espada y se adelantó. Los mercenarios aullaron mientras se apoderaban de las armas y los ropajes de los guardias y los siervos que habían matado.

—Arrodíllate aquí, Isembard —ordenó Drogo.

Obedeció, estudiando a los mercenarios. Vestían cotas desgarradas.

—Estás ante un *missus dominicus*. Ni Bernat de Gotia podrá exculpar tu crimen.

—¿Crees que me importa? —rugió Drogo embravecido—. ¡Mira mi cara! Tú pagarás por Rotel hasta que la encuentre. ¡Matadlo! Y a los niños también.

Isembard alzó el rostro en actitud desafiante. Había visto un destello de luz en la oscuridad.

—¡Vamos! —exigió Drogo a uno de sus hombres, pero éste no se movió.

—Mirad, mi señor.

La senda del bosque se iluminó con casi treinta antorchas. Un nutrido grupo de jinetes galopaba hacia la cabaña. Isembard reconoció al capitán Oriol con un muchacho en la grupa. Detrás cabalgaba el propio obispo con su espada en alto. «Dios no me convoca a Su presencia», pensó Isembard aliviado.

—¡En el nombre de Cristo, rendíos! —gritó Frodoí, pálido ante la escena. Le aterraban las armas—. ¡Estáis ante el obispo de Barcelona!

Drogo gruñó y retrocedió hacia su montura con Agnès. Los mercenarios escaparon perseguidos por varios jinetes.

—No cometas un nuevo crimen, Drogo —advirtió Isembard al verlo huir.

El noble subió a Agnès a su montura y de un salto se sentó detrás de ella. El capitán gritó que nadie disparara para no herir a la muchacha. Cuando Drogo consideró que se había alejado bastante, la degolló sin piedad y se perdió en la noche. Isembard corrió hasta Agnès y aguantó su mirada hasta que se le murió en los brazos. Quiso que su dolor manchara su alma como castigo por su error. Su debilidad había puesto en fuga al mayor peligro de la Marca y no había servido de nada. Sus superiores de la *scara* lo habrían fustigado sin remisión.

Frodoí se situó junto a él. Había reunido la fuerza suficiente y cabalgó hasta allí para ser testigo de los abusos de Drogo e informar de viva voz también a Hincmar y a los obispos.

—Lo lamento, Isembard —susurró consternado—. Debimos sospechar que te tenderían una trampa. ¡Esto es un acto de traición contra el rey!

—Esa orden partió de Ponthion —respondió al recordar a Bernat y a Bosón.

Cerró los ojos de Agnès y le quitó la capa manchada de sangre. Al verla desnuda y cubierta de heridas el alma se le heló y tomó una decisión que cambiaría su destino. Era un capitán *scara* y había comprendido qué debía hacer.

Oriol regresó de la persecución con Duravit e Italo. Los mercenarios que no habían capturado estaban apostados en un monasterio en ruinas próximo a la cabaña, explicó, pero Drogo no se hallaba con ellos. Frodoí estaba furioso. A pesar de que a menudo oía testimonios de actos terribles, ahora había visto uno con sus propios ojos.

—¡Atacar a un *missus dominicus* es una afrenta imperdonable a la corona! ¡Quiero sus cuerpos colgados en el acueducto de Barcelona! Drogo ya responderá...

Isembard calló. Al llegar a los pies del viejo monasterio, Oriol encabezó a los jinetes para cumplir la voluntad del prelado, pero Isembard le pidió que aguardara.

—Obispo —dijo con serenidad—, cuando llegábamos a Barcelona hace catorce años y nos atacaron las hordas, éstas se llevaron a una niña ante nuestros ojos. Se llamaba Ada y sólo tenía tres años.

—Lo recuerdo —dijo el prelado con expresión sombría. Había tenido pesadillas durante años.

—Vi los restos de su pierna asada en una hoguera —siguió Isembard, ante el espanto de Frodoí—. Tal vez uno de aquellos salvajes era el padre de estos niños de la cabaña. Sin esperanza, la historia se repite. Ya he visto bastante... Y tenéis razón: hace falta un ejército.

Frodoí sintió un calor en el pecho. Era lo más arriesgado que había hecho.

—Eres consciente de que desobedeceremos al rey y ofenderemos al conde.

—Soy hijo de un Caballero de la Marca que juró ante el rey Luis, no ante el conde. La Marca tendrá nuevos caballeros y soldados para defenderla. —Señaló las ruinas donde se apostaban los mercenarios—. No necesitamos muertos, sino espadas. Si de verdad lo queréis así seguidme y compartamos la esperanza o la muerte. Que vengan Oriol, Duravit e Italo, será suficiente.

—¿Estás seguro? —Oriol se mostró inquieto—. Son cerca de veinte.

Isembard avanzó erguido hacia las ruinas sin responder.

—¡Vengo en calidad de *missus dominicus* de vuestro rey Carlos el Calvo y me acompaña el obispo de Barcelona! —gritó con voz marcial—. ¡Dejadnos entrar y negociemos, o moriréis todos ahí dentro como ratas!

Cuando los cinco jinetes llegaron a la tapia, los hombres de Drogo se contuvieron pues a un tiro de flecha les asediaban el resto de la guardia traída por el obispo.

—Soy Isembard de Tenes —dijo con voz impasible—. ¡Me han informado de que sois tropas que guardan la frontera! En nombre del rey, os ordeno que forméis para proceder a la inspección.

Tras una rasposa carcajada uno se acercó. En cuanto reconoció al obispo los ojos le brillaron: tenían el salvoconducto para salir indemnes de allí. No podía creer que Isembard hubiera cometido la torpeza de llevar consigo al prelado.

—¡Te conozco, Isembard! —Vestía un viejo hábito de monje sobre la cota de malla—. Eres el sin tierra que iba con Guisand de Barcelona. Fue una noche memorable, la de Tenes; ¿la recuerdas? Pero ahora llevas una bonita capa. Me quedará bien.

—¿Eres tú el capitán de esta guardia? —demandó Isembard, impasible.

Frodoí y su escolta se miraban aterrados. Isembard se comportaba como si aquellos hombres no hubieran estado a punto de degollarlo. Los rodearon.

—Pareces empeñado en morir esta noche, hijo de Tenes —siguió el mercenario, desdeñoso—. El obispo nos es más valioso. Drogo nos compensará con generosidad.

—Veo que hablas en nombre de todos. Bien, ordena a tus hombres que formen. Quiero ver las armas y averiguar si estáis preparados para entrar en combate.

Entre risas, el hombre bufó despectivo y los demás lo imitaron.

—Estoy esperando —insistió Isembard.

Otro gritó y lo atacó con la espada. Isembard lo fintó con facilidad y, sin molestarse en desenvainar, aprovechó el impulso y lo asió por la espalda. Tras un seco crujido el falso monje se desplomó con el cuello en una posición imposible. Los mercenarios rugieron. Otro atacó, pero tampoco logró alcanzar a Isembard, pues éste le atrapó el brazo y se lo retorció hasta dislocarle el hombro. Oriol, Italo y Duravit rodearon al obispo y abatieron a dos más en un instante. Los demás mercenarios se detuvieron. Se miraron tensos, y entonces Isembard se sacó una bolsa del cinto. Su asignación real como *missus dominicus.*

—Son dineros de plata. Es la paga para aquellos de vosotros que seáis dignos de mi ejército.

—Mejor nos das la bolsa y...

Antes de que acabara la frase, Isembard corrió hacia él y le golpeó la boca con la pesada bolsa de monedas. El hombre retrocedió gimiendo mientras escupía los dientes.

—A todos os ofrezco una nueva vida si os convertís en auténticos soldados para defender la Marca Hispánica y proteger a sus habitantes. Se acabaron los saqueos, las violaciones y los caprichos de Drogo de Borr. Me juraréis lealtad y aprenderéis a luchar de verdad. —Sonrió lobuno—. O podéis quitarme la bolsa. Calculo que antes de que lo consigáis mataremos a unos siete, y dos o tres quedarán tullidos.

El silencio era tenso, pero el *missus dominicus* no fanfarroneaba. También los escoltas del obispo tenían fama de ser excelentes guerreros. Uno lo intentó por la espalda y lanzó un alarido. Tenía un tajo en el muslo hasta el hueso; la espada de Oriol goteaba sangre.

—¡Formad! Los que no quieran servir a la Marca que se marchen ahora.

Ninguno de ellos deseaba ser de los que morirían. Isembard veía con claridad la cobardía en sus ojos. Atacaban sin piedad a payeses y a pastores, pero no eran soldados.

Desconcertados, los mercenarios optaron por obedecer. Algunos se balanceaban ebrios. Isembard pasó ante ellos con disgusto, pero entregó diez óbolos a cada uno. Un joven intentó atacarlo con una daga. Isembard, que esperaba ese acto traicionero, le atrapó la mano y se la retorció hasta que el arma cayó al suelo. Pudo romperle la muñeca, pero no lo hizo.

—Llevo años enfrentándome a los normandos y, creedme, sois doncellas de la corte a su lado. ¿Cómo te llamas? —demandó al joven.

—Airado, señor —respondió entre dientes por el dolor en la muñeca.

Tendría la misma edad que Isembard cuando se encontró con Guisand.

—¿Tienes parientes? ¡Responde!

—Una hermana, en Barcelona. Mi padre la vendió cuando tuvo el primer sangrado y luego me abandonó a mí... Es prostituta... o lo era. No sé si vive.

El capitán sacó de la bolsa diez óbolos más y se los entregó.

—Para que puedas ayudarla si algún día la encuentras.

Frodoí no daba crédito, pero la autoridad que irradiaba el capitán de la *scara* causó mella en aquellos hombres, la mayoría de ellos con historias de dolor y miseria como la de Airado. Ninguno había tenido nunca el honor o el valor a su alcance hasta esa noche.

Primero fueron afirmaciones tímidas, pero sin el cabecilla acabaron asintiendo. Drogo nunca les había pagado, sólo les permitía tomar lo que pudieran de sus incursiones. Isembard cogió la fusta que portaba anudada a la silla de montar. Nadie le había visto golpear al caballo, pero la llevaba. En silencio se la entregó a Italo, el más recio.

—Airado ha intentado agredir a un superior y, como castigo, recibirá siete fustes. Considérate afortunado —dijo al joven mercenario, y éste palideció—. Si me hubieras hecho un rasguño, te habría destrozado la espalda. Vamos, Italo, descúbrelo.

Los jinetes de la ciudad se habían acercado a las ruinas. Ante el estupor de todos, Italo despojó a Airado de la brunia de cuero y le rasgó la camisa por la espalda. El castigo se cumplió con aire marcial. Los chasquidos resonaban en la noche, y el mercenario sólo aguantó los tres primeros en silencio. Al terminar cayó al suelo arañando la tierra de dolor. El propio Isembard lo alzó.

—Mojadle las heridas con vino y desmontad el campamento. Vamos al siguiente puesto, y de camino os explicaré las normas del ejército. Os recomiendo cumplirlas.

Desconcertados, siguieron a pie a los caballeros. Uno huyó al bosque.

—¡Desertor! —gritó Isembard para que lo oyera incluso el fugitivo—. Recibió la paga y ahora escapa. El castigo es la muerte. Quien lo capture recibirá diez óbolos.

Cinco salieron hacia la negrura del bosque tras él.

—No te reconozco, Isembard —dijo Frodoí, demudado e inquieto.

—Se comportan como las huestes normandas a las que llevo cinco años estudiando. Se someten siempre al líder más fuerte pues no se respetan entre ellos. Acaba con su cabecilla y buscarán enseguida otro. Eso nos da ventaja. Recorreré la Marca y aprovecharé hasta la última espada que se esgrima. Aun así, estaremos en desventaja ante los sarracenos. Hace falta un ejército disciplinado y equipado, obispo, para que no se desmorone ante la adversidad.

El prelado y sus hombres se miraban atónitos. Nadie había intentado algo así desde los Caballeros de la Marca.

—No os alegréis todavía —siguió el de Tenes—. Por experiencia sé que desertarán más de la mitad y que deberemos dormir con un ojo abierto. Si no aparecemos una madrugada degollados, la Marca tendrá su tropa preparada para defender una frontera.

Frodoí y Oriol se acordaron del joven montaraz que apedreaba el palacio del conde, ciego de rabia. Ni siquiera el drama de los niños encontrados lo había alterado. Era un capitán del mejor ejército y tenía claro lo que debía hacer. Guisand de Barcelona acertó con él: el joven de Tenes era el líder militar que necesitaban.

—Quédate con él, Oriol —dijo Frodoí leyendo sus pensamientos—. Voy a regresar a Barcelona, hay algo importante que debo hacer. Nos veremos pronto, Isembard, que Dios te guíe y proteja. Mañana todo el pueblo sabrá que los Caballeros de la Marca han regresado.

55

A Carlos el Gordo, hijo de Luis el Germánico, le complacía dormir rodeado de mujeres desnudas. Solía tenderse en la cama y dejar que jugaran con su cuerpo orondo entre risas y prácticas lascivas. Odiaba las campañas militares, los largos días de marcha por caminos incómodos con frío, lluvia o un sol abrasador. Prefería una buena taberna con un aposento caldeado y abandonarse a los placeres, pero esta vez su padre estaba furioso y no había querido escuchar sus excusas.

Su hermano Carlomán era el legítimo sucesor a la corona imperial por testamento de su primo, el fallecido emperador. Carlomán y su otro hermano, Luis, eran parecidos; altivos y diestros con la espada, dignos herederos de su padre. Carlos era la vergüenza del linaje y objeto de burlas en la corte por sus extravagantes vestidos de seda y sus vicios. Su padre lo despreciaba hasta la crueldad, pero necesitaba de todos sus hijos legítimos para conducir las tropas a los Alpes y detener al rey de Francia, Carlos el Calvo.

Tras semanas de marcha por fin estaban en Pavía, a los pies de las montañas. Era la ciudad más importante al norte del reino de Italia y la mitad de la nobleza era partidaria de su hermano Carlomán, por eso al ver el ejército que comandaba en nombre de su padre lo recibieron con honores. Lo habían agasajado con banquetes de treinta platos y con las más bellas mujeres de los suburbios, sin importar si estaban o no casadas. Todo para evitar una guerra a las puertas de la ciudad.

Carlos el Gordo sabía que su tío el rey de Francia se aproximaba con un ejército reforzado con miles de hombres a su paso por Langres. Él tenía un destacamento muy inferior, pero su única misión era cortarle el paso hasta que su hermano Carlomán llegara con sus tropas por el paso del Brennero. Su tío quedaría bloqueado en los Alpes, y sólo debían aguardar que las próximas nevadas los hicieran retroceder hasta Francia. Un plan sencillo, en su opinión, tanto que lo había confiado a sus generales para dedicarse a los banquetes y juegos de alcoba.

El choque de sus huestes contra las de su tío se produciría al día siguiente, según los exploradores. En el campamento se afilaban las espadas y se preparaban flechas. Con todo, mientras vaciaba un odre de vino, Carlos el Gordo había repasado con su guardia personal el plan de fuga secreto, por si las cosas se torcían. Salió de la tienda para tomar el aire y la vio de nuevo. Estaba de pie entre los árboles, más allá de las últimas hogueras del campamento. Le hacía gestos para que se acercara.

Desde su entrada a Pavía había tenido una misteriosa vigilante. Una mujer de negro aparecía a menudo entre la gente o en el bosque. Iba cubierta con un velo, aun así advirtió desde el primer día que era más bella que ninguna de cuantas había poseído, y esa fantasía lo turbaba. Como hijo del rey, no estaba acostumbrado a que ninguna mujer se negara a ser su amante o se le escapara, de manera que no dejó de buscarla. Incluso comenzó a verla en sueños, susurrándole palabras incomprensibles al oído, pero antes de poder tocarla se desvanecía y despertaba cubierto de sudor.

Había preguntado por ella, pero todos callaban; nadie sabía quién era y los testigos tenían miedo. Parecía cosa de hechicería, y sus siervos le rogaban que rezara para olvidarla. También podía tratarse de una trampa. Decían que la reina Riquilda, la esposa de su tío, tenía tratos con siniestros demonios paganos. Eran rumores de taberna contados a altas horas de la noche y a los que ninguna persona en su sano juicio daría crédito.

Aquel rostro y la melena rubia que se le escapaba del velo lo atraían de un modo enigmático y siniestro. Sería alguna joven viuda que no se decidía, pensaba Carlos el Gordo.

Al verla en el linde del bosque se animó. Al amanecer partirían al encuentro con el enemigo y luego regresaría a Aquisgrán. Sin detenerse a reflexionar, salió en pos de ella. Se movía con torpeza por el accidentado terreno. Había bebido demasiado, como cada noche.

En la arboleda flotaba una fina neblina a ras del suelo y haces de luz lunar se filtraban entre las ramas ya con pocas hojas. La escurridiza mujer se mantenía visible pero lejos de su alcance. Lo guió hasta que Carlos se detuvo exhausto y desorientado.

—Aquí —le susurró ella, incitante.

—¿Dónde estás? —jadeó él, cubierto de sudor—. ¡Muéstrate!

La descubrió en el centro de un claro, bañada por la luz de la luna. La sensación cambió. No veía una sonrisa sensual en su cara velada. El silencio era absoluto.

—¿Quién eres?

Ella se levantó el velo. Su belleza gélida lo acongojó.

—Soy la que reza a dioses olvidados, la cazadora.

Mostró perversa un dedal de plata en forma de aguijón. Carlos era tres veces más corpulento que ella, pero el miedo supersticioso aumentaba el influjo que ejercía sobre él y se quedó paralizado.

—¡Jesucristo, protégeme!

La criatura demoníaca no huyó ante la mención de Cristo como aseguraban los clérigos, sino que lo alcanzó con rápidas zancadas y le pinchó el cuello con la punta del aguijón, que goteaba un líquido oscuro. Carlos sintió fuego en las venas y se mareó.

—Has sido maldecido, príncipe Carlos. Tu vida acabará dentro de dos días. Si quieres el antídoto, mañana te retirarás para permitir que tu tío entre en la ciudad.

—¡No puedo hacerlo, mi padre...!

—Entonces morirás sufriendo la peor agonía concebible.

Notó que comenzaba a entumecérsele el cuerpo y que aquel fuego se extendía hasta sus piernas. Creyó que el bosque adoptaba formas imposibles y, presa del delirio, gritó despavorido.

—¡Por allí! —dijo alguien en la distancia—. ¡Era la voz del príncipe!

—Retira tu ejército y recibirás el antídoto —siseó Rotel—. Recuerda: dos días.

Cuando la escolta apareció, el hijo de Luis el Germánico temblaba tendido en medio del claro. Se frotaba el cuello sin parar y gemía desquiciado. Mandaron llamar al galeno que siempre acompañaba al séquito. El hombre olió el pequeño orificio purulento.

—Belladona y antimonio —dijo—, puede que algo más. Han atacado al príncipe.

—¡Hechicería! —exclamó el capitán de la guardia—. ¡Salgamos de este bosque!

El día siguiente Carlos el Gordo estuvo aquejado de fiebres y calambres que le arrancaban alaridos de dolor. Parecía aterrado y se negaba a contar lo ocurrido. Reunió a los generales en torno a la cama de su tienda y ordenó que levantaran el campamento.

—Si lo hacemos, el rey Carlos de Francia no encontrará ningún obstáculo hasta Pavía. Vuestro padre montará en cólera y nos cortará la cabeza a todos.

—No lo hará —susurró el príncipe, aterrado. Miraba en todas direcciones temiendo encontrar al demonio de hermosas facciones. Estaba cerca—. Mi hermano no está destinado a la diadema imperial. Hay fuerzas que lo impiden y es mejor no provocarlas.

—Deberíais conversar con un sacerdote.

—¡No pienso combatir! Obedeced, y yo me encargaré de hablar con mi padre.

Cuando Luis el Germánico recibió las noticias de sus hijos no podía creerlo. Carlos había retrocedido justo antes de bloquear al ejército enemigo y a Carlomán, con un ejército mayor, lo habían neutralizado mediante una misión diplomática que encabezó Bosón de Vienne. Su hermanastro el rey francés había vencido sin derramar una gota de sangre y entraba con honores en Pavía. Sin nadie para defenderlos, los próceres y los oficiales de la ciudad cambiaron de bando y anunciaron su apoyo al monarca de Francia para que pudiera coronarse emperador y rey de Italia. El propio Carlos el Calvo, a través de los obispos de Velletri, Arezzo y Porto, sofocó los últimos conatos de resistencia entre la nobleza del norte de Italia y a mediados de noviembre emprendía la marcha sin oposición alguna hacia Roma, donde el papa Juan VIII lo acogería en la escalinata de la basílica de San Pedro, como mandaba la costumbre desde los tiempos de Carlomagno.

La coronación estaba prevista para el día de Navidad en San Pedro, justo setenta y cinco años después de la solemne ceremonia con la que se entronizó a Carlomagno y siguiendo exactamente aquel ritual. En presencia de la curia, los obispos de Italia, la nobleza y el pueblo de Roma, el papa Juan VIII ungiría con el óleo sagrado al rey arrodillado y le colocaría la diadema imperial. Después de que Carlos el Calvo jurara «honrar y venerar a la santa Iglesia romana, que es la cabeza de todas las iglesias, y no emprender nada contra sus derechos y potestad», sería el Papa quien se ahinojaría ante el emperador para reconocer su *imperium* terrenal.

La alianza sagrada quedaría sellada entre cánticos y el júbilo del pueblo en el exterior. Luego Carlos sería coronado rey de Italia con el beneplácito de la corte italiana y comenzarían las ásperas asambleas con obispos, abates y nobles para afianzarse en un territorio ajeno al reino franco.

Ya era inevitable, y su hermanastro Luis el Germánico, fuera de sí, comenzó a preparar un ataque contra Francia. Mientras Carlos el Calvo se coronaba, él pasaría la Navidad en el palacio de Attigny, bebería su vino y tomaría lo que encontrara de valor para demostrarle su enfado, pero en definitiva su descendencia había perdido la oportunidad de ostentar la diadema de emperador del Sacro Imperio Romano. Lo sería su rival, acompañado de la bella Riquilda, la reina cuya aura a todos resultaba cada vez más oscura.

Rotel hizo llegar a Carlos el Gordo un purgante a través de un siervo del príncipe y aguardó varios días en su pequeña cabaña disimulada entre la maleza del bosque cercano a Pavía. Cuando Riquilda llegó a la ciudad con la hueste de su esposo la guiaron hasta allí.

La hermana de Isembard, que ya tenía veintinueve años, formaba parte de las denominadas Siete Viudas, si bien entre ellas se llamaban Alirunnias. Con ellas había pasado cinco años descubriendo conocimientos ancestrales que la habían transformado en una mujer más poderosa y oscura. Se decían descendientes de las primeras hechiceras godas que, según la leyenda, el tercer rey godo Philimer, hijo de Gardarigo el Grande, expulsó de los ejércitos de su pueblo por considerarlas maléficas para las tropas. Ocultas en los bosques, se unieron a unos extraños hombres conocidos como faunos. Las primeras descendientes de esa unión se criaron en la laguna Meótida. Los godos descubrieron que los espiaban y las obligaron a marcharse de allí y a dispersarse por el orbe.

Rotel ignoraba cuánto de verdad había en esa vieja historia, pero las ancianas afirmaban que habían detectado la sangre de su linaje y aseguraban que era alirunnia por parte de su madre. Las creencias y los conocimientos de aquellas mujeres coincidían con los de Ega en buena medida, pero las envolvía la oscuridad de sus prácticas paganas, la misma negrura en la que ella estaba atrapada tras perder a Malik y a Sansa. Unida a ellas, no perdió también el juicio.

Las Alirunnias la guiaban por un turbio sendero que venía de la noche de los tiempos. Había aprendido rituales del pueblo godo con siglos de tradición, a leer el futuro en el vuelo de los pájaros y en las vísceras. Había invocado a los muertos y proferido las más execrables maldiciones en favor de Riquilda, su protectora.

La reina las protegía de los anatemas de la Iglesia, de los edictos vigentes de Carlomagno e incluso de la capitular de Quierzy que su esposo, Carlos el Calvo, promulgó en el año 873, mediante la cual mandaba a los condes buscar y ejecutar a los impíos y envenenadores «a fin de hacer desaparecer de nuestra tierra todo conocimiento de crimen tan grande». Las refugiaba cuando llegaban los rumores del vulgo y se dictaba orden de echarlas de sus territorios. Llegaría el día de vengar a Sansa, pero Rotel se sentía fascinada por el poder de esos arcanos rituales y decidió quedarse un tiempo con ellas.

Ónix nunca la guió por aquel sendero, tal vez no tuvo tiempo. Con él se convirtió en un bestiario, ahora era una alirunnia, una *striga*, según otros, o una hechicera. No sólo sometía a sus víctimas con el veneno de sus armas; también sabía aprovechar las sustancias de las plantas, así como emplear en su beneficio el miedo que provocaba, en aquel mundo colmado de supersticiones.

Esa noche degolló a un carnero y roció con la sangre la blanca piel de Riquilda. La reina quería el favor de los dioses olvidados para afrontar su camino al trono imperial. Cuando terminó la sangrienta libación, Rotel la miró con expresión siniestra.

—Me salvaste hace cinco años en la asamblea y he crecido con las Siete Viudas. Pero no olvido. He dejado sufrir a Drogo de Borr y he permitido que Bernat de Gotia ascendiera para precipitar su caída desde lo más alto. Se acerca la hora de vengar a mi hija.

Riquilda se asustó. Rotel no era una sierva a la que doblegar, sólo cumplía sus encargos para que la reina protegiera a las ancianas y ella pudiera seguir profundizando en sus tenebrosos conocimientos, pero su alma oscura era libre. Rotel era la única persona a la que temía de verdad. Sin embargo, la necesitaba para despejar su ambicioso camino.

—Te lo ruego, Rotel… Es cierto que te prometí el alma de

Bernat, y la tendrás. Pero aún nos es útil. El rey Carlos nombrará a mi hermano virrey de Italia. Bosón se casará con Ermengarda, la hija del emperador fallecido Luis II, y la nobleza italiana se unirá en torno a él. —Trató de contagiarle su entusiasmo—. Llevamos mucho tiempo urdiendo ese plan.

Rotel escuchaba sin inmutarse a Riquilda mientras ésta le revelaba los mayores secretos del orbe.

—Los bosónidas os estáis enfrentando al orden universal.

—Existe un precedente que nos inspira en este proyecto. Dios escoge entre su grey a los más dignos, los alza del fango para encumbrarlos cuando llega el tiempo.

Riquilda no dudaba en mentar a Dios en cuestiones de linajes y coronas, aunque su cuerpo estuviera untado de sangre de carnero.

—El padre de Carlomagno, Pipino el Breve, era el mayordomo de los últimos reyes merovingios. El último fue Childerico III, tan desastroso y decadente como los anteriores. Quien gobernaba era el mayordomo real con el apoyo de los nobles. Entonces se planteó la cuestión al papa Zacarías: ¿quién debía reinar, el que posee la sangre real o el que gobierna en realidad? El pontífice sabía que era un asunto delicado y trascendental, pero necesitaba aliados fuertes para defenderse de los lombardos, aquellos paganos que amenazaban los dominios pontificios. Fue práctico y respondió que debía reinar quien ostentara el poder efectivo. Así se derrocó al merovingio y el mayordomo Pipino tomó la corona. Para simbolizar la sagrada alianza con la Iglesia se lo consagró como a los antiguos reyes judíos y se lo ungió *Rex Dei Gratia*, derramándole el óleo santo. —Riquilda agitó las manos, enfática—. ¡Ahora Dios Nuestro Señor permitirá que ocurra algo similar con los bosónidas!

—Sois una mujer culta, Riquilda.

La reina la miró con orgullo. Aquel relato lo había aprendido de niña. Su familia lo repetía, y en su hogar todos debatían si su casa llegaría a ser como el linaje carolingio.

—Y tú eres un instrumento para cambiar la historia conmigo, hechicera. Tendrás a Bernat y a quien desees, pero te pido un poco más de tiempo.

—Quiero que protejas a mi hermano Isembard de ellos —dijo Rotel, y sólo en ese momento mostró un atisbo de emoción. Se había apartado de él durante cinco largos años. Ya no era digna de la luz.

—También él desempeña un papel en esto —respondió la reina, pensativa—. Tú y él sois piezas fundamentales en nuestra historia, aunque mi hermano Bosón lo niegue.

56

Gombau, el hijo mayor de Elisia, era un niño vivaz y rebelde. Su madre solía desesperarse, sobre todo si pegaba a Lambert. Esa mañana de diciembre los gritos se oían hasta en la plaza. Había tenido lugar un despiadado combate con una horda de sarracenos en el huerto de la posada. Gombau había vencido de manera heroica, como hacía el capitán amigo de su madre, pero la «ciudad» que defendía había quedado destrozada y su hermano pequeño lloraba escondido en el corral de las gallinas. El resultado había sido una pila de leña esparcida por todo el huerto y parte de las hierbas aromáticas aplastadas.

Gombau escapó de la alpargata de Elisia y se perdió por las calles para mayor angustia de su madre. Ni Galderic ni los hijos de los sirvientes fueron capaces de encontrarlo.

A mediodía apareció cabizbajo en la cocina.

—Lo lamento de verdad. Un niño debe respetar siempre a su madre. Trataré de ser más cuidadoso y no ofenderla, ni a padre tampoco.

Elisia lo miró atónita. Aquella palabrería ampulosa no era habitual en su hijo. En el quicio de la puerta vio a Bertha sonriente y dedujo quién lo había aleccionado. A los nobles les gustaba disimular sus faltas con frases grandilocuentes. A pesar de todo, la disculpa no salvó a Galderic de pasar el resto de la tarde apilando la leña dispersa.

A media tarde Elisia se obligó a acercarse a la mesa del rincón, junto a una de las ventanas, donde la joven esposa de Isembard se sentaba a bordar o a leer. Su relación era cordial, aunque se evitaban. Elisia sentía la agonía de su amor imposible y Bertha, que veía a su esposo en el pequeño Lambert, temía que los viejos sentimientos de la posadera y su esposo rebrotaran.

Había encontrado un palacete en Barcelona, pero tardaría mucho tiempo en acondicionarlo. Durante semanas las dos mujeres se trataron con cautela, averiguando cosas la una de la otra, si bien poco a poco los ánimos se serenaron, sobre todo en el caso de Bertha, educada para dominar sus sentimientos. Todo debía hacerse por el linaje. Elisia comprendió el cambio que se había producido en Bertha. No podía competir por Isembard. Aunque él la amara, era el esposo de la noble de Orleans y debía aceptarlo. Aun así, la torturaba verla cada día, tan joven y llena de vida.

Elisia se acercó a la mesa, dispuesta también a cambiar su actitud. Le resultaba extraño que una mujer pasara horas ante unas páginas que a ella le parecían indescifrables. A veces la veía llorar o asentir, y le picaba la curiosidad. Otras, Bertha suspiraba ante la ventana que daba a la plaza; Isembard aún no había regresado aunque llegaban noticias con frecuencia.

Se decía de él que era el digno sucesor de su padre. Era un capitán ecuánime, pero no vacilaba a la hora de castigar la insubordinación y a su paso dejaba robles con soldados colgados para recordar su lista de normas castrenses. Elisia se estremecía de sólo pensar en esa escena. En la taberna se discutía si aquello conduciría a algo. Isembard no se comportaba como un *missus dominicus*, sino como un líder que formaba un ejército en ausencia de Bernat de Gotia.

Algunas huestes de Drogo habían intentado detenerlo y o bien los habían aniquilado, o bien integrado. Eran tiempos duros, e Isembard estaba a la altura. Muchos lo temían.

También se contaba que se había reunido con el conde Guifré, su hermano Miró y con la madre de ambos, Ermesenda, pero no había trascendido qué planes urdían. Todo permanecía en una calma tensa. No obstante, se decía, algún día Bernat de Gotia reaccionaría y se alzarían las espadas en la Marca.

Elisia contempló a Bertha con una sonrisa nostálgica. Envidiaba sus dieciocho años y la vida dichosa que Isembard podía darle. A su edad, a ella Galí ya la había ganado en una partida de dados y poco después se había quedado en la miseria en una ciudad extraña. Bertha era cándida, pero conocía buenas historias que entretenían a los clientes durante las noches frente al hogar. Elisia la escuchaba a veces desde la cocina, ensimismada. Era tan joven como lúcida y culta, más que muchos clérigos de la ciudad.

—Quería daros las gracias por hacer que Gombau se disculpara —le dijo con una sonrisa—. No creo que lo sintiera de verdad, pero las palabras han sonado muy bien.

—Es un buen muchacho, debes tener paciencia —aconsejó Bertha con cautela.

Elisia no quería más muros de hielo. Debían respetarse.

—¡Seréis una gran madre, Bertha!

—Eso si mi esposo tiene tiempo de preñarme —musitó ella cabizbaja.

—Regresará —afirmó Elisia con pesar en el pecho. Pensaba en Lambert—. Ya lo veréis.

—Supongo que habrías querido tener más hijos, Elisia. He visto que apenas cruzas palabras con Galí, y lo lamento. En ocasiones las esposas tenemos un agrio papel que desempeñar, pero debemos ser fuertes. Creo que tu hijo Gombau está así por eso. Debes ayudarlo a que aprenda a respetaros. Tiempo tendrá para descubrir las miserias de esta vida...

—Lo de Galí ya no tiene solución, pero os agradezco el consejo —adujo Elisia con amargura. Tomó las manos de la joven. Ella nunca las tuvo tan suaves—. Tenéis un corazón noble y generoso, Bertha.

La dama cogió el libro que solía repasar.

—Te he visto mirarme muchas veces mientras leo.

—A mi abuelo le fascinaba, pero nunca pudo aprender.

Bertha le acercó el volumen y sonrió. Quería tender un

puente hacia la valiente posadera. Ella jamás tendría tanta fortaleza.

—Me gustaría enseñarte a leer latín. Su autora me recuerda a ti, en parte.

—¿Una mujer escribió ese libro?

Bertha asintió orgullosa.

—Una mujer que en Barcelona trae un amargo recuerdo, aunque muy pocos conocen su historia y su sufrimiento. Se llamaba Duoda de Gascuña y era la esposa de Bernat de Septimania, que fue conde de Barcelona y padre de Guillem de Septimania.

Elisia retiró las manos de la cubierta de cuero como si estuviera infectada. La autora era la madre de quien asesinó al conde Sunifred y puso en fuga a su esposa y sus hijos.

—Sé lo que piensas, y puede que su hijo hiriera también al padre de Isembard. Sin embargo, ella fue una mujer a la que casaron con Bernat cuando tenía catorce años. Tras pasar un tiempo en Barcelona con su esposo, éste la mandó sin explicarle la razón a sus dominios en Uzès, donde vivió apartada de él, con la tristeza de la soledad más la obligación de regir las tierras, pedir préstamos para armar y mantener a Bernat. El conde pasaba mucho tiempo en la corte, y se habló de su relación adúltera con la reina Judith de Baviera, la madre del actual rey Carlos. —A Bertha le temblaron las pupilas—. La noble Duoda soportó esa humillación y la indiferencia de Bernat, que sólo la visitaba para concebir un heredero. Cuando nació Guillem se lo arrebató de los brazos. Sin bautizarlo, se lo llevó para entregárselo como garantía de su lealtad al monarca, quien lo criaría en la corte. Duoda, despreciada por su marido y destrozada por haber perdido a su hijo, escribió este libro. Se titula *Liber Manualis*, otros lo llaman *Manual para mi hijo*, y estaba destinado a Guillem, para instruirlo en el respeto a su padre y a la Iglesia. Era su manera de hablar con él. Lo alentaba a actuar siempre con nobleza y a atender incluso a los más pobres. —Tocó el lomo del libro—. Lo hizo abandonada y sola en su castillo, alejada de sus amados hijos y luchando cada día para mantener a su frío esposo, como tú. Murió hace años, pero su obra la hará eterna.

—¡Dios mío! —A Elisia se le humedecieron los ojos cuando rozó el libro.

—Detrás de aquellos hombres malvados había una mujer abandonada que trató de que todo fuera distinto. No pudo lograrlo, y su hijo murió decapitado con veinticuatro años por sus crímenes, pero sus enseñanzas son dignas de recordarse para siempre.

Elisia se sintió conmovida. Un sufrimiento como el de ella podía agazaparse en decrépitas cabañas y también en los más regios palacios.

—¿Me enseñaríais a leer?

—Con tiempo y paciencia podrías lograrlo. Así me distraeré yo también. Le pediré al obispo Frodoí que uno de sus escribas haga una copia y la encuaderne para ti.

Elisia sonrió halagada. Se convertiría en el objeto más valioso que tendría. Podían contarse con una mano las mujeres que sabían leer en la ciudad, aparte de Goda, y ninguna era plebeya. Jamás se le había pasado por la cabeza aprender y menos que una muchacha noble se ofreciera a enseñarla. Estaba interesada en Duoda.

A su espalda había alguien de pie.

—Deberías hacerlo, Elisia —dijo Goda, que había presenciado la conversación.

Sus siervos entraban sacos de sal para conservar la carne de la siguiente matanza.

—La posada casi funciona sola y ya puedes aflojar las riendas. Te aseguro que si comprendes la letra escrita tu mundo te parecerá sólo un grano de arena en la playa.

Bertha se levantó para presentar sus respetos a la dama y Elisia se quedó mirando el libro. Pensaba en su abuelo Lambert. Se habría sentido orgulloso.

—Has pasado mucho, Elisia, y creo que te gustaría mirar dentro del corazón de otra mujer que también sufrió el desapego de su esposo —siguió Goda con su mirada oscura y brillante—. ¿No te intriga? Aunque Barcelona viva rodeada de tormentas lo importante es cómo las afrontaremos. Los libros sirven para eso, dan fortaleza.

Esa noche Frodoí entró en la cripta de la vieja iglesia en forma de cruz griega, aún intrigado por el misterioso aviso. Allí estaba Goda de Barcelona entre sus ancestros, como una sacerdotisa de un mundo olvidado. Siempre había recelado de aquel aspecto de su amante, aunque había aprendido a respetarla. Era el obispo, y su nueva catedral acogería a todos los fieles de su sede, pero las antiguas creencias aún se hallaban ancladas en el alma de la humanidad.

Goda se volvió hacia él con una sonrisa radiante. Sin mostrar la consideración debida al sagrado lugar, se acercó y besó en los labios a Frodoí mientras jugaba con las hebras canosas de su pelo.

—Envejecemos, querido obispo. Habría deseado que lo hiciéramos sentados frente al fuego de un salón, juntos, y no en una vieja cripta llena de muertos, pero tu Dios es celoso.

—Él nos ofrece una eternidad después de este valle de lágrimas, ¿puede hacer lo mismo la Madre que veneras?

Goda ignoró el ácido comentario y le acarició el rostro con suavidad. Se apartó, y el obispo vio dos pesadas arcas en el enlosado. La dama abrió una para mostrarle los dineros de plata. El obispo inspiró hondo; era una fortuna.

—Querías que Isembard formara un ejército —dijo ella con orgullo—. Con esto lo tendrás, obispo.

—¡Ahora son un puñado, pero podrán ser cientos, incluso caballería!

—Comprad las lealtades que necesitéis y forjad armas.

—Es posible que no pueda devolvértelo jamás, Goda.

Ella lo rodeó con sus brazos y lo miró a los ojos, más grave de lo habitual.

—A cambio de estos fondos quiero una promesa. Se avecinan cambios, lo presiento, y cuando lleguen procurarás que el rey otorgue a Argencia y a Ermemir el dominio de la montaña de sal y el castillo de Cardona.

Frodoí abrió los ojos. Por fin comprendía la razón oculta por la que Goda de Barcelona se rebajaba a casar a su hija con un pescador.

—¡Pretendes forjar un linaje nuevo! Tus miras siempre han sido más altas que las del resto.

—Ermemir era un niño desnutrido y desnudo cuando encontró la montaña. Sólo él confiaba en mí en ese primer viaje. Ahora es un joven inteligente, despierto para el negocio, pero sobre todo un muchacho que ama y respeta a mi hija. Era un amor inalcanzable, hasta que tomé la decisión hace años. Aquel destierro me cambió, Frodoí. Vi mucho más allá de lo que tú y todos los nobles podéis entender. —Su semblante reflejaba desdén—. Moriré siendo objeto de burlas, pero Argencia y Ermemir serán los señores de aquel lugar y de su sal.

—¿Ella está de acuerdo?

—Ermemir lleva años entrando en mi palacio. Argencia lo ama, pero tiene miedo. Sufre las miradas desdeñosas, aunque recuerda su encierro en el sótano del palacio condal y sabe por qué lo hago. ¡Mi hija decidirá su destino y el de su prole como dueña de sus dominios! ¡No tendrá que casarse nunca con un anciano borracho para sobrevivir! —Se le humedecieron los ojos—. Quiero adquirir del condado la ruinosa fortaleza de Cardona. Allí levantarán un nuevo castillo. Mis nietos se instruirán en las armas, y la suya será una casa poderosa durante generaciones gracias a la montaña de sal.

Frodoí asintió admirado. Goda, enfrentada al desprecio de los soberbios nobles, podía estar haciendo historia. Ermemir siempre sería el hijo del pescador, pero la mayoría de los linajes tenían un oscuro pasado, a veces más humilde incluso. Con el tiempo, el origen se perdería tras la leyenda o se alteraría con otro de sangre noble. Los documentos desaparecían, se modificaban y la memoria se perdía. Así refulgiría con esplendor un linaje surgido del corazón salado de una montaña.

—Goda, quizá no salga bien. Entre nosotros hay francos

que son fieles a Bernat de Gotia. Puede que fracasemos o que estalle una guerra.

—Soy consciente de ello. —Tomó el rostro de Frodoí entre las manos—. No obstante, con tu mente retorcida y la espada de Isembard se cumplirá lo que mi familia soñó durante generaciones: ¡lograréis que Barcelona resista otros mil años!

—Que Dios proteja a Isembard, segundo héroe del linaje de Tenes —dijo Frodoí con solemnidad antes de sellar su nueva alianza con un beso.

57

El capitán Isembard sorteó motines, emboscadas e intentos de asesinato. Con mucho esfuerzo consolidó a un grupo de leales que aumentó al recibir las arcas repletas de monedas que el obispo Frodoí le hizo llegar con una fuerte escolta.

Oriol y parte de la guardia del obispado seguían con él por orden del prelado, y desde Urgell el conde Guifré envió a Armanni de Ampurias, Garleu de Conflent y Maior de Tarrasa, maestros de armas y viejos amigos del capitán. En la ermita rupestre de Benviure juraron con solemnidad ante la cruz y el Evangelio ser los Segundos Caballeros de la Marca, y del acta que redactó Jordi, enviado ex profeso por Frodoí, se mandó una copia al rey Carlos el Calvo. Isembard no pensaba volver a la corte sin cumplir el viejo voto de su padre, aunque eso pudiera costarle la cabeza. Quería también herir en su orgullo a Bernat de Gotia y a Bosón de Vienne.

Unidos y tomando las decisiones por consenso, mantenían la disciplina de casi cincuenta soldados a caballo y trescientos de a pie. Las arcas de Goda de Barcelona mantenían la lealtad. Isembard había aceptado contar con Airado en su consejo privado, y el joven guerrero había resultado tener intuición para la estrategia.

Los que poseían caballo practicaban la habilidad más apreciada por los francos, cargar al galope, saltar para atacar y volver a montar. Lo hacían con sacos de arena y piedras encima para aumentar la fortaleza. A la infantería les había hecho alzar un bosque de quintanas, postes clavados en el suelo de la altura de un hombre, para los largos entrenamientos. Debían moverse ágilmente frente a la quintana con grandes escudos de madera y clavas mucho más pesadas que las armas reales, incluso con lastre en la espalda. Ejercitaban un baile letal ante su adversario, y cada vez los obligaba a luchar más próximos unos de otros y sin romper la formación. Se producían accidentes, pero en las batallas reales las soldadas no disponían de espacio. Los más diestros aprendían a buscar con la daga el punto débil de las defensas y las armaduras.

Su ejército debía saber matar y también herir, pero sobre todo soportar las penurias y mantener la cabeza fría. Cada golpe o humillación de Isembard los preparaba para no ceder a la ira. Por las noches les repetía en sus arengas que la furia desatada hacía olvidar las estrategias y las tácticas y que había causado las peores derrotas de la historia.

A pesar de las deserciones, el número de los que se adherían aumentaba mientras comenzaban la construcción de torres de madera y fuertes a lo largo de la frontera.

El entrenamiento no era suficiente, por eso antes de Navidad Isembard ordenó al ejército acampar a los pies del Montseny, en el llano de Taradell. Los hombres pasarían el invierno sometidos a un duro adiestramiento, pero él quería comprobar antes cómo avanzaba la parte secreta de su plan. Sin especificar su destino, se marchó con Oriol hacia el norte y tomaron la estrecha senda que conducía a la aldea reconstruida de La Esquerda.

El día amaneció gris y gélido. Los ancianos olisqueaban el aire y el dolor de sus huesos les advertía que pronto nevaría. Tras ellos caminaban temerosos los niños que habían encontrado en la cabaña, salvo el que se había quedado en Barcelona y Agnès, a quien Drogo había degollado. Como les prometió, los llevaba para entregarlos como sirvientes a las familias de la aldea. Sólo así podrían sobrevivir.

En el meandro del río Ter admiró las parcelas dedicadas a la huerta y los nuevos campos de trigo y cebada ganados a los yermos. También habían plantado nogales y manzanos de morro de liebre y hocico becerro, cuyos frutos guardaban en tarros de miel para el resto del año. Un grupo de payeses con sus esposas e hijos esparcían la sangre de una gallina roja por la tierra como ofrenda para iniciar la siembra. En cuanto reconocieron a Isembard se tranquilizaron y esperaron a que él y su grupo pasaran para proseguir el antiguo ritual.

Tras el ataque de Drogo en el que murió la sanadora Ega, La Esquerda estaba rodeada de una empalizada de troncos y torres fijadas a la roca. Se amontonaban piedras para las nuevas casas, de una planta y techumbre de paja. Frodoí quería llevar nuevos colonos en primavera, pues cada familia tenía ya tres mansos para mantenerse y podían cumplir con el pago de la primicia y de las rentas. En cuanto cruzaron la puerta los niños salieron del brumoso interior para recibirlos. Oriol repartió avellanas y castañas en señal de amistad.

Isembard recordó a Rotel, feliz allí con su hija Sansa. La nostalgia lo invadía, pero oyó tintineos y se zafó del dolor.

—¿Escucháis? —preguntó Isembard con una sonrisa.

Eran los martillos. La forja estaba a pleno rendimiento. Aquél era el mayor secreto del ejército de Isembard. La clave la tenía Joan, el esposo manco de Leda, el maestro herrero. Desde muy antiguo se conocían minas en el valle llamado de la Picamena a las faldas del Montseny, y los hombres habían arreglado los caminos y transportaban con carros el mineral hasta la aldea. Joan, con su hijo mayor, Sicfredo, y otras familias habían construido la forja detrás de la humilde iglesia de San Miguel.

Dejaron a los niños con las mujeres de la aldea para acudir a la forja. Era una casa amplia hecha de piedra y barro. Un humo espeso y negruzco brotaba del techo. El horno quemaba con la fuerza del carbón de las leñeras del Montseny. Fundían el mineral en una pila circular con lecho de piedras y la colada acababa en cubetas esculpidas en la roca. Joan instruía en los secretos de la herrería a media docena de aprendices de distintas edades. Al entrar, lo vieron golpear con su único brazo la hoja candente de una reja de arado para eliminar la escoria. Su hijo la sostenía con unas pinzas. A una señal de Joan, Sicfredo la introdujo en un barreño de agua fría. El metal siseó. Joan, concentrado, seguía explicando a los aprendices:

—Ahora hay que templar la hoja para que no se quiebre.

Joan, con la cara tan negra como su camisa, reparó en Isembard y lo saludó con respeto. Aún le costaba creer que volviera a ser herrero. Tras una afable conversación, Isembard posó la mirada en el fondo de la forja, donde se apilaba la escoria desechada.

—¿Cómo va la comanda?

—Comprobadlo, mi señor.

Apartaron los desechos y la estera de esparto que cubría la trampilla. La aldea guardaba el secreto a cambio de aquella fuente de ingresos. El dinero de Goda había llevado la prosperidad a La Esquerda, y todas las familias tenían algún miembro trabajando para Joan.

Descendieron en silencio por una escalera de mano hasta un sótano excavado que era mayor que la propia casa y tenía galerías que se internaban en la oscuridad. El ambiente era asfixiante debido a las antorchas y el olor del hierro. Isembard y Oriol contemplaron satisfechos cientos de espadas, lanzas y dagas, así como muchos cajones de madera llenos de pequeñas puntas de flecha. Una docena de jóvenes afilaban las armas con piedra de agua mientras otros trenzaban anillas metálicas y escamas de hierro para las pesadas cotas.

—Ahora vamos a comenzar a forjar las gáleas —explicó Joan.

Isembard tomó el modelo del casco redondeado que el herrero le mostró. Su valor en Francia equivalía a dos vacas, pero allí disponían de hierro y de hombres cansados de vivir con miedo. Puede que no fueran las mejores armas, pensó; sin embargo, su ejército no combatiría con azadas y petos de cuero. El rígido entrenamiento haría el resto.

—¿Para cuándo queréis los equipos? —preguntó Joan.

—De momento el rey va a ser coronado emperador en Roma y Bernat esperará para recoger la recompensa por su lealtad a

Bosón, pero cuando comprenda que la Marca ha emprendido su propio camino tras décadas de abandono deseará recuperar su dominio y someternos. Pasará el tiempo, pero llegará. Sigue trabajando, Joan. Cuando llegue la tormenta no lloraremos en la oscuridad como hicieron nuestros padres.

Galí se agitaba con espasmos y aferraba con fuerza la cabeza de Baldia, zambullida en su entrepierna. Estaban en una cabaña miserable junto al portal de Regomir, a donde la prostituta se llevaba a los hombres desde la taberna. Sobre un montón de paja infecta el propietario de la mejor taberna de la Gotia olvidaba la envidia y el desprecio que emponzoñaban su alma.

Quiso a la sierva cocinera de Oterio para que lo mantuviera. Creyó que la candorosa Elisia sería sumisa y la sedujo, pero ella no se dejó manipular. Cuestionó sus aficiones, salvó a los dos fugitivos en Girona sin permiso y se ganó el afecto de todos alejándose de él, incluso conspiró a sus espaldas. La humilló ante los hombres de Drogo... y fue peor. Su indiferencia lo llenaba de rabia. Además, estaba Isembard de Tenes, el hombre que toda joven deseaba. No sabía qué había entre el capitán y Elisia, pero él quiso llevársela. Imaginaba que su mujer estaba deslumbrada por su fulgor, y los celos lo devoraban.

Después de esa lección sólo una vez Elisia lo buscó en su cámara, tras la batalla de Osona. Fue un encuentro frío y rápido, del que nació Lambert. La duda aún corroía su alma. Galí sólo había deseado vivir como Oterio, rodeado de sirvientes y jarras de vino. Gozar de la vida como un rey, dueño de una próspera posada... Pero su esposa se lo impedía. Le entregaba un pago mísero por la casa y le ocultaba las ganancias. Además, un ejército de sirvientes y familias la protegían de él con discreción.

Se puso rígido al borde del éxtasis. Con Baldia y las ajadas mujeres de las tabernas se sentía poderoso, lejos de miradas desdeñosas y rumores vergonzantes.

De pronto las tablas de la puerta cayeron. Calort entró y se echó a reír a carcajadas. Baldia, escarmentada, sacó un cuchillo oxidado de entre la paja, pero el hombre no se inmutó.

—Necesito que hagas algo, Galí —dijo al tiempo que apartaba a Baldia de un empujón—. Drogo quiere dar una lección a ese caballero amigo de tu esposa, Isembard. Está haciéndose demasiado fuerte y sabe protegerse bien, pero en tu posada vive su delicada mujer. Para un noble de ésos, si le ocurre algo a su esposa es peor que sufrirlo en carnes propias. ¡Mátala!

—¡Has perdido el juicio! —estalló Galí—. ¿Qué será de mí si me descubren?

—Hay cosas peores que la muerte, amigo. —Calort sonrió ladino—. Tengo un viejo pergamino que podría recordártelo. ¡Obedece o atente a las consecuencias!

—Si lo hago, ¿me lo devolverás? —preguntó aterrado.

—Tú cumple... y ya hablaremos —respondió Calort mientras se dirigía hacia la puerta.

Galí enloqueció. Si mataba a Bertha sería su fin. Nadie en Barcelona lo protegería, y menos Calort o Drogo de Borr. La Iglesia condenaría su alma y el tribunal lo torturaría antes de colgar su cuerpo mutilado de una torre. Ciego de ira, arrebató el viejo cuchillo a Baldia y se abalanzó sobre Calort. Le clavó el cuchillo por la espalda y siguió asestándole cuchilladas en el suelo hasta que la prostituta lo detuvo entre gritos y sollozos.

—¿Qué has hecho? Dios mío... —gimió ella—. ¡Los suyos nos matarán!

Jadeando y cubierto de sangre, Galí desgarró la ropa de Calort, le cogió las monedas y, con ellas, un pergamino arrugado y mugriento. Se lo entregó a Baldia atribulado. No había tiempo, los hombres de Calort aparecerían en cualquier momento.

—¡Quémalo, rápido! ¡Y comienza a limpiar! Yo cavaré para enterrar el cuerpo. —Al ver que no reaccionaba, le propinó una bofetada—. ¡Muévete, furcia!

Baldia, aturdida, se acercó a la única vela de sebo que tenía.

Estaba de espaldas a él y se guardó el documento. Galí le había arruinado el negocio, no podría trabajar con un cadáver bajo tierra. Conocía a los tipos como él. Si por el enigmático pergamino era capaz de matar, podía serle útil para extorsionarlo si algún día le convenía.

Hombres como Galí atraían la desgracia a su alrededor.

LA FORJA

Año 877

En dos años nada salió como el nuevo emperador Carlos el Calvo esperaba. Fue coronado por la voluntad de Juan VIII, pero sólo diez próceres de Italia signaron el nombramiento. Sin apenas apoyo de la nobleza italiana, cargaba sobre sus hombros la defensa de los Estados Pontificios, el gobierno de Francia e Italia, la amenaza de su díscolo hijo como rey de Aquitania y el conflicto con su hermanastro Luis el Germánico, que lo consideraba un usurpador de la diadema imperial.

Al principio, con el apoyo del Papa, convocó concilios y ganó la adhesión de los obispos italianos y francos. El pulso con su hermanastro seguía sin decantarse y la diplomacia evitó el desastre. Juan VIII acariciaba la idea de recuperar la unidad del imperio sometido a la Iglesia y nombró para Francia un vicario apostólico con plenos poderes: Ansegiso, arzobispo de Sens, que acaparó la atención de Carlos el Calvo y los puestos de honor en las asambleas, en perjuicio de Hincmar de Reims.

Ansegiso planteó una gran alianza entre los reyes del dividido imperio carolingio, y Carlos decidió enviar una embajada a Luis el Germánico. El mismo día de la partida, el 28 de agosto del año 876, llegó la noticia de la muerte de Luis. Carlos, cegado por su ambición y la de Riquilda, penetró con su ejército en Germania para ocupar la mítica Aquisgrán, símbolo del trono imperial, y llegó a Maguncia para conquistar la orilla izquierda del Rin. Ya acariciaba su mayor anhelo, go-

bernar el vasto territorio de Carlomagno, pero su sobrino Luis el Joven reaccionó antes de lo esperado y le cortó el paso con sus tropas.

La vergonzosa acción del rey Carlos impidió actuar a la diplomacia. Luis estaba en su tierra, entre sus fideles, *y el 8 de octubre se enfrentaron cerca de la ciudad de Andernach. Carlos el Calvo sufrió la mayor derrota de su vida, y allí comenzaron las terribles punzadas que sintió en el pecho. Humillado y enfermo, huyó hasta Lieja, donde el dolor se agravó. Luego llegaron oscuras noticias que lo hundieron aún más: los normandos remontaban el río Sena con cien grandes barcos y en Italia los sarracenos, con la ayuda de nobles traidores, atacaban los Estados Pontificios.*

Su cuñado Bosón, que por entonces ya era duque de Lyon y Provenza, se las ingenió para que Carlos lo nombrara virrey de Italia, y reforzó aún más su prestigio al casarse, en el año 876, con Ermengarda, la única hija del fallecido emperador Luis. Su deber era defender su nuevo dominio, pero se excusaba en la falta de ejército. Riquilda se encargaba de cegar al monarca, que no veía que Bosón sólo actuaba en beneficio propio y ya no tenía a su lado a Hincmar de Reims para decirle la verdad.

La Marca Hispánica vivía una tensa espera mientras el reino cuya frontera protegían escoraba hacia un incierto fin.

58

Lieja, marzo

La Divina Majestad lo eligió con preferencia a todos los otros para elevarlo a la dignidad de los augustos, para que protegiera constantemente a la Iglesia de Cristo... y la defendiera contra los ataques paganos.»

Cuando el vicario apostólico Ansegiso terminó de leer la gravosa misiva del papa Juan VIII, el emperador Carlos notó una nueva punzada en el pecho, como si lo apuñalaran, y aferró con fuerza la gruesa manta de piel de oso. La Santa Sede exigía ayuda sin importarle su salud ni que hubiera perdido buena parte de su ejército al caer derrotado ante su sobrino Luis III, hijo de Luis el Germánico, unos meses antes.

—Ya son decenas de cartas con la misma petición —jadeó asqueado tras toser—. ¡El Papa sabe que no estoy en condiciones de abandonar la Galia!

Riquilda, que estaba sentada junto al lecho de su esposo, le acercó una tisana humeante. También el Papa le escribía a ella para que mediara ante Carlos. Le preocupaba su salud. Si moría, sus planes se vendrían abajo. Dos años atrás, en Roma, los obispos se habían negado a coronarla emperatriz, y aún se crispaba al recordar la humillación. Era algo pendiente, y necesitaba a su debilitado marido. Con una sonrisa le susurró:

—Sin embargo, ahora se cuestiona vuestra elección como emperador...

Carlos apretó los dientes para hacer frente al insoportable dolor. En ocasiones, la perspectiva de morir le resultaba halagüeña. Tenía casi cincuenta y cuatro años, y a sus espaldas una vida de constante tensión, de luchas, disgustos y viajes. Poco quedaba del hombre que logró coronarse primero rey de Francia y finalmente emperador.

Pero no sólo su cuerpo se retorcía por el agudo dolor que sentía en los pulmones; su alma se había hundido en un légamo de pena y fracaso. Todo lo logrado parecía a punto de escurrírsele de las manos.

Al fondo de la estancia, Bosón, con una túnica bordada, apuesto y vigoroso, conversaba con Bernat de Gotia y los dos legados pontificios, los ojos y oídos del Papa en la corte. El duque miró a su hermana y efectuó un leve asentimiento.

—El emperador necesita descansar —anunció Riquilda.

Bernat de Gotia se acercó a los pies de la cama de Carlos ignorando la mirada furibunda de la reina. A pesar de haberlo favorecido con los condados de Berry y Autun, sus ansias y miedos lo hacían inestable. Se comportaba como un niño caprichoso y acabaría siendo un problema. De no ser por Bosón, ya se lo habría entregado a Rotel.

—Hay una cuestión que tratar, mi rey. Se trata de vuestro capitán Isembard de Tenes. Sin mi autorización, sigue levantando torres de vigilancia y puestos a lo largo de la frontera con la ayuda del conde de Urgell. Dicen ser los Caballeros de la Marca. Controla aldeas y poblados a los que protege a cambio de ganado y trigo para su ejército. Mis informadores estiman que sus fuerzas ascienden a trescientos caballeros y más de mil infantes. Se comporta como el señor de aquella tierra, y creo que prepara una rebelión. Dadme vuestro consentimiento y lo someteré antes de que sea tarde.

—Yo mismo acepté el juramento de los caballeros, Bernat. Ese voto lo une a la corona como lo estaba su padre. Está haciendo en la frontera el trabajo por vos.

El marqués apretó los puños con el rostro enrojecido, pero Bosón se adelantó.

—¿Aún os fiáis de ese godo? —dijo al soberano.

—Sí. Puede que sea del único que me fíe. La seguridad favorece los cultivos y acrecienta las rentas, por eso voy a tener un gesto con Barcelona. Isembard y Frodoí velan por mis dominios. No es la Marca Hispánica lo que me desvela —espetó con rencor. La ineficacia del duque en Italia los estaba llevando al desastre.

—Mi señor... —siseó Bernat, tan colérico que se diría que iba a golpear al monarca.

—¡Basta! —cortó Riquilda, incómoda—. ¡He dicho que el rey necesita reposar!

Los hermanos bosónidas se sonrieron con complicidad. No permitirían que Bernat de Gotia consumiera las escasas fuerzas del monarca. Había decisiones más importantes que Carlos debía tomar, y su esposa era la encargada de insinuarlas. Bosón tomó del brazo al airado Bernat y lo sacó del aposento. Riquilda les hizo un gesto seco a los legados pontificios y al vicario para que salieran también. Carlos asintió agradecido.

—Sois mi ángel, Riquilda.

—Disculpadme, mi señor, pero debo aliviar mi corazón.

—Hablad, querida, vuestra voz es un bálsamo para mí.

—Rezo cada día para que el Santo Padre esté a salvo. Ese malvado *nomenclator* llamado Gregorio traicionó su fe y estuvo a punto de abrir las puertas de Roma a los infieles. ¿Os imagináis el centro espiritual de la Iglesia bajo el yugo del islam? ¿Cómo recordaría la historia a su emperador?

Carlos la miró con expresión lastimera. Necesitaba palabras cálidas, no reproches. Pero Riquilda no iba a ceder aún.

—Puede que sabiendo que estáis enfermo ofrezca la corona imperial a alguno de vuestros sobrinos, Carlomán, Luis o Carlos el Gordo.

—¡No lo hará! —tronó el rey, y un ataque de tos lo obligó a encogerse de dolor.

Riquilda lo abrazó, si bien procuró no respirar el aliento de su esposo.

—Deseaba tanto que me dierais un vástago... —musitó Carlos, apenado.

La reina cerró los ojos. Dios la castigaba con niños enfermos. Ese invierno había enterrado al pequeño Carlos cuando ni siquiera había cumplido un año. Su color de piel y su débil llanto le auguraron el mismo destino fatal que sus hermanos.

—Aún confío en que Dios nos lo conceda, esposo.

La posibilidad era remota. Apenas habían yacido una o dos veces tras la derrota. Carlos no tenía fuerzas ni ánimos. De los nueve hijos con Ermentrudis sólo vivían un varón, Luis el Tartamudo, y dos hembras, Ermentruda y Rotruda, que habían tomado los hábitos. Riquilda había perdido a cuatro varones y sólo vivía la pequeña Rotilde. Enterrar a diez hijos también era un peso insoportable para el rey.

—Lo importante ahora sois vos. ¡Pedid a Dios fuerzas para dejar el lecho y marchar a Italia a defender al Papa! Así demostraréis que la elección del emperador la guió una fuerza superior: *Rex Dei Gratia!*

Carlos inspiró hondo. Riquilda estaba en lo cierto. Aunque fuera para morir, debía cumplir con su juramento sagrado; era el ungido. El valor y la fidelidad constituían las mejores lecciones que podía legar a sus hijos más pequeños, si es que lograban que alguno sobreviviera.

—En cuanto llegue el verano, si Dios me lo permite, marcharé a Italia. Escribid vos misma al Papa para darle la noticia, mi reina. —Le pareció ver una sombra a los pies de la cama y tuvo un mal presentimiento. La muerte lo rondaba. Sin embargo, dedicó una sonrisa a la bella Riquilda—. Que Dios me asista en el trance.

59

Aquella calurosa mañana de primavera los habitantes de Barcelona se congregaron ante el pórtico de la nueva catedral de la Santa Cruz. A su alrededor, en cobertizos de madera, los canteros tallaban esculturas de santos y los vidrieros soplaban el vidrio verdoso para las lámparas que iluminarían el templo desde el techo en las celebraciones solemnes.

Frodoí, con una mitra de seda y perlas, simulaba rezar sobre la losa ante el altar. Percibía el extraño olor de los pigmentos que los aprendices molían al fondo y que servían para que los maestros, sobre los andamios, cubrieran los muros con escenas religiosas de colores vivos. Quería que en las tres naves hubiera pinturas que ilustraran a los fieles legos y que, además, su fama se extendiera por todo el reino. Aunque otros prelados más ambiciosos levantaran con el tiempo templos más grandiosos sobre el suyo, el nombre del obispo Frodoí sería eterno en la historia de Barcelona, y Dios lo perdonaría por sus debilidades.

Sobre un arco de una de las naves laterales estaban terminando el martirio de santa Eulalia. Fue Goda quien le sugirió la escena de la mártir que había muerto en Barcelona, según la tradición popular. El bello rostro de la joven guardaba un parecido intencionado con la dama, un capricho que el obispo se había permitido a fin de poder contemplarla durante sus oraciones. Una paloma brotaba de la boca de la santa en el momento de su muerte, con la iglesia de los pescadores, Santa

María, y el mar. El fondo de la escena lo había sugerido la noble para conservar una vieja tradición familiar de la que no hablaba. Frodoí lo aceptó; aunque el corazón de Goda fuera suyo, ella era el alma de Barcelona.

Aquella escena siempre recordaría a Frodoí su amor prohibido. No tenían hijos ni podían mostrarse cálidos en público. Envejecerían en palacios distintos, pero su unión era tan firme como los pilares de su nueva basílica: el mayor orgullo de Barcelona.

En el presbiterio cabía todo el colegio de canónigos, y éstos aguardaban pacientes a que terminara de rezar. Las nuevas campanas colocadas en la torre tañían con un sonido puro, que no podía compararse con el de las demás iglesias de la ciudad. La llamada a los *fideles* anunciaba algo importante.

El clero formó una comitiva y salieron a la plaza. A su alrededor se situaron en orden jerárquico los canónigos, los jueces, los *preveres*, el arcediano, los diáconos y el coro. La solemnidad daría al histórico momento un simbolismo especial; Frodoí sabía cómo remover los sentimientos de su grey y conseguir que ésta viera en su pastor un guía firme.

A un lado comparecían los oficiales del condado, con el vizconde Astorius, el veguer, el *saig*, el tribunal y el consejo de *boni homines*. Al otro estaban los nobles, entre los que se hallaban Goda y Bertha de Orleans, a la que Isembard visitaba cuando podía y ya se le notaba el embarazo en el prominente vientre. Detrás estaban los artesanos, los mercaderes y los payeses libres, y allí se encontraban Elisia y Galí con sus sirvientes. En el lugar más alejado, al fondo, aguardaban el resto de los habitantes de la ciudad, así como los forasteros de baja extracción, que ocupaban ya las calles adyacentes.

El obispo ordenó silencio y habló con voz potente.

—Con regularidad envío cartas a la corte para informar de la situación del obispado y la valiosa labor del capitán y *missus dominicus* Isembard II de Tenes en la frontera, con los Segundos Caballeros de la Marca. —Abarcó la plaza con los brazos para dar más énfasis a su discurso—. Con esfuerzo, han organizado una defensa, misión que Isembard comparte con el conde Guifré en Urgell y su hermano Miró en Conflent. Todos sabéis que las torres y los puestos levantados en las riberas del Llobregat, el Cardener y el Segre han demostrado su eficacia y frustrado las escaramuzas sarracenas que querían impedir que la tierra de nadie se repoblara de cristianos.

»A Urgell están llegando nuevos pobladores y los fértiles llanos de Osona ya cuentan con algunos cultivos, masías y celdas monásticas que dependen de cenobios mayores. Muchos han contribuido a ello permitiendo a sus hijos unirse a las fuerzas de los Caballeros de la Marca y otras personas, como la noble Goda de Barcelona, algunos próceres y ciertas familias judías han concedido préstamos y rentas, mientras el conde Bernat de Gotia prefiere acumular poder y honores junto a los bosónidas.

Un rumor se extendió por la plaza. Aunque la mayoría de los congregados asentían, el vizconde, un grupo de nobles favorecidos y un puñado de oficiales francos torcieron el gesto. El obispo se había hecho demasiado osado con los años.

—Sin embargo, la Marca es aún una tierra remota y peligrosa —siguió enfático—. El sentimiento de abandono persiste, y el rey se ha compadecido. ¡Os he convocado hoy para comunicaros en persona que nuestro monarca, Carlos el Calvo, ha querido demostrar su gratitud con los barceloneses!

Tras la bendición, el arcediano mostró una misiva con el águila imperial. Junto a él estaba Judacot, un mercader judío que recorría la Gotia y otras partes del reino. En la corte se lo respetaba y solía hacer de correo. El clérigo leyó en voz alta la carta que el emperador dirigía a todos los barceloneses:

—«*Dirigo ad Frodoynum, episcopum, libras decem de argento ad suam ecclesiam reparare.*»

El rey hacía entrega a la ciudad de diez libras de plata para la reparación de la catedral y agradecía su fidelidad a los barceloneses. Muchos hicieron cálculos. Equivalía a dos mil dineros de plata. Una verdadera fortuna con la que la ciudad vería concluida la nueva catedral después de casi treinta años de continuas demoras. Barcelona estalló de júbilo. Frodoí buscó entre el gentío a otros sacerdotes que no se habían situado junto a su clero. También era una victoria de su Iglesia frente al culto mozárabe. Dios estaba de su lado.

Judacot depositó a los pies del obispo el arca con remaches metálicos que contenía la plata, que se fundiría en la ceca para disponer de monedas. A continuación comenzaron los festejos con música y danzas por las estrechas calles. Frodoí quería que ese gesto del rey quedara grabado en la memoria colectiva de la ciudad. Gracias al monarca, concluiría su ansiada obra. Carlos lo había privilegiado frente a otros obispos, y Frodoí no cabía en sí de gozo.

En la posada del Miracle la actividad era frenética. Gentes de Badalona y otras villas cercanas acudieron a la llamada de Frodoí y la taberna de Elisia era parada obligatoria. A ello se sumaban los preparativos para la boda que se celebraría ese septiembre. Argencia, la hija de Goda, y Ermemir iban a contraer por fin matrimonio y habían encargado a la posadera que preparara el mayor banquete que jamás se hubiera visto en la ciudad.

Goda no llevaba bien que hicieran burla de su hija y el joven pescador y pensaba combatirlo con una ostentación inusitada. Junto a su palacio levantaba otro que podría rivalizar con los del conde y el obispo. Acaparaba las sedas y los objetos suntuosos que los mercaderes llevaban a Barcelona y, no satisfecha con todo eso, el día del enlace pretendía dejar sin aliento a los despectivos nobles. Todos recordarían la fundación del linaje de Argencia.

Elisia, previsora, reservaba compotas de frutas y tostaba almendras para hacer turrón. Todo lo que pudiera conservarse convenía hacerlo con anterioridad. Agobiada, fue a la leñera. Le gustaba asar cada carne con una madera determinada, para desesperación del servicio, pero ese enorme celo que ponía en su quehacer engrandecía la fama de la posada.

Una sombra se situó a su espalda y se estremeció. Dejó que unas manos fuertes le rodearan la cintura y unos labios ardientes le recorrieran el cuello hasta erizarle el vello. Se volvió con los ojos cerrados y besó a Isembard con pasión. No podían remediarlo. Isembard regresaba a Barcelona cada cierto tiempo para informar al obispo y visitar a su esposa, que ya se había instalado en una buena casa junto al complejo episcopal.

Se amaban desde que eran unos jóvenes ingenuos que iban camino de un destino incierto. A pesar del abismo que los separaba, con miradas eternas y caricias furtivas se dejaron llevar por lo que atesoraban dentro.

A Isembard le dolía traicionar a la dulce Bertha, pero en la peligrosa frontera la vida se le escurría y cualquier día podía ser el último. Su amor por Elisia no podía llegar más lejos. A pesar de todo, con ella se sentía completo.

Elisia permitió que entrara de nuevo en su corazón devastado. Se sentía reverdecida. Con él olvidaba a Galí y todos los sinsabores que le había causado. Sabía que Isembard se marcharía un día a Orleans, pero quería exprimir el tiempo que les quedaba antes de que su corazón se secara de nuevo, tal vez para siempre.

Reían y bromeaban, olvidando sus ataduras. Él le alzó la vieja túnica y se echaron sobre el heno mullido del establo. El universo quedó en suspenso y se amaron conteniendo la voz, con susurros que jamás decían promesas.

—Esto no está bien —jadeó Elisia azorada tras separarse. El rubor de las mejillas delataba los estremecimientos que aún recorrían su cuerpo.

—Pronto me marcharé, Elisia —dijo él. Veía con pesar que se les escapaba la dicha del encuentro—. Bertha quiere trasladarse a Orleans con su madre y sus hermanas en cuanto dé a luz. Además, el rey ha convocado un nuevo ejército para marchar a Italia y defender al Papa. Necesita reorganizar a la *scara* tras la derrota en Germania. Es probable que me llame a su lado.

Ella lo miró muy asustada. Un peso lóbrego cayó sobre su corazón.

—¿Y qué ocurrirá en la frontera?

—Hay buenos capitanes y el conde Guifré es un gran líder.

¿Sabías que lo llaman «el Pilós», el Velloso, porque al parecer tiene mucho pelo en partes inverosímiles de su cuerpo? Sería un buen conde para Barcelona y Girona. Su madre, Ermesenda, insiste en ello. Ahora se ha casado con su prima Guinidilda de Ampurias, y goza de mayor prestigio y riqueza para más soldadas.

—Si te marchas, Bernat de Gotia querrá controlar todas esas tropas.

Elisia expresaba en voz alta lo que sus caballeros pensaban. Tanto esfuerzo podía perderse en cuanto cruzara los Pirineos, y eso no tardaría en suceder, se dijo con tristeza.

—Un ejército no puede depender de una única cabeza. Confiemos en Dios.

La posadera sintió un nudo en la garganta. Se había arrojado a sus brazos a sabiendas de que lo perdería de nuevo. Era ella la que estaba fuera de la vida de Isembard.

—¿Cómo está Bertha? —dijo apocada—. Hace días que no la veo.

—El embarazo la agota y el olor de las calles le provoca náuseas.

Elisia se alisó la túnica y se recolocó los mechones sueltos.

—Debemos acabar con esto, Isembard —dijo con los ojos húmedos—, o nos destrozará. Me paso los días esperando noticias con el corazón encogido, temiendo que no regreses. —Le acarició las mejillas. En su rubia barba se veían ya algunas canas—. Sufro como una esposa y no te tengo.

—Elisia...

—Me has hecho feliz, Isembard de Tenes. No digas nada más, te lo ruego.

El capitán besó sus lágrimas.

—¿Cómo va la lectura? —preguntó para animarla.

—¡Es muy difícil, pero entiendo muchas frases! Esa mujer, Duoda, tenía una fortaleza admirable. Tu esposa está siendo muy generosa y paciente conmigo. —Elisia quiso liberar la tensión—. ¡Si te hubieras casado con una arpía engreída me sentiría mejor!

Le arrancó una sonrisa y corrió hacia la puerta. Poco después Isembard abandonaba también el establo. Una familiar sensación en la nuca le advirtió que lo vigilaban. Alzó la vista hacia la casa y percibió que una sombra se retiraba de una ventana. Aun sin verlo sabía que era Galí, y lo arrasó un odio visceral. Aquel malnacido seguía a salvo porque Elisia le rogó que lo ignorara. No deseaba un escándalo en la taberna y tampoco que pudiera sospecharse su adulterio. Desde la desaparición de uno de sus más oscuros amigos, Calort, Galí estaba cada vez más aislado y se mostraba irascible con todos, en especial con Elisia. La tabernera le había ofrecido comprarle la casa, pero él se negaba y alegaba su condición de padre, aunque ignorara a Gombau y a Lambert. Tenía miedo y salía poco del Miracle.

Isembard miró la ventana con actitud desafiante. Una sola provocación, y le daría un escarmiento. Galí seguía allí, tras las sombras, acobardado, pero los había sorprendido.

Al caer la noche Galí se dirigió sigilosamente al palacete donde residía Bertha de Orleans para contarle lo que había visto en el establo. La rabia le hacía hervir la sangre. Lo que siempre había barruntado era verdad... Pero Elisia era suya. Los acusaría de adulterio y los destruiría. Serían sus esclavos según la ley. Mientras pensaba en las monedas que su esposa escondía y que pronto serían suyas, abrieron la puerta. El siervo torció el gesto al reconocerlo.

—El capitán Isembard está en la taberna con el capitán Oriol y otros hombres.

—Vengo a ver a Bertha de Orleans —dijo con desdén—. Es urgente.

Antes de que el criado pudiera replicar lo empujó y entró. Al no ver a Bertha subió la escalera de la casa. La mujer de Isembard había oído que la puerta se abría y, creyendo que era él, salió de su aposento para recibirlo. Se asustó al ver a Galí en la penumbra del corredor. A sus cuarenta y dos años parecía un cadáver con la boca negra. Su olor le provocó una arcada.

—Galí, ¿a qué has venido? —demandó recelosa.

—Tu esposo te engaña con mi esposa, Bertha. Debemos denunciarlos.

Se le encogió el corazón. Desde el principio había percibido la tensión que existía entre ellos y, aunque tuvo el buen gesto de enseñar a leer a Elisia, se sintió aliviada al abandonar la posada. Temía que pudiera ocurrir, pero ya no era una niña. La habían educado para engrandecer su linaje y tenía como marido a un gran capitán de la *scara*. Su padre tenía bastardos, como la mayoría de los hombres de la nobleza que conocía. Nunca fue el amor lo que rigió su destino, aunque llegó a acariciarlo con Isembard.

Se acordó con dolor de los consejos de su madre: era una noble, y aunque llorara por dentro debía comportarse como tal, sobre todo ante plebeyos como Galí.

—Mi esposo es capitán gracias a la casa de Orleans —afirmó altiva—. Es un hombre y se comporta como tal, pero sabe que éste es su hogar y que yo soy su esposa. —Se acarició el abultado vientre—. De mí saldrán los herederos que lleven su linaje.

—¿Te conformas con las migajas que te deja la ramera de mi esposa?

—Yo no pude elegir como tú, pero doy gracias a Dios por un esposo como Isembard. —Lo observó con repugnancia—. Puede que tú hayas empujado a Elisia a sus brazos. —Advirtió que Galí no estaba dispuesto a aceptarlo como ella. Bertha quería evitar la vergüenza y se le acercó imperiosa—. ¡Mi padre forma parte de la nobleza *mediocre*! ¡Si mancillas el nombre de mi esposo y el de la casa Orleans, sus cincuenta caballeros te darán caza como a una liebre!

Había pretendido ser hiriente y comprendió su error cuando la cara de Galí se transformó en una horrible mueca. Gritó aterrada y él la empujó por la escalera. Tras sentir un estallido de dolor en la cabeza y en el vientre, las tinieblas la engulleron.

Espantado por lo que había hecho, Galí apartó a empujones a los siervos y salió corriendo hacia la oscuridad de la noche.

Un criado se dirigió a toda prisa a la taberna para avisar a su esposo. Isembard llegó enseguida al palacete, seguido de muchos parroquianos del Miracle. Bertha estaba rodeada de sus sirvientes; tenía una brecha que manaba sangre en la cabeza y el brazo roto. La angustia se apoderó de todos.

—Ha sido Galí de Carcasona, mi señor —le dijeron a Isembard, abatidos.

Elisia, que también había acudido, palpó con sumo cuidado el vientre de la noble.

—Hay que llevarla arriba. Llamaré al galeno del obispo.

Miró a su amante y estalló en un amargo llanto. Dios había castigado su pecado de ese modo. Si Bertha moría o quedaba tullida ya no podrían mirarse a la cara.

Isembard, ciego de rabia y dolor, salió a la calle. Esa vez no habría piedad para Galí. Elisia, a su espalda, no dijo nada. Su esposo no merecía clemencia.

La trágica noticia se extendió y acudió Frodoí en persona para conocer el estado de la ilustre forastera. Nadie se explicaba la reacción de Galí, pero cuando apareció Goda, se entendieron con una sola mirada. Isembard causó disturbios en dos tabernas, pero nadie sabía nada de Galí.

Frodoí, Oriol y Goda se reunieron en el palacete de Bertha.

—El capitán Isembard está demasiado expuesto —dijo el obispo, pensativo.

—Tiene demasiados enemigos para que su esposa se halle en un edificio tan accesible como éste —reconoció el capitán—. Si Bertha hubiera estado en una torre o una fortaleza, Galí jamás habría podido atacarla y escapar impune.

—¿Qué estáis pensando, obispo? —demandó Goda ante el silencio de Frodoí.

—Oriol tiene razón. Isembard es un Caballero de la Marca, él y su familia necesitan un refugio seguro y protegido. —Sus ojos destellaron con malicia—. Tal vez sea el momento de insinuarle que recupere la fortaleza de su familia.

—¿Tenes? —dijo ella alarmada—. ¡La posee Drogo de Borr por gracia de Bernat de Gotia!

—Estoy seguro de que, de un modo u otro, está implicado en esta desgracia. Isembard debe dejar de pensar como Guisand de Barcelona para subir otro escalón en su *cursus honorum*. —Miró a Goda con una sonrisa inadecuada—. La ambición, mi señora. La ambición ha levantado una catedral y creará un linaje en Cardona. Isembard debe ambicionar la fortaleza de Tenes.

60

Bosón, con las manos en la espalda, miraba ensimismado la danza de las llamas en el gigantesco hogar de piedra del salón del castillo de Berzé. Era una de las viejas fortificaciones en manos de la casa del bosónida. Pensaba que era irónico ser el miembro de su linaje que más poder acumulaba y lo insatisfecho que se sentía. Durante siete años todo había salido como habían previsto influyendo en las decisiones de Carlos el Calvo en beneficio propio, y cuando algún noble ponía obstáculos su hermana sabía a quién acudir para acallarlo. El rey franco ya era el emperador, pero en Italia los linajes más influyentes y buena parte del clero se negaron a coronar emperatriz a Riquilda.

A la alianza con el marqués Bernat de Gotia y con Bernat Plantapilosa se había unido el poderoso primo del monarca por línea de su madre, Judith de Baviera, el abad Hug, de la casa de Welf, azote de los normandos y hábil diplomático. Se había premiado su fidelidad a Carlos con la Marca de Neustria, al norte de Francia, y los condados de Angers, Auxerre y Tours. Los cuatro dominaban parte del reino y a cientos de nobles *primores* y *mediocres* que entre todos aportaban miles de soldados y recursos.

Cuando Luis el Germánico murió esperaban incrementar aún más sus posesiones y empujaron a Carlos el Calvo contra los dominios de su hermanastro sin la debida planificación. Tras la humillante derrota sufrida en Andernach el sueño se había desvanecido. El emperador estaba enfermo, y si moría el plan fracasaría justo cuando el objetivo final estaba al alcance.

Oyó que la puerta se abría. Llegaban sus invitados. Incluso su hermana, Riquilda, se había desplazado hasta Berzé con un pequeño contingente de miembros de la *scola* para asistir a la reunión secreta.

No se dio la vuelta hasta que la puerta se cerró de un golpe. Allí estaban su padre, Bivín de Vienne, y Riquilda, además de los dos Bernat y el abad Hug llegado desde el norte. Echaba de menos a su tía Teutberga, que había fallecido el 11 de noviembre del año 875 en la abadía de Santa Glossinde de Metz. Al contrario que su padre, Bivín, ella siempre había sido una valedora de la casa bosónida y alentaba su ambición y la de su hermana, pero una vida de vergüenza y sufrimiento a causa de su esposo, el maldito Lotario II, había minado su salud hasta el extremo.

El abad Hug estaba incómodo. Siempre había sido fiel a la corona, pero las difíciles circunstancias que el reino atravesaba lo habían convencido de que debían buscar una alternativa. El único que no había acudido a la reunión era el arzobispo Hincmar de Reims. Apartado del consejo tras la llegada del vicario apostólico Ansegiso, el enfado no había logrado quebrantar su lealtad hacia el debilitado Carlos el Calvo.

—¿Y bien, Bosón? —comenzó Hug—. He hecho un largo viaje. Espero saber qué nos depara el futuro y si es Dios o el diablo quien lo escribe.

El aludido les dedicó una sonrisa lobuna.

—Estamos cerca, mi querido abad.

—El rey convocará una asamblea en la ciudad de Quierzy para el 14 de junio —explicó Riquilda, orgullosa de tener voz entre los nobles—. Quiere dejar las cosas atadas en Francia antes de cruzar los Alpes para ayudar al Papa a defender sus estados.

—¿Y su salud? Tengo entendido que no se recupera de sus males.

—Está dispuesto a cumplir su juramento ante el Papa, pero sabe que no regresará. En esta asamblea asistiremos a su testamento.

—Ése es el motivo de nuestro encuentro, amigos —siguió su hermano Bosón—. En esta asamblea debe quedar legislada la sucesión hereditaria de los condados, que los hijos puedan suceder a los padres por derecho, sin necesidad de que el rey los nombre. Así cada casa podrá perpetuar sus dominios con independencia.

—¡Eso demolerá los principios de nuestro reino! —replicó el abad—. ¡Carlomagno se removerá en su tumba!

—¡Ni siquiera sabemos dónde está su tumba! —Bosón negaba—. Entonces el reino venía de la edad oscura de los merovingios, ahora hay una nobleza fuerte que lleva un siglo derramando sangre por sus reyes. ¡Con ese derecho aprobado, cuando la casa carolingia sea apartada del trono nuestros dominios serán reinos legítimos, sin sumisión a nadie, y nuestras casas se convertirán en monarquías a perpetuidad!

Guardaban las formas, pero los embargaba el entusiasmo. En la práctica, la mayoría de los territorios llevaban décadas, cuando no siglos, gobernados por las mismas casas; sin embargo, la potestad última le correspondía al rey como ungido y, tras cada fallecimiento de un monarca, debían acudir a la corte para obtener el nombramiento, cosa que los nuevos soberanos aprovechaban para exigirles su fidelidad y más tropas. Lealtades interesadas, conspiraciones y revueltas provocaban a menudo la caída de fuertes casas, desposesiones imprevistas y abruptos cambios en la jerarquía nobiliaria.

—Y hay otra cuestión —indicó Bernat Plantapilosa con hosquedad—. Toda la Galia debe saber que Carlos nos abandona una vez más para defender Italia. Tenemos noticia de que cien barcos normandos se disponen a remontar el Sena para arrasar el corazón del territorio.

—No podrá defender los dos frentes: Italia y los normandos —señaló Hug.

—Pretende recaudar cinco mil libras de plata para firmar

una tregua con los normandos —informó Riquilda—. Así detendrá la invasión y podrá dedicarse a Italia.

—¿Cinco mil libras? —estalló Bernat de Gotia—. ¡Nos esquilma para flirtear con el Papa! ¡Es inaceptable!

El marqués de la Gotia tenía los ojos inyectados en sangre y el rostro crispado. Miraba a la inaccesible Riquilda y bebía sin parar. Todos sabían que tenía accesos violentos y era inestable. Había llegado a usurpar bienes de la Iglesia y a oponerse a nombramientos de obispos en sus condados que el rey había ordenado, lo que había generado fricciones jurídicas con la corona. Acabaría siendo un problema. A pesar de todo, aún les era necesario.

—Parece que por fin ha llegado el momento —dijo Bosón—. Hermana, haz que el monarca lo disponga así en la asamblea y Dios ya podrá llevárselo. Me encargaré de que sus sobrinos Luis, Carlomán y Carlos el Gordo se enteren y lo detengan en los Alpes.

—¡Pero no permitiré que muera hasta que el Papa me corone emperatriz! —exclamó Riquilda. Se lo debía a su tía Teutberga; dondequiera que se hallara, quizá en los Cielos, se enorgullecería de ella—. Después de todo lo que he soportado con ese hombre me lo debéis.

—Así será —rectificó su hermano—. Y a continuación empezará la rebelión. El rey no debe regresar y tendremos el control del reino.

—¡Traicionar a un emperador ungido es un terrible pecado! —sentenció Bivín.

Su hijo y los demás lo miraron con desprecio. Nunca había tenido el carácter de los bosónidas y cada vez parecía más amilanado.

—¡La única traición aquí es la del soberano francés postrado a los caprichos de ese Papa al que sólo le importa conservar su sede y sus estados!

—Una cosa es aumentar los títulos y otra rebelarse contra la voluntad de Dios.

—Padre, ¿estáis con nosotros o con nuestro rey?

Bivín había sido siempre buen amigo de Carlos. Era el punto débil en esa conjura y todos lo sabían. Incluso los bellos ojos de su hija lo acusaban de cobarde.

—Me debo a la casa bosónida —claudicó—. Que Dios nos perdone.

Bosón y Riquilda se miraron muy inquietos; su propio padre podía delatarlos.

—Hay otra cosa —intervino Riquilda con el semblante grave—. Mi esposo nombrará en la Asamblea de Quierzy heredero de la corona a su hijo Luis el Tartamudo. Pase lo que pase, debemos evitar que llegue a ser coronado, o se reunirán en torno a él los leales a la corona.

—Cuando empiece la rebelión lo arrinconaremos en Aquitania. Ese hombre jamás sería capaz de gobernar.

Las casas presentes sellaron la conjura. Juntos acumulaban el mayor poder nobiliario jamás aliado en el imperio. Alzaron sus copas. El abad Hug de Welf finalmente los acompañó; era el menos convencido, pero no era un cobarde como Bivín. Entre dientes elevó una plegaria para que Dios los favoreciera. El año 877 cambiaría el destino del orbe.

Cuando a medianoche los nobles se retiraron a sus aposentos ebrios y eufóricos, Riquilda rechazó al insolente Bernat de Gotia y se fue a la oscura capilla del castillo de Berzé. Se arrodilló ante el Cristo del ábside. Le gustaba esa talla desde niña porque el crucificado, con túnica púrpura bordada y corona, tenía los ojos cerrados y el rostro sereno. No se sentía acusada por él, al contrario de lo que le ocurría con la mirada hierática de otras imágenes.

Una lágrima le resbaló por la mejilla. La frustración de no tener ningún hijo varón para disputar la corona a Luis el Tartamudo la enfurecía contra su esposo y contra Bosón, pero era ella la culpable. Sus retoños nacían débiles y enfermizos por haberse ofrecido a dioses paganos, condenados y oscuros como sus viejas sacerdotisas.

Tenía treinta y dos años y aún era fértil. Podría seducir al Tartamudo para casarse, pero su actual esposa, Adelaida de París, era celosa e inteligente. Muchos caballeros se le insinuaban a espaldas de su hermano, si bien ella aún pensaba en Isembard y se enardecía imaginando cómo la poseería. Él le habría dado un hijo fuerte. No debió permitir que su hermano lo enviara a la Marca. No sólo no había muerto sino que, con su ejército fiel al rey, era un obstáculo para la conjura. Fuera como fuese, eso le brindaba a ella una última oportunidad. Ser madre de reyes se había convertido en una obsesión enfermiza para Riquilda.

Un escalofrío le recorrió la espalda y supo que no estaba sola. Una sombra se confundía con las tinieblas del fondo. Riquilda sacó una pequeña vitela y comenzó a leer nombres: el conde Oliba II de Carcasona, Guifré de Urgell, los prelados Frotari de Bourgues, Frodoí de Barcelona, Hincmar de Reims... En voz alta nombró a casi una docena de prohombres de la nobleza y el alto clero, todos fieles a su esposo y un peligro para la rebelión. Tras una pausa pronunció un último nombre:

—Bivín de Vienne.

—¿Vuestro propio padre? —preguntó la voz femenina desde las sombras.

Riquilda inspiró hondo para que no le temblara la voz. Era un sacrificio necesario. Si él los delataba todos acabarían en el cadalso. Ni sus encantos lograrían que el rey los perdonara.

—Mi padre será el primero, Rotel. No debe salir de Berzé. Será esta noche.

—Todo el mal regresará de algún modo, reina.

La sentencia la aterró. En cuanto acabara con la lista ordenaría que mataran a esa mujer. Bosón tenía razón: Rotel era peligrosa y sabía demasiado.

—Siento vuestro miedo, reina. No hay espacio para el temor en esta parte oscura del universo. Si flaqueáis todo se os escurrirá de las manos. Hay otras fuerzas, luminosas, que también intervienen en esta lid.

—Esa luz se extinguirá. Cumple, Rotel. Que tus demonios te ayuden.

Al amanecer los criados dieron la voz de alarma. Bivín de Vienne amaneció sin vida en su alcoba. Tenía una horrible expresión de terror en la cara y llevaba puesta la capa de viaje. Había muerto cuando se disponía a huir del castillo en plena noche.

A mediodía el abad Hug salió con su séquito a toda prisa. Esa alianza no era una simple conjura; algo oscuro planeaba sobre ella. El ansia de poder de los bosónidas y la manera en que desaparecía cualquier posible disidente lo inquietaba. De momento mantendría la alianza, pero si descubría algo siniestro o sacrílego quebrantaría el pacto y los conjurados se las verían con todo su poder.

61

La asamblea de Quierzy concluyó sin una ovación ni gritos de larga vida al emperador. Tampoco se celebraron torneos. Carlos no deseaba que los caballeros que partirían hacia Italia pudieran lesionarse. El gran ausente de la aristocracia franca fue el marqués Bernat de Gotia, enfrentado al rey por no aceptar su política eclesiástica. Su comportamiento errático molestaba a los miembros de la alianza. También hubo agrias discusiones de la nobleza con el vicario apostólico Ansegiso, pues no dejaba de exigirles esfuerzos en favor del Papa. Carlos lamentaba haberse desprendido del arzobispo Hincmar de Reims.

Como había decidido con Riquilda, dejaría Francia para defender las costas italianas del azote sarraceno. La Galia quedaba expuesta a sus sobrinos germanos y a los normandos, a los que pagarían cinco mil libras de plata a cambio de no desembarcar de sus drakares. Era una verdadera fortuna, que se recaudaría esquilmando a sus vasallos, siervos y hombres libres. Además, se veía obligado a dejar la regencia en manos de su hijo Luis el Tartamudo, en quien no confiaba pues ya lo había traicionado en el pasado.

El panorama era desolador, y en la asamblea había sometido a los nobles a un cuestionario mediante el cual se comprometían a conservar los bienes de la Iglesia y las fundaciones del emperador. También les había hecho jurar fidelidad a la corona y respetar los bienes tanto de sus hijos como de su esposa, juramentos que se desvanecerían si él moría.

La discusión que más jornadas había ocupado fue la propuesta de los bosónidas y otros nobles para establecer el derecho hereditario de los dominios. El rey, a pesar de las dulces palabras de su reina, únicamente consintió en que, en caso de muerte del titular, el señorío quedara bajo un órgano gestor donde intervendrían sus parientes. El título se reservaría para el hijo si servía con él en Italia. Sólo dispondrían libremente aquellos *fideles* que, cuando el propio Carlos falleciera, renunciaran al mundo para pasar el resto de sus días orando por su alma.

Ordenó al detalle la administración del reino durante su ausencia, la conservación de los bosques y los puestos contra los normandos. En su obsesión, reguló incluso cuestiones tan triviales como que se llevara una lista de las piezas que cazaba su hijo Luis.

Carlos estaba devorado por un presagio de muerte. Su angustia no pasó desapercibida, y el final de la asamblea adquirió tintes de funeral. El 20 de junio la corte se dirigió a Compiègne para reunir las escasas tropas disponibles y marchar hacia el sur.

El 1 de agosto el rey se disponía a cruzar el río Saona hacia los Alpes. Se sentía apocado por las noticias. Para el pago a los normandos se habían requisado ganados y quedaron pignoradas cosechas enteras. Numerosos monasterios perdieron cálices y ornamentos para fundir la plata en libras y cumplir con los saqueadores del norte. Había causado la ruina de cientos de vasallos y su plebe. Francia maldecía a su rey.

La alianza de los bosónidas alentaba el enojo y los juglares cantaban corrosivos poemas que esta vez a Carlos no le hicieron ninguna gracia.

Al llegar al río Saona colocaron balsas para cruzar al ejército de unos pocos miles de soldados. El soberano convocó a sus capitanes y consejeros en la tienda real. Se despidió con formalidad de su cuñado el duque Bosón de Vienne y de Bernat Plantapilosa. Bernat de Gotia seguía ausente. Carlos se arrepentía de haber aceptado la diadema imperial. Sólo le había causado quebraderos de cabeza y, por demás, los súbditos italianos no parecían dispuestos a proteger la Santa Sede. Sus consejeros no dejarían Francia, ni siquiera Bosón, que era virrey de Italia y tenía en Roma a su esposa, Ermengarda de Lotaringia. Aquello levantó sospechas en un monarca hastiado de tantas traiciones y conjuras, pero le prometieron acudir con sus ejércitos si era necesario. Por el momento el emperador haría frente a su sagrado voto en solitario.

Riquilda simulaba bordar mientras escuchaba la despedida del rey, que sonaba a testamento. Entre los pechos guardaba una pequeña ampolla de vidrio que Rotel le había proporcionado. En cuanto dejara caer unas gotas en el vino con hierbas medicinales que el médico judío Zedequías le dispensaba a Carlos todas las noches comenzarían las fiebres. Bosón y ella se miraron; no había vuelta atrás.

Carlos mandó llamar a uno de los miembros de su *scola*.

—Envía una paloma a Barcelona. Necesito que acuda Isembard de Tenes.

—Hace una labor necesaria en la frontera hispana, mi señor.

—¡Es un *missus dominicus* y ahora lo necesito! Mira nuestro ejército, ¡es insuficiente! ¡Precisamos buenos capitanes para aprovechar hasta el último soldado!

Bosón interrogó con el semblante a Riquilda, pero ella desvió el rostro. La orden del rey procedía de su hermana, pero cuando iba a protestar sonrió ladino. El capitán de la *scara* no había muerto como habían previsto. Ahora, acantonado con tropas en la Marca Hispánica, podía ser un problema. Era mejor que Isembard estuviera en Italia con el rey, de este modo ordenaría a Bernat de Gotia que se apoderara del ejército de la frontera. Así la alianza podría controlar el sur del reino y evitar cualquier amenaza, luego acabarían con Guifré y Miró, fieles al rey.

—Estoy de acuerdo —indicó Bosón—. Necesitáis a los mejores con vos.

El soldado de la *scola* no parecía muy convencido.

—Mi señor, tal vez deberíais posponer el viaje a Italia hasta que remita el descontento de vuestros súbditos en la Galia. Podría ocurrir algo...

Riquilda se afanó en interrumpir sus palabras, colérica.

—¡El Papa pide auxilio, necio! —Reclamó enseguida la atención de Carlos—. ¿No recordáis la última carta? ¡Sólo protegían Roma diez barcos bizantinos que estaban en viaje diplomático! Esposo, debemos ir para que la historia alabe nuestro sacrificio y arrojo, pase lo que pase. Aunque todos se queden atrás yo seguiré con vos, y por ese mérito reclamaréis al Papa que me nombre emperatriz.

Carlos la miró con orgullo. Su reina estaba dispuesta a compartir las penas y los peligros del camino. Por derecho, era la guardiana de las *iura regalia*: el cetro, la corona y la espada, símbolos del imperio, y los llevaba en un recio arcón cuya llave atesoraba oculta entre sus ropas. Riquilda lo abrazó; ese gesto maternal solía serenarlo.

—Está bien, alteza —dijo el soldado, vencido—. Redactaré un mensaje y lo enviaré a Barcelona.

Riquilda miró a Carlos con dulzura.

—Con el capitán Isembard de Tenes me sentiré mucho más protegida.

62

Tensad! —gritó Isembard.

Doscientos jóvenes arqueros estiraron las cuerdas de tripa y elevaron los arcos. En el extremo del campo próximo a la torre de Benviure, una franja de tierra desbrozada señalaba el objetivo. El capitán pasó ante ellos tranquilamente al tiempo que prestaba oído a los chasquidos de la madera en tensión. Poco a poco vio que los rostros enrojecían y los brazos comenzaban a temblar.

—¡Que nadie dispare antes de mi orden!

A su lado, Airado miraba a cada arquero. Mantener esa posición era doloroso. Habían practicado durante meses y ya eran capaces de soportarlo. Isembard seguía en silencio, ajeno a las miradas suplicantes. Una eternidad después gritó de nuevo.

—¡Disparad!

La nube de flechas se elevó en el aire hasta casi desaparecer de la vista y cayeron todas juntas como una lluvia letal.

—Cada uno de vosotros ha hecho una muesca personal a sus saetas. Quiero que vayáis y la encontréis. Debería estar exactamente en vuestra posición. Los espacios entre las flechas son enemigos con suerte. ¡No quiero que tengan suerte ninguna! Todo el que haya disparado fuera de la franja repetirá el ejercicio diez veces más, ¿está claro?

Mientras el grupo de arqueros corría hasta las flechas un jinete se acercó hasta Isembard al galope.

—Capitán, ha llegado un mensaje de Barcelona.

—¿Cuándo? —Tomó la pequeña tira de pergamino de una paloma mensajera.

—El capitán Oriol os espera en la torre de Benviure. El obispo Frodoí quiere veros con urgencia.

—¿Qué dice? —preguntó Airado mientras Isembard, pálido, leía el mensaje.

—El rey ordena que me una a él en Pavía —respondió pensativo.

—¿Ahora que sabemos que Drogo está reuniendo tropas? ¿No os resulta sospechoso? ¿Y si pretenden alejaros por un propósito?

—Debo marchar —se limitó a responder tras el sombrío asedio de preguntas.

Airado sintió que se le encogía el estómago. Había pasado del odio visceral contra Isembard a tenerle veneración. Era estricto pero justo, y les había ofrecido una razón noble por la que combatir. Pocos hombres habían regresado con Drogo. Habían dejado de ser un puñado de guerreros dedicados al pillaje para convertirse en soldados de un ejército bien entrenado. Isembard y los veteranos Armanni, Garleu y Maior distribuían a los hombres según su habilidad con la espada, el angón o el arco, y estaban pertrechados con defensas y escudos. Junto al capitán de la *scara*, Airado había encontrado un sentido a su existencia y albergaba la esperanza de encontrar a su hermana y sacarla de las horribles tabernas de Regomir.

Una parte del ejército se concentraba cerca de la vía Augusta que llevaba a Barcelona y a las ciudades del norte. Un paso estratégico para posibles incursiones sarracenas. Decenas de torres vigilaban las riberas fluviales de la frontera, con muchachos de buena vista, hombres armados, exploradores, leña y hierba verde para avisar con fuego o humo. Los soldados recibían su paga en óbolos o trigo. Hacía tiempo que el dinero de Goda y los préstamos de los judíos residentes en la Ciudad Coronada se habían agotado, pero familias nobles, abades y payeses libres con fundos en las nuevas tierras contribuían al sostén de las tropas.

Isembard cabalgó hasta la torre con una extraña sensación. Casi había olvidado que estaba allí para inspeccionar la guarda de la frontera. Su labor había terminado.

Oriol lo esperaba con un cuenco de vino caliente y se abrazaron con fuerza. Hacía tiempo que el hombre del obispo había regresado a la ciudad, pero seguían en estrecho contacto. Juntos emprendieron el camino hacia Barcelona.

—¿A qué palomar ha llegado el mensaje?

—Al del palacio condal. El rey te reclama cuando Drogo despierta del letargo.

—No empieces como Airado. Es mi deber como capitán de la *scara*. Armanni, Garleu y Maior tomarán el mando. También contamos con Guifré el Pilós y su hermano Miró.

Oriol disimuló el pesar que le escocía la garganta. Si Frodoí estaba en lo cierto, Isembard marchaba para morir con el rey en Italia. El prelado recibía mensajes a diario desde Narbona y otros obispados y se temía lo peor. Carlos el Calvo había cruzado los Alpes y se hablaba de una revuelta bien orquestada aprovechando el descontento general, pero para que prosperara, el monarca no debía regresar con vida.

Antes de partir hacia Pavía, Isembard fue a su palacete. Bertha era joven y se había recuperado de la caída. Tenía el brazo entablillado, pero sentía a su retoño aferrado a la vida en su vientre y todos respiraban aliviados. Incluso él había desistido de buscar a Galí; nadie entendía cómo había desaparecido sin dejar rastro.

La joven de Orleans comenzó a llorar desconsolada ante la noticia de su esposo. Ahora sabía que daría a luz allí mientras él se enfrentaba a los sarracenos en la lejana Italia. Incluso el viaje que había previsto a Orleans se vería retrasado. Los rumores que llegaban de Francia eran cada vez más inquietantes.

El capitán, con el corazón encogido, fue hasta el Miracle.

Sin embargo, no pudo ver a Elisia. Desde la caída de Bertha lo rehuía. Estaba convencida de que sus pecados habían causado la desgracia y no quería que nadie más sufriera. Elisia se enteró por Galderic de la marcha de Isembard a Italia y se encerró en su alcoba para llorar. Podía renunciar a sus caricias, pero no soportaría su muerte. En la taberna se vaticinaba el fin del rey y su ejército a manos de los sarracenos en Italia o bien de los vengativos hijos de Luis el Germánico.

Isembard debía reunirse con Frodoí en el aula episcopal, pero lo halló en la catedral. Con las diez libras de plata de Carlos el Calvo, el obispo había mandado llamar a artistas que debían decorar el ábside con pinturas que rivalizaran con la suntuosa abadía de Saint Germain en Auxerre, donde Frodoí había pasado un año en su juventud. Dos plateros de Tolosa fundían cálices y una enorme cruz de bronce que le darían el esplendor de los grandes templos.

El obispo lo condujo por una estrecha puerta hasta el antiguo baptisterio iluminado con lucernas. Isembard nunca había estado en aquel templete en el que una balsa de mármol octogonal y cuatro pequeñas rampas escalonadas formaban una cruz. Era un vestigio del pasado de la ciudad que Frodoí conservaba con ahínco.

—La ciudad se enfrenta al mayor dilema de su historia —comenzó el obispo. Quería exponerle sus temores—. Si la alianza de los bosónidas se alza contra la corona, Bernat de Gotia exigirá a Barcelona que se una a la revuelta. Pero si la rebelión fracasa, sufriremos la represión del rey Carlos o de su sucesor en el trono.

—Por el contrario si os oponéis a Bernat y la revuelta prospera, padeceréis su ira por traidores.

—Veo que lo entiendes. Ése es el dilema al que la ciudad se enfrentará.

—¿Habéis pedido consejo al arzobispo Hincmar de Reims? Es hábil en estas cuestiones, como vos, Frodoí.

Isembard sonreía ladino, pero el aludido no reaccionó, estaba concentrado. Llevaba dieciséis años al cargo de su obispado, trabajando sin descanso por la prosperidad de Barcelona y su territorio. Había padecido sinsabores y dichas, y ahora lo reconcomía ver que el futuro se gestaba lejos de allí y no podía intervenir.

—Ignoro por quién se decantará Hincmar. Después de que el rey lo apartara por el vicario Ansegiso no es el mismo. —Le dedicó una mirada grave—. Sospecho que en cuanto te marches Bernat de Gotia reclamará tu ejército sirviéndose de Drogo. ¿No lo ves, Isembard? Está todo planificado.

—Mi ejército tiene buenos capitanes y emulan a los Caballeros de la Marca. Están para guardar la frontera. Además estáis vos, obispo.

—¿Cuánto tiempo crees que tardarán en eliminarme? Sólo espero que no sea tu propia hermana quien lo haga... Dicen que es una oscura hechicera que sirve a la reina Riquilda.

Isembard volvió el rostro. Le causaba un intenso dolor hablar de Rotel. Persistían los rumores sobre la hechicera de cabellos rubios que obedecía a Riquilda. Sabía que su hermana no servía a nadie, pero podía pactar.

—Rezad y que Dios os ilumine, obispo Frodoí.

—¡Él me dice que Barcelona debe ser fiel al rey! ¡Nos entregó diez libras para la catedral! Bernat sólo nos ha esquilmado, ¡pero el pueblo necesita una muestra palpable de la voluntad de Dios!

—Seguro que ya estáis urdiendo un plan —dijo Isembard ceñudo.

El obispo calló, estaba asustado de verdad. Rodearon la piscina bautismal, de allí había surgido el pueblo cristiano que tenía que proteger. También Isembard necesitaba que le abrieran los ojos.

—Hay una cosa que debes saber antes de marchar, Isembard. Mis informadores han visto a Galí camino de la fortaleza de Drogo, iba con una prostituta.

—¿Galí? ¡Maldito sea!

—Está vivo y puede que busque protección. No lo interceptaron porque no tenían órdenes para hacerlo, lo siento.

La cólera invadió al capitán de la *scara*.

—¡Por mi honor que colgaré su cabeza en mi lanza!

—Si está en Tenes, Drogo tendrá algo que ver —sugirió, y esperó la reacción de Isembard—. Tal vez deberías mirar más allá de la afrenta personal... y pensar como noble.

El capitán salió del baptisterio con determinación. Frodoí permaneció en silencio, pensativo. Poco después aparecía el monje Servusdei, pálido.

—He visto a Isembard encendido. Le habéis dicho que vieron a Galí...

—Sí, y ha reaccionado como esperaba. Se enfrentará a Drogo. Su lealtad hacia los que ama es mayor que a la corona.

—¡Habéis provocado una guerra! —estalló el anciano monje.

—Ni Drogo ni Bernat de Gotia esperan un ataque ahora. Si Isembard derrota a Drogo en su guarida, ganaremos tiempo para tomar una decisión: la corona o el marqués.

El monje tocó el mármol y lo besó. Quería una vida de contemplación y estudio, pero el obispo se empeñaba en inmiscuirse en los asuntos terrenales.

—Habéis traído la prosperidad y contáis con el respeto de godos e *hispani*. Sin embargo, ante la disyuntiva de seguiros y caer en desgracia no sé qué decisión tomarán.

—¡No deben seguirme a mí, sino a Dios!

—Pues que Él y los santos nos protejan...

El obispo bajó a la piscina en busca de las emanaciones del antiguo lugar sagrado. Sus constructores no la habían excavado en un extremo de la ciudad por capricho. Sabían que la tierra tenía corrientes de energía, restos del trabajo de la Creación que podían promover la conexión con la divinidad. Ahora comprendía la exigencia de fidelidad de Hincmar de Reims a cambio de olvidar su excomunión: el prelado intuía que ocurriría. Otros obispos también tendrían que cumplir su juramento. Él debía lograr que Barcelona fuera fiel al rey. Imploró ayuda mientras las palabras del monje resonaban en su cabeza.

—Que Él y los santos nos protejan... —musitó.

De pronto sintió que el vello del cuerpo se le erizaba. Se estremeció y tocó las viejas losas de mármol. Sonrió por primera vez en muchos días y Servusdei se inquietó. Conocía a Frodoí y sus gestos. De nuevo su mente forjaba una retorcida treta.

—¡Tú lo has dicho, amigo, un santo que nos proteja! ¡Necesitamos una *inventio*! ¡Hallar una reliquia que aúne todo el espíritu de Barcelona!

Frodoí se llevó casi a rastras a Servusdei al interior de la catedral. Exultante, se detuvo bajo el fresco del martirio de santa Eulalia y se recreó un instante en el rostro de su amada.

—¡Santa Eulalia! —exclamó, y su voz resonó en las bóvedas del templo—. ¡Ella será nuestra valedora!

—Es la mártir más venerada del orbe —indicó el monje, pálido—. ¡Sería un hallazgo histórico a la altura del de san Vicente! Pero se ignora dónde murió con exactitud... Sólo la tradición local habla de Barcelona, y aun así se desconoce dónde podría estar su tumba.

Frodoí se agitó nervioso.

—¡Debo mandar un mensaje a Hincmar de Reims, él podrá aconsejarme!

—¡Dios mío, qué hombre! —musitó Servusdei en pos del obispo.

63

Galí, tras empujar a Bertha en un acceso de ira ciega y sabiéndose muerto, acudió a Baldia, la prostituta con la que no se sentía una mera sombra. Ella lo escondió en las viejas alcantarillas romanas de la ciudad, bajo una de las tabernas de Regomir.

Quería infligir daño a su esposa y a Isembard. Lo habían estado engañando. Ahora veía que Lambert tal vez fuera hijo del capitán. De haberlo sospechado antes lo habría ahogado en el lago Cagalell. Quiso denunciarlos con la ayuda de Bertha, pero la noble había actuado como tal, anteponiendo el honor y el linaje a sus emociones. Su agresión había sido un error. Bertha era huésped noble de la ciudad, apreciada por todos y esposa de un héroe. Lo ejecutarían a él antes de que pudiera denunciar nada.

Estaba desesperado por escapar de Barcelona y Baldia le propuso ir a la fortaleza de Tenes. En las tabernas se había enterado de que el rey marchaba a Italia y Bernat de Gotia, en secreto, había enviado soldados mercenarios a Drogo para someter al ejército de Isembard. En los tugurios preferían mujeres jóvenes y de aspecto sano, y Baldia no lo tenía, a pesar de no haber cumplido tantos años como aparentaba. Sin embargo, los soldados que se hacinaban en el pequeño castillo de Tenes no tenían dónde elegir; sería bien recibida. Aun así, temía ir sola. Galí se negó; pensaba ir a Narbona y no quería cargar con una furcia. Entonces Baldia lo amenazó con el documento de Calort que jamás quemó.

Galí iba a estrangularla, pero se dio cuenta de que aquello era un golpe de suerte y aceptó acompañarla si le devolvía el pergamino. Dejaría un rastro de dolor y perdición para su esposa y quebrantaría el corazón de Isembard. Drogo estaría dispuesto a pagar por el documento y él se perdería en cualquier ciudad lejos de la Marca.

Gracias a la mugre en su piel y la barba enmarañada logró burlar a la guardia del portal Bisbal. Viajaron hacia Tenes por senderos solitarios, escondiéndose cuando alguien aparecía. Una noche una partida de hombres de Drogo los sorprendió. Baldia pagó con su cuerpo la vida de ambos y Galí envió un mensaje a Drogo.

Al fin entraron en el castillo de Tenes, que se alzaba sobre un promontorio rocoso. Estaba en un estado ruinoso, con almenas derruidas y grietas en el torreón principal por las que algunas higueras se abrían paso. La oscuridad se enseñoreaba de la fortaleza y del alma de su señor. Vieron que era cierto: Drogo de Borr reunía fuerzas. Cientos de soldados ociosos bebían o practicaban hacinados en el patio de armas. El hedor era espantoso.

Eran mercenarios de más allá de los Pirineos, rudos y violentos. Empujaron a Galí en busca de pelea y, como lobos, arrastraron a la pobre Baldia hasta un rincón. Al entrar en el edificio principal oyó sus gritos de dolor entre risas masculinas. No iban a hacer tratos con ella y supo que no volvería a verla, pero no le importó.

Inspiró hondo para insuflarse valor; aquél había sido el hogar de Isembard y hasta allí había viajado para infligirle la herida más profunda antes de huir para siempre.

Un soldado lo hizo entrar a empellones en el oscuro interior, donde un monje malcarado le señaló la escalera de madera. Los peldaños astillados crujían roídos por la carcoma; se vendría abajo en cualquier momento. Galí estaba aterrado, incluso sus propios hombres temían a Drogo de Borr tras lo que le hizo Rotel de Tenes en Attigny.

Cuando entró en la sala principal, en penumbras, comprobó que los rumores eran ciertos. Estaba en el que llamaban el Trono de Espaldas. Drogo tenía la sede de madera vuelta hacia el muro del fondo y las ventanas cubiertas con gruesos tapices. Las paredes negras de hollín acentuaban aquel ambiente tenebroso. El trono crujió. Drogo estaba allí pero el respaldo lo ocultaba. Muy pocos lo habían visto desde el ataque del bestiario. Había estado a punto de morir y apenas salía de aquella estancia para alguna incursión.

—Acércate —dijo una voz ronca que resonó en la cámara desolada.

Galí obedeció sobrecogido.

—Ya tengo demasiadas alimañas en este viejo castillo. ¿Para qué una más?

—Durante años he informado de todo lo que se decía en la taberna y...

—De eso hace mucho tiempo —lo interrumpió, aún oculto tras el trono—. Estás aquí porque les has dicho a mis vigilantes que tenías algo que podía serme útil. Si no es cierto, dejaré que mis hombres te desuellen para entretenerse.

Galí se encogió. Drogo no bromeaba. Nervioso, buscó el pergamino y se lo tendió. Drogo se levantó y permaneció inmóvil un instante, de espaldas. Se volvió lentamente en la penumbra y Galí gritó, incapaz de disimular su horror. La parte derecha de su cara era una masa informe, sin oreja. Había perdido parte de la mejilla y asomaba la mandíbula de dientes amarillentos formando una sonrisa eterna, maligna.

El noble le arrebató el pergamino. Sabía leer de cuando su padre lo encerró en un convento para olvidarlo. Sus ojos destellaron.

—¡Eres despreciable y un cobarde, Galí! ¿Vas a hacerle eso a tu propia esposa?

—Sólo trato de sobrevivir —jadeó mientras intentaba disimular su repulsión.

—¿Y por qué debería importarme tu odio contra ella?

—Porque he descubierto que me engaña con Isembard de Tenes, incluso uno de nuestros hijos podría ser suyo. Hace años que se conocen. Ella se arriesgó por él al entrar armas en Barcelona, aunque entonces creí que obedecía a Goda de Barcelona. —Al ver el interés en la horrible cara de Drogo se animó—. Es posible que se amen. Si queréis debilitar al capitán, ella podría ser el camino.

Drogo se crispó. Sus espías no se habían enterado de esa relación. Eso lo cambiaba todo. Fue hasta un rincón. Allí estaba la calavera con rastros de sangre reseca que se había traído de la remota jungla de África. También una figura de plomo con cabellos atados del capitán de la *scara* que un infiltrado le consiguió. La atravesaban varios clavos oxidados, y estaba medio derretida y martilleada. Después de tanto tiempo, culminaba el ritual de damnación y se le recompensaba. El amor era una debilidad, la mayor de todas.

—¿Qué quieres a cambio?

—Protección para salir de la maldita Marca... —Al ver el cambio en Drogo se arriesgó a añadir—: Más cien dineros de plata, y podéis quedaros con la furcia para la tropa.

—Antes debes firmar que este viejo documento es auténtico.

Drogo se estremecía de gozo mientras el clérigo redactaba un breve testimonio que el esposo de Elisia suscribió con una cruz ribeteada. Galí ponía fin a su sueño de gloria en Barcelona, pero comenzaría en otro lugar como hizo al ir a Carcasona.

Por fin se abría el verdadero camino de la venganza; el del dolor, no el de la muerte. Drogo había padecido tanto que la veía como un alivio, por eso deseaba desgarrar en vida al hermano de quien lo había condenado a la soledad del Trono de Espaldas. El alma de Isembard quedaría tan mutilada como su rostro.

—Al final la tabernera no aprendió tu lección —se burló—. ¡Qué bajo has caído!

Galí se tragó su ira. Sólo quería salir de allí y no ver más esa horrible cara. Drogo se acercó para mostrarle bien el monstruo que era. Entonces Galí notó un agudo dolor en el vientre. Al bajar la mirada vio la daga del noble hundida hasta el mango.

—¿Creías que dejaría a una rata como tú suelta? Este documento lo guardaba Calort, que sigue sin aparecer y ahora sé por qué. Ésta es tu recompensa.

El clérigo atrapó el pergamino para que no se manchara. Galí sintió la hoja salir de sus entrañas y se cubrió la herida con las manos, pero la sangre brotaba a borbotones. El dolor lo aturdía y su vida miserable se derramó en el enlosado. Nadie lo lloraría.

64

La elección realizada en su persona fue inscrita por Dios en el orden del mundo.»

Carlos pedía al clérigo que leyera esa frase una y otra vez. Eran las mejores noticias que había recibido en meses y al oírlas sentía que su debilidad remitía. Formaban parte del acta del concilio que el Papa había celebrado en Rávena con ciento treinta obispos italianos para recabar el apoyo a su emperador. Además, el propio pontífice había viajado para recibirlo en Italia y habían dispuesto encontrarse en la pequeña población de Verceil, a los pies de los Alpes, un día del mes de septiembre.

Cuando se acercaron a la población el monarca vio el pendón papal y se sintió dichoso. Carlos mandó a varios miembros de su *scola* que levantaran el suyo con el águila carolingia bordada, como símbolo de que la espada del imperio acudía en ayuda de Italia. El grueso del ejército acampó a las afueras de Verceil y tras el cruce de embajadas el emperador acudió a su encuentro con el papa Juan VIII.

Bajo el tañido de campanas y la música de clarines, el Santo Padre lo esperaba a la entrada de la ciudad sobre una silla gestatoria, con los ropajes de pontífice y la tiara. Carlos se había ataviado con el traje imperial, a la moda bizantina. Lucía la diadema, el cetro y la espada que Riquilda, custodia de las *iura regalía*, le había entregado. La reina resplandecía con su larga melena cobriza, que cubría con un fino velo de seda blanca.

Vestía una túnica carmesí con mangas negras y capeleta de marta. Las damas sostenían su capa. Tras cinco partos, seguía siendo una mujer de una belleza irresistible.

Mientras Juan VIII descendía de la silla ayudado por sus diáconos, Riquilda se inclinó sobre Carlos el Calvo y le susurró al oído:

—No olvidéis vuestra promesa, esposo.

—Juro por Dios que el Papa os coronará emperatriz con toda solemnidad.

Ella se inclinó y sus labios rozaron el lóbulo de la oreja del monarca.

—No bebáis en exceso y reservad fuerzas para esta noche, mi señor. Si lo convencéis, os complaceré como nunca...

Carlos sonrió. Tantas buenas noticias le daban fuerzas para visitar de nuevo el lecho de la reina en busca del ansiado hijo.

Al ver la preocupación asomar a las facciones de Juan VIII sintió un repentino dolor en el pecho. El maquillaje blanco del Santo Padre no lograba ocultar las oscuras bolsas bajo sus ojos. Estaba inquieto y serio. Carlos se arrodilló ante él y le besó el grueso anillo de oro antes de acudir a la iglesia de Verceil. Debían entrar juntos para mostrar en público el equilibrio de poderes.

—¿Ocurre algo, santidad?

—Me temo que sí, emperador. Vuestro sobrino Carlomán de Baviera se acerca con un poderoso ejército y está recabando lealtades entre los nobles italianos que no aprobaron vuestra elección. Como rey de Bohemia, Moravia, Panonia y Carintia, viene dispuesto a disputaros la corona lombarda y la diadema imperial.

Carlos palideció y tuvo que sostenerse en el Papa para no desplomarse.

—¿Dónde está? —musitó con un hilo de voz.

—Viene por el paso del Brennero.

—Aún tardará semanas en llegar —señaló el rey, furioso—. Enviaré mensajeros a Francia para que mis nobles acudan con sus ejércitos.

—Debemos buscar refugio en la ciudad de Pavía. Su muralla es recia y allí estaremos más seguros.

A sus cincuenta y siete años, Juan VIII seguía siendo un hombre enérgico, centrado en las cuestiones terrenales y la defensa de sus estados. No le temblaba el pulso a la hora de excomulgar a nobles y reyes si contravenían sus intereses. El Papa se volvió hacia Riquilda, que los seguía con la cabeza cubierta con un velo; ella le sonrió sensual y el pontífice fantaseó con su belleza. Aún podría complacer a la reina con vigor, pensó, y se preguntó hasta dónde estaría dispuesta a llegar para obtener lo que más deseaba.

—En Pavía coronaré emperatriz a vuestra esposa. Debo agradecerle que mediara para traeros hasta Italia. Vuestro imperio os necesita.

Carlos asintió con desánimo. Al lado del brioso Papa, el rey franco parecía un anciano, calvo y con la piel macilenta. Cada día desde la coronación había maldecido la diadema del imperio que tanto había codiciado.

—Tened fe, Carlos —dijo el Papa sin mucho entusiasmo—. En el Concilio de Rávena los obispos os han apoyado. Puede que consigamos aliados.

El rey se mordió la lengua para no reprocharle que aquellos ciento treinta obispos se esconderían como ratas en cuanto apareciera el pendón de Carlomán en medio de un bosque de lanzas. Sin ayuda de Bosón y sus nobles francos estaba perdido.

Cuando llegaron al altar entre una nube de incienso Carlos se desplomó en su trono; tenía deseos de llorar. Durante la misa de gratitud por el encuentro de las dos cabezas del Sacro Imperio Romano, pensaba en su madre, Judith de Baviera, y en los sueños de grandeza que tejían en su infancia. Desde la tumba estaría llorando por él. Carlos el Calvo se sentía apartado por Dios y maldecido por la historia.

65

Las mesas se sirvieron como los bardos describían en algunas de sus historias fantásticas. Primero frutos secos y cinco clases de quesos; a continuación las sopas de pollo con canela y de vino con pan seco; después fuentes colmadas de pescado en fritura, aves y conejos rellenos de compota de castañas, buey asado, cerdo horneado con un picadillo de vísceras con huevo, ajos, comino y queso viejo; y al final leche cuajada con miel, membrillo, turrones y otros dulces. Durante años se recordaría en la Ciudad Coronada el banquete de bodas que Goda ofreció en el huerto de su palacio. Asistían un centenar de comensales, la mayoría de ellos de la nobleza goda de Barcelona, Ampurias y Girona. En una mesa aparte y algo alejada, para no ofender a los próceres, estaban las familias de aquellos antiguos pescadores que se dedicaban ahora a la sal y prosperaban con rapidez.

Entre los árboles se habían tendido cuerdas con guirnaldas de flores, y desde Girona había llegado un pequeño grupo de estudiantes de la escuela canónica con arpas, violas y un tamboril. Goda se paseaba entre los comensales altiva y hablaba orgullosa del futuro linaje de Argencia. Ninguno de los consejos que las familias amigas le habían dado había hecho mella en su intención. A ellos no los habían desterrado, no habían visto al vulgo sobre el que asentaban sus privilegios luchar en la miseria para sobrevivir. Esa gente maloliente la había salvado, y no le importaba quebrar sagradas reglas; Argencia y Ermemir fundarían una casa centenaria.

Presidían la mesa principal los jóvenes esposos. Argencia, el vivo retrato de Goda cuando era joven, y el apuesto Ermemir, quien, tras largas prácticas con la estricta suegra, se comportaba como un noble de cuna. Ambos rebosaban vida y parecían felices, aunque incómodos con la situación que la tenaz Goda había provocado.

Frodoí había oficiado la ceremonia, en la que se cantó el himno de santa Eulalia, en la iglesia junto a la playa, por la que Goda sentía una inclinación especial. Durante generaciones, su familia había costeado varias reparaciones, como si conservarla fuera una misión sagrada, pero el obispo seguía sin sonsacarle la razón a la dama.

Goda había regalado al obispado un cáliz de oro con piedras preciosas, así como cincuenta sacos de sal molida, y costeaba el cincelado de los capiteles de la nueva basílica en los que aparecían rostros, motivos florales o frases bíblicas en letra carolingia. La ceremonia se realizó con la máxima solemnidad. Toda la canonjía revestida de seda y oro, el clero y los diáconos, se habían desplazado en procesión con el obispo, entre cánticos y humaradas de incienso. La ciudad se había congregado en la pequeña iglesia frente al mar engalanada para la boda con telas y flores.

Argencia y Goda rezaron ante la tumba de Nantigis situada en el cementerio de la vieja iglesia de cruz griega y dio comienzo el banquete, que se prolongaría durante todo el día y toda la noche. Los siervos de Goda, ayudados por los de la taberna del Miracle, iban y venían para limpiar las manos de los invitados en jofainas de agua. Los comensales observaban la costumbre de coger la comida con tres dedos de la mano derecha y disponían de una escudilla, una cuchara y un cuchillo.

Elisia había trabajado durante semanas, pero ese día Goda quería tenerla a su lado y la mujer lucía un bonito vestido azul de paño con un fajín blanco. Estaba radiante con la melena oscura limpia y suelta. Sonreía, aunque no quitaba ojo al servicio, no podía evitarlo. Era su manera de no pensar en Isembard, del que no tenían noticia. Por el *prevere* Jordi sabía que se había reunido con sus tropas con intención de ir a Tenes y reclamar la entrega de Galí, pero no quiso comunicárselo a Bertha, pues a la joven le faltaban cuatro lunas para dar a luz y ya había sufrido bastante.

Goda miraba a Elisia como si advirtiera en su rostro la inquietud. Tenía planes para ella. En cuanto terminara la celebración exigiría a Frodoí que anulara el matrimonio con Galí. A la posadera no le faltaban pretendientes, y el que más le gustaba a Goda era Oriol, siempre atento con ella y enamorado en secreto desde hacía años. Seguía siendo un hombre apuesto, aunque demasiado solitario tras décadas de servicio a la sede episcopal. Con todo, era de corazón noble y la respetaría.

Bertha, junto a ellas, trataba de mostrarse alegre. Todos la felicitaban por su recuperación y por la labor de su esposo, si bien ella sólo deseaba marcharse a Orleans. Miraba a Elisia, la amante de Isembard, y se sentía morir de pena y celos. Sus ingenuas ilusiones de muchacha se habían desvanecido, pero era la esposa ante los ojos de Dios y los hombres. Como noble bien educada, callaba y disimulaba. Elisia sospechó en su actitud que sabía algo y la evitaba.

Los invitados hablaban a voz en cuello y reían a carcajadas tratando de alejar de sí los insistentes rumores de una rebelión contra Carlos el Calvo. Goda escuchaba con disimulo a los patriarcas godos que conversaban en corros. Si la rebelión estallaba en todo el reino, Barcelona debería escoger entre la fidelidad a la corona o plegarse a aquel conde franco, Bernat, que los había esquilmado con tributos sin preocuparse de la Marca.

El sentimiento general de los godos era de estar abandonados, y la decisión debía tomarse en beneficio de la ciudad. El único referente era el conde Guifré de Urgell y su hermano Miró. Aunque estaban por debajo del marqués de toda la Gotia, jamás apoyarían a un noble que se había aliado con Bernat Plantapilosa, cuyo hermano Guillem asesinó a su padre. Si erraban en la decisión, Barcelona lo pagaría con sangre y miseria.

A media tarde apareció el vizconde Astorius con varios guardias y el *saig*. Las animadas conversaciones cesaron de pronto y la música dejó de sonar. Todos veían el gesto grave del oficial.

—Esto es una celebración, vizconde —le espetó Goda con disgusto.

Astorius la miró inclemente y dejó que el *saig* explicara su presencia. El oficial encargado de las detenciones pedía perdón a Goda con la mirada.

—Debemos llevarnos a Elisia de Carcasona.

La aludida palideció cuando todas las miradas convergieron en ella.

—Desde el castillo de Tenes ha llegado al palacio condal un documento relevante. Esta mujer ha cometido un grave delito y estará encarcelada hasta que un tribunal la juzgue.

—¿Estáis seguros de que no es un error? —demandó Goda tensa.

Astorius tomó la palabra:

—Los jueces dirán si el documento es o no auténtico, pero la ley es clara y procedemos en nombre del conde de Barcelona, Bernat de Gotia, que juró acatar y hacer cumplir la ley goda del *Liber Iudiciorum*, donde se contiene la grave falta de Elisia.

A una señal del vizconde, los guardias se aproximaron a la posadera. Entonces se desató la indignación. Patricios y pescadores estimaban a la mujer de Carcasona que había llegado dieciséis años atrás siendo casi una niña. La habían visto trabajar día a día, y la posada del Miracle junto a las ciclópeas columnas era el orgullo de la ciudad.

—¡El conde Bernat me conoce y me aprecia! —dijo Elisia poniéndose de pie.

El vizconde sonrió, ajeno a la hostilidad que todos le profesaban.

—No es una cuestión del marqués, sino de la ley de este condado. El noble Drogo de Borr os ha denunciado.

El *saig* le mostró un viejo pergamino, y a Elisia la asaltó el recuerdo de cuando Galí y ella encontraron la olla con las monedas, pero no sabía si era el mismo documento. Logró leer un nombre antes de que el *saig* lo apartara: Gombau. El abuelo de Galí. La posadera se estremeció aun sin comprender qué pasaba. Goda exigió leerlo y se quedó pálida.

—¿Qué ocurre, vizconde? —dijo Elisia con un mal presentimiento—. ¿Qué he hecho?

—¿Tu esposo nunca te contó nada?

—¿Contarme qué? —Comenzó a notar que la angustia se apoderaba de su estómago.

—En realidad Galí no es un hombre libre, sino un *servus fiscalis*, un esclavo de la corona llamado Trasmir. Su abuelo no era Gombau, vasallo del conde, sino uno de sus esclavos que tenía por nombre también Trasmir. Todos los miembros de su familia eran *mancipia*; Carlos el Calvo los había entregado al conde Sunifred en el año 843 para trabajar tierras fiscales de la villa de Vernet en Conflent. Gombau era el capataz de los esclavos. Tenía un hijo y un nieto llamados Galí. La casa donde está la posada era de su propiedad, aunque pasaba la mayor parte del año con su familia en Vernet. Cuando en el año 848 Guillem de Septimania ejecutó en Barcelona al conde Sunifred, Gombau estaba con él. Temía correr el mismo final y, ayudado por el esclavo Trasmir, que siempre lo acompañaba, escondió las monedas y este documento en la casa antes de huir.

Elisia perdió el equilibrio y los guardias la sostuvieron. El vizconde agitó otro pergamino, éste reciente, en el que reconoció la firma de su esposo.

—Gombau, el capataz, quería refugiarse con su familia en alguna ciudad del norte. Según asegura tu esposo, cuando huyeron de Vernet su abuelo Trasmir mató al capataz y a su hijo en un bosque para hacerse pasar por ellos en otras tierras. Antes de morir le contó a su nieto lo de la olla con las monedas. Para adueñarse del tesoro y de la casa sólo tendría que ir a Barcelona al cabo de unos años y hacerse pasar por el nieto de Gombau, al que nadie había visto nunca. Para reforzar la treta se llamaría Galí. Lo que ignoraban era que el pergamino que Gombau también guardó en la olla era la concesión real donde constaban los *mancipia* entregados.

Elisia cayó postrada y tuvieron que levantarla. El *saig* la miró apenado.

—Conforme a la ley goda, una mujer libre o liberta que se casa con un esclavo se convierte en *ancilla*, esclava del mismo señor que su esposo, al igual que su descendencia. Por tanto, Elisia, eres una *serva fiscalis* bajo la mano del conde Bernat de Gotia, beneficiario de todas las prebendas que se concedieron a los condes anteriores. Quedarás a disposición del marqués como esclava junto con tus dos hijos.

—¡Es evidente que Elisia no lo sabía! —exclamó Goda, indignada—. ¿Dice la ley algo del engaño?

—Mi señora, eso lo decidirá el tribunal y el consejo de *boni homines*.

Elisia apenas oía las protestas de los invitados. Mientras los guardias del *saig* la sostenían tuvo la certeza de que toda su existencia se derrumbaba. Recordó la tarde lluviosa ante la tumba de su abuelo Lambert. Su vida había sido una farsa desde que salió de Carcasona. Se casó con el hombre equivocado, amaba a un hombre equivocado, tenía un hijo bastardo y Dios estaba ofendido por su pecado. El peso de tanta mentira pudo con ella. Su mayor dolor era por Gombau y Lambert, que jugaban divertidos con otros niños al fondo del huerto. También ellos se convertían en *servi fiscalis* de Bernat de Gotia. Prefería la muerte de ambos antes que la crueldad del desquiciado marqués.

El obispo Frodoí se acercó alterado para protestar. Se le rompía el alma al ver a Elisia, imaginando ya su terrible destino.

—Según la ley, si han pasado treinta años sin que el *mancipia* sea molestado éste adquiere la libertad —dijo con firmeza.

El vizconde sonrió ladino.

—La muerte del verdadero Galí sucedió en el año 848 y estamos en el 877, obispo. Han pasado veintinueve años; por tanto, el derecho no ha prescrito. Elisia y sus dos hijos son esclavos.

El desánimo cundió ante la perversa evidencia y las protestas se recrudecieron. De entre los invitados, los patriarcas que formaban parte del consejo de *boni homines* que asistía al tribunal condal pidieron comprobar los documentos, pero el oficial se negó. Era en el juicio donde debían estudiarse. Goda miró a Frodoí, quien se había quedado callado. Detrás de él, Oriol tenía las mejillas encendidas y la mano en el puño de la espada. Sus hombres, Italo y Duravit, también estaban preparados.

—¡Debéis impedir esto, obispo! —imprecó Goda. No comprendía por qué Frodoí no insistía ante el vizconde.

—Conozco a los guardias del *saig* —susurró Oriol, crispado—, aborrecen la situación tanto como nosotros. Si llevamos a Elisia a la catedral por la fuerza, estaría en sagrado y podríais exigir que un tribunal eclesiástico la juzgara.

—¿A qué esperáis, obispo? —tronó Goda, fuera de sí—. ¡Habéis sentado condes en sus tronos! ¿No podéis evitar una simple detención?

Frodoí, pálido, miró a Servusdei, encogido en su banqueta. Mientras escuchaba la terrible acusación había observado los rostros de los nobles godos. Estaban sumidos en un dilema: ¿debían acatar la voluntad del vizconde franco o defender a aquella mujer a la que todos estimaban? Al igual que con la lealtad de Barcelona hacia la corona, no se atrevían a tomar partido. Él había hecho un juramento de fidelidad a Hincmar de Reims y el conflicto de Elisia podía servir a sus intereses. Entonces tomó una dolorosa decisión.

—No —dijo, y volvió a sentarse—. Ésa es la ley de los hombres.

—¿Qué? —Goda, fuera de sí, apretó los puños, pero se contuvo en público. Frodoí volvía a decepcionarla, y esa vez no estaba en juego su mitra.

El obispo sintió el dolor de Goda como una oleada abrasadora. Aun así, se mantuvo inflexible. Elisia lo miró con ojos suplicantes y él desvió la cara avergonzado. Su tragedia aunaría el sentimiento contra Bernat de Gotia. Quería salvarla, pero no como todos esperaban. Imploró a Dios. Si salía mal, cargaría con la tragedia el resto de sus días.

—La Iglesia no puede intervenir —dijo con voz firme—. Juzgarán los jueces de Bernat de Gotia. Él aplica la justicia en este condado.

Los invitados estallaron indignados y se oyó algún anónimo insulto sobre su origen franco. Frodoí aguantó estoico mientras la angustia lo invadía.

Oriol apretó los dientes. Su fidelidad hacia el prelado sufría la peor prueba. Los guardias del *saig* se llevaron a Elisia y a sus hijos, que lloraban y forcejeaban con los soldados.

—¡Maldito seáis, obispo! —siseó Goda, que consideraba a Elisia casi una hermana. Su decepción abría un abismo entre ellos imposible de salvar—. ¡Abandonad mi casa! ¡No sois bien recibido entre mi gente!

Frodoí se levantó sin rastro de color en el rostro y abandonó el palacio de Goda en medio de un silencio hostil. Se había quedado solo en un instante. Su amada jamás aceptaría el plan que urdía en su mente, pero para que los godos se plegaran a su deseo de oponerse al conde en pro de la corona sólo quedaba el camino del dolor y confiar en Dios.

66

Anochecía cuando Isembard ascendió, con Armanni y Airado, la sinuosa senda del macizo rocoso hacia el castillo que había sido la morada de la casa de Tenes. Cincuenta caballeros montados y bien armados formaban en fila a los pies del promontorio, fuera del alcance de los arqueros de Drogo. Las densas nubes amenazaban con descargar una terrible tormenta y la fortaleza tenía un aspecto lóbrego bajo la luz crepuscular.

El capitán sabía que una flecha traicionera podría acabar con todo, pero los emisarios de Drogo afirmaron que su señor quería entregarles personalmente a Galí y garantizaba su seguridad mientras no hubiera ninguna provocación.

Isembard se detuvo unos instantes para contemplar desolado el aspecto de la fortificación. En pocos años serían viejos muros entre escombros. Apenas tenía recuerdos de su vida allí. Las imágenes se teñían de dolor. Recordaba el edificio como un lugar gris y silencioso. Las criadas los reprendían cuando él y su hermana jugaban con los hijos de los guardias; no debían molestar a su madre, cuyas profundas melancolías la tenían postrada en la cama durante días y días. Su padre, Isembard, siempre estaba ausente.

Sonrió apenado al imaginar el contraste del lóbrego lugar con la risa fresca de Bertha. Se vio luchando con sus hijos con espadas de madera en el patio de armas, o celebrando banquetes con sus hombres más fieles. Allí podría reconciliarse con

Dios tras el pecado cometido con Elisia y, si lograba regresar vivo de Italia, seguiría cumpliendo la promesa de los Caballeros de la Marca.

Su padre estaría orgulloso, y él comenzaba a perdonarlo. Ya comprendía la titánica tarea que aquellos soldados emprendieron en la oscura Marca. Estaba ansioso. Oía una voz interior: la voz de la sangre que exigía una reparación.

—¿En qué pensáis, capitán? —demandó Airado a su lado.

—En mi padre. Estad atentos. Nos ceñiremos al plan.

Las almenas estaban atestadas de soldados que los observaban con semblante desdeñoso. Hasta ellos llegó algún insulto que no respondieron. Apareció Drogo en las almenas. Las antorchas que los soldados sostenían iluminaron el cuero que cubría la parte quemada de su cara.

—Aquí tienes al que agredió a tu esposa, Isembard sin tierra.

Lanzaron un fardo que, tras rebotar en las rocas, cayó cerca de Isembard y sus hombres. Habían pasado varios días desde que Frodoí le informó y por el hedor ya imaginaban qué contenía. La cabeza de Galí les hizo retroceder asqueados.

—¿No habéis podido esperar para entregarlo vivo?

—¿No te alegras de que tu amante sea ahora una flamante viuda? —Drogo estalló en una carcajada cruel al ver que a Isembard se le mudaba el rostro. Quería provocar su ira—. Aunque mucho me temo que cuando regreses encontrarás a tu posadera muy cambiada.

—¿Qué estás diciendo? —El capitán sentía que la sangre le ardía conforme se daba cuenta de la intención de Drogo—. ¿Por qué vino Galí hasta aquí?

—¡Tu querida Elisia es una *ancilla* por haberse casado con un esclavo! —Su risa se contagió al resto de sus hombres y se burlaron de Isembard—. Galí quería vengarse de vosotros y escapar. Sólo he cumplido con la ley. Deberías agradecérmelo, tú que eres un perro del rey de Francia.

Un terror visceral dominó al capitán, que sólo deseaba cabalgar hacia Barcelona para saber qué había ocurrido. Sus hombres veían su tribulación y aguardaban contenidos. Entonces buscó un recuerdo cercano y nítido que se había jurado no olvidar. De nuevo se vio con aquella muchacha de la cabaña, Agnès, en brazos. La había visto morir mientras sus ojos perdían el brillo de toda esperanza. Una muerte inútil que le mostró su debilidad. Drogo volvía a golpearle en el alma, pero no cometería el mismo error. Su corazón debía ser tan duro y frío como el hierro de la espada de Guisand.

—Te hago una advertencia, Drogo de Borr. Nos llaman los Segundos Caballeros de la Marca porque hicimos voto de proteger la frontera y ser leales al rey. Cualquier agresión por tu parte se considerará traición a la corona y te atendrás a las consecuencias. Estás advertido. En cuanto a la tabernera Elisia de Carcasona, te agradezco que veles por el orden del condado. Si ha cometido un delito deberá pagar por ello. —Se volvió hacia sus jinetes y gritó—: ¡Regresemos al campamento!

La serenidad de Isembard hizo rugir de rabia a Drogo. Tal vez Galí le había mentido. Había previsto que el capitán de la *scara* se marchara ofuscado a Barcelona para intentar salvar a su amada Elisia. Entonces él atacaría a traición al ejército de los Caballeros de la Marca y sus puestos. Sorprendidos y sin su máximo líder, caerían con facilidad.

Frustrado ante la controlada reacción de su enemigo, Drogo decidió quebrantar el juramento de inmunidad durante el encuentro. El capitán había ido con cincuenta caballeros, él tenía casi los mismos jinetes y quinientos infantes preparados. Era la oportunidad de descabezar a los Caballeros de la Marca. Bernat no le negaría Barcelona como recompensa cuando forjara su propio reino de la Gotia.

—Que las tropas se preparen a mi señal —dijo a sus hombres—. Los sorprenderemos por la retaguardia en el bosque.

Isembard y sus cincuenta hombres se alejaron, y poco después Drogo dio la mentada señal. Sin toque de cuerno ni tambores, las puertas del castillo se abrieron. Mientras unos descendían la accidentada senda, por ambos lados del promontorio aparecieron las falanges de infantería y avanzaron con el mayor sigilo posible. La caballería los emboscaría hasta que los quinientos infantes llegaran para aniquilarlos.

Cuando se perdieron de vista Drogo descendió hasta el Trono de Espaldas. Echó la figura de plomo de Isembard en el brasero donde Rotel le había quemado la cara. Musitó extrañas palabras mientras la figura se derretía. Sentía presencias detrás de él y, sobrecogido, pronunció el nombre de Isembard una y otra vez como una imprecación.

Un tiempo después por las ventanas selladas llegó el fragor de la batalla. Cada grito agónico que quebraba la noche lo estremecía de gozo.

—Mi señor, venid a ver esto —anunció el clérigo desde la puerta.

Subió a la muralla esperando ver regresar victoriosos a sus hombres. Pero nada se oía.

—Allí —señaló el clérigo, estremecido.

Un solo muchacho vestido con pieles de oveja y con un cayado de pastor en una mano estaba de pie justo en el linde del robledal. Sostenía una antorcha en la otra, inmóvil. Su presencia y el silencio que se había adueñado del bosque tras la batalla inquietaba a los pocos soldados que habían quedado en Tenes. Algunos temían que fuera un espectro.

—¿Quién es?

—Tengo un mal presentimiento, mi señor. ¿Y si Dios nos envía una visión?

—¡Disparad a ese bastardo!

Las flechas no le alcanzaban. El niño cogió un cuerno y sopló con fuerza. El sonido profundo se expandió en la noche y un escalofrío recorrió a los hombres del castillo. De pronto aparecieron luces titilantes entre los árboles. Primero unas pocas, luego decenas, cientos, hasta que el bosque se tornó un oscuro mar de estrellas anaranjadas.

—¡Por mi hermana Agnès! —gritó a pleno pulmón el niño pastor.

—¡Dios Nuestro Señor...! —gimió el monje en las almenas—. ¡Es una trampa! ¡Isembard ha venido con su ejército para recuperar el castillo de su familia!

—¡Isembard jamás actuaría así!

—Tal vez no sea como su padre. Ha aprendido luchando contra normandos.

Drogo, aterrado, empujó al monje, que cayó de espaldas al patio y se desnucó. Los soldados lo miraron en silencio. Los incontables puntos de luz comenzaron a avanzar como espectros vengativos de todas las víctimas que había causado en su vida. El niño pastor fue engullido por varias filas de hombres, con flechas ardientes. Hizo sonar el cuerno otra vez y las saetas brillaron hacia el cielo.

—¡A cubierto! —gritaron los vigías.

La descarga letal se derramó sobre los pocos soldados que permanecían en la fortaleza. Docenas cayeron entre gritos mientras otras saetas prendían cobertizos y montañas de heno.

Luego una pequeña catapulta fue destrozando partes de la torre y edificaciones del patio de armas sembrando el caos. Un tercer cuerno anunció el asalto. Los arqueros de Drogo mantenían despejadas las almenas con disparos indiscriminados mientras decenas de hombres con escalas ascendían el sendero bajo sus escudos. Los invasores llegaron a la puerta del castillo y le prendieron fuego. Sobre ellos derramaron aceite hirviendo. Entre gritos de agonía se retiraron, pero las llamas devoraban ya la madera.

Isembard y Airado ascendieron el muro defensivo por una escala rezando para que no la empujaran desde arriba. La caída sobre los peñascos sería letal. Cuando al fin saltaron a la muralla vieron consternados que nadie defendía el perímetro. La pasarela estaba desierta y el castillo permanecía en silencio.

—¡Mirad eso! —jadeó Airado a su lado.

En el patio de armas los defensores habían dejado todas las espadas en un montón junto a un clérigo desnucado. A los pies del edificio aguardaban cuarenta soldados desarmados. En ese momento la puerta cedió y cayó hacia dentro con un estruendo, levantando una miríada de chispas. Decenas de hombres de Isembard tomaron el patio ansiosos de entrar en combate.

—¡Aceptad nuestra rendición! —gritó uno de los esbirros de Drogo.

—¿Donde está vuestro señor?

—Ha huido por el pozo con algunos de sus leales. Podéis registrar la fortaleza.

Varios soldados descendieron por la oscura boca y se organizó una partida de búsqueda, pero Drogo conocía bien aquel territorio. Difícilmente lo encontrarían.

Isembard se volvió hacia los hombres de la fortaleza.

—Declaro este castillo propiedad de Isembard II de Tenes por derecho de mi padre. Drogo de Borr, su poseedor, ha atacado a soldados fieles al rey y por tanto es un traidor. ¿Alguien de los presentes discute mi título?

En el silencio, Airado tomó un escudo y comenzó a golpearlo mientras gritaba.

—Isembard, Isembard, Isembard...

Sus soldados se le unieron uno tras otro. Los mercenarios masacrados en el bosque eran las fuerzas que Bernat había enviado. Los que veía allí eran viejos soldados de Drogo. Se miraron y se unieron al clamor; les iba la vida en ello. Entre las filas de Isembard reconocían a compañeros que tiempo atrás habían cambiado de bando. Estaban bien armados, con buenas protecciones y la mirada henchida de orgullo.

Airado y otros jóvenes soldados hincaron la rodilla ante su capitán.

—Aceptadnos como vasallos y defenderemos este castillo y sus posesiones.

—¡También nosotros os juramos fidelidad! —gritó uno de los hombres de Drogo con la esperanza en los ojos. Los demás lo imitaron.

—Merecéis la muerte por no haber defendido el castillo, pero la cobardía de Drogo os excusa. Los que quieran servir en el ejército de los Caballeros de la Marca se dividirán en grupos de diez e irán a la frontera para iniciar su instrucción. Los otros deberán marcharse desarmados de la Marca.

Se atendió a los heridos y sofocaron los incendios. Isembard recorrió la vieja fortaleza, una ruina maltrecha y pestilente. En el salón se reunió con sus capitanes.

—¿Dónde estará Drogo? —demandó Armanni pensativo.

—Huirá para reunirse con Bernat de Gotia en Narbona o en alguno de sus condados. —Los miró sombrío—. Esta guerra está muy lejos de acabar.

Discutieron los detalles de la defensa del castillo de Tenes. Isembard quería traer maestros de obras y carpinteros para restaurarlo. Pasaría largas temporadas en Orleans, pero era la casa de su linaje. A continuación llegó el momento de celebrar la victoria y, eufóricos, abrieron un tonel de las bodegas.

Isembard abrazó emocionado a sus capitanes uno a uno.

—¡Debería colgaros por quebrantar el juramento y ayudarme a recuperar el castillo de mi padre! —dijo con los ojos húmedos.

Todos alzaron la copa de vino en su honor. Sus ancestros lo mirarían orgullosos desde el cielo: el Nacido de la Tierra, criado en el humilde monasterio de Santa Afra, era por fin Isembard II, señor de la fortaleza de Tenes en el condado de Barcelona.

Entre risas y mil anécdotas de la batalla, el capitán de la *scara* reflexionaba sobre lo ocurrido. Habían masacrado a un ejército de mercenarios galos. Si Bernat se había atrevido a enviarlos era porque la rebelión que Frodoí vaticinó ya estaba en marcha.

Pensó en el astuto obispo. Él le había metido en la cabeza la idea de recuperar la fortaleza de Tenes. Lo que pretendía era reducir las fuerzas del marqués en la Marca y ganar tiempo, pero en cuanto Bernat de Gotia recibiera la noticia montaría en cólera y mandaría un ejército mucho mayor y mejor armado. Si el rey había marchado a Italia no podían esperar su protección.

Isembard trataba de mostrarse animado con sus hombres, a pesar de que estaba abrumado por los problemas. Por encima de todos planeaba lo que Drogo había dicho sobre Elisia y su delito. El día siguiente partiría hacia Barcelona. Tenía una orden del rey de acudir sin demora a su lado, pero la cumpliría cuando la tabernera estuviera a salvo.

Antes de salir al alba, Isembard entró en el vacío salón y dio la vuelta al viejo trono de Tenes, en el que Drogo había grabado un dragón. Lo colocó tal como lo recordaba y casi vio a su padre sentado en la penumbra en él, con la cabeza apoyada en una mano, reflexivo. Comenzaba a comprender el dilema que para un noble suponía decidir entre el deber y el corazón.

Isembard tomó dos recias monturas y galopó hacia Barcelona, ansioso por saber qué le había ocurrido a Elisia. Cuando tenía ante sí la Ciudad Coronada, en la vía Francisca apareció Oriol con seis jinetes cuyas brunia y capa eran similares a las de Isembard. El capitán se detuvo al encontrarse con los oficiales de la *scara* de aspecto marcial.

—Llegaron ayer a la ciudad, Isembard —explicó Oriol funesto.

—Isembard de Tenes, tu labor como *missus dominicus* ha concluido —anunció uno de los *scara*—. El rey ha reclamado tu presencia en su ejército sin más demoras. Íbamos en tu busca. Debes venir con nosotros ahora.

—Antes he de despedirme de mi esposa en la ciudad.

—Me temo que eso no será posible. Llevas años alejado de tu *cuneo* y el rey te lo ha permitido, pero las órdenes son estrictas. O vienes con nosotros o eres un traidor.

Los seis jinetes se llevaron la mano a la espada. Eran buenos guerreros y no se marcharían sin él o sin ejecutar la condena por desertor. Isembard miró en dirección a Barcelona con el alma desgarrada.

—Los rumores de rebelión son más firmes, capitán —dijo uno de los jinetes, impaciente—. Debemos partir antes de que nos cierren el paso. ¡O el rey o la muerte!

—¡O el rey o la muerte! —corearon los demás con fuerza.

Isembard trató de serenarse. Conocía bien la disciplina *sca-*

ra. Había hecho un juramento y no podía deshonrar su linaje. Se volvió hacia Oriol con gesto grave.

—Informa en Barcelona que Galí de Carcasona está muerto y la fortaleza de Tenes está en mi poder. —Acercó su montura a la de Oriol para hablarle con discreción—. Comunica al obispo que hemos aniquilado a los mercenarios de Drogo. Era lo que él quería, y supo manipularme. —Frunció el ceño—. Ahora él debe hacer algo por mí. Drogo dijo que Elisia se convertirá en esclava del conde; adviértele que si la tabernera sufre algún daño su valiosa mitra de seda no podrá detener el acero de mi espada.

—Isembard... —Oriol sentía las amenazas hacia el obispo como propias, pero le dolía más constatar la intensidad de los sentimientos del capitán hacia la posadera—. Contente...

—¡Díselo, porque pienso volver!

—Vamos, capitán —exigió el *scara* que hablaba por todos—. Los reyes te aguardan. Nos queda un largo camino hasta Italia.

Cuando se perdieron de vista, Oriol se quedó mirando la polvareda.

—Que Dios te proteja, Isembard, y no sufras. Si Frodoí incumple, seré yo quien lo obligue a pagar por ello, aunque sea lo último que haga.

67

Una luz mortecina se colaba por las estrechas ventanas del salón del trono del palacio condal. Habían pasado casi dos semanas desde la detención de Elisia de Carcasona y aquel 21 de septiembre, día de San Mateo, presidían el tribunal siete jueces que el vizconde había nombrado. Conversaban entre ellos con gravedad. Para garantizar la imparcialidad venían de Girona, Conflent y Vallespir. Al lado se había dispuesto una mesa con una cruz de plata y el libro de los Evangelios sobre el que jurarían los testigos. En dos bancadas estaban los *boni homines* que velaban por la imparcialidad de los jueces, aconsejaban sobre la *consuetudine* y hacían de testigos. También estaba presente Frodoí en un lugar de honor junto al tribunal, aunque sólo asistiera como testimonio del proceso.

La ley goda aconsejaba que para evitar alborotos sólo acudieran los afectados, pero ante la expectación y las presiones el vizconde toleró la presencia de ciudadanos vinculados a Elisia por amistad. Goda se sentaba en una de las bancadas del fondo con otros miembros del patriciado local. Ni siquiera se había dignado mirar a Frodoí, como tampoco había consentido encontrarse como él en los días anteriores. La pasividad del prelado ocultaba una intención, eso Goda lo tenía claro, pero usar a Elisia no tenía perdón. Lo único que podía agradecerle era que había convencido a Astorius para que en el juicio no estuvieran presentes los hijos. Gombau, que tenía doce años, y Lambert, que ya había cumplido siete, no tenían por qué pasar por ese trance. De su cuidado hasta la sentencia se encargaba Emma, la hija de Joan y Leda.

Goda vio entrar a Oriol. No había podido llevar consigo al *missus dominicus* Isembard. Como todos, estaba desolado por la suerte de Elisia, a merced de un tribunal forastero.

Los guardias abrieron las puertas y entró el *saig* acompañando a la posadera. Iba vestida con una sucia túnica de sarga, con remiendos y agujeros. Estaba descalza y tenía el pelo enmarañado, pero lo que desgarró el corazón de los presentes fue el velo de miedo y pena que cubría la mirada dulce que encandiló a la ciudad. Caminaba arrastrando los pies, confundida y aterrada. El último golpe de Galí había sido demoledor y por fin su optimismo se había desmoronado.

Se había casado con un esclavo y era *serva fiscalis*, sin mayor importancia que cualquiera de los caballos de Bernat de Gotia. Miró a los presentes como si fueran desconocidos. Quiso sentarse en el suelo, pero el *saig* se lo impidió. Servusdei sería su abogado, si bien no tenía con qué argumentar. Si él no era capaz, nadie lo era en la ciudad.

—¿Sois Elisia de Carcasona? —preguntó el juez de Girona que presidía el tribunal.

La aludida no respondió. Un *assertor* volvió a relatar, en nombre del vizconde y del marqués, los hechos antes de formular el *petitum*. A continuación se hizo entrar a dos testigos. Con la mano sobre las Sagradas Escrituras juraron por Dios Padre, Jesucristo y el Espíritu Santo que dirían la verdad. Eran artesanos que vivían en la plaza en tiempos de Sunifred; sabían que Gombau era un vasallo del conde y capataz de tierras en Conflent, que solía acompañarse de uno de los esclavos llamado Trasmir. Según la costumbre, se dirigieron a Elisia y le preguntaron si tenía alguna objeción, reprobaba los testimonios o podía presentar más y mejores testigos que invalidaran los vertidos.

Servusdei hizo pasar a una fila de clientes de la posada que afirmaban con rotundidad el carácter díscolo de Galí. Ni siquiera su esposa sabía que se llamaba Trasmir. Su defensa se basaba en el error sobre la identidad del esposo, pero para el tribunal no quedó acreditado que Elisia lo ignorara; cabía pensar que hubiese mentido, al igual que su marido, para vivir como una mujer libre.

Siguiendo el procedimiento se estudió la documentación consistente en los fragmentos recuperados de la donación de los siervos fiscales por el rey en el año 843 y el relato de lo ocurrido firmado por el falso Galí en el castillo de Tenes. El capitán Oriol confirmó que el esposo de Elisia había muerto y, por tanto, no podría ser encausado.

El *assertor* del vizconde hizo notar que la conservación de tal documento durante tanto tiempo tenía un cariz milagroso, lo que significaba que Dios quería que se cumpliera la ley. Frodoí se estremeció; involucrar al Altísimo era peligroso, los jueces no se atreverían a actuar en Su contra. Los *boni homines* recordaron el bien que la posada del Miracle hacía por la ciudad. El vizconde garantizó que seguiría abierta, pero dado que su dueña era una esclava la propiedad era fiscal y el conde le asignaría un explotador.

Elisia no habló. Miraba por la ventana, refugiada en recuerdos de su feliz infancia en la posada de Oterio con su abuelo.

—¿No vais a decir nada, Elisia de Carcasona? —la imprecó un juez harto de las diatribas técnicas del monje Servusdei.

—Mi esposo se llamaba Galí —musitó de forma casi inaudible.

—Puede parecer injusto, pero las leyes son parte del orden sagrado, contravenirlas es deshonrar al mismo Dios —siguió el *assertor* del conde—; por tanto, el daño debe ser reparado. Elisia es un *instrumentum vocalis*, un objeto que habla, propiedad del conde de Barcelona, como también lo son sus bienes y su descendencia.

Elisia rompió a llorar por fin y todos en la sala sintieron alivio al ver un atisbo de vida en ella. Los jueces se reunieron. Entre susurros asentían. No podían hacer otra cosa que aplicar el *Liber Iudiciorum* con todo su rigor.

Frodoí mandó llamar a Servusdei.

—¿Eso es todo lo que está en tu mano alegar?

—Elisia no puede demostrar que no lo sabía... Además, ya habéis oído al *assertor*: Dios protegió el documento por algo. No hay ninguna posibilidad de salvación.

La mirada del obispo ardía y el anciano se contrajo.

—Sí que la hay, Servusdei. Lo hemos hablado. Haz la invocación.

—¡Mi señor!

Frodoí miró a Goda y ella le volvió el rostro con desprecio. Si aún quedaba un puente que demoler entre ellos iba a derrumbarlo, pero debía hacerlo aunque el riesgo fuera alto. Desde que habían detenido a Elisia en el banquete de boda de Argencia y Ermemir, sabía que para que la ciudad reaccionara debía llegar hasta el último límite.

—¡Si todo esto es voluntad divina, que hable Dios! —le espetó a su consejero.

Servusdei regresó al estrado, encorvado. Era consciente de lo que su obispo le pedía. Miró a Elisia con lágrimas en los ojos. Los jueces ocuparon sus sedes para dictar la sentencia y exigir la *recognitio*, que consistía en el reconocimiento de la culpa por parte del culpable y su renuncia a seguir defendiendo sus intereses en la cuestión. Servusdei pidió permiso para hablar de nuevo.

—Jueces y *boni homines*, mi representada se reafirma en que no conocía la identidad verdadera de Galí e implora que Dios hable por ella en esta causa.

Un silencio sepulcral se apoderó de la sala. El monje miró de nuevo a Frodoí y concluyó su argumento:

—Aunque en la ley goda apenas se aplica, invoco la ley germana de los carolingios, que permite efectuar pruebas para saber si Dios está o no con el acusado. Dado que Elisia de Carcasona sostiene que no conocía la verdadera identidad de su esposo y no es goda, solicito que se someta a la ordalía del agua hirviente para saber si miente o dice verdad.

La sala estalló en protestas. Muchos se levantaron airados contra el obispo y su monje. Frodoí se encogió y a su lado Oriol sacó un palmo su espada como advertencia.

—Lo haré...

El griterío no dejaba oír a Elisia, que tenía los ojos clavados en Frodoí. Al contrario de lo esperado, un destello de esperanza brillaba en ellos. El obispo pudo leer su alma: la mujer había rezado durante semanas para morir, la ordalía no sería peor que ver que sus hijos serían esclavos de un hombre como Bernat. La condena estaba a punto de dictarse y ésa era la única solución. Miró al obispo.

—¡Lo haré! —gritó—. ¡Lo haré!

La sala quedó en silencio. Todos estaban confundidos.

—Dios sabe que digo la verdad. Que sea cuanto antes.

Ajena a todos los que trataban de impedirlo alegando su falta de aplicación en el condado, se dejó llevar por el *saig* hasta la plaza donde se iba concentrando una muchedumbre sorprendida ante lo que iba a acontecer. Goda quiso hablar con Elisia. Encontrarían el modo de solucionarlo, le dijo, pero ella se negó.

—Si logro superarla me habré deshecho para siempre de Galí. Aún siento su fétido aliento en mi cara a pesar de que está muerto... Si no lo consigo, ya no importará nada.

De las cocinas del palacio dos esclavos llevaron en volandas una olla de agua hirviente. Frodoí se acercó a Elisia y rezaron juntos. El vizconde era franco y conocía bien el procedimiento. Ajeno a la hostilidad de los barceloneses, tomó el anillo de oro del condado con el que sellaba las cartas y lo echó en el agua humeante.

—Elisia de Carcasona, debes sacar el anillo. El agua te llagará el brazo, pero si dentro de un tiempo sana habrás dicho la verdad y será cierto que ignorabas el secreto de tu esposo. Eso os liberará a ti y a tus hijos de ser esclavos, por error en la persona. De lo contrario, Dios os rebajará a meros siervos fiscales.

Servusdei entonó un salmo, pero su voz se quebró cuando desgarraron la manga de la túnica de la posadera y se hizo un silencio absoluto en la plaza. A Elisia le temblaba el labio a causa del miedo.

—Dios te protegerá —dijo Frodoí con lágrimas y asido a su cruz de oro.

Elisia notó el dolor antes de rozar con la mano el agua hirviente. Apretó los dientes e introdujo el brazo. Se le nubló la razón y el alarido que profirió estremeció la ciudad. Sentía que perdía el sentido. Sin embargo, siguió hasta tocar el fondo del recipiente. Un último destello de juicio le recordó que debía sacar algo. No podía soportarlo más, pero entonces rozó con un dedo el sello del obispo, lo atrapó y retiró la mano.

Todos exclamaron. Lo que para Elisia fue una eternidad pasó en un instante. Aun así, de su brazo en carne viva y cubierto de ampollas colgaban jirones de piel blanca. El *saig* le cogió el anillo, se quemó y lo dejó caer al suelo. Los guardias, impresionados, sujetaron a la mujer cuando perdió el conocimiento. Goda ya había hecho llamar a una afamada sanadora judía, cargada de emplastos. Frodoí había avisado también a dos monjes con conocimientos médicos. Mientras los presentes oraban, aplicaron los ungüentos a Elisia en el brazo y acto seguido los guardias la llevaron en volandas a la celda. El vizconde no iba a permitir que la sacaran en secreto de la ciudad.

Elisia no despertó en el traslado, pero la anciana sanadora judía se quedó con ella jurándose que la curaría. Jamás se había visto algo así en Barcelona.

Horas después el vizconde miraba por el portillo de la celda donde la posadera yacía. Su brazo era todo él una horrible llaga. Estaba afectado, y ya no le hacía ninguna gracia lo que Drogo de Borr había intentado con ella. El *assertor* y el *saig* estaban detrás, graves. Aunque el marqués se molestaría si se enteraba, Astorius no pudo evitar sincerarse.

—Nadie con tanto valor merece ser esclavo. Ojalá Dios hable en su favor. Que la sanadora esté con ella el tiempo que necesite.

68

Riquilda, envuelta por el humo del incienso, levantó la frente para dejarse bañar por el único haz de luz transversal que descendía desde la estrecha ventana de la ermita. Resplandecía como una diosa con su deslumbrante vestido de seda blanca y oro. Arrodillada, abrió los brazos para que todos contemplaran la escena. Era la elegida, la emperatriz. El orbe estaba a sus pies.

Era una ermita humilde, indigna de tan solemne momento, pero el ejército de Carlomán se había acercado demasiado a Pavía y el emperador, acompañado por el Papa, había descendido con sus tropas al sur del río Po, que les haría de defensa natural a la espera de los refuerzos de Francia. Riquilda sabía que el tiempo se agotaba y aceptó que la coronasen emperatriz en aquel pobre lugar. El pequeño templo de toscas piedras estaba atestado por los nobles de las casas cercanas a Tortona, Niza y Génova, más una docena de obispos ansiosos por marcharse. Junto a su esposa, Carlos quería mostrarse regio, pero tenía la faz macilenta y sudaba debido a la fiebre. El humilde coro elevó el canto mientras Juan VIII, revestido y con la tiara papal, cedía el báculo a su arcediano y tomaba la diadema de un cojín carmesí. Riquilda tenía la frente brillante por el óleo sagrado, pero lo que ansiaba era notar el frío metal en ella.

Sintió ganas de gritar de júbilo cuando por fin ostentó la diadema. Los cincuenta asistentes que cabían en la ermita clamaron por su salud y la del emperador. Lo había conseguido.

Desde que era una niña había imaginado siempre que ese momento tendría lugar en una gran catedral, entre cientos de próceres. No importaba. Había renunciado a sus sentimientos, a la inocencia y a la decencia para lograrlo. Había conspirado, pecado y matado por esa corona, pero Riquilda de Provenza ya formaba parte de la historia: era emperatriz del poder de Dios en la tierra.

De pronto las puertas de la ermita se abrieron con un estridente chirrido. Una ráfaga de aire gélido hizo titilar las llamas de los cirios en el pequeño altar y la pesada casulla del Santo Padre se balanceó. Riquilda se volvió hacia la entrada con disgusto; castigaría a quien había roto su momento de gloria. Recortado en la luz grisácea que entraba desde exterior estaba Isembard de Tenes, con su capa casi negra de suciedad y barro. Aun con el pelo apelmazado y la barba rubia descuidada ella lo vio más hombre que nunca, si bien su semblante cansado revelaba el terrible esfuerzo del viaje.

La irrespetuosa interrupción presagiaba algo malo. Isembard se acercó por el centro de la pequeña nave ajeno a los cuchicheos sobresaltados. Carlos, inquieto ante la severidad de su semblante, se levantó con esfuerzo para darle la bienvenida.

—Mi señor, aquí estoy como me pedisteis, pero no traigo buenas noticias. —Miró un instante a Riquilda y le impresionó verla tan bella—. Carlomán se ha enterado de la coronación y avanza hacia este enclave. En dos o tres días cruzará el Po con su ejército.

La noticia causó el pánico general y, sin esperar la bendición final, el templo se vació. Los que tenían riquezas que perder se prepararon para dejar sus castillos, pero la mayoría debía decidir si mantenerse fiel al Papa y al emperador francés o contemplar otras opciones. Carlos, consciente de su fragilidad, buscó una noticia alentadora.

—¿Al venir habéis visto el ejército de Bosón y sus aliados? Están de camino.

—Alteza, ningún ejército está cerca de los Alpes. He cruzado toda la Gotia y Borgoña. Las fuerzas están con sus señores.

—¡Me lo prometieron! —La noticia le afectó y las fuerzas le flaquearon.

Riquilda, que escuchaba con atención, se acercó a su esposo para sostenerlo. Lanzó una mirada intensa al capitán, que aspiraba el aroma de ámbar de su piel.

—No estáis en condiciones de viajar, mi señor —dijo la emperatriz—. Dejad que vaya a reunirme con mi hermano y os traeré la ayuda prometida.

—¿Lo haríais? —Carlos le tocó la corona. Después de tantos años lo habían logrado, pero a un alto precio.

—Ordenad a Isembard que me acompañe con un destacamento.

—¡Los mejores hombres serán para vos, mi reina! Exigid a vuestro hermano el duque Bosón y a los Bernat que partan en mi auxilio sin demora. Sólo temo que no lleguen a tiempo y Carlomán se apodere de las *iura regalia.*

Los ojos de Riquilda refulgieron. Ya había pensado en eso.

—No ocurrirá si no están en Italia. Soy la custodia de los tesoros. Permitid que regrese a Francia con ellos y, pase lo que pase, los mantendré en mi poder.

—¡No los entreguéis ni por mi vida, Riquilda! —dijo Carlos.

—Por vuestra vida entregaría la mía, mi emperador, pero Dios os protegerá, sois su elegido.

Isembard tuvo deseos de aplaudir a Riquilda por su papel tan bien representado. En esos años no había cambiado. Sus palabras cegaban al rey incluso entonces.

—Isembard... —comenzó a decir Carlos, pero un vahído a causa de la fiebre lo obligó a callar un instante—. Deseaba que comandaras mis tropas frente a Carlomán —continuó al cabo—, pero la emperatriz te necesita. Llévala sana y salva con su hermano y regresad con la ayuda.

El capitán asintió con el corazón encogido. El rey estaba muy débil y había perdido su sentido táctico. Carlos tenía en Italia un nutrido ejército, aunque no tanto como el de Carlomán. Movilizar a miles de soldados desde la Galia requería proveerse de muchísimas cabezas de ganado y cientos de carros con grano, así como de curtidores, herreros y un buen número de esclavos, pero no había visto ni rastro de su paso por las vías romanas aún en uso.

Riquilda se despidió, y se alejó para cambiarse y preparar la marcha inmediata. No pensaba permanecer ni un día más en aquel infecto campamento. Carlos esperaba una última mirada cariñosa de la emperatriz desde el dintel de la ermita, pero la dama tenía una sonrisa demasiado ancha para dejar que la viera su esposo. Carlos cogió las manos de Isembard con fuerza y el capitán no pudo contenerse. Dos años atrás había dejado a un rey fuerte y colmado de ambición; ahora tenía ante sí a un hombre consumido, vencido.

—Mi señor… —El capitán de la *scara* optó por sincerarse al ver una súplica de verdad en la mirada de Carlos—. Estáis solo.

—Voy a morir aquí.

69

Tras dos semanas de marcha la emperatriz Riquilda, Isembard y diez caballeros *scara* llegaron a la costa de Provenza, en el corazón de los dominios del duque Bosón. No tenían noticias del rey, al que dejaron en Italia enfermo y acosado por su sobrino Carlomán de Baviera. La esperada ayuda de Francia jamás llegó, y no confiaban en volver a ver vivo a Carlos el Calvo.

Isembard escrutó la espesa bruma opalescente que flotaba sobre las aguas inmóviles de las marismas de Arlés y apoyó la mano en la espada. Ignoraba el destino que la emperatriz había elegido para refugiarse y los barqueros tenían orden de no hablar.

El día amanecía fosco ese 9 de octubre y sólo se oía el suave batir de los remos de los tres botes, que formaban suaves hondas hasta perderse en la niebla. Se deslizaban por un dédalo acuático de canales e islotes con árboles retorcidos y cañares. Un lugar extraño y sobrecogedor que únicamente conocían bien los pescadores que los habían recogido en la orilla. En silencio, remaban esquivando las raíces negras que surgían del fondo como huesos de ahogados.

Sin conocer la suerte del rey Riquilda ya se había cubierto de riguroso negro y verla con el velo, erguida en la proa de la primera barca, sobrecogía.

Isembard apenas había hablado con ella durante el largo trayecto a caballo hasta Arlés. Notaba su mirada ardiente clavada en él, pero los rigores de un viaje precipitado como aquél no permitían ninguna intimidad. La reina exigía cabalgar lo más rápido posible, forzando las monturas al límite como si deseara ganar tiempo. La acompañaban dos esclavas, así como un clérigo anciano para atender sus necesidades espirituales.

Los soldados se sentían desorientados en aquellas marismas. Una laguna envuelta en la niebla no era el mejor lugar para defender a la nueva emperatriz del Sacro Imperio Romano. El ambiente despertaba terrores supersticiosos. Era un territorio malsano donde podían morar aún oscuras criaturas que se resistían a la luz de Cristo.

—Mi señora, ¿adónde vamos? —demandó Isembard, junto a Riquilda en la barca.

—A un lugar donde las *iura regalia* estarán a salvo de Carlomán.

Pasaron frente a un islote cubierto de árboles resecos como manos descarnadas. Entonces vieron una sombra entre volutas de niebla, cubierta con la capucha de una capa de pieles. Isembard sintió un escalofrío. Sin ver su rostro tuvo la certeza de que era Rotel, inmóvil como una presencia espectral en la silenciosa laguna. Los esperaba.

Después de tantos años sin saber de ella, Isembard tenía sentimientos encontrados. Lo aliviaba constatar que estaba viva, pero se acordó de una presencia similar cuando iban con los colonos de Frodoí camino de Barcelona. Entonces fue el vaticinio de una desgracia, y sintió que Rotel anunciaba lo mismo ahora.

Los pescadores que estaban a su espalda también la habían visto, y se santiguaban murmurando en un dialecto incomprensible.

—Hemos llegado a la abadía de Montmajour —anunció Riquilda poco después.

Ante ellos se perfiló una mole oscura rodeada de árboles. Llegaban a una isla boscosa en la que se erigía una torre cuadrada de sillares mohosos, un claustro y una ermita. A los hombres de Isembard les pareció que se acercaban a una fortaleza perdida más allá de este mundo, un lugar de descanso para las ánimas. Los silenciosos barqueros condujeron el bote a un pequeño muelle hecho con troncos. Enseguida aparecieron por una senda de hierba varios soldados con indumentaria franca, sin distintivos.

—Son fuerzas de mi hermano Bosón. Nos hemos adelantado —dijo con una sonrisa—. Él aún tardará algún día más en llegar.

Isembard saltó a tierra firme. Recelaba de Riquilda; sin duda tramaba algo. Fue consciente del silencio que reinaba tras él y se volvió. No había rastro de las otras dos barcas con sus hombres y el monje. La niebla lo engullía todo.

—No los busques, capitán —anunció Riquilda—; no vienen con nosotros.

Uno de los soldados de la isla lo golpeó a traición por la espalda. Tras un doloroso fogonazo se sumió en la oscuridad.

Isembard despertó encadenado a un muro de piedra, pero no era de una celda. Veía las luces borrosas de varios candelabros encendidos. Le palpitaban las sienes y notaba punzadas en la base del cráneo. Parpadeó al distinguir una figura al fondo y cuando se le aclaró la vista vio que era un Cristo gigantesco coronado como rey. Se encontraba en el interior de la abadía. La imagen estaba suspendida con cadenas en el ábside del templo. Vio los muros de sillares cubiertos de moho y agrietados, con restos de pinturas. El techo era de madera.

Junto al altar se hallaba Riquilda, arrodillada y en actitud recogida. Llevaba una rica capa de seda blanca con bordados de oro. Al lado vio el arcón de madera y hierro que contenía las *iura regalia*.

—¿Por qué hacéis esto, Riquilda?

Trató de moverse, pero las argollas de hierro eran firmes. Entonces se dio cuenta de que le habían quitado la cota y la túnica. Sólo llevaba la camisa, sucia tras el largo viaje. La emperatriz se volvió hacia él y le regaló una sonrisa encantadora.

—¡Es mi destino! Únicamente me falta algo para culminarlo y tú me lo darás.

Isembard comprendió por qué había querido llegar antes que su hermano. Su obsesión se había acrecentado en esos dos años. Lo miraba con ojos febriles.

—Tus pecados son demasiado grandes para que Dios te conceda un vástago.

Riquilda se acercó a él y lo abofeteó. Se diría que disfrutaba viéndolo encadenado, a su merced. Se inclinó y de un tirón le desgarró la camisa. Admiró el poderoso cuerpo de Isembard. Sus dedos recorrieron la musculatura del pecho hasta el abdomen y jugó con el fino vello rubio. Sabía cómo despertar el vigor de un hombre y asintió satisfecha.

—Éste es uno de los lugares más sagrados de Francia —dijo distraída—. Cuenta la leyenda que aquí levantó una ermita el obispo san Trófimo, discípulo de Pablo de Tarso, enviado a evangelizar la Galia.

—¿Desde cuándo sois tan piadosa, mi reina? —Isembard, tras tantos desvelos, no se mordió la lengua—. ¡Sin duda los rumores sobre vuestras oscuras prácticas eran mentira! —siguió cínico—. ¡Si enviudáis, podríais tomar los hábitos y dedicaros a rezar por el alma de vuestro amado esposo!

—¡Cállate! ¡No imaginas el calvario que he pasado al tener que soportar a ese desecho moviéndose sobre mí sabiendo que su débil semilla era incapaz de medrar! Dios es testigo de que he cumplido como esposa, pero aún no como madre de reyes. ¡Descenderé al infierno o subiré al mismísimo cielo para reclamar lo que merezco!

—La obsesión os desquicia.

Riquilda sonrió altiva. Un pequeño noble no podía entenderla. No lo quería para eso.

—No hay un hombre que no me desee... Y sin embargo eres tú el elegido para hacer historia, Isembard II de Tenes. Deseo que este santo lugar sea testigo de mi sacrificio para conceder al Sacro Imperio Romano un líder fuerte, cristiano y de corazón noble.

Soltó el broche de la pesada capa y la prenda cayó al suelo. Riquilda se mostró desnuda ante Isembard. A pesar de los embarazos tenía una figura hermosa, con pechos colmados y caderas firmes. El olor a ámbar lo impregnaba todo. El corazón de Isembard estaba lejos; la suerte de Elisia lo desvelaba. Pero era el capricho de Riquilda desde que lo vio en Servais.

—Habéis perdido el juicio, Riquilda, esto es un sacrilegio.

Ella buscó sus labios ansiosa y sonrió cuando palpó su erección. Siempre vencía.

—Te he deseado durante años, mi caballero —le susurró al cuello entre jadeos y mordiscos—. ¡Tómame y dame un hijo como tú!

Isembard aborrecía ser un instrumento de la obsesiva ambición de la reina y se resistió, pero Riquilda se sentó a horcajadas sobre él y sus sexos se rozaron.

—¡Tú también lo deseas, Isembard! —exclamó entre jadeos.

Y estalló de gozo. Era tanto el deseo contenido que el éxtasis comenzó a acercarse incontenible, como jamás lo había sentido. Veía la lucha interna de Isembard, incapaz de controlar su cuerpo, y se ahogó de placer. Entonces se oyeron voces más allá del templo y su cara se crispó de pánico.

—¡Riquilda! —Era la voz de su hermano Bosón—. ¿Dónde estás?

La reina se apartó de Isembard temblando azorada y se cubrió con la capa justo cuando se abrían las puertas de la iglesia.

—¡Por fin se ha cumplido lo que tanto hemos esperado! —tronó Bosón bajo el arco de la entrada—. Las palomas han llevado la noticia a Arlés y a todo el reino: el 6 de octubre, hace tres días, el emperador Carlos el Calvo entregó su alma en el paso del monte Cenis mientras se retiraba a Francia al no llegar los refuerzos.

Isembard inclinó la cabeza y oró por el alma del rey y todos sus súbditos.

Bosón, eufórico, no se fijó en el hombre que su hermana tenía encadenado y con la camisa desgarrada. Henchido de júbilo, corrió hacia la aturdida Riquilda y la condujo hasta el arcón del tesoro. Lo abrieron y se miraron cómplices.

Bosón se colocó la corona, tomó la espada y el cetro real. Se irguió ante el altar con las tres *iura regalia*, perdido en ensoñaciones.

—Algún día empuñaré a *Joyosa*, la espada regia de Carlomagno —dijo al tiempo que admiraba la brillante arma, embebido del momento.

Riquilda se situó a su lado con su propia diadema. Se había olvidado de Isembard. Era el sueño de la casa bosónida desde que podía recordar.

—Mis condolencias, emperatriz viuda —dijo Bosón, y le rodeó la cintura.

Estaban exultantes recreando su particular coronación como si se tratara de un juego, y el capitán se enfureció.

—¡Son los símbolos del imperio! ¡Traidores! ¿Qué pretendéis?

Entonces Bosón reparó en él. Al verlo con el torso desnudo miró a Riquilda enfurecido.

—Lo deseabas tanto que no has podido contenerte, ¿verdad, hermana? ¿Has olvidado lo que eres?

—Soy bosónida, hermano —dijo cauta, con los ojos húmedos—. Todo lo hago por la grandeza de nuestra casa.

—¡Mírame, Riquilda! —Se mostró regio con los símbolos—. ¡Estamos cerca de la gloria, no manches nuestra sangre!

—Perdóname, Bosón. Pero para que todos crean que he concebido un hijo legítimo de Carlos tenía que ser ahora, antes del siguiente sangrado.

—¡Tendrás ese hijo, te prometo que lo tendrás y que será el rey más grande sobre el orbe! Pero demuestra que eres fiel y digna de tu linaje.

Bosón le arrancó la capa y la besó con ardor. Riquilda se recostó encima del arcón y, sumisa, aceptó a su hermano. Bosón la embistió con la corona imperial ceñida. La reina aguantaba las bruscas acometidas, pero miró un instante a Isembard; no había podido culminar su anhelo. El capitán vio resignación en sus ojos; sin embargo, no la compadeció. Tal vez Riquilda sentía algo por él, pero era una bosónida, cumplía con su casa incapaz de abrir un resquicio de su corazón.

Cuando Bosón se derramó miró a Isembard con una expresión triunfal en el rostro. Los hermanos se dejaron caer sobre las losas, con las *iura regalia* en las manos.

—Has llegado pronto —dijo ella.

—Nada más conocer la muerte de tu esposo. He mandado mensajes a los Bernat y al abad Hug —explicó Bosón—. La rebelión ha comenzado en todo el reino.

—Ahora que Carlos está muerto, su hijo Luis el Tartamudo reclamará la corona, su padre lo dispuso así en la Asamblea de Quierzy.

—Sólo es un títere. Las esclavas y el vino le harán olvidar sus derechos.

—El único cabo suelto que queda es Hincmar de Reims —siguió Riquilda recostada sobre él—. La mayoría de los obispos de Francia lo siguen, y aunque estuviera molesto con Carlos se pondrá a favor de su hijo.

Bosón se echó a reír mientras acariciaba impúdico a su hermana.

—¿Has traído al arzobispo hasta aquí? —dijo ella leyendo en su cara.

—Creyó que íbamos a parlamentar. Su guardia está en el lodo de la marisma y él encerrado aquí al lado. Seguro que nos ha oído. Si no se une a nosotros, tu bestiario tendrá que ocuparse, por eso te pedí que la trajeras. Ningún soldado querría matar a tan alto ministro de Dios.

Isembard se estremeció. Rotel no era más que un mero sicario al servicio de esos ambiciosos nobles. No podía entenderlo.

—¡Malditos seáis! —tronó para recordarles que seguía allí.

Bosón se levantó y se dirigió hacia él con la espada de Carlomagno. En su mirada destellaban los celos. Aunque lo disimulaba, su hermana prefería al capitán.

—Aún recuerdo el torneo de Servais... Me debes a tu capitán, Riquilda.

La reina contuvo el pánico.

—Es tuyo, hermano, pero no lo mates aquí y con esa espada. Además, Rotel no nos lo perdonaría.

—En tal caso, mejor nos deshacemos de los dos.

Isembard enfebreció de ira y agitó las cadenas maldiciendo. Bosón rió a carcajadas mientras lo pinchaba con la espada.

—Vamos a la alcoba, Bosón —dijo Riquilda a su espalda. Su indiferencia ocultaba inquietud—. Cuéntame qué ocurre en el reino. Hay mucho que celebrar.

Cuando los bosónidas se marcharon, Isembard trató de forzar las argollas hasta sangrar. Agotado, cayó en un inquieto sopor y se durmió.

Despertó con una sensación de peligro. Aún era de noche. La luz del sagrario reflejó unos ojos gélidos bajo la capucha, y reaccionó por instinto, pero seguía encadenado al muro. El frío y la humedad lo habían entumecido.

—Hola, hermano.

—¿Rotel? ¿Eres tú? —Una oleada de emociones lo embargó. Después de tanto tiempo volvían a encontrarse y era consciente de cuánto habían cambiado.

—Tienes un aspecto lamentable.

Bajo la frialdad de su voz percibió un ligero temblor. El vínculo seguía allí, oculto. Sobresalía la trenza rubia, la que solía hacerse cuando estaba nerviosa en Santa Afra, y sintió una pena inmensa.

—¿Vienes a matarme? —le preguntó para remover sus sentimientos.

—Jamás te mataría.

—Eso lo hará el cobarde de Bosón, ¿verdad? Tú te encargas del trabajo sucio de la reina.

Rotel se retiró la capucha. Isembard se estremeció. Rotel tenía treinta y un años, pero conservaba su belleza juvenil. Su cara aniñada parecía ajena al tiempo, aunque tenía la piel muy pálida y sombras bajo la mirada azul. Ver a su hermano la conmovió.

—No sirvo a la reina. He estado estos años junto a las Siete Viudas, las Alirunnias. Ellas tienen conocimientos antiguos acerca de los secretos de este mundo. Riquilda nos protege del odio que la Iglesia y los nobles están desatando.

—Los secretos de la creación ya los aprendiste con Ega, lo que haces ahora es practicar la hechicería y la nigromancia, eso dicen.

Isembard podía ver a su hermana detrás de aquel rictus siniestro. Debió protegerla, pero nunca lo hizo, no pudo, y tomaron caminos distintos. Era incapaz de juzgarla, pero la sentía tan distante que el dolor lo laceraba.

—Leo tus pensamientos, tu culpa por no poder cuidarme. Libérate, Isembard. ¡Por fin me he encontrado a mí misma, aunque esta senda te parezca oscura e impía! He descubierto lo que nuestros ancestros sabían sobre el mundo y sus misterios. —Deseaba que su hermano comprendiera por qué había desaparecido, incluso pospuesto su venganza—. Los dioses antiguos se enmascaran en el santoral y sus templos se convierten en ermitas, pero en los solsticios aún arden hogueras, hay ofrendas en las fuentes y se sacrifican gallinas para fertilizar los campos. Seguro que lo has visto. Buena parte del vulgo sigue en secreto la tradición de sus padres porque no hallan el consuelo prometido. —Señaló el crucifijo—. Quería descubrir todo eso. ¡La reina nos protege y por eso he cumplido su voluntad!

—Siempre has sido distinta —dijo Isembard cargado de nostalgia—. Guardabas un ídolo femenino en la cueva en Santa Afra y jamás lo revelé. Sé que sientes cosas, la naturaleza te habla y la dominas, por eso nunca has encontrado tu lugar entre la gente, pero tenías luz en tu interior. Ahora sólo desprendes oscuridad.

—Me han hecho mucho daño, hermano: el prior de Santa Afra, Drogo, Ónix... Luego mataron a Malik, a Ega y a mi hija... ¿Merece este mundo otra cosa que mi ira?

Isembard creyó ver una lágrima en su pálida mejilla, si bien no estaba seguro. Entonces comprendió. También podía leer en sus ojos. Rotel había preferido apartarse del mundo, aprender con las hechiceras para que el odio no la devastara del todo.

—¿Recuerdas a Joan y Leda? ¿Cuántas veces han visto su esfuerzo destruido? ¿Y a Elisia? Puede que ya sólo sea una esclava de Bernat de Gotia. ¡Vivimos tiempos aciagos, de miseria, enfermedades y guerras! Incluso la poderosa Riquilda ha enterrado cuatro hijos. No hay excusa para tus actos, Rotel.

El eco se perdió en la negrura del techo y permanecieron en silencio.

—Míranos, Rotel —añadió después, apenado—. Éramos dos hermanos que únicamente se tenían el uno al otro en el mundo y ahora sólo nos lanzamos reproches. ¿De verdad vas a matar a un arzobispo a sangre fría? Para eso te han traído...

—Para mí no es más que un hombre como cualquier otro.

—¡Pero es la última columna firme del reino! ¿Y después qué?

—Terminaré lo que empecé con Drogo y llegará el fin de Bernat de Gotia, el mayor culpable de mi desgracia.

—Si deseas al responsable de la muerte de Sansa no busques lejos; son los bosónidas. Llevan años trazando esta conspiración, y hasta la última decisión la han tomado ellos. ¡Dejaste de servir a Drogo para postrarte ante sus dueños!

Rotel se tambaleó como si la hubiera golpeado. Isembard se enfureció.

—¡El rey ha muerto! La rebelión está en marcha. El tiempo de los secretos y de actuar a traición ha terminado. ¿Crees que saldrás viva de esta abadía conociendo como conoces sus mentiras y sus crímenes? ¡No seas ingenua!

—Sé defenderme —dijo Rotel con el rostro contraído.

—¿Y los demás? —le gritó furioso—. Con la muerte de Hincmar acabarás con la última posibilidad de reequilibrar la balanza. A quien matarás es a Frodoí; a los colonos de La Esquerda; a Elisia, que nos salvó en Girona y a la que amo con toda mi alma; a mi esposa, Bertha... ¡Si esta rebelión trae el caos, serán ellos los que sufran los estragos y tú ni siquiera vivirás para lamentarlo!

La joven se encogió. Isembard removía las emociones que trataba de contener. Su corazón lloraba. Sacó una daga fina. Miró a su hermano con fuego en los ojos y, con habilidad, hurgó en los cerrojos de las argollas hasta abrirlos.

—¡Márchate, Isembard! La reina tampoco quiere que mueras y confía en que te liberaré. En el fondo te ama, pero jamás se permitirá una debilidad así. Huye lejos, no puedes enfrentarte con la alianza.

—¿Y mis *scara*?

—Ya forman parte de la legión de espectros que vagan por la marisma.

—¡Ven conmigo, Rotel! —dijo con la voz quebrada—. Solo no lo lograré. Te necesito.

Se miraron con intensidad. Rotel sintió una chispa en su alma y una pequeña llama que comenzaba a calentar una caverna de hielo. Sintió miedo y se apartó.

—Hay una barca. La marisma es un intrincado laberinto, pero si no quedas atrapado en el lodo saldrás.

Isembard se levantó y la abrazó con fuerza, necesitaba hacerlo. Rotel se puso rígida, pero al momento se agarró a él y comenzó a llorar por primera vez después de muchos años. Un torrente de emociones se desbocó en su interior; el dolor por su amado, por su hija, por todo lo que había perdido la superó entre los brazos de su hermano.

—¿Qué soy para ti, Isembard? —dijo tímidamente, como si regresara a su niñez.

—Eres una leyenda; sobreviviste a un bestiario, aprendiste los secretos del bosque con Ega y ahora practicas cultos paganos. Cargas el peso de muchas almas, pero sigues siendo libre, Rotel, sigues siendo mi amada hermana.

—Debes irte —dijo al tiempo que se enjugaba las lágrimas—. Yo los distraeré.

—No me marcharé sin Hincmar de Reims. Por favor, no me lo impidas.

—¿Crees que me importa si hay guerra?

—Esta vez no sería un conflicto entre nobles. Nos amenazan normandos y sarracenos. ¡Esa gente humilde con la que compartes tu culto pagano será la primera en morir o ser esclavizada, Rotel! El arzobispo posee influencia en la Iglesia y otras casas nobles para detener la rebelión, por eso quieren que lo mates tú, que ya estás condenada por tus crímenes. —Al verla recelosa, concluyó sin ambages—: La primera víctima inocente de esta conspiración fue tu propia hija Sansa.

—Vístete y ven —dijo Rotel con un fulgor de cólera en la mirada.

La abadía tenía un pequeño claustro con una celda común, el refectorio, la sacristía y un almacén. En la planta superior estaban las alcobas nobles, los aposentos de los bosónidas. Rotel se acercó al soldado que vigilaba el claustro en la oscuridad, el resto se calentaba alrededor de una hoguera en la parte exterior. Isembard vio al vigilante desplomarse en silencio ante su hermana. Al sortearlo advirtió que tenía la garganta abierta y que ya lo rodeaba un charco de sangre. Ella ni siquiera había mudado el rostro. Era una asesina formidable y eso lo hacía sentirse aún más culpable.

Abrieron la puerta del almacén con la llave del soldado. El arzobispo Hincmar de Reims se levantó del suelo con aspecto demacrado.

—¿Ha llegado la hora, hija del demonio? ¡Algún día todos los reinos de Europa serán un campo de piras donde se os queme por hechiceras!

—¡Callaos! —espetó Rotel, y levantó la mano con un siniestro aguijón metálico.

Isembard la detuvo y se arrodilló para besar el sello del prelado.

—Arzobispo, venimos a sacaros de aquí.

—He oído decir a los guardias que el rey Carlos ha muerto. Que Dios se apiade de su codiciosa alma. Entiendo que la rebelión ha despertado.

—Así es. Debéis poneros a salvo para poder mediar en el conflicto.

Hincmar se atusó la barba gris de varias semanas.

—Hará falta algo más que eso. —Los ojos le brillaron. Había tenido mucho tiempo para meditar—. Sólo Dios puede parar esta locura manifestando Su voluntad con una señal inequívoca.

—No os entiendo.

—He oído el ulular de palomas en la torre. Debo enviar un mensaje al obispo Frodoí de Barcelona. Él me hizo una consulta y he de responderle.

—No creo que los bosónidas tengan mensajeras para las ciudades de la Marca.

Rotel tomó el brazo de su hermano.

—Si oyen un aleteo a estas horas nos descubrirán.

—¡Pues entonces dejadme aquí y que Dios nos castigue a todos de una vez! —espetó Hincmar. No estaba acostumbrado a que lo cuestionaran.

—Vamos —dijo el capitán mientras cogía la vela de sebo de una hornacina.

Con sigilo, llevaron al prelado hasta el refectorio. Como Hincmar suponía, encontró pergaminos y pluma para escribir. Garrapateó tembloroso en una tira alargada:

> Entregad este mensaje al obispo Frodoí de Barcelona por voluntad de Hincmar de Reims. Encuentra los restos de santa Eulalia y clama la *inventio* al orbe entero. Nadie se alzará contra quien posea tan valioso regalo de Dios.

Llegaron al cobertizo ubicado detrás de la torre. En el palomar había jaulas con nombres de ciudades. Encontró un ave en la de Reims y se conformó.

—En mi palacio hay palomas de Barcelona. Que Dios nos ayude.

—¿Qué significa el mensaje?

—Frodoí lo entenderá.

Metieron el columbograma en una cápsula de cuero y la anudaron a la pata de la mensajera. Estaba próxima el alba cuando el aleteo rompió el silencio y llegaron voces de alerta.

—Llévate al anciano —dijo Rotel—. Yo los distraeré. Nos veremos en el muelle.

—¿Me acompañarás?

Ella le besó la mejilla y apareció un fuego cálido tras sus ojos.

—Si logras salir de aquí te convertirás en el mayor enemigo de la alianza. ¿Crees que podrás cruzar toda la Gotia sin mi ayuda? La reina dice que Bernat de Gotia y Drogo de Borr están en Narbona concentrando tropas. Es el momento de ajustar las cuentas.

A Isembard lo recorrió una intensa emoción cuando la vio fundirse en la oscuridad. Recordó a la niña que perseguía entre risas por los viñedos de Santa Afra. Inocente e indefensa. Ahora sentía un inmenso alivio de saberse protegido por ella.

En la arboleda de la isla resonó una risa siniestra de mujer que les heló la sangre. Los soldados corrieron hacia allí inquietos, pero temían más la ira de Bosón.

—Tu hermana es peligrosa —musitó Hincmar con un estremecimiento.

—Lo sé. Nos está salvando, arzobispo, no lo olvidéis nunca.

Con discreción abandonaron la abadía y se dirigieron hacia el muelle. Los monjes los vieron y callaron. Los bosónidas eran señores de Arlés y protectores de la abadía, pero no iban a delatar a un arzobispo ni a perdonar el sacrilegio de los bosónidas incestuosos.

Rotel se reunió con ellos y mientras amanecía la vieja barca se deslizó entre la niebla para perderse en las misteriosas aguas de la marisma. Sobre ellos una sombra negra pasó volando. En una ventana de la abadía de Montmajour, Bosón extendió el brazo y un halcón peregrino se le posó en el guantelete de cuero. Forcejeó con la rapaz para arrebatarle del pico la paloma muerta y buscó el cilindro. Leyó el mensaje en silencio y torció el gesto con disgusto.

—Tenías razón, hermana, esta paloma llevaba un mensaje de Hincmar.

Riquilda, envuelta en una manta, se situó a su espalda.

—¿Qué dice?

—Debo comunicárselo sin demora a Bernat de Gotia y al arzobispo Sigebuto de Narbona. Es algo que cambiará la historia en favor de quien lo posea.

La emperatriz se quedó mirando el brumoso amanecer por la ventana y sonrió. Los guardias habían comunicado la fuga de los cautivos. Los hermanos de Tenes se alejaban bajo la niebla con el arzobispo. Nunca más se atrevería a seducir a Isembard, pero aún se estremecía al recordar lo que sintió con él. Cerró la ventana preguntándose si así era el amor de verdad.

70

Buena parte de los habitantes de Barcelona esperaban impacientes en la plaza el fin del rezo de la hora tercia tras la salida del sol ese 10 de octubre, festividad de Santa Afra. Cuando los fieles comenzaron a salir de la nueva catedral el bullicio creció. El obispo apareció bajo el pórtico, mitrado y con su séquito. Estaba ojeroso y tenía las facciones marcadas debido a la pérdida de peso. Había ayunado y realizado largas vigilias por la salud de Elisia de Carcasona.

El vizconde dio una orden al *saig* y todos enmudecieron cuando la posadera salió por la puerta del palacio condal. Cerró los ojos, deslumbrada por la luz, y avanzó con paso vacilante. Tenía la piel macilenta y sucia después de tantos días en la mazmorra. Detrás iba la sanadora. Su rostro grave no presagiaba nada bueno. La gente hacía esfuerzos para ver a Elisia. Goda se acercó angustiada, sin saber qué decir. El *saig* cogió el brazo a la posadera y le retiró la manga para descubrir el vendaje de tiras de lino. La muchedumbre contuvo el aliento.

Elisia cerró los ojos y asintió levemente. El oficial comenzó a desanudar las vendas, que fueron cayendo al suelo en medio de la tensión. Frodoí, a sólo unos pasos, buscó sin éxito la mirada de Goda.

Detrás estaba Bertha de Orleans, pálida. A pesar del rencor que sentía desde la revelación de Galí, se compadecía de Elisia. En su tierra había presenciado ordalías terribles: caminar sobre brasas, abrazar hierros candentes o sumergir a los vástagos recién nacidos de dos contendientes para ver a quién de ambos bendecía Dios salvando a la criatura. Siempre resultaba cruel. Muchos sacerdotes y tonsurados rezaban en voz baja. Dios iba a manifestarse en el brazo herido de aquella mujer.

Retirado el vendaje exterior, el *saig* tomó la tela empapada con un emplasto que cubría la mano y el brazo. Elisia contrajo la cara de dolor mientras le descubría la herida. El silencio fue absoluto cuando Barcelona contempló la llaga. La superficie estaba roja e hinchada; era una visión desagradable, pero no se había gangrenado ni olía mal. En los dedos se veía el nacimiento de la nueva piel.

—¡Está sanando! —anunció el *saig* sin poder evitar la emoción.

La plaza estalló en un clamor como jamás se había oído, y Elisia comenzó a llorar desconsolada. Algunos se echaron al suelo dando gracias mientras familias enteras se abrazaban al saber que Dios había intercedido por la posadera de ojos dulces que les compraba hortalizas y animales de corral. Goda estrechó a su amiga entre sus brazos e incluso Frodoí sintió que el vello se le erizaba. Bertha la saludó distante, pero tenía una expresión de alivio en el rostro.

Elisia se volvió hacia la sanadora judía que lloraba apartada. Sólo ellas sabían la angustia que había padecido durante días cuando el dolor le resultaba insoportable y el aspecto del brazo no mejoraba.

Llegó el tribunal y los hombres se inclinaron respetuosos ante Elisia. Tras inspeccionar las heridas con atención, el *saig* reclamó silencio a gritos.

—¡Dios ha hablado y Barcelona es testigo! —anunció el juez de Girona—. Esta mujer dijo la verdad al jurar que ignoraba la condición de *servus fiscalis* de su esposo. Por tanto, no puede considerarse *ancilla* pues su consentimiento al casarse estaba viciado por el error. ¿Alguien se opone a la ordalía?

De nuevo se hizo el silencio. La voluntad divina era inapelable. El juez prosiguió:

—Astorius, representante legal del conde de Barcelona en

su ausencia, firmará una escritura en la que declarará la *recognitio*. Renuncia a sus pretensiones y respetará desde hoy y por siempre la libertad de Elisia de Carcasona, de su prole y de todas sus propiedades presentes y futuras.

—Así se firmará en nombre del conde Bernat de Gotia por la gracia de Dios —afirmó el vizconde en voz alta.

Se alegraba de verdad por Elisia, pero temía la ira de Bernat cuando se enterara. Sin duda le costaría el cargo, a no ser que demostrara su lealtad de otra manera. Lo siguiente que debía hacer era entrar en el palacio con los jueces y los *boni homines* para redactar el documento.

La plaza era un hervidero de gente que se acercaba para mirar el brazo de Elisia y se estremecía como si contemplara una reliquia venerable. Ante el estupor de los presentes, el poderoso Frodoí se arrodilló ante la posadera con ojos acuosos. La mujer lo levantó. Sonreía con tristeza.

—Mi obispo... Lo he logrado.

—Perdóname, Elisia —dijo con la voz quebrada. Nunca más podría mirarla como lo hacía antes aunque todo hubiera acabado bien.

—Sé por qué lo hicisteis, Frodoí. Ha sido terrible, pero no os guardo rencor.

—¡Fue un cobarde! —le echó en cara Goda con imperdonable irreverencia.

—No, Goda. Era el único modo de salvarme a mí, a Elisia de Carcasona. Cuál era la alternativa a la esclavitud, ¿ocultarme para siempre? ¿Cambiar de identidad como Galí? Si no se hubiera cumplido la ley, mis hijos y yo estaríamos condenados a huir, a vivir de la caridad y con miedo a que los hombres del conde nos capturaran.

Frodoí se inclinó, incapaz de seguir hablando. Jamás había implorado ni se había mortificado tanto con ayunos y vigilias para buscar el favor divino, pero lo había conseguido y se sentía bendecido. Elisia se le acercó y le susurró:

—Ni vos ni yo somos de aquí, mi señor, y veis todo esto con otros ojos. Sé que aprovechasteis la ordalía para conocer si

Dios está con Barcelona o con el conde. —Alzó el brazo—. Ya veis cuál es Su respuesta.

Elisia estaba cambiada; había perdido el brillo cándido de su mirada y su espíritu había ganado la dureza de un roble. Había comprendido en parte aquel arriesgado juego político. Las gentes necesitaban signos, y ella y el obispo les habían brindado uno.

—Se diría que lees mi alma, Elisia.

—Son muchos años, mi señor. Sólo espero que podáis aprovecharlo llegado el caso.

Un alterado Jordi se abrió paso entre el gentío para conducir al achacoso Servusdei hasta Frodoí. El anciano estaba grave y más pálido de lo habitual.

—*Deo gratias*, Elisia —dijo mirando el brazo, impresionado. Luego se volvió hacia Frodoí y no se molestó en bajar la voz—. ¡Ha llegado un nuevo mensaje! El rey murió el 6 de octubre y se ha rebelado una alianza de nobles formada por el duque Bosón de Provenza; Bernat Plantapilosa, conde de Autun y de Auvernia; el abad Hug de Welf, marqués de Neustria; y Bernat de Gotia. Además, la reina Riquilda, a quien se coronó emperatriz pocos días antes de morir el rey, se ha apoderado de las *iura regalia* y está de parte de su hermano.

—¡Que Dios nos ampare! —dijo el obispo entre los murmullos de los presentes.

El vizconde también había recibido otro mensaje similar. Salió del palacio con su escolta y otros oficiales de Bernat. Con gesto indiferente, entregó una copia de la sentencia con la tinta aún fresca a Elisia y se dirigió al pueblo a voz en grito para repetir las palabras del apocado Servusdei. Cuando el rumor cesó, concluyó solemne:

—Barcelona se declara leal a su conde Bernat y celebra que pueda proclamárselo rey legítimo de la Gotia y otros señoríos bajo su mano.

Frodoí enrojeció de irá. Ése era el objetivo final de los aliados: coronarse como ungidos en sus reinos independientes. El momento que Hincmar de Reims y la condesa Ermesenda vaticinaron en la campiña de Attigny había llegado. Aquel día hizo un juramento para que no lo excomulgaran y debía cumplirlo, aunque le costara mucho más que la mitra. Se plantó ante el vizconde. Oriol y sus hombres lo flanquearon discretamente.

—¿Acaso no habéis visto lo ocurrido? ¡Justo hoy Dios ha protegido a una habitante de Barcelona por encima de la justicia del marqués! —Agitó los brazos como en sus encendidas homilías—. ¡Bernat ha ignorado la Marca durante años, excepto para cobrar impuestos! ¡Ha sido un *missus dominicus* godo el que nos ha permitido prosperar!

—¡Vuestras palabras hieden a traición, Frodoí!

Oriol desenvainó y los guardias de Astorius lo imitaron. La tensión aumentaba.

—Si la ciudad se declara contra la corona acabará lamentándolo —dijo Frodoí.

—¡Y si no sigue al conde sufrirá su ira! Bernat no es clemente —opuso el vizconde, colérico, si bien consciente de la ascendencia que Frodoí tenía ya entre los *fideles*—. Este asunto debe tratarse en consejo y no en la plaza

—Está bien.

Mientras los prohombres entraban en el palacio condal Frodoí se acercó a Servusdei y le habló en voz baja.

—¿Se sabe algo del arzobispo Hincmar de Reims?

—No ha contestado a vuestra propuesta de *inventio*.

—Ha ocurrido algo, estoy seguro. —Miró al monje anciano—. Sigue revisando en el archivo. Busca todos los relatos hagiográficos de santos de la Marca. Debemos averiguar dónde pudieron recibir sepultura los restos de santa Eulalia.

Ante él pasó Goda con Elisia y se dirigieron una fría mirada. Frodoí la observó con pesar. Sin ella, su lucha se le hacía muy difícil. Tal vez nunca la recuperaría, pero al menos contemplaría su rostro atemporal en el fresco del martirio de la santa en la catedral.

Servusdei carraspeó con disgusto.

—En el improbable caso de que Dios nos premiara con la

inventio, si los rebeldes nos arrebatan las reliquias habremos perdido, obispo. —Torció el gesto—. ¡Será el paladín de ellos!

—Puede ser... Aun así, mira el brazo de Elisia —insistió tenaz el obispo—. ¡Dios está con nosotros, estoy convencido!

El anciano no podía entender de dónde sacaba Frodoí su determinación en los momentos más delicados, pero había aprendido a respetar a su antiguo alumno.

—Revisaré a conciencia los legajos del tiempo de los visigodos. Venid al archivo cuando acabéis con el consejo.

—Os estamos esperando, obispo —lo reclamó el vizconde, impaciente bajo el arco de la puerta. Los miraba de un modo extraño, como si intuyera de qué hablaban.

En ese momento Elisia se acercó al portal del palacio.

—No se me permite entrar en el consejo y confío en el criterio de los prohombres. —Mostró de nuevo el brazo a los que iban a debatir y miró a Frodoí—. No obstante, sabed que coincido con el obispo: Dios ha protegido a una mujer de Barcelona, no al conde.

Astorius encajó mal su osadía, pero Elisia se encogió de hombros sin ningún temor. Sólo deseaba curarse y seguir en la posada. Goda, a su lado, la miraba con admiración, consciente del cambio que la posadera había experimentado.

El archivo del obispado estaba ubicado en el sótano del palacio episcopal. Entre gruesos pilares de ladrillo y arcos ennegrecidos por el moho se hallaban los viejos anaqueles de madera, que no tenían ni una sola mota de polvo. Era el santuario del monje Servusdei. La primera vez que entró con Frodoí miró desalentado pilas de legajos roídos, los estantes infectados de carcoma y dos docenas de libros desparramados en el suelo. Dieciséis años más tarde seguía siendo un espacio oscuro y húmedo, pero todo estaba ordenado y se habían copiado los documentos más estropeados en nuevas vitelas.

El anciano se acercó a la humilde mesa y encendió con una astilla las mechas de las cuatro bocas del candil de bronce. Allí notó que el corazón se le serenaba. El exterior cada vez le producía mayor angustia. Con los años, comía menos y dormía poco. Tenía en una hornacina una imagen gastada de la Virgen, o tal vez era una santa, pues apenas se distinguían sus rasgos ni quedaban restos de policromía en ella. La habían desenterrado unos payeses de Solsona y la habían llevado ante el obispo. Servusdei solía rezar durante horas frente a esa imagen sobre una estera de esparto. Mientras Frodoí levantaba una suntuosa catedral para llenarla de oro y ornamentos, él sentía que sólo allí podía estar en comunión con Dios y con la humildad que preconizaba Su hijo, Cristo.

Al contrario que la mayoría de los clérigos que conocía, fue un huérfano de Reims que quiso ser monje desde niño. Había llevado una vida célibe y austera como predicaba san Benito de Nursia, dedicada a la oración, al estudio y a la obediencia, incluso cuando Hincmar de Reims lo puso al servicio de Frodoí. Su fe era firme, si bien su ánimo flaqueaba al ver la Iglesia de Roma hundida en el légamo de la codicia y a sus mitrados actuando como nobles ávidos de poder. Muchos ni siquiera conocían las Sagradas Escrituras, ni los salterios ni los antifonarios. Tampoco los levitas y canonistas mostraban interés en reflejar la luz del Evangelio en sus sentencias. En los capítulos regulares de los obispos se dirimían cuestiones interesadas, forzaban a reyes y nobles a donar más tierras y bienes para la salvación de sus almas y acumulaban privilegios mientras la grey era atendida por sacerdotes incapaces, a veces analfabetos. Eso alentaba viejos cultos y costumbres paganas.

En los cimientos del viejo palacio episcopal de Barcelona se sentía ajeno al caos. Mimaba cada vitela y desentrañaba sus secretos meditando.

—*Magister*, he oído la noticia. Es terrible.

—Así es, Astrald.

Servusdei sonrió al muchacho. Era el huérfano que Drogo había enviado a Barcelona para tender la trampa a Isembard, el mismo que dos años después sostuvo la antorcha ante la fortaleza de Tenes para vengar la muerte de su hermana mayor, Agnès. El monje lo conoció en el hospital cuando era un niño famélico y asustado que sólo quería proteger a sus hermanos, pero ya intuyó que era especial, inteligente y curioso. Servusdei se preocupó por él y le abrió su reseco corazón. Al chico lo que más le fascinaban eran las estrellas y creía que podía leer las cosas en las luminarias nocturnas, por eso el monje olvidó su nombre y cuando lo tomó como pupilo lo bautizó en el baptisterio con el de Astrald.

El muchacho ya tenía catorce años y leía latín con fluidez. Parecía destinado a seguir el camino de la tonsura. Para el viejo monje era el hijo que nunca tendría. Quería convertirlo en un hombre estudioso, experto en leyes y cánones para asegurar su futuro.

—¿Qué pasará ahora, maestro?

—El corazón de los hombres está lleno de sombras, pero confío en que la luz de Dios nos ampare esta vez. —Le gustaba hablarle así. Aunque no lo entendiera, sabía que retenía cada palabra y las apreciaría en el futuro.

Astrald asintió, si bien confundido. Al instante alzó la mirada hacia la imagen y el monje sintió la extraña sensación que lo asaltaba a veces. Su joven pupilo tenía algo distinto, una intuición que podía ser regalo de Dios o proceder de las lóbregas entrañas del Averno. ¡Quién sabía las cosas que habría visto en los bosques perdidos donde se crió!

—Saldrá bien, *magister* —dijo apenado—, aunque creo que habrá sangre.

Servusdei, estremecido, negó con la cabeza.

—Sé cauto con lo que dices, Astrald. Aún eres joven para saber si en las estrellas o en otros fenómenos de la naturaleza lees reglones que Dios ha escrito o acaso el Maligno te confunde.

—Lo siento, maestro.

Le tendió un viejo libro con las cubiertas de madera. Astrald puso los ojos en blanco.

—Este sermonario del obispo san Eladio habla de las cautelas que deben tenerse con la astrología. Ve arriba y lee a la luz del sol.

—¿Es necesario?

—¡La pereza es un pecado capital!

El muchacho resopló y se marchó cabizbajo. Servusdei sonrió. Era un sermonario insufrible, pero lo mantendría entretenido todo el día. Necesitaba concentrarse en la *inventio* que Frodoí pretendía. Fue hasta uno de los anaqueles y sacó decenas de santorales, devocionarios y concilios. Encontrar una reliquia venerada era como recibir un mensaje directo de Dios. Nadie osaría oponerse.

Regresó a la mesa y perdió la noción del tiempo revisando textos. En una pila de legajos enmohecidos que no había examinado hasta entonces le llamó la atención una vitela con versos trocaicos. Se trataba de un himno atribuido al obispo Quirico. En el X Concilio de Toledo figuraba un tal Quirico como obispo de Barcelona en el siglo VII. Intrigado, fue descifrando con paciencia la letra oxidada por los siglos y casi ilegible:

—«*Fulget hic honor sepulcri martyris Eulaliae...*»

Sintió un escalofrío. No tenía manera de saber si era auténtico, pero los versos situaban en la ciudad a la famosa mártir de la época del emperador Diocleciano, en el siglo IV. ¡Y señalaba el lugar de su tumba!

Servusdei sabía que otra tradición ubicaba a la santa en Mérida, ciudad bajo dominio musulmán, pero la voz popular de Barcelona aseguraba que vivió y recibió sepultura allí. La mártir fue muy venerada antes de los sarracenos, devoción de la que sólo quedaba el llamado Campo de Santa Eulalia y una ermita cerca de la iglesia de los pescadores, en medio de la nada. ¡Pero en su mano temblorosa tenía un documento perdido que refrendaba la devoción del vulgo y un antiguo obispo de la ciudad revelaba dónde estaba su sepulcro!

—¡Santa Eulalia! ¡Dios mío...! ¿Podría estar de verdad aquí en Barcelona?

El corazón le latía con rapidez. Junto a san Vicente mártir, ella tenía un lugar de honor en el *Martirologio Jeronimiano* y en los altares del orbe cristiano.

Siguió desentrañando la ajada vitela y otros textos del mismo legajo, y luego comenzó a dibujar en un pergamino hasta que oyó pasos a su espalda. Molesto, iba a reprender a Astrald pero el silencio lo intrigó. Con el rabillo del ojo vio que era el vizconde. Astorius nunca había bajado al archivo episcopal. Con disimulo, Servusdei se guardó en el bolsillo del hábito el pergamino donde había hecho el esbozo.

—Mi señor, ¿venís con el obispo?

—Frodoí sigue en el consejo. Me he excusado un instante.

—¿Se sabe algo de la decisión? —preguntó el monje para ganar tiempo.

—Frodoí es locuaz y se ha ganado el respeto de los godos. Me temo que Barcelona no secundará al conde Bernat de Gotia. Todos caeremos en desgracia.

El gesto grave del vizconde denotaba su enojo.

—Y bien, ¿qué hacéis aquí? —demandó Servusdei inquieto.

—El obispo y tú conversabais con semblante grave antes del consejo. He recibido un mensaje del conde y sus aliados acerca de una curiosa misiva que se ha interceptado en Arlés... ¿Tramáis la *inventio* de santa Eulalia?

—Son cuestiones religiosas, mi señor.

—Con Frodoí nada es sólo religioso.

El vizconde se acercó a la mesa y miró las interpolaciones que Servusdei había escrito al margen del himno de Quirico. Sabía leer, y palideció.

—¿Sus restos están en Barcelona realmente?

—Si tenemos en cuenta el himno de Prudencio, sería Mérida la ciudad...

—¡No! ¡Aquí dice que podría estar enterrada en la pequeña iglesia frente al mar!

—El documento puede ser falso o una invención del obispo Quirico para dar importancia a la ciudad. —Servusdei comenzó a angustiarse.

—¡Mientes! ¡El hallazgo de santa Eulalia sería una conmoción en el imperio! —Los ojos de Astorius destellaron codiciosos—. ¿Cómo enfrentarse a quien es bendecido con este hallazgo? ¡Frodoí! ¡Maldita sea su astucia! ¿Cuándo va a promover la *inventio*?

—¡Ni siquiera lo sabe aún, mi señor! Todo podría ser una mera leyenda y...

Calló al darse cuenta del error que acababa de cometer. Los nervios lo habían traicionado. Nadie más que él y ahora Astorius conocían lo que quizá albergara la vieja iglesia de Santa María frente a la playa, un secreto que podía cambiar el curso de la historia.

Astorius se estremeció. Si lograba que la *inventio* de las reliquias quedara en poder de los aliados rebeldes nadie osaría oponerse y Bernat lo recompensaría con algún condado cuando lo ungieran rey de la Gotia.

—Has acabado siendo muy útil a nuestra causa, *frate* Servusdei. Es hora de recibir tu recompensa donde deseas: en el cielo.

El monje retrocedió aterrado. El vizconde sacó su puñal del cinto y se abalanzó sobre él. Sin poder defenderse, el viejo Servusdei recibió cuatro puñaladas en el abdomen y el pecho. Cayó al suelo mientras el noble recogía los documentos de la mesa y corría hacia la escalera. En su agonía, el *frate* pensó en Astrald. Quería convertirlo en un gran canonista, pero de haber podido, en ese momento le habría pedido a Oriol que lo adiestrara para que el muchacho supiera defenderse de la iniquidad humana. Murió rezando por él.

71

Tras dejar a Hincmar de Reims a salvo con el obispo de la pequeña ciudad de Magalona, emplazada en el condado de Melguelh, Isembard y Rotel cruzaron la Gotia por cañadas solitarias. Eran capaces de orientarse y cazar con facilidad. Isembard miraba con aprensión la siniestra capa de Rotel, pero lentamente la tensión se diluyó. Eran los Nacidos de la Tierra; solos y juntos como antaño, se cuidaban y recuperaban el fuerte vínculo que mucho tiempo atrás los ayudó a huir de Tenes y sobrevivir.

Hablaban del pasado, bromeaban y evitaban referirse al turbio destino de Rotel. Isembard lloraba por Elisia y temía lo que estuviera pasando en la Marca, pero había recuperado a su hermana y por primera vez en muchos años se veía libre del peso de la culpa que había soportado durante aquella eternidad.

Rotel sentía que el amor casi olvidado por su hermano limpiaba las heridas de su alma, pero su destino ya estaba sellado y culminaría su venganza. Aceptaba como un regalo inesperado el cariño de Isembard; aun así, nunca perdonaría a los que la habían dañado. Cuando él le preguntaba qué haría al llegar a Narbona callaba.

Al aproximarse a las murallas de la ciudad gala los impresionó la visión del extenso campamento militar y se ocultaron en un refugio de pastores abandonado. A pesar de las reticencias de Rotel, Isembard se atavió con pieles de oveja y se acercó a una posada extramuros para conocer las noticias más recientes. Era tarde y agradeció el calor del hogar. El frío de aquel 17 de octubre se notaba en las rachas que barrían los campos solitarios por los que habían transitado todo el día.

Se sentía pesimista y cansado. Como capitán de la *scara* había recorrido durante años vastos territorios y era consciente de la despoblación. Salvo un puñado de ciudades, el resto del reino estaba salpicado de pequeñas aldeas y masías dispersas, en valles fértiles o junto a monasterios. En las montañas los pastores habitaban cuevas o cabañas de piedra basta. Existían bosques que nadie se atrevía a cruzar y páramos en los que durante días no se encontraba ni a un solo hombre. La guerra causaría más desolación, y la nobleza y el clero asfixiarían a quienes sobrevivieran a ella.

También en aquel viaje comprendió por qué Rotel había demorado su venganza durante años. Le mostraba fascinada los enormes monolitos y las mesas de gigantes erigidos en colinas y planicies. Le explicó que, aunque los clérigos hablaran de idolatría, Europa era muy antigua y sus dioses y genios no habían desaparecido del todo. En la soledad de ciertos lugares se sentía el pulso de aquella fuerza atávica, manantial de leyendas.

Sentado en un rincón del decrépito local, Isembard se dedicó a escuchar las conversaciones de los parroquianos, sobre todo de los que habían abusado del vino caliente. Se enteró de que el rey había sido enterrado en Mantua. Su cuerpo había comenzado a pudrirse rápidamente, bajo el efecto tal vez de alguna ponzoña, y el séquito fúnebre desistió de llevarlo a París. La rebelión había arraigado y Bernat de Gotia era uno de sus valedores. Un carpintero lamentó que dos de sus hijos se hubieran unido a la leva de su ejército. Irían a la Marca Hispánica para aplastar la resistencia de Barcelona y del conde Guifré de Urgell, que habían mostrado su oposición a la rebelión.

—¿Cuándo piensan irse? —preguntó Isembard desde el rincón.

—Tú no eres de por aquí. ¿Por qué te interesa?

Todos lo miraron con recelo, pero el carpintero estaba ebrio y no contuvo la lengua.

—¡Dependerá de si nuestro arzobispo Sigebuto encuentra o no a santa Eulalia!

—¿Qué estás diciendo? —preguntó Isembard con el semblante demudado.

—¡Pero si no se habla de otra cosa por aquí! Se dice que el vizconde de Barcelona ha averiguado dónde están las reliquias de la venerada mártir y se lo ha confiado al arzobispo Sigebuto de Narbona. El prelado prepara la marcha con urgencia para traer los restos a Narbona, donde recibirán mejor culto que en esa ciudad perdida y rebelde. —El hombre eructó, ajeno a la reprobación del resto. No era prudente hablar así de las cosas de la Iglesia—. Cuando tenga los santos huesos, el marqués dará su merecido a esos godos.

Estaban ocurriendo muchas cosas en la Marca. Isembard apuró el vino con una mala sensación. Cuando llegó al refugio descubrió que su hermana no estaba. Aguardó toda la noche, pero no podía esperar más, tenía que reunirse con su ejército, y se puso en camino hacia los Pirineos. A los pocos días Isembard descubrió que lo seguía una partida de soldados a los que guiaban pastores y gente de la tierra.

Su experiencia de montaraz le sirvió para despistarlos y, tras dos semanas agotadoras, cruzó las montañas y llegó a un solitario paraje frente al mar donde se alzaban cuatro humildes celdas monásticas, donde le permitieron refugiarse en una cabaña de madera.*

Esa noche compartía la frugal comida de los monjes frente a una pequeña hoguera cuando de la oscuridad surgieron seis soldados con hachas. Agotado y presa de múltiples preocupaciones, había bajado la guardia. Detrás llegó Drogo de Borr como un horrible espectro y lo miró triunfal.

—¡Isembard de Tenes! Sabíamos que escapaste de Arlés y

* Estas celdas se documentan a partir del año 878 como Sant Pere de Rodes.

era lógico que regresaras a la Marca, pero cuando me informaron de que se te había visto cerca de Narbona no podía creerlo. Los años en la salvaje Marca te han hecho torpe, capitán.

—Eras tú el que me seguía —dedujo Isembard. No podía entender cómo lo había encontrado.

Drogo se echó a reír y los monjes retrocedieron aterrados ante aquel desencarnado en vida.

—Te creías listo, Isembard, pero tu rastro era claro como el agua. He recorrido la Gotia para acabar contigo de una buena vez y Bernat lo hará con tu ejército. Recuperaré Tenes y tu linaje volverá a ser una vieja leyenda goda.

Dos de los mercenarios corrieron hasta él, pero el capitán ya estaba preparado. Detuvo las hachas y con dos certeros tajos los abatió. Drogo rugió y se acercó con los otros cuatro. Isembard se situó junto a una de las celdas de piedra para proteger su espalda y logró mantenerlos a raya. Lo hirieron en la pierna, pero resistiría hasta perder las fuerzas. Otro de los mercenarios cayó con el vientre abierto. Aun así, pensó, sólo era cuestión de tiempo que le dieran muerte.

Entonces se oyeron los gritos espantados de los monjes y vieron a una figura cubierta con una capa que corría hacia ellos desde la oscuridad. Los mercenarios, paralizados por un temor supersticioso, no se interpusieron. Drogo retrocedió cuando la figura gritó con un odio tan puro como el diamante y se abalanzó sobre él. Isembard llegó a atisbar en las sombras de la capucha la trenza rubia de Rotel.

—Sansa... —la oyó mascullar.

Fue un breve instante, un parpadeo. La oscura figura se separó de Drogo y volvió a adentrarse en las tinieblas. Los alaridos del hombre apenas eran un susurro amortiguado ya que tenía la cabeza cubierta con una bolsa de cuero negro, apretada al cuello con un nudo corredizo. El noble manoteaba y trastabilló mientras trataba de quitársela. Cuando aflojó el nudo una docena de alacranes cayó al suelo y se perdieron en la maleza con las colas levantadas.

—¡Ella, ella! —pudo decir aún—. ¡Matadla!

Los tres mercenarios, presas del estupor, dudaron. Sin embargo, al final corrieron en pos de Rotel. Isembard, con una rabia desbocada, consiguió abatir a uno, pero los otros se alejaron llamando a gritos al resto de la partida de Drogo que aguardaba en el camino.

Isembard se acercó hasta Drogo. Yacía en el suelo presa de horribles convulsiones. Su cara era una masa de carne abultada irreconocible.

—Ya sabemos quién dejó el rastro, ¿verdad, Drogo? —Lo veía agonizar infectado de veneno. El noble alzó una mano implorante, pero el recuerdo de la muerte de la joven Agnès mantuvo al capitán inmóvil—. Le debes mucho dolor al mundo por tu crueldad.

Drogo comenzó a asfixiarse a medida que el cuello y la lengua se le hinchaban. Gorgoteó. Los monjes imploraron a Isembard piedad cristiana y al final apoyó la espada de Guisand de Barcelona en su garganta y la hundió. Los temblores cesaron. Drogo de Borr había muerto de un modo tan miserable como había vivido.

Debía escabullirse de allí cuanto antes, se dijo Isembard, y se alejó en silencio de las celdas frente al mar, donde dejó a los monjes con mil preguntas. Así surgió otra oscura leyenda de la Marca.

Rotel aullaba con fuerza en mitad de la noche mientras corría sin parar. No le importaba que una decena de soldados la persiguieran en la oscuridad del bosque. Podía sembrar la muerte entre ellos en cuanto acamparan exhaustos o hacer que se extraviaran por angostos barrancos sin nombre. Un fuego la arrasaba por dentro, y le complacía ver el espectro de Drogo de pie tras cada árbol con una expresión de amargura congelada en su condena eterna.

—Bestiario —susurró Ónix desde el fondo de su mente.

Rotel sonrió. Sabía a qué se refería el viejo maestro. En cuanto vio a los soldados de Bernat de Gotia en Narbona hizo preguntas y, como imaginaba, le confirmaron que Drogo de Borr estaba entre sus filas. Delató la identidad de Isembard a unos mercenarios y sólo tuvo que esperar lo previsible. Había usado a su hermano como cebo para atraer a Drogo y alejarlo del ejército. Durante días se movió con absoluto sigilo delatando el paso del capitán. La venganza sería en la Marca, donde las desgracias habían comenzado. Ella confiaba en la pericia de Isembard para salir ileso y estaba atrayendo a los mercenarios para que pudiera escapar y proseguir su viaje.

Al alba los mercenarios, sin su cabecilla, abandonaron la persecución. Debían informar al marqués de lo ocurrido. Tumbada en el suelo y cubierta de hojarasca, Rotel los vio alejarse con una sonrisa sardónica y se encaminó hacia el condado de Barcelona, donde esperaría a Bernat cerca de la vía Augusta. En la ciudad de Narbona estaba resguardado y protegido por su guardia, pero en el campo de batalla quedaría expuesto. Un ejército no evitaría su castigo.

Se sentía llena de vida, recorrida por oleadas de fuerza terrible y destructiva. Durante unos días, en compañía de su hermano, había regresado a su infancia, incluso vislumbró quién podría haber sido Rotel de Tenes en otras circunstancias, pero se lo arrebataron todo y ya no retrocedería. Era bestiario y hechicera; su sino estaba sellado.

72

La comitiva del arzobispo Sigebuto de Narbona se acerca por la vía Francisca —informó Oriol, circunspecto.

Frodoí asintió con la mirada perdida en la arcada del aula episcopal. Estaba hastiado y deprimido. El asesinato de Servusdei había sido un duro revés, no sólo para su estrategia sino para su corazón. Aquel monje honesto era lo más puro de la esencia cristiana que había conocido. Hombres así deberían sentarse en el solio papal y en el trono de cada reino, pero acababan acuchillados por obedecer a necios como él.

No había desvelado el móvil del crimen hasta que llegó un mensaje urgente de Narbona. El arzobispo Sigebuto había descubierto dónde estaba el sepulcro de santa Eulalia y acudía a Barcelona para realizar la *inventio* de sus reliquias. Frodoí suponía que era eso lo que Servusdei había averiguado en el archivo, a pesar de que el anciano murió sin poder contárselo.

Estaba convencido de que había sido el vizconde, cuando abandonó el consejo y no regresó, pues desde ese día se había encerrado en el palacio condal con decenas de guardias y no había querido recibirlo. Si al menos hubiera sabido dónde estaban las reliquias se habría adelantado, pero Sigebuto se cuidó de revelarlo en el mensaje.

Servusdei estaba enterrado en uno de los altares de la nueva catedral, donde pondrían la gastada imagen de la Virgen que tanto veneraba. Lo único que podía hacer era rezar, aunque su mejor consejero y jurista ya compartía por méritos propios el banquete celestial. También se encargaría de atender y costear la formación clerical de Astrald. El muchacho estaba hundido, demasiadas muertes para tan pocos años.

—Deberíais acudir al portal Vell para recibirlo.

—¡Lo hare en el pórtico de mi catedral! —espetó de malos modos.

Oriol bajó el rostro. Frodoí dejó que el arcediano y dos diáconos lo revistieran y le colocaran la mitra. Bajo el arco de mármol blanco y negro de la nueva catedral esperó a la comitiva del arzobispo de Narbona acompañado del esquivo vizconde Astorius, quien evitó acercarse al obispo de Barcelona.

Cuando Sigebuto bajó de su caballo Frodoí se acercó. Se respiraba la tensión, pero era su superior en la jerarquía de la Iglesia y le besó el anillo.

—Lamento la muerte del monje Servusdei —dijo Sigebuto, afectado.

Frodoí se mordió la lengua para no preguntarle cómo se había enterado de lo de las reliquias, pero ya no importaba. Sigebuto era un buen prelado, ambicioso como él. Sólo quería aprovechar la oportunidad de engrandecer su sede, pero, consciente o no, era un instrumento en manos de Bernat de Gotia en su deseo de impedir que Barcelona tuviera un escudo espiritual.

—No deberíais llevaros las reliquias si aparecen —sugirió Frodoí.

—Esto está por encima de nosotros, obispo. En estos tiempos oscuros, santa Eulalia mártir es casi tan venerada en todo el orbe como la Virgen María, y Narbona es mucho más segura que una ciudad de frontera. Allí levantaré un templo digno que será lugar de peregrinación. Tú eres franco como yo, Frodoí... Ayúdame, y juntos compartiremos la gloria.

El obispo de Barcelona suspiró y abrió los brazos hacia el interior de la nueva basílica. Con orgullo, vio la expresión admirada del arzobispo. La humilde catedral era ahora un amplio templo de planta rectangular, con tres naves y soberbias arcadas. Las aspilleras de la parte superior dejaban entrar poca luz, pero bastaba para ver a los numerosos fieles que habían acudido al encuentro. Entre dos filas de nobles y oficiales, avanzaron solemnes por la nave central sobre un suelo de grandes losas, algunas con inscripciones romanas. Sigebuto admiró las pinturas de los muros.

—¡Grandioso, Frodoí! Ningún obispo creyó que fueras capaz de lograrlo.

—Se ha concluido gracias a la generosidad de Carlos el Calvo, que Dios guarde su alma —explicó con orgullo—. En breve será consagrada.

—Excelente. Desde aquí marcharemos en solemne procesión a esa iglesia dedicada a santa María frente al mar.

Frodoí dirigió la vista hacia la pintura del martirio de la santa y miró el pequeño templo al fondo. Una intensa oleada de frustración lo embargó.

—¿Es allí donde reposan los huesos de la mártir?

Sigebuto sonrió triunfal. Le complacía sentirse superior en algo a Frodoí, el predilecto de Hincmar de Reims.

—Sólo falta descubrir el lugar exacto donde se halla el sepulcro romano.

El obispo sintió que las piernas se le aflojaban. La mártir reposaba en la vieja iglesia de la playa. La devoción popular tenía un sustento real. Había estado allí decenas de veces, y ninguna de ellas lo sospechó siquiera, pensó ahogado de rabia.

Sigebuto quería que la solemnidad de la búsqueda causara una profunda impresión entre los *fideles* de todo el orbe. Ser bendecido con el valioso hallazgo lo convertiría en el prelado con más prestigio, y tal vez lo encumbraría a los altares. Frodoí asintió vencido, ya sin esperanzas.

Todo transcurrió como el arzobispo de Narbona había previsto. La ciudad secundó la procesión con cirios y candiles. Se declaró un ayuno, y se oraba en la pequeña iglesia mientras se levantaban las losas sepulcrales bajo las que sólo apareció arena de playa y huesos que no irradiaban la esperada aura de santidad. Entre los barceloneses presentes estaba Goda, siempre circunspecta. Ella sentía predilección por el humilde templo. Frodoí quiso acercarse, pero la dama desapareció entre el gentío.

El segundo día se excavó a los pies del agrietado ábside con el mismo resultado, y lo mismo sucedió en el pequeño cementerio exterior. Sigebuto, nervioso, se retiró a orar toda la noche; aún no había perdido la esperanza. Frodoí se encogía de hombros cuando le preguntaba. No necesitaba mentir; ignoraba dónde estaban las reliquias.

El tercer día la búsqueda se extendió a los alrededores de la iglesia, en viejas tumbas y estelas romanas, pero santa Eulalia seguía esquiva. Cuanto acabaron los rezos de la hora sexta, Sigebuto, frustrado, gritaba a los clérigos como si éstos fueran siervos. Su sueño se le escurría de las manos como la arena de la playa que pisaba, y el día pasó sin ocurrir la *inventio*.

Al caer la tarde el arzobispo se alejó hasta donde morían las suaves olas.

—Barcelona no posee la gracia divina —masculló cuando Frodoí se situó detrás.

—Lo habéis intentado, mi señor arzobispo.

—Somos Sus siervos y debemos acatar Su voluntad.

Frodoí quiso sondear sus verdaderas intenciones.

—La *inventio* habría agradado a nuestro marqués, sacralizaba su causa.

—Sé lo que piensas y no me agrada. Yo sólo sirvo a la Iglesia. No me interesa el poder terrenal como a ti, Frodoí. Es obvio por qué agradas tanto a Hincmar de Reims.

—Me complace que únicamente os mueva la fe. Tal vez Dios se reserva a santa Eulalia para sí y jamás la encontremos. Ya no queda nada más que hacer aquí.

Sigebuto miró a su inferior y le tocó el hombro.

—Has sido un buen anfitrión, por eso te propongo acompañarme a Narbona. Allí tendrás mi protección.

—¿Acaso he de temer algo?

—Bernat no tolera la deslealtad de Barcelona al no secundar la rebelión... y sé que tú has tenido mucho que ver en la osada decisión. Conoces lo que ocurrió cuando Guillem de Septimania saqueó Barcelona hace casi treinta años. —Señaló las murallas de la ciudad bajo la luz rojiza del atardecer—. Puede que en unos días todo lo que veas sean escombros y cadáveres. Bernat de Gotia parece poseído por mil demonios y su alma es cruel. Tú eres de origen franco, no tienes por qué correr la misma suerte que este pueblo.

Frodoí se estremeció. Sigebuto de Narbona era el segundo hombre más poderoso de la Gotia y no hablaba en balde. El miedo anidó en su pecho, pero negó con firmeza.

—Hincmar de Reims, como consejero del rey Carlos, me mandó para regir esta diócesis, y mientras me quede un solo feligrés no me moveré de aquí.

—Eres valiente... o un necio. En cualquier caso, te admiro, Frodoí, y rezaré para que podamos vernos en el próximo concilio de obispos. Que Dios te proteja, fiel amigo.

Sigebuto anunció el final de la búsqueda. Pernoctaría en el palacio episcopal y al día siguiente regresaría a Narbona.

Las sombras envolvieron Barcelona como un preludio de lo que la aguardaba. Desde el camino, Frodoí se volvió para mirar la pequeña iglesia de Santa María entre sombras frente al mar. Sentía una comezón en el estómago. No podía creer que Sigebuto hubiera fracasado. Eso debía significar algo.

—¿Dónde estás, Eulalia? —susurró entre dientes—. Barcelona te necesita más que nunca.

73

Es Isembard! —gritó un muchacho con vista de halcón desde las almenas del castillo de Tenes. Era capaz de ver las facciones del capitán con la brunia de los soldados francos y un manto de lana—. ¡El señor del castillo ha regresado!

Airado subió la escalera de piedra del muro y sonrió aliviado.

—¡Abrid las puertas!

Isembard cayó de rodillas en el patio, agotado. Los soldados lo rodearon.

—Mi señor... —dijo Airado—. ¡Gracias a Dios estáis aquí!

—¿Sabéis algo de la posadera Elisia de Carcasona?

Airado se sorprendió.

—Se sometió a una ordalía de agua hirviente... Pero su brazo ha sanado. Es libre. Vuestra esposa, Bertha, también se encuentra bien.

—Loado sea el Señor... —Isembard se conmovió. La angustia remitía, pero sentía el peso de la situación como una losa sobre su pecho—. Reúne a los caballeros presentes. He matado a Drogo de Borr. Me temo que he provocado una guerra.

Los dejó allí plantados y, con gesto sombrío, se dirigió al salón. Necesitaba serenarse. Pensaba en el numeroso ejército que había visto a las puertas de Narbona tres días antes. Él había formado los nuevos Caballeros de la Marca, pero estaban dispersos a lo largo de la frontera para protegerla del peligro exterior. No podría reunir suficientes hombres y enfrentarse al rebelde Bernat. Se sentía atrapado entre la angustia y la impotencia. Debió hacer caso a Bertha la noche de bodas, pensó, licenciarse del ejército *scara* y marcharse a Orleans para gobernar a un puñado de vasallos y criar a sus hijos en paz.

Mientras el arzobispo Sigebuto se alejaba de la Ciudad Coronada llegó un mensajero cubierto de barro. Ante el vizconde Astorius, el consejo y el obispo, anunció que el marqués Bernat de Gotia había llegado a Girona con un poderoso ejército. Venía dispuesto a someter Barcelona y a enfrentarse con los hermanos Guifré de Urgell y Miró por no acatar su voluntad. En tres días estarían frente a las puertas de las murallas. La noticia se mantuvo en secreto para no atemorizar a la población, pero el vizconde decidió abandonar la ciudad con sus oficiales francos para correr en pos de Bernat. Su sueño de grandeza se había frustrado al no realizarse la *inventio*.

Frodoí salió del palacio condal y hubo de soportar las miradas hostiles de los prohombres godos, que se arrepentían de haberse dejado convencer para mantenerse fieles a la corona. Al final, el obispo los había llevado a la perdición.

Esa tarde, muy abatido, el prelado descendió al archivo de su palacio. Aspiró el silencio. Echaba de menos el crujido de la silla de Servusdei y el canturreo del anciano monje mientras copiaba alguna capitular con su esmerada letra carolingia. En las pequeñas losas se veía algún resto de sangre y se inclinó para tocarla.

Su fiel consejero ya habría cruzado las puertas celestes, pero sentía su presencia en ese sótano donde había creado su propio mundo, sereno, erudito y pacífico.

Rebuscó por debajo de la mesa y en los estantes cercanos por si al vizconde se le había pasado algo por alto. Pero Frodoí no era paciente, se le cansaba la vista y ciertas caligrafías le resultaban irritantes. Miró la antigua escultura de la Virgen.

—Os prometo un altar, mi Señora. Reveladme el sepulcro.

La llama del candil osciló, pero enseguida brilló recta y se desalentó. El arzobispo de Narbona había fracasado y él no tenía mayor dignidad. Estaba solo.

—Mi señor obispo, estáis aquí.

Frodoí dio un respingo. La corriente la había provocado Astrald al abrir la puerta y descender al archivo. El pastor huérfano tenía una mirada tan intensa que siempre lo ponía nervioso. No parecían los ojos de un niño; ese muchacho había visto demasiados horrores en su corta vida.

—¿Me buscabas?

—¡Os busca todo el mundo! Acaba de llegar una paloma mensajera del castillo de Tenes. El capitán Isembard ha regresado y ha convocado a sus tropas en la vía Augusta para detener al conde antes de que llegue a Barcelona.

—¡Eso es un suicidio! No podrá reunir a sus tropas dispersas.

—Dicen que quiere negociar para evitar la guerra.

—Isembard no tiene ninguna autoridad para eso.

Se sorprendió de estar hablando así con un pastor y, sin embargo, le parecía ver en él algo de Servusdei. Astrald hizo uso de su prodigiosa memoria para repetir las palabras:

—El sacerdote Jordi dice que el capitán solicita una autorización escrita para actuar en nombre del obispo de Barcelona.

—Hábil, pero no servirá. —Mientras subía se volvió hacia el muchacho—. ¿No quedó nada de lo que Servusdei escribía en los últimos días?

Astrald se encogió de hombros.

—Sólo esto, mi señor. Lo encontré en su hábito, cuando lavábamos su cuerpo.

—¿Qué es? —Frodoí cogió el trozo de pergamino arrugado que el chico le tendía.

—Son notas que no se entienden y un dibujo en el reverso.

Frodoí se acercó con la vitela en la mano al candil, y un escalofrío lo recorrió.

—Esta forma dibujada recuerda al presbiterio de Santa María, la pequeña iglesia de la playa. Esta marca señala detrás del altar de piedra —comenzó a barruntar en voz alta—. Ahí no excavó Sigebuto. No hay ninguna losa.

—¿Pensáis que indica dónde está santa Eulalia? Lo siento, obispo, de haberlo sabido os lo habría entregado para el arzobispo Sigebuto de Narbona.

Astrald se encogió esperando el castigo, pero Frodoí le revolvió el pelo y miró la Virgen con el corazón acelerado.

—Avisa al arcediano y pídele que convoque a todo el colegio canónico.

Frodoí nombró por escrito a Isembard *mandatarius* del obispo de Barcelona con autoridad para negociar un acuerdo. Podía ganar tiempo, pero no pasarían más de tres días antes de que Bernat de Gotia llegara a la ciudad.

Poco después, curia diocesana escuchaba estupefacta la intención de su obispo de seguir buscando las reliquias tras la marcha de Sigebuto. Bajo el tañido de las campanas, muchos barceloneses formaron de nuevo una larga procesión con candelas hasta Santa María. El templo frente al mar ya estaba abarrotado de fieles de toda condición. Frodoí, emocionado, señaló con el báculo dónde levantar el suelo con los picos tras el altar.

Cuando retiraron los escombros el cántico cesó. Los obreros se apartaron, tan sudorosos como decepcionados. Frodoí se acercó con el corazón acelerado. Sólo se veían fragmentos de alguna construcción anterior y arena. Sintió que le faltaba el aire; Servusdei también había fallado.

—Las encontraréis, mi señor —le susurró Astrald, que se había colado entre el clero—. Tened fe, como el maestro.

La mención al monje le recordó una conversación acerca de las *inventio* de reliquias. En la mayoría de las tradiciones el hallazgo no lo había efectuado el clero sino el pueblo; pastores, campesinos... «El *sensus fidelium* convoca la Gracia», decía Servusdei. Era mejor olvidar el himno de Quirico y otros viejos documentos. Necesitaban orar y confiar. También era una manera de no extender más la inquietud ante la situación que la ciudad vivía.

Ajeno al desánimo del colegio episcopal, ordenó tres días de ayuno y oración para hombres y mujeres de todas las edades, incluso si eran niños, en sus casas o en las iglesias. Santa María permanecería día y noche abierta para que los fieles hicieran vigilia con candelas encendidas, cantando sin descanso himnos y salmos.

Frodoí, consciente de que se habían acabado las intrigas y sólo podía rezar, se sintió obispo por primera vez.

74

Isembard desplazó a toda prisa a los soldados que guardaban la fortaleza de Tenes hasta un páramo cercano a una pequeña aldea que sus habitantes llamaban Santa Coloma, pues sus pobladores, hijos de gente del norte, se amparaban en la mártir de Sens. El capitán contempló con semblante triste a los payeses huir con sus familias y aperos. Dejaban atrás olivares y viñas aún jóvenes, pues en el año 861 los sarracenos ya habían arrasado la zona.

Estaban a pocas millas de Barcelona por la vía Augusta y algunas tropas de la frontera también habían acudido a su llamada, pero la mayoría de los puestos no se habían enterado y en cualquier caso los que sí se dirigían hacia allí tardarían días en llegar. En Tenes había mandado una paloma mensajera a Urgell, pero ya habían pasado dos días y no había recibido respuesta. El conde Guifré tenía la obligación de velar por sus propios condados, también opuestos a Bernat de Gotia.

Los rastreadores anunciaron que el ejército del marqués, compuesto por cerca de dos mil soldados, estaría allí al amanecer del día siguiente. Isembard sólo disponía de cuatrocientos infantes y ochenta caballeros.

Oriol llegó con el *mandatus* sellado por Frodoí y puso al día a Isembard de lo que acontecía en Barcelona. Frodoí llevaba dos días en la iglesia frente a la playa, en vigilia, pidiendo una señal divina para descubrir las reliquias de santa Eulalia que el arzobispo Sigebuto no había encontrado. El profundo respeto por la mártir en todo el orbe cristiano podía cambiar las tornas del conflicto, pero únicamente contaban con viejas tradiciones que se mezclaban con otras llegadas desde la lejana Mérida. Tal vez los huesos de la santa jamás habían estado en Barcelona.

Isembard y Oriol se pasearon sombríos por el campamento militar.

—El ejército se resquebraja, Oriol. Nuestros soldados piensan que mantenerse fieles a un rey muerto en vez de al marqués es un suicidio. Sus tropas nos aplastarán.

—De la frontera vienen cientos de hombres. Sólo necesitas unos días. El conde Guifré no nos abandonará, estoy seguro.

—Llevo muchos años combatiendo. Ambos sabemos que para luchar hace falta una razón: por honor, vasallaje, un ideal de justicia, por venganza, poder o riqueza... Pero los que han acudido a mi llamada lo han hecho por admiración y respeto a su capitán, que ahora nada puede ofrecerles. Sin ánimo de victoria, ya estamos derrotados.

—Debes negociar en nombre del obispo. Ahora estás autorizado.

—La pedí para no desmoralizar a la tropa. Ambos sabemos que Bernat ensartará mi cabeza en su pendón sin vacilar. ¿Han llegado noticias de la rebelión en Francia?

—La casa de Bosón y los demás linajes aliados hacen que la revuelta se extienda como una mancha de aceite. No obstante, los guillémidas carolingios resisten en sus territorios y sus vasallos con ellos. Antes de salir de Barcelona supe que había llegado una paloma con un mensaje para Frodoí: el arzobispo Hincmar está en Reims y se ha declarado fiel al heredero Luis el Tartamudo. Va a reunirse con el abad Hug, el marqués de Neustria, que siempre ha sido leal a la corona, para convencerlo de que se retire de la alianza. Eso equilibraría las fuerzas, pero necesita algo, una prueba de Dios, para sostener la legitimidad del heredero del rey.

—Y ahí entra Frodoí y la *inventio* —apuntó Isembard al

recordar el mensaje que escribió Hincmar en la abadía de Montmajour de Arlés.

—Reforzaría nuestra posición si se produjera el esperado hallazgo antes de que Barcelona caiga en manos de Bernat de Gotia, pero Sigebuto ya fracasó y nadie cree que Frodoí lo logre, sólo él confía en sí mismo, por eso te pide un poco más de tiempo; que retrases al marqués.

—¿Cómo está mi esposa? —dijo Isembard, desanimado—. Jamás debí traerla conmigo.

—Asustada, como todos.

—Que Dios nos ampare. —Observó el terreno elegido para resistir el avance de Bernat. Era un paraje con profundas torrenteras, desniveles rocosos y bosquecillos entre los campos—. Regresa a Barcelona, capitán Oriol. Di a Frodoí que tendrá su tiempo.

Cuando cayó la noche el obispo Frodoí puso a su fiel Jordi a cargo de la vigilia y pasó con aire regio entre los feligreses hacinados en el pequeño templo de Santa María frente al mar para salir. Dejó atrás los rezos y el bosque de velas encendidas para adentrarse en la playa, como Sigebuto había hecho unos días atrás en plena desesperación. Veía a sus fieles tan cansados y carentes de fe como él mismo, por eso necesitaba respirar.

Amparado en la oscuridad, dejó caer el báculo en la arena; luego arrojó sin cuidado la mitra, el crucifijo y la gruesa casulla bordada en oro. Entró en el agua sólo con la camisa de lino. Le causaba pavor, no sabía nadar y temía que las olas lo arrastraran mar adentro, pero presa de la desolación se hincó de rodillas y comenzó a llorar. Había ido demasiado lejos. Sólo le pidieron equilibrar el poder del conde de Barcelona y erradicar el culto mozárabe en su diócesis.

La soberbia y el amor que sentía por Goda lo habían llevado hasta allí, pero ella ya no estaba. Se sentía tan aterrado como en Reims dieciséis años atrás, cuando aceptó ir a esa tierra maldita. Ahora sabía que Dios se había burlado de él; no estaba llamado a la grandeza ni a alejar la oscuridad de la Marca Hispánica. Únicamente era un hombre y estaba más solo que nunca. Tal vez debió aceptar que Hincmar lo excomulgase en vez de jurar algo que no podía cumplir.

Se mojó la cabeza para despejarse. Esa vigilia no iba a cambiar nada. No era un hombre de fe sino de acción, se dijo. Y ya no sabía qué más hacer.

—Todo ha sido en vano, Señor.

Desde la oscuridad, una figura cubierta con un manto de lana lo vio derrumbarse y se alejó hacia la ciudad.

Aquella noche los vigías del portal Vell tenían orden de abrir a los habitantes pues Barcelona participaba en el ritual de búsqueda. Muchas mujeres de la nobleza hacían vigilia en la iglesia del mar y sus siervos llevaban o traían encargos.

La misma sombra que había visto al obispo llorando en la playa llamó a la puerta del palacio de Goda. El siervo avisó a su *domina* sin demora.

—Elisia, ¿estás bien? —dijo Goda al tiempo que miraba con preocupación su brazo cubierto.

—Estaba en la vigilia —respondió la posadera sin rastro de sonrisa.

Goda torció el gesto y se apartó para dejarla entrar. Salieron al huerto y fueron hasta el templete subterráneo. En silencio, comenzaron a encender las velas de la Madre.

—Soy yo la que tengo el brazo destrozado y tú la furiosa.

—¿Y si no estuviera sanando? ¡Maldito obispo!

—¡Pero no es así! ¿Amas a Frodoí?

Goda bajó la mirada. Había estado casada dos veces y en su juventud había tenido más amantes de los que la ciudad suponía, pero su relación con Frodoí había ido más allá de la atracción física del principio. Los años pasaban y la lozanía se desvanecía, pero su vínculo se había afianzado unido a un sueño común.

—Él cree que todo lo hace por su sede, pero lo hace por ti, Goda.

—Frodoí no hace nada si no es por él —masculló ella con acritud.

—Es cierto que usó mi situación para doblegar la voluntad del consejo, pero en eso no se diferencia de ti. También arriesgaste la vida de esos pescadores en busca de la montaña de sal. Ambos pretendíais una oportunidad para todos nosotros y asumisteis el riesgo sin preguntar a los demás.

—¿Y qué quieres? —demandó Goda, airada—. ¿Que vaya a consolarlo? ¡Ya es tarde!

—No. Quiero que hable el alma de Barcelona. Él te necesita. Te he visto muchas veces hacer ofrendas en Santa María y ahora sufres por lo que están haciendo allí. Te conozco, y estoy segura de que sabes algo que nadie más sabe. —Ante el obstinado silencio de su amiga, Elisia alzó su brazo llagado—. Entonces nada de esto habrá tenido sentido, Goda.

Acto seguido se marchó, dejando a la noble vacía y desolada.

Antes del amanecer, Félix, el siervo de Goda, acudió a la iglesia frente al mar y con discreción susurró a Frodoí el mensaje de su señora. Sin pensarlo, el obispo regresó a la ciudad. Pensaba en el fresco de la catedral donde estaba pintada santa Eulalia y en la insistencia de Goda de que apareciera en él también ese humilde templo sobre las arenas de la playa. El corazón le latía desbocado cuando bajó hasta la cripta de la vieja iglesia visigoda junto al palacio condal.

—Estoy aquí porque Elisia me lo ha pedido —dijo Goda, fría, en el centro.

Frodoí avanzó y la rodeó para enfrentarse a ella.

—Aquí es donde empezó todo y aquí es donde acabará —dijo apocado—. Mañana llegará Bernat de Gotia. Abriremos la ciudad y nos postraremos a sus pies para recibir el castigo. Yo iré delante, como el máximo traidor, pero muchos otros me seguirán.

—¿Cómo pudiste someter a Elisia a una ordalía? —gritó furiosa.

El obispo casi sintió alivio al verla estallar. Así era la mujer a la que amaba.

—¡Hablas así porque la quieres como a una hermana! Pero sabes por qué lo hice. ¡Tú mejor que nadie lo sabes! ¡Sólo Dios podía cambiar la situación!

Goda le propinó una bofetada que soportó viendo que la ira se desvanecía poco a poco.

—¿Por qué debía aparecer Santa María en el martirio de santa Eulalia? —preguntó Frodoí, ceñudo—. ¿Está allí la tumba de verdad?

Goda rehuyó su mirada. De nuevo le preguntaban lo mismo esa noche. Buscó la guía de sus antepasados, pero los viejos sepulcros estaban mudos y fríos.

—Juré ante mi madre guardar ciertos secretos de la ciudad.

—Y si sirvieran para salvar Barcelona, ¿qué dirían tus ancestros? ¿Qué valor tiene la memoria ancestral de un pueblo si no es para protegerlo y conservarlo? —Las lágrimas le asomaban a los ojos—. ¿Por qué, Goda? ¿Por qué incumples nuestro pacto?

—¡Tú deberías saberlo, obispo! A nadie he abierto mi corazón tanto como a ti. Deberías saber por qué mi familia no quiso nunca que ese secreto se revelara.

Frodoí frunció el ceño y al momento asintió comprendiendo.

—Santa Eulalia no es sólo una mártir cristiana, ¿verdad? —comenzó a recordar, estremecido—. ¡Servusdei lo dijo! La paloma que surge de su boca es el pájaro sagrado de Venus: «El regalo de los amantes». Es un símbolo de la fecundidad para la ciudad.

—Hace siglos que el culto de la mártir se adhirió a esa antigua creencia, como ha ocurrido con otros santos. Si se produce la *inventio* de sus reliquias la arcaica veneración se desvanecerá —dijo con temor en los ojos—. ¡Juré no permitirlo!

Frodoí se estremeció. Ahora comprendía por qué Goda era el alma de Barcelona. Le cogió las manos y ella se las acarició con tristeza. Estaba atormentada.

—Goda —le dijo mirándola afectado—. Agonizas por el dilema, como me ocurrió a mí la noche que te entregaste a Bernat. Sólo tú puedes dar sentido a lo que hemos vivido hasta ahora. Barcelona está en tus manos, pero hay un precio que pagar: tal vez deba morir una tradición para que nazca otra.

Ante el silencio de la dama, Frodoí se dirigió a la escalera. No iba a obligarla, la amaba demasiado. El obispo de Barcelona claudicó por primera vez.

75

Isembard apenas pudo dormir. Alguien se asomó a su tienda, pero huyó en cuanto lo vio incorporarse. Estaban infestados de traidores. Al amanecer casi cien hombres habían desertado y los demás estaban desmoralizados.

Armanni, Garleu, Maior y Airado se reunieron con él. La víspera emplearon pequeñas piedras para ubicar la posición de cada falange de infantería. Realizarían ataques por sorpresa y retiradas al bosque antes de que la caballería de Bernat cargara. Si causaban el suficiente desconcierto, el avance del marqués se detendría. El resto dependía de Frodoí.

—Sólo nos quedan trescientos cuarenta infantes y cincuenta jinetes —informó Airado, con el rostro macilento.

Isembard asintió. Salió de la tienda y montó en su corcel para inspeccionar las escasas fuerzas con las que contaba. Todos sus hombres lucían las brunias y las espadas que Joan había forjado en La Esquerda. No caerían con facilidad si eran rápidos y estaban bien posicionados.

—¡Escuchad! ¡Barcelona, Urgell y la Cerdaña llevan años guardando la frontera del reino! Ése es nuestro juramento. No estamos aquí para combatir a los sarracenos sino a nuestro conde. Lo hacemos porque nada podemos esperar de esa alianza con los bosónidas y el Plantapilosa, el hermano de quien arrasó Barcelona. Bernat de Gotia lo ha demostrado durante años.

—¿Y del futuro rey Luis el Tartamudo? —gritó uno de los hombres—. ¿Qué podemos esperar?

Airado corrió con el fuste en alto, pero Isembard lo detuvo. Aún no tenían un motivo para luchar y sólo podía ofrecer uno:

—Puede que nada tampoco pero si al final reina no podrá olvidar quién estuvo siempre de su parte.

—¿Y para qué servirá eso?

—Para exigir que un godo vuelva a gobernar toda la Marca. Guifré puede ser también conde de Barcelona, como lo fue su padre, Sunifred. Al contrario que Bernat, él permanece en sus condados de Urgell y la Cerdaña, defendiendo y repoblando sus dominios. Este territorio al sur de los Pirineos seguirá siendo peligroso durante muchas generaciones, quizá lo sea siempre, pero con un linaje como los bellónidas en el trono condal puede que tengamos la esperanza de un futuro mejor para nuestros hijos en la frontera. Para eso luchamos. Quien confíe en mí que dé un paso al frente. Los demás idos.

Mientras la mayoría de los soldados avanzaban y otros discutían, llegó un jinete a galope tendido desde el norte.

—¡Están aquí! —gritó exaltado. Tenía una flecha clavada en la cota—. ¡La caballería de Bernat!

—No puede ser.

—Han cabalgado toda la noche —dijo el hombre, retorcido por el dolor—. ¡Saben cuántos quedamos y dónde estamos!

—¡Traición! —gritó Airado.

—Preparaos —ordenó Isembard.

—Demasiado tarde —musitó Armanni.

Por el camino se levantaba una espesa polvareda. Casi doscientos caballos se detuvieron a un cuarto de milla. Formaron una larga línea y sus jinetes alzaron sus lanzas para impresionar al ejército de Isembard. Al momento apareció otro contingente por el flanco para formar una pinza sobre ellos.

Un único jinete salió y se detuvo a la distancia precisa para que pudieran oírlo.

—¡Bernat de Gotia, señor de estas tierras, es un hombre tolerante y sólo desea llegar a Barcelona sin contratiempos! —anunció—. Todo aquel que avance y se una a nuestro ejército además de ser perdonado recibirá cinco cahíces de trigo para la próxima siembra.

Los jinetes alineados tras él descargaron un carro con sacos de trigo.

—¡No os fiéis! —dijo Isembard.

Sus hombres hablaban ya entre ellos. Uno salió corriendo hasta la línea contraria. Soltó la espada y cogió uno de los sacos.

Isembard resopló. Ni siquiera trató de arengar a su tropa de nuevo. Unos cincuenta hombres, la mayoría de ellos antiguos mercenarios de Drogo rendidos en Tenes, corrieron hacia la recompensa. Airado, más joven e impulsivo, trataba de detenerlos a golpes. Al final lo derribaron y pisotearon sin contemplaciones. El ejército de la frontera reunido en Santa Coloma quedó reducido a cincuenta jinetes y cerca de doscientos cincuenta infantes indecisos. El heraldo del marqués regresó a su línea mientras los desertores de Isembard recogían los pequeños sacos de trigo en medio del barullo. Sonó un silbido, y los jinetes de Bernat volvieron grupas con las lanzas en ristre y comenzó una brutal matanza a traición.

—¡Dios mío! —exhaló Airado sin color en la piel.

—No van a negociar —concluyó Armanni—. Sólo querían debilitarnos más.

El ambiente se colmó de alaridos y súplicas. Isembard descubrió a un jinete separado del resto con una capa de buena factura. Casi oía la risa de Bernat de Gotia ante aquel gesto cruel para minar la moral del adversario. Isembard estaba atrapado y con una tropa insuficiente. Un cuerno ordenó cargar para aniquilarlos, pero no caerían sin defenderse.

Al amanecer del tercer día de vigilia en la iglesia frente al mar tras la marcha de Sigebuto, Frodoí ofició la misa que el obispo Quirico había escrito siglos atrás para venerar a santa Eulalia. Cuando levantó el pan en medio del silencio sintió que se ahogaba. Le temblaban las manos. Agotado, se mareó y lo sostuvieron dos diáconos. El templo estaba abarrotado de fieles que murmuraban sobre su vahído. Entonces, con mirada borrosa, vio que entre ellos se abría paso una figura. Parpadeó hasta que pudo identificarla: era Goda cubierta con un velo negro. La dama se acercó al altar y movió los labios por debajo de la oscura tela una vez más.

«Jura que la santa nunca saldrá de Barcelona», leyó Frodoí en su boca, y asintió levemente con el corazón acelerado.

Goda llegó a los pies del presbiterio en el lado del Evangelio y se inclinó para besar unas gastadas losas de arcilla donde no había sepulcro ni marca que invitara a excavar. Cuando la mujer se levantó, sus ojos brillaban con la misma intensidad que la primera vez que la vio, en la recepción. Se le erizó el vello. Los clérigos que lo asistían se miraban de reojo en medio de un silencio absoluto. Al concluir la celebración, Frodoí dejó que le colocaran la mitra y recogió el báculo.

—¡Invoco a Dios Padre, a Jesucristo y al Espíritu Santo para que nos bendiga y nos conceda una santa *inventio* para la guarda y protección de nuestra ciudad!

Tras la respuesta de los fieles avanzó con paso solemne hasta el lugar exacto en el que Goda se había inclinado. La dama estaba al fondo con otras mujeres de alcurnia. Frodoí escudriñó el sitio en busca de algo especial que a simple vista no apreciaba. De pronto atisbó en una junta un pequeño orificio que pasaba inadvertido. En medio del respetuoso silencio, metió la punta del báculo y éste se hundió casi un palmo. Había un hueco. Estremecido, removió con fuerza y se formó una grieta entre las losas. La gente contuvo el aliento.

—Aquí.

Los diáconos mandaron llamar a dos hombres con picos y éstos comenzaron a cavar en cuanto llegaron.

—¡Hay algo, obispo Frodoí! —exclamó uno al tocar piedra dura.

El prelado saltó al pequeño socavón. Muchos curiosos se agolparon mientras los dos hombres apartaban la arena y aparecía un gastado sarcófago de piedra quebrado por los años.

Dentro había un esqueleto que, por su tamaño, podía corresponder a una mujer muy joven. Tenía una cruz de plata entre las falanges de las manos con una paloma grabada.

—¡La paloma! —exclamó el viejo clérigo del templo—. ¡La paloma que salió de la boca de santa Eulalia en el momento de morir! ¡Es el símbolo de la mártir!

Los fieles comenzaron a gritar exultantes de júbilo. Dios los había bendecido al fin. El 23 de octubre del año del Señor de 877 se produjo en Barcelona la *inventio* de los restos de santa Eulalia. Desde el primer momento todos notaron un aroma surgido de la tierra removida. Otros lo negaban, pero nadie dudaba que quien estaba allí enterrada era la joven mártir.

Frodoí se hincó de rodillas y comenzó a llorar mientras el coro entonaba con voz trémula el himno de la santa que el pueblo cantaba. Su primer pensamiento fue para Servusdei. Astrald, que se hallaba entre los monjes legos, le sonrió. El muchacho lo había dicho. Buscó a Goda y la vio abandonar el templo.

El propio Frodoí, con los ampulosos ropajes sucios, besó cada hueso de la santa y, con cuidado, los colocó sobre la sábana de lino sin estrenar que acababan de llevarle. Luego pusieron los restos sobre unas andas. La gente se llevaba terrones de tierra y piedrecitas como amuletos sagrados. Reinaba un ambiente de alegría y fervor religioso que hacía estremecer los muros del viejo templo junto al mar.

Frodoí regresó al pequeño presbiterio para hablar a sus feligreses. En las miradas de todos ellos veía verdadera devoción. La confianza que tenían en él ya era incondicional.

—¡Que vuelen todas las palomas mensajeras para anunciar la *inventio* de santa Eulalia a todo el imperio! ¡Que los mensajeros salgan y que la buena nueva llegue hasta la última ciudad del orbe! —Entre una arenga y otra dejaba que el pueblo estallara en gritos y aplausos; necesitaba un baño de vanidad para volver a ser el de siempre—. ¡Gritad al mundo que Barcelona, fiel al Sacro Imperio Romano, ha sido bendecida con el cuerpo de santa Eulalia, la mártir más venerada de la cristiandad!

No era una plática más sino una orden, y el arcediano con los escribas se encargaron de acatarla. La noticia se extendió por la ciudad y todas las campanas tañeron con insistencia. Los próceres y los oficiales que no se habían marchado, ocuparon, con sus ropajes de gala, el lugar preferente junto al obispo, como si nunca hubieran recelado de él.

—Presiento que ningún mal nos amenaza ya bajo la protección de la mártir. Rezaremos de nuevo y al caer la tarde trasladaremos las reliquias a la catedral de la Santa Cruz en solemne procesión. Estará expuesta ocho días mientras se excava un *confessio* en el lado derecho del altar para albergar los santos huesos. Tal como estaban depositados aquí. En esta tierra se hallaron y aquí se quedarán.

El clamor de los barceloneses no cesaba y los cánticos en Santa María se expandieron hacia el mar turquesa y por los suburbios. Los que trabajaban en los campos regresaron para participar de la gracia concedida. Sin embargo, otros miraban con temor la vía Francisca más allá del viejo acueducto. Por allí se esperaba el poderoso ejército de Bernat de Gotia que pretendía tomar Barcelona.

76

Los años de duro entrenamiento hicieron resistir a la tropa de Isembard. Mientras la caballería los protegía, sufriendo cuantiosas bajas, los infantes alcanzaron el bosque cercano y se colocaron en sus posiciones. Aprovechaban el accidentado terreno para atacar a pie en pequeños grupos y se dispersaban para reunirse en puntos acordados. Con flechas traicioneras, lazos y hondas creaban confusión entre los jinetes de Bernat de Gotia, con poca movilidad en la arboleda.

A mediodía Bernat de Gotia, colérico ante la heroica resistencia de los Caballeros de la Marca, ordenó incendiar el bosque y el humo forzó a sus enemigos a salir a campo abierto, donde quedaban expuestos a una carga letal de la caballería.

—Esto ha acabado —musitó Isembard con la espada de Guisand ensangrentada.

Un cuerno resonó potente más allá del bosque por la parte de Collserola seguido de un rumor de cientos de cascos al galope.

—¡No! ¡No ha acabado! —gritó Airado—. ¡Es el conde Guifré!

Los bellónidas no habían abandonado Barcelona a su suerte. Guifré de Urgell y su hermano Miró encabezaban a centenares de jinetes y cargaron de costado contra la caballería del marqués. Isembard se emocionó al ver que empleaban la misma táctica que habían usado en la batalla contra el valí de Lleida. Su diezmada tropa interpretó la ayuda como una auténtica señal divina.

La caballería de Bernat perdió la formación e Isembard ordenó cargar. Iba a pie delante de algo más de un centenar de hombres. Lo seguían Armanni, Garleu, Maior y Airado. Sus hombres gritaban con ansia de vengar a sus compañeros caídos, pero el rumor de los cascos impedía que sus insultos pudieran oírse.

Se desató el fragor de la batalla en campo abierto. Isembard cortaba lanzas con su espada y fintaba las letales puntas de arpón de los angones. Vio a Maior caer ensartado por tres lanzas y se le partió el alma. Con rabia y pena, buscó entre los combatientes al verdadero causante de tantos males. Bernat de Gotia se mantenía apartado sobre su montura.

Lleno de furia pero sin perder el control, el capitán de la *scara* se abrió paso dejando hombres mutilados o muertos y forjando nuevas leyendas sobre su destreza en el combate. Bernat de Gotia se inquietó al ver que se acercaba a golpe de espada y mandó a sus dos escoltas a caballo para que lo abatieran. Isembard esquivó la lanza del primero y, tras una carrera, le clavó la espada en el estómago. El segundo aprovechó y lo apuntó con su pica. El capitán se volvió, consciente de que ya no podría esquivarla, pero el jinete profirió un alarido y perdió la lanza. Sin dejar de gritar cayó del caballo. La pierna le sangraba por cuatro cortes tan profundos que se veía hasta el hueso, como el zarpazo de un oso gigantesco.

—Rotel —dijo Isembard, atónito ante la figura que apareció tras el herido.

Una capa de pieles se abalanzó sobre el soldado. Cuando se apartó, el hombre tenía la garganta abierta y la sangre salía a borbotones. Su hermana se movió con agilidad entre los combatientes con un único destino: Bernat de Gotia.

—¡Espera! —clamó, pero Rotel corría directa hacia el marqués aprovechando que estaba sin su escolta.

Con el corazón encogido salió detrás de ella. Tenía un mal presentimiento. Rotel era un sicario solitario, jamás había estado en una batalla tumultuosa y no se cubría las espaldas. Un infante quiso detenerla y acabó en el suelo con cuatro horribles tajos en la cara, aullando de dolor. Bernat de Gotia, aterrado ante aquel espectro encapuchado que avanzaba hacia él, desenvainó por fin su bruñida espada.

Algo oscuro cruzó el aire agitándose y cayó ante el caballo del marqués. Una pavorosa serpiente negra se irguió con las fauces abiertas y el cuello hinchado. La montura se encabritó asustada y derribó a Bernat. Las pezuñas aplastaron a la vieja cobra africana de más de veinte años. La aparatosa caída dejó a Bernat conmocionado y con una pierna rota. Había perdido la espada y veía a Rotel como el heraldo de la muerte. Se arrastró hacia atrás, presa del pánico.

—¡No, Rotel, cúbrete! —gritó Isembard.

La presencia del terrible bestiario no había pasado inadvertida. Un arquero que se hallaba no muy lejos de su señor tensó la cuerda de su arma y disparó. Rotel recibió la flecha en la espalda. Se arqueó y jadeó de dolor, pero siguió avanzando hacia el marqués.

Isembard, con lágrimas en los ojos, intentó darle alcance. Sin embargo, un soldado de Bernat lo hirió en el hombro, y tuvo que combatir con él antes de seguir adelante. Gritó de angustia cuando una segunda flecha se clavó profundamente en la espalda de su hermana.

—¡Dios mío!

Rotel caminaba cada vez con más dificultad, pero Bernat estaba aterrado en el suelo. Ante su víctima, ella se retiró la capucha y, a pesar del dolor de las graves heridas, el marqués contempló a la mujer más bella que había visto en su vida, ni siquiera Riquilda podía compararse con ella. Entonces la cara de Rotel se transformó en una mueca demoníaca y Bernat gritó despavorido. Isembard se hallaba a veinte pasos cuando vio en las manos de su hermana dos clavos largos y herrumbrosos, quizá sustraídos con sacrílega indiferencia del Cristo de alguna ermita. Rotel renqueaba cada vez más débil y dejaba un rastro de sangre en la tierra. Se desprendió de su pesada capa y alcanzó a Bernat, que aún trataba de arrastrarse.

—¡Ahora verás mi oscuridad, marqués!

Sin vacilar, hundió con fuerza los clavos en los ojos del hombre. Hasta el fondo, sin piedad. Entonces una tercera flecha la alcanzó. Como si el tiempo se hubiera ralentizado, Isembard vio que su hermana se convulsionaba; la sangre manaba de su cuerpo con profusión. Gritó mientras su alma se desgarraba. Rotel hincó las rodillas, se quedó inmóvil un instante y se desplomó cerca de su víctima, que aullaba de dolor y tenía la cara ensangrentada. Dos de sus hombres, dominados por el pánico, se lo llevaron a rastras lejos de allí.

Isembard llegó hasta su hermana y la acunó. Podía ver las puntas de las flechas asomar en el cuero del peto. La sangre brotaba de su boca y tosía, pero su rostro era el de aquella niña que vivía en Santa Afra. Rotel lo reconoció y en su cara se dibujó una débil sonrisa que destilaba amor puro.

—Hermano —dijo esputando sangre, perdida en lejanas visiones.

—Rotel... —Isembard sentía que el mundo se hundía bajo sus pies. Los dieciséis años que había vivido sin ella se desvanecieron. Estaban solos, juntos otra vez, y la pena era inconmensurable—. ¡No te vayas!

Ella levantó la mano. Había perdido los afilados aguijones con los que atacaba. Acarició el rostro de su hermano y una lágrima cayó de sus ojos azules. Luego miró más allá de su hombro.

—Maestro, has venido.

Levantó la vista hacia el cielo y se quedó inmóvil, con las pupilas sin vida y una sonrisa triste que la hacía más bella y luminosa que nunca.

Isembard sintió que moría con ella. Ajeno al peligro, se sentó y la tomó en brazos. Lloró desconsolado hasta que surgió de lo más profundo de su ser un grito largo y desgarrado que resonó en el campo de batalla y conmovió a cuantos estaban cerca.

Cuando su voz se quebró, otro sonido potente llegó al páramo. Era un cuerno. Los Caballeros de la Marca se sintieron desfallecer al temer que anunciara la llegada de los dos mil infantes del marqués. Sin embargo, el que avisaba era un jinete solitario que cabalgaba hacia los combatientes.

—¡Santa Eulalia! —gritó con fuerza—. ¡Santa Eulalia está en Barcelona!

Con una osadía impensable, el heraldo espoleó el caballo entre las fuerzas enfrentadas. Una simple flecha ahogaría la voz jubilosa, pero ningún arquero soltó la cuerda. Nadie era tan temerario para enfrentarse a la voluntad de Dios.

—*Laudamus te, Domine!* —anunció con más brío al ver el efecto conseguido—. ¡Barcelona está protegida por santa Eulalia!

Llegó hasta los capitanes de Bernat que aún no sabían lo ocurrido con el marqués y les lanzó una carta sellada por el obispo de Barcelona y el consejo de *boni homines* como testigos. Los condes de Urgell y Conflent se acercaron tras pactar una tregua. Un clérigo leyó en voz alta los detalles de la *inventio*, y muchos cayeron de rodillas. A lo lejos se oía el eco de las campanas de Badalona y Santa Coloma; la noticia se expandía.

Cuando se supo lo ocurrido a Bernat de Gotia, al que los galenos de su ejército trataban de salvar, cundió el desánimo entre sus filas. No tenía sentido derramar ni una gota más de sangre. Dios había promovido una *inventio* en una ciudad fiel a la corona y el marqués estaba malherido. El ejército de la Gotia con toda su infantería aún era capaz de vencer y someter Barcelona, pero perderían su lugar en el cielo. Los que pudieron hacerlo huyeron al galope y las tropas de la Marca estallaron en gritos de júbilo dando gracias a Dios.

El conde Guifré y Airado se acercaron a Isembard, que seguía con su hermana en brazos, ajeno a lo ocurrido. Al ver su desolación, se arrodillaron junto a él conmovidos, aunque les aterraba pensar lo que la delicada mujer le había hecho al poderoso rorgonido.

—Castigaste a Drogo de Borr y a Bernat de Gotia —dijo Isembard con la voz entrecortada mientras apagaba la profunda mirada azul de Rotel bajándole los párpados—. Descansa, hermana... Tu dolor ha terminado.

77

Hincmar de Reims, sentado a la cabeza de la larga mesa de roble, se enfrentaba circunspecto al abad Hug de Welf, a Bernat Plantapilosa, a Bosón de Vienne y a la hermana de éste, la emperatriz Riquilda. Casi dos docenas de nobles y vasallos los rodeaban en silencio y escuchaban los términos de la negociación que se desarrollaba en el castillo de Berzé. La ausencia más notable era la de Bernat de Gotia. Con las cuencas de los ojos vacías e infectadas, el marqués se debatía entre la vida y la muerte. No estaba en condiciones de regirse y sus vasallos se rendían ante los ataques que los condes Guifré de Urgell y Miró habían emprendido por la Gotia para sofocar la revuelta en nombre del rey.

La noticia del hallazgo de las reliquias de la venerada santa Eulalia había conmocionado al reino franco y al resto del imperio. De todas las ciudades salían peregrinos hacia Barcelona para postrarse ante la cripta que Frodoí estaba construyendo en la nueva basílica de la Santa Cruz, que también adoptaría el nombre de la mártir como muestra de respeto y gratitud. Sobre la *confessio* se levantaba un altar dedicado a santa María, cuyo objetivo era simular que las reliquias habían descansado durante siglos en el pequeño templo dedicado a la Virgen frente al mar. Pero el significado de la *inventio*, como habían previsto los prelados de Barcelona y Reims, iba mucho más allá.

El abad Hug fue el primero que recapacitó. No podía oponerse a algo tan extraordinario. Dios protegía la dinastía carolingia y a sus súbditos leales como lo había sido Barcelona. Se había alzado contra Carlos el Calvo por no aceptar que abandonara Francia para socorrer al Papa mientras los normandos remontaban el Sena. Ahora el viejo rey estaba muerto y él seguía siendo el primer consejero del heredero, Luis el Tartamudo. Su posición y sus privilegios de hallaban asegurados.

Las noticias llegadas de Italia también invitaban a recapacitar. El Papa había regresado a Roma sin medios para impedir que Carlomán de Baviera, el preferido por la nobleza del norte de Italia, se coronara emperador. Sin embargo, de camino a Roma, el hijo de Luis el Germánico había enfermado de las mismas fiebres que diezmaban su ejército y se había replegado hacia el norte. La diadema de Carlomagno estaba vacante y en aquel salón atestado de nobles se decidía el destino del imperio.

Riquilda había depositado sobre la mesa las *iura regalia*. Miraba con frustración a su hermano, pero Bosón mostraba una fina sonrisa en los labios. El panorama había cambiado, pero los bosónidas eran consumados estrategas. La astucia los había encumbrado a lo más alto por saber situarse en el lugar adecuado y aprovechar el momento. Ni el honor ni el orgullo serían nunca un obstáculo para su ambición, por eso el duque no se inmutó cuando tuvo que sentarse con un arzobispo al que había intentado matar un mes antes. Así era la política del imperio.

—Nos postramos ante el Altísimo —dijo Bosón con parsimonia, casi divertido—. Si Su voluntad es que continúe la dinastía carolingia en Luis el Tartamudo, ¿quiénes somos nosotros para oponernos?

A su alrededor todos asintieron como si la rebelión gestada durante años no se hubiera llevado a cabo. Dios había hablado, y el único interés era ya mantener los títulos y privilegios.

—Me complace escucharos, duque Bosón —dijo Hincmar. Era tan político como cualquiera de los presentes y no iba a perder el tiempo en reproches. El equilibrio del poder era fútil.

—Si se mantienen todos nuestros títulos, territorios y prebendas, hincaremos la rodilla como súbditos leales del príncipe

Luis. Del único que no podemos responder es de Bernat de Gotia, pues no sabemos si vivirá. —El bosónida hablaba en nombre de la nobleza rebelada, sin la menor compasión por su antiguo aliado—. Dios señala que los verdaderos enemigos están fuera del reino. ¡Olvidemos el pasado y luchemos juntos, como un solo hombre, por el futuro!

La sala estalló en aplausos. Hincmar miró al cínico Bosón con el ceño fruncido. Con todo, reconoció para sí que era lo mejor. Luis dependía de ellos para reinar. La sangre derramada, todas las historias truncadas eran hechos anecdóticos que no cabían en la negociación.

—Entonces devolveréis las *iura regalia* a la corona y aceptaréis la nueva situación —señaló Hincmar.

—Aquí están, arzobispo; la emperatriz se las entregará a su hijastro Luis. A cambio, olvidaréis ciertas indiscreciones que atañen únicamente a la familia.

Sólo esa vez el tono del bosónida adoptó un matiz de amenaza que Hincmar captó. Él mismo había oído en la abadía de Montmajour los jadeos incestuosos de los bosónidas en suelo sagrado. Su vida dependía de su silencio y, además, estaba en juego el reino.

—No sé de qué me habláis.

—Me complace oíros —dijo Bosón mirando a la pálida Riquilda.

Los hermanos habían discutido durante días. Riquilda había llorado frustrada ante el inesperado giro, sin haber podido concebir un heredero, pero confió en Bosón y el resto de la familia. A pesar de que la rebelión había fracasado, ellos ya controlaban al inepto de Luis el Tartamudo en Aquitania. Los bosónidas alcanzarían mayores privilegios incluso que con Carlos el Calvo. Sólo tenían que ser pacientes y astutos, una vez más.

Siguieron debatiendo los detalles. La coronación solemne del nuevo rey se celebraría antes de Navidad con todos los próceres, obispos y abates importantes de la Galia como signo de fortaleza ante los primos de Luis el Tartamudo, que gobernaban la Germania. Así desistirían de invadir Francia. En la siguiente primavera se convocaría la tradicional asamblea de mayo, donde se repartirían nuevos privilegios y compensaciones por lo ocurrido.

Bosón ofreció celebrar la dieta en su ciudad de Troyes. Prometió intensos días de caza en sus bosques, banquetes y los mejores torneos que jamás se hubieran visto en el imperio. Con su habitual carisma y habilidad convirtió la tensa reunión en una distendida charla de nobles, la mayoría de ellos jóvenes y deseosos de disfrutar de los placeres que Bosón les prepararía en sus dominios.

Durante la fastuosa cena de veinte platos, entre los que destacó el venado asado y los faisanes rellenos de trufas, varios nobles abordaron a Riquilda, la viuda más deseada del reino a pesar de los rumores y de su incapacidad de dar un hijo sano al rey Carlos. Seguía despertando las fantasías más lujuriosas entre ellos.

La mujer sonreía calibrando a cada pretendiente, pero tenía la atención puesta en Bosón. Su actitud optimista significaba que ya tenía algo en mente, algo que aún no había compartido con la familia. En cuanto pudo se acercó a él y lo abordó.

—Hermano, estás espléndido esta noche. ¿Tanto te complace haber perdido la oportunidad de ser rey de Provenza y Borgoña?

Él le miró los labios con deseo.

—Mi querida hermana, he recibido una carta de Roma muy interesante.

—¿Tu esposa Ermengarda está bien? ¿Ha dado a luz?

Riquilda odiaba a su cuñada Ermengarda de Lotaringia, hija del fallecido emperador Luis de Italia. Sólo se habían visto una vez, y le habría rajado la bonita cara con un estilete.

—No es de ella —dijo divertido al notar sus celos—. Es del Santo Padre.

—No te ha olvidado, entonces.

Los nobles, ajenos a los hermanos, bebían y pellizcaban a las esclavas que servían el vino. No tardarían en dejarse llevar por sus ansias. Únicamente el austero Hincmar de Reims, desde un extremo, miraba ceñudo al bosónida que rozaba las nalgas de la reina.

—¿Qué te parecería ser la hermana del hijo adoptivo del papa Juan VIII?

Riquilda abrió los ojos y se cubrió la boca con una mano para evitar una carcajada de júbilo. Le pareció oír los chirridos y chasquidos de la rueda de la historia que giraba para colocarse en la posición original. Todo volvía a empezar.

78

Isembard escuchaba en silencio la respiración profunda de Bertha. Había pasado una eternidad acariciando su vientre y notando el movimiento del hijo que esperaban. Su esposa era la criatura más dulce que había existido, y tras los terribles momentos vividos estaba convencido de ello. En cuanto su hijo naciera se trasladarían a Orleans para estar con la familia de ella durante un tiempo, y tal vez allí sanara el desgarro que la muerte de Rotel le había causado.

Los restos mortales de la joven de Tenes, por deseo de su hermano, reposaban en Santa María frente al mar y fuera de las murallas. Santa Eulalia y Rotel habían detenido a las tropas de Bernat. Nadie se opuso a que la enterrasen en aquella iglesia pues muy pocos conocían su siniestra historia y se la consideraba una nueva mártir. Ni Frodoí ni Isembard impidieron que ése fuera el relato que se recordara.

El capitán de la *scara* aún no sabía si el heredero Luis lo llamaría a su ejército ni tampoco si lo confirmaría como señor de Tenes, pero seguía empeñado en restaurar la fortaleza de su padre. Los bosques y los cultivos circundantes eran parte del señorío, y si llevaba *servi* roturarían mansos. Eso le brindaría recursos para mantener su rango en la nobleza. Los Segundos Caballeros de la Marca tenían un juramento que cumplir.

Recordó el cálido abrazo que el obispo Frodoí y él se dieron a su entrada en Barcelona. El prelado se había envuelto en un aura de santidad y prestigio que no se molestaba en disimular.

Engalanó la ciudad para recibir a Guifré de Urgell como si fuera el auténtico conde, un gesto premeditado que no tardó en traspasar la Marca Hispánica. Estaba más activo que nunca preparando su viaje para la coronación del nuevo rey en diciembre y, sobre todo, la futura asamblea del reino, donde sabría sacar rédito a todo el sacrificio. Echaba de menos a Servusdei, pero al menos tenía a Jordi.

Isembard se levantó del lecho, dejando en él a su esposa dormida. Contrajo el rostro. Las heridas que había recibido durante el combate sanaban, pero le dolían si se movía. Sin embargo, la más profunda jamás cicatrizaría. No pudo impedir que Rotel se convirtiera en lo que fue ni salvarle la vida. Lo consideraban un héroe, pero arrastraría ese fracaso el resto de sus días.

Se puso una capa sobre la camisa y se encaminó por las calles solitarias hasta la posada del Miracle. Era más de medianoche y la casa estaba cerrada. Saltó el muro del huerto hasta el establo. Se habían citado allí una última vez.

—Elisia...

La mujer corrió hasta él y lo besó con dulzura. A Isembard se le escaparon las lágrimas y se dejó abrazar.

—Tu hermana hizo justicia al fin —susurró Elisia apenada—. Siempre fue una mujer libre, Isembard, no lo olvides.

La posadera estaba cambiada desde la ordalía, Isembard lo supo en cuanto se miraron al llegar a Barcelona. Ella había dejado de culparse por amarlo y era viuda, pero un abismo los separaba. Cuando él comenzó a acariciarla lo detuvo.

—La vida es un instante —susurró Isembard mientras la besaba en el cuello—, mañana podríamos estar muertos.

Elisia levantó el brazo descubierto. Tenía un aspecto horrible. Lo llevaba untado de miel y la piel blanca crecía sobre las partes enrojecidas. Ya comenzaba a tener sensibilidad, pero aún no le permitían tocar nada.

—Tú has de cuidar de Bertha y de tu futuro hijo. Ése es tu deber. —Luchaba contra sus propios sentimientos—. Yo criaré a tu primogénito... Lambert —dijo por primera vez en voz alta—. Goda quiere que tome esposo de nuevo.

Isembard sintió una punzada en el pecho. Elisia bajó el rostro; le resultaba doloroso hablar de su futuro, pero deseaba que Isembard lo supiera y lo aceptara.

—Será el capitán Oriol. Me ha amado en secreto todos estos años. En sus ojos veo a un hombre bueno, que me tratará bien. Planea dejar el servicio del obispo y guardar las armas. Tiene cuarenta y tres años y yo treinta y cuatro. No sé si podré darle un hijo, pero sé que será un buen posadero... La ciudad lo estima y lo respeta.

Isembard quiso sonreír. No esperaba ese duro golpe, el peor. No era lo mismo engañar a Galí que a su íntimo amigo. Aunque Oriol era caballero, había dedicado su vida a proteger a los obispos de Barcelona a cambio de una paga miserable, una casa que se caía a pedazos y unas pocas huertas dentro de la muralla que nadie cuidaba. Merecía algo mejor de una vez. Frodoí se lo debía con creces.

Elisia leyó el pesar en los ojos azules de Isembard; muchas pérdidas para un solo corazón. Le acarició el rostro con dulzura, y ambos lloraban por dentro.

—Lo entiendes, ¿verdad? Yo también tengo derecho a contar con alguien que esté a mi lado, que me cuide, me respete y me ayude. —Le besó los ojos y la boca—. Pero no eres tú, amor, nunca lo has sido... aunque durante años soñé que podía ser distinto. Eres mi noble caballero Isembard II de Tenes.

Él asintió. Ninguna espada podía romper los votos sagrados. Sentía de corazón que esa batalla estaba perdida. Los ojos le brillaron a causa de las lágrimas.

—Ven, amor —dijo ella buscando sus labios por última vez—, quedémonos juntos esta noche... Y que Dios nos muestre mañana a cada cual su camino.

79

El duque Bosón de Vienne abrió la ciudad de Troyes para la asamblea general del reino que el nuevo rey Luis el Tartamudo, coronado el 8 de diciembre del año anterior, había convocado. No se recordaba tanta expectación en una dieta. La ciudad y sus alrededores eran un hervidero de nobles y séquitos, las tiendas se perdían de vista, incluso se habían levantado ermitas de madera a fin de celebrar misas para los numerosos nobles. Muy pocos próceres, obispos y abates faltaron al importante encuentro.

Durante las semanas anteriores no se habló de otra cosa que de la llegada a la ciudad del papa Juan VIII a mediados de agosto, acompañado de un impresionante séquito de obispos, caballeros y guardias. Había cruzado los Alpes hasta Arlés, donde Bosón, su hombre de confianza del momento, lo recibió. Tras un frustrado intento de convocar un concilio en Lyon se había dirigido a Troyes, donde aguardaría al nuevo rey franco. El pontífice hizo su entrada sobre una fabulosa silla gestatoria de oro. A su lado, el duque llegaba sobre un corcel blanco, apuesto y deslumbrante, acompañado de su bellísima y joven esposa, Ermengarda de Lotaringia.

Mudos de asombro la corte y la nobleza salieron con sus mejores galas a recibir al Papa y al poderoso bosónida al que Juan VIII quería adoptar como hijo, según se rumoreaba entre la nobleza. Aun así, el pontífice había rechazado acomodarse en el palacio que Bosón tenía en Troyes con el fin de evitar más habladurías y había acampado con su séquito a las afueras de la ciudad.

Riquilda se acercó a recibirlos y al saludar a Ermengarda echó de menos a Rotel para que le hiciera en esa cara blanca y sin arrugas lo que le había hecho a Drogo. Bosón sí le había dado a su esposa una hija sana.

El 7 de septiembre llegaba el reciente rey con su camarero Teodorico y numerosos miembros de la corte. El Papa realizó una nueva coronación para reafirmar su legitimidad. Fue patente el aspecto macilento de Luis. Su salud nunca había sido buena, pero no tuvo reparos en excederse durante el banquete que esa noche ofreció al pontífice y los próceres presentes. Solía acudir a las asambleas acompañado de Hincmar de Reims, pero se mantenía ausente y con gesto aburrido.

Se supo que el Papa, durante su paso por la Gotia, tal vez para evitar contratiempos con el aún señor de aquellas tierras, había mandado una carta de condena contra Guifré, Miró y sus hermanos por haber depuesto a clérigos y oficiales que Bernat de Gotia había nombrado y arrasar la Septimania aplastando la revuelta. Los bellónidas encabezaban el ejército que estaba neutralizando a los leales del marqués. Bernat había sobrevivido, pero además de la vista había perdido el juicio, y en sus delirios hablaba de un demonio de belleza sin par que lo acosaba desde su eterna oscuridad. Desquiciado para siempre, el rorgonido estaba arrinconado en Autun sin vasallos ni tropas.

Una vez en Troyes, el Papa se olvidó de aquel asunto y recibió como a héroes a los bellónidas godos de la Marca Hispánica, Guifré el Pilós y su hermano Miró.

Isembard acompañaba a su suegro desde Orleans y aún se sorprendía de la facilidad con que la corte y la nobleza dejaban atrás los trágicos acontecimientos y el reguero de muertes que la revuelta había causado. Eran nuevos tiempos. Los pactos se rompían y los enemigos se unían sin el menor reparo. El día que llegaron los obispos de Barcelona, Urgell y Girona junto a Sigebuto de Narbona, Isembard se acercó para saludar a Frodoí. Fue un encuentro cálido entre viejos amigos que se respetaban.

—El castillo de Tenes pronto podrá ser habitado —dijo el obispo, siempre bien informado—. ¿Cuándo regresarás? Los Caballeros de la Marca necesitan a su capitán. Airado es demasiado impetuoso, cualquier día desatará una guerra él solo.

—Mi hija ha nacido sana y fuerte, pero es pronto para llevarla a un castillo gris y remoto. Espero que el rey me confirme el título de mi padre.

—Eso dalo por hecho, mi querido amigo, dalo por hecho.

El obispo sonrió artero y se metió en su tienda. Había llevado consigo a Jordi, a varios clérigos expertos en leyes góticas y carolingias y también al joven Astrald. Como esperaba, el rey lo recibió con honores. Era el prelado que había encontrado las reliquias de santa Eulalia, lo que también reforzaba el culto romano en Barcelona. Hasta el propio Hincmar se había inclinado ante él en público al acogerlo en la asamblea. El nuevo rey le debía la corona y era el momento de negociar la compensación.

Oriol abrazó tenso a Isembard. Ambos sabían qué desazonaba el encuentro.

—La cuidaré bien, amigo. Jamás me mirará como a ti, pero espero hacerla feliz.

Isembard le apretó los hombros con una sonrisa franca.

—Por lo que me duelen tus palabras sé que así será. Elisia te merece y tú a ella. Tienes todo mi respeto, Oriol. Jamás traicionaré a un amigo.

El hombre del obispo asintió aliviado. Aunque el amor solía abrirse camino como el agua, confiaba en la palabra de Isembard. Goda había empujado a Oriol a aquel enlace y Elisia había aceptado su proposición con una alegría serena, se recordó el de Tenes. La posada casi funcionaba sola con el gobierno de Emma y Aio y con Galderic en las cocinas. La dueña se dedicaba a supervisarlo todo cuando no estaba con sus hijos o repasaba la copia del libro de Duoda, que Bertha le había regalado en su fría despedida. Estaba bordándose su vestido de boda, ilusionada al ver que su brazo ya se lo permitía. Oriol y ella merecían caminar hacia la vejez juntos, con el sosiego de haber vencido las dificultades de la vida.

El día 9 de septiembre Frodoí logró su primera victoria al ver reconocidas por la *lex gotica* duras penas contra los sacrílegos que mantenían el ritual mozárabe y usurpaban bienes. Su autoridad quedaba afianzada mediante el uso de la fuerza. Obtuvo incluso una compensación para reparar las iglesias y el llamado Campo de Santa Eulalia. Sin embargo, causó mayor conmoción la celebración del día 10 en la propia ciudad. Bosón y su esposa, Ermengarda, abrieron su palacio al séquito real, al Papa y a los nobles más importantes para celebrar los esponsales de su hija Engelberga, casi recién nacida, con el hijo de Luis el Tartamudo llamado Carlomán, de once años.

Fue en aquel ambiente distendido donde el rey repartió de manera extraoficial los despojos de la revuelta del año anterior, ya casi olvidada. Bosón mantenía todos sus extensos dominios en la cuenca del Ródano, Bernat Plantapilosa recibía Aquitania y el camarero Teodorico, por su fidelidad a Luis, el condado de Autun. Tan sólo quedaba conceder otros condados de Bernat de Gotia, lo que se llevaría a cabo el día siguiente.

En el histórico 11 de septiembre del año 878 las campanas de Troyes tañeron y los nobles regresaron a la asamblea. Bernat de Gotia fue excomulgado por el Papa y el rey Luis lo desposeyó de todos sus títulos. Sus antiguos vasallos lo habían abandonado ante su locura y presionados por el conde Guifré de Urgell y sus hermanos. Bernat, víctima de un destino peor que la muerte, quedaría olvidado en Autun, al cuidado de su hermano Emenó y otros parientes de la casa de Rorgon.

Frodoí pidió un receso con el propósito de reunirse en privado con el rey y sus máximos consejeros. Había obtenido la autorización de los bellónidas, Guifré y Miró, para hablar en su nombre y todos permanecían expectantes.

Cuando entraron en la sacristía el monarca se volvió hacia él, hastiado.

—¡Ya sabéis que todo está decidido, obispo! —Luis sólo quería salir de allí para comenzar un nuevo banquete, pero Frodoí exprimía su prestigio hasta el extremo—. Será exactamente como deseabais: el conde Guifré recibirá Barcelona, Girona y el *pagus* de Besalú. También reorganizará el viejo condado de Osona que, con Urgell y la Cerdaña, cubren buena parte de la Marca Hispánica. Miró será conde del Rosellón. Espero que guarden la frontera y repueblen aquella tierra de una vez.

—Es un gran acierto nombrar condes de la Marca a nobles godos, mi rey.

—Entonces, ¿a qué viene este secretismo?

Frodoí se estremeció. Desde la noche que conoció a Goda había trabajado para ese momento. Todos los desvelos y la sangre derramada confluían en esa pequeña sacristía con un puñado de personas.

—Mi señor, vuestro bisabuelo Carlomagno conquistó aquella tierra a los sarracenos y han pasado ochenta años de luchas y revueltas que sólo han causado hambre y miseria. La Marca sigue siendo un lugar oscuro en el reino, y la labor de crear un territorio próspero no llevará una sola generación.

—¿Qué queréis decirme?

—Que los descendientes del conde Sunifred, de la casa de Belló de Carcasona, puedan heredar por derecho propio los títulos de sus predecesores.

—¿Iniciar el derecho sucesorio de los condados sin la autoridad real? —exclamó Hincmar sorprendido.

—La autoridad real es la que crea ese derecho que deberá respetarse por los reyes futuros. Es necesaria una continuidad del linaje regente para lograr la estabilidad y la paz duradera. Todo el reino se verá beneficiado, estoy convencido.

—Sería una decisión sin precedentes —musitó el camarlengo Teodorico.

—El emirato de Córdoba es fuerte. Contenerlo costará mucho sacrificio y sobre todo tiempo, pero una dinastía afianzada en la Marca Hispánica reducirá el peligro.

—¿Y qué obtiene la corona a cambio de desprenderse del derecho a nombrar al conde que le conviene en cada vacante?

Frodoí miró a Guifré y a Miró.

—El vasallaje a la corona y la fidelidad que demostraron el año pasado.

Sus predecesores jamás lo habrían permitido, pero el débil rey Luis se apartó con sus consejeros para debatir la inesperada propuesta. Con la Marca estable podrían dedicar sus esfuerzos al azote normando e incluso a recuperar territorios de la Germania.

En cuanto Frodoí vio el rostro del Tartamudo al volverse de nuevo hacia él, se le humedecieron los ojos. Hincmar lo miraba con orgullo. Sólo habría deseado que Goda estuviera presente.

El soberano anunció con solemnidad:

—Por mi autoridad, concedo a los condes Guifré y Miró, y a sus sucesores a perpetuidad, el derecho a transmitir sus posesiones en herencia, conforme al derecho carolingio. El heredero se presentará ante el rey para prestar homenaje y obediencia cuando asuma el trono condal. —Miró a Hincmar y a Teodorico, quienes asintieron—. Comprenderéis que, para evitar protestas, de momento esta decisión no se hará pública en la asamblea.

—Que así sea por la gracia de Dios —respondieron Frodoí y los bellónidas.

Hincmar se acercó a su escriba personal, que tomaba notas para después plasmarlas en su crónica, y le dictó: «*Et per alios secrete dispositos...*».

Y en esas «otras disposiciones secretas» se cambió el curso de la historia para los condados de la Marca Hispánica.

Al salir de la sacristía ocuparon sus puestos en la asamblea. Hincmar de Reims, Bosón de Vienne, Bernat Plantapilosa, Riquilda de Provenza, Isembard de Tenes, Frodoí, Guifré, el rey Luis, Hug de Welf, Teodorico, el Papa, todos sabían que aquella historia estaba lejos de acabar. Nuevas conjuras, alianzas, intrigas, traiciones, luchas y aventuras estaban escritas en el libro de Dios para esos oscuros tiempos. Hechos que afectarían al orbe y a grandes almas como las de Elisia, Oriol, Goda, Astrald, Jordi, Joan, Leda, Emma y Galderic. Pero Barcelona latía viva.

80

Isembard se estremeció al oír las campanas de la nueva catedral que anunciaban la coronación del conde de Barcelona. Había llegado a la ciudad la víspera para estar presente como prometió a Guifré de Urgell en la Asamblea de Troyes.

Se asomó por la ventana del palacete que su esposa ya había ocupado durante su estancia en Barcelona. Desde allí veía la basílica de la Santa Cruz y Santa Eulalia bañada por la luz anaranjada del sol de otoño. Inspiró hondo, y el insistente tañido le llevó el lejano recuerdo de cuando su hermana y él oían la campana de Santa Afra y debían dejar lo que fuera que estuvieran haciendo para acudir al rezo. Rotel salía de los viñedos con el ceño fruncido, menos proclive a cumplir con las rutinas del monasterio. Lo embargó la pena, pero no era el momento de dejarse dominar por heridas que nunca cicatrizarían.

Una muchedumbre salía de las calles y formaba ya el pasillo que Guifré el Pilós recorrería hasta el nuevo templo. Frente al palacio condal se congregaban los miembros de la guardia, los oficiales y la mayoría de las familias nobles con sus mejores galas.

Isembard vio acercarse a Oriol. Ya no llevaba la espada ni la cota metálica, sino una túnica elegante de color marrón y una capa oscura, pero los soldados lo saludaron de todos modos con aire marcial y un profundo respeto. Con él llegó Elisia, que lucía un vestido de lino azul y, sobre éste, un grueso manto de lana. La seguía un nutrido grupo de hombres, mujeres y niños. Todos trabajaban en el Miracle. Isembard sintió que el corazón se le encogía. Elisia por fin era dueña de su vida y destilaba calma. Alzó los ojos al verlo en la ventana y le sonrió con dulzura. Luego levantó el brazo y movió los dedos. Había sanado. Él asintió con semblante alegre y se miraron durante una eternidad. Ninguno de los dos olvidaría cuanto había ocurrido desde que se conocieron en el portal del Oñar, en Girona. Cada beso y cada caricia pasó ante ellos, pero no volverían a cruzar la línea. Lo que bullía en sus corazones seguiría hasta que el tiempo enfriara las ascuas. Así lo quisieron, y Dios los había bendecido con serenidad.

Elisia inclinó la cabeza, su expresión era de gratitud. Luego se aproximó a Oriol.

—¡Es la hora, esposo! —exclamó Bertha tras él.

Isembard se volvió hacia ella y le sonrió, guardando para sí sus sensaciones. La miró con admiración. Dos esclavas la habían ayudado, y la joven madre estaba preciosa con su brial encarnado y un tocado blanco con puntillas plateadas. Bertha había perdido el candor juvenil, pero lo había perdonado y seguía dispuesta a levantar con él el linaje de Tenes y Orleans. Al prestigio del capitán de la *scara* se unía su conocimiento de la corte y de las casas nobles, imprescindible para medrar en esa peligrosa jungla.

—Mi señora —dijo él, jovial.

Se ciñó la espada y bajaron para salir juntos. En la plaza atestada se les acercó Airado con otros caballeros del ejército de la Marca. El joven soldado tenía un aparatoso vendaje en la cabeza. La tensión con los sarracenos había aumentado con la llegada al poder de un conde dispuesto a repoblar la tierra de nadie. Las heridas eran fruto de una violenta escaramuza. Aquél era un conflicto que se alargaría durante mucho tiempo.

Cuando Guifré de Urgell apareció bajo el arco del palacio condal la plaza estalló en una intensa ovación. El conde vestía una lujosa túnica negra con remaches de metal bruñido y llevaba la espada al cinto. Detrás salió su esposa, Guinidilda de

Ampurias, con un brial de seda turquesa que evidenciaba su avanzado embarazo.

Dos meses después del nombramiento en Troyes, el hijo de Sunifred y nieto de Belló de Carcasona iba a coronarse conde de Barcelona, con derecho a que sus descendientes lo sucedieran sin la previa autorización real. Muchos lloraban de alegría, pero otros seguían recelosos pues todo era demasiado efímero en la Marca Hispánica.

Tras los condes aparecieron los hermanos de Guifré y su madre, Ermesenda, orgullosa y un poco nostálgica. Guifré buscó a Isembard con la mirada y éste se acercó a él.

—Se ha cumplido, conde, pero sabed que esto no es más que el principio.

—Que Dios bendiga este principio que os debo a ti, Isembard, y a otros...

Sonrientes, miraron el pórtico de la nueva catedral con su arco de elegantes dovelas blancas y negras. El templo tenía tanta personalidad como su promotor.

La basílica de la Santa Cruz y Santa Eulalia de Barcelona vibraba con el histórico momento, como si se hubiera erigido para albergar la coronación, pero sus piedras guardaban mucha más historia. Se había construido durante las décadas en las que Barcelona pudo quedar destruida y olvidada como otras urbes de la Marca. Había estado muchos años en total abandono y otros envuelta de una febril actividad, pero la obra había culminado y la ciudad estaba orgullosa. En sus cimientos dormía la majestuosa Barcino, pero las campanas pregonaban que Barcelona, aunque más pobre y despoblada, avanzaba hacia el primer milenio y seguía en pie.

El templo, consagrado para la ocasión, se hallaba atestado esa mañana. Además de la belleza de los frescos y los ornados capiteles, cabía admirar las arcadas, que lucían esplendorosas pues se habían engalanado con telas doradas y rojas.

Cuando la puerta se abrió para recibir al conde, la luz del

sol iluminó la nave central hasta el presbiterio, donde hizo destellar la casulla de seda y perlas que portaba el obispo Frodoí, que bien podría rivalizar con la del propio Papa. Con la mitra y el báculo, aguardaba sobre la losa que siempre contempló sus desvelos y que ordenó no tocar. El cántico del coro resonó en las bóvedas y el templo se envolvió en brumas de incienso.

Los habitantes habían ocupado su lugar conforme a su linaje y clase social. Cerca del presbiterio estaba la nobleza, detrás la gente libre de Barcelona y al fondo los siervos. Cientos de miradas reconocían la tenacidad del obispo para darles aquella catedral que perduraría siglos. Frodoí buscó rostros conocidos entre la muchedumbre. Entre los próceres se encontraba Goda, vestida de negro, altiva y orgullosa junto a su hija, Argencia, y Ermemir. También estaban delante el capitán Isembard, su joven esposa, Bertha, y los Caballeros de la Marca que formaban parte de la nobleza dispersa por el condado. Más atrás, junto a uno de los pilares divisó a Elisia y a Oriol. Iba a casarlos pronto, algo que lo colmaba de dicha. Luego reconoció a varios de los primeros colonos y se conmovió. Con sus *fideles* había crecido como hombre y como obispo en la última ciudad del imperio.

Los condes dejaron una ofrenda de flores y velas en la *confessio* de santa Eulalia y ocuparon un estrado con dosel junto al altar de piedra. A continuación comenzó la misa con la solemnidad que Servusdei habría exigido. Fue una celebración de varias horas, como jamás se había visto en la ciudad. Cuando llegó el momento culminante, mientras el coro elevaba sus voces, Frodoí alzó la corona de hierro del condado, la mostró a los barceloneses y la ciñó lentamente a la frente de Guifré. El templo retumbó con una ovación y una lágrima recorrió la mejilla del prelado, profundamente emocionado. Era Frodoí, obispo de Barcelona, y con esa coronación había cumplido al fin la inescrutable voluntad de Dios.

Epílogo

Días después el obispo ofreció una cena en su palacio a la que invitó a los más allegados, entre los que se contaba Goda. Cuando la noble se excusó para retirarse a su casa, Jordi la guió con discreción hasta la suntuosa cámara del prelado. Él llegó pronto, como habían convenido en secreto, y se amaron con ternura, colmados de dicha y alejados al fin de todas las tribulaciones vividas.

Goda estaba tendida en el lecho y el fuego de la chimenea se reflejaba en su piel desnuda. Mientras Frodoí acariciaba su cuerpo fue consciente del paso del tiempo. A pesar de todo seguían allí, con profundas cicatrices en el alma pero unidos por un sentimiento más fuerte que ellos mismos.

—¿En qué piensas? —le preguntó Frodoí al ver una repentina sonrisa en su cara.

—Tu nombre ha quedado escrito en la historia de esta tierra, Frodoí. Lo sabes, ¿verdad? El mío, en cambio, se perderá con el tiempo.

El obispo sintió una oleada de amor y la besó con ternura.

—Un hombre es polvo y vuelve al polvo, pero el alma perdura, Goda de Barcelona. La tuya seguirá aquí mientras esta ciudad continúe en pie.

Ella se irguió y abrazó a Frodoí con fuerza, como si quisiera fundirse con él.

—Te amo, maldito obispo —susurró mientras buscaba su boca.

Hic requiescit beata Eulalia martyris Christi, qui passa est in civitate Barchinona sub Daciano preside II Idus februarias, et fuit inventa Frodoino episcopo cum suo clero intra domu Sancte Marie X Kalendas novembras Deo gratias.

[Aquí descansa la beata Eulalia, mártir de Cristo, que padeció (martirio) en la ciudad de Barcelona bajo el prefecto Daciano el día 2 de los Idus de febrero (12 de febrero) y fue hallada por el obispo Frodoino y su clero en la iglesia de Santa María el día 10 de las Kalendas de noviembre (23 de octubre) gracias a Dios.]

Texto de la lápida que se grabó sobre una losa de mármol en tiempos de la *inventio*. Actualmente se conserva encastrada con grapas de hierro en la pared central del ábside de la cripta bajo el altar mayor de la catedral gótica de la Santa Cruz y Santa Eulalia de Barcelona.

Contexto histórico

Esta novela transcurre en la segunda mitad del siglo IX, durante dos décadas cruciales para la historia de Barcelona y los condados de la Marca Hispánica que, siglos más tarde, serán conocidos como Cataluña Vieja.

Hoy en día resulta difícil imaginar Barcelona aislada en la frontera del Llobregat, donde comenzaba el emirato de Córdoba, en el extremo de una amplia tierra de nadie. La última ciudad del Sacro Imperio Romano resistía tras su soberbia muralla expuesta a las razias sarracenas y a las revueltas provocadas por los condes. Otras ciudades como Egara, Ausa y Ampurias desaparecieron.

La Barcino romana había declinado en una urbe rural cuya población se estima en torno a mil quinientos habitantes. El antiguo trazado perpendicular, los templos y el amplio foro ya sólo eran huertas, calles sinuosas y casas con muros de adobe y piedra reaprovechada. Llamada Barchinona, en el siglo IX podía cruzarse a pie en menos de cinco minutos. Únicamente destacaban como edificios singulares la iglesia de los Santos Justo y Pastor y la de San Miguel, visigodas ambas, así como el complejo episcopal prerrománico y el palacio condal. Rodeaban las murallas dos ramblas que desembocaban en marjales y el lago Cagalell, frente al mar. Existían pequeños suburbios y varios monasterios e iglesias como Santa María, llamada posteriormente Santa María de las Arenas y después Santa María del Mar, donde estaba la línea de la costa. Se conservan muy pocos restos de aquella época; aun así, algunos de ellos pueden verse actualmente en el Museo de Historia de Barcelona (MUHBA).

La novela se inspira en el resurgir histórico de Barcelona y de los descendientes de Belló de Carcasona, cuyo nieto, el legendario Guifré el Pilós, dará origen a una dinastía de reyes que perdurará en la Corona de Aragón hasta 1412.

En la trama concurren los personajes de ficción con los históricos obispo Frodoí, Hincmar de Reims, el rey Carlos el Calvo o los miembros de las diferentes casas nobiliarias, como los bellónidas, los rorgonidos con Bernat de Gotia o los bosónidas con el duque Bosón de Provenza y su hermana, la ambiciosa reina Riquilda, cuya relación incestuosa recogió el arzobispo Hincmar en su crónica.

Las conjuras, traiciones, rebeliones, incluso la apropiación de Riquilda de las *iura regalia* tuvieron lugar realmente. El argumento expande el desarrollo de la acción más allá de Barcelona para mostrar los juegos de poder en los despojos del Sacro Imperio Romano. De hecho, será la crisis de los carolingios, la ambición de las casas nobles y las amenazas externas lo que propicie que los condados de la Marca Hispánica emprendan el camino hacia la emancipación.

Hay elementos de ficción, no obstante, como los Caballeros de la Marca. Sin embargo, su presencia se inspira en una reducida clase nobiliaria que surgió en la montaña catalana que la documentación carolingia denominó *milites hispani maiores*, diferenciada de los *minores* entre los que se incluían los payeses.

En cuanto al santoral utilizado para señalar ciertos días del año, se ha tenido en cuenta el calendario franco-mozarabe confeccionado en fechas cercanas a los hechos relatados en la novela. Se custodia en la catedral de Barcelona.

Se atribuye al obispo Frodoí la ampliación de la antigua catedral, a la que siguió la románica y, finalmente, la gótica, que continúa en pie en el mismo emplazamiento. Adoptó el nombre de la Santa Cruz y Santa Eulalia, y allí se conservan todavía los restos de la mártir, en la cripta, como si la ciudad cumpliera una vieja promesa. Aún sorprende leer en los relatos sobre la época el fracaso del arzobispo Sigebuto, que pretendía llevarse los restos de la santa a Narbona, y cómo Frodoí logró encontrarlos tres días después para trasladarlos a la basílica.

La mayoría de los investigadores sitúan la *inventio* de las reliquias de santa Eulalia a finales del año 877, aunque en alguna información se indique un año más tarde. La fecha no es baladí. El rey Carlos el Calvo, antes de marchar a Italia, entregó diez libras de plata al obispo Frodoí para las obras de su catedral en agradecimiento a los barceloneses por su lealtad. Al poco tiempo el rey muere en los Alpes (en circunstancias poco claras) y se inicia la rebelión de los bosónidas con sus aliados. Es entonces cuando se produce la *inventio* de santa Eulalia en una ciudad leal a la corona, y los nobles rebelados desisten ante Hincmar de Reims. Sólo Bernat de Gotia persiste en la conjura y acaba arrinconado en Autun, excomulgado, despojado de sus títulos y engullido por la historia.

Para algunos especialistas tales hechos están conectados, lo que los lleva a sostener la hipótesis de que la *inventio* en Barcelona causó tal conmoción en el reino que puso fin a una revuelta destinada a desmembrar los territorios de Francia e Italia. Eso explicaría también que, en pago por aquella lealtad, el heredero Luis el Tartamudo, en contra de la costumbre carolingia, estableciera el derecho hereditario de los condados de la Marca Hispánica mediante una disposición secreta. Así aconteció en el histórico 11 de septiembre del año 878 durante la Asamblea de Troyes y de este modo Barcelona, que parecía condenada, inició el camino hacia el esplendor que alcanzará siglos más tarde.

Esta novela planea sobre la posibilidad de que los hechos acaecidos en el último rincón del imperio afectaran al conjunto del mismo y rellena, de manera ficticia, los huecos que la documentación y las evidencias arqueológicas no han desvelado aún.

En cualquier caso, a la luz de los sucesos y las gestas que conocemos de aquella época convulsa y enigmática, lo que debió de acontecer en realidad superaría sin duda en intensidad y dramatismo los avatares que se narran en este libro.